孔子曰：「知之者不如好之者，好之者不如樂之者。」誠哉斯言，請從讀書界求賞意樂事。

金庸

【新修珍藏本】

書劍恩仇錄

上

金庸

朗聲圖書　廣州出版社

图书在版编目（CIP）数据

书剑恩仇录/金庸著. —广州：广州出版社，2009.9（2022.9重印）
ISBN 978-7-5462-0162-7

Ⅰ.书… Ⅱ.金… Ⅲ.侠义小说—中国—当代 Ⅳ.I247.5

中国版本图书馆CIP数据核字（2009）第127108号

广东省版权局版权合同登记图字：19-2012-014号

朗声图书

本书版权由著作权人授权广州市朗声图书有限公司在中国大陆（不包括香港、澳门、台湾地区）专有使用

版权所有·侵权必究

封面图画选自董培新先生金庸小说国画

书剑恩仇录

出版发行	广州出版社
	（地址：广州市天河区天润路87号广建大厦九楼、十楼 邮政编码：510635
	网址：www.gzcbs.com.cn）
策　　划	欧阳群
责任编辑	何　娴　田宇星
责任校对	林春光
内文插画	王司马
封面设计	国　雄
代理发行	广州市朗声图书有限公司（发行专线：020-34297719）
印　　刷	深圳市贤俊龙彩印有限公司
	（地址：深圳宝安区石岩镇水田村石龙大道56号　邮编：518108）
开　　本	900毫米×1280毫米　1/32
字　　数	629千
印　　张	22.625
版　　次	2018年11月第4版
印　　次	2022年9月第6次
书　　号	ISBN 978-7-5462-0162-7
总 定 价	138.00元（全二册）

金庸在香港办公室。

金庸在香港寓所书房。

武俠小說雖說是通俗作品，以大眾化、娛樂性強為重要，但對廣大讀者終究是會發生影響的。我希望傳達的主旨是：愛護尊重自己的國家和民族，也尊重別人的國家和民族；和平友好，互相幫助，重視正義和是非，反對壓迫別人；注重信義，歌頌純真的愛情和友誼；崇尚俠義，歌頌奮不顧身的為了正義而奮鬥。「抗禦外來侵略」「抗拒外族欺壓」的藝術作品，是歌頌追求別人，而非狹隘的民族主義。輕視爭權奪利、自私可鄙的思想和行為。武俠小說並不鼓勵讀者模仿書中俠士的英雄行為，而希望讀者們在閱讀幻想之時，想像自己是個好人，想像自己要愛國家、愛社會、對別人做好事而得到幸福，由於做了好事，積極貢獻，助別人得到幸福，得到所愛之人的欣賞和傾心。

《「金庸作品集」新序》部分手稿。

衬页印章／
黄易「登山观海」：
黄易，杭州人，西泠八家之一，该印边款谓作于丙辰年。乾隆于丙辰年登基，丙辰年退位，整整在位六十年。黄易生于乾隆九年，卒于嘉庆七年，因此该印作于嘉庆元年乾隆退位后，宫中时宪书仍用乾隆年号，嘉庆元年即乾隆六十一年。该印为作者所藏，幼时不知宝爱，收藏未妥，笔划有残缺矣。

黄冑作《维吾尔族少女》：原图为作者所藏。

古塞驼铃：时人钱松喦作。由此图可以想像霍青桐率众东来夺经、陆菲青塞上行旅之情景。

乾隆阅射图：郎世宁作。郎世宁为意大利人，原名 Josephus Castiglione（1688—1766），耶稣会教士，于康熙五十四年来中国，因擅于绘画而为清廷供奉。作画工细逼真，虽乏意境，但可代摄影。

乾隆采芝图：乾隆时为宝亲王，年二十四岁。图有乾隆自题诗，下有梁诗正题诗，时为雍正甲寅夏四月，即雍正十二年。乾隆自号长春居士，题款下有「宝亲王印」、「长春居士」小方章各一，诗中自赞「何来潇洒清都客，霞巾仿佛南华仙」。由此图可想像陈家洛与福康安之容貌。梁诗正，杭州人，乾隆时为东阁大学士。

8

乾隆所绘之《烟波钓艇图》：作于乾隆九年，时年三十四岁。

《乾隆南巡图》之驻跸姑苏（局部）：《乾隆南巡图》共十二卷，描绘乾隆十六年（1751）第一次南巡的情景。由宫廷画师徐扬奉命，「以御制诗意为图」。徐扬先后绘制绢本、纸本两种。十二卷纸本现藏中国国家博物馆，绢本则已散佚各地。本图为绢本第六卷，现藏美国大都会艺术博物馆。

上图／乾隆南巡阅兵图。

下图／乾隆围猎时之行营：该图为郎世宁等所作「木兰图」卷之局部，原图现藏巴黎 Guimet 博物馆。

乾隆《阅海塘四叠旧作韵》诗稿页：
此手稿为乾隆第六次南巡时，在海宁阅视海塘后所作。乾隆时年七十四岁。

释文：

阅海塘四叠旧作韵

己卯以来潮近塘，廿余年未涨沙良。（注之）

虽然救弊柴易石，（注之）尚未获安海变桑。

纵看鱼鳞一律巩，惭听额手万民庆。（注之）

范公堤更应筹固，（注之）暇食民艰岂弗遑。

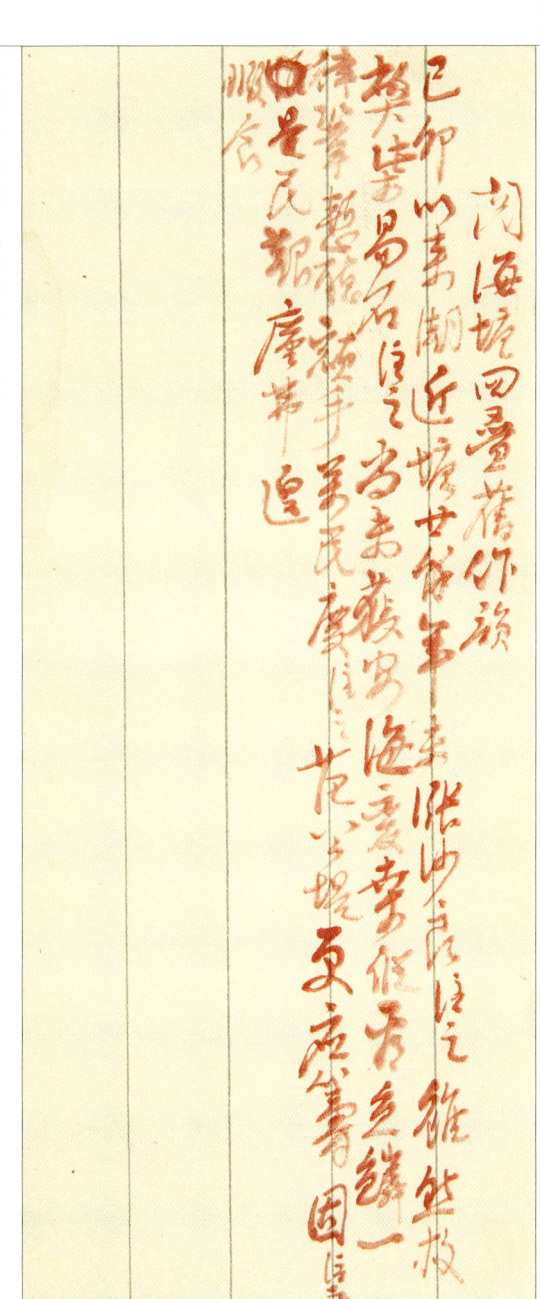

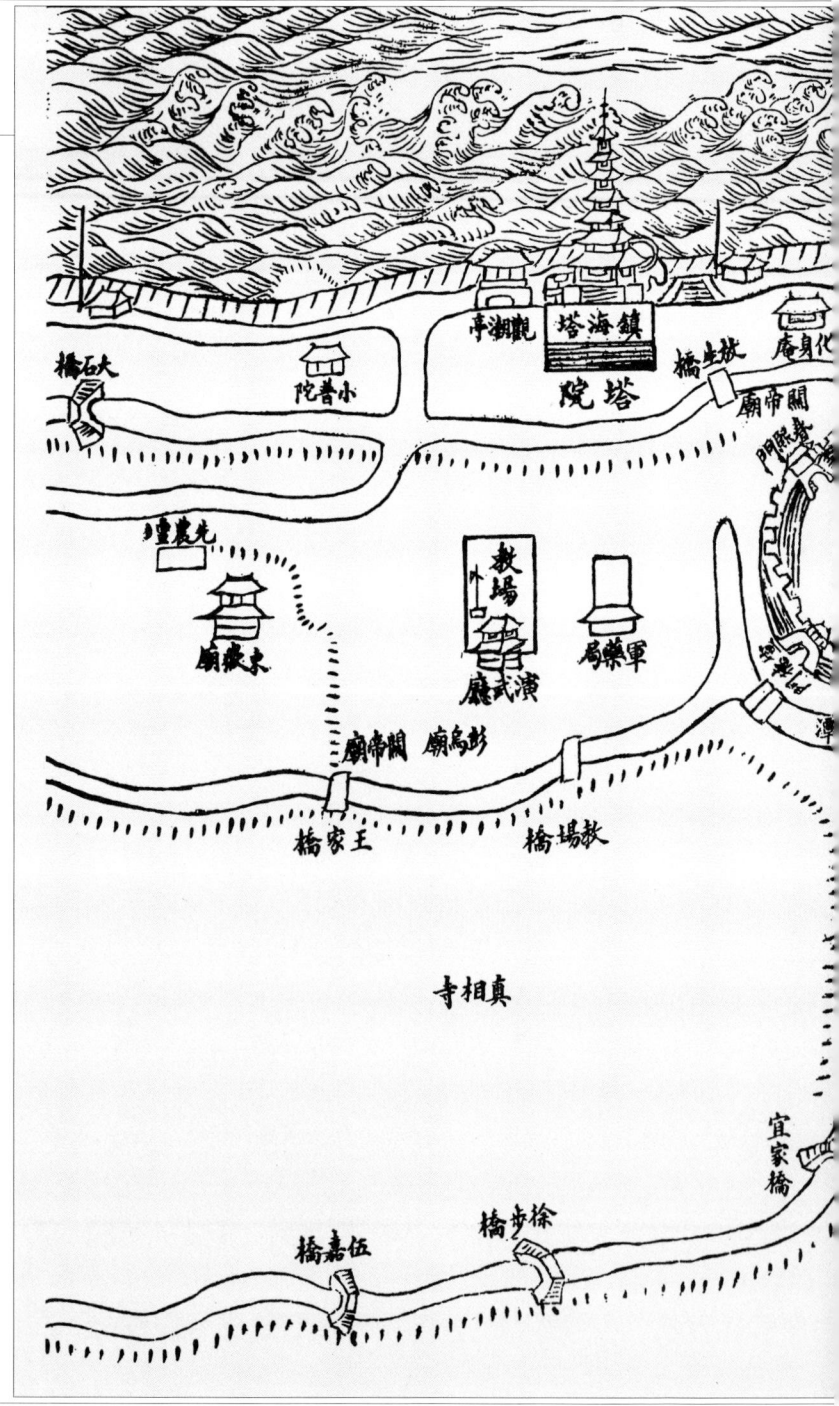

海宁城及海塘：录自《海宁州志稿》，家兄良鉴所赠。

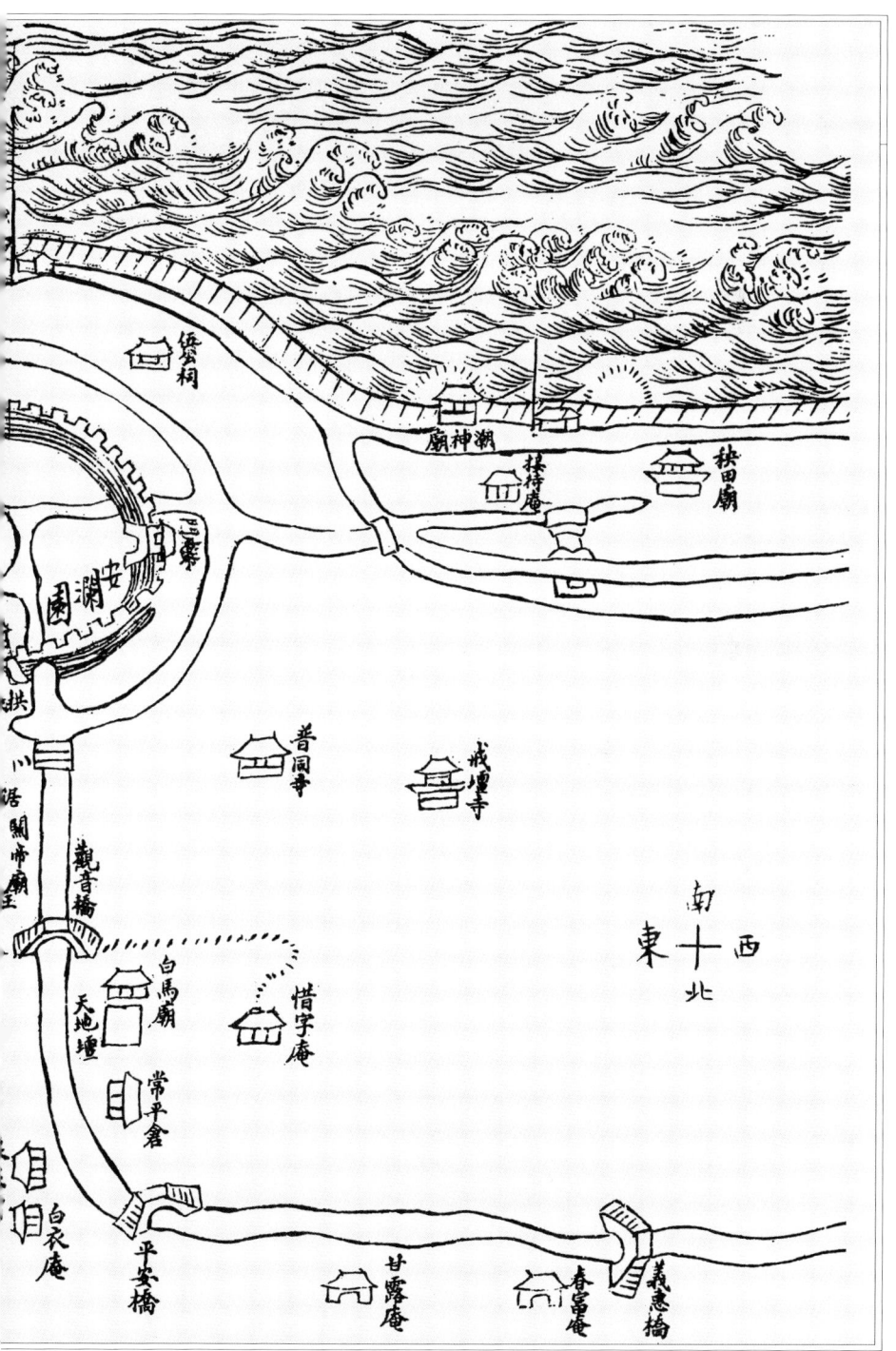

右页图／乾隆临赵孟頫书：

西湖清且涟漪，扁舟时荡晴晖。云兮青山独佳，翩翩白鹤迎归。昔年曾到孙山苍藤古木，高寒想见先生风致。画图留与人看

张张赵孟頫书

是否即赠于名妓玉如意者，不详，待考。

左页图／董邦达作《天竺寺图》：陈家洛与乾隆在杭州天竺山初次相遇。

董邦达，浙江富阳人，乾隆时任工部尚书、礼部尚书。

于乾隆游江南前先绘「西湖四十景」作游览指南，每图均有乾隆题诗。

乾隆题记云：「董邦达所作西湖诸景，辛未南巡，携之行笥，遇境辄相印证，信能曲尽其胜。」

又云：「即景成吟，辞不尽高，质之图中邱壑，略得概云。」

自谦题诗「辞不尽高」，意思说大部分是高的。本图为四十景之一，乾隆题诗：

「屈曲泉流绕石林，到来竺宇畅幽寻。了知说法无多子，且喜入山不厌深。

七佛总空法化报，三生曾话去来今。未能习静催归辔，已听钟流云外音。」

图右为西湖。图中远处之山即狮峰，王维扬与张召重比武处。本图承画家唐鸿先生借用。

历史学家孟森撰述《海宁陈家》一文之墨迹。全文如下：

海宁陈家　　孟森

清世谈官阀，侈恩遇者，无不知海宁陈家。其见之纪载，出自王言者：道光朝，有建昌道陈崇礼，召见时询家世。崇礼以佐贰起家，知当时重科目，意颇悚仄，乃陈奏为陈元龙陈世倌之后。宣宗莞然，曰："汝固海宁陈家也。"遂擢盐运使，旋陈臬开藩，得力于门望者如此。事见崇礼从孙其元《庸闲斋笔记》。则此「海宁陈家」之目，上自清中叶以前，其语流传于朝野，至君主亦袭其辞以称之，可谓成一名词矣。故用以标题，不为一时荒率语也。

世传海宁陈家之隆盛，乃至谓：清代有一帝，实其家所产，或谓系圣祖，或谓系高宗者为多。盖高宗尝四幸陈氏之安澜园；而陈之宅有堂扁曰爱日堂，为御书，又有一扁曰春晖堂，亦御书，莫不知海宁陈家子有一为帝之说，而以为清虽满族，满为胡虏，实由汉族暗移其祚，乃有此光昌之运。是说也，尤为汉人所乐道，故众口一词，牢不可破。今为一一分析言之。

"金庸作品集"新序

小说是写给人看的。小说的内容是人。

小说写一个人、几个人、一群人，或成千成万人的性格和感情。他们的性格和感情从横面的环境中反映出来，从纵面的遭遇中反映出来，从人与人之间的交往与关系中反映出来。长篇小说中似乎只有《鲁滨逊飘流记》，才只写一个人，写他与自然之间的关系，但写到后来，终于也出现了一个仆人"星期五"。只写一个人的短篇小说多些，尤其是近代与现代的新小说，写一个人在与环境的接触中表现他外在的世界、内心的世界，尤其是内心世界。有些小说写动物、神仙、鬼怪、妖魔，但也把他们当作人来写。

西洋传统的小说理论分别从环境、人物、情节三个方面去分析一篇作品。由于小说作者不同的个性与才能，往往有不同的偏重。

基本上，武侠小说与别的小说一样，也是写人，只不过环境是古代的，主要人物是有武功的，情节偏重于激烈的斗争。任何小说都有它所特别侧重的一面。爱情小说写男女之间与性有关的感情和行动，写实小说描绘一个特定时代的环境与人物，《三国演义》与《水浒》一类小说叙述大群人物的斗争经历，现代小说的重点往往放在人物的心理过程上。

小说是艺术的一种，艺术的基本内容是人的感情和生命，主要形式是美，广义的、美学上的美。在小说，那是语言文笔之美、安排结构之美，关键在于怎样将人物的内心世界通过某种形式而表现出来。什么形式都可以，或者是作者主观的剖析，或者是客观的叙述故事，从人物的行动和言语中客观的表达。

读者阅读一部小说，是将小说的内容与自己的心理状态结合起来。同样一部小说，有的人感到强烈的震动，有的人却觉得无聊厌倦。读者的个性与感情，与小说中所表现的个性与感情相接触，产生了"化学反应"。

武侠小说只是表现人情的一种特定形式。作曲家或演奏家要表现一种情绪，用钢琴、小提琴、交响乐或歌唱的形式都可以，画家可以选择油画、水彩、水墨或版画的形式。问题不在采取什么形式，而是表现的手法好不好，能不能和读者、听者、观赏者的心灵相沟通，能不能使他的心产生共鸣。小说是艺术形式之一，有好的艺术，也有不好的艺术。

好或者不好，在艺术上是属于美的范畴，不属于真或善的范畴。判断美的标准是美，是感情，不是科学上的真或不真（武功在生理上或科学上是否可能），道德上的善或不善，也不是经济上的值钱不值钱，政治上对统治者的有利或有害。当然，任何艺术作品都会发生社会影响，自也可以用社会影响的价值去估量，不过那是另一种评价。

在中世纪的欧洲，基督教的势力及于一切，所以我们到欧美的博物院去参观，见到所有中世纪的绘画都以圣经故事为题材，表现女性的人体之美，也必须通过圣母的形象。直到文艺复兴之后，凡人的形象才大量在绘画和文学中表现出来，所谓文艺复兴，是在文艺上复兴希腊、罗马时代对"人"的描写，而不再集中于描写天使与圣人。

中国人的文艺观，长期以来是"文以载道"，那和中世纪欧洲黑暗时代的文艺思想是一致的，用"善或不善"的标准来衡量文艺。《诗经》中的情歌，要牵强附会地解释为讽刺君主或歌颂后妃。对于陶渊明的《闲情赋》，司马光、欧阳修、晏殊的相思爱恋之词，或惋惜地评之为白璧之玷，或好意地解释为另有所指。他们不相信文艺所表现的是感情，认为文字的唯一功能只是为政治或社会价值服务。

我写武侠小说，只是塑造一些人物，描写他们在特定的武侠环境（中国古代的、缺乏法治的、以武力来解决争端的不合理社会）中的遭遇。当时的社会和现代社会已大不相同，人的性格和感情却没有多大变化。古代人的悲欢离合、喜怒哀乐，仍能在现代读者的心灵中引起相应的情绪。读者们当然可以觉得表现的手法拙劣，技巧不够成熟，描写殊不深刻，以美学观点来看是低级的艺术作品。无论如何，我不想载什么道。我在写武侠小说的同时，也写政治评论，也写与历史、哲学、宗教有关的文字，那与武侠小说完全不同。涉及思想的文字，是诉诸读者理智的，对这些文字，才有是非、真假的判断，读者或许同意，或许只部份同意，或许完全反对。

对于小说，我希望读者们只说喜欢或不喜欢，只说受到感动或觉得厌烦。我最高兴的是读者喜爱或憎恨我小说中的某些人物，如果有了那种感情，表示我小说中的人物已和读者的心灵发生联系了。小说作者最大的企求，莫过于创造一些人物，使得他们在读者心中变成活生生的、有血有肉的人。艺术是创造，音乐创造美的声音，绘画创造美的视觉形象，小说是想创造人物、创造故事，以及人的内心世界。假使只求如实反映外在世界，那么有了录音机、照相机，何必再要音乐、绘画？有了报纸、历史书、记录电视片、社会调查统计、医生的病历记录、党部与警察局的人事档案，何必再要小说？

武侠小说虽说是通俗作品，以大众化、娱乐性强为重点，但对广大读者终究是会发生影响的。我希望传达的主旨，是：爱护尊重自己的国家民族，也尊重别人的国家民族；和平友好，互相帮助；重视正义和是非，反对损人利己；注重信义，歌颂纯真的爱情和友谊；歌颂奋不顾身的为了正义而奋斗；轻视争权夺利、自私可鄙的思想和行为。武侠小说并不单是让读者在阅读时做"白日梦"而沉缅在伟大成功的幻想之中，而希望读者们在幻想之时，想像自己是个好人，要努力做各种各样的好事，想像自己要爱国家、爱社会、帮助别人得到幸福，由于做了好事、作出积极贡献，得到所爱之人的欣赏和倾心。

武侠小说并不是现实主义的作品。有不少批评家认定，文学上只可肯定现实主义一个流派，除此之外，全应否定。这等于是说：少林派武功好得很，除此之外，什么武当派、崆峒派、太极拳、八卦掌、弹腿、白鹤派、空手道、跆拳道、柔道、西洋拳、泰拳等等全部应当废除取消。我们主张多元主义，既尊重少林武功是武学中的泰山北斗，而觉得别的小门派也不妨并存，它们或许并不比少林派更好，但各有各的想法和创造。爱好广东菜的人，不必主张禁止京菜、川菜、鲁菜、徽菜、湘菜、维扬菜、杭州菜、法国菜、意大利菜等等派别，所谓"萝卜青菜，各有所爱"是也。不必把武侠小说提得高过其应有之份，也不必一笔抹杀。什么东西都恰如其份，也就是了。

我写这套总数三十六册的《作品集》，是从一九五五年到七二年，前后约十五六年，包括十二部长篇小说，两篇中篇小说，一篇短篇小说，一篇历史人物评传，以及若干篇历史考据文字。出版的过程很奇怪,不论在香港、台湾、海外地区,还是中国大陆,都是先出各种各样翻版盗印本,然后再出版经我校订、授权的正版本。在中国大陆,在"三联版"出版之前,只有天津百花文艺出版社一家,是经我授权而出版了《书剑恩仇录》。他们校印认真,依足合同支付版税。我依足法例缴付所得税,余数捐给了几家文化机构及支助围棋活动。这是一个愉快的经验。除此之外,完全是未经授权的,直到正式授权给北京三联书店出版。"三联版"的版权合同到二〇〇一年年底期满,以后中国内地的版本由广州出版社出版,主因是港粤邻近,业务上便于沟通合作。

翻版本不付版税,还在其次。许多版本粗制滥造,错讹百出。还有人借用"金庸"之名,撰写及出版武侠小说。写得好的,我不敢掠美;至于充满无聊打斗、色情描写之作,可不免令人不快了。也有些出版社翻印香港、台湾其他作家的作品而用我笔名出版发行。我收到过无数读者的来信揭露,大表愤慨。也有人未经我授权而自行点评,除冯其庸、严家炎、陈墨三位先生功力深厚,兼又认真其事,我深为拜嘉之外,其余的点评大都与作者原意相去甚远。好在现已停止出版,出版者道歉赔偿,纠纷已告结束。

有些翻版本中,还说我和古龙、倪匡合出了一个上联"冰比冰水冰"征对,真正是大开玩笑了。汉语的对联有一定规律,上联的末一字通常是仄声,以便下联以平声结尾,但"冰"字属蒸韵,是平声。我们不会出这样的上联征对。大陆地区有许许多多读者寄了下联给我,大家浪费时间心力。

为了使得读者易于分辨,我把我十四部长、中篇小说书名的第一个字凑成一副对联:"飞雪连天射白鹿,笑书神侠倚碧鸳"。(短篇《越女剑》不包括在内,偏偏我的围棋老师陈祖德先生说他最喜爱这篇《越女剑》。)我写第一部小说时,根本不知道会不会再写第二部;写第二部时,也完全没有想到第三部小说会用什么题材,更加不知道会用什么书名。所以这副对联当然说不上工整,"飞雪"不能对"笑书","连天"不能对"神侠","白"与"碧"都是仄声。但如出一个上联征对,用字完全自由,总会选几个比较有意思而合规律的字。

有不少读者来信提出一个同样的问题:"你所写的小说之中,你认为哪一部最好?最喜欢哪一部?"这个问题答不了。我在创作这些小说时有一个愿望:"不要重复已经写过的人物、情节、感情,甚至是细节。"限于才能,这愿望不见得能达到,然而总是朝着这方向努力,大致来说,这十五部小说是各不相同的,分别注入了我当时的感情和思想,主要是感情。我喜爱每部小说中的正面人物,为了他们的遭遇而快乐或惆怅、悲伤,有时会非常悲伤。至于写作技巧,后期比较有些进步。但技巧并非最重要,所重视的是个性和感情。

这些小说在香港、台湾、中国内地、新加坡曾拍摄为电影和电视连续集,有的还拍了三四个不同版本,此外有话剧、京剧、粤剧、音乐剧等。跟着来的是第二个问题:"你认为哪一部电影或电视剧改编演出得最成功?剧中的男女主角哪一个最符合原著中的人物?"电影和电视的表现形式和小说根本不同,很难拿来比较。电视的篇幅长,较易发挥;电影则受到更大限制。再者,阅读小说有一个作者和读者共同使人物形象化的过程,许多人读同一部小说,脑中所出现的男女主角却未必相同,因为在书中的文字之外,又加入了读者自己的经历、个性、情感和喜憎。你会在心中把书中的男女主角和自己或自己的情人融而为一,而每个读者性格不同,他的情人肯定和你的不同。电影和电视却把人物的形象固定了,观众没有自由想像的余地。我不能说哪一部最好,但可以说:把原作改得面目全非的最坏、最自以为是、最瞧不起原作者和广大读者。

武侠小说继承中国古典小说的长期传统。中国最早的武侠小说,应该是唐人传奇的《虬髯客传》、《红线》、《聂隐娘》、《昆仑奴》等精彩的文学作品。其后是《水浒传》、《三侠五义》、《儿女英雄传》等等。现代比较认真的武侠小说,更加重视正义、气节、舍己为人、锄强扶弱、民族精神、中国传统的伦理观念。读者不必过份推究其中某些夸张的武功描写,有些事实上是不可能的,只不过是中国武侠小说的传统。聂隐娘缩小身体潜入别人的肚肠,然后从他口中跃出,谁也不会相信是真事,然而聂隐娘的故事,千余年来一直为人所喜爱。

我初期所写的小说,汉人皇朝的正统观念很强。到了后期,中华民族各族一视同仁的观念成为基调,那是我的历史观比较有了些进步之故。这在《天龙八部》、《白马啸西风》、《鹿鼎记》中特别明显。韦小宝的父亲可能是汉、满、蒙、回、藏任何一族之人。即使在第一部小说《书剑恩仇录》中,主角陈家洛后来也对回教增加了认识和好感。每一个种族、每一门宗教、某一项职业中都有好人坏人。有坏的皇帝,也有好皇帝;有很坏的大官,也有真正爱护百姓的好官。书中汉人、满人、契丹人、蒙古人、西藏人……都有好人坏人。和尚、道士、喇嘛、书生、武士之中,也有各种各样的个性和品格。有些读者喜欢把人一分为二,好坏分明,同时由个体推论到整个群体,那决不是作者的本意。

历史上的事件和人物,要放在当时的历史环境中去看。宋辽之际、元明之际、明清之际,汉族和契丹、蒙古、满族等民族有激烈斗争;蒙古、满人利用宗教作为政治工具。小说所想描述的,是当时人的观念和心态,不能用后世或现代人的观念去衡量。我写小说,旨在刻画个性,抒写人性中的喜愁悲欢。小说并不影射什么,如果有所斥责,那是人性中卑污阴暗的品质。政治观点、社会上的流行理念时时变迁,不必在小说中对暂时性的观念作价值判断。人性却变动极少。

在刘再复先生与他千金刘剑梅合写的《父女两地书》(共悟人间)中,剑梅小姐提到她曾和李陀先生的一次谈话,李先生说,写小说也跟弹钢琴一样,没有任何捷径可言,是一级一级往上提高的,要经过每日的苦练和积累,读书不够多就不行。我很同意这个观点。我每日读书至少四五小时,从不间断,在报社退休后连续在中外大学中努力进修。这些年来,学问、知识、见解虽有长进,才气却长不了,因此,这些小说虽然改了三次,相信很多人看了还是要叹气。正如一个钢琴家每天练琴二十小时,如果天份不够,永远做不了萧邦、李斯特、拉赫曼尼诺夫、巴德鲁斯基,连鲁宾斯坦、霍洛维兹、阿胥肯那吉、刘诗昆、傅聪也做不成。

这次第三次修改,改正了许多错字讹字以及漏失之处,多数由于得到了读者们的指正。有几段较长的补正改写,是吸收了评论者与研讨会中讨论的结果。仍有许多明显的缺点无法补救,限于作者的才力,那是无可如何的了。读者们对书中仍然存在的失误和不足之处,希望写信告诉我。我把每一位读者都当成是朋友,朋友们的指教和关怀,自然永远是欢迎的。

二〇〇二年四月　于香港

目录

第一回	古道腾驹惊白发	危峦击剑识青翎 …… 5
第二回	金风野店书生笛	铁胆荒庄侠士心 …… 37
第三回	避祸英雄悲失路	寻仇好汉误交兵 …… 67
第四回	置酒弄丸招薄怒	还书贻剑种深情 …… 101
第五回	乌鞘岭口逢鬼侠	赤套渡头扼官军 …… 137
第六回	有情有义怜难侣	无法无天赈饥民 …… 171
第七回	琴音朗朗闻雁落	剑气沉沉作龙吟 …… 201
第八回	千军岳峙围千顷	万马潮汹动万乘 …… 229
第九回	虎穴轻身开铁铐	狮峰重气掷金针 …… 265
第十回	烟腾火炽走豪侠	粉腻脂香羁至尊 …… 299

李沅芷见老师发射金针钉死苍蝇,好玩之极,便推开书房房门,大叫:『老师,你教我这玩意儿!』

第一回

古道腾驹惊白发
危峦击剑识青翎

清乾隆十八年六月,陕西扶风延绥镇总兵衙门内院,一个十四岁的女孩儿跳跳蹦蹦的走向教书先生书房。上午老师讲完了《资治通鉴》上"赤壁之战"的一段书,随口讲了些诸葛亮、周瑜的故事。午后本来没功课,那女孩儿却兴犹未尽,要老师再讲三国故事。这日炎阳盛暑,四下里静悄悄地,更没一丝凉风。那女孩儿来到书房之外,怕老师午睡未醒,进去不便,于是轻手轻脚绕到窗外,拔下头上金钗,在窗纸上刺了个小孔,凑眼过去张望。

只见老师盘膝坐在椅上,脸露微笑,右手向空中微微一扬,轻轻吧的一声,好似什么东西在板壁上一碰。她向声音来处望去,只见对面板壁上伏着几十只苍蝇,一动不动。她甚觉奇怪,凝神注视,却见每只苍蝇背上都插着一根细如头发的金针。这针极细,隔了这样远原是难以辨认,只因时交未刻,日光微斜,射进窗户,金针在阳光下生出了反光。

书房中苍蝇仍是嗡嗡嗡的飞来飞去,老师手一扬,吧的一声,又是一只苍蝇给钉上了板壁。那女孩儿觉得这玩意儿比什么游戏都好玩,转到门口,推门进去,大叫:"老师,你教我这玩意儿!"

这女孩儿李沅芷是总兵李可秀的独生女儿,是他在湘西做参将任内所生,给女儿取这名字,是纪念生地之意。

教书先生陆高止是位饱学宿儒,五十四五岁年纪,平日与李沅芷谈古论今,师生间甚是相得。这一日陆高止受不了青蝇苦扰,发射芙蓉金针,钉死了数十只,哪知却给女弟子在窗外偷看到了。他见李沅芷一张清秀明艳的脸蛋红扑扑地显得甚是兴奋,当下淡淡的道:"唔,怎么不跟女伴去玩儿,想听诸葛亮三气周瑜的故事,是不是?"李沅芷道:"老师,你教我这好玩的法儿!"陆高止道:"什么法儿呀?"

李沅芷道:"用金针钉苍蝇的法儿。"说着搬了张椅子,纵身跳上,细细瞧了一会,把钉在苍蝇身上的金针一枚枚拔下来,用纸抹拭干净,交还老师,说道:"老师,我知道,你这不是玩意儿,是非常高明的武功,你非教我不可。"她有时跟随父亲在练武场上盘马弯弓,也学过一些武艺。陆高止微笑道:"你要学武功,扶风城周围几百里地,谁也及不上你爹爹武艺高强。"李沅芷道:"我爹爹只会用弓箭射鹰,可不会用金针射苍蝇,你若不信,我便问爹爹去,看他会不会。"

陆高止沉吟半响,知道这女弟子聪明伶俐,给父母宠得惯了,行事很有点儿任性,年纪说大不大,说小不小,娇滴滴的可不易对付,于是点头道:"好吧,明儿早你来,我教你。这会儿你自己去玩罢。我打苍蝇的事不许跟别人说,不论是谁知道了,我就决不教你。"

李沅芷真的不对人提起,整晚自个儿就想着这件事。第二天一早就到老师书房里来,一推门,不见老师的人影,只见书桌上镇纸下压着一张纸条,忙拿起来看时,见纸上写道:

"沅芷女弟青览:汝心灵性敏,好学善问,得徒如此,夫复何憾。然汝有立雪之心,而愚无时雨之化,三载滥竽,愧无教益,缘尽于此,后会有期。汝智变有余,而端凝不足,古云福慧双修,日后安身立命之道,其在修心积德也。愚陆高止白。"

李沅芷拿了这封信,怔怔说不出话来,泪珠已在眼眶中滴溜溜的打转,心中只道:"老师骗人,我不来,我不来!"便在此时,忽然房门推开,跌跌撞撞的走进一个人来,正是那位已经留书作别的陆老师。但见他脸色惨白,上半身满是血污,进得门来,摇摇欲坠,扶住椅子,晃了两晃,便倒在椅上。李沅芷惊叫:"老师!"陆高止说得一声:"关上门,别做声!"就闭上眼不言不语了。李沅芷究是将门之女,平时抡刀使枪惯了的,虽然惊慌,还是依言关上了门。

陆高止缓了一口气,说道:"沅芷,你我师生三年,总算相处不错。我本以为缘份已尽,哪知还要碰头。我这件事性命攸关,你能守口如瓶,一句不漏吗?"说罢双目炯炯,直望着她。李沅芷道:"老师,我听你吩咐。"陆高止道:"你对令尊说,我病了,要休息半个月。"李沅芷答应了。陆高止又道:"你要令尊不用请大夫,我自己会调理。"隔了半晌,道:"你去吧!"

陆高止待李沅芷走后,挣扎着取出刀伤药敷上左肩,用布缠好,不想这一费劲,眼前一黑,竟"哇"地吐了一大口血。

原来这位教书先生陆高止真名陆菲青,是武当派的大侠,壮年时在大江南北行侠仗义,名震江湖,原是屠龙帮中一位响当当人物。屠龙帮是反清的秘帮,在雍正初年声势甚是浩大,后来雍正、乾隆两朝厉行镇压,到乾隆七八年时,屠龙帮终于落得瓦解冰消。陆菲青远走边疆。当时清廷曾四下派人追拿,他为人机警,兼之武功高强,得脱大难,但清廷继续严加查缉。陆菲青想到"大隐隐于朝、中隐隐于市、小隐隐于野"之理,混到李可秀府中设帐教读。清廷派出来搜捕他的,只想到在各处绿林、寺院、镖行、武场等地寻找,哪想得到官衙里一位文质彬彬的教书先生,竟是武功卓绝的钦犯。

那晚陆菲青心想行藏已露,此地不可再居,决定留书告别。他行囊萧然,只随身几件衣服,把一口白龙剑裹在里面,打了个包裹,等到二更时分,便拟离去,别寻善地。

他盘膝坐在床上,闭目养神,远远听到巡更之声,忽然窗外一响,有人从墙外跃入。陆菲青跃下床来,随手将长袍一角拽起,塞在腰带里,另一手将白龙剑轻轻拔出。

只听得窗外一人朗声发话道:"陆老头儿,一辈子在这里做缩头乌龟,人家就找你不到吗?乖乖跟爷们上京里打官司去吧!"陆菲青心知来人当非庸手,也决不止一人,敌人在外以逸待劳,不出去不行,从窗中出去则立遭攻击,当下施展壁虎游墙功,悄声沿壁直上,抓住天窗格子,喀喀两声,拉断窗格,运气挥掌一击,于瓦片纷飞之中跳上屋顶。下面的人"咦"了一声,一枝甩手箭打了上来,大叫:"相好的,别跑。"陆菲青侧身让过,低声喝道:"朋友,跟我来。"展开轻功提纵术向郊外奔去,回头只见三条人影先先后后的追来。

他一口气奔出六七里地。身后三人边追边骂:"喂,陆老头儿,亏你也算是个成名人物,这么不要脸,想就此开溜吗?"陆菲青浑不理睬,将三人引到扶风城西一个山岗上来。

他把敌人引到荒僻之地,以免惊动了东家府里,同时把来人全数引出,免得己在明而敌在暗,中了对方暗算,奔跑之际,也可察知敌方人数和武功强弱。他脚下加紧,顷刻之间又赶出十余丈,听着追敌的脚步之声,已知其中一人颇为了得,余下二人却是平庸之辈。

陆菲青上得岗来,将白龙剑插入剑鞘。三名追敌先后赶到,见他止步转身,也不敢过份逼近,三人丁字形站着,一人在前,两人稍后。陆菲青于月光下凝目瞧在前那人,见他五十上下年纪,又矮又瘦,黑黝黝一张脸,两撇燕尾须,长不盈寸,精干壮健,相貌依稀熟悉。他身后两人一个身材甚高,另一人是个胖子。

那瘦子当先发话道:"陆老英雄,一晃十八年,可还认得焦文期么?"陆菲青心中一凛:"果然是他?"

原来焦文期是关东六魔中的第三魔,十八年前在直隶滥杀无辜,给陆菲青撞上了,出手制止,当时手下留情,未曾赶尽杀绝,只打了他一掌。焦文期引为奇耻大辱,誓报此仇,这次受了江南一家官宦巨室之聘,赴天山北路寻访一个要紧人物,西来途中,无意间和陆菲青朝了相,认出了他,于是率领了陕西巡抚府中两名高手,也不通知当地官府和李可秀,径自前来寻仇拿人。

陆菲青拱手道:"原来是焦三爷,十多年不见,竟认不出来了。这两位是谁,焦三爷给我引见引见。"焦文期皮笑肉不笑的哼了一声,指着那胖子道:"这是我盟弟罗信,人称铁臂罗汉。"指着那高身材的人道:"这是两湖豪杰玉判官贝二爷贝人龙。你们多亲近亲近。"罗信说了声:"久仰。"贝人龙却抬头向天,微微冷笑。

陆菲青道:"三更半夜之际,竟劳动三位过访,真正意想不到。却不知有何见教?"焦文期冷然道:"陆老英雄,十八年前,在下拜领过你老一掌之赐,这只怨在下学艺不精,总算骨头硬,命不该绝,这几年来多学到了三招两式的毛拳,又想请你老别见笑,再行指点指点,这是为私。你老名满天下,朝廷里要请你去了结几件公案。我兄弟三人专诚拜访,便是来促请大驾,这是为公。"

陆菲青明知今晚非以武力了断不可,但他为人本就深沉,这些年来饱经忧患,处事更加稳重,拱手说道:"焦三爷,你我都是五六十岁的人了。当年在下得罪了你,这里给你赔礼了!"说罢深深一揖。

贝人龙"呸"了一声,大声骂道:"不要脸!"

陆菲青眸子一翻,冷冷的盯住了他,森然道:"陆某行走江湖,数十年来薄有微名,平生可没做过一件给武林朋友们瞧不起的事。"转头向焦文期道:"焦三爷说找在下既是为私,亦复为公。当年咱们年轻好胜,此刻说来不值一笑。你焦三爷要算当年的过节,我这里给你赔过了礼。至于说到公事,姓陆的还不致于这么不要脸,去给满清鞑子做鹰犬。你们要拿我这几根老骨头去升官发财,嘿嘿,请来拿吧!"他目光依次从三人脸上扫过,说道:"三位是一齐上呢?还是哪一位先上?"

大胖子罗信喝道:"有你这么多说的!"冲过来对准陆菲青面门就是一拳。陆菲青不闪不让,待拳到面门数寸,突然发招,左掌直切敌人右拳脉门。罗信料不到对方来势如此之快,连退三步,陆菲青也不追赶,罗信定了定神,施展五行拳又猛攻过来。

焦文期和贝人龙在一旁监视,两人各有打算。焦文期是一心报仇,这些年来在铁琵琶手上痛下功夫,本领已大非昔比,但当年领教过陆菲青的无极玄功拳,真是非同小可,他想先让罗信和贝人龙耗去对手大半气力,自己再行上场,便操必胜。贝人龙却只盼拿到钦犯,好让巡抚给自己保奏一个功名。

罗信五行拳的拳招全取攻势,一招甫发,次招又到,一刻也不容缓,金、木、水、火、土五行相生相长,连续不断。他数击不中,突发一拳,使五行拳"劈"字诀,劈拳属金,劈拳过去,又施"钻"拳,钻拳属水,长拳中又叫"冲天炮",冲打上盘。陆菲青的招术则似慢实快。一瞬之间两人已拆了十多招。以罗信的武功,怎能与他拆到十招以上?只因陆菲青近年来养气自晦,知道罗信这些人只是贪图功名利禄,天下滔滔,实是杀不胜杀,是以出手之际,颇加容让。

这时罗信正用"崩"拳一挂,接着"横"拳闯胸,忽然不见了对方人影,急忙转身,见陆菲青已绕到身后,情急之下,便想拉他手腕。他自恃身雄力大,不怕和对方硬拼,哪知陆菲青长袖飘飘,倏来倏往,非但抓不到他手腕,连衣衫也没碰到半点。罗信发了急,拳势突变,以擒拿手双手急抓。陆菲青也不还招,只在他身边转来转去。数招之后,罗信见有可乘之机,右拳挥出,料到陆菲青必向左避让,随即伸手向他左肩抓去,一抓竟然到手,心中大喜,急忙加劲回拉,哪知便这么一使劲,自己一个肥大的身躯竟尔平平的横飞出去,蓬的一声,重重实实的摔在两丈之外。他但觉眼前金星乱迸,双手急撑,坐起身来,半天摸不着头脑,傻不愣的坐着发呆,喃喃咒骂:"妈巴羔子,奶奶雄,怎么搅的?"

原来陆菲青使的是内家拳术中的上乘功夫,叫做"沾衣十八跌"。功力深的,敌人只要一沾衣服,就会直跌出去,乃当年"千跌张"传下的秘术,其实也只是借势运劲之法。陆菲青的功力还不能令敌人沾衣就跌,但罗信出尽气力抓拉,手一沾身使力,就被他借劲掼出。

焦文期双眉微皱,低声喝道:"罗贤弟起来!"贝人龙默不作声,冷不防的扑上前去,使招"双龙抢珠",双拳向陆菲青击去。只见陆菲青身子晃动,人影无踪,随觉背上被人一拍,只听得背后说道:"你再练十年!"

贝人龙急转回身,又不见了陆菲青,忙想转身,不意脸上啪啪两声,中了两记耳光,手劲奇重,两边脸颊登时肿了起来。陆菲青喝道:"小辈无礼,今日教训教训你。"只因贝人龙适才言语刻薄,是以陆菲青一上来便以奇快的身法打他一个下马威。这背上一拍,脸上两掌,只消任何一招中稍加劲力,贝人龙便得筋碎骨断,立时毙命。但他是武林前辈,也不和这些人一般见识。

焦文期眼见贝人龙吃亏,一个箭步跳上,人尚未到,掌风先至。陆菲青知道这关东六魔中第三魔非其余二人可比,不敢存心戏弄,当下施展本门无极玄功拳,小心应付。焦文期的铁琵琶手近年来功力大进,一记"手挥五弦"向陆菲青拂去,掌指似乎轻飘无力,可是虚虚实实,柔中带刚,一临近身就骈指似铁,实兼铁沙掌和鹰爪功两家之长。

陆菲青见焦文期功力甚深,颇非昔比,低喝一声:"好!"一个"虎纵步",闪开正面,踏上一步,已到了焦文期右肩之侧,右掌一招"划手",向他右腋击去。焦文期急忙侧身分掌,"琵琶遮面",左掌护身,右手"刀枪齐鸣",弓起食中两指向陆菲青点到。拆得七八招,陆菲青身形稍矮,一个"印掌",掌风飒然,已沾对方前襟。他心存厚道,见焦文期数十年功力,不忍使之废于一旦,这一掌只使了五成力,盼他自知惭愧,就此引退。

陆菲青手下留情,这一掌蕴劲回力,去势便慢。焦文期明知对方容让,竟然趁势直上,乘着陆菲青哈哈一笑、手掌将缩未缩、前胸门户洞开之际,突然左掌"流泉下山",五指已在他左乳下猛力戳去。陆菲青出于不意,无法闪避,竟中了铁琵琶手的毒招。但他究是武当名家,虽败不乱,双掌错动,封紧门户,连连解去焦文期的随势进攻,稳步倒退,一面调神凝气,不敢发怒,自知身受重伤,稍有暴躁,今夜难免命丧荒山。

焦文期得手不容情,哪肯让对方有喘息之机,"银瓶乍破"、"铁骑突出",铁琵琶手中的厉害招术一招紧似一招。陆菲青低哼一声,白龙剑出手,唰唰唰三招,全是进手招数。焦文期连闪带跳,避了开去,大叫:"并肩子上啊,老儿要拼命!"

贝人龙更不打话,一对吴钩剑分上下两路,左奔咽喉,右刺前阴,向陆菲青攻来。吴钩剑名虽是剑,实是双钩,不过钩头上多了一个剑尖,除了钩法中的勾、拉、锁、带之外,还夹着双剑的路子。双钩不属十八般兵器之内,极为阴狠难练,初学时稍有疏虞,不是被月牙护手所伤,便是拗劲掣肘,发不出招,但练成了之后,招数却着实厉害。陆菲青见双钩一出,当即留神,展开柔云剑术中"杏花春雨"、"三环套月",接连进击。罗信取出七节钢鞭,冲上夹击,力大招沉。陆菲青不敢以剑刃硬碰钢鞭,剑走轻灵,削他手指。罗信"啊"的一声,跳了开去。焦文期铁牌一拍,铮铮有声,向陆菲青后脑砸去。

焦文期是在洛阳韩家学的武艺。韩家铁琵琶手至韩五娘而臻大成,除掌法外,兵器用的是一只精铁打成的琵琶。这琵琶两边锋利,攻时如板斧,守时作盾牌,琵琶之腹中空,藏有十二枚琵琶钉,一物三用,端的厉害。焦文期嫌琵琶是女子弹弄之物,在江湖上使用出来,给口齿轻薄之人损上几句可受不了,是以别出心裁,打造了一面铁牌,形状虽异,使用手法和师门所传的铁琵琶并无二致。

陆菲青听得脑后风生,侧首向左,铁牌打空,回手长剑刺出。他柔云剑术连绵不断,焦文期横铁牌硬挡,白龙剑顺着铁牌之势攻削而前。武术中不论拳脚还是兵器,一招既出,再次出招,自必收回再发,柔云剑术的妙诣却在一招之后,不论对方如何招架退避,第二招顺势跟着就来,如柔丝不断,春云绵绵。

贝人龙和罗信见焦文期被逼得手忙脚乱,忙从陆菲青身后左右攻上，三人一牌一鞭一对双钩，将他裹在中间。陆菲青这时胸口隐隐作痛，知道内伤起始发作，柔云剑术虽然厉害，可是刚将一人缠住，另外二人立即从侧面击来，不得不分手招架，心道："不想我陆菲青一世英雄，今日命丧鼠辈之手。"自忖心存忠厚，反遭暗算，不禁愤火中烧，一个气往上冲，竟尔迭遇险招，沉气转念，眼见今日落败，须当先脱此难，养好伤后，再报此仇不迟。他打算已定，既不求当场毙敌，便即心平气和，内家武功讲究的是心稳神定，这一凝神，一柄白龙剑四面八方将自身笼罩住了，任凭对方三人如何变招，再也攻不进来。

罗信叫道："焦三哥，咱们缠住他，打不赢，还怕累不死他吗？"焦文期道："对。待会儿罗兄弟割了老儿的头去请功。"贝人龙道："他那把剑好，焦三爷，我要了成么？"他三人一吹二唱，竟把陆菲青当作死人看待，明着是要激他心浮气粗。

陆菲青向罗信唰唰两剑，待他急闪退避，露出空隙，白龙剑"满天花雨"四下圈挥，一个箭步，跳了开去。罗信狂喊："不好，老儿要扯呼！"陆菲青展开轻功提纵术，向山下跑去，既已脱出包围，料得这三人轻功不及自己，再也追赶不上。焦文期一按铁牌上机括，三枚琵琶钉带着一股劲风向他背心射来。陆菲青挥剑打飞射向上盘的两枚琵琶钉，双脚跳起，躲开了射向下三路的一枚。他知琵琶钉上全是倒刺，一射进肉里，有如生根，如用力扯拔，非连肉拉下来一大块不可，若伸手去接，亦上大当。他躲过暗器，正想飞奔下山，脚下一个踉跄，一口气竟然提不上来，同时胸口剧痛，眼前一片昏黑。

焦罗贝三人见他脚步散乱，知他内伤发作，心中大喜，又围了上来。陆菲青舞剑奋战，四人又拆了十几招。陆菲青只觉右膀每一用力，便牵连左胸剧痛，当下剑交左手，一路左手剑向焦文期逼去。他这左手剑使的全是反手招术，和寻常剑术反其道而行，焦文期出其不意，连退数步。陆菲青得此良机，左手剑"白虹贯日"向贝人龙刺去。贝人龙识得此招，向右闪让，不料左手剑方位相反，他向右闪，左手剑顺手跟来。贝人龙大骇，躲避不及，急中生智，一摔倒地，几个翻身，滚了开去。陆菲青正待要赶，脑后风生，罗信的钢鞭"泰山压顶"砸了下来，陆菲青双脚不动，上身左让，伸手疾探，快如闪电，已点中罗信的"幽门穴"，罗信的钢鞭仍然猛砸而下，但穴道被点，登时软倒,五指伸开,钢鞭余势不衰,打在山石之上,火花四溅,反弹起来。就在此时,焦文期的三枚琵琶钉已飞到背后,陆菲青听得暗器风声劲急,向前纵跳或左右趋避都已不及,随手拉起软瘫在地的罗信一挡。"嘿"的一声,三枚琵琶钉两中前胸,一中小腹,罗信登时毙命。焦文期见暗器反而伤了自己盟弟,急怒攻心,提起铁牌,狠狠向陆菲青砸去。

贝人龙挺双钩又攻上来,陆菲青长剑刺出,贝人龙见剑势凌厉,向左跃开,焦文期铁牌跟着砸到。陆菲青眼见如回身招架,贝人龙势必又上,敌人虽已少了一个,自己伤处却也越来越痛,当下并不回头,俯身向前,将铁牌来势消了大半,可是毕竟未能全避,铁牌刃锋在他左肩划了一条大口子。焦文期正在大喜当口,忽见白光闪动,白龙剑在面前急掠而过,直向贝人龙飞去。贝人龙大惊,举吴钩剑一挡,虽然挡到,但陆菲青用足功力,以大摔碑手重手法掷出,吴钩之力未能挡开,白龙剑自他前胸刺入,后背穿出,竟将他钉在地下。

便在这一瞬之间,陆菲青突然回身,焦文期未及收回铁牌,只感到脸上一阵剧痛,眼前发黑。原来陆菲青肩上受他铁牌一击,飞掷长剑,回手甩出一把芙蓉金针向他脸上射去,这一下相距既近,出手又快,金针众多,万万无法闪避,焦文期双目全被打瞎。陆菲青乘他双手在脸上乱抓乱摸之际,一个连枝交叉步,双拳"拗鞭",当堂将他毙于拳下。

陆菲青施展平生绝技,以点穴手、大摔碑手、芙蓉金针,刹那间连毙三敌。

荒山上寒风凛冽,一勾残月从云中现出,照见横在乱石上的三具尸首,远林中夜枭怪声凄叫,他近十年来手下已没杀过人,这一次被迫毙敌,不禁摇了摇头,撕下衣襟,包了左肩上的伤口,静立调匀呼吸,然后拔起宝剑,拭净入鞘。他生恐留下了线索,把焦文期脸上金针起出收好,然后把三具尸体抛入荒山岗下。

当时气喘力竭,全身血污,自忖如去投店,必定引人疑心,还是回到李家换衣洗净之后再行离去,哪知李沅芷清晨已在书房。等李沅芷退出,他一倒上床,胸口奇痛,竟自昏了过去。也不知过了多少时候,迷迷糊糊中只觉得有人相推,听得有人呼叫:"老师!老师!"他缓缓睁眼,见李沅芷站在床前,一脸惊疑之色,旁边还有一位大夫。

经过两个多月的调养,仗着他内功精纯,再加李沅芷央求父亲聘请名医,购买良药,内伤终于治好了。这两个多月中李沅芷妥为护侍,尽心竭力。

这一日,陆菲青支使开了书僮,对李沅芷道:"沅芷,我是什么样的人,虽然你未必清楚,但也不见得完全不知。这次我遭逢大难,你这般尽心服侍,大丈夫恩怨分明,我可不能一走了之啦。那手金针功夫就传给你吧。"李沅芷大喜,跪下来恭恭敬敬的叩了八个头,她跟陆菲青读书学文,本已拜过师,这时是二次拜师。陆菲青微笑着受了,说道:"你悟性甚高,学我这派武功原是再好不过。只是……"说到这里,沉吟不语。

李沅芷忙道:"老师,我一定听你的话。"陆菲青道:"令尊的所作所为,老实说我是大大的不以为然,将来你长大成人,盼你明辨是非,分得清好歹。你拜我为师,就须严守师门戒条,可做得到吗?"李沅芷道:"弟子不敢违背老师的话。"陆菲青道:"你将来要是以我传你的功夫为非作歹,我取你小命易如反掌。"他说这句话时声色俱厉,李沅芷吓得不敢做声,过了一会,笑道:"师父,我乖乖的,你怎舍得杀我呢?"

从那天起,陆菲青便以武当派的入门功夫相授,教她调神练气,先自十段锦练起,再学三十二势长拳,既培力、亦练拳,等到无极玄功拳已有相当火候,再教她练眼、练耳、打弹子、发甩手箭等暗器的基本功夫。匆匆两年有余,李沅芷既用功又聪明,进步极快。其时李可秀已调任甘肃安西镇总兵。安西北连哈密,西接大漠,乃关外重镇。

再过两年多,陆菲青把柔云剑术和芙蓉金针也都教会了她。这五年之中,李沅芷把金针、剑术、轻功、拳技,都学了个全,所差的就是火候未到,经验不足。她遵从师父吩咐,跟他学武之事一句不露,每天自行在后花园习练,好在她自小爱武,别人也不生疑。大小姐练武功,女使看了不懂,男仆不敢多看。

李可秀精明强干,官运亨通,乾隆二十三年在平定伊犁一役中有功，朝旨下来，升任浙江水陆提督，节制定海、温州等五镇，统辖提标五营，兼辖杭州等城守协，太湖、海宁等水师营。李沅芷自小生长在西北边塞之地，现今要到山明水秀的江南去，自是说不出的高兴，磨着陆菲青同去。陆菲青离内地已久，想到旧地重游，良足畅怀，也就欣然答应。

李可秀轻骑先行赴任，拨了二十名亲兵、一名参将护送家眷随后而来。参将名叫曾图南，年纪四旬开外，微留短须，精神壮旺，体格雄健，使一手六合枪。他是靠真本领和军功升上来的，很得李可秀信任。

一行人带十几匹骡马。李夫人坐在轿车之中。李沅芷长途跋涉，整天坐在轿车里嫌气闷，但是官家小姐骑了马抛头露面，到底不像样，于是改穿了男装，这一改装，竟是异样的英俊风流，说什么也不肯改回女装。李夫人只好笑着叹口气，由得她了。

这一日夕阳西垂，陆菲青骑在马上，远远落在大队之后，纵目四望，只见夜色渐合，长长的塞外古道上，除了他们这一大队骡马人伙外，惟有黄沙衰草，阵阵归鸦。蓦地里一阵西风吹来，陆菲青长吟道："将军百战身名裂，向河梁，回首万里，故人长绝。易水萧萧西风冷，满座衣冠似雪。正壮士悲歌未彻……"心道："辛稼轩这首词，正可为我心情写照。当年他也如我这般，眼见莽莽神州沦于夷狄，而房势方张，规复难期，百战余生，兀自慷慨悲歌。"这时他已年近六十，虽然内功深湛，精神饱满，但须眉皆白，又想："我满头须发似雪，九死之余，只怕再难有什么作为了。"马鞭一挥，纵马追上前去。

骡队翻过一个山岗，眼看天色将黑，骡夫说再过十里地就到双塔堡，那是塞外一个大镇，预定当晚到镇上落店。正在此时，陆菲青忽听得一阵快马奔驰之声，前面征尘影里，两匹枣骝马八蹄翻飞，奔将过来，眨眼之间已旋风似的来到跟前。马上两人伏腰勒缰，斜刺里从骡队两旁直窜过去。

陆菲青在一照面中，已看出这两人一高一矮，高者眉长鼻挺，脸色白净，矮者满脸精悍之气。他拍马追上李沅芷，低声问道："这两人你看清楚了么？"李沅芷喜道："怎么？是绿林道么？"她巴不得这二人是劫道的强徒，好显一显五年来辛辛苦苦学得的本领。陆菲青道："现下还瞧不准，不过看这两人的身手，不会是绿林道探路的小伙计。"李沅芷奇道:"这两人武功挺好?"陆菲青道:"瞧他们的骑术,多半不是庸手。"

大队快到双塔堡,对面马蹄声起,又是两乘马飞奔而来,掠过骡队。陆菲青道:"咦,这倒奇了。"这时暮霭苍茫,一路所经全是荒漠穷乡,眼见前面就是双塔堡,怎么这时反而有人从镇上出来,除非身有要事而存心赶夜路了。

行不多久,骡队进镇,曾参将领着骡队轿车,径投一家大店。

李沅芷和母亲住着上房。陆菲青住了间小房,用过饭,店伙掌上灯,正待休息,夜阑人静,犬吠声中,隐隐听得远处一片马蹄之声。陆菲青暗想:"这时候还紧自赶路,到底有什么急事?"追思路上接连遇到的四人,暗忖此事有些古怪。蹄声得得,越行越近,直奔到店前,马蹄声一停,敲门声便起。只听得店伙开门,说道:"你老辛苦。茶水酒饭都预备好啦,请进来用吧!"一人粗声说道:"赶紧给喂马,吃了饭还得赶路。"店伙连声答应。脚步声进店,听来共是两人。

陆菲青心下思量:这伙人一批批奔向安西,看他们马上身法都是身负武功之人,在塞外这多年,这样的事儿倒还真少见。他轻轻出了房门,穿过三合院,绕至客店后面,只听得刚才粗声说话那人道:"三哥,你说少舵主年纪轻轻,这伙兄弟他镇得住么?"陆菲青循声走到窗下,他倒不是存心窃听别人阴私,只是这伙人路道奇特,自己身上负着重案,不得不处处小心提防。只听屋里另一人道:"镇不住也得镇住。这是老当家遗命,不管少舵主成不成,咱们总是赤胆忠心的保他。"这人出声洪亮,中气充沛,陆菲青知他内功精湛,不敢弄破窗纸窥探,只屏息倾听。只听那粗嗓子的道:"那还用说?就不知少舵主肯不肯出山。"另一人道:"那倒不用担心,老当家的遗命,少舵主自会遵守。"他说这个"守"字,带了南方人的浓重乡音。

陆菲青心中一震:"怎地声音好熟?"仔细一琢磨,终于想起了,那是从前在屠龙帮时的好友赵半山。那人比他年轻十岁,是温州王氏太极门掌门大弟子。两人时常切磋武艺,互相都很钦佩。至今分别近二十年,算来他也快五十岁了。屠龙帮风流云散之后,一直不知他到了何处,不意今日在塞外相逢,他乡遇故知,这份欣慰不可言喻。他正想出声认友,忽然房中灯火陡黑,一枝袖箭射了出来。

这枝袖箭可不是射向陆菲青,人影一闪,有人伸手把袖箭接了去。那人一长身,张口便欲叫阵。陆菲青纵身过去,低声喝道:"别作声,跟我来!"那人正是李沅芷。窗内毫无动静,没人追出。

陆菲青拉着她手,蛇行虎伏,潜行窗下,把她拉入自己店房。灯下一看,见她已换上了夜行装束,但仍是男装,也不知是几时预备下的,脸上一副跃跃欲试的神情,不禁又好气又好笑,当下庄容说道:"沅芷,你知那是什么人?干么要跟他们动手?"这一下可把李沅芷问得张口结舌,答不上来,呆了半晌,才忸怩道:"他们干么打我一袖箭?"她自是只怪别人,殊不知自己偷听旁人阴私,已犯了江湖大忌。陆菲青道:"这两人如不是绿林道,就是帮会中的。内中一人我知道,武功决不在你师父之下。他们定有急事,是以连夜赶路。这枝袖箭也不是存心伤人,只不过叫你别多管闲事。真要射你,怕就未必接得住。快去睡吧。"说话之间,只听开门声、马蹄声,那两人已急速走了。给李沅芷这样一闹,陆菲青心想这时去会老友,多有不便,也不追出去相见。

次日骡队又行,出得镇来,走了一个多时辰,离双塔堡约已三十里。李沅芷道:"师父,对面又有人来了。"只见两骑枣红马奔驰而来。有了昨晚之事,师徒俩对迎面而来之人都留上了心。两匹马一模一样,神骏非凡,更奇的是马上乘客也一模一样,都是四十左右年纪,身裁又高又瘦,脸色蜡黄,眼睛凹进,眉毛斜斜的倒垂下来,形相甚是可怖,显然是一对孪生兄弟。

这两人经过骡队时都怪目一翻,向李沅芷望了一眼。李沅芷也向他们瞪了个白眼,把马一勒,一副要打架不妨上来的神色。这两人毫不理会,径自催马西奔。李沅芷道:"哪里找来这么一对瘦鬼?"

陆菲青见这两人的背影活像是两根竹竿插在马上,蓦地醒觉,不由得失声道:"啊,原来是他们!"李沅芷忙问:"师父识得他们?"陆菲青道:"那定是西川双侠,江湖上人称黑无常、白无常的常家兄弟。"李沅芷噗嗤一笑,说道:"他们姓得真好,绰号也好,可不是一对无常鬼吗?"陆菲青道:"女孩子家别风言风语的,人家长得难看,本领可不小!我跟他们没会过面,但听人说,他俩是双生兄弟,从小形影不离。哥儿俩也不娶亲,到处行侠仗义,闯下了很大的万儿来。尊敬他们的称之为西川双侠,怕他们的就叫他俩黑无常、白无常。"李沅芷道:"这两人不是一模一样吗?怎么又有黑白之分?"

陆菲青道："听人说,常家兄弟身材相貌完全一样,就是哥哥眼角上多了一粒黑痣,是以起名叫做常赫志,弟弟没痣,叫常伯志。他们是青城派慧侣道人的徒弟。慧侣道人一死,黑沙掌的功夫,江湖上多半没人在他二人之上了。这两兄弟是川江上著名的侠盗,一向劫富济贫,不过心狠手辣,因此得了这难听的外号。"李沅芷道："他们到这边塞来干么呀?"陆菲青道："我也真捉摸不定,从来没听说他两兄弟在塞外做过案。"李沅芷道："这对无常鬼要是敢来动我们的手,就让他们试试师父的白龙剑。"刚才这对兄弟瞪了她一眼,姑娘心中可不乐意了,不好意思说"试试姑娘的宝剑",就把师父先给拉扯上。陆菲青道："听说他兄弟从不单打独斗,对付一个是两哥儿齐上,对付十个也是两哥儿齐上。"他干笑一声,说道："你师父这把老骨头,怕经不起他们四只手掌敲打呢!"

说话之间,前面马蹄声又起。这次马上乘的是一道一俗。道人背负长剑,脸色苍白,满是病容,只有一只右臂,左手道袍空空的袖子束在腰里。另一人是个驼子,衣服极为光鲜。李沅芷见这驼子相貌丑陋,服饰却如此华丽,不觉笑了一声,说道："师父,你瞧这驼子!"陆菲青待要阻止,已然不及。

那驼子怒目横瞪,双马擦身而过之际,突然伸臂向李沅芷抓来。那道人似乎早料到驼子要生气,不等李沅芷避让,就伸马鞭一挡,拦开了他这一抓,说道："十弟,不可闹事!"这只是一瞬间之事,两匹马已交错而过。

陆菲青和李沅芷回头望去,只见驼子挥鞭在他自己和道人的马上各抽一鞭,两匹马疾驰而前,那驼子突然间一个"倒栽金钟",在马背上一个倒翻筋斗,跳下地来,双脚在地上交互三点,已向李沅芷扑了过来。李沅芷长剑在手,谨守师父所授"敌未动,己不动"的要诀,剑尖微颤,却不发招。那驼子可也奇怪,并不向她攻击,左手探出,竟一把拉住她坐骑的尾巴。那马正在奔驰,忽被拉住,长嘶一声,前足人立起来。驼子神力惊人,只给马拉得冲前两步,伸出右掌,在拉得笔直的马尾上一划,马尾立断,如经刀割。马匹直冲出去,李沅芷吓了一跳,险些掉下马来。她回手挥剑向驼子砍去,距离已远,却哪里砍得着?驼子回头便跑。他身矮足短,奔跑却是极快,有如滚滚黄沙中裹着一个肉球向前卷去,顷刻间已追及那疾驰向西的坐骑,飞跃上马，不一会就不见踪影了。

李沅芷被驼子这么一闹，气得想哭，委委屈屈的叫了一声："师父！"

陆菲青一切全瞧在眼里，不由得蹙起眉头，本想埋怨几句，但见她双目莹然，珠泪欲滴，就忍住不说了。

正在这时，忽听身后传来一阵"我武——维扬——""我武——维扬——"的喊声。

李沅芷甚是奇怪，忙问："师父，那是什么？"陆菲青道："那是镖局里趟子手喊的趟子。每家镖局子的趟子不同，喊出来是通知绿林道和同道朋友。镖局走镖，七分靠交情，三分靠本领，镖头手面宽，交情广，大家卖他面子，这镖走出去就顺顺利利。绿林道的听得趟子，知是某人的镖，本想动手拾的，碍于面子也只好放他过去。这叫作'拳头熟不如人头熟'。要是你去走镖哪，嘿，这样不上半天就得罪了多少人，本领再大十倍，那也是寸步难行。"李沅芷一听，敢情师父是借题发挥，在教训人啦，心道："我干么要去走镖哪？"可是不敢跟师父顶嘴，笑道："师父，我是错了嘛！师父，那喊的是什么镖局子啊？"陆菲青道："那是北京镇远镖局，北方可数他最大啦。奉天、济南、开封、太原都有分局。总镖头本是威镇河朔王维扬，现下总有七十岁了罢？听他们喊的趟子仍是'我武维扬'，那么他还没告老收山。唉，见好也该收了，镇远镖局发了四十年财，还不知足么？"

李沅芷道："师父识得他们总镖头么？"陆菲青道："也会过面。此人凭一把八卦刀、一对八卦掌，当年打遍江北绿林无敌手，也真称得上威震河朔！"李沅芷很是高兴，道："他们镖车走得快，待会儿赶了上来，你给我引见，让我见见这位老英雄。"陆菲青道："他自己怎么还会出来？真是傻孩子。"

李沅芷老是给师父数说，满不是味儿，她知自己江湖上的事情全然不懂，心里嘀咕："我不懂，就说给我听嘛，干么老骂人家？"拍马追上骡车去和母亲说话解闷，回头一看自己的马，尾巴给驼子弄断了，也不禁暗暗吃惊，心想一掌打断一杆枪并不稀奇，马尾巴是软的，怎能用手割断？勒马想等师父上来请问，一转念间，又赌气不问了，追上了曾图南，道："曾参将，我的马尾巴不知怎么断了，真难看。"说着嘟起了嘴。曾图南知她心意,道:"我这坐骑不知怎么搞的,今儿老是闹倔脾气,说什么也制它不了。小姐骑术好,劳你的驾,帮我治一下行么?"李沅芷谦逊一句:"怕我也不成。"两人换了坐骑。曾参将那马其实乖乖的,半点脾气也没有。曾参将还赞一句:"小姐,真有你的,连马也服你。"

李夫人怕大车走快了颠簸,是以这队人一直缓缓而行。但听得镖局的趟子声越喊越近,不一会,二十几匹骡驮赶了上来。

陆菲青怕有熟人,背转了身,将一顶大草帽遮住半边脸,偷看马上镖师。七八名镖师纵马经过,只听一名镖师道:"听韩大哥说,焦文期焦三哥已有了下落。"陆菲青吃了一惊,回头看那镖师,晃眼间只看到他满脸胡子,黑漆漆的一张长脸,等他擦身而过,见他背上负着一个红布包袱,还有一对奇形兵器,竟是外门中的利器五行轮,寻思:"遮莫关东六魔做了镖师?"关东六魔除焦文期外,其余五人都未见过,只知尽皆武艺高强,五魔阎世魁、六魔阎世章都使五行轮,外家硬功夫甚是了得。

他心下盘算,这次出门来遇到不少武林高手,镇远镖局看情形真的是在走镖,那也罢了,另外那些人倘若均是为己而来,可不免凶多吉少,避之犹恐不及,偏偏这个女弟子少不更事,不断去招惹人家。不过看情形又不像是为自己而来,赵半山是好朋友,决不致不念旧情。那么他们一批一批西去,又为的何来?

李沅芷和曾参将换了坐骑,见他骑了没尾巴马,暗自好笑,勒定了马等师父过来,笑道:"师父,怎么对面没人来了?从昨天算起,已有五对人往西去了,我倒真想再见识见识几位英雄好汉。"

一句话提醒了陆菲青,他一拍大腿,说道:"啊,老胡涂啦,怎么没想到'千里接龙头'这回事。"只因心中挂着自己的事,尽往与自己有关的方面去推想,哪知全想岔了。李沅芷道:"什么'千里接龙头'?"陆菲青道:"那是江湖上帮会里最隆重的礼节,通常是帮会中行辈最高的六人,一个接着一个前去迎接一个人,最隆重的要出去十二人,一对一对的出去。现今已过了五对,那么前面一定还有一对。"李沅芷道:"他们是什么帮会?"陆菲青道:"这可不知道了。"又道:"你看西川双侠和那驼子都是这帮会的,声势当真非同小可。千万别再招惹,知道么?"李沅芷嘴上答应,心里可大不服气,一心要看看前面来的又是何等样人。

午时打过了尖,对面仍无人来,陆菲青暗暗纳罕,觉得事出意外,难道所料不对?心想连赵半山都是这帮会中人,这帮会自是十分了不起,自己十年来隐姓埋名,与江湖朋友不通声气,江湖上的大事全无知闻,真正是老得不中用了。正自暗暗叹气,岂知前面没人来,后面倒来了人,只听得一阵驼铃响,尘土飞扬,一大队沙漠商队赶了上来。

待得渐行渐近,只见数十匹骆驼夹着二三十匹马,乘者都是回人,高鼻深目,满脸浓须,头缠白布,腰悬弯刀。回族商人从回部到关内做生意,事属常有,陆菲青也不以为意。突然间眼前一亮,一个黄衫女郎骑了一匹青马,纵骑小跑,轻驰而过。那女郎秀美中透着一股英气,光采照人,当真是丽若冬梅拥雪,露沾明珠,神如秋菊披霜,花衬温玉,两颊晕红,霞映白云,双目炯炯,星灿月朗。

陆菲青见那回族少女人才出众,不过多看了一眼,李沅芷却瞧得呆了。她自幼生长西北边塞,一向也没见过几个头脸齐整的女子,更别说如此好看的美人了。那少女和她年事相仿,大约也是十八九岁,腰插匕首,长辫垂肩,一身鹅黄衫子,头戴金丝绣的小帽,帽边插了一根长长的翠绿羽毛,革履青马,旎旖如画。那黄衫女郎纵马而过,李沅芷情不自禁,催马跟去,目不转瞬的盯着她。

黄衫女郎见一个美貌的汉人少年痴痴相望,脸一红,叫了一声"爹!"一个身材高大、满颊浓须的回人拍马过来,在李沅芷肩上轻轻一拍,说道:"喂,小朋友,走道么?"李沅芷"唔"了一声,还没会意自己女扮男装,这般呆望人家闺女可显得十分浮滑无礼。那黄衫女郎只道李沅芷心存轻薄,手挥马鞭一圈,已裹住她坐骑的鬃毛,回手一拉,登时扯下了一大片毛来。那马痛得乱跳乱纵,险些把她颠下马来。黄衫女郎长鞭在空中一挥,噼啪一声,扯下来的马毛四散乱飞。

李沅芷心头火起,摸出一枝钢镖,向黄衫女郎后心掷去,可也没存心伤她,倒转钢镖,尖头在后,叫声:"喂,小姑娘,镖来啦!"那女郎身子向左一偏,镖从右肩旁掠过,射向前面,待钢镖飞至身前丈许,手中长鞭卷出,鞭梢革绳已将钢镖卷住拉回,顺手向后挥出,叫道:"喂,小伙子,镖还给你!"手势不劲,钢镖缓缓向李沅芷胸前倒飞而来,李沅芷伸手接住。

　　沙漠商队人众见了黄衫女郎这手马鞭绝技,都大声喝采。她父亲却脸有忧色,低声向她说了句什么话。黄衫女郎答应道:"噢,爹!"也不再理会李沅芷,纵马向前,数十匹驼马跟着绝尘而去。眼见他们追上李夫人所乘骡车和护送兵丁,尘沙扬起,蹄声渐远。

　　陆菲青漫不在意,笑道:"能人好手,所在都有,这句话现下信了吧?这个黄衫姑娘年纪跟你差不多,刚才露这一手可佩服了?"李沅芷道:"这些回回白天黑夜都在马上,马鞭儿自然耍得好,可也未必有什么真正武功。"陆菲青嘻嘻一笑,道:"是么?"

　　傍晚到了布隆吉,镇上只一家大客店,叫做"通达客栈"。店门前插了"镇远镖局"的镖旗,原来路上遇到的那支镖已先在这里歇了。李夫人等一行也即投宿。这家客栈接连招呼两大队人,伙计忙得不可开交。

　　陆菲青洗了脸,手里捧了一壶茶,慢慢踱到院子里,只见大厅上有两桌人在喝酒吃饭。那背负红布包袱的镖师背上兵器已卸了下来,但那包袱仍然背着,正在高谈阔论。

　　陆菲青手里捧了茶壶,假装抬头观看天色,只听一名镖师笑道:"阎五爷,你将这玩意儿平平安安的送到京城,兆惠将军还不赏你个千儿八百的吗?又好去跟你那小喜宝乐上一乐啦!"陆菲青心说:"果然是关东六魔中的第五魔阎世魁。"当下更加留上了神。那阎世魁道:"赏金吗?嘿,那谁也短不了⋯⋯"他话还未说完,一个阴阳怪气的声音插嘴道:"就只怕小喜宝已经跟了人,从了良啦。"陆菲青斜眼看去,见说话那人相貌猥琐,身形瘦削,但也是一身镖师打扮。阎世魁心中不快,"哼"了一声。第一个说话的镖师道:"童兆和你这东西,总没好话。"那童兆和仍是有气没力的道:"从良不是好话?好吧,我说小喜宝做一辈子的窑姐儿,到死翻不了身。"阎世魁破口大骂:"你妈才做一辈子窑姐儿。"童兆和笑道:"成,我叫你干爹。"

　　陆菲青听这伙人言不及义,听不出什么名堂,正想走开,只听童兆和道:"阎五爷,玩笑是玩笑,正经归正经。你可别想小喜宝想昏了头,背上这红包袱给人家拾了去。你脑袋搬家事小,咱们镇远镖局四十年的威名可栽不起。"阎世魁怒道:"童家小子,你望安吧,这批回回想从你阎五爷手上把这玩意儿夺回去,教他们快死了这条心。我阎世魁关东六魔的名头,可是靠真功夫挣来的,不像有些小子在镖行里混,除了能吃饭,就是会放屁!"陆菲青望了望他背上那红布包袱,见包袱不大,看来所装的东西也很轻巧。只听童兆和道:"关东六魔的名头的确不小,就可惜第三魔给人家做了,连仇人是谁也不知道。"阎世魁一拍桌子道:"谁说不知道?那定是红花会害的。"

陆菲青心想:"这倒奇了,焦文期明明是我杀的,他们却写在红花会帐上。红花会又是怎么回事?"他慢慢走到院子里去抚弄花木,离众镖客更加近了。

童兆和嘴头上丝毫不肯放松:"我可惜没骨气,只会吃饭放屁。只要我不是孙子哪,早就找红花会算帐去啦。"阎世魁给他气得发抖,说不出话来。一名镖师出来打圆场,道:"红花会总舵主于万亭上个月死在无锡,江湖上谁都知道。人家没了当家的,你找谁去?再说,焦三爷给红花会害死,又没见证,谁瞧见啦?你找上门去,人家来个不认帐,你有什么法子?"童兆和没了话,自己解嘲:"红花会咱们不敢惹,欺侮回回还不敢么?他们当作性命宝贝的玩意儿咱们给抢了来,以后兆将军要银子要牛羊,他们敢不双手送上吗?我说阎五爷,你也别想你那小喜宝啦,敢情回京求求兆将军,让他给你一个回回女人做小老婆,可有多美……"

正说得得意,忽然啪的一声,不知哪里一块泥巴飞来,刚塞在他嘴里。童兆和啊啊啊的叫不出声来。两名镖师抄起兵刃,赶了出去。阎世魁站起身来,把身旁五行轮提在手里。他弟弟阎世章闻声赶来,两兄弟站在一起,并不追敌,显是怕中了敌人的调虎离山之计。童兆和把泥块吐了出来,王八羔子、祖宗十八代的乱骂。阎世章冷冷的道:"一向只听说狗吃屎,今儿可长了见识,连泥巴也吃起来啦!"

镖师戴永明、钱正伦一个握了条软鞭,一个挺着柄单刀,从门外奔回,说:"点子逃啦,没瞧见。"

这一切陆菲青全看在眼里,见那口齿轻薄的童兆和一副狼狈相,心中暗自好笑,忽然瞥见东墙角上人影一闪。他装着没事人般踱方步踱到外面,其时天色已黑,他躲在客店西墙脚下,只见一条人影从屋角跳下,落地无声,向东如飞奔去。

陆菲青想见识这位请童兆和吃泥巴的是何等样人物,施展轻功,悄没声的跟在后面,双手仍是捧着茶壶,长衫也不撩起。他数十年苦练的轻功直是非同小可,虽然出步迅速,前面那人却丝毫未觉。片刻之间,两人奔出了五六里地。前面那人身材苗条,体态婀娜,似乎是个女子,但轻功也甚高明。过了个山坡,前面黑压压一片森林,那人直穿入林中,陆菲青也跟着追去。树林中落叶枯枝,满地皆是,一踏上去,沙沙作声。他怕那人发觉,脚步稍慢,一瞬之间,已不见了那人的影子。忽然云破月现,一片清光在林隙树梢上照射下来,满地树影凌乱,远处黄衫一闪,那人已出了树林。

他跟到树林边缘,掩在一株大树后面向外张望,林外一大片草地,搭着八九个帐篷。他好奇心起,有心要窥探一番,静待两名守望者转过身去,提气一个"燕子三抄水",跃到了帐篷外一匹骆驼身后,守望者并未发觉。他弯身走到中间一座最大的帐篷背后,伏下地来,帐篷里有人在慷慨激昂的说话,话是回语,说得又快,他虽在塞外多年,这篇话却大半不懂,当下轻轻掀起帐幕底脚一角,向里张望。

帐篷中点着两盏油灯,许多人坐在地毡之上,便是白天遇到的那回人商队。这时一个清脆的声音咭咭咯咯的说起话来,陆菲青移眼望去,见说话的正是那黄衫少女。她话声一停,手腕翻处,从腰间拔出一把精光耀眼的匕首。

她用匕首刀尖在自己左手食指上一刺,几滴鲜血滴在马乳里。帐篷中其余的回人也都纷纷拔出佩刀,滴血乳中。黄衫女郎叫他"爹"的那高个子回人举起杯子,大声说了几句话。陆菲青只听懂几个字,什么"可兰经"、"故乡"。那黄衫女郎跟着又说,语音朗朗,似乎是说:"不夺回神圣的可兰经,誓死不回故乡。"众回人都轰然宣誓。黯淡灯光之下,见人人面露坚毅愤慨之色。众人说罢,举杯饮尽,随即低声议论,似是商量什么法子。陆菲青心头揣摩,看来这群回人有一部视为圣物的经书给人夺了去,现下要去夺回来。

他这一猜没猜错,原来这群回人属于天山北路的一个游牧部族,乃是唐代回纥遗种,民风高尚,性格强悍,一向不服朝廷统属,自行分部而治。元朝蒙古人自大,蔑称之为"畏吾儿人",后人客气些的便称之为回部,其实他们形貌习俗与中原回人大异,并非同一种族,只不过同奉回教。这一部族人多势盛,共有近二十万人。那高身材的人叫木卓伦,是这部族的首领,武功既强,为人又仁义公正,极得族人爱戴。黄衫女郎是他的女儿,名叫霍青桐。她爱穿黄衫,小帽上常插一根翠绿羽毛,因此得上个漂亮外号,天山南北武林中人,很多知道"翠羽黄衫霍青桐"的名头。

这族人以游牧为生,遨游大漠,倒也逍遥快乐。但清廷势力进展到回疆后,征敛越来越多。木卓伦起初还想委曲求全,尽量设法供应。哪知官吏贪得无厌,弄得合族民不聊生。木卓伦和族人一商量,都觉如此下去实在没有生路,几次派人向当道求情,求减征赋,不料征赋并未减少,反引起了清廷的疑虑。正黄旗满洲副都统兼镶红旗护军统领、定边将军兆惠其时奉旨在天山北路督办军务,侦知这族有一部祖传手抄可兰经,得自回教圣地麦加,数十代由首领珍重保管,乃这一族的圣物,于是乘着木卓伦远出之际,派遣高手,竟将经书抢了来,他想以此要挟,就不怕回人反抗。木卓伦在大漠召开大会,率众东去夺经,立誓纵然暴骨关内,也要让圣书物归原主。此刻他们是于晚祷之前,重申前誓。

陆菲青得知这些回人的图谋与己无关,不想再听下去,正待抽身回去,忽见帐中回人全都伏下来祈祷。他连忙站起,哪知这一瞬之间,霍青桐已见到帐外有人窥探,在父亲耳边低声说:"外边有人!"长身纵出帐来,见一个人影正向树林跑去,身法极快,她右手扬起,一颗铁莲子向他打去。

陆菲青听得背后风声,知有暗器袭来,微微侧身,这时双手仍捧着茶壶,伸出右手食指,看准铁莲子向下轻轻一拨,铁莲子自平飞转为下跌。他左手拿着茶壶,以食中两指揭开壶盖,铁莲子扑的跌入壶中。他头也不回,施展轻功如飞回店。

到店时大伙均已安睡。店伙道:"老先生,溜跶了这么久,看夜景么?"陆菲青胡乱答应,走进房中,取出茶壶里的铁莲子,见是精钢打成,上面刻着一根羽毛,随手放入囊中。

次日一早,镖行大队先行。趟子手"我武——维扬——"一路喊出去,镇远镖局一杆八卦镖旗在前开道。陆菲青看这镖行的骡驮并不沉重，几名镖师全都护着阎世魁。看来他所背的那个红布包袱才是真正要物。镖行中原有保红镖的规矩，大队人手只护送几件珍宝。至于包中是什么"玩意儿"，他也不去理会。

镖行一行人走后，曾参将率领兵丁也护送着夫人上路了。日中在黄岩子打了尖，一路是上山的斜路，预计当日赶着翻过三条长岭，在岭下的三道沟落店。

山路险峻，愈来愈陡，李沅芷和曾参将紧紧跟着夫人的骡车，生怕骡子一个失脚，车子跌入山谷，那可是粉身碎骨之祸。行到申牌时分，正到乌金峡口，只见镖行大队都坐在地上休息，曾参将指挥随从，也休息一刻。乌金峡两边高山，中间一条山路，甚为陡削，途中不易停步，必须一鼓作气上岭。陆菲青落在后面，背转了身，不与镖行众人朝相。

休憩罢，进入峡口，镖行大队与曾参将手下兵丁排成了一条长龙，人众牲口都气呼呼的上山。骡夫"得儿——得儿——"的叱喝声响成一片。陆菲青忽见右边山峰顶上人影一闪，似乎有人窥探。猛听得前面一阵驼铃响，一队回人乘着驼马，迎面奔下岭来，疾驰俯冲，蹄声如雷，势若山崩。镖行中人大声呼喝，叫对方缓行。童兆和喊道："喂，相好的，家里死了几个娘老子，要奔丧啊？"

众回人转眼奔近，前面七八骑上乘者忽然纵声高歌，声音曼长，山谷响应。两边山顶上都有人站起来，高歌而和。镖行中人不禁愕然。只听回人队中一声胡哨，两骑飞奔向前，绕过阎世魁，对准了紧随在他身后的阎世章疾冲。同时四匹骆驼已奔到阎世魁的前后左右。阎氏兄弟久经大敌，眼见情势有异，忙拔兵器应敌。四匹骆驼背上的回人突然间同时双手各举大铁椎，猛向阎世魁当头砸将下来。山道狭窄，本少回旋余地，这时又挤满了人，四名回人身雄力壮，骑在骆驼背上居高临下，四柄各重百余斤的大铁椎猛砸下来，阎世魁武艺再好也无法躲避，当场连人带马被打成血肉模糊的一团。

回人队中黄衫女郎霍青桐纵身上前，跳下马来，长剑晃动，割断阎世魁背上缚住包袱的布带一端，第二剑未出，忽觉背后一股劲风，有兵刃袭来。

霍青桐侧身让过，不顾来敌，挥剑又割断布带一端。不料敌人剑法迅捷，不容她缓手去拾包袱，又是一剑拦腰削来。霍青桐无法避让,挥剑挡格,双剑相交,火花迸发。她心中一震,敌人武功不弱,顾不得仔细琢磨,伸左手又去拾那包袱。敌人长剑如影随形,直刺她左腕。霍青桐左手缩回,食中两指捏了个剑诀,右手剑直递出去,抬头看时,接连三次阻她拾包袱之人是个美貌少年,认出就是昨日途中无礼直视的那人,不禁心头火起,唰唰唰三剑进手招数,两人斗在一起。

那人正是女扮男装的李沅芷,她骤见回人商队奇袭镖行,本拟隔山观虎斗,瞧瞧热闹,忽见黄衫女郎飞身而出去抢红布包袱。这黄衫女郎昨日拉去她的马鬃,师父反而赞她武功,心中老大不服,此刻见镖师与回人打得火炽,也不理会谁是谁非,施展轻功,赶上去要与黄衫女郎较量个高下。

霍青桐连刺三剑,都给李沅芷化解了开去,不由得心头焦躁。他们查知本族这部可兰经,已由兆惠托了镇远镖局护送前往北京,众镖头严密守护的红布包袱,定然便是圣经所在。镖行中人武功不弱,明抢硬夺,未必能成,霍青桐于是设计在乌金峡口埋伏,本拟出其不意的一击成功,夺了圣经便即西返回部,哪知半路里杀出这少年来作梗。霍青桐眼见时机稍纵即逝,不愿恋战,突然剑法变动,施展天山派绝技"三分剑术",数招之间已将李沅芷逼得连连倒退。

"三分剑术"是天山派剑术的绝诣,所以叫做"三分",乃因这路剑术中每一手都只使到三分之一为止,敌人刚要招架,剑法已变。一招之中蕴涵三招,最为繁复迅疾。这路剑术并无守势,全是进攻杀着。

李沅芷见黄衫女郎长剑"冰河倒泻"直刺过来,当即剑尖向上,想以"朝天一柱香"格开,哪知对方这招并未使足,刺到离身两尺之处已变为"千里流沙",直刺变为横砍,一惊之下,剑锋急转,护住中路。说也奇怪,对方横砍之势看来劲道十足,剑锋将到未到之际突然变为"风卷长草",向下猛削左腿。李沅芷疾退一步,堪堪避开。霍青桐变招"举火燎天",自下而上,刺向左肩。李沅芷待得招架,对方又已变为"雪中奇莲"。只见她每一招都如箭在弦,虽然含劲不发,却在在暗伏凶险。

两人连拆十余招,双剑竟未相碰,只因霍青桐每一招都只使到三分之一,未待对方拆架,便已变招。霍青桐在她身旁空砍空削,剑锋从未进入离她身周一尺之内,李沅芷却已给逼得手忙脚乱,不住倒退。若不招架,说不定对手虚招竟是实招;如要招架,对方一招只使三分之一,也就是说只花三分之一时刻,自己使一招,对方已使了三招,再快也赶不上对手迅捷,心中惊惶,接连纵出数步。其实她的柔云剑术也已练得有六七成火候,只要心神凝定,紧守门户,也未必马上落败,但毕竟是初出道,毫无经历,突见对手剑法比自己快了三倍,不由得慌了,招架既然不及,只得逃开。

霍青桐也不追赶,立即转身,见一个身材瘦小之人从阎世魁身旁站起,手中已捧着那红布包袱。霍青桐挺剑刺去,那人叫道:"啊哟,童大爷要归位!"这人便是口齿轻薄的童兆和。他不敢接招,三步跳了开去,霍青桐赶上,举剑下砍,斜刺里一柄五行轮当胸推来,却是阎世章过来挡住。

霍青桐这次筹划周详,前后都用庞然大物的骆驼把镖行人众隔开,使之首尾不能相救。木卓伦手挥长刀,力拒戴永明、钱正伦两名镖师,以一敌二,兀自进攻多、遮拦少。可是另一边却给阎世章攻了过来。他见胞兄给回人大椎砸死,悲怒交集,在马背上纵起,飞身越过骆驼,左手五行轮掠出,在一名手持铁椎的回人胁下划了一条大伤口,那人登时跌下骆驼。另一个回人过来拦截,阎世章待他铁椎挥来,身子略偏,双轮归于左手,右手扣住他脉门猛拉。大铁椎重达百斤,那一挥之势极为猛烈,那回人被他顺势拉扯,倒撞下骆驼,铁椎打在自己胸口,大叫声中,狂喷鲜血。混乱中童兆和见有便宜可捡,抢得红布包袱。阎世章见霍青桐追赶童兆和,知他武艺平常,忙过来拦住。

霍青桐和阎世章拆了数招,但觉对手招精力猛,实是劲敌,又怕那美貌少年再加入战团,忽听两边山上胡哨声大作,那是自伙退却的讯号,知是镖行来了接应。抬头见童兆和正急步跑上山岭,忙施展"三分剑术"把阎世章逼退两步,仗剑向岭上追去。胡哨声越来越响。木卓伦大叫:"青桐,快退!"霍青桐停步不追,督率同伴把死伤的回人抱上驼马,胡哨声中,大队向岭下冲去,只见前面数十名清兵拦住去路。曾图南跃马向前,横枪喝道:"大胆回子,要造反吗?"霍青桐两颗铁莲子分打曾参将双手,当啷一声,铁枪落地。

木卓伦高举长刀,当先开路,大队回人向清兵冲去。清兵纷纷让路。阎世章和戴永明回身追来,与霍青桐又斗在一起。回人队中一骑飞出,乘者大叫:"二妹,你先退。"此人是霍青桐的兄长霍阿伊,一杆大枪阻住两名镖师。霍青桐回身上马,兄妹二人且战且退。忽然两边山顶急哨连声,霍阿伊、霍青桐催马快奔。阎世章跟着追去,霍青桐两粒铁莲子向他上盘打去。阎世章停下脚步,挥五行轮将铁莲子砸飞。两边山上大石已纷纷打将下来,十几名清兵被打得头破血流,混乱中回人大队已然远去。

阎世章见兄长惨死,抱住了血肉模糊的尸身只是流泪。钱正伦和戴永明一再相劝,阎世章才收泪上马。镖行伙计将死者尸首放上大车。童兆和得意洋洋,说道:"若不是童大爷手脚快,他死了也是白饶。"双方酣斗之际,陆菲青一直袖手旁观。李沅芷虽被霍青桐逼退,但相助镖行,终于不让回人得手,心下颇为自得。阎世章正在伤心,其余镖师忙于救死扶伤,竟无一人过来招呼道谢,大小姐便甚是不快。童兆和见曾图南武官打扮,过来跟他套了几句交情,对李沅芷却不理会,她更加有气。哪知陆菲青又狠狠的教训了她一顿,责她不该擅自出手,坏人大事,没来由的多结冤家,说道:"镖行中好人少,坏人多,何苦帮人作恶?"把她骂得抬不起头来。

过了岭,黄昏时分已抵三道沟。那是一个不大不小的市镇。骡夫道:"三道沟就只一家安通客栈。"进了镇,镖行和曾图南一行人都投安通客栈。塞外处处荒凉,那客店土墙泥地,也就简陋得很。童兆和不见店里伙计出来迎接,大骂:"店小二都死光了么?我操你十八代祖宗!"李沅芷眉头一皱,她可从来没听人敢当着她面骂这些粗话。

一行人正要闯门,忽听得屋里传出一阵阵兵刃相接之声。李沅芷大喜:"又有热闹瞧!"抢先奔了进去。

内堂里阒无一人,到得院子,只见一个少妇披散了头发正和四个汉子恶斗。那少妇面容惨淡,左手刀长,右手刀短,刀光霍霍,以死相拼。李沅芷见他们斗了几个回合,那几名汉子似想攻进房去,给那少妇舍命挡住。四条汉子武功均似不弱,一使软鞭,一使怀杖,一使剑,一使鬼头刀。

这时陆菲青也已走进院子,心道:"怎么一路上尽遇见会家子?"

见那使怀杖的举双杖当头狠砸,少妇不敢硬接,向左闪让。软鞭拦腰缠来,少妇左手刀刀势如风,直截敌人右腕。软鞭鞭梢倒卷,少妇长刀已收,没被卷着,鬼头刀却已砍来,同时一柄剑刺她后心。少妇右手刀挡开了剑,但敌人两下夹攻,鬼头刀这一招竟然避让不及,给直砍在左肩。

她挨了这一刀,兀自恶战不退,双刀挥动时点点鲜血四溅。那使软鞭的叫道:"捉活的,别伤她性命。"

陆菲青见四男围攻一女,动了侠义之心,虽然自己身上负有重案,说不得要伸手管上一管。只见那使怀杖的双杖横打,少妇避开怀杖,百忙中右手短刀还他一刀,左方利剑刺来,少妇长刀斜格,对方膂力甚强,那少妇左肩受伤,气力大减,刀剑相交,剧震之下,长刀呛啷一声掉在地下。敌人得理不让人,长剑乘势直进,少妇向右急闪,使鬼头刀的大汉在空档中闯向店房。

那少妇竟不顾身后攻来的兵器,左手入怀,再一扬手,两柄飞刀向敌人背心飞去。那人只道少妇有己方三个同伴缠住,不必顾及后心,待得听见脑后风声,避让已然不及,急忙低头,一柄飞刀插上了门框,另一柄却刺进了他背心。亏得那少妇左肩受伤,手劲不足,这一刀尚非致命,但已痛得哇哇大叫,退了下来,忙拔出飞刀。少妇此时又被怀杖打中一下,摇摇欲倒,见敌人退出,又即挡住房门。

陆菲青向李沅芷道:"你去替她解围,打不赢,师父帮你。"李沅芷正自跃跃欲试,巴不得师父有这句话,急跃向前,呼呼挥剑,喝道:"四个大男人打一个妇道人家,要脸么?"四条汉子见有人出头干预,己方又有人受伤,齐声呼啸,转身出店而去。

那少妇已是面无人色,倚在门上直喘气。李沅芷过去问道:"他们干么欺侮你?"少妇一时说不出话来。曾图南走过来向李沅芷道:"太太请大小姐过去。"放低了声音道:"太太听说大小姐又跟人打架,吓坏啦,快过去吧。"少妇见曾图南一身武将官服,脸色忽变,也不答理李沅芷,拔下门框上飞刀,冲进房去,砰的一声,反手关上了房门。

李沅芷碰了这个软钉子,心中老大不自在,回头对曾图南道:"好,就去。"走到陆菲青身边,问道:"师父,他们干么这样狠打恶杀?"陆菲青道:"多半是江湖上的仇杀。事情还没了呢,那四人还会找来。"

陆菲青还想再吩咐些话,忽听得外面有人大吵大嚷:"操你奶奶,你说没上房,怕老爷出不起银子吗?"听声音正是镖师童兆和。店里一人陪话:"达官爷你老别生气,我们开店的怎敢得罪达官爷们,实在是几间上房都给客人住了。"

童兆和大声道:"什么人住上房,我来瞧瞧!"边说边走进院子来。正好这时上房的门一开,少妇探身出来,向店伙道:"劳你驾给拿点热水来。"店伙答应了。

童兆和见那少妇肤色白腻,面目俊美,左腕上戴着一串珠子,颗颗精圆,更衬得她皓腕似玉,不禁心中打个突,咕的一声,咽了一口唾液,双眼骨碌碌乱转,听那少妇是江南口音,学说北方话,语音不纯,但清脆柔和,另有一股韵味,不由得疯了,大叫大嚷:"童大爷走镖,这条道上来来去去几十趟也走了,可从来不住次等房子。没上房,给大爷挪挪不成么?"口中叫嚷,乘少妇房门未关,直闯了进去。趟子手孙老三伸手想拉,却没拉住。

那少妇见童兆和闯进,"啊哟"一声,正想阻挡,只感到腿上一阵剧痛,在椅上坐了下去,适才腿上受了怀杖,伤势竟自不轻。

童兆和闯进房,见炕上躺着个男人,房中黑沉沉地,看不清面目,但见他头上缠满了白布,右手用布挂在颈里,一条腿露在被外,也缠了绷带,看来这人全身是伤。

那人见童兆和进房,沉声喝问:"是谁?"童兆和道:"姓童的是镇远镖局镖师,保镖路过三道沟,没上房住啦。劳你驾给挪一下吧。这女的是谁?是你老婆,是相好的?"那人声音低沉,喝道:"滚出去!"他显然受伤甚重,说话也不能大声。

童兆和刚才没见到那少妇与人性命相扑的恶斗,心想一个是娘们,一个伤得不能动弹,不乘机占占便宜,更待何时?嘻皮笑脸的道:"你不肯挪也成,咱们三个儿就在这炕上一块儿挤挤。你放心,我不会朝你这边儿挤,不会碰痛你伤口。"那人气得全身发抖。少妇低声劝道:"大哥,别跟这泼皮一般见识,咱们眼下不能再多结冤家。"向童兆和道:"别在这儿啰唆啦,快出去。"童兆和笑道:"出去干么,在这里陪你不好么?"炕上那人哑声道:"你过来。"童兆和走近了一步,道:"怎么?你瞧瞧我长的俊不俊?"那男人道:"看不清楚。"

童兆和哈哈一笑，又走近一步："看清楚点，这变成大舅子挑妹夫来啦……"

一句便宜话没说完，炕上那男子突然坐起，快如电光石火，左手对准他"气俞穴"一点，跟着左手一掌击在他背上。童兆和登时如腾云驾雾般平飞出去，穿出房门，蓬的一声，结结实实跌在院子里。他给点中了穴道，哇哇乱叫，声音倒着实不低，身子却不能动弹了。趟子手孙老三忙过来扶起，低声道："童爷，别惹他们，看样子点子是红花会的。"童兆和直叫："啊……啊……我的脚动不了，红花会的，你怎知道？"不禁吓出了一身冷汗。孙老三道："客店掌柜的说，刚才衙门里的四个公差来拿这两个点子，打了好一阵才走呢！"客店里的人听说又有人打架，都围拢来看。

阎世章安顿了兄长尸身，也过来问："什么事？"童兆和叫道："阎六哥，我给红花会的小子点上穴道啦。咱们认栽了吧。"阎世章眉头一皱，拉住童兆和的膀子，提了起来，道："老童，回房去说。"他是顾全镖局的声名，堂堂镇远镖局的镖师，给人打得赖在地下不肯爬起来，那成什么话。哪知他手一松，童兆和又软倒在地，叫道："我混身不得劲啊，孙老三，他妈的，你扶住我不成么？"

阎世章瞧童兆和真的是给人点了穴道，问道："你跟谁打架了？"童兆和愁眉苦脸的向上房瞧了一眼，想伸手来指一指都不成，道："那屋里一个孙子王八蛋！"他又挑拨阎世章给他报仇："红花会他妈的土匪，杀了焦文期焦三爷，人家还没空来找你们报仇，可又来惹你童大爷啦，啊！"孙老三低声道："童大爷别骂啦，咱们犯不上跟红花会结梁子，一得罪他们，以后走镖就麻烦多啦。"

阎世章听童兆和这么骂，本想过去瞧瞧是什么脚色，但转念心想，对方能点穴，武功定然甚强，自己过去多半讨不了好，兄长又死了，没了帮手，跨出一步又退了回来。这时镖师钱正伦过来了，问孙老三："你拿得准是红花会的？"孙老三在他耳边轻声道："刚才四个公差走时，关照客店掌柜的，说这对夫妇是钦犯，是皇上特旨来抓的红花会大头子，叫柜上留点儿神，倘若点子要走，马上去报信。我在一旁听得他们说的。"

钱正伦有五十多岁年纪，一向在镖行混，武艺虽不高强，但见多识广，老成持重，当下向阎世章使个眼色，把童兆和扶了起来。阎世章悄问:"什么路道?"钱正伦道:"红花会的,咱们就让一让吧,治好了老童再说。"又问孙老三:"刚才来抓人你看到了吗?"

孙老三指手划脚的说道:"打得才叫狠呢。一个娘们使两把刀,左手长刀,右手短刀,四个大男人都打她不赢。"那四个男人其实是打赢的,不过他故意张大其辞。钱正伦愕然道:"那是神刀骆家的人了。她会放飞刀,是不是?"孙老三忙道:"是,是,手法真准。嘿,可了不起!"钱正伦向阎世章道:"红花会文四当家的在这里。"当下不再说话,三个人架着童兆和回房去了。

这一切陆菲青全看在眼里,镖师们低声商量没听见,钱正伦后两句话可听到了。这时李沅芷走过来,乘机道:"师父,你几时教我点穴啊?你瞧人家露这一手多帅!"陆菲青没理她,自言自语:"是神刀骆家的后人,我可不能不管。"

李沅芷问道:"神刀骆家是谁?"陆菲青道:"神刀骆元通是我好朋友,听说已经过世了。刚才和人相打的那个少妇,所使招数全是他这一派,若不是骆元通的女儿,就是他的徒弟,怎么我看不出来?"说着很有点自怨自艾,心道:"在边塞这么久,隐居官衙,和武林中人久无往来,当年江湖上的事儿都淡忘了。还是年岁大了,不中用了?"

说话之间,钱正伦和戴永明两名镖师又扶着童兆和过来。孙老三在上房外咳嗽一声,大声说道:"镇远镖局钱镖头、戴镖头、童镖头前来拜会红花会文四当家的。"

上房门呀的一声打开,那少妇站在门口,瞪着镖局中这四个人。孙老三把三张红帖子递上去,少妇不接,问道:"有什么事?"

钱正伦领头出言:"我们这兄弟有眼无珠,不知道文四当家大驾在这儿,得罪了您老,我们来替他赔礼,请您大人大量,可别见怪。"说罢便是一揖,戴永明和孙老三也都作了一揖。

钱正伦又道:"文四奶奶,在下跟您虽没会过,但久仰四当家和您的英名,我们总镖头王老爷子跟贵会于老当家、令尊神刀骆老爷子全有交情。我们这位兄弟生就这个坏脾气,就爱胡说八道的……"少妇截住他的话头,说道:"我们当家的受了伤,刚睡着,待会醒了,把各位的意思转告就是。不是我们不懂礼貌,实在是他受伤不轻,有两天没好好睡啦。"说时忧急之状见于颜色。钱正伦道:

"文四当家受的是什么伤？我这里可带有金创药。"他想买一个好,那么对方就不能不给童兆和救治。少妇明白他意思,道:"多谢你啦,我们自己有药。这位给点中的不是重穴,待会我们爷醒了,让店伴来请吧。"钱正伦见对方答允救治,就退了出去。

少妇问道:"喂,尊驾怎知道我们名字？"钱正伦道:"凭您这对鸳鸯刀跟这手飞刀,江湖上谁不知道？再说,不是文四当家的,谁还有这手点穴功夫？你们两位又在一起,那自然是奔雷手文泰来文四爷和文四奶奶鸳鸯刀骆冰啦！"少妇微微一笑。钱正伦捧了她又捧她丈夫,她听来自然乐意。

这一番话,陆菲青都听在耳里,寻思:"早听得奔雷手文泰来是江南武林中一条响当当的好汉子,原来阿冰这小妞儿嫁了给他,那倒也不枉了。再加上赵三弟跟西川双侠,多半这红花会是我们一条线上的兄弟,跟屠龙帮差不离。这件事今日教我撞上了,陆菲青若是袖手不理,图个他妈的什么明哲保身,'绵里针'还算是人不是？"

那书生把长凳搬到院子通道,从身后包裹里抽出一根笛子,悠悠扬扬的吹了起来。这笛子金光灿烂,竟如是纯金所铸。四名公差见了他的举动,暗暗纳罕。

第二回

金风野店书生笛
铁胆荒庄侠士心

　　李沅芷见钱正伦等扶着童兆和出来，回归店房，心想点穴功夫真好，这讨厌的镖师给人家点中了穴道一点法子都没有，师父明明会，可是偏不肯教，看来他还留着不少好功夫，怎生变个法儿求他教呢？回到房里，托着腮帮子出了半天神；吃了饭，陪着母亲说闲话，李夫人唠唠叨叨的怪她路上尽闹事，说不许她再穿男装了。李沅芷笑道："妈，你常为没儿子叹气，现下变了个儿子出来，还不高兴吗？"李夫人拿她没法，上炕睡了。

　　李沅芷正要解衣就寝，忽听得院子中一响，窗格子上有人手指轻弹了几下，一个清脆的声音说道："小子，你出来，有话问你。"李沅芷一楞，提剑开门，纵进院子，只见一个人影站在那里，说道："浑小子，有胆的跟我来。"说着便翻出了墙。李沅芷是初生之犊不畏虎，也不管外面是否有人埋伏，跟着跳出墙外，双脚刚下地，迎面白光闪动，有剑刺来。

　　李沅芷举剑挡开，喝问："什么人？"那人退了两步，说道："我是回部霍青桐。喂，我问你，咱们河水不犯井水，干么你硬给镖局子撑腰，坏我们的事？"李沅芷见那人俏生生的站着，剑尖拄地，左手戟指而问，正是白天跟她恶斗过的那个黄衫美女，给她这么一问，哑口无言，自己凭空插手，确没什么道理，只好强词夺理："天下事天下人管得，你少爷就爱管闲事。不服么？我再来领教领教你的剑术……"话未说完，唰的就是一剑，霍青桐更加恼怒，举剑相迎。

李沅芷明知剑法上斗不过她，心中已有了主意，边打边退，看准了地位，一直退到陆菲青所住店房之后，纵声大叫："师父，快来，人家要杀我呀！"霍青桐"嗤"的一笑，道："哼，没用的东西，才犯不着杀你呢！我是来教训教训你，没本事就少管闲事。"说完掉头就走。哪知李沅芷可不让她走了，"春云乍展"，挺剑刺她背心，霍青桐回头施展"三分剑术"，李沅芷又被逼得手忙脚乱。她听得身后有人，知道师父已经出来，见霍青桐长剑当胸刺来，一纵就躲到了陆菲青背后。

陆菲青举起白龙剑挡住霍青桐剑招。霍青桐见李沅芷来了帮手，也不打话，剑招如风，连续十余记进手招数，交手数合，便察觉对方剑招手法和李沅芷全然相同，可是自己却丝毫讨不到便宜。她剑招渐快，对方却越打越慢，再斗数合，她攻势已尽被抑制，全然处于下风。

李沅芷全神贯注，在旁看两人斗剑，她存心把师父引出来，想偷学一两招师父不肯教的精妙招数，然见师父所使"柔云剑术"与传给自己的全无二致，但一招一式之中，显是蕴藏着极大内劲。

霍青桐"三分剑术"要旨在以快打慢，以变扰敌，但陆菲青并不跟着她迅速的剑法应招变式，数合之后，主客之势即已倒置。霍青桐迭遇险招，知道对方是极强高手，心下怯了，连使"大漠孤烟"、"平沙落雁"两招，凌厉进攻，待对方举剑挡格，便收剑转身欲退。哪知对方剑招连绵不断，黏上了就休想离开，霍青桐暗暗叫苦，只得打起精神厮拚。

这时李沅芷看出了便宜，还剑入鞘，施展无极玄功拳加入战团。霍青桐连陆菲青一人都已敌不过，哪禁得李沅芷又来助战？李沅芷狡猾异常，东摸一把，西勾一腿，并不攻击对方要害，却是存心调戏，以报前日马鬣被拉之仇。回人男女界限极严，男子对妇女甚是尊重，霍青桐向来端严庄重，哪容得李沅芷如此轻薄胡闹，心头气急，门户封得不紧，被陆菲青剑进中宫，点到面门。霍青桐举剑挡开。李沅芷乘机窜到她背后，喝声："看拳！"一记"猛鸡夺粟"，向她左肩打去。霍青桐左腕翻转，以擒拿法化开。李沅芷乘她右手挡剑、左手架拳之际，一掌向她胸部按去，这一掌如打实了，非受重伤不可。霍青桐一惊，双手抽不出来招架，只得向后一仰，以消减对方掌力。

哪知李沅芷并不用劲，一掌触到霍青桐胸部，重重摸了一把，嘻嘻一笑,向后跃开。霍青桐急怒攻心,转身挺剑疾刺。李沅芷避开,她又挥剑急削。竟似存心拼命,对陆菲青来招不架不闪,尽向李沅芷进攻。

陆菲青日间见到霍青桐剑法家数,早留了神,他原只想考较考较,决无伤她之意,见她对自己剑招竟不理会,待刺到她身边时便凝招不发。这时霍青桐攻势凌厉,李沅芷缓不开手拔剑,被迫得连连倒退,口中还在气她:"我摸也摸过了,你杀死我也没用啦。"霍青桐一招"神驼骏足"挺剑直刺,剑尖将到之际,突然圈转,使出"天山派"剑法的独得之秘"海市蜃楼",虚虚实实,剑光闪闪,李沅芷眼花缭乱,手足无措,眼见就要命丧剑下。

陆菲青这时不能不管,挺剑又把霍青桐的攻势接了过来。李沅芷缓了一口气,笑道:"算了,别生气啦,你嫁给我就成啦。"霍青桐眼见打陆菲青不过,受了大辱又无法报仇,见陆菲青一剑刺来,竟不招架,将手中长剑向李沅芷使劲掷去,竟是个同归于尽的打法。

陆菲青大吃一惊,长剑跟着掷出,双剑在半空一碰,铮的一声,同时落地,左手一掌"拨云见日",在霍青桐左肩上轻轻一按,把她直推出五六步去,纵身上前,说道:"姑娘休要见怪。"霍青桐又急又怒,迸出两行清泪,呜咽着发足便奔。陆菲青追上挡住,道:"姑娘慢走,我有话说。"霍青桐怒道:"你待怎样?"陆菲青转头向李沅芷道:"还不快向这位姊姊陪不是?"

李沅芷笑嘻嘻的过来一揖,霍青桐迎面就是一拳。李沅芷笑道:"啊哟,没打中!"闪身一避,随手把帽子拉下,露出一头秀发,笑道:"你瞧我是男的还是女的?"霍青桐在月光下见李沅芷露出真面目,不由得惊呆了,愤羞立消,但余怒未息,一时沉吟不语。

陆菲青道:"这是我女弟子,一向淘气顽皮,我也管她不了。适才之事,我也很有不是,请别见怪。"说罢也是一揖。霍青桐侧过身子,不接受他这礼,一声不响,胸口不断起伏。陆菲青道:"天山双鹰是你什么人?"霍青桐秀眉一扬,嘴唇动了动,但忍住不说。陆菲青又道:"我跟天山双鹰秃鹫陈兄、雪雕陈夫人全有交情。咱们可不是外人。"霍青桐道:"我师父姓关。我去告诉师父师公,说你长辈欺侮小辈,指使徒弟来打人家,连自己也动了手。"她恨恨的瞪了二人一眼,回身就走。

陆菲青待她走了数步，大声叫道："喂，你去向师父告状，说谁欺侮了你呀？"霍青桐心想，人家姓名都不知道，将来如何算帐，停了步，问道："那么你是谁？"

陆菲青捋了一下胡须，笑道："两个都是小孩脾气。算了，算了。这是我徒弟李沅芷，你去告诉你师父师公，我'绵里针'……"他骤然住口，心想李沅芷一直没知道他真姓名，"……就说武当派'绵里针'姓陆的，恭喜他们二位收了个好徒弟。"霍青桐恨恨地道："还说好徒弟哩，给人家这般欺侮，丢师父师公的脸。"

陆菲青正色道："姑娘你别以为败在我手下是丢脸，能似你这般跟我拆上几十招的人，武林中可还真不多。我知天山双鹰向来不收徒弟，但日间见你剑法全是双鹰嫡传，心中犯了疑，因此上来试你一试。适才见你使出'海市蜃楼'绝招，才知你确是得了双鹰的真传。你师公还在跟你师父喝醋吵嘴吗？"说着哈哈一笑。

原来秃鹫陈正德醋心极重，夫妻俩都已年逾花甲，却还是疑心夫人雪雕关明梅移情别向，数十年来口角纷争，没一日安宁。霍青桐见他连师父师公的私事都知道，信他确是前辈，可是仍不服气，道："你既是我师父朋友，怎地叫你徒弟跟我们作对？害得我们圣经抢不回来？我才不信你是好人呢。"说着背转了身子，她不肯输这口气，不愿以晚辈之礼拜见。

陆菲青道："你剑法早胜过了我徒儿。再说，比剑比不过算得什么，圣经抢不回来才教丢脸呢。一个人的胜负荣辱打什么紧？全族给人家欺侮，那才须得拼命。"

霍青桐一惊，立觉这确是至理名言，骄气全消，回过身来向陆菲青盈盈施礼，道："小侄女不懂事，请老前辈指点怎生夺回圣经。老前辈若肯援手，侄女全族永感大德。"说罢就要下跪，陆菲青忙扶住了。

李沅芷道："我胡里胡涂的坏了你们大事，早给师父骂了半天啦。姊姊你别急，我去帮你抢回来，那红布包袱里包的，便是你们的圣经？"霍青桐点点头。李沅芷道："咱们现在就去。"陆菲青道："先探一探。"三个人低声商量了几句。陆菲青在外把风，霍青桐与李沅芷两人翻墙进店，探查镖师动静。

李沅芷适才见童兆和走过之时，还背着那个红布包袱，她向霍青桐招了招手，矮身走到一干镖师所住房外，见房里灯光还亮着，不敢长身探看，两人蹲在墙边。只听得房内童兆和不住哇哇怪叫，一会儿声息停了。一名镖师道："张大人手段真高明，一下子就把我们童兄弟治好了。"童兆和道："我宁可一辈子动弹不得，也不能让红花会那小子给我治。"一名镖师道："早知张大人会来，刚才也犯不着去给那小子赔不是啦，想想真是晦气。"一个中气充沛的声音说道："你们看着这对男女，明儿等老吴他们一来，咱们就动手。这几个也真脓包，四个人斗一个女娘们还得不了手。只是这案子他们在办，我不便抢在头里。"童兆和道："你张大人一到，那还不手到擒来？你抓到后，我在这小子头上狠狠的踢上几脚。"

李沅芷缓缓长身，在窗纸上找到个破孔向里张望，见房里坐着五六人，一个四十多岁、身穿官服的面生人居中而坐，想必就是他们口中的张大人，见那人双目如电，太阳穴高高凸起，心想："听师父说，这样的人内功精深，武功非同小可，怎么官场中也有如此人物？"只听阎世章道："老童，你把包袱交给我，那些回回不死心，路上怕还有麻烦。"童兆和迟迟疑疑的把包袱解下来，兀自不肯便交过去。阎世章道："你放心，我可不是跟你争功，咱们玩艺儿谁强谁弱，谁也瞒不了谁。把这包袱太太平平送到京里，大家都有好处。"

李沅芷心想，包袱一给阎世章拿到，他武功强，抢回来就不容易，灵机一动，在霍青桐耳边说了几句话，随即除下帽子，把长发披在面前，取出块手帕蒙住下半截脸，在地下拾起两块砖头，使劲向窗上掷去，砸破窗格，直打进房里。

房里灯火骤灭，房门一开，窜出五六个人来。当先一人喝道："什么东西？胆子倒不小。"霍青桐胡哨一声，翻身出墙，众镖师纷纷追出。

李沅芷待众镖师和那张大人追出墙去，直闯进房。童兆和被人点了大半天的穴，刚救治过来，手脚还不灵便，躺在炕上，见门外闯进一个披头散发、鬼不像鬼、人不像人的东西来，双脚进跳，口中吱吱直叫，登时吓得全身软瘫。那鬼跳将过来，在他手中将红包袱一把抢过去，顺手啪啪两下，打了他两个耳光，吱吱吱的又跳出房去。

众镖师追出数步，那张大人忽地住脚，叫道："糟了，这是调虎离山之计,快回去!"阎世章等也即醒悟,回到店房,只见童兆和倒在炕上,双颊红肿,把鬼抢包袱之事说了。张大人恨道:"什么鬼?咱们阴沟里翻船,几十年的老江湖着了道儿。"

李沅芷抢了包袱,躲在墙边,待众镖师都进了房,才翻墙出去。她轻轻吹了记口哨,对面树荫下有人应了一声,两个人影迎将上来,正是陆菲青和霍青桐。李沅芷得意非凡,笑道:"包袱抢回来了,可不怪我了吧……"一句话没说完,陆菲青叫道:"小心后面。"

李沅芷正待回头,肩上已被人拍了一下,她反手急扣,却没扣住敌人手腕,心中一惊,知是来了强敌,此人悄没声的跟在后面,自己竟丝毫不觉,急忙转身,月光下只见一个身材魁梧的汉子站在面前。她万想不到敌人站得如此之近,惊得倒退两步,扬手将包袱向霍青桐掷去,叫道:"接着。"双手交错,护身迎敌。

哪知来敌身法奇快,她包袱刚掷出,敌人已跟着纵起,长臂伸手,半路上截下了包袱。李沅芷又惊又怒,迎面一拳,同时霍青桐也从后攻到。那人左手拿住包袱,双手分撑,使出的势子竟是武当长拳中的"高四平",势劲力足,将李沅芷和霍青桐同时震得倒退数步。李沅芷这时看清了敌人,正是那个张大人。武当长拳是武当派的入门功夫,她跟陆菲青学艺,学了练气的十段锦后,最先学的就是这套拳术,哪知平平常常一招"高四平",在敌人手下使出来竟有如斯威力,不禁倒抽了口凉气,回头望时,师父却已不知去向。

霍青桐见包袱又给抢去,明知非敌,却不甘心就此退开,拔剑攻上。李沅芷右足踏进一步,"七星拳"变"倒骑龙",也以武当长拳击敌。

张大人见她出手拳招,"噫"了一声,待她"倒骑龙"变势反击,不闪不避,侧身也是一招"倒骑龙"发拳挥去。同样的拳招,功力却大有高下之分,李沅芷和敌人拳对拳一碰,只觉手臂一阵酸麻,疼痛难当,脚下一个踉跄,向左跳开,险些跌倒。霍青桐见她遇险,不顾伤敌,先救同伴,跳到李沅芷身旁,伸左手将她挽住,右手挺剑指着张大人,防他来攻。

张大人高声说道:"喂,你这孩子,我问你,你师父姓马还是姓陆?"李沅芷心想:"师父姓陆,偏要骗骗他。"说道:"我师父姓马,你怎知道?"张大人道:"见了师叔不磕头么?"说罢哈哈一笑。霍青桐见他们叙起师门之谊,自己与李沅芷毫无交情,眼见圣经是拿不回来了,当即快步离去。

李沅芷忙去追赶,奔出几十步,正巧浮云掩月,眼前一片漆黑,空中打了几个闷雷,心下惊怕,不敢再追,回来已不见了张大人。待得跳墙进去,身上已落着几滴雨点,刚进房,大雨已倾盆而下。

这场豪雨整整下了一夜,到天明兀自未停。李沅芷梳洗罢,见窗外雨势越大。服侍李夫人的佣妇进来道:"曾参将说,雨太大,今儿走不成了。"李沅芷忙到师父房里,将昨晚的事说了,问是怎么回事。陆菲青眉头皱起,似是心事重重,只道:"你不说是我的徒弟,那很好。"她见师父脸色凝重,不敢多问,回到自己房中。

秋风秋雨,时紧时缓,破窗中阵阵寒风吹进房来。李沅芷困处僻地野店,甚觉厌烦,踱到红花会四当家的店房外瞧瞧,只见房门紧闭,没半点声息。镇远镖局的镖车也都没走,几名镖师架起了腿,坐在厅里闲谈,昨晚那自称是她师叔的张大人却不在其内。一阵西风刮来,身上颇有寒意,她正想回房,忽听门外鸾铃声响,一乘马从雨中疾奔而来。

那马到客店外停住,一个少年书生下马走进店来。店伙牵了马去上料,问那书生是否住店。那书生脱去所披雨衣,说道:"打过尖还得赶路。"店伙招呼他坐下,泡上茶来。

那书生长身玉立,眉清目秀。在塞外边荒之地,很少见到这般潇洒英俊人物,李沅芷不免多看了一眼。那书生也见到了她,微微一笑,李沅芷脸上微热,忙转头向里。

店外马蹄声响,又有几人闯了进来,李沅芷认得是昨天围攻那少妇的四人,忙退入陆菲青房中问计。陆菲青道:"咱们先瞧着。"师徒两人从窗缝之中向外窥看。

四人中那使剑的叫店伙来低声问了几句,道:"拿酒饭上来。"店伙答应着下去。那人道:"红花会的点子没走,吃饱了再干。"那书生神色微变,斜着眼不住打量四人。

李沅芷道:"要不要再帮那女人?"陆菲青道:"别乱动,听我吩咐。"他对四名公差没再理会,只细看那书生。见他吃过了饭,把长凳搬到院子通道,从身后包裹里抽出一根笛子,悠悠扬扬的吹了起来。李沅芷粗解音律,听他吹的是《天净沙》牌子,吹笛不奇,奇在这笛子金光灿烂,竟如是纯金所铸。这一带路上很不太平,他孤身一个文弱书生,拿了一支金笛卖弄,岂不引起暴客觊觎?心想,待会倒要提醒他一句。

四名公差见了这书生的举动也有些纳罕。吃完了饭,那使剑的纵身跳上桌子,高声说道:"我们是京里和兰州府来的公差,到此捉拿红花会钦犯,安份良民不必惊扰。一会儿动起手来刀枪无眼,大伙儿站得远远的吧。"说罢跳下桌来,领着三人就要往内闯去。

那书生竟似没听见一般,坐在当路,仍然吹他的笛子。那使剑的走近说道:"喂,借光,别阻我们公事。"他见那书生文士打扮,说不定是什么秀才举人,才对他客气三分,如是寻常百姓,早就一把推开了。那书生慢吞吞的放下笛子,问道:"各位要捉拿钦犯,他犯了什么罪啊?常言道得好:与人方便,自己方便。子曰:'己所不欲,勿施于人。'我看马马虎虎算了,何必一定要捉呢?"使怀杖的公差走上一步,喝道:"别在这里啰唆行不行?走开,走开!"书生笑道:"尊驾稍安毋躁。兄弟做东,大家来喝一杯,交个朋友如何?"那公差怎容得他如此纠缠,伸手推去,骂道:"他妈的,酸得讨厌!"

那书生身子摇摆,叫道:"啊唷,别动粗,君子动口不动手!"突然前扑,似是收势不住,伸出金笛向前一抵,无巧不巧,刚好抵上那公差的左腿穴道。那公差腿一软,便跪了下去。书生叫道:"啊唷,不敢当,别行大礼!"连连作揖。

这一来,几个行家全知他身怀绝技,是有意跟这几个公人为难了。李沅芷本来在为书生担忧,怕他受公差欺侮,待见他竟会点穴,还在装腔作势,只看得眉飞色舞,好不有兴。

使软鞭的公差惊叫:"师叔,这点子怕也是红花会的!"使剑和使鬼头刀的连忙退出几步。那使怀杖的公差韩春霖软倒在地,动弹不得,使软鞭的将他拉在一边。使剑的公差向书生道:"你是红花会的?"言语中颇有忌惮之意。

那书生哈哈一笑,道:"做公差的耳目真灵,这碗饭倒也不是白吃的,知道红花会中有区区在下这号人物。常言道:光棍眼,赛夹剪。果然是有点道理。在下行不改姓,坐不改名,姓余名鱼同。余者,人未之余。鱼者,混水摸鱼之鱼也。同者,君子和而不同之同,非破铜烂铁之铜也。在下是红花会中一个小脚色,坐的是第十四把交椅。"他把笛子扬了一扬,道:"你们不识得这家伙么?"使剑的道:"啊,你是金笛秀才!"

那书生道:"不敢,正是区区。阁下手持宝剑,青光闪闪,獐头鼠目,一表非凡,想必是北京大名鼎鼎的捕头胡国栋了。听说你早已告老收山,怎么又干起这调调儿来啦?"使剑的哼了一声道:"你眼光也不错啊!你是红花会的,这官司跟我打了吧!"话毕手扬,剑走轻灵,挺剑刺出,刚中带柔,劲道颇足。

胡国栋是北京名捕头,手下所破大案、所杀大盗不计其数,自知积下怨家太多,几年前已然告老。那使软鞭的是他师侄冯辉,这次奉命协同大内侍卫捉拿红花会的要犯,自知本领不济,千恳万求,请了他来相助一臂。使鬼头刀的蒋天寿、使怀杖的韩春霖,都是兰州的捕快。捕快武功虽然不高,追寻犯人的本领却胜过了御前侍卫。

当下余鱼同施展金笛,和三名公差斗在一起。他的金笛有时当铁鞭使,有时当判官笔用,有时招数中更夹杂着剑法,胡国栋等三人一时竟闹了个手忙足乱。陆菲青和李沅芷只看得几招之后,不由得面面相觑。李沅芷道:"是柔云剑法。"陆菲青点点头,暗想:"柔云剑是本门独得之秘,他既是红花会中人,那么是大师兄的徒弟了。"

陆菲青师兄弟三人,他居中老二,大师兄马真,师弟张召重便是昨晚李沅芷与之动手过招的"张大人"。这张召重天份甚高,用功又勤,师兄弟中倒以他武功最强,只是热中功名利禄,投身朝廷,此人办事卖力,这些年来青云直上,已升到御林军骁骑营佐领之职。陆菲青当年早与他划地绝交,昨晚见了他的招式,别来十余年,此人百尺竿头,又进一步,实是非同小可。这一晚回思昔日师门学艺的往事,感慨万千,不意今日又见了一个技出同传的后进少年。

他猜想余鱼同是师兄马真之徒,果然所料不错。余鱼同乃江南望族子弟,中过秀才。他父亲因和一家豪门争一块坟地,官司打得倾家荡产,又被豪门借故陷害,瘐死狱中。余鱼同伤痛出走,得遇机缘,拜马真为师,弃文习武,回来刺死了土豪,从此亡命江湖,后来入了红花会。他为人机警灵巧,多识各地乡谈,在会中职使联络四方、刺探讯息。这次奉命赴洛阳办事,并不知文泰来夫妇途中遇敌,在这店里养伤,原拟吃些点心便冒雨东行,却听胡国栋等口口声声要捉拿红花会中人，便即挺身而出。骆冰隔窗闻笛，却知是十四弟到了。

余鱼同以一敌三，打得难解难分。镖行中人闻声齐出，站在一旁看热闹。童兆和大声道："要是我啊，留下两个招呼小子，另一个就用弹子打。"他见冯辉背负弹弓，便提醒一句。冯辉一听不错，退出战团，跳上桌子，拉起弹弓，叭叭叭，一阵弹子向余鱼同打去。

余鱼同连连闪避，又要招架刀剑，顿处下风，数合过后，胡国栋长剑与蒋天寿的鬼头刀同时攻到，余鱼同挥金笛将刀挡开，胡国栋的剑尖却在他长衫上刺了一洞。余鱼同一呆，面颊上中了一弹，吃痛之下，手脚更慢。胡国栋与蒋天寿攻得越紧。蒋天寿武功平平，胡国栋却剑法老辣，算得是公门中一把好手。余鱼同手中金笛只有招架，已递不出招去。童兆和在一旁得意："听童大爷的话包你没错。喂，你这小子别打啦，扔下笛子，磕头求饶，脱裤子挨板子吧！"

余鱼同技艺得自名门真传，虽危不乱，激斗之中，忽骈左手两指，直向胡国栋乳下穴道点去。胡国栋疾退两步。余鱼同两指变掌，在蒋天寿脸前虚晃假劈，待对方举刀挡格，手掌故意迟迟缩回。蒋天寿看出有便宜可占，鬼头刀变守为攻，直削过去。余鱼同左掌将敌人兵刃诱过，金笛横击，正中敌腰。蒋天寿大哼一声，痛得蹲了下去。余鱼同待要赶打，胡国栋迎剑架住。冯辉一阵弹子，又把他挡住了。

蒋天寿顺了口气，强忍痛楚，咬紧牙关，站起来溜到余鱼同背后，乘他前顾长剑、侧避弹子之际，使尽平生之力，鬼头刀"开天辟地"，向他后脑砍落，这一招攻其无备，实难躲避。哪知刀锋堪堪砍到敌人顶心，腕上突然奇痛，兵刃拿捏不住，跌落在地，一呆之下，胸口又中了一柄飞刀，当场气绝。

余鱼同回过头来，只见骆冰左手扶桌，站在身后，右手拿着一柄飞刀，纤指执白刃，如持鲜花枝，俊目流眄，樱唇含笑，举手毙敌，浑若无事，说不尽的妩媚可喜。他一见之下，胸口一热，精神大振，金笛舞起一团黄光，大叫："四嫂，把打弹弓的鹰爪先废了。"

骆冰微微一笑，飞刀出手。冯辉听得叫声，忙转身迎敌，只见明晃晃的一把柳叶钢刀已迎胸飞来，风劲势急，忙举弹弓挡架，啪的一声，弓脊立断，飞刀余势未衰，又将他手背削破。冯辉大骇，狂叫："师叔，风紧扯呼！"转身就走。胡国栋唰唰两剑，把余鱼同逼退两步,将软倒在地的韩春霖背起,冯辉挥鞭断后,冲向店门。

余鱼同见公差逃走,也不追赶,将笛子举到嘴边。李沅芷心想这人真是好整以暇,这当口还吹笛呢。谁知他这次并非横吹,而是像吹洞箫般直吹,只见他一鼓气,一枝小箭从金笛中飞将出来。冯辉低头闪避,小箭钉在韩春霖臀上,痛得他哇哇大叫。

余鱼同转身道:"四哥呢?"骆冰道:"跟我来。"她腿上受伤,撑了根门闩当拐杖,引路进房。余鱼同从地下拾起一把飞刀交还骆冰,问道:"四嫂怎么受了伤,不碍事么?"

那边胡国栋背了韩春霖窜出,生怕敌人追来,鼓足了劲往店门奔去,刚出门口,外面进来一人,登时撞个满怀。胡国栋数十年功夫,下盘扎得坚实异常,哪知被进来这人轻轻一碰,竟收不住脚,连连退出几步,把韩春霖脱手抛在地下,才没跌倒。这一下韩春霖可惨了,那枝小箭在地上一撞,连箭羽没入肉里。

胡国栋一抬头,见进来的是骁骑营佐领张召重,转怒为喜,将已到嘴边的一句粗话缩回肚里,忙请了个安,说道:"张大人,小的不中用,一个兄弟让点子废了,这个又给点了穴道。"张召重"唔"了一声,左手一把将韩春霖提起,右手在他腰里一捏,腿上一拍,就把他闭住的血脉解开了,问道:"点子跑了?"胡国栋道:"还在店里呢。"张召重哼了一声道:"胆子倒不小,杀官拒捕,还大模大样的住店。"一边说话一边走进院子。冯辉一指文泰来的店房,道:"张大人,点子在那里。"手持软鞭,当先开路。

一行人正要闯进,忽然左厢房中窜出一个少年,手持红布包袱,向张召重一扬,笑道:"喂,又给我抢来啦!"说话之间已奔到门边。张召重一怔,心想:"这批镖行小子真够脓包,我夺了回来,又给人家抢了去。别理他,自己正事要紧!"当下并不追赶,转身又要进房。那少年见他不追,停步叫道:"不知哪里学来儿手三脚猫,还冒充是人家师叔,羞也不羞?"这少年正是女扮男装的李沅芷。

张召重名震江湖,外号"火手判官"。绿林中有言道:"宁见阎王,莫碰老王;宁挨三枪,莫遇一张。""老王"是镇远镖局总镖头威震河朔王维扬,"一张"便是"火手判官"张召重了。这些年来他虽身在官场,武林人物见了仍是敬畏有加,几时受过这等奚落?当时气往上冲,一个箭步,举手向李沅芷抓来,有心要把她抓到,好好教训一顿,再交给师兄马真发落。他认定她是马真的徒弟了。

李沅芷见他追来,拔脚就逃。张召重道:"好小子,往哪里逃?"追了几步,眼见她逃得极快,不想跟她纠缠,转身要办正事。哪知李沅芷见他不追,又停步讥讽,说他浪得虚名,丢了武当派的脸,口中说话,脚下却丝毫不敢停留。张召重大怒,直追出两三里地,其时大雨未停,两人身上全湿了。

张召重发了狠劲,心说:"浑小子,抓到你再说。"施展轻功,全力追来。他既决心要追,李沅芷可就难以逃走,眼见对方越追越近,知他武功卓绝,不禁发慌,斜刺里往山坡上奔去。张召重默不作声,随后急追,脚步加快,已到李沅芷背后,长臂伸手,一把抓住她背心衣服。李沅芷大惊,出力挣扎,"嗤"的一声,背上一块衣衫给扯了下来,心中突突乱跳,随手把红布包袱往山涧里抛落,说道:"给你吧。"

张召重知道包里经书关系非小,兆惠将军看得极重,被涧水一冲,不知流向何处,就算找得回来也必浸坏,当下顾不得追人,跃下山涧去拾包袱。李沅芷哈哈一笑,转身狂奔。

张召重拾起包袱,见已湿了,忙打开要看经书是否浸湿,包一解开,不由得破口大骂,包里哪有什么可兰经?竟是客店柜台上的两本帐簿,翻开一看,簿上写的是收某号客人房饭钱几钱几串,店伙某某支薪工几钱几分。他大叹晦气,江湖上什么大阵大仗全见过,却连上了这小子两次大当,随手把帐簿包袱抛入山涧,若是拿回店里,给人一问,面子上可下不来。

他一肚子烦躁,赶回客店,一踏进门就遇见镖行的阎世章,见他背上好端端地背着那红布包袱,暗叫惭愧,忙问:"这包袱有人动过没有?"阎世章道:"没有啊。"他为人细心,知道张召重相问必有缘故,邀他同进店房,打开包袱,经书稳稳当当的在内。张召重道:"胡国栋他们哪里去了?"阎世章道:"刚才还见到在这里。"

张召重气道:"公家养了这样的人有个屁用!我只走开几步,就远远躲了起来。阎老弟,你跟我来,你瞧我单枪匹马,将这点子抓了。"说着便向文泰来所住店房走去。阎世章心下为难,他震于红花会的威名,知道这帮会人多势众,好手如云,自己可惹他们不起,但张召重的话却也不敢违拗,当下抱定宗旨袖手旁观,决不参与,好在张召重武功卓绝,对方三人中倒有两个受伤,势必手到擒来,他说过要单枪匹马,就让他单枪匹马上阵便是。

张召重走到门外,大喝一声:"红花会匪徒,给我滚出来!"隔了半晌,房内毫无声息。他大声骂道:"他妈的,没种!"抬腿踢门,房门虚掩,并未上闩,门开处竟不见有人。他一惊,叫道:"点子跑啦!"冲进房去,房里空空如也,炕上棉被隆起,似乎被内有人,拔剑挑开棉被,果有两人相向而卧。他以剑尖在朝里那人背上轻刺一下,那人动也不动,扳过来看时,那人脸上毫无血色,两眼突出,竟是兰州府捕快韩春霖,脸朝外的人则是北京捕头冯辉,伸手一探鼻息,两人均已气绝。这两人身上并无血迹,也无刀剑伤口,再加细查,见两人后脑骨都碎成细片,乃内家高手掌力所击,不禁对文泰来暗暗佩服,心想他重伤之余,还能使出如此厉害内力,心想"奔雷手"三字果然名不虚传。可是胡国栋去了哪里?文泰来夫妇又逃往何方?把店伙叫来细问,竟没半点头绪。

张召重这一下可没猜对,韩春霖与冯辉并不是文泰来打死的。

原来当时陆菲青与李沅芷隔窗观战,见余鱼同有险,陆菲青暗发芙蓉金针,打中蒋天寿手腕,鬼头刀落地,骆冰送上一把飞刀取了他性命。胡国栋背起韩春霖逃走。陆菲青放下了心,以为余骆二人难关已过,哪知张召重却闯了进来。

李沅芷道:"昨晚抢我包袱的就是他,师父认得他吗?"陆菲青"唔"了一声,心下计算已定,低声道:"快去把他引开,越远越好。回来如不见我,明天你们自管上路,我随后赶来。"李沅芷还待要问,陆菲青道:"快去,迟了怕来不及,可得千万小心。"他知这徒儿诡计多端,师弟武艺虽强,但论聪明机变,却远远不及,料想她不会吃亏。而且她父亲是现任提督,万一被张召重捉到,也不敢难为于她。又知张召重心高气傲,不屑和妇女动手,要紧关头之时,李沅芷如露出女子面目,张召重必定一笑退开。不出所算,张召重果然上当,但其时张召重如发暗器,或施杀手,李沅芷也早受伤,只因以为她是大师兄马真之徒,手下留了情,这倒非陆菲青始料之所及。

陆菲青见张召重追出店门,微一凝思,提笔匆匆写了封短束,放在怀内,走到文泰来店房门外,在门上轻敲两下。房里一个女人声音问道:"谁呀?"陆菲青道:"我是骆元通骆五爷的好朋友,有要事奉告。"里面并不答话，也不开门，当是在商量如何应付。这时胡国栋三人却慢慢走近，远远站着监视，见陆菲青站在门外，很是诧异。

房门忽地打开，余鱼同站在门口，斯斯文文的问道："是哪一位前辈？"陆菲青低声道："我是你师叔绵里针陆菲青。"余鱼同脸现迟疑，他确知有这一位师叔，为人侠义，可是从来没见过面，不知眼前老者是真是假，这时文泰来身受重伤，让陌生人进房安知他不存歹意。陆菲青低声道："别作声，我教你相信，让开吧。"余鱼同疑心更甚，腿上踩桩拿劲，防他闯门，一面上上下下的打量。陆菲青突伸左手，向他肩上拍去。余鱼同急闪，陆菲青右掌翻处，已搁到他腋下，一招"懒扎衣"，轻轻把他推在一边。"懒扎衣"是武当长拳中起手第一式，左手撩起自己长衫，右手单鞭攻敌，出手锋锐而潇洒自如，原意是不必脱去长袍即可随手击敌，凡是本门中人，那是一定学过的入门第一课。余鱼同只觉得一股大力将他推开，身不由主的退了几步，又惊又喜："果真是师叔到了。"

余鱼同这一退，骆冰提起双刀便要上前。余鱼同向她打个手势，道："且慢！"陆菲青双手向他们挥了几挥，示意退开，随即奔出房去，向胡国栋等叫道："喂，喂，屋里的人都逃光啦，快来看！"

胡国栋大吃一惊，冲进房去，韩春霖和冯辉紧跟在后。陆菲青最后进房，将三人出路堵死，随手关上了门。胡国栋见余鱼同等好端端都在房里，一惊更甚，忙叫："快退！"韩春霖和冯辉待要转身，陆菲青双掌发劲，在两人后脑击落。两人脑骨破裂，登时毙命。

胡国栋机警异常，见房门被堵，立即顿足飞身上炕，双手护住脑门，直向窗格撞去。文泰来睡在炕上，见他在自己头顶窜过，坐起身来，左掌挥出，喀喇一响，胡国栋右臂立断。胡国栋身形一晃，左足在墙上力撑，还是穿窗破格，逃了出去。脑后风生，骆冰飞刀出手，胡国栋跳出去时早防敌人暗器追袭，双脚只在地上一点，随即跃向左边，饶是如此，飞刀还是插入了他右肩，当下顾不得疼痛，拼命逃出客店。

这一来，骆冰和余鱼同再无怀疑，一齐下拜。文泰来道："老前辈，恕在下不能下来见礼。"陆菲青道："好说，好说。这位和骆元通骆五爷是怎生称呼？"说时眼望骆冰。骆冰道："那是先父。"陆菲青道："你是阿冰！我是你陆伯伯，还认得吗？元通老弟是我至交好友,想不到竟先我谢世。"言下不禁凄然。骆冰眼眶一红,忙即拜倒。陆菲青问余鱼同道:"你是马师兄的徒弟吗?师兄近来可好?"余鱼同道:"托师叔的福,师父身子安健。他老人家常常惦记师叔,说有十多年不见,不知师叔在何处安身,总是放心不下。"陆菲青怃然道:"我也很想念你师父。你可知另一个师叔也找你来了。"余鱼同蓦然一惊,道:"张召重张师叔?"陆菲青点点头。文泰来听得张召重的名字,微微一震,"呀"了一声。骆冰忙过去相扶,爱怜之情,见于颜色。余鱼同看得出神,痴想:"要是我有这样一个妻子,纵然身受重伤,那也是胜于登仙。"

陆菲青道:"我这师弟自甘下流,真是我师门之耻,但他武功精纯,而且千里迢迢从北京西来,必定还有后援。现下文老弟身受重伤,我看眼前只有避他一避,然后我们再约好手,跟他一决雌雄。老夫如不能为师门清除败类,这几根老骨头也就不打算再留下来了。"话声虽低,却难掩心中愤慨之意。骆冰道:"我们一切听陆老伯吩咐。"说罢看了一下丈夫的脸色,文泰来点点头。

陆菲青从怀中掏出一封信来,交给骆冰。骆冰接过,见封皮上写着:"敬烦面陈铁胆庄周仲英老英雄"。骆冰喜道:"陆老伯,你跟周老英雄有交情?"陆菲青还没回答,文泰来先问:"哪一位周老英雄?"骆冰道:"周仲英!"文泰来道:"铁胆庄周老英雄在这里?"陆菲青道:"他世居铁胆庄,离此不过二三十里。我和周老英雄从没会过面,但神交已久,素知他肝胆照人,是个铁铮铮的好男子。我想请文老弟到他庄上去暂避一时,咱们分一个人去给贵会朋友报信,来接文老弟去养伤。"他见文泰来脸色有点迟疑,便问:"文老弟你意思怎样?"

文泰来道:"前辈这个安排,本来再好不过,只是不瞒前辈说,小侄身上担着血海的干系。乾隆老儿不亲眼见到小侄丧命,他是食不甘味,睡不安枕。铁胆庄周老英雄我们久仰大名,是西北武林的领袖人物,交朋友再也热心不过,那真是响当当的脚色。他与我们虽然非亲非故,小侄前去投奔,他碍于老前辈的面子,那是非收留不可,然而这一收留,只怕后患无穷。他在此安家立业,万一给官面上知道了,叫他受累,小侄心中可万分不安。"

陆菲青道:"文老弟快别这么说,咱们江湖上讲究的是'义气'二字,为朋友两肋插刀,卖命尚且不惜,何况区区身家产业?咱们在这里遇到为难之事，不去找他，周老英雄将来要是知道了，反要怪咱们瞧他不起，眼中没他这一号人物。"文泰来道："小侄这条命是甩出去了。鹰爪子再找来，我拼得一个是一个。前辈你不知道，小侄犯的事实在太大，愈是好朋友，愈是不能连累于他。"

陆菲青道："我说一个人，你一定知道，太极门的赵半山跟你怎样称呼？"文泰来道："赵三哥，那是我们会里的三当家。"陆菲青道："照呀！你们红花会干的是什么事，我全不知情。可是赵半山赵贤弟跟我是过命的交情，当年我们在屠龙帮时出生入死，真比亲兄弟还亲。他既是贵会中人，那么你们的事一定光明正大，我是信得过的。你犯了大事却又怎么了？最大不过杀官造反。嘿嘿！刚才我就杀了两个官府的走狗哪！"说着伸足在冯辉的尸体上踢了一脚。

文泰来道："小侄的事说来话长，过后只要小侄留得一口气在，再详详细细的禀告老前辈。这次乾隆老儿派了八名大内侍卫来兜捕我们夫妻。酒泉一战，小侄身负重伤，亏得你侄女两把飞刀多废了两个鹰爪，好容易才逃到这里，哪知御林军的张召重又跟着来啦。小侄终是一死，但乾隆老儿那见不得人的事，总要给他抖了出来，才死得甘心。"

陆菲青琢磨这番说话，似乎他获知了皇帝的重大阴私，是以乾隆接二连三派出高手要杀他灭口。他虽在大难之中，却不愿去连累别人，正是一人做事一人当的英雄本色，心想如不激上一激，他一定不肯投铁胆庄去，便道："文老弟，你不愿连累别人，那原是光明磊落的好汉子行径，只不过我想想有点可惜。"

文泰来忙问："可惜什么？"陆菲青道："你不愿去，我们三人能不能离开你？你身上有伤，动不得手，待会鹰爪子再来，我不是长他人志气，灭自己威风，只要有我师弟在内，咱们有谁是他敌手？这里一位是你夫人，一个是你兄弟，老朽虽然不才，也还知道朋友义气比自己性命要紧。咱们一落败，谁能弃你而逃？老朽活了六十岁，这条命算是捡来的，陪你老弟跟他们拼了，没什么大不了，可惜的是我这个师侄方当有为，你这位夫人青春年少，只因你要逞英雄好汉，唉，累得全都丧命于此。"

文泰来听到这里，不由得满头大汗，陆菲青的话虽然有点偏激，可全入情入理。骆冰叫了一声"大哥"，拿出手帕把他额上汗珠拭去,握住他那只没受伤的手。文泰来号称"奔雷手",十五岁起浪荡江湖,手掌下不知击毙过多少神奸巨憝、凶徒恶霸,但这双杀人无算的巨掌被骆冰又温又软的手轻轻一握,正所谓英雄气短,儿女情长,再也不能坚执己见了,向陆菲青道:"前辈教训得是,刚才小侄是想岔了,前辈指点,唯命是从。"

陆菲青将写给周仲英的信抽了出来。文泰来见信上先是几句仰慕之言,再说有几位红花会的朋友遇到危难,请他照拂,信上没写文余等人的姓名。文泰来看后,叹了一口气道:"我们这一到铁胆庄,红花会又多了一位恩人了。"

红花会自来有恩必酬,有仇必报。任何人对他们有恩,总要千方百计答谢才罢,若是结下了怨仇,也必大仇大报,小仇小报,决不放过。镇远镖局的人听到红花会的名头心存畏惧,就因知道他们人多势众,恩怨分明,实是得罪不得。

陆菲青再问余鱼同,该到何处去报信求援,红花会后援何时可到。余鱼同道:"红花会十二位香主,除了这里的文四当家和骆十一当家,都已会集安西。大伙请少舵主总领会务,少舵主却一定不肯,说他年轻识浅,资望能力差得太远,非要二当家无尘道长当总舵主不可。无尘道长又哪里肯?现下僵在那里,只等四当家与十一当家一到,就开香堂推举总舵主。谁知他们两位竟在这里被困。大家眼巴巴的正在等他们呢。"

陆菲青喜道:"安西离此不远,贵会好手大集。张召重再强,又怕他何来?"余鱼同向文泰来道:"少舵主派我去洛阳见韩家的掌门人,分说一件误会,那也不是十万火急之事。小弟先赶回安西报信,四哥你瞧怎么样?"他在会中位分远比文泰来为低,遇到疑难时按规矩要听上头的人吩咐。文泰来沉吟未答。陆菲青道:"我瞧这样,你们三人马上动身去铁胆庄,安顿好后,余贤侄就径赴洛阳。到安西报信的事就交给我去办。"

文泰来不再多说,彼此是成名英雄,这样的事不必言谢,也非一声道谢所能报答,从怀中拿出一朵大红绒花,交给陆菲青道:"前辈到了安西,请把这朵花插在衣襟上,敝会自有人来接引。"骆冰扶起文泰来下地。余鱼同把地下两具尸体提到炕上,用棉被蒙住。陆菲青打开房门,大模大样的踱出来,上马向西疾驰而去。

过了片刻，余鱼同手执金笛开路，骆冰一手撑了一根门闩，一手扶着文泰来走出房来。掌柜的和店伙连日见他们恶战杀人，胆都寒了，站得远远的哪敢走近。余鱼同将三钱银子抛在柜上，说道："这是房饭钱！我们房里有两件贵重物事存着，谁敢进房去，少了东西回来跟你算帐。"掌柜的连声答应，大气也不敢出。店伙把三人的马牵来，双手不住发抖。文泰来两足不能踏镫，左手在马鞍上一按，一借力，轻轻飞身上马。余鱼同赞道："四哥好俊功夫！"骆冰嫣然一笑，上马提缰，三骑连辔往东。

余鱼同在镇头问明了去铁胆庄的途径，三人放马向东南方奔去，一口气走出十五六里地，一问行人，知道过去不远就到。骆冰暗暗欣慰，心知只要一到铁胆庄，丈夫就是救下来了。铁胆庄周仲英威名远震，在西北黑白两道无人不敬，天大的事也担当得起，只消缓得一口气，红花会大援便到，鹰爪子便来千军万马，也总有法子对付。

一路上乱石长草，颇为荒凉。忽听马蹄声急，迎面奔来三乘马。马上两个是精壮汉子，另一人身材甚是魁伟，白须如银，脸色红润，左手呛啷啷的弄着两个大铁胆。交错而过之时，三人向文泰来等看了一眼，脸现诧异之色，六骑马奔驰均疾，霎时之间已相离十余丈。余鱼同道："四哥四嫂，那位恐怕就是铁胆周仲英。"骆冰道："我也正想说。似他这等神情，决非寻常人物，手里又拿着两个铁胆。"文泰来道："多半是他。但他走得这么快，怕有急事，半路上拦住了问名问姓，总是不妥。到铁胆庄再说吧。"

又行数里，来到铁胆庄前，其时天色向晚，风劲云低，夕照昏黄，一眼望去，平野莽莽，无边无际的衰草黄沙之间，唯有一座孤零零的庄子。三人日暮投庄，求庇于人，心情郁郁，俱有凄怆之意。缓缓纵马而前，见庄外小河环绕，河岸遍植杨柳，柳树上却光秃秃地一张叶子也无，疾风下柳枝都向东飘舞。庄外设有碉堡，还有望楼吊桥，气派甚大。

庄丁请三人进庄，在大厅坐下献茶。一位管家模样的中年汉子出来接待，自称姓宋，名叫善朋，随即请教文泰来等三人姓名。三人据实说了。

宋善朋听得是红花会中人物，心头一惊，忙道："久仰久仰，听说贵会在江南开山立柜，一向很少到塞外来呀。不知三位找我们老庄主有何见教？真是失敬得很，我们老庄主刚出了门。"一面细细打量来人，红花会威震天下，自是素所尊崇，但知红花会与老庄主从无交往，这次突然过访，来意善恶，无从捉摸，言辞之间，不免显得有些迟疑冷淡。

文泰来听得周仲英果不在家，陆菲青那封信也就不拿出来了，见宋善朋虽然礼貌恭谨，但畏畏缩缩一副拒人于千里之外的神情，心下有气，便道："既然周老英雄不在家，就此告退。我们前来拜庄，也没什么要紧事，只是久慕周老英雄威名，顺道瞻仰。这可来得不巧了。"说着扶了椅子站起。宋善朋道："不忙不忙，请用了饭再走吧。"转头向一名庄丁轻轻说了几句话，那庄丁点头而去。文泰来坚说要走。宋善朋道："那么请稍待片刻，否则老庄主回来，可要怪小人怠慢贵客。"说话之间，一名庄丁捧出一只盘子，盘里放着两只元宝，三十两一只，共是六十两银子。宋善朋接过盘子，对文泰来道："文爷，这点不成敬意。三位远道来到敝庄，我们没好好招待，这点点盘费请赏脸收下。"

文泰来听了，勃然大怒，心想我危急来投，你把我当成江湖上打抽丰的来啦。他一身傲骨，这次来铁胆庄本已万分委屈，岂知竟受辱于伧徒。骆冰见丈夫脸上变色，轻轻在他手上一捏，要他别发脾气。文泰来按捺怒气，左手拿起元宝，说道："我们来到宝庄，可不是为打抽丰，宋朋友把人看小啦。"宋善朋连说"不敢"，心里却说："你不是打抽丰，怎么银子又要拿？"他知道红花会声名大，是以送的程仪特别从丰。

文泰来"嘿嘿"一声冷笑，把银子放回盘中，说道："告辞了。"宋善朋一看之下，大吃一惊。两只好端端的元宝，已被他单手潜运掌力，捏成一个扁扁的银饼，他又是羞惭，又是着急，心想："这人本领不小，怕是来寻仇找晦气的。"忙向庄丁轻声嘱咐了几句，叫他快到后堂报知大奶奶，自己直送出庄，连声道歉。文泰来不再理他。三名庄丁把客人的马匹牵来，文泰来与余鱼同向宋善朋一抱拳，说声"叨扰"，随即上马。

骆冰从怀里摸出一锭金子，重约十两，递给牵着她坐骑的庄丁，说道："辛苦你啦，一点点小意思，三位喝杯酒吧。"说着向另外两名庄丁一摆手。这十两黄金所值,远远超过宋善朋所送的两只银元宝,那庄丁一世辛苦也未必积得起,手中几时拿到过这般沉甸甸的一块黄金,一时还不敢信是真事,欢喜得连"谢"字也忘了说。骆冰一笑上马。

原来骆冰出生不久,母亲即行谢世。神刀骆元通是独行大盗,一人一骑,专劫豪门巨室,曾在一夜之间,连盗金陵八家富户,长刀短刀飞刀,将八家守宅护院的武师打得人人落荒而逃,端的名震江湖。他行劫之前,必先打听事主确是声名狼藉,多行不义,这才下手,是以每次出手,越是席卷满载,越是人心大快。骆元通对这独生掌珠千依百顺,但他生性粗豪,女孩儿家的事一窍不通,要他以严父兼为慈母,也真难为他熬了下来。他钱财得来容易,花用完了,就伸手到别人家里去取,天下为富不仁之家,尽是他寄存金银之库,只消爱女开口伸手,银子要一百有一百,要一千说不定就给两千,因此把女儿从小养成了一副出手豪爽无比的脾气,说到花费银子,皇亲国戚的千金小姐也远比不上这个大盗之女的阔气。

骆冰从小爱笑,一点小事就招得她咭咭咯咯的笑上半天,任谁见了这个笑靥迎人的小姑娘没有不喜欢的,嫁了文泰来之后,这脾气仍是不改。文泰来比她大上十多岁,除了红花会的老舵主于万亭和几位义兄之外,生平就只服这位娇妻。

文泰来等正要纵马离去,只听得一阵鸾铃响,一骑飞奔而来,驰到跟前,乘者翻身下马,向文泰来等拱手说道:"三位果然是到敝庄来的,请进庄内奉茶。"文泰来道:"已打扰过了,改日再来拜访。"那人道:"适才途中遇见三位,老庄主猜想是到我们庄上来的,本来当时就要折回,只因实有要事,因此命小弟赶回来迎接贵宾。老庄主最爱交接朋友,他一见三位,知道是英雄豪杰,十分欢喜,他说今晚无论如何一定赶回庄来,务请三位留步,在敝庄驻马下榻。不恭之处,老庄主回来亲自道歉。"文泰来见那人中等身材,细腰宽膀,正是刚才途中所遇,听他说话诚恳,气就消了大半。

那人自称姓孟,名健雄,是铁胆周仲英的大弟子,当下把文泰来三人又迎进庄去,言语十分恭敬殷勤。宋善朋在旁透着很不得劲儿。宾主坐下,重新献茶,一名庄丁出来在孟健雄耳边说了几句话。孟健雄站起身来,道:"我家师娘请这位女英雄到内堂休息。"

骆冰跟着庄丁入内,走到穿堂,另有一名婢女引着进去。老远就听得一个女人大声大气的道:"啊哟,贵客降临,真是失迎!"一个四十多岁的女人大踏步出来,拉着骆冰的手,很显得亲热,道:"刚才他们来说,有红花会的英雄来串门子,说只坐了一会儿就走了。我正懊恼,幸好现下又赏脸回来,我们老爷子这场欢喜可就大啦!快别走,在我们这小地方多住几天。你们瞧,"回头对几个婢女说:"这位奶奶长得多俊。把我们小姐都比下去啦!"骆冰心想这位太太真是口没遮拦,说道:"这位不知是怎么称呼?小妹当家的姓文。"那女人道:"你瞧我多糊涂,见了这样标致的一位妹妹,可就乐疯啦!"她还是没说自己是谁。一个婢女道:"这是我们大奶奶。"

这女人是周仲英的续弦。周仲英前妻生的两个儿子,都因在江湖上与人争斗,先后丧命。这位继室夫人生了一个女儿周绮,今年十八岁,生性鲁莽,常在外面闹事。周仲英刚才匆匆忙忙的出去,就为了这位大小姐又打伤了人,赶着去给人家赔不是。这奶奶生了女儿后就一直没再有喜,周仲英心想自己年纪这么一大把,看来是命中注定无子的了,哪知在五十四岁这年上居然又生了个儿子。老夫妇晚年得子,自是喜心翻倒。亲友们都恭维他是积善之报。

坐定后,周大奶奶道:"快叫少爷来,给文奶奶见见。"一个孩子从内房出来,长得眉清目秀,手脚灵便。骆冰料想他已学过几年武艺。这孩子向骆冰磕头,叫声"婶婶"。骆冰握住他的手,问几岁了,叫什么名字。那孩子道:"今年十岁了,叫周英杰。"骆冰把左腕上一串珠子褪下,交给他道:"远道来没什么好东西,几颗珠子给你镶帽儿戴。"周大奶奶见这串珠子颗颗又大又圆,极是贵重,心想初次相见,怎可受人家如此厚礼,又是叫嚷,又是叹气,推辞了半天无效,只得叫儿子磕头道谢。

正说话间,一个婢女慌慌张张的进来道:"文奶奶,文爷晕过去啦。"周大奶奶忙叫人请大夫。骆冰快步出厅,去看丈夫。原来文泰来受伤甚重,刚才一生气,手捏银饼又使了力,一股劲支持着倒没什么,一松下来可撑不住了。骆冰见丈夫脸上毫无血色,神智昏迷,心中又疼又急,连叫"大哥",过了半晌,文泰来方悠悠醒来。

孟健雄急遣庄丁赶骑快马到镇上请医,顺便报知老庄主,客人已经留下来了。他一路嘱咐,跟着庄丁直说到庄子门口,眼看着庄丁上马,顺着大路奔向赵家堡,正要转身入内,忽见庄外一株柳树后一个人影一闪,似是见到他而躲了起来。

他不动声色,慢步进庄,进门后飞奔跑上望楼,从墙孔中向外张望。只见柳树之后一个脑袋探将出来,东西张望,迅速缩回,过了片刻,一条矮汉轻轻溜了出来,在庄前绕来绕去,走得几步,又躲到一株柳树之后。孟健雄见那人鬼鬼祟祟,显非善类,眉头一皱,走下望楼,把周英杰叫来,嘱咐了几句。周英杰大喜,连说有趣。

孟健雄跑出庄门,大笑大嚷:"好兄弟,我怕了你,成不成?"向前飞跑。周英杰在后紧追,大叫:"看你逃到哪里去?输了想赖,快给我磕头。"孟健雄向他打躬作揖,笑着讨饶。周英杰不依,伸出两只小手要抓。孟健雄直向那矮汉所躲的柳树后奔去,那汉子出其不意,吓了一跳,站起身来,假装走失了道:"喂,借光,上三道沟走哪条路呀?"孟健雄只作不见,嘻嘻哈哈的笑着,直向他冲去,当胸一撞,那人仰天一交摔出。

这矮汉子正是镇远镖局的童兆和。他记挂着骆冰笑靥如花的模样,虽然吃过文泰来的苦头,但想:"老子只要不过来,这么远远的瞧上几眼,你总不能把老子宰了。"是以过不多时,便向骆冰的房门瞧上几眼。待见她和文泰来、余鱼同出店,知道要逃,忙骑了马偷偷跟随。他不敢紧跟,老远的盯着,眼见他们进了铁胆庄,过了一会,远远望见三人出得庄来,不知怎么又进去了,这次可老不出来。他想探个着实,回去报信,倒也是功劳一件,别让人说净会吃饭耍贫嘴,不会办事。正在那里探头探脑,不想孟健雄猛冲过来。他旁的本事没什么,为人却十分机警,知道行藏已给人看破,这一撞是试功夫来啦,当下全身放松,装作丝毫不会武功模样,摔了一交,边骂边哼,爬不起来,好在他武功本就稀松,要装作全然不会,相差无几,倒也算不上是什么天大难事。

孟健雄连声道歉,笑着道:"我跟这小兄弟闹着玩,不留神撞了尊驾,没跌痛么?"童兆和叫道:"这条胳臂痛得厉害,啊唷!"孟健雄伸手把他拉起,道:"请进去给我瞧瞧,我们有上好治伤膏药。"童兆和无法推辞,只得怀着鬼胎,一步一哼的跟他进庄。

孟健雄把他让进东边厢房,问道:"尊驾上三道沟去吗?怎么走到我们这儿来啦?"童兆和道:"是啊,我正说呢,刚才一个放羊的娃子冤我啦,指了这条路,他奶奶的,回头找他算帐。"孟健雄冷冷的道:"也不定是谁跟谁算帐呢。劳您驾把衫儿解开吧,我给你瞧一下伤。"童兆和到此地步,不由得不依。

孟健雄明说看伤,实是把他里里外外搜了个遍。他一把匕首藏在靴筒子里,居然没给搜出来。孟健雄在他身上摸来摸去,会武功之人,敌人手指伸到自己要害,定要躲闪封闭,否则这条命可是交给了人家。童兆和心道:"童大爷英雄不怕死,胡羊装到底!"孟健雄在他脑袋上两边"太阳穴"一按,胸前"膻中穴"一拍。童兆和毫不在乎道:"这里没什么。"孟健雄又在他腋下一捏,童兆和噗哧一笑,说道:"啊哟,别格支人,我怕痒。"这些都是致命的要害,他居然并不理会,孟健雄心想这小子敢情真不是会家,可是见他路道不正,总是满腹怀疑:"听口音不是本地人,难道是个偷鸡摸狗的小贼?到铁胆庄来太岁头上动土,胆子是什么东西打的?"但铁胆庄向来奉公守法,却也不敢造次擅自扣人,只得送他出去。

童兆和一面走,一面东张西望,想查看骆冰他们的所在。孟健雄疑心他是给贼人踩道,发话道:"朋友,招子放亮点,你可知道这是什么地方?"

童兆和假作痴呆道:"这么大的地方,说是东岳庙嘛,可又没菩萨。"孟健雄送过吊桥,冷笑道:"朋友,有空再来啊!"童兆和再也忍不住了,说道:"不成,得给我大舅子道喜去。他新当上大夫啦,整天给人脱衣服验伤。"孟健雄听他说话不伦不类,一怔之下,才明白是绕弯子骂人,伸手在他肩上重重一拍,嘿嘿一笑,扬长进庄。童兆和被他这一拍,痛入骨髓,"孙子王八蛋"的骂个不休,找到了坐骑,奔回三道沟安通客栈。

踏进店房,只见张召重、胡国栋和镖行的人围坐着商议,还有七八个面生之人,议论纷纷,猜想文泰来逃往何处,打死韩春霖和冯辉的那个老头又是何人。谁都说不出所以然来,个个皱起眉头,为走脱了钦犯而发愁。

童兆和得意洋洋,把文泰来的踪迹说了出来,自己受人家摆布的事当然隐瞒不说。张召重一听大喜,说道:"咱们就去,童老弟请你带路。"他本来叫他"老童",一高兴,居然叫起"老弟"来。童兆和连声答应,周身骨头为之大轻,登时便没把镖行中的众镖头瞧在眼里,不住口的大吹如何施展轻功,如何冒险追踪,说道:"那是皇上交下来的差使,又是张大人的事,姓童的拼了命也跟反贼们泡上了。"

胡国栋右臂折断,已请跌打医生接了骨,听他丑表功表之不已,便给他和新来的几人引见。童兆和一听,吃了一惊,原来都是官府中一流好手:那是大内赏穿黄马褂的二等侍卫瑞大林,郑亲王府武术总教头万庆澜,九门提督府记名总兵成璜,湖南辰州言家拳掌门人言伯乾,以及天津与保定的几个名捕头。

为了捉拿文泰来,这许多南北满汉武术名家竟云集三道沟这小小市镇。当下一行人摩拳擦掌,向铁胆庄进发。

陆菲青冒着扑面疾风,纵马往西,过乌金峡长岭时,见昨日岭上恶战所遗血渍已被雨水冲得干干净净。一口气奔出四五十里地,到了一个小市集,一番驰骋,精神愈长,天色未黑,原可继续赶路,但马匹已疲,嘴边尽泛白沫,气喘不已。文泰来之事势如星火,后援早到一刻好一刻,正自委决不下,忽见市集尽头有个回人手牵两马,东西探望,似在等人。那两匹马身高膘肥,毛色光润,心中一动,走上前去,向他买马。

那回人摇摇头。他取出布囊,摸了一锭大银递过,约有二十来两,那回人仍是摇头。他心下焦躁,倒提布囊,囊中六七锭小银子都倒将出来,连大锭一起递过。那回人挥手叫他走开,似说马是决不卖的,不必多所啰唆。陆菲青好生懊丧,把银子放回囊中。那回人一眼瞥见他掌中几锭小银子之间夹着一颗铁莲子,伸手取过,向着暗器上所刻的羽毛花纹仔细端详。原来那晚陆菲青帐外窥秘,霍青桐以铁莲子相射,给他弹入茶壶,其后随手放入囊中,也便忘了。那回人询问铁莲子从何而来。

陆菲青灵机一动,便说那个头插绿羽、手使长剑的回族少女是他朋友,此物是她所赠。那回人点点头,又仔细看了一下,放还陆菲青掌中,将一匹骏马的缰绳交了给他。陆菲青大喜,忙再取出银子。回人摇手不要,牵过陆菲青的坐骑,转身便走。陆菲青心道:"瞧不出这么花朵儿般的一个小姑娘,在回人之中竟有偌大声势,一颗铁莲子便如令箭一般。"

原来这回人正是霍青桐的族人。他们这次大举东来夺经,沿站设桩,以便调动人手,传递消息。他见这汉人老者持有霍青桐的铁莲子匆匆西行,只道是本族帮手,毫不犹豫,便将好马换了给他。

陆菲青纵马疾驰,前面镇上又遇到回人,他取出铁莲子,立时又换到了一匹养足了力气的好马。这次更加来得容易,因回人马匹后腿上烙有部族印记,他拿去换的即是他们本族马匹,对方自然更无怀疑。

陆菲青一路换马,在马上吃点干粮,一日一夜赶了六百多里,第二日傍晚到达安西。他武功精湛,武当派讲究的又是内力修为,但毕竟年岁已高,这一日一夜不眠不休的奔驰下来,也已十分疲累。进得城来,取出文泰来所给红花,插在襟头。走不上几步,迎面就有两名短装汉子过来,抱拳行礼,邀他赴酒楼用饭,陆菲青也不推辞。上了酒楼,一名汉子陪他饮酒,另一个说声"失陪"就走了。相陪的汉子执礼甚恭,一句话不问,只是叫菜劝酒。

三杯酒落肚,门外匆匆进来一人,上前作揖。陆菲青忙起身还礼,见那人穿一件青布长衫,三十左右年纪,双目炯炯,英气逼人。那人请教姓名,陆菲青说了。那人道:"原来是武当派陆老前辈,常听赵半山三哥说起您老大名,在下好生仰慕,今日相会,真是幸事。"陆菲青道:"请教尊姓大名?"那人道:"晚辈卫春华。"原先相陪之人说道:"老英雄请宽坐。"向陆卫二人行礼而去。卫春华道:"敝会少舵主和许多弟兄都在本地,要是得知老前辈大驾光临,大伙儿一定早来迎接了。不知老前辈是否可以赏脸移步,好让大家拜见。"陆菲青道:"好极了,我赶来原有要事奉告。"卫春华要再劝酒,陆菲青道:"事在紧急,跟贵会众英雄会见后再饮不迟。"

当下卫春华在前带路,走出酒楼,掌柜的也不算酒钱。陆菲青心想,看来这酒楼是红花会联络之所。两人上马出城。卫春华问道:"老前辈已遇到了我们文四哥文四嫂?"陆菲青道:"是啊,你怎知道?"卫春华道:"老前辈身上那朵红花是文四哥的,这花有四片绿叶相衬。"陆菲青心想:"这是他们会中暗记,这人坦然相告,那是毫不见外,当我是自己人了。"

不一会,二人来到一所道观。观前观后古木参天,气象宏伟,观前一块扁额写着"玉虚道院"四个大字。观前站着两名道人,见了卫春华很是恭谨。卫春华肃客入观,一名小道童献上茶来。卫春华在道童耳边说了几句话,道童点头进去。陆菲青刚要举杯喝茶,只听得内堂一人大叫:"陆大哥,你可把小弟想死了……"话声未毕,人已奔到,正是他当年的刎颈之交赵半山。

老友相见,真是说不出的欢喜。赵半山一叠连声的问:"这些年来在哪里?怎么会到这里的?"陆菲青且自不答,说道:"赵贤弟,咱们要紧事先谈。贵会文四当家眼下可在难中。"当下将文泰来与骆冰的事大略一说,只把赵卫两人听得惨然变色。卫春华没听完,便快步入内报讯。赵半山细细询问文骆二人伤势详情。

陆菲青还未说完,只听得卫春华在院子中与一人大声争执。那人叫道:"你拦着我干什么?我非得马上赶到四哥身边不可。"卫春华道:"你就是这么急性子,大伙儿总先得商量商量,再由少舵主下令派谁去接四哥呀。"那人仍是大叫大嚷的不依。

赵半山拉着陆菲青的手出去,陆菲青见那大声喧哗吵闹之人是个驼子,记得正是那天用手割断李沅芷马尾之人。卫春华在驼子身上推了一把,道:"去见过陆老前辈。"那驼子走将过来,楞着眼瞪视半响,不言不语。陆菲青只道他记得自己相貌,还在为那天李沅芷笑他而心中不快,正想道歉,那驼子忽道:"你一天一晚赶了六百多里,来为我四哥四嫂报信,我章驼子谢谢你啦!"话未说完,突然跪下,就在石阶上咚咚咚咚磕了四个响头。

陆菲青待要阻止,已经不及,只得也跪下还礼。那驼子早已磕完了头,站起身来,说道:"赵三哥,卫九哥,我先走啦。"赵半山想劝他稍缓片刻,那驼子头也不回,直窜出去,刚奔出月洞门,外面进来一人,一把拉住驼子,问道:"到哪里去?"驼子道:"瞧四哥四嫂去,跟我走吧。"不由那人分说,反手拉了他手腕便走。赵半山叫道:"七弟你就陪他去吧。"那人遥遥答应。

这驼子姓章名进,最是直性子。他天生残疾,可是神力惊人,练就了一身外家的硬功夫。他身有缺陷,最恼别人取笑他的驼背,他和人说话时自称"章驼子",那是好端端地,然而别人若是在他面前提到个"驼"字,甚至冲着他的驼背一笑,这人算是惹上了祸啦。笑他之人如是常人也还罢了,如会武艺,往往就被他结结实实的打上一顿。他在红花会中最听骆冰的话,因他脾气古怪,旁人都忌他三分,骆冰却怜他残废,衣着饮食,时加细心照料,当他是小兄弟一般。他听到文泰来夫妇遇难,热血沸腾,一股劲就奔去赴援。章进在红花会中排行第十,刚才被他拉去的是坐第七把交椅的徐天宏。其人身材矮小,足智多谋,算是红花会的军师,武功也颇不弱,江湖上送他一个外号,叫做"武诸葛"。

赵半山把这两人的情形大略一说,红花会众当家陆续出来厮会,全是武林中成名的英雄好汉,陆菲青在途中大半也都见过。赵半山一一引见,各人心急如焚,连客套话也都省了。陆菲青把文泰来的事择要说了,那位独臂二当家无尘道人道:"咱们见少舵主去。"

大伙走向后院,进了一间大房,只见板壁上刻着一只大围棋盘,三丈外两人坐在炕上,手拈棋子,向那竖立的棋局投去,一颗颗棋子都嵌在棋道之上。陆菲青见多识广,可从未见过有人如此下棋。棋盘旁站着个小道童,遇有食子、打劫,便伸手从棋盘中捏子。持白子的是个青年公子,身穿白色长衫,脸如冠玉,似是个贵介子弟。持黑子的却是个庄稼人打扮的老者。老者发子之时,每着势挟劲风,棋子深陷板壁。陆菲青暗暗心惊:"这人不知是哪一位英雄,发射暗器的手劲准头,我生平还没见过第二位。"眼见黑子势危,白子一投,黑子满盘皆输,那公子一子投去,准头稍偏,没嵌准棋道交叉之处,落入了空格。老者呵呵笑道:"这一子不成话,认输了吧!"推棋而起,显然是输了赖皮。那公子微微一笑,说道:"待会再跟师父下过。"那老者也不跟众人招呼行礼,扬长出门。(按:中国古来惯例,下围棋尊长者执黑子,日本亦然,至近代始变。)

赵半山向那公子道:"少舵主,这位是武当派前辈名宿陆菲青陆大哥。"又向陆菲青道:"这位是我们少舵主,两位多亲近亲近。"那少舵主拱手作揖,说道:"小侄姓陈名家洛,请老伯多多指教。小侄曾听赵三哥多次说起老伯大名,想像英风,常恨无缘拜会。适才陪师父下棋,不知老伯驾到,未曾恭迎,失礼之极,深感惶恐。"陆菲青连称不敢,心下诧异,见这少舵主一付模样直是个富贵人家的纨袴子弟,兼之吐属斯文,和这些草莽群豪全不相类。

赵半山把文泰来避难铁胆庄之事向陈家洛说了,请示对策。陈家洛向无尘道人道:"请道长吩咐吧。"无尘身后一条大汉站了出来,厉声说道:"四哥身受重伤,人家素不相识,连日连夜赶来报信,咱们自己还在你推我让,让到四哥送了命,那再不让了吧?老当家的遗命谁敢不遵?少舵主你不奉义父遗嘱就是不孝,你要是瞧我们兄弟不起,不肯做头脑,那么红花会七八万人全都散了伙吧!"陆菲青看那人又高又肥,脸色黝黑,神态威猛,刚才赵半山引见是会中坐第八交椅的杨成协。

群雄纷纷说道:"咱们蛇无头不行,少舵主若再推让,教大家都寒了心。四哥现下身在难中,大家须得奉少舵主将令赶去相救。"无尘凛然道:"红花会上下七万多人,哪一个不听少舵主号令,教他吃我无尘一剑。"陈家洛见众意如此,好生为难,双眉微蹙,沉吟不语。

西川双侠中的常赫志冷冷的道:"兄弟,少舵主既然瞧不起咱们,咱哥儿俩把四哥接回之后,就回西川去!"常伯志接口道:"哥哥说得对,就这么办。"

陈家洛知道再不答允,必定坏了众兄弟的义气,当下团团一揖,说道:"兄弟不是不识抬举,实因自知年轻识浅,量才德均不足担当大任。但各位如此见爱,从江南远道来到塞外,又有我义父遗命,叫我好生为难。本来想等文四哥到后,大家从长计议。现下文四哥有难,无可再等,各位又非要我答允不可,恭敬不如从命,这就听各位兄长吩咐吧。"红花会群雄见他答允出任总舵主,欢然喝采,如释重负。

无尘道人道:"那么便请总舵主拜祖师、接红花。"

陆菲青知道各帮各会都有自家的典礼制仪,总舵主是全会之主,接任就任,要大开香堂,更是非同小可,自己是外人,不便参与,当下向陈家洛道了喜告退。长途跋涉之后,十分困倦,赵半山引他到自己房里洗沐休息。一觉醒来,已是深夜。赵半山道:"总舵主已率领众兄弟分批赶赴铁胆庄,知道大哥一夜未睡,特留小弟在此相陪,咱哥儿俩明日再去。"

故交十多年未见,话盒子一打开,哪里还收得住?这些年来武林中的恩恩怨怨、生生死死,直谈到东方泛白,还只说了个大概。陆菲青避祸隐居,于江湖上种种风波变乱,一无所知,此时听赵半山说来,真是恍如隔世,听到悲愤处目眦欲裂,壮烈处豪气填膺,又问:"你们总舵主年纪这么轻,模样儿就像个公子哥儿,怎地大家都服他?"赵半山道:"这事说来话长,大哥再休息一会,待会儿咱们一面赶路一面说。"

陈家洛使出『百花错拳』，怪招迭出。周仲英大惊，连连倒退。只见厅外窜进两人，大叫：『住手！』却是陆菲青和赵半山到了。

第三回

避祸英雄悲失路
寻仇好汉误交兵

镇远镖局镖头童兆和兴高采烈的带路,引着张召重等一干官府好手、七八名捕快,赶赴铁胆庄来。他这次有人壮胆撑腰,可就威风八面了,来到庄前,向庄丁喝道:"快叫你家庄主出来,迎接钦差。"庄丁见这干人来势汹汹,也不知是什么来头,转身回入。张召重心想周仲英名声极大,是西北武林首脑人物,可得罪不得,便道:"这位朋友且住,你说我们是京里来的,有点公事请教周老英雄。"他说罢向胡国栋使了个眼色。胡国栋点点头,率领捕快绕向庄后,以防钦犯从后门逃走。

孟健雄听得庄丁禀告,料知这批人定为文泰来而来,叫宋善朋出去敷衍,当即赶到文泰来室中,说道:"文爷,外面来了六扇门的鹰爪子,说不得,只好委屈三位暂避一避。"当下把文泰来扶起,走进后花园一个亭子,和两名庄丁合力抬起一张石桌,露出一块铁板,拉开铁板上铁环,用力一提,铁板掀起,下面是通向地窖的石级。

文泰来怒道:"文某岂是贪生怕死之徒?躲在这般的地方,便是逃得性命,也落得天下英雄耻笑。"孟健雄道:"文爷说哪里话来?大丈夫能屈能伸,文爷身受重伤,暂时回避,有谁敢来笑话?"文泰来道:"孟兄美意,文某心领了,这就告辞,以免连累宝庄。"孟健雄不住婉言相劝。

只听得后门外有人大声叫门,同时前面人声喧哗,衙门中一干人要闯向后进。宋善朋拼命阻拦,却哪里挡得住?张召重等震于周仲英威名，不便明言搜查，只说："宝庄建得这么考究，塞外少见，请宋朋友引我们开开眼界。"

文泰来见铁胆庄被围，前后有敌，气往上冲，对骆冰和余鱼同道："并肩往外冲。"骆冰应了，伸手扶住他右臂。文泰来左手拔出单刀，正要冲出，忽觉骆冰身子微微颤动，向她一看，见她双目含泪，脸色凄苦，心中一软，柔情顿起，叹道："咱们就躲一躲吧。"

孟健雄大喜，待三人进了地窖，忙把铁板盖好，和两名庄丁合力把石桌抬过压在铁板上。周英杰这孩子七手八脚的也在旁帮忙。孟健雄一看已无破绽，命庄丁去开后门。胡国栋等守在门外，并不进来，张召重等一干人却已进了花园。

孟健雄见童兆和也在其内，冷然道："原来是一位官老爷，刚才多多失敬。"童兆和道："在下是镇远镖局的镖头，老兄你走了眼吧？"回头对张召重道："我亲眼目睹，见到三位钦犯进庄，张大人你下令搜吧。"

宋善朋道："我们都是安份良民，周老庄主是河西大绅士，有家有业，五百里方圆之内无人不知，怎敢窝藏匪类，图谋不轨？这位童爷刚才来过，庄上没送盘缠，那是兄弟的不是，可是这么挟嫌诬陷，我们可吃罪不起。"他知文泰来等已躲入地窖，说话便硬了起来。孟健雄假装不知，问明张召重等的来由，哈哈大笑，说道："红花会是江南的帮会，怎么会到西北边塞来？离得十万八千里了，这位镖头异想天开，各位大人也真会信他！"

张召重等全是老江湖、大行家，明知文泰来定在庄内，可是如在庄内仔细搜查，搜出来倒也罢了，一个搜不出，周仲英岂肯干休？他们虽然大都已有功名，但和江湖上人士久有交往，知道得罪了周仲英这老儿可不是玩的，当下均感踌躇。

童兆和心想，今天抓不到这三人，回去必被大伙奚落埋怨，孩子嘴里或许骗得出话来，于是满脸堆欢，拉住了周英杰的手。周英杰刚才见过他，知他鬼鬼祟祟的不是好人，使劲甩脱他手，说道："你拉我干么？"童兆和笑道："小兄弟，你跟我说，今天来你家的三个客人躲在哪里，我送你这个买糖吃。"说罢拿出只银元宝，递了过去。

周英杰扁嘴向他作个鬼脸，说道："你当我是谁？铁胆庄周家的人，希罕你的臭钱？"童兆和老羞成怒，叫道："咱们动手搜庄，搜出那三人，连这小孩子一齐抓去坐牢。"周英杰道："你敢动我一根寒毛，算你好汉。我爸爸一拳头便打你个稀巴烂！"

张召重鉴貌辨色，料想这孩子必知文泰来的躲藏处，眼见孟健雄、宋善朋等一干人老辣干练，只有从孩子身上下工夫，但孩子年纪虽小，嘴头却硬，便道："今儿来的客人好像是四位，不是三位，是不是？"周英杰并不上当，道："不知道。"张召重道："待会我们把三个人搜出来，不但你爸爸，连你这小孩子，连你妈妈都要杀头！"周英杰"呸"了一声，眉毛一扬，道："我都不怕你，我爸爸会怕你？"

童兆和突然瞥见周英杰左腕上套着一串珠子，颗颗晶莹精圆，正是骆冰之物。他是镖头，生平珠宝见得不少，倒是识货之人，这两日来见到骆冰，于她身上穿戴无不瞧得明明白白，这时心中一喜，说道："你手上这串珠子，我认得是那个女客的，你还说他们没有来？你定是偷了她的。"周英杰大怒，说道："我怎会偷人家的物事？明明是那婶婶给我的。"童兆和笑道："好啦，是那婶婶给的。那么她在哪里？"周英杰道："我干么要对你说？"

张召重心想："这小孩儿神气十足，想是他爹爹平日给人奉承得狠了，连得他也自尊自大，我且激他一激，看他怎样。"便道："老童，不用跟小孩儿啰唆了，他什么都不知道的，铁胆庄里大人的事，也不会让小孩儿瞧见。他们叫那三个客人躲在秘密的地方之时，定会先将小孩儿赶开。"周英杰果然着恼，说道："我怎么不知道？"

孟健雄见周英杰上当，心中大急，说道："小师弟，咱们进去吧，别在花园里玩了。"张召重抓住机会，道："小孩儿不懂事，快走开些，别在这里碍手碍脚。你就会吹牛，你要是知道那三个客人躲在什么地方，你是小英雄，否则的话，你是小混蛋、小狗熊。"周英杰怒道："我自然知道。你才是大混蛋、大狗熊。"张召重道："我料你不知道，你是小狗熊。"周英杰忍无可忍，大声道："我知道，他们就在这花园里，就在这亭子里！"

孟健雄大惊，喝道："小师弟，你胡说什么？快进去！"周英杰话一出口，便知糟糕，急得几乎要哭了出来，拔足飞奔入内。

张召重见亭子四周是红漆的栏杆，空空旷旷，哪有躲藏之处。他跳上栏杆，向亭周四望，也无人影，跳下来沉吟不语，忽然灵机一动，对孟健雄笑道："孟爷，在下武艺粗疏，可是有几斤笨力气，请孟

第三回　寻仇好汉误交兵　避祸英雄悲失路

爷指教。"孟健雄见他瞧不破机关,心下稍宽,只道他抓不到人老羞成怒,要和自己动手,虽然对方人多,却也不能示弱,说道:"不敢,兵刃拳脚,你划下道儿来吧。我是舍命陪君子。"张召重哈哈一笑,说道:"大家好朋友,何必动兵刃拳脚,伤了和气。我来举一举这张石桌,待会请孟爷也来试试,我举不起孟爷别见笑。"孟健雄大惊,登时呆了,想不出法子来推辞阻拦,只道:"不,这……这个不好!"

瑞大林、成璜一干人见张召重忽然要和孟健雄比力气,心下俱各纳罕,只见他捋起衣袖,右手抓住石桌圆脚,喝一声"起",一张三百来斤的石桌竟让他单手平平端起。众人齐声喝采,叫道:"张大人好气力!"采声未毕,却惊叫起来。石桌举起,桌板底下露出铁板。

文泰来躲在地窖之中,不一会只听得头顶多人走动,来来去去,老不离开,只是听不到说话,正自气恼,忽然头顶轧轧两声,接着光亮耀眼,遮住地窖的铁板已给人揭开。

众官差见文泰来躲在地窖之中,倒不敢立时下去擒拿,为了要捉活口,也不便使用暗器,只守在地窖口上,手持兵刃,大声呼喝。文泰来低声对骆冰道:"咱们给铁胆庄卖了。你我夫妻一场,你答允我一件事。"骆冰道:"大哥你说。"文泰来道:"待会我叫你做什么,你一定得听我的话。"骆冰含泪点头。文泰来大喝:"文泰来在此!你们鸟乱什么?"众人听他一喝,一时肃静无声。文泰来道:"我腿上有伤,放根绳索下来,吊我起来。"

张召重回头找孟健雄拿绳,却已不知去向,忙命庄丁取绳来。绳索取到,成璜拿了,将一端垂入地窖,把文泰来吊将上来。文泰来双足一着地,左手力扯,成璜绳索脱手,文泰来大喝一声,犹如半空打了个响雷,手腕疾抖,一条绳索直竖起来,当即使出软鞭中"反脱袈裟"身法,人向右转,绳索从左向右横扫,虎虎生风,势不可当。

武林中有言道:"练长不练短,练硬不练软。"又道:"一刀、二枪、三斧、四叉、五钩、六鞭、七抓、八剑。"意思说要学会兵器的初步功夫,学刀只需一年,学鞭却要六年,这鞭说的乃是单鞭双鞭的硬兵刃,软鞭和飞抓是软兵刃,却更加难练。文泰来一艺通百艺通,运起劲力将绳索当软鞭使,势劲力疾,向着众人头脸横扫而至。众人出其不意,不及抵挡,急急低头避让。童兆和吃过文泰来的苦头,见他上来时避在众人背后,躲得远远的,哪知越在后面越吃亏,前面的人一低头,他待见绳索打到,避让已自不及,急忙转身,绳索贯劲,犹如铁棍,砰的一声,结结实实的打正背心,登时扑地倒了。

侍卫瑞大林和湖南言家拳掌门人言伯乾一个挺刀、一个手持双铁环,分自左右扑上。余鱼同提气在石级上点了两脚,纵身抢上,手挥金笛,和总兵成璜打在一起。成璜使开齐眉棍法,棍长笛短,反被余鱼同逼得连连倒退。骆冰以长刀撑着石级,一步一步走上来,快到顶时,只见地窖口一个魁梧汉子叉腰而立,她拈起飞刀向那人掷去。那人不避不让,待飞刀射至面前,伸出三根手指握住刀柄,其时刀尖距他鼻尖已不过寸许。骆冰见此人好整以暇,将她飞刀视若无物,倒抽了一口凉气,舞起双刀,傍到丈夫身边。

那人正是张召重,眉头微皱,他不屑拔剑与女子相斗,便以骆冰那柄刃锋才及五寸的飞刀作匕首用,连续三下进手招数。骆冰步武不灵,但手中双刀家学渊源,仍能封紧门户。相拒四五合,张召重左臂前伸,攻到骆冰右臂外侧,向左横掠,把她双刀拦在一边,运力推出,骆冰立脚不稳,又跌入地窖。

那边文泰来双战两名好手,伤口奇痛,神智昏迷,舞动绳索乱扫狂打。余鱼同施展金笛却已占得上风。张召重见他金笛中夹有柔云剑法,笛子点穴的手法又是本门正传,好生奇怪,正要上前喝问,岂知余鱼同使一招"白云苍狗",待成璜闪开避让,突然纵入地窖。原来他见骆冰跌入地窖,也不知是否受伤,忙跳入救援。

骆冰站了起来。余鱼同问道:"受伤了么?"骆冰道:"不碍事,你快出去帮四哥。"余鱼同道:"我扶你上去。"

成璜提着熟铜棍在地窖口向下猛挥,居高临下,堵住二人。文泰来见爱妻难以逃脱,自己已无法再行支持,脚步踉跄,直跌到成璜身后,当即伸手在他腰间一点,成璜登时身子软了,被文泰来拦腰抱住,喝声:"下去!"两人直向地窖中跌落。

成璜给点中了穴道,已自动弹不得,跌入地窖后,文泰来压在他身上,两人都爬不起来。骆冰忙扶起文泰来。他脸上毫无血色,满头大汗,向妻子勉强一笑,"哇"的一声,一口鲜血吐上她衣襟。余鱼同明白文泰来的用意,大叫:"让路,让路!"

张召重见余鱼同武功乃武当派本门真传,又见文泰来早受重伤,他自重身分,不肯上前夹攻,是以将骆冰推入地窖后不再出手,哪知变起俄顷,成璜竟落入对方手中,这时投鼠忌器,听余鱼同一叫,只得向众人挥手,分站两旁,让了条路出来。

从地窖中出来的第一个是成璜,骆冰拉住他衣领,短刀刀尖对准他后心。第三是余鱼同,他左手扶着骆冰,右手抱住文泰来。四个人拖拖拉拉走了上来。骆冰喝道:"谁动一动,这人就没命。"四人在刀枪丛中钻了出去,慢慢走到后园门口。骆冰眼见有三匹马缚在柳树上,心中大喜,暗暗谢天谢地。这三匹马正是胡国栋等来堵截后门时所骑。

张召重眼见要犯便要逃脱,心想:"成璜这脓包死活关我何事?我把文泰来抓回北京,那才是大功一件。"拾起文泰来丢在地下的绳索,运起内力,向外抛去。绳索呼的一声飞出,绕住了文泰来,回臂急拉,将文泰来拉脱了余鱼同之手。骆冰听得丈夫一声呼叫,关心则乱,早忘了去杀成璜,回身来救丈夫,她腿上受伤,迈不了两步,已跌倒在地。文泰来叫道:"快走!快走!"骆冰道:"我跟你死在一起。"文泰来怒道:"你刚才答允听我话的……"话未说完,已被瑞大林等拥上按住。余鱼同飞身过来,抱住骆冰,直闯出园门。一名捕快抢铁尺上前阻拦,余鱼同飞起右脚,当胸踢得他直跌出五六步去。

骆冰见丈夫被捕,已是六神无主,也不知身在何处。余鱼同抢到柳树边,把她放上马背,叫道:"快放飞刀!"这时言伯乾及两名捕快已追出园门,骆冰三把飞刀连珠般发出,惨叫声中,一名捕快肩头中刀。言伯乾只一呆,余鱼同已扯开三匹马的马缰,自己骑上一匹,把第三匹马牵转马头,向着园门,挺金笛在马臀上猛戳,那马受痛,向言伯乾等直冲过去,把追兵都挡在花园后门口。混乱之中,余鱼同和骆冰两骑马奔得远了。

张召重等捉到要犯文泰来,欢天喜地,谁也无心再追。

骆冰神不守舍的伏在马上,几次要拉回马头,再进铁胆庄,都给余鱼同挥鞭抽她坐骑,继续前行。直奔出六七里地,见后面没人追来,余鱼同才不再急策坐骑。

又行了三四里,四乘马迎面而来,当先一人白须飘动,正是铁胆周仲英。他见到余骆两人,很是诧异,叫道:"贵客留步,我请了大夫来啦。"骆冰恨极,一柄飞刀向他掷去。

周仲英突见飞刀掷到,大吃一惊,毫无防备之下不及招架,急忙俯身在马背上一伏,飞刀从背上掠过。在他背后的二弟子安健刚忙挥刀挡格,飞刀斜出,噗的一声,插在道旁一株大柳树上,夕阳如血,映照刃锋闪闪生光。周仲英正要喝问,骆冰已张口大骂:"你这沽名钓誉、狼心狗肺的老贼!你们害我丈夫,我跟你这老贼拼了。"她边骂边哭,手挥双刀纵马上前。周仲英给她骂得莫名其妙。安健刚见这女人骂他师父,早已按捺不住,挥单刀上前迎敌,被周仲英伸手拦住,叫道:"有话好说。"

余鱼同劝道:"咱们想法子救人要紧,先救四哥,再烧铁胆庄。"骆冰一听有理,掉转马头,一口唾沫恨恨的吐在地下,拍马而走。

周仲英纵横江湖,待人处处以仁义为先,真所谓仇怨不愿多结,朋友不肯少交,黑白两道一提到铁胆周仲英,无不竖起大拇指叫一声"好",哪知没头没脑的给这个青年女子先掷一柄飞刀,再加一顿臭骂,真是生平从所未有之"奇遇"。他见骆冰怨气冲天,存心拼命,心知必有内情,查问赶到镇上请医的庄丁,只说大奶奶和孟爷在家里好好待客,并没什么争闹。

周仲英好生纳闷,催马急奔,驰到铁胆庄前。庄丁见老庄主回来,忙上前迎接。周仲英见各人神情特异,料知发生了事端,飞步进庄,一连串的呼喝:"叫健雄来!"庄丁回道:"孟爷保着大奶奶、小少爷到后山躲避去了。"周仲英一听,更是诧异。几名庄丁七张八嘴的说了经过,说公差刚把文泰来捕走,离庄不久,想来一干人不走大路,因此周仲英回来没遇上。众庄丁道:"公差去远后,已叫人去通知孟爷,想来马上就回。"

周仲英连问:"三位客人躲在地窖里,是谁走漏风声?"庄丁面面相觑,都不敢说。周仲英大怒,挥马鞭向庄丁劈头劈脸打去。安健刚见师父动了真怒,不敢上前相劝。周仲英打了几鞭,坐在椅中直喘气,两枚大铁胆呛啷啷的滚得更响。众人大气也不敢出,站着侍候。

周仲英喝道:"大家站在这里干么?快去催健雄来。"说话未毕,孟健雄已自外面奔进,叫道:"师父回来了。"周仲英一跃而起,嘶声问道:"是谁漏了风声,你说,你说……"孟健雄见师父气得话都说不出来,和平日豪迈从容的气度大不相同,哪里还敢直说,犹豫了一下道:"是鹰爪子自己找到的。"周仲英左手一把抓住他衣领,右手挥

第三回 避祸英雄悲失路 寻仇好汉误交兵

鞭,便要劈脸打去,终于强行忍住,怒道:"胡说!我这地窖如此机密,这群狗贼怎会找到?"孟健雄不答,不敢和师父目光相对。周大奶奶听得丈夫发怒,携了儿子过来相劝。

周仲英目光转到宋善朋脸上,喝道:"你给公差吓喝,心里便怕了,于是说了出来,是不是?"他素知孟健雄为人侠义,便杀了他头也不会出卖朋友,宋善朋不会武艺,胆小怕事,多半是他受不住公差的胁逼而吐露真相。宋善朋见到老庄主的威势,似乎一掌便要打将过来,不由得胆战心惊,说道:"不……不是我说的,是……是小……小公子说的。"

周仲英心中打了个突,对儿子道:"你过来。"周英杰畏畏缩缩的走到父亲跟前。周仲英道:"那三个客人藏在花园的地窖,是你跟公差说的?"周英杰在父亲面前素来不敢说谎,却也不敢直承其事。周仲英挥起鞭子,喝道:"你说不说?"周英杰吓得要哭又不敢哭,眼睛只望母亲。周大奶奶走近身来,劝道:"老爷子别再生气啦,就算女儿惹你生气,这小儿子乖乖的在家,你凶霸霸的吓他干么呀?"周仲英不去理她,将鞭子在空中吧的一抖,叫道:"你不说,我打死你这小杂种。"周大奶奶道:"老爷子越来越不成话啦,儿子是你自己生的,怎么骂他小杂种?"孟健雄等一干人听了觉得好笑,却谁都不敢笑出来。周仲英在妻子臂上一推,说道:"别在这儿啰唆!"

孟健雄眼见瞒不过了,便道:"师父,张召重那狗贼好生奸猾,一再以言语相激,说道小师弟倘若不说出来,便是小……小混蛋、小狗熊。"周仲英知道儿子脾气,年纪小小,便爱逞英雄好汉,喝道:"小混蛋,你要做英雄,便说了出来,是不是?"周英杰一张小脸上已全无血色,低声道:"是,爹爹!我不是混蛋……"

周仲英怒气不可抑制,喝道:"英雄好汉是这样做的么?"狂怒之下,右手急挥,两枚铁胆向对面墙上掷去。岂知周英杰便在这时冲将上来,要扑在父亲的怀里求饶,脑袋正好撞在一枚铁胆之上。周仲英投掷铁胆之时,满腔忿怒全发泄在这一掷之中,力道何等强劲,当当两响,一枚铁胆嵌入了对面墙壁,另一枚反弹回来,正中周英杰脑袋,登时鲜血四溅。

周仲英大惊,忙抢上抱住儿子。周英杰道:"爹,我……我再也不敢了,求求……你……别打我……"话未说完,已然气绝,一霎时间,厅上人人惊得呆了。

周大奶奶抱起儿子,叫道:"孩儿!孩儿!"见他没了气息,呆了半响,如疯虎般向周仲英扑去,哭叫:"你为什么……为什么打死了孩儿?"周仲英摇摇头,退了两步,说道:"我……我不是……"周大奶奶放下儿子尸身,在安健刚腰间拔出单刀,纵上前来,挥刀向丈夫迎头砍去。周仲英此时心灰意懒,不躲不让,双目一闭,说道:"大家死了干净。"周大奶奶见他如此,手反而软了,抛刀在地,大哭奔出。

骆冰和余鱼同怕遇到公门中人,尽拣荒僻小路奔驰,不数里天已全黑。塞外遍地荒凉,哪里来的宿店,连一家农家也找不到。好在两人都曾久闯江湖,也不在意,在一块大岩石边歇了下来。

余鱼同放马吃草,拿骆冰的长刀去割了些草来,铺在地下,道:"床是有了,只是没干粮又没水,只好挨到明天再想法子。"骆冰一颗心全挂在丈夫身上,面前就有山珍海味也吃不下,只不断垂泪。余鱼同不住劝慰,说陆师叔后天当可赶到安西,红花会群雄当然大举来援,定能追上鹰爪孙,救出四哥。

骆冰这一天奔波恶斗,心力交瘁,听了余鱼同的劝解,心中稍宽,不一会就沉沉睡去。睡梦中似乎遇见了丈夫,将她轻轻抱在怀里,在她嘴上轻吻。骆冰心花怒放,软洋洋的让丈夫抱着,说道:"我想得你好苦,你身上的伤可全好了?"文泰来含含糊糊的说了几句话,将她抱得更紧,吻得更热。骆冰正自心神荡漾之际,突然一惊,醒觉过来,星光之下,只见抱着她的不是丈夫,竟是余鱼同,这一惊非同小可,忙用力挣扎。

余鱼同仍然抱着她不放,低声道:"我也想得你好苦呀!"骆冰羞愤交集,反手重重在他脸上打了一掌。余鱼同一呆。骆冰在他胸前又是一拳,挣脱他怀抱,滚到一边,伸手便拔双刀,却拔了个空,原来已被余鱼同解下,又是一惊,忙去摸囊中飞刀,幸喜尚剩两把,当下拈住刀尖,厉声喝道:"你待怎样?"

余鱼同颤声道:"四嫂,你听我说……"骆冰怒道:"谁是你四嫂?咱们红花会四大戒条是什么?你说。"余鱼同低下了头,不敢作声。骆冰平时虽然语笑嫣然,可是行规蹈矩,哪容得他如此轻薄,高声喝问:"红花老祖姓什么?"余鱼同只得答道:"红花老祖本姓朱,为救苍生下凡来。"骆冰又问:"众兄弟敬的是什么?"余鱼同道:"一敬桃园结义刘关张,二敬瓦岗寨上众儿郎,三敬水泊梁山一百零八将。"二人一问一答,乃是红花会的大切口,遇到开堂入会,誓师出发,又或执行刑罚之时,由当地排行最高之人发问,下级会众必须恭谨对答。骆冰在会中排行比余鱼同高,她这么问上了会中的大切口,余鱼同心底一股凉气直冒上来,可是不敢不答。

骆冰凛然问道:"红花会救的是哪四等人?"余鱼同道:"一救仁人义士,二救孝子贤孙,三救节妇贞女,四救受苦黎民。"骆冰问道:"红花会杀的是哪四等人?"余鱼同道:"一杀鞑子满奴,二杀贪官污吏,三杀土豪恶霸,四杀凶徒恶棍。"骆冰秀眉顿蹙,叫道:"红花会四大戒条是什么?"余鱼同低声道:"投降清廷者杀,犯上叛会者杀,出卖朋友者杀,淫人妻女者杀。"骆冰道:"有种的快快自己三刀六洞,我带你求少舵主去。没种的你逃吧,瞧鬼见愁十二郎找不找得到你。"

依照红花会会规法条,会中兄弟犯了大罪,若只是一时胡涂,此后诚心悔悟,可在开香堂执法之前,自行用尖刀在大腿上连戳三刀,这三刀须对穿而过,即所谓"三刀六洞",然后向该管舵主和执法香主求恕,有望从轻发落,但若真正罪重,也自不能饶恕。鬼见愁石双英在会中坐第十二把交椅,执掌刑堂,铁面无私,心狠手辣,犯了规条的就是逃到天涯海角,他也必派人抓来处刑,是以红花会数万兄弟,提到鬼见愁时无不悚然。

当下余鱼同道:"求求你杀了我吧,我死在你手里,死也甘心。"骆冰听他言语仍是不清不楚,怒火更炽,拈刀当胸,劲力贯腕,便欲射了出去。余鱼同颤声道:"你一点也不知道,这五六年来,我为你受了多少苦。我在太湖总香堂第一次见你,我的心……就……不是自己的了。"骆冰怒道:"那时我早已是四哥的人了!你难道不知?"余鱼同道:"我……我知道管不了自己,因此总不敢多见你面。会里有什么事,总求总舵主派我去干,别人只道我不辞辛劳,全当我好兄弟看待,哪知我是要躲开你呀。我在外面奔波,有哪一天哪一个时辰不想你几遍。"说着捋起衣袖,露出左臂,踏上两步,说道:"我恨我自己,骂我心如禽兽。每次恨极了时,就用匕首在这里刺一刀。你瞧!"朦胧星光之下,骆冰果见他臂上斑斑驳驳,满是疤痕,不由得心软。

余鱼同又道:"我常常想,为什么老天不行好,叫我在你未嫁时遇到你? 我和你年貌相当,四哥跟你却年纪差了一大截。"

骆冰本有点怜他痴心,听到他最后两句话又气愤起来,说道:"年纪差一大截又怎么了? 四哥是大仁大义的英雄好汉,怎像你这般……"她把骂人的话忍住了,哼了一声,一拐一拐的走到马边,挣扎上马。余鱼同过去相扶,骆冰喝道:"走开!"自行上马。余鱼同道:"四嫂到哪里去?"骆冰道:"不用你管。四哥给鹰爪孙抓去,反正我也活不了。把刀还我!"余鱼同低着头将鸳鸯刀递过。骆冰接了过来,见他站在当地,茫然失措,心中忽觉不忍,说道:"只要你以后好好给会里出力,再不对我无礼,今晚之事我绝不跟谁提起。以后我给你留心,帮你找一位才貌双全的好姑娘。"说罢"嗤"的一笑,拍马走了。

她这爱笑的脾气始终改不了。这一来可又害苦了余鱼同。但见她临去一笑,温柔妩媚,只觉销魂蚀骨,神不守舍,摇晃了几下,摔倒在地,眼望着她背影隐入黑暗之中,心乱似沸,一会儿自伤自怜,恨造化弄人,命舛已极,一会儿又自悔自责,堂堂六尺,无行无耻,直猪狗之不若,突然间将脑袋连连往树上撞去,抱树狂呼大叫。

骆冰骑马走出里许,仰望天上北斗,辨明方向。向西是去会合红花会兄弟,协力救人,向东是暗随被捕丈夫,乘机搭救。明知自己身上有伤,势孤力单,救人是万万不能,但想到丈夫是一步一步往东,自己又怎能反而西行? 伤心之下,任由坐骑信步走出了七八里地,眼见离余鱼同已远,料他不敢再来滋扰,下得马来,把马拴好,便在一处矮树丛中睡了。

她小时候跟随父亲,后来跟了丈夫,这两人都武功高强,对她又处处体贴照顾,因此她从小闯荡江湖,向来只占上风,从来没受过什么委屈。后来入了红花会,红花会人多势众,她人缘又好,二十二年来可说是个"江湖骄女",无求不遂,无往不利。这一次可苦了她,丈夫被捕,自身受伤,最后还让余鱼同这么一缠,又气又苦,哭了一会,沉沉睡去。夜中忽然身上烧得火烫,迷迷糊糊的叫:"水,我要喝水!"却哪里有人理睬?

第二天病势更重,想挣扎起身,一坐起就头痛欲裂,只得重行睡

第三回 避祸英雄悲失路 寻仇好汉误交兵

倒,眼见太阳照到头顶,再又西沉,又渴又饿,可是就上不了马。心想:"死在这里不打紧,今生可再见不到大哥了。"眼前一黑,晕了过去。

也不知昏睡了多少时候,听得有人说道:"好了,醒过来啦!"缓缓睁眼,见一个大眼睛少女站在面前。那少女脸色微黑,大眼小嘴,面目俏美,十八九岁年纪,见她醒来,显得十分欢喜,对身旁丫环道:"快拿小米稀饭,给这位奶奶喝。"

骆冰一凝神,察觉是睡在炕上被窝之中,房中布置雅洁,是家大户人家,回想昏迷以前情景,知是让人救了,好生感激,说道:"请问姑娘高姓?"那少女道:"我姓周,你再睡一忽儿,待会再说。"瞧着她喝了一碗稀饭,轻轻退出,骆冰又阖眼睡了。

再醒来时房中已掌上了灯,只听得房门外一个女子声音叫道:"这些家伙这么欺侮人,到铁胆庄来放肆,老爷子忍得下,我可得教训教训他们。"骆冰听得"铁胆庄"三字,心中一惊,难道又到了铁胆庄?只见两人走进房来,便是那少女和丫环。那少女走到炕前,撩开帐子。骆冰闭上眼,假装睡着,那少女转身就往墙上摘刀。骆冰见自己鸳鸯刀放在桌上,心中有备,只待少女回身砍来,就掀起棉被把她兜头罩住,然后抄鸳鸯刀往外夺路。只听那丫头劝道:"姑娘你不能再闯祸,老爷子心里很不好过,你可别再惹他生气啦!"骆冰猜想,这姑娘多半是周仲英的女儿。

这少女正是铁胆庄的大小姐周绮。她性格豪迈,颇有乃父之风,爱管闲事,好打不平,只因容貌俏丽,西北武林中人送了她个外号,叫作"俏李逵"。那日她打伤了人,怕父亲责骂,当天不敢回家,在外挨了一晚,料得父亲气平了些,才回家来,途中遇到骆冰昏倒在地,救了她转来,得知兄弟给父亲打死,母亲出走,自是伤痛万分。

周绮摘下钢刀,大声道:"哼,我可不管!"提刀抢出,丫环跟了出去。骆冰睡了两天,精神已复,烧也退了,收拾好衣服,穿了鞋子,取了双刀,轻轻出房,寻思:"他们既出卖大哥给官府,又救我干么?多半是另有奸谋。"

此刻身在险地,自己腿伤未愈,哪敢有丝毫大意。她来过一次,依稀记得门户道路,想悄悄绕进花园,从后门出去。走过一条过道,听得外有人声,两个人在说话。等了半晌,那两人毫没离开的模样,只得重又退转,躲躲闪闪的过了两进房子,黑暗中幸喜无人撞见,绕过回廊,见大厅中灯火辉煌,有人大声说话,口音听来有点熟悉。凑眼到门缝中一张,见周仲英正陪着两人在说话,一个似乎见过,一时想不起来,另一个却正是调戏过她、后来又随同公差来捉拿她丈夫的童兆和。眼见仇人,想到丈夫惨遇,哪里还顾得自己死活,左掌推开厅门,一柄飞刀疾向童兆和掷去。

周仲英失手打死独子,妻子伤心出走。周大奶奶本是拳师之女,武功平平,她娘家早已无人,不知她投奔何方。周仲英妻离子死,伤心之极,在家中闷闷不乐的耽了两日。

这日向晚时分,庄丁来报有两人来见。周仲英命孟健雄去接见。孟健雄一看,竟是罪魁祸首的童兆和,另一个是郑王府的武术总教头万庆澜,前天来铁胆庄捕人,也有此人在内。孟健雄心下惊疑,料知必无好事。这两人一定要见周仲英。孟健雄道:"老庄主身子不适,两位有什么事,由在下转达,也是一样。"童兆和嘿嘿冷笑,说道:"我们这次来是一番好意,周庄主见不见由他。铁胆庄眼下就是灭门大祸,还搭什么架子?"

孟健雄自文泰来被捕,一直便在耽心,惟恐铁胆庄给牵连在内,听他这么说,只得进去禀告。周仲英手里弄着铁胆,呛啷啷、呛啷啷的直响,怒气勃勃的出来,说道:"铁胆庄怎么有灭门之祸啊?老夫倒要请教。"

万庆澜从怀里摸出一张纸来,铺在桌上,说道:"周老英雄请看。"两手按住那张纸的天地头,似怕给周仲英夺去。周仲英凑近看时,原来是武当派绵里针陆菲青写给他的一封信,托他照应红花会中事急来投的朋友。

这信文泰来放在身边,一直没能交给周仲英,被捕后给搜了出来。陆菲青犯上作乱,名头极大,乃是久捕不得的要犯,竟和铁胆庄勾结来往。瑞大林等一商量,均觉如去报告上官,未必能捉到陆菲青,反在自己肩头加了一副重担,不如去狠狠敲周仲英一笔,大家分了,落得实惠。何况铁胆庄窝藏钦犯,本已脱不了干系,还怕他不乖乖拿银子出来?张召重和陆菲青是师兄弟,虽早已绝交,但同门向来情深,又知他厉害,不敢造次,待听瑞大林等商量着要去敲诈周仲英,觉得未免人品低下,非英雄好汉之所为,然官场之中,不便阻人财路,只得由他们胡来,决心自己不分润一文,没的坏了"火手判官"的名头。成璜、瑞大林等都是有功名之人,不便公然出面,于是派了万庆澜和童兆和二人前来伸手要钱。

周仲英见了这信,心下也暗暗吃惊,问道:"两位有何见教?"万庆澜道:"我们久慕周老英雄的英名,人人打从心底里佩服出来,都知周老英雄仗义疏财,爱交朋友,银钱瞧得极轻,朋友瞧得极重。为了交朋友,十万八万银子花出去,不皱半点眉头。这封信要是给官府见到了,周老英雄你当然知道后患无穷。众兄弟拿到这信,都说大家拼着脑袋不要,也要结交周老英雄这位朋友,决意把这信毁了,大家以后只字不提铁胆庄窝藏钦犯文泰来、结交叛匪陆菲青之事,再担个天大的干系,不向上官禀报。"周仲英道:"那是多多承情。"

万庆澜不着边际的说了一些闲话,终于显得万分委屈,说道:"只是众兄弟这趟出京,路上花用开销,手使得松了,负了一身债,想请周老英雄念在武林一脉,伸手帮大家一个忙,我们感激不尽。"周仲英眉头一皱,哼了一声。

万庆澜道:"这些债务数目其实也不大,几十个人加起来,也不过六七万两银子。周老英雄家财百万,金银满屋,良田千顷,骡马成群,乃是河西首富,这点点小数目,也不在你老心上。常言道得好:'消财挡灾',有道是'小财不出,大财不来'。"

周仲英为公差到铁胆庄拿人,全不将自己瞧在眼里,本已恼怒异常,又觉江湖同道急难来奔,自己未加庇护,心感惭愧,实在对不起朋友,而爱子为此送命,又何尝不是因这些公差而起?这两天本在盘算如何相救文泰来,去找公差的晦气,只是妻离子亡,心神大乱,一时拿不定主意,偏生这些公差又来滋扰,居然开口勒索,当真是"怒从心上起,恶向胆边生",冷冷的道:"在下虽然薄有家产,生平却只用来结交讲义气、有骨气的好汉子。"他不但一口拒绝,还把对方一干人全都骂了。

童兆和笑道:"我们是小人,那不错。小人成事不足,败事有余,这一点老英雄也总明白。要我们起这么一座大的庄子,那是甘拜下风,没这个本事,不过要是将它毁掉嘛……"话未说完,一人闯进厅来,厉声道:"姑娘倒要看你怎生把铁胆庄毁了。"正是周绮。

周仲英向女儿使个眼色,走到厅外,周绮跟了出来。周仲英低声道:"去跟健雄、健刚说,万万不能放这两个鹰爪孙出庄。"周绮喜道:"好极了,我在外边越听越有气。"

周仲英回到厅上。万庆澜道:"周老英雄既不赏脸,我们就此告辞。"说着把陆菲青那信随手撕了。

周仲英一楞,这一着倒大出乎他意料之外。万庆澜道:"这是那封信的副本,把它撕了,免得给人瞧见不便。信的真本在火手判官张大人身边。"这句话是向周仲英示意:就是把我们两人杀了,也已毁不了铁证如山。

周仲英怒目瞪视,心道:"你要姓周的出钱买命,可把我瞧得忒也小了。"便在此时,骆冰在门外一飞刀向童兆和掷了过去。周仲英没看清来人是谁,虽然痛恨童兆和,可也不能让他就此丧命,不及细想,救人要紧,手中铁胆抛出,向飞刀砸去,当的一声,飞刀与铁胆同时落地。

骆冰见周仲英出手救她仇人,骂道:"好哇,你们果是一伙!你这老贼害我丈夫,连我也一起杀了吧。"一拐一拐的走进厅来,举起鸳鸯双刀向周仲英当头直砍。

周仲英手中没兵刃,举起椅子一架,说道:"把话说清楚,且慢动手。"骆冰存心拼命,哪去听他分辩,双刀全是进手招数。周仲英心知红花会误以为自己出卖文泰来,只有设法解释,决不愿再出手伤人,是以一味倒退,并不还手。骆冰长刀短刀,刀刀向他要害攻去,眼见他已退到墙边,无可再退,忽听背后金刃劈风之声,知道有人偷袭,忙伏身闪避,呼的一声,一柄单刀掠过脑后,挟着疾风直劈过去。骆冰左手长刀横截敌人中路,待对方退出一步,这才转身,只见周绮横刀而立,满脸怒容。

周绮戟指怒道:"你这女人这等不识好歹!我好心救你转来,你干么砍我爹爹?"骆冰道:"你铁胆庄假仁假义,害我丈夫。你走开些,我不来难为你。"回身向周仲英又是一刀。周仲英举椅子一挡,骆冰收回长刀,以免砍在椅上,随手"抽撤连环",三招急下。周仲英左躲右闪,连叫:"住手,住手!"周绮大怒,挡在周仲英面前,挺刀和骆冰狠斗起来。

说到武艺与经历,骆冰均远在周绮之上,只是她肩头和腿上都受了伤,兼之气恼忧急,正是武家大忌,两人对拆七八招后,骆冰渐处下风。周仲英连叫:"住手!"却哪里劝得住?万庆澜和童兆和在一旁指指点点,袖手观斗。

周仲英见女儿不听话,焦躁起来,举起椅子正要把狠命厮拼的两人隔开,忽听背后一声哇哇怪叫,一团黑影直扑进来。

那人矮着身躯,手舞一根短柄狼牙棒,棒端尖牙精光闪闪,直上直下向周绮打去,势如疯虎,猛不可当。周绮吓了一跳,单刀"神龙抖甲",反砍来人肩背。那人挥棒硬接硬架,"当"的一声,火光交迸。剧震之下,周绮手背发麻,单刀险些脱手,接连纵出两步,烛光下但见那人是个模样丑怪的驼子。这驼子并不追击,反身去看骆冰。

骆冰乍见亲人,说不出的又是高兴又是伤心,只叫得一声:"十哥!"忍不住两行热泪流了下来。章进问道:"四哥呢?"骆冰指着周仲英、万庆澜、童兆和三人叫道:"四哥教他们害了,十哥你给我报仇。"

章进一听得文泰来被人害了,也不知是如何害法,大叫:"四哥,四哥,我给你报仇!"手挥狼牙棒,着地向周仲英下盘卷去。周仲英纵身跳上桌子,喝道:"且慢动手!"章进悲愤填膺,不由分说,挥棒又向他腿上打去。周仲英双臂一振,窜起数尺,斜身落地。章进一棒打在檀木桌边,棒上尖刺深入桌中,急切间拔不出来。

这时孟健雄和安健刚得讯,赶进厅来。安健刚把周仲英的金背大刀递给师父。周绮见骆冰和这驼子到本庄来无理取闹,招招向爹爹狠打,哪里还按捺得住?叫道:"孟大哥、安二哥,协力上啊!什么地方钻出来这些蛮横东西,到铁胆庄来撒野。"孟安二人不知章进的来由,进厅时见他挥棒向师父狠打,自是敌人无疑,当下三人三柄刀齐向章进攻去。章进挥棒抵住,大叫:"七哥你快来护住四嫂,你再不来,我可要骂你祖宗啦!"

章进和武诸葛徐天宏得知文泰来夫妇遭厄,首先赴难,日夜不停的赶来铁胆庄,到达时天已全黑。依徐天宏说,要备了名帖,以晚辈之礼先向周仲英拜见,章进话也不说,纵身就跳进庄去。徐天宏怕他闯祸,只得跟进,他慢了一步,章进已和周仲英、周绮、孟健雄、安健刚四人交上了手。

徐天宏听得章进呼喝,忙奔进厅去,抢到骆冰身边。这时骆冰喘过了气,手抡双刀又向周仲英杀去,忽见徐天宏进来,心中一喜,知他足智多谋,此人一到,自己这面决不会吃亏,指着童兆和与万庆澜两人道："他们害了我四哥……"徐天宏生性谨慎持重，但听得情同手足的四哥被害，也自方寸大乱，手持钢刀铁拐，纵到童兆和跟前。

童万二人本想隔山观虎斗，让红花会和铁胆庄的人厮拼，红花会人少，势必落败，那时再伸手捉拿几人回去，倒是一件功劳。童兆和一双色迷迷的眼睛正瞪着骆冰，忽见徐天宏飞纵过来，钢刀砍到，忙举刀架住。万庆澜心道："镇远镖局名气挺大，倒要见识见识你们镖头的玩意儿。"徐天宏身材矮小，外形跟童兆和倒是一对，但武艺精熟，只三个照面，已把对方逼得连连倒退，他左手铁拐往外一挂，"盘肘刺扎"，右手刀向童兆和扎去。童兆和忙向左避开，留心了上面没防到下面，被徐天宏一个扫堂腿，扑地倒了。徐天宏铁拐往下便砸，堪堪砸到，骤觉背后劲风扑到，不及转身，左足在童兆和胸前一点，翻身和万庆澜一对镔铁点钢穿打在一起。童兆和哇哇大叫，一时站不起身。

万庆澜在这对镔铁穿上下过二十年苦功，凭手中真实功夫，在北京连败十多名武术好手，才做到郑王府的总教头。郑亲王为了提拔他，让他跟张召重出来立一点功，就可保举他作官。这时他和徐天宏一个力大，一个招熟，对拆十余招难分胜负。万庆澜心中焦躁，暗想这般貌不惊人的一个合字尚且打不赢，岂不让童兆和笑话，举镔铁穿猛向徐天宏胸前扎去。徐天宏铁拐封挡，右手刀迎面劈出。万庆澜撤回镔铁穿，"孔雀开屏"，横挡直扎。徐天宏单拐往外砸碰，挡开铁穿。万庆澜右手铁穿却已"霸王卸甲"，直劈下来。徐天宏急忙缩头，铁穿在左脸擦过，差不盈寸，甚是凶险。徐天宏见对方武功了得，起了敌忾之心，他身材矮小，专攻敌人下盘，单刀铁拐左右合抱，砍砸敌人双腿。万庆澜双穿在两腿外一立，哪知徐天宏这一招乃是虚招，单刀继续砍出，铁拐却中途变招，疾翻而上，直点到敌人门面。万庆澜无法挽救，急以"铁板桥"后仰，虽然躲开了这一拐，却已吓出一身冷汗，再拆数招，渐感不敌，不由得心生惧意。

那边章进以一敌三，越斗越猛。孟健雄叫道："健刚，快去守住庄门，别再让人进来。"章进的狼牙棒极是沉重，舞开来势如疾风，安健刚一时缓不出手脚。周绮叫道："安二哥快去，这驼子我来对付。"章进听周绮叫他"驼子"，那是他生平最忌之事，怒火更炽，大吼大叫。周绮和孟健雄两人合力抵住,安健刚奔出厅去。

周仲英高叫:"大家住手,听老夫一句话。"孟健雄和周绮立即退后数步。徐天宏也退了一步,叫道:"十弟住手,且听他说。"章进全不理会,抢上再打。徐天宏正要上前阻止,哪知万庆澜突在背后挥穿打落,徐天宏没有防备,身子急缩,已给打中肩头,又痛又怒,一个踉跄,叫道:"好哇,铁胆庄真是鬼计多端。"他可不知万庆澜不是铁胆庄中人。他本来冷静持重,但突遭暗算,愤怒异常,左肩受伤,铁拐已不能使,挺单刀又和万庆澜狠斗。施展"五虎断门刀"刀法,仍是着着进攻,只是少了铁拐借势,单刀稍稍嫌轻,使来不大顺手,已不能再占上风。

童兆和站得远远的,指着骆冰,口中不清不楚、有一搭没一搭的胡说。骆冰手中只余一柄飞刀,不肯轻易用掉,挺刀追去。童兆和仗着腿脚灵便,在大厅中绕着桌椅乱转,说道:"别这么凶,你丈夫早死啦,不如乖乖的改嫁你童大爷。"骆冰关心则乱,听了童兆和这句话,只道文泰来真的已死,眼前一黑,昏了过去。童兆和见她跌倒,奔将过来。

周仲英一见,气往上冲,举起金背大刀,也朝骆冰奔去。他本是要阻止童兆和对她无礼,哪知误会上又加误会,只听门外有人大喝:"你敢伤我四嫂,我跟你把命拼了!"一人手执双钩,上下两路,一奔咽喉,一奔前阴,势挟劲风,直向周仲英扑到。周仲英见此人面目英俊,身手矫捷,心中先存好感,举刀轻挡,退后一步,说道:"尊驾是谁,先通姓名。"

那人不答,俯身看骆冰时,见她脸如白纸,气若游丝,忙将她扶起坐在椅上,捡起地下鸳鸯双刀,放在她身边。

周仲英见众人越打越紧,无法劝解,很是不快,忽听外面有人喊声如雷,又听得铁器相撞,发声沉重,不一会,安健刚败了进来,一人紧接着追入。那人又肥又高,手执钢鞭,鞭身甚是粗重,看模样少说也有三十来斤,安健刚不敢以单刀去碰撞。章进叫道:"八哥九哥,今日不杀光铁胆庄的人,咱们不能算完。"

那胖子是红花会排名第八的"铁塔"杨成协。面目英俊的是排行第九的"九命锦豹子"卫春华,凡逢江湖上凶殴争斗、对抗官兵之时,卫春华总是不顾性命的勇往直前,一生所遇凶险不计其数,却连重伤也未受过一次,是以说他有九条性命。他二人是红花会赴援的第二拨,到得铁胆庄时已近午夜,只见庄门口火把通明,众庄丁手执兵器,如临大敌。卫春华上前叫道:"红花会姓杨的、姓卫的前来拜见铁胆庄周老英雄,请弟兄们辛苦通报。"安健刚一听是红花会人马,里面正打得热闹,怎能再放他们进来,喝道:"放箭!"二十几名庄丁弯弓搭箭,一排箭射了过去。卫春华和杨成协大怒,挥动兵刃拨箭。卫春华哪顾前面是刀山箭林,一阵风的冲将过来。众庄丁见这人凶悍无比,都软了手脚,来不及关闭庄门,已被他直闯进去。

杨成协跟着进来,安健刚挥刀拦住。杨成协身裁高大,气度威猛,钢鞭打出,虎虎生风。安健刚不敢硬架,使开刀法,一味腾挪闪避,找到空档,倏地一刀砍将过来。杨成协钢鞭"横扫千军",用力格开,当的一声,刀鞭相交,安健刚虎口震裂,单刀脱手飞出。杨成协不愿伤他性命,待他退走,便即举鞭打破二门,大踏步进来,他不识庄中道路,黑暗之中听声寻路。安健刚找了一把刀,翻身又来拦截,这次加倍小心,但对拆数招,又被杨成协钢鞭打上肋背,单刀弯成了曲尺。安健刚挥舞曲刀护身,退入大厅。杨成协举鞭迎头击去,安健刚急忙缩身,随手掀起桌子一挡,桌子一角登时落地,木屑四溅。周仲英心下惊佩:"怪不得红花会声势偌大,会里人物果然武艺惊人。"眼见安健刚满头大汗,再拆数招,难免命丧鞭下,纵声高叫:"红花会的英雄们,听老夫说句话。"

这时卫春华已将徐天宏替下,正和万庆澜猛斗,他和杨成协听得周仲英叫喊,手势稍缓。徐天宏大叫:"留神,别上当。"话声未毕,万庆澜果然举穿向卫春华扎去。他惟恐铁胆庄和红花会联成一气,因此不容他们有说和机会。卫春华听得徐天宏叫声,已有防备,眼见敌刃攻到,竟是悍然不退,反手出钩,以攻对攻。万庆澜见他如此不顾性命的狠打,吓了一跳,忙收钢穿招架。

徐天宏戟指大骂:"江湖上说你铁胆周是大仁大义的好朋友,当真是浪得虚名,原来这般阴险毒辣。你暗施诡计,算得是什么英雄好汉?"

周仲英明知他误会,但也不由得恼怒,叫道:"你红花会也算欺人太甚。"一捋长袍,叫道:"健刚退下,让我来斗斗这些成名的英雄豪杰。"安健刚退后数步,周仲英上前说道:"几位朋友,尊姓大名?"

杨成协见他白须飘动，不敢轻慢，抱拳说道："在下铁塔杨成协。"这时骆冰已然醒转，叫道："八哥你还客气什么？这老匹夫把四哥害死了。"

此言一出，徐、杨、卫、章四人全都又惊又悲。卫春华撇下万庆澜，反身扑到周仲英面前，双钩如风，直扑到他怀里。周仲英大刀挺立，内力鼓荡，将双钩反弹出去。卫春华胸口气促，知道对方武功厉害，但他是出名的不怕死，毫不退缩，又攻了过去。

那边章进双战孟健雄和周绮，早已打得难解难分。安健刚呼呼喘气，举袖拭了额头上汗水，挺刀上前助战。杨成协挥钢鞭敌住万庆澜。

徐天宏察看厅内恶斗情况，章进以一敌三，虽感吃力，并未见败，那边卫春华却招架不住了。周仲英好几次刀下留情，但对方毫不退缩，心想你这年轻人真是不识好歹，将他左手钩震得直荡开去。徐天宏见周仲英刀法精奇，功力深湛，数招之后，卫春华已非其敌，忙挺单刀过去助战，以二敌一，兀自抵挡不住。周仲英年纪虽老，金背大刀使开来白光黄光闪舞，招数一刀紧似一刀，劲力一刀大似一刀，愈战愈勇。

徐天宏眼见不能取胜，大叫："五哥六哥，你们来了，好，快放火烧了铁胆庄。"他这是虚张声势，红花会排行第五第六的常赫志、常伯志兄弟其实并没来，他们奉总舵主之命，到三道沟去查探京里来的公差行踪去了。他这么一叫，铁胆庄中人果然全都大惊。周仲英分神之下，险些中了卫春华一钩，长眉竖立，大刀"三羊开泰"，连环三招，将徐、卫两人迫退数步，纵身奔到厅口，要出去拦截纵火的敌人。

哪知卫春华如影随形，紧跟在后，人未至，钩先至，向他背心疾刺。周仲英大刀圈转，"当"的一声，格开了双钩，进手横砍，右足贴地勾扫，同时左手一个捺掌。卫春华急急纵身跃起，向旁跳开。周仲英左手五指掇拢，变为雕手，借势回拨，挥掌打在他肩头。周仲英这一勾、一捺、一拨，名为"三合"，乃是少林拳中"二郎担衫"绝技。卫春华专心对付他的大刀，哪知他突然施展少林拳，刀拳足三者并用，避开了两招，最后一招终于躲不掉，右肩重重吃了一掌，幸而周仲英掌下留情，只使了四成力，否则已受重伤。

卫春华愈败愈狠，给周仲英一掌打得倒退三步，尚未站定，又扑上四步，双钩"彩凤旋窝"，猛卷而上。周仲英大怒，叫道："你这位小哥，我跟你又没杀父之仇、夺妻之恨，为何苦苦相逼？我已掌下留情，你也该懂得好歹！"卫春华道："你杀我文四哥，仇深似海。我打你不过，但我是打不死的九命锦豹子，你知道吗？"口中说话，手上丝毫不缓。周仲英见他狠打痴缠，一味的不要命死拼，心中有气，可是见他如此勇猛，也不由得爱惜，说道："老夫活了六十多岁，还没见过你这般不要命的汉子！"卫春华道："今儿叫你见见。"唰的一钩直刺，徐天宏单刀横砍。周仲英忽地跳起，大刀猛劈三刀，卫春华奋力抵住。刀光剑影中，周仲英弯刀向内，肘角向外撞出，正撞在他腰肋之上，这一记是少林拳中的"肋下肘"，倘若使足了力，卫春华肋骨已断了数根。

卫春华受他一撞，饶是对方未用全力，可也痛入骨髓，哼了一声，蹲了下来。徐天宏道："九弟你退下。"卫春华不答，摇摇晃晃的站起来，斜眼向周仲英凝视，又挺双钩上前。周仲英骂道："我瞧你是不可救药！"徐天宏大叫："快放火啦，十二郎，你截住后门，别让一个人逃出庄去。"周绮给他喊得心烦意乱，一时又战章进不下，心想："我杀了那罪魁祸首再说。"举刀奔向骆冰。

骆冰自听童兆和说他丈夫已死，昏昏沉沉的坐在椅上，大厅中众人打得凶恶，她只觉得一团团人影在面前窜来晃去，脑子中空空洞洞的，对眼前之事茫然不解。周绮纵到她面前，举刀砍去。骆冰向她凄然微笑，要哭不哭的样子。周绮钢刀砍到她面前，见到她脸上又可怜又伤心的温柔神色，这一刀竟尔砍不下去，一凝神，将椅上鸳鸯双刀拿起，递入骆冰手中，说道："打呀！"骆冰随手接了。周绮挥刀轻轻迎头砍下，瞧她是否招架。骆冰笑了笑，随随便便的右手短刀架过，左手长刀反击。周绮叹了口气，柔声道："这才对了，你站起来打。"骆冰听话站起，但腿上伤痛，拐了一下重又坐下。于是一个坐一个站，一个呆一个憨，双刀单刀打了起来。拆了数招，周绮急道："谁跟你闹着玩？"她觉得对手似傻不傻，杀之不忍，斗之无味，又听得徐天宏大叫"放火"，心下慌乱，抛下骆冰奔出厅去。

刚到厅口，蓦听得门外一人阴沉沉的说道："想逃吗？"周绮一惊，反身后跃，退开两步，烛光摇晃下只见两人挡在门口。说话之人面上如罩上一层寒霜,两道目光摄人心魄般直射过来。周绮想再看他身旁那人,说也奇怪,一被他目光瞪住,自己的眼睛竟不敢移向左边,轻轻骂了声:"见鬼!"那人冷冷的道:"不错,我是鬼见愁。"说话中没丝毫暖意。周绮向来天不怕地不怕,见这人阴气森森,不由得打了个冷战,喝道:"难道姑娘怕你?"她这句话是给自己壮胆,其实姑娘确是有点怕的,心中虽怕,还是举刀向那人迎头砍去。

那人"左挂金铃",单刀斜挂挡开,左掌轻抚刀柄,双目仍旧是直瞪着她。周绮但觉他这一挂中含劲未吐,轻灵松静,竟是内家功夫,惊惧更甚,自忖:"反正我妈走了,弟弟死了,我跟爹爹都让你们杀了吧。"勇气陡长,挥刀没头没脑的向那人砍去。那人正是红花会执掌刑堂的鬼见愁十二郎石双英。他本是无极拳门下弟子,入红花会后常向三当家赵半山讨教武艺。赵半山将太极门中的玄玄刀法相授,因此他两人名是结义兄弟,实为师徒。石双英以静制动,以柔克刚,不数招已将周绮一柄刀裹住。

那边孟健雄、安健刚双战章进,已自抵敌不住。万庆澜左手钢穿也被杨成协重鞭打折,不敢再战,只绕着桌子兜圈子,欺对方身胖,追他不上。童兆和早不知哪里去了。周仲英对敌徐天宏和卫春华却占着上风,他想只有先将这两人打倒,再来分说明白,否则混战下去,殊非了局,刀法加紧,将对手两人逼得连连倒退,正渐得手,忽地一人纵上前来,叫道:"我来斗斗你这老儿!"一柄铁桨当头猛打下来。

兵器是铁桨,使的却是"鲁智深疯魔杖"的招术,他是将铁桨当作禅杖使,这一记"秦王鞭石",铁桨从自己背后甩过右肩,猛向周仲英砸落,呼的一声,猛恶异常。这人和石双英同来,乃红花会中排名第十三的"铜头鳄鱼"蒋四根。周仲英见他力大,向左闪开,反手还刀。蒋四根直砸不中,铁桨打横,双手握定,桨尾向右横挡,双手挥桨头向左横击,这是"疯魔杖"中的"金铰剪月",出手迅捷。周仲英是少林正宗,识得此招,侧身让过,眉头一皱,主意打定,边打边退,不断移动脚步,眼见万庆澜逃避杨成协的追逐,奔近自己身边,大刀挥出,向他砍去。

周仲英知道红花会的误会已深,非三言两语所能说明,几次呼喝住手,都被万庆澜从中捣乱。这人来铁胆庄敲诈勒索,周仲英原是十分气恼,可是若和官府作对,便是造反,自己在这里数十年安居,有家有业,自古道"灭门的县官",得罪了官府,可真是无穷祸患。他虽是一方豪杰,但近二十年来广置地产,家财渐富,究竟是丢不掉放不下,是以一直不愿对万庆澜翻脸。再者自己儿子为红花会的朋友而死,他们居然不问情由,闯进庄来狠砍猛杀,还说要烧庄,心下不免有气,自己年纪这么一大把,对方就是不敬贤也得敬老。他本拟凭武艺当场将众人慑服,然后说明原委,哪知红花会人众越来越多,越打越凶,时刻一长,总不免有人死伤,这一来误会变成真仇,那就不可收拾,权衡轻重,甩出去铁胆庄不要,决意向万庆澜动手,以求打开僵局。

万庆澜见周仲英金刀砍来,不由得大骇,急忙闪让,见后面杨成协又追了上来,当即跳上桌子。他已知周仲英用意,大叫:"我们联手合力捉拿文泰来。那文泰来虽是你杀死的,但朝廷悬赏的二万两银子,你想害死了我独吞吗?"他存心诬陷,要挑拨铁胆庄和红花会斗个两败俱伤。

红花会群雄见周仲英刀砍万庆澜,俱都一怔,各自停手,听万庆澜这么叫嚷,既伤心义兄惨死,又在激斗之际,哪里还能细辨是非曲直?章进哇哇大叫,狼牙棒向周仲英腰上砸去。周仲英急怒交迸,有口难辩,只得挥刀挡住。

徐天宏毕竟精细,见事明白,适才和周仲英拼斗,见他数次刀下留情,其中必有别情,喊道:"十弟不可造次!"章进杀得性起,全没听见。蒋四根铁桨拦腰又向周仲英打去。周仲英侧身避过,不想背后杨成协钢鞭斜肩砸到。周仲英听得耳后风生,挥刀挡格,两人手臂都是一阵酸麻。杨成协、章进和蒋四根是红花会的"三大力士",均是膂力惊人。周仲英独战三人,渐见不支,吆喝声中大刀和章进狼牙棒相交,火花迸发,手臂又是一阵发麻。蒋四根铁桨"翻身上卷袖",铁桨自下而上砸正大刀刃口。周仲英再也拿捏不住,大刀脱手飞出,直插入大厅正中梁上。

孟健雄、安健刚见师父兵刃脱手,一惊非同小可,双双抢前相护,只跨出两步,卫春华挥动双钩,和身扑来拦住。

周仲英大刀脱手,反而纵身抢前,直欺到杨成协怀里,一招"弓箭冲拳",左手已抓住钢鞭鞭梢,右拳向他当胸击出。杨成协万想不

第三回

寻仇避祸好汉英雄悲失路误交兵

到对方功夫如此了得，危急之中，竟会施展"空手夺白刃"招术强抢自己钢鞭，给他这般欺近，招架已自不及，胸膛一挺，"哼"的一声，硬接了这一拳，钢鞭竟不撒手。他这一身铁布衫的横练功夫，虽不能说刀枪不入，但寻常利器却也伤他不得。他外号"铁塔"，是说他身子雄伟坚牢，有如铁铸之塔。周仲英拳力极大，真有碎石毙牛之劲，见对方居然若无其事的受了下来，不禁暗暗吃惊。其实杨成协也是有苦说不出，这一拳只打得他痛彻心肺，几欲呕血，猛吸一口气强忍，再用力拉扯，想将他拉住钢鞭的手挣脱。周仲英也正在这时左手发劲。杨成协虽然力大，究不及周仲英功力精湛，手中钢鞭竟然便要给他硬生生夺去。

周仲英钢鞭尚未夺到，章进和蒋四根的兵器已向他砍砸而至。周仲英放脱钢鞭，随手把桌子一掀，推向章蒋二人。

孟健雄跳在一旁，拿出弹弓，叭叭叭叭，连珠弹向章蒋两人身上乱打，为师父抵挡了一阵。但己方形势危急异常，眼见师父推倒桌子，桌上烛台掉在地下，蜡烛顿时熄灭，灵机一动，一阵连珠弹将厅中几枝蜡烛全都打灭，大厅中登时一片漆黑，伸手不见五指。

这一着众人全都出于意料之外，不约而同的向后退了几步，恶斗立止。各人屏声凝气，谁都不敢移动脚步，黑暗之中有谁稍发声息，被敌人辨明了方位，兵刃暗器马上招呼过来，却又如何趋避躲闪？何况这是群殴合斗，黑暗中随便出手，说不定就伤到了自己人。大厅中刹时突然静寂，其间杀机四伏，比之适才呼叫砍杀，倒似更加令人惊心动魄。

一片静寂之中，忽然厅外脚步声响，厅门打开，众人眼前一亮，只见一人手执火把走了进来。那人书生打扮，另一手拿着一支金笛。他一进门便向旁一站，火把高举，火光照耀中又进来三人。一个独臂道人，背负长剑。另一人轻袍缓带，长眉玉面，服饰俨然是个贵介公子，身后跟着个十多岁的少年，手捧包裹。这四人正是"金笛秀才"余鱼同、"追魂夺命剑"无尘道人，以及新任红花会总舵主的陈家洛，那少年是陈家洛的书僮心砚。

红花会群豪见总舵主和二当家到来，俱都大喜，纷纷上前相见。徐天宏向杨成协和卫春华低声道："留心瞧着铁胆庄这批家伙，别让他们走了。"两人点点头，绕到周仲英身后。安健刚知道他们用意，心头有气,走上一步,正欲开口质问,周仲英伸手拉住,低声道:"沉住气,瞧他们怎么说。"

余鱼同拿了两张名帖,走到周仲英面前,打了一躬,高声说道:"红花会总舵主陈家洛、二当家无尘道人,拜见铁胆庄周老英雄。"孟健雄上去接了过来,递给了师父。周仲英见名帖上写得甚是客气,陈家洛与无尘都自称晚辈,忙抢上前去拱手道:"贵客降临敝庄,不曾远迎,可失礼了。请坐,请坐。"

这时大厅上早已打得桌倒椅翻,一塌胡涂。周仲英大叫:"来人哪!"宋善朋率领了几名庄丁进来,排好桌椅,重行点上蜡烛,分宾主坐下。西首宾位陈家洛居先,依次是无尘、徐天宏、杨成协、卫春华、章进、骆冰、石双英、蒋四根、余鱼同。心砚站在陈家洛背后。东首主位周仲英坐第一位,依次是孟健雄、安健刚、周绮。

余鱼同偷眼暗瞧骆冰,见她玉容惨淡,不由得又是怜惜,又是惶愧,不知她有否将自己的胡作非为告知石双英,看那鬼见愁十二郎时,见他脸上阴沉沉的,瞧不出半点端倪。余鱼同自骆冰走后,自怨自艾,莫知适从。此后两天总是在这十几里方圆之间绕来绕去,心想骆冰腿上有伤,若再遇上公人如何抵御,只想悄悄跟在她后面暗中保护,但始终没发见她的踪迹,怎想得到她会重去铁胆庄。到得第三天晚上,却遇上了陈家洛与无尘。

两人听得文泰来为铁胆庄所卖,惊怒交加。无尘立刻要去搭救文泰来。陈家洛道:"众兄弟都已赶向铁胆庄,大家不知道周仲英如此不顾江湖道义,说不定要中这老儿的暗算。咱们不如先到铁胆庄,会齐众兄弟后再去救四哥。"无尘点头称是,当下由余鱼同领路,赶到铁胆庄来。那正是孟健雄弹灭蜡烛、大厅中一团漆黑之时。

万庆澜见双方叙礼,知道事情要糟,慢慢挨到门边,正想溜出,徐天宏纵身窜出,落在门口,拦住去路,喝道:"请留步,大家把话说说清楚。"万庆澜见对方人多势众,不敢动手,只得回来,坐在周绮下首。周绮圆眼一瞪,喝道:"滚开!你坐在姑娘身边干么?"万庆澜拉开椅子,坐远了些。

周仲英和陈家洛替双方引见了,报了各人姓名。周仲英一听,对方全是武林中的成名英雄,怪不得手下如此了得,看那总舵主陈家洛却像是个养尊处优的官宦子弟,这人竟统领着这批江湖豪杰,众人对他十分恭谨,实在透着古怪,心下暗暗纳罕。

陈家洛见周仲英脸现诧异之色,不住的打量自己,强抑满怀怒气,冷然说道:"敝会四当家奔雷手文泰来遇到鹰爪子围攻,身受重伤,避难宝庄,承周老前辈念在武林一脉,仗义援手,敝会众兄弟全都感激不尽,兄弟这里当面谢过。"说罢站起身来深深一揖。

周仲英连忙还礼,心下万分尴尬,暗道:"瞧不出他公子哥儿般似的,居然有这么一手,竟拿场面话来挤兑我。"陈家洛这番话一说,无尘、徐天宏、卫春华、余鱼同等都暗暗佩服。章进却没懂陈家洛的用意,大叫起来:"总舵主你不知道,这老匹夫已把咱们四哥害了。"卫春华坐在他身边,忙拉了他一把,叫他别嚷。

陈家洛便似没听见他说话,仍然客客气气的对周仲英道:"众兄弟贪夜造访宝庄,礼貌不周,还请周老前辈海涵。只因听得文四哥有难,大家如箭攻心,未免卤莽。不知文四哥伤势如何,周老前辈想已延医给他诊治,就请引我们相见。"说着站起身来,红花会群雄跟着站起。周仲英口讷,一时不知如何回答。骆冰哽咽着叫道:"四哥给他们害死了!总舵主,咱们杀了老匹夫给四哥抵命!"

陈家洛等一听大惊,无不惨然变色。章进、杨成协、卫春华等一干人各挺兵刃,逼上前来。孟健雄挺身而出,大声说道:"文爷到敝庄来,事情是有的……"徐天宏插嘴道:"那么便请孟爷引我们相见。"孟健雄道:"文爷、文奶奶和这位余爷来到敝庄之时,我们老庄主不在家,是兄弟派人去赵家堡请医,这是文奶奶和余爷亲眼见到的。后来六扇门的人到来,我们惭愧得很,没能好好保护,以致文爷给捕了去。陈当家的,你怪我们招待不周,未尽护友之责,我们认了。你要杀要剐,姓孟的皱一下眉头,不算好汉。但你们众位当家硬指我们老庄主出卖朋友,那算什么话?"

骆冰走上一步,戟指骂道:"姓孟的,你还充好汉哪!我问你,你叫我们躲在地窖之中,如此隐秘的所在,若不是你们得了鹰爪孙的好处,说了出来,他们怎会知道?"孟健雄登时语塞,要知周英杰受不住激而泄漏秘密,虽是小儿无知,毕竟是铁胆庄的过失。

无尘向周仲英道:"出事之时,老庄主或者真不在家。可是龙有头,人有主,铁胆庄的事,我们只能冲着老庄主说,请你拿句话出来。"这时缩在一旁的万庆澜突然叫道:"是他儿子说的,他肯认帐么?"陈家洛走上一步,说道:"周老前辈,这话可真?"周仲英岂肯当面说谎,缓缓点了点头。红花会群豪大哗,更围得紧了。有的对周仲英横眉怒目,有的瞧着陈家洛,待他示下。陈家洛侧目瞧向万庆澜,冷然说道:"这位是谁,还没请教阁下万儿。"骆冰抢着说道:"他是鹰爪孙,来捉四哥的人中,有他在内。"

陈家洛一言不发,缓步走到万庆澜面前,突然伸手,夺去他手中钢穿,往地下一掷,将他双手反背并拢,左手一把握住。万庆澜"啊唷"一声,已然挣扎不脱。陈家洛这一下出手快得出奇,众人都没看清楚他使的是什么手法。万庆澜武功并非泛泛,适才大家已经见过,但被他随手拿住,竟自动弹不得。这一来,不但铁胆庄众人耸然动容,连红花会群雄也各暗暗称奇,他们只尊陈家洛是总舵主,遵他号令,他武功如何,谁也不知底细。

陈家洛喝道:"你们把文四爷捉到哪里去了?"万庆澜闭口不答,脸上一副傲气。陈家洛骈指在他肋骨下"中府穴"一点,喝道:"你说不说?"万庆澜哇哇大叫:"你作践人不是好汉,有种就把我杀了⋯⋯"一句话没喊完,头上黄豆大的汗珠已直冒出来。陈家洛又在他"筋缩穴"上一点。万庆澜这下可熬不住了,低声道:"我说,我说⋯⋯"陈家洛伸指在他"气俞穴"上推了几下。万庆澜缓过一口气,说道:"要解他到京里去。"骆冰忙问:"他⋯⋯他没死?"万庆澜道:"当然没死,这是要犯,谁敢弄死他?"

红花会群雄大喜,都松了口气,文泰来既然没死,对铁胆庄的恨意便消了大半。骆冰颤声道:"你⋯⋯你这话⋯⋯这话可真?"万庆澜道:"我干么骗你?"骆冰心头一喜,晕了过去,向后便倒。余鱼同伸手要扶,忽然起了疑惧之心,伸出手去又缩了回来。骆冰仰头倒在地下,章进急忙扶起,叫道:"四嫂,你怎么了?"横目向余鱼同白了一眼,觉得他不扶骆冰,实在岂有此理。

陈家洛松开了手,对书僮心砚道:"绑了起来。"心砚从包裹中取出一条绳索,将万庆澜双手反背牢牢缚住。万庆澜被点穴道虽已解开,但一时手脚酸麻,无法反抗。陈家洛高声说道:"各位兄弟,咱们救四哥要紧,这里的帐将来再算。"红花会群雄齐声答应。骆冰醒过后,坐在椅上喜极而泣,听陈家洛这么一说,站了起来,章进扶住了她。

众人走到厅口,孟健雄送了出来。陈家洛将出厅门,回身举手,对周仲英道:"多有吵扰,大恩大德,没齿难忘,咱们后会有期。"周仲英听他语气,知道红花会定会再来寻仇,心道:"周某问心无愧,你们不谅,我难道就怕了你们?"哼了一声,一言不发。

章进叫道:"救了文四哥后,我章驼子第一个来斗斗你铁胆庄的英雄好汉。"杨成协道:"狗熊都不如,称什么英雄?"周绮一听大怒,喝道:"你骂谁?"杨成协怒道:"我骂不讲义气、没家教的老匹夫。"他胸口吃了周仲英一拳,虽然身有铁布衫功夫,未受重伤,但也吃亏不小,此刻兀自疼痛不止,再听说文泰来为周仲英之子所卖,更加气愤。

周绮抢上一步,喝道:"你是什么东西,胆敢骂我爹爹?"杨成协道:"呸,你这丫头!"他不愿与人家姑娘争闹,回头就走。"俏李逵"性如烈火,更恨人家以她是女流之辈而瞧她不起,平素常道:"男女都是人,为什么男人做得,女人就做不得?"听得杨成协骂她"丫头",而且满脸鄙夷之色,哪里还忍耐得住?抢上一步,喝道:"丫头便怎样?"

杨成协怒道:"去叫你哥哥出来,就说我姓杨的要见见。"周绮道:"我哥哥?"心下甚是奇怪。卫春华道:"有种卖朋友,就该有种见朋友。你哥哥出卖我们四哥,这会儿躲到哪里去了?"周绮愕然不解,心道:"我哪里来的哥哥?"

孟健雄见周绮受挤,知道红花会误会了万庆澜那句话,事情已闹得如此之僵,此时如把师父击毙亲子之事相告,未免示弱,倒似是屈服求饶,只得出头给师妹挡一挡,当下高声说道:"各位还有什么吩咐,现在就请示下,省得下次再劳动各位大驾。"章进道:"我们就是要见见这位姑娘的哥哥。"周绮道:"你这驼子胡说八道,我有什么哥哥?"章进又被她骂一声"驼子",虎吼一声,双手向她面门抓去。周绮挺刀挡格,章进施展擒拿功,空手和她拼斗。

卫春华双钩一摆,叫道:"孟爷,你我比划比划。"孟健雄只得应道:"请卫爷指教。"这边蒋四根和安健刚也叫上了阵,各挺兵刃就要动手。杨成协大喊:"卖朋友的兔崽子,再不给我滚出来,爷爷要放火烧屋了。"双方兵器纷纷出手,势成群殴。

周仲英气得须眉俱张,对陈家洛道:"好哇,红花会就会出口伤人,以多取胜。"

陈家洛一声唿哨,拍了两下手掌,群豪立时收起兵刃,退到他身后站定,默不作声。周仲英暗想:"这人部勒群豪,令出即遵。我适才连呼住手,却连自己女儿也不听。"陈家洛道:"周老英雄,你责我们以多取胜,在下就单身请周老英雄不吝赐教几招。"周仲英道:"那再好没有。陈当家的刚才露了这手,我们全都佩服之至,真是英雄出在年少,老夫很想领教,陈当家的要比兵刃还是拳脚?"石双英阴森森的道:"大刀飞到梁上去了,还比什么兵刃?"此言一出,周仲英面红过耳,各人都抬头去望那柄嵌在梁上的金背大刀。

忽见一人轻飘飘的跃起,右手勾住屋梁,左手拔出大刀,随即毫无声息的落在地下,走到周仲英面前,左腿半跪,高举过顶,说道:"周老太爷,你老人家的刀。"这人是陈家洛的书僮心砚,瞧不出他年纪轻轻,轻功竟也如此不凡。

心砚露这一手,周仲英脸上更下不去,他哼了一声,对心砚不理不睬,向陈家洛道:"陈当家的亮兵刃吧,老夫就空手接你几招。"孟健雄接过心砚手中的金背大刀,低声道:"师父犯不着生气,跟他刀上见输赢!"他怕师父中了对方激将之计,真以空手去和人家兵器过招,那是未打先吃三分亏。心砚纵身回来,解开包裹,将陈家洛独门之秘的兵器亮出,双手托着,拿到他面前。

徐天宏低声道:"总舵主,他要比拳,你就在拳脚上胜他。"原来徐天宏得知文泰来未死,心即宁定,细察周仲英神情举止,对红花会处处忍让,殊少敌意,双方一动兵刃难免死伤,不如比拳易留余地。再者他已领教过周仲英大刀功夫,实在是功力深厚,非同小可,自己与卫春华以二敌一,尽管对方未出全力,兀自抵挡不住。陈家洛兵器上造诣深浅未知,可是适才见他出手逼供万庆澜,手法又奇又快,大非寻常。他要陈家洛比拳,是求避敌之坚,用己之长。陈家洛道:"好。"对周仲英拱手说道:"在下想请教周老英雄几路拳法,请老前辈手下留情。"

周仲英道:"好说,陈当家的不必过谦。"周绮走过来替父亲脱去长袍,低声道:"这小子会点穴,爹爹你留点神。"说着眼圈儿红了,她脾气发作时火爆霹雳,可是对方人数众多,个个武功精强,今日形势险恶异常,她并非不知。周仲英低声道:"要是我有甚好歹,你上安西找吴叔叔去,以后可千万不能闹事了。"周绮心中酸痛,点了点头。

宋善朋督率庄丁,将大厅中心桌椅搬开,露出一片空地,四周添上巨烛,明亮如昼。周仲英走到厅心,抱拳说道:"请上吧。"

陈家洛并不宽衣,长袍飘然,缓步走近,说道:"在下输了之后,定当遍请西北武林同道,来向老前辈赔话谢罪,红花会众兄弟自今而后,不敢带兵刃踏进甘肃一步。"周仲英道:"陈当家的言重了。"陈家洛秀眉一扬,说道:"要是老前辈承让一招半式,那怎么说?"周仲英傲然仰头,打个哈哈,一捋长须,说道:"那时铁胆庄数十口老小性命,还不全操于红花会之手?"陈家洛道:"红花会虽是小小帮会,却也恩怨分明,岂敢妄害无辜?倘若在下侥幸胜得一拳一脚,那位泄露文四哥行藏的令郎,我们斗胆要带了去。文四哥若能平安脱险,在下保证不伤令郎毫发,派人护送回归宝庄。可是文四哥若有三长两短……那不免要令郎抵命。"周仲英给这番话引动心事,虎目含泪,右手轻挥,道:"不必多言,进招吧!"

陈家洛在下首站定,微一拱手,说道:"请赐招。"众人见他气度闲雅,雍容自若,竟如是揖让序礼,哪里是龙争虎斗的厮拼?有的佩服,有的耽心。

周仲英按着少林礼数,左手抱拳,一个"请手"。他知对方年轻,自居晚辈,决不肯抢先发招,也不再客气,一招"左穿花手",右拳护腰,左掌呼的一声,向陈家洛当面劈去。这一掌势劲力疾,掌未至,风先到,先声夺人。陈家洛一个"寒鸡步",右手上撩,架开来掌,左手画一大圆弧,弯击对方腰肋,竟是少林拳的"丹凤朝阳"。这一亮招,红花会和铁胆庄双方全都吃惊。周仲英是少林拳高手,天下知名,可没想到陈家洛竟然也是少林派。周仲英"咦"了一声,甚感诧异,手上丝毫不缓,"黄莺落架"、"怀中抱月",连环进击,一招紧似一招。陈家洛进退趋避,少林拳的手法竟也十分纯熟。两人拳式完全相同,不像争斗,直如同门练武。但两人年岁相差既大,功力深浅,自也悬殊,胜负之数,不问可知。红花会群雄暗暗担忧,铁胆庄中人却都吁了口气。

翻翻滚滚拆了十余招。周仲英在少林拳上浸淫数十年,功力已臻炉火纯青之境,推拳劲作,发腿风生。少林拳讲究心快、眼快、手快、身快、步快,他愈打愈快,攻守吞吐,回转如意,第一路"闯少林"

三十七势未使得一半,陈家洛已处下风。周仲英突然猛喝,身向左转,一个"翻身劈击",疾如流星。陈家洛急忙后仰,敌掌去颊仅寸,险些未及避开。红花会群雄俱各大惊。

陈家洛纵出数步,猱身再上,拳法已变,出招是少林派的"五行连环拳",施开崩、钻、劈、炮、横五趟拳术。周仲英仍以少林拳还击。不数招,陈家洛忽然改使"八卦游身掌",身随掌走,满厅游动,烛影下似见数十个人影来去。周仲英以静御动,沉着应战,陈家洛身法虽快,却丝毫未占便宜。

再拆数招,周仲英左拳打出,忽被对方以内力黏至外门,这一招竟是太极拳中的"如封似闭"。但见他拳势顿缓,神气内敛,运起太极拳中以柔克刚之法,见招破招,见式破式。众人愈观愈奇,自来少林太极门户有别,拳旨相反,极少有人兼通,他年纪轻轻,居然内外双修,实是武林奇事。周仲英打起精神,小心应付。这一来双方攻守均慢,但行家看来,比之刚才猛打狠斗,尤为凶险。两人对拆二十余招,点到即收。陈家洛忽地使招"倒辇猴",拳法又变,顷刻之间,连使了武当长拳、三十六路大擒拿手、分筋错骨手、岳家散手四门拳法。

众人见他拳法层出不穷,俱各纳罕,不知他还会使出什么拳术来。周仲英以不变应万变,六路少林拳融会贯通,得心应手,门户谨严,攻势凌厉。他纵横江湖数十年,大小数百战,似陈家洛这般兼通各路拳术的对手虽然未曾会过,但也不过有如他数十年来以一套少林拳依次遍敌各门好手,拳法上并不吃亏。他素信拳术之道贵精不贵多,专精一艺,远胜驳杂不纯,然见陈家洛每一路拳法所学者均非皮毛,也不禁暗暗称异。

酣斗中周仲英突然左足疾跨而上,一脚踏住陈家洛袍角,一个"躺挡切掌",左掌向他下盘切去。陈家洛急忙抽身,竟未抽动,急切中一个"鲤鱼打挺",嗤的一声,长袍前襟齐齐撕去。周仲英说声"承让",陈家洛脸上一红,骈指向他腰间点去,两人又斗在一起。

三招拆过,旁观众人面面相觑,只见陈家洛擒拿手中夹着鹰爪功,左手查拳,右手绵掌,攻出去是八卦掌,收回时已是太极拳,诸家杂陈,乱七八糟,旁观者人人眼花缭乱。这时对他拳势手法已全然难以看清,至于是何门派招数,更是分辨不出了。

众人均不识得这是天池怪侠袁士霄所创的独门拳术"百花错

拳"。袁士霄少年时钻研武学,所学本已极博,后来遇到一件大失意事,性情激变,发愿做前人所未做之事,打前人所未打之拳,于是遍访海内名家,或学师,或偷拳,或挑斗踢场以观其招,或明抢暗夺而取其谱,将各家拳术几乎学了个遍,中年后隐居天池,别走蹊径,创出了这路"百花错拳"。这拳法包蕴百家,其妙处尤在于一个"错"字,每一招均和各派正宗手法相似而实非,一出手对方以为定是某招,举手迎敌,才知打来的方位手法完全不同,其精微要旨在于"似是而非,出其不意"八字。旁人只道拳脚全打错了,岂知正因为全部打错,对方才防不胜防。凡武学高手,见闻必博,所学必精,于诸派武技胸中早有定见,不免"百花"易敌,"错"字难当。袁士霄创此拳术,志在让他情敌栽个大筋斗,败得狼狈不堪,丢脸之极,但生怕狂怒中失手打死情敌,于理不合,是以自行克制,不与对方动手过招,因此这套拳术从未用过,他弟子也只陈家洛一人。陈家洛先学了内外各大门派主要的拳术兵刃,于擒拿、暗器、点穴、轻功俱有相当根柢之后,才学"百花错拳"。今日与周仲英激斗百余招,险些落败,深悔鲁莽,先前将话说满了,未免小觑了天下英雄,心惊之余,只得使出这路怪拳。发硎初试,果然锋锐无匹。

周仲英大惊之下,双拳急挥,护住面门,连连倒退,见对方拳法古怪之极,而拳劈指戳之中,又夹杂着刀剑的路数,真是见所未见,闻所未闻。周绮见父亲败退,情急大叫:"你打的是什么拳?乱搞一气,简直不成话!怎地撒赖胡打?不对,不对!你……你全都打错了!"

喊声未毕,厅外窜进两人,连叫"住手!"却是陆菲青和赵半山到了。忽听得厅外有人大呼:"走水啦,快救火呀,走水啦!"喧嚷声中,火光已映进厅来。

周仲英正受急攻,本已拳法大见散乱,忽听得大叫"救火",身家所在,不免关心,一疏神,突觉左腿一麻,左膝外"阳关穴"竟被点中,一个踉跄,险些倒地。周绮忙抢上扶住,急叫"爹爹",单刀横过,护住父亲,以防敌人赶尽杀绝。

陈家洛并不追赶,反而倒退三步,说道:"周老英雄怎么说?"周仲英怒道:"好,我认栽了。我儿子交给你,跟我来!"扶着周绮,一拐一拐的往厅外便走。

霍青桐解下腰间短剑，说道：「这短剑是我爹爹所赐，据说剑里藏着一个极大秘密，几百年来辗转相传，始终无人参详得出。今日一别，后会无期，此剑请公子收下。公子慧人，或能解得剑中奥妙。」

第四回

置酒弄丸招薄怒
还书贻剑种深情

陈家洛、陆菲青及红花会群雄跟着周仲英穿过了两座院子。此时火势更大，热气逼人，黑夜中但见红光冲天，烟雾弥漫。孟健雄、安健刚和宋善朋早已出去督率庄丁，协力救火。徐天宏大叫："咱们先合力把火救熄了再说。"周绮骂道："你叫人放火，还假惺惺装好人。"她刚才听徐天宏一再大喊放火，认定是他指使了人来烧铁胆庄的，满腔悲愤，哪里还顾到对方人多势众，举刀便向徐天宏砍去。徐天宏忙窜开避过，周绮还待要追，已被赵半山劝住。饶是周绮单刀在手，猛冲猛跳，但被赵半山伸手轻轻搭上刀背，一柄刀便如有千斤之重，几乎拿也拿不住，哪里还进得半步。

周仲英对这一切犹如不见不闻，大踏步直到后厅。众人进厅，只见设着一座灵堂，灵位前点着两对白烛，素幡冥锭，阴沉沉的一派凄凉景象。周仲英掀开白幕，露出一具黑色小棺材来，棺材尚未上盖。原来周仲英击毙爱子后，因女儿外出未归，是以未将周英杰成殓，以待周绮回来再见弟弟一面。

周仲英喝道："我儿子泄露了文爷的行藏，那不错，你们要我儿子，好……你们拿去吧！"他心神激荡，语音大变。众人在黯淡的烛光之下，见一个小孩尸身躺在棺材之中，都摸不着头脑。周绮叫道："我弟弟还只十岁，他不懂事，把你们文爷的藏身地方说了出来。爹爹回到家来，大怒之下，失手把弟弟打死了，把我妈妈也气走了，这总对得起你们了吧？你们还不够，把我们父女都杀了吧！"

红花会众人听了,不由得惭愧无已,都觉刚才错怪了周仲英,实是万分不该。章进最是直性人,抢上两步,向周仲英磕了个响头,叫道:"老爷子,我得罪你啦,章驼子给你赔罪。"站起身来,又向周绮一揖,道:"姑娘,你再叫我驼子,我也不恼。"周绮听了想笑,却笑不出来。

这时陈家洛以及骂过周仲英的骆冰、徐天宏、杨成协、卫春华等都纷纷过来谢罪。陈家洛乘着躬身行礼,伸手轻拂,将周仲英膝间所封穴道解开,旁人都没瞧见。周仲英忙着还礼,心中难过之极,说不出话来。陈家洛叫道:"周老英雄对红花会的好处,咱们至死不忘。各位兄弟,现下救火要紧。大家快动手。"众人齐声答应,纷纷奔出。

但见火光烛天,屋瓦堕地,梁柱倒坍之声混着众庄丁的吆喝叫喊,乱成一片。安西是中国出名的"风库",一年三百六十日几乎没一天没风,风势又最大不过。此时风助火威,眼见大火已无法扑灭,偌大一座铁胆庄转眼便要烧成白地。

厅中奇热,布幡纸钱已然着火。众人见周仲英痴痴扶着棺材,神不守舍。不多时火焰卷入厅来,卫春华、石双英、蒋四根都已扑出去救火。周绮连叫:"爹,咱们出去吧!"周仲英不理不睬,眼睁睁望着棺材中的儿子。

大家知他不忍让儿子尸体葬身火窟,舍不得离开。章进弯下腰来,说道:"八哥,把棺材放在我背上。"杨成协抓住棺材两边,一使劲,将棺材提了起来,放上章进的驼背。章进也不长身,就这么弯着腰直冲出去。周绮扶着父亲,众人前后拥卫,奔到庄外空地。走出不久,后厅屋顶就坍了下来,各人都暗说:"好险!"

心砚忽地叫了起来:"啊哟,那鹰爪孙还在里面!"石双英道:"这等人作恶多端,烧死了也不冤。"骆冰道:"可惜便宜了镖行那小子。"陈家洛问道:"是谁?"骆冰将童兆和的事说了。孟健雄也说了他如何三入铁胆庄,探庄报讯,引人捉拿文泰来,最后还来勒索。徐天宏叫道:"对,定是他放火!"众人心下琢磨,均想定是此人无疑。徐天宏偷眼向周绮望去,见她对己正自侧目斜睨,两人目光一对,都即转头避开。周绮大声自言自语:"矮子肚里疙瘩多,放火的鬼主意也只矮子才想得出。人无三尺高,肚里一把刀。"陈家洛道:"咱们得抓这小子回来。七哥、八哥、九哥、十哥，你们四位分东南西北路去搜，不管是否追到，一个时辰内回报。"四人接令去了。

这边陆菲青和周仲英等人厮见，互道仰慕。陈家洛又向周仲英一再道歉，说道："周老前辈为了红花会闹到这步田地，大仁大义，真是永世难报。我们定去访请周老太太回来，和老前辈团圆。铁胆庄已毁，当由红花会重建，各位庄丁弟兄所有损失，红花会全部赔偿。他们辛苦，在下另有一番意思。"

周仲英眼见铁胆庄烧成灰烬，多年心血经营毁于一旦，自也不免可惜，但听陈家洛这么说，忙道："陈当家的说哪里话来，钱财是身外之物，你再说这等话，那是不把兄弟当朋友了。"他素来最爱朋友，现下误会冰释，见红花会众人救火救人，奋不顾身，对他又是极为敬重感激，一时之间结交到这许多英雄人物，十分痛快，对铁胆庄被焚之事登时释然，但一瞥眼间见到那具小小棺材，心中却又一阵惨伤。

忙乱了一阵，卫春华和章进先回来了，向陈家洛禀报，都说追出了六七里地，不见童兆和踪迹。又过片刻，徐天宏和杨成协也先后回来，说东南两路数里内并无人影，这家伙想是乘着大火，混乱中逃得远了。

陈家洛道："好在知道这小子是镇远镖局的，不怕他逃到天边去，日后总抓得到。"问周仲英道："周老前辈，宝庄这些庄丁男妇，暂且让他们去哪里安身？"周仲英道："我想等天明之后，大家先到赤金卫。"徐天宏道："小侄有一点意思，请老前辈瞧是不是合适。"陈家洛道："我们这位七哥外号叫武诸葛，最是足智多谋。"周绮向徐天宏白了一眼，哼了一声，对孟健雄道："孟大哥，你听，人家比诸葛亮还厉害呢，他还会武！"孟健雄微微一笑。周仲英忙道："徐爷请说。"

徐天宏道："那姓童的小子逃了回去，势不免加油添酱，胡说一通。那姓万的又没回转，鹰爪孙定要报官，将许多罪名加在前辈头上。小侄以为铁胆庄的人最好往西，暂时避一下风头，等摸清了路数再定行止。现下往东去赤金卫，只怕不甚稳便。"

周仲英阅历甚深，一经徐天宏点破，连声称是，说道："对，对，老弟真不愧武诸葛，明儿该当先奔安西州。安西我有朋友，借住十天半月的，决不能有什么为难。"周绮见父亲反而称赞徐天宏，心下老大不愿意。她虽然已不怀疑烧铁胆庄是徐天宏主使，但先前对他存了憎厌之心，不由得越瞧越不顺眼。

周仲英对宋善朋道："你领大伙到安西州后，可投吴大官人处耽搁，一切使费，到咱们号子里支用。待我事情料理完后，再来叫你。"周绮道："爹爹，咱们不去安西？"周仲英道："当然不去啦，文四爷在咱们庄上失陷，救人之事，咱们岂能袖手旁观？"周绮、孟健雄、安健刚三人听他说要出手助救文泰来，俱各大喜。

陈家洛道："周老前辈的美意，我们万分感激。不过救文四哥乃是杀官造反之事，各位都是安份良民，和我们浪荡江湖之人不同，亲自出手，恐有不便。我们请周老前辈出个主意，指点方略，至于杀鹰爪、救四哥，还是让我们去办。"

周仲英长须一捋，说道："陈当家的，你不用怕连累我们。你不许我替朋友卖命，那就是不把周仲英当好朋友。"陆菲青插嘴道："周老英雄义重如山，江湖上没人不佩服的，否则我和他素不相识，文四爷身上又负着重案，我怎敢贸然荐到铁胆庄来？"

陈家洛略一沉吟，说道："周老英雄如此重义，红花会上下永感大德。"骆冰走上前来，盈盈拜倒，说道："老爷子拔刀相助，我先替我们当家的道谢。"周仲英连忙扶起，道："文四奶奶你且宽心，不把文四爷救回来，咱们誓不为人。"转头对陈家洛道："事不宜迟，就请陈当家的发施号令。"陈家洛道："这个哪里敢当？请周陆两位前辈商量着办。"陆菲青道："陈当家的不必太谦。红花会是主，咱们是宾，这决不能喧宾夺主。"

陈家洛又再谦让，见周陆二人执意不肯，便道："那么在下有僭了！"转身发令，分拨人马。

这时铁胆庄余烬未熄，焦木之气充塞空际，风吹火炬，猎猎作响。众人肃静听令。

第一拨：当先哨路金笛秀才余鱼同，和西川双侠常赫志、常伯志兄弟取得联络，探明文泰来行踪，赶回禀报。第二拨：千臂如来赵半山，率领石敢当章进、鬼见愁石双英。第三拨：追魂夺命剑无尘道人，率领铁塔杨成协、铜头鳄鱼蒋四根。第四拨：红花会总舵主陈家洛，率领九命锦豹子卫春华、书僮心砚。第五拨：绵里针陆菲青，率领神弹子孟健雄、独角虎安健刚。第六拨：铁胆周仲英，率领俏李逵周绮、武诸葛徐天宏、鸳鸯刀骆冰。

陈家洛分拨已定,说道:"十四弟,请你立即动身。其余各位就地休息安眠,天明起程,分拨进嘉峪关后会集。关上鹰爪孙谅必盘查严紧,不可大意。"众人齐声答应。

余鱼同向众人躬身抱拳,上马动身,驰出数步,回头偷眼向骆冰望去,见她正自低头沉思,对他离去浑没在意。他叹了口气,策马狂奔而去。

众人各自找了干净地方睡下。陈家洛悄悄对徐天宏道:"七哥,周老英雄已让咱们累得家破人亡,这次又仗义去救四哥。你多费点心,别让官面上的人认出他来。四嫂身上有伤,她惦念四哥,厮杀起来一定奋不顾身,你留心别让她拼命。你们这一路不必赶快,能够不动手,那就最好。"徐天宏答应了。

睡不到两个时刻,天已黎明。千臂如来赵半山率领章进、石双英首先出发。骆冰一晚没合眼,叫过章进,说道:"十哥,路上可别闹事。"章进道:"四嫂你放心,救四哥是大事,我就再胡涂也理会得。"

孟健雄、宋善朋等将周英杰尸身入殓,葬在庄畔。周绮伏地痛哭,周仲英亦是老泪纵横。陈家洛等俱在坟前行礼。

此后,无尘、陈家洛、陆菲青三拨人马先后启程,最后是周仲英及宋善朋等大队人伙动身。到赵家堡后,当地百姓已知铁胆庄失火,纷来慰问。周仲英谢过了,去相熟银铺取了一千两银子,打了尖,即与宋善朋等分手,纵马向东疾驰。

一路之上,周绮老是跟徐天宏作对,总觉他的一言一动越瞧越不对劲,不管周仲英板脸斥责也好,骆冰笑着劝解也好,徐天宏低声下气忍让也好,周绮总是放他不过,冷嘲热讽,不给他半分面子。后来徐天宏也气了,心道:"我不过瞧着你爹爹面子,让你三分,难道当真怕你?我武诸葛纵横江湖,成名的英雄豪杰哪一个不敬重于我,今日却来受你这丫头的闲气!"他一骑马索性落在后面,一言不发,落店吃饭就睡,天明就赶路,一路马不停蹄,第三天上过了嘉峪关。

周仲英见女儿如此不听话,背地里好几次叫了她来谕导呵责。周绮当时答应,可是一见徐天宏,忍不住又和他抬起杠来。周仲英心想若是老妻在此,或能管教管教这一向宠惯了的女儿,现下她负气出走,不知流落何方,言念及此,甚是难过,见徐天宏闷闷不乐,又觉过意不去。

当晚到了肃州,四人在东门一家客店住了。徐天宏出去了一会,回来说道:"十四弟还没追上四哥,也没遇上西川双侠。"周绮忍不住插嘴:"你又怎么知道?瞎吹!"徐天宏白了她一眼,一声不响。

周仲英怕女儿再言语无礼,说道:"这里是古时的酒泉郡,酒最好。七爷,我和你到东大街杏花楼去喝一杯。"徐天宏道:"好。"周绮道:"爹,我也去。"徐天宏噗哧一笑。周绮怒道:"你笑什么?我就去不得?"徐天宏把头别过,只当没听见。骆冰笑道:"绮妹妹,咱们一起去。为什么女人就不能上酒楼喝酒?"周仲英是豪爽之人,也不阻止。

四人来到杏花楼,点了酒菜。肃州泉水清洌,所酿酒香醇无比,于西北诸省中算得第一。店小二又送上一盘肃州出名的烘饼。那饼弱似春绵,白如秋练,又软又脆,周绮吃得赞不绝口。酒楼之上耳目众多,不便商量救文泰来之事,四人随口谈论路上景色。

周仲英忽向徐天宏道:"贵会陈当家的年纪轻轻,一副公子哥儿的样子,居然精通各家各派拳术,真是从所未见。他和我比拳之时,最后所使的那套拳法怪异之极,不知是什么名称。七爷可知道么?"周绮心中也一直存着这个疑团,听父亲问起,忙留神倾听。

徐天宏道:"陈当家的是海宁陈阁老的三公子。我和陈当家的这次也是初会。他十五岁上,就由我们于老当家送到了天山,拜天池怪侠为师,一直没回江南来。只有无尘道长、赵三哥几位年长的香主在他小时候见过。这套拳法,我瞧多半是天池怪侠的独创。"周仲英道:"红花会名闻大江南北,总舵主却竟像是位富贵公子,我初见之时,很是纳罕,只觉透着极不相称。后来跟他说了话、交了手,才知他不但武功了得,而且见识不凡,确是位了不起的人物,这真叫做人不可以貌相。"徐天宏和骆冰听他极口称扬他们首领,甚是高兴。只是骆冰想到丈夫安危难知,又耽心他受公差虐待,自是愁眉不能尽展。

周仲英道:"这几年来,武林中出了不少人物,也真是长江后浪推前浪,十年人事几翻新。就像你老弟这般智勇双全,江湖上就十分难得。总要别辜负了这副身手,好好做一番事业出来。"徐天宏连声称是。他是答应周仲英"好好做一番事业"的勉励之言,周绮却哼了一声,心道:"我爹赞你十分难得,你还说是呢,也不怕丑?"

周仲英喝了口酒道:"一直听人说,贵会于老当家是少林派弟子,和我门户很近。我久想见他一面,向他讨教,但一个在江南,一个在西北,这心愿始终没了,他竟已撒手西归。我常在打听他的师承渊源,可是人言纷纭,始终没听到什么确讯。"徐天宏道:"于老当家从来不提他的师承,直到临终时才说起,他以前是在福建少林寺学的武艺。"周仲英道:"我是河南少室山少林寺本寺学的。北少林南少林本是一家,我跟于老当家虽非同寺学艺,却也可算得是同门。"又道:"我曾听人说,红花会总舵主的武功跟少林家数很近,我心下很是仰慕,打听他在少林派中的排行辈份,却无人得知,常觉奇怪。以他如此响当当的人物,若是少林门人,岂有无人得知之理?我曾写了几封信给他。他的覆信甚是谦虚,说了许多客气话,却一字不提少林门派。"

徐天宏道:"于老当家不提自己武功门派,定有难言之隐。他一向是最爱结交朋友的,以老前辈如此热肠厚道,若和于当家相遇,两位定是一见如故。"周绮冷冷的道:"红花会的人哪,很爱瞧不起人。冰姊姊,我可不是说你。"徐天宏不加理会。

周仲英又问:"于老当家是生了什么病去世的?他年纪似乎比我也大不了几岁吧?"徐天宏道:"于老当家故世时六十五岁。他得病的情由,说来话长。此间人杂,咱们今晚索性多赶几十里路,找个荒僻之地,好向前辈详行禀告。"周仲英道:"好极了!"忙叫柜上算帐。徐天宏道:"请等一等,我下去一下。"周仲英道:"老弟,是我作东,你可别抢着会钞。"徐天宏道:"是。"快步下楼去了。

周绮撇嘴道:"老爱鬼鬼祟祟的!"周仲英骂道:"女孩儿家别没规没矩的瞎说。"骆冰笑道:"绮妹妹,我们这位七哥,千奇百怪的花样儿最多。你招恼了他,小心他作弄你。"周绮哼了一声,道:"一个男子汉,站起来还没我高,我怕他?"周仲英正要斥责,听得楼梯上脚步声,就避口不说了。徐天宏走了上来,道:"咱们走吧。"周仲英会了钞,到客店取了衣物,连骑出城。幸喜天色未夜,城门未闭。

四骑马一口气奔出三十里地,见左首一排十来株大树,树后乱石如屏,是个隐蔽所在,周仲英道:"就在这里吧?"徐天宏道:"好。"四人将马缚在树上,倚树而坐。其时月朗星疏,夜凉似水,风吹长草,声若低啸。

徐天宏正要说话,忽听得远处隐隐似有马匹奔驰之声,忙伏地贴耳,听了一会,站起来道:"三匹马,奔这儿来。"周仲英打个手势,四人解了马匹,牵着同去隐于大石之后。不一会,蹄声渐近,三骑马顺大路向东。月光下只见马上三人白布缠头,身穿直条纹长袍,都是回人装束,鞍上挂着马刀。待三骑去远,四人重回原处坐地。连日赶路,一直无暇详谈,这时周仲英才问起清廷缉捕文泰来的原因。

骆冰道:"官府一直把红花会当眼中钉,那是不用说的了。不过这次派遣这许多武林高手,不把我们四哥抓去不能干休,那是另有原因的。上月中,于老当家从太湖总舵前去北京,叫我们夫妻跟着同去。到了北京,于老当家悄悄对我们说,要夜闯皇宫,见一见乾隆皇帝。我们吓了一跳,问老当家见皇帝老儿干么。他不肯说。四哥劝他说,皇帝老儿最是阴狠毒辣不过,最好调无尘道长、赵三哥、西川双侠等好手来京,一起闯宫。再请七哥盘算一条万全之计,较为稳妥。"周绮望了徐天宏一眼,心道:"你这矮子本领这样大,别人都要来请教你。我才不信呢!"

周仲英道:"四爷这主意儿不错呀。"骆冰道:"于老当家说,他去见皇帝老儿的事干系极大,进宫的人决不能多,否则反而有变。四哥听他这么说,自是遵奉号令。当夜他二人越墙进宫,我在宫墙外把风,这一次心里可真是怕了。直过了一个多时辰,他们才翻墙出来。第二天一早,我们三人就离京回江南。我悄悄问四哥,皇帝老儿有没见到,到底是怎么回事?四哥说皇帝是见到了,不过这件事关连到推倒清廷、光复汉家天下的大业。他说自然不是信不过我,但多一个人知道,不免多一分泄漏的危险,因此不跟我说。我也就不再多问。"周仲英赞道:"于老当家抱负真是不小。闯宫见帝,天下有几人能具这般胆识?"

骆冰续道:"于老当家到江南后,就和我们分手。我们回太湖总舵,他到杭州府海宁州去。他从海宁回来后,神情大变,好像忽然之间老了十多岁,整天不见笑容,过不了几天就一病不起。四哥悄悄对我说,老当家因为生平至爱之人逝世,这才伤心死的……"说到这里,骆冰和徐天宏都垂下泪来,周仲英也不禁唏嘘。

骆冰拭了眼泪续道:"老当家临终之时,召集内三堂外三堂正副香主,遗命要少舵主接任总舵主。他说这并不是他有私心,只因此事是汉家光复的关键所在,要紧之至。其中原由,此时不能明言,众人日后自知。老当家的话,向来人人信服,何况就算他没这句遗言,众兄弟感念他的恩德,也必一致推拥少舵主接充大任。"

周仲英问道:"少舵主跟你们老当家怎样称呼?"骆冰道:"他是老当家的义子。少舵主原是海宁陈阁老的公子,十五岁就中了举人。中举后不久,老当家就把他带了出来,送到天山北路天池怪侠袁老英雄那里学武。至于相国府的公子,怎么会拜一位武林豪杰做义父,我们就不知道了。"

周仲英道:"其中原因,文四爷想来是知道的。"骆冰道:"他好像也不大清楚。老当家死时,有一桩大心事未了,极想见少舵主一面。本来他一从北京回来,便遣急使赶去回疆,吩咐少舵主到安西玉虚道观候命。天池怪侠袁老前辈不放心,陪了少舵主一块儿东来。哪知道老当家竟去世得这么快。安西到太湖总舵相隔万里,少舵主自是无法得讯赶回了。老当家知道挨不到见着义子,遗命要六堂正副香主赶赴西北,会见少舵主后共图大事,一切机密,待四哥亲见少舵主后面陈。哪知四哥竟遇上了这番劫难……"说到这里,声音又哽咽起来:"要是四哥有什么三长两短,老当家的遗志,就没人知道了。"

周绮劝道:"冰姊姊你别难过,咱们定能把四爷救出来。"骆冰拉着她手,微微点头,凄然一笑。

周仲英又问:"文四爷是怎样受的伤?"骆冰道:"众兄弟分批来迎接少舵主,我们夫妇是最后一批,到得肃州,忽有八名大内侍卫来到客店相见,说是奉有钦命,要我们前往北京。四哥说要见过少舵主后,才能应命,那八名侍卫面子上很客气,但要四哥非立刻赴京不可。四哥犯了疑,双方越说越僵,动起手来。那八名侍卫竟都是特选的高手,我们以二敌八,渐落下风。四哥发了狠,说我奔雷手豁出性命不要,也不能让你们逮去。一场恶战,他单刀砍翻了两个,掌力打死了三个,还有两个中了我飞刀,余下一个见势头不对就溜走了。但四哥也受了六七处伤。厮拼之时,他始终挡在我身前,因此我一点也没受伤。"

骆冰讲到丈夫刀砍掌击,怎样把八名大内侍卫打得落花流水,说得有声有色。周绮听得发了呆,想像奔雷手雄姿英风,侠骨柔肠,不禁神往,隔了半晌,长长叹了口气,忽然转头,向徐天宏瞪了一眼,满脸不屑之色。徐天宏如何不明白她这一瞪之意,心道:"四哥英雄豪杰,当世能有几人比得上?你说我徐天宏不及四哥,谁都知道,又何用你说?"

骆冰道:"我们知道在肃州决不能停留,挨着出了嘉峪关,但四哥伤重,实在不能再走了,就在客店养伤,只盼少舵主和众兄弟快些转来,哪知北京和兰州的鹰爪又跟着寻来。以后的事,你们都知道了。"徐天宏道:"皇帝老儿越是怕四哥恨四哥,四哥眼前越无性命之忧。官府和鹰爪既知他是钦犯,决不敢随便对他怎样。"周仲英道:"老弟料得不错。"

周绮忽向徐天宏道:"你们早些去接文四爷就好了,将那些鹰爪孙料理个干净,文四爷既没事,你们也不用到铁胆庄来发狠……"周仲英连忙喝止:"这丫头,你说什么?"徐天宏道:"只因少舵主谦虚,说什么也不肯接任总舵主,一劝一辞,就耽搁了日子。再说,四哥四嫂一身好本事,谁料得到会有人敢向他们太岁头上动土呢。"周绮道:"你是诸葛亮,怎会料不到?"

徐天宏给她这么蛮不讲理的一问,饶是心思灵巧,竟也答不上来,只好不作声。周仲英道:"要是七爷料到了,我们就不会识得红花会这批好朋友了。单是像陈当家的这样俊雅的人品,我们在西北边塞之地,轻易哪能见到?"转头向骆冰道:"他夫人是谁?不知是名门闺秀呢,还是江湖上的侠女?"骆冰道:"陈当家的还没结亲呢。"周仲英就不言语了。

骆冰笑道:"咱们几时喝绮妹妹的喜酒啊?"周仲英笑道:"这丫头疯疯颠颠的,谁要她啊?让她一辈子陪我老头子算啦!"骆冰笑道:"等咱们把四哥救出了,我和他给绮妹妹做个媒,包你老人家称心如意。"周绮急道:"你们再说到我身上,我一个儿要先走了。"三人微笑不语。

隔了一会,徐天宏忽地噗哧一笑。周绮怒道:"你又笑什么了?"徐天宏笑道:"我笑我的,跟你有什么相干?"周绮心中最藏不下话,哼了一声,说道:"你笑什么,当我不知道么?你们想把我嫁给那个陈家洛。人家是宰相公子,我们配得上么?你们大家把他当宝贝儿,我才不希罕呢。他和我爹打的时候,面子上客客气气,心里的鬼主意可多着呢。我宁可一辈子嫁不掉,也不嫁笑里藏刀、诡计多端的家伙。"周仲英又好气又好笑,不住喝止。可是周绮不理,连珠炮般一口气说了出来。

骆冰笑道:"好了,好了!绮妹妹将来嫁个心直口快的豪爽英雄。这可称心如意了吧?"周仲英笑道:"傻丫头口没遮拦,也不怕七爷和文奶奶笑话。好啦,大家睡一忽儿吧,天亮了好赶路。"四人从马背取下毡被,盖在身上,在大树下卧倒。

周绮轻声向父亲道:"爹,你可带着什么吃的?我饿得慌。"周仲英道:"没带呀。咱们明儿早些动身,到双井打尖吧。"不一会,鼾声微闻,已睡着了。周绮肚子饿,翻来覆去的睡不着,看身旁的骆冰似已入了睡乡,忽见徐天宏轻轻起来,走到马旁。

周绮好奇心起,偷眼凝视,黑暗中见他似是从包袱中取了什么物事,回来坐下,将毡被拥在身上,竟吃起东西来。周绮翻了个身,不去看他。哪知这小子十分可恶,不但吃得啧啧有声,而且频频"唔唔"的表示赞赏。周绮忍不住斜眼瞧去,不看倒也罢了,这一看不由得馋涎欲滴,饥火难忍,只见他手中拿着白白的一块,大口咬嚼,身旁还放着高高的一叠,分明是肃州的名产烘饼。原来他在杏花楼时去楼下一转,就是买这东西。周绮一路上和他抬杠为难,这时哪能开口问他讨吃,心想:"快些睡着,别尽想着吃。"岂知越想睡越睡不着,忽然间酒香扑鼻,见那家伙无法无天,竟仰起了头,在一个小葫芦中喝酒。

周绮再也沉不住气了,喝道:"三更半夜的喝什么酒?要喝也别在这里。"徐天宏道:"成!"放下酒葫芦就睡倒了。这人可真会作怪,酒葫芦上的塞子却不塞住,将葫芦放在头边,让酒香顺着一阵阵风送向周绮。原来他在肃州杏花楼上冷眼旁观,见周绮酒到杯干,是个好酒的姑娘,是以这般作弄她一下。

这一来可把周绮气得柳眉倒竖,俏眼圆睁,要发作实在说不出什么道理,不发作哪里忍得下去,翻了一个身,将眼睛、鼻子、嘴巴都埋在毡被之中,但片刻间便闷得难受,再翻过身来,月光下忽见父亲枕边两枚大铁胆闪闪生光,一想有了,悄悄伸手过去取了一个铁胆,对准酒葫芦掷去,噗的一声,将葫芦打成数片,酒水都流上徐天宏的毡被。

他这时似已入睡,全没理会。周绮见父亲睡得正香,骆冰也毫无声息,偷偷爬起身来,想去取回铁胆,哪知刚一伸手,徐天宏忽地翻了个身,将铁胆压在身下,跟着便鼾声大作。

周绮吓了一跳,缩手不迭,她虽然性格豪爽,究竟是个年轻姑娘,怎敢伸手到男子身底下去掏摸?可是不拿吧,明朝这矮子铁胆在手,证据确实,告诉了父亲,保管又有一顿好骂,无可奈何,只得回来睡倒。正在这时,忽听得骆冰嗤的一笑,周绮羞得脸上直热到脖子里,刚才走到徐天宏身边,敢情都给她瞧见啦,心中七上八下,一夜没好睡。

第二日她一早就醒,一声不响,缩在被里,只盼天永远不亮,可是不久周仲英和骆冰便都起来,过了一会,徐天宏也醒了,只听得他"啊哟"一声,道:"硬硬的一个什么东西?"周绮忙缩头入被,又听他说道:"啊,老爷子,你的铁胆滚到我这里来啊!啊哟,不好,酒葫芦打碎啦!对了,定是山里的小猴儿闻到酒香,要想喝酒,又见到你的铁胆好玩,拿来玩耍,一不小心,将葫芦打了个粉碎。这小猴儿真顽皮!"周仲英哈哈大笑,道:"老弟爱说笑话,这种地方哪有猴子?"骆冰笑道:"若不是猴子,那定是天上的仙女了。"

两人说了阵笑话,周绮听他们没提昨晚之事,总算放了心,可是徐天宏绕着弯儿骂她猴子,心下更是着恼。徐天宏将烘饼拿出来让大家吃,周绮赌气不吃。

到了双井,四人买些面条煮来吃了。出得镇来,徐天宏与骆冰忽然俯身,在一座屋子墙脚边细看。周绮凑近去看,见墙脚上用木炭画着些乱七八糟的符号,就似顽童的乱涂一般,周绮心想这又有什么好看了,忽听骆冰喜道:"西川双侠已发现四哥行踪,跟下去了。"周绮问道:"你怎知道?这些画的是什么东西?"骆冰道:"这是我们会里互通消息的记号,是西川双侠画的。"说着伸脚用鞋底擦去记号,道:"快走吧!"

四人得知文泰来已有踪迹,登时精神大振,骆冰更是笑逐颜开,倍增妩媚。四人一口气奔出四五十里路,打尖息马之后,又再赶路。次日中午,在七道沟见到余鱼同留下的记号,说已赶上西川双侠。骆冰经过数日休养,腿伤已然大好,虽然行路还有些不便,但已不必扶杖而行,想到不久就可会见丈夫,哪里还忍耐得住,一马当先,疾驰向东。

傍晚时分赶到了柳泉子,依骆冰说还要赶路,但徐天宏记得陈家洛的嘱咐,劝道:"咱们不怕累,马不成啊!"

骆冰无奈,只得投店歇夜,在炕上翻来覆去的哪里睡得着?半夜里窗外淅淅沥沥的竟下起雨来。蓦地想起当年与丈夫新婚后第三日,奉了老当家之命,到嘉兴府搭救一个被土豪陷害的寡妇,功成之后,两人夜半在南湖烟雨楼上饮酒赏雨。文泰来手携新妇,刀击土豪首级,打着节拍,纵声高歌,此情此景,寒窗雨声中都兜上心来。

骆冰心想:"七哥顾念周氏父女是客,不肯贪赶路程,我何不先走?"此念一起,再也无法克制,当下悄悄起身,带了双刀行囊,用木炭在桌上留了记号,要徐天宏向周氏父女代为致歉,见周绮在炕上睡得正熟,怕开门惊醒了她,轻轻开窗跳出,去厩里牵了马,披了油布雨衣,纵马向东。雨点打在火热的面颊上,只觉阵阵清凉。

骆冰黎明时分赶到一个镇甸打尖,看坐骑实在跑不动了,只得休息了半个时辰,又赶了三四十里路,忽然那马前腿打了个蹶。骆冰吃了一惊,急提缰绳,马匹幸好没跌倒,情知再赶下去非把马累死不可,不敢再催,只得缓缓而行。

走不多时,忽听得身后蹄声急促,一乘马飞奔而来。刚闻蹄声,马已近身,骆冰忙拉马向左让开,眼前如风卷雪团,一匹白马飞掠而过。这马迅捷无伦,马上乘者是何模样全没看清。骆冰一惊:"怎地有如此好马?"见那马奔跑时犹如足不践土,一形十影,当真是追风逐电,超光越禽,顷刻间白马与乘者已缩成一团灰影,转眼已无影无踪。

骆冰赞叹良久,见马力渐复,又小跑一阵,到了一个小村,只见一户人家屋檐下站着一匹马,遍身雪白,霜鬣扬风,身高腿长,神骏非凡,突然间一声长嘶,清越入云,将骆冰的坐骑吓得倒退了几步。骆冰注目看去,正是刚才那匹白马,旁边一个汉子正在刷马。她心中一动,暗道:"我骑上了这匹骏马,还怕赶不上大哥?这样的好马,马主必不肯卖,说不得,只好硬借。只是马主多半不是寻常之辈,说不定武功高强,倒要小心在意。"

她自幼随着父亲神刀骆元通闯荡江湖,诸般巧取豪夺的门道无一不会,无一不精,当下计算已定,从行囊中取出火绒,用火刀火石打着了火,点燃火绒,提缰拍马,向白马冲去,飞刀脱手,噗的一声,钉上屋柱,已割断系着白马的缰绳。这时所乘坐骑也已奔近,骆冰左手将火绒塞入自己坐骑耳中,随手提起行囊,右手力按马鞍,一个"潜龙升天",飞身跳上白马马背。白马吃惊,纵声长嘶,如箭离弦,向前直冲了出去。

掷刀换马,取囊阻敌,这几下手势一气呵成,干净利落,直如迅雷陡作,不及掩耳。马主出其不意,大叫跳起,骆冰的坐骑耳中猛受火炙,痛得发狂般乱踢乱咬,阻住马主当路。那马主果是一副好身手,纵身跃过癫马,直赶出来。这时骆冰早去得远了,见有人赶出,勒马转身,囊里掂出一锭金子,挥手掷出,笑道:"咱们掉一匹马骑骑,你的马好,补你一锭金子吧!"那人不接金子,大叫大骂,撒腿追来。

骆冰嫣然一笑,双腿微一用力,白马一冲便是十余丈,只觉耳旁风生,身边树木一排排向后倒退,小村镇甸,晃眼即过。奔驰了大半个时辰,那马始终四足飞腾,丝毫不见疲态,不一会道旁良田渐多,白杨处处,到了一座大镇。骆冰下马到饭店打尖,一问地名叫做沙井,相距夺马之地已有四十多里了。

她对着那马越看越爱,亲自喂饲草料,伸手抚摸马毛,见马鞍旁挂着一个布囊,适才急于赶路,并未发现,伸手提起,只觉重甸甸地,打开看时,见囊里装着一只铁琵琶。

骆冰暗道:"原来这马是洛阳铁琵琶韩家门的,这事日后只怕还有麻烦。"再伸手入囊,摸出二三十两碎银子和一封信,封皮上写着:"韩文冲大爷亲启,王缄"几个字,那信已经拆开了,抽出信纸,先看信纸末后署名,见是"维扬顿首"四字,微微吃惊,一琢磨,反而高兴起来,心想:"原来这人跟王维扬老儿有瓜葛,我们正要找镇远镖局晦气,先夺他一匹马,也算小小出了一口气。早知如此,那锭金子也不必给了。"再看信中文字,原来是催韩文冲快回,说叫人送上名马一匹,暂借乘坐,请他赶回与阎氏兄弟会合,一同保护要物回京,另有一笔大生意,要他护送去江南,至于焦文期是否为红花会所害,不妨暂且搁下,将来再行查察云云。

骆冰寻思:"焦文期是洛阳铁琵琶韩家门弟子,江湖上传言,说他为红花会所杀,其实哪有此事?总舵主本来派十四弟前赴洛阳,去说明这个过节,以免代人受过。镇远镖局又不知要护送什么要紧东西去江南?等大哥出来,咱夫妻伸手将这支镖拾夺下来。有仇不报非君子,那鬼镖头引人来捉大哥,岂能就此罢休?幸好韩文冲这马也是初乘,否则良马眷恋旧主,不会如此容易夺到。"想得高兴,吃过了面,上马赶路,一路雨点时大时小,始终未停。

那马奔行如风,不知有多少坐骑车辆给它追过了头。骆冰心想:"马跑得这样快,前面几拨人要是在哪里休息打尖,一晃眼恐怕就会错过。"正想放慢,忽然道旁窜出一人,拦在当路,举手一扬。那马竟然并不立起,在急奔之际斗然住足,倒退数步。骆冰正要发话,那人已迎面行礼,说道:"文四奶奶,少爷在这里呢。"却是陈家洛的书僮心砚。骆冰大喜,忙下马来。

心砚过来接过马缰,赞道:"文四奶奶,你哪里买来这么一匹好马?我老远瞧见是你,哪知眼睛一霎,就奔到了面前,差点没能将你拦住。"骆冰一笑,没答他的话,问道:"文四爷有什么消息没有?"心砚道:"常五爷常六爷说已见过文四爷一面,大伙儿都在里面呢。"他边说边把骆冰引向道旁的一座破庙。

骆冰抢到心砚之前,回头说:"你给我招呼牲口。"直奔进庙,见大殿上陈家洛、无尘、赵半山、常氏兄弟等几拨人都聚在那里。众人见她进来,都站起来欢然迎接。

骆冰向陈家洛行礼,说明自己心急等不得,先赶了上来,请总舵主恕罪。陈家洛道:"四嫂牵记四哥,那也情有可原。不遵号令的过失,待救出四哥后再行论处。十二哥,请你记下了。"石双英答应了。骆冰笑靥如花,心道:"只要把大哥救回来,你怎么处罚我都成。"忙问常氏双侠:"五哥六哥,你们见到四哥了?他怎么样?有没受苦?"

常赫志道:"昨晚我们兄弟在双井追上了押着四哥的鹰爪孙,龟儿子人多,格老子,只怕打草惊蛇,就没动手。夜里我在窗外张了张,见四哥睡在炕上养神,他没见到我。屋里龟儿子守得很紧,我就退出来了。"常伯志道:"镇远镖局那批龟儿子和鹰爪孙混在一起,格老子,我数了一下,他先人板板,武功好的,总有十个人的样子。"常氏兄弟是四川人,骂人爱骂"龟儿子"。

说话之间,余鱼同从庙外进来,见到骆冰,不禁一怔,叫了声"四嫂",向陈家洛禀告道:"那群回人在前边溪旁搭了篷帐,守望的人手执刀枪,看得很严。白天不便走近,等天黑了再去探。"

忽然间庙外车声辚辚,骡马嘶鸣,有一队人马经过。心砚进来禀告:"过去了一大队骡马大车,一名军官领着二十名官兵押队。"说罢又出庙守望。

陈家洛和众人计议:"此去向东,人烟稀少,正好行事。只是这队官兵和那群回人不知是什么路数,咱们搭救四哥之时,他们说不定会伸手干扰,倒不可不防。"众人说是。

无尘道人道:"陆菲青陆老前辈说他师弟张召重武功了得,咱们在江湖上也久闻火手判官的大名,这次捉拿四弟是他领头,那再好不过,便让老道斗他一斗。"陈家洛道:"道长七十二路追魂夺命剑天下无双,今日不能放过了这罪魁祸首。"赵半山道:"陆大哥虽已和他师弟绝交,但他为人最重情义,幸亏他还没赶到,否则咱们当着他面杀他师弟,总有些碍手碍脚。"常赫志道:"那么咱们不如赶早动身,预计明天卯牌时分,就可赶上四哥。"

陈家洛道:"好。五哥六哥,这批鹰爪孙和镖头的模样如何,请两位对各位哥哥细说一遍,明儿动起手来,心里好先有个底。"

常氏兄弟一路跟踪,已将官差和镖行的底细摸了个差不离,当下详细说了,又说:"四哥晚上和鹰爪孙同睡一屋,白天坐在大车里,手脚都上了铐镣。大车布帘遮得很紧,车旁两个龟儿子骑了马不离左右。"

无尘问道:"那张召重是何模样?"常伯志道:"龟儿四十来岁年纪,身材魁梧,留一丛短胡子。先人板板,一块神主牌位倒硬是要得。"常赫志道:"道长,咱们话说在先,我哥儿俩要是先遇上这龟儿,就先动手,你可别怪我们不跟你客气。"无尘笑道:"好久没遇上对手了,手痒是不是?三弟,你的太极手想不想发市呀?"赵半山道:"这张召重让给你们,我不争就是。"

各人摩拳擦掌,只待厮杀,草草吃了点干粮,便请总舵主发令。陈家洛盘算已定,说道:"那队回人未必跟公差有甚勾结,咱们赶在头里,一救出四哥,就不必理会他们。十四弟,你也不用再去查了,你与十三哥明儿专管截拦那军官和二十名官兵,只不许他们过来干扰便是,不须多伤人命。"蒋四根和余鱼同应了。陈家洛又道:"九哥、十二哥,你们两位马上出发,赶过鹰爪孙的头,明儿一早守住峡口,不能让鹰爪孙逃过峡口。"卫石两人应了,出庙上马而去。

陈家洛又道:"道长、五哥、六哥三位对付官差;三哥、八哥两位对付镖行的小子。四嫂连同心砚抢四哥的大车,我在中间策应,哪一路不顺手就帮哪一路。十哥就在这里留守,如有官兵公差西来往东,设法阻挡。"各人都答应了。

分派已定,众人出庙上马,和章进扬手道别。大家见了骆冰的白马,无不啧啧赞赏。骆冰心想:"这马本来该当送给总舵主才是,但咱家大哥吃了这么多苦,等救了他出来,这匹马给他骑,也好让他欢喜欢喜。"

陈家洛向余鱼同道:"那群回人的帐篷搭在哪里?咱们弯过去瞧瞧。"余鱼同领路,向溪边走去,远远望去,只见旷旷廓廓一片空地,哪里还有什么帐篷人影?只剩下满地驼马粪便。大家都觉这群回人行踪诡秘,摸不准是何来路。

陈家洛道:"咱们走吧!"众人纵马疾驰,黑夜之中,只闻马蹄答答之声。骆冰马快,跑一程等一程,才没将众人抛离。天色黎明,到了一条小溪边上,陈家洛道:"各位兄弟,咱们在这里让牲口喝点水,养养力,再过一个时辰,大概就可追上四哥了。"

骆冰血脉贲张,心跳加剧,双颊晕红。余鱼同偷眼形相,心中说不出是什么滋味,慢慢走到她身旁,轻轻叫了声:"四嫂!"骆冰应道:"嗯!"余鱼同道:"我就是性命不要,也要将四哥救出来给你。"骆冰微微一笑,轻声叹道:"这才是好兄弟呢!"余鱼同心中一酸,几乎掉下泪来,忙转过了头。

陈家洛道:"四嫂,你的马借给心砚骑一下,让他赶上前去,探明鹰爪孙的行踪,转来报信。"心砚听得能骑骆冰的马,心中大喜,道:"文奶奶,你肯么?"骆冰笑道:"孩子话,我为什么不肯?"心砚骑上白马,如飞而去。

众人等马饮足了水,纷纷上马,放开脚力急赶。不一会,天已大明,只见心砚骑了白马迎面奔来,大叫:"鹰爪孙就在前面,大家快追!"

众人一听,精神百倍,拼力追赶。心砚和骆冰换过马,骆冰问道:"见到了四爷的大车吗?"心砚连连点头,道:"见到了!我想看得仔细点,骑近车旁,守车的贼子立刻凶霸霸的举刀吓我,骂我小杂种、小混蛋。"骆冰笑道:"待会他要叫你小祖宗、小太爷了。"

劲风中群驹疾驰,尘土飞扬,追出五六里地,望见前面一大队人马,稍稍驰近,见是一批官兵押着一队车队。心砚对陈家洛道:"再上去六七里就是文四爷的车子。"众人催马越过车队。陈家洛使个眼色,蒋四根和余鱼同圈转坐骑,拦在当路,其余各人继续向前急追。

余鱼同待官兵行到跟前,双手一拱,斯斯文文的道:"各位辛苦了!这里风景绝妙,难得天高气爽,不冷不热,大家坐下来谈谈如何?"当头一名清兵喝道:"快闪开!这是李军门的家眷。"余鱼同道:"是家眷么?那更应该歇歇,前面有一对黑无常白无常,莫吓坏了姑娘太太们。"另一名清兵扬起马鞭,劈面打来,喝道:"你这穷酸,快别在这儿发疯。"余鱼同笑嘻嘻的避过,说道:"君子动口不动手,阁下横施马鞭,未免不是君子矣!"

押队的将官纵马上来喝问。余鱼同拱手笑问:"官长尊姓大名,仙乡何处?"那将官见余、蒋二人路道不正,迟疑不答。余鱼同取出金笛,道:"在下粗识声律,常叹知音难遇。官长相貌堂堂,必非俗人,就请下马,待在下吹奏一曲,以解旅途寂寥,有何不可?"

那将官正是护送李可秀家眷的曾图南,见到金笛,登时一惊。那日客店中余鱼同和公差争斗,他虽没亲见,事后却听兵丁和店伙说起,得知杀差拒捕的大盗是个手持金笛的秀才相公,此时狭路相逢,不知是何来意,但见对方只有两人,也自不惧,喝道:"咱们河水不犯井水,各走各的道。快让路吧!"

余鱼同道:"在下有十套大曲,一曰龙吟,二曰凤鸣,三曰紫云,四曰红霞,五曰摇波,六曰裂石,七曰金谷,八曰玉关,九曰静日,十曰良宵,或慷慨激越,或宛转缠绵,各具佳韵。只是罕逢嘉客,久未吹奏,今日邂逅高贤,不觉技痒,只好从头献丑一番。要让路不难,待我十套曲子吹完,自然恭送官长上道。"说罢将金笛举到口边,妙音随指,果然是清响入云,声被四野。

曾图南眼见今日之事不能善罢，举枪卷起碗大枪花，"乌龙出洞"，向余鱼同当心刺去。余鱼同凝神吹笛，待枪尖堪堪刺到，突伸左手抓住枪柄，右手金笛在枪杆上猛力击落，曾图南把持不住，枪杆落地。曾图南大惊，勒马倒退数步，从兵士手中抢了一把刀，又杀将上来。战得七八回合，余鱼同找到破绽，金笛戳中他右臂，曾图南单刀脱手。

余鱼同道："我这十套曲子，官长今日听定了。在下生平最恨阻挠清兴之人，不听我笛子，便是瞧我不起。古诗有云：'快马不须鞭，拗折杨柳枝。下马吹横笛，愁杀路旁儿。'我吹我的，你愁你的。古人真有先见之明。"横笛当唇，又吹将起来。

曾图南挥手叫道："一齐上，拿下这小子。"众兵呐喊涌上。

蒋四根纵身下马，手挥铁桨，使招"拨草寻蛇"，在当先那名清兵脚上轻轻挑起。那清兵叫声"啊哟"，仰天倒在铁桨之上。蒋四根铁桨"翻身上卷袖"向前挥出，那清兵有如断线纸鸢，飞上半空，只听得他"啊啊"乱叫，直向人堆里跌去。蒋四根抢上两步，如法炮制，像铲土般将清兵一铲一个，接二连三的抛掷出去，后面清兵齐声惊呼，转身便逃。曾图南挥马鞭乱打，却哪里约束得住？

蒋四根正抛得高兴，忽然对面大车车帷开处，一团火云扑到面前，明晃晃的剑尖当胸疾刺。蒋四根铁桨"倒拔垂杨"，桨尾猛向剑身砸去，对方不等桨到，剑已变招，向他腿上削落。蒋四根铁桨横扫，那人见他桨重力大，不敢硬接，纵出数步。蒋四根定神看时，见那人竟是个红衣少女。他是粤北人氏，乡音难改，来到北土，言语少有人懂，因此向来不爱多话，一声不响，挥铁桨和她斗在一起，拆了数招，见她剑法精妙，不禁暗暗称奇。

蒋四根心下纳罕，余鱼同在一旁看得更是出神。这时他已忘了吹笛，尽注视那少女的剑法，见她长剑施展开来，有如飞絮游丝，长河流水，宛转飘忽，轻灵连绵，竟是本门正传的"柔云剑术"，和蒋四根一个招熟，一个力大，斗了个难解难分。

余鱼同纵身而前，金笛在两般兵刃间一隔，叫道："住手！"那少女和蒋四根各退一步。这时曾图南另取了一杆枪，又跃马过来助战，众清兵站得远远的呐喊助威。那少女挥手叫曾图南退下。余鱼同道："请问姑娘高姓大名，尊师是哪一位？"那少女笑道："你问我呀,我不爱说。我却知你是金笛秀才余鱼同。余者,人未之余。鱼者,混水摸鱼之鱼也。同者,君子和而不同之同,非破铜烂铁之铜也。你在红花会中,坐的是第十四把交椅。"余鱼同和蒋四根吃了一惊,面面相觑,尽是诧色。曾图南见她忽然对那江洋大盗笑语盈盈,更是错愕异常。

三个惊奇的男人望着一个笑嘻嘻的女郎,正不知说什么话好,忽听得蹄声急促,清兵纷纷让道,六骑马从西赶来。当先一人神色清癯,满头白发,正是武当名宿陆菲青。余鱼同和那少女不约而同的迎了上去,一个叫"师叔",一个叫"师父",都跳下马来行礼。那少女正是陆菲青的女弟子李沅芷。

在陆菲青之后的是周仲英、周绮、徐天宏、孟健雄、安健刚五人。那日骆冰半夜出走,周绮翌晨起来,大不高兴,对徐天宏道:"你们红花会很爱瞧不起人。你又干么不跟你四嫂一起走?"徐天宏竭力向周氏父女解释。周仲英道:"他们少年夫妻恩爱情深,恨不得早日见面,赶先一步,也是情理之常。"骂周绮道:"又要你发什么脾气了?"徐天宏道:"四嫂一人孤身上路,她跟鹰爪孙朝过相,别再出什么岔子。"周仲英道:"这话不错,咱们最好赶上她。陈当家的分派我领这拨人,要是她再有甚失闪,我这老脸往哪里搁去?"三人快马奔驰,当日午后赶上了陆菲青和孟、安二人。六人关心骆冰,全力赶路,途中毫没耽搁,是以陈家洛等一行过去不久,他们就遇上了留守的章进,听说文泰来便在前面,六骑马一阵风般追了上来。

陆菲青道:"沅芷,你怎么和余师兄、蒋大哥在一起?"李沅芷笑道:"余师哥非要人家听他吹笛不可,说有十套大曲,又是龙吟,又是凤鸣什么的。我不爱听嘛,他就拦着不许走。师父你倒评评这个理看。"

余鱼同听李沅芷向陆菲青如此告状,不由得脸上一阵发烧,心道:"我拦住人听笛子是有的,可哪里是拦住你这大姑娘啊?"周绮听了李沅芷这番话,狠狠白了徐天宏一眼,心道:"你们红花会里有几个好人?"陆菲青对李沅芷道:"前面事情凶险,你们留在这里别走,莫惊吓了太太。我事情了结之后,自会前来找你。"李沅芷听说前面有热闹可瞧,可是师父偏不让她去,撅起了嘴不答应。陆菲青也不理她,招呼众人上马,向东追去。

陈家洛率领群雄,疾追官差,奔出四五里地,隐隐已望见平野漠漠,人马排成一线而行。无尘一马当先,拔剑大叫:"追啊!"再奔得一里多路,前面人形越来越大。斜刺里骆冰骑白马直冲上去,一晃眼便追上了敌人。她双刀在手,预备赶过敌人前头,再回过身来拦住。忽然前面喊声大起,数十匹驼马自东向西奔来。

此事出其不意,骆冰勒马停步,要看这马队是什么路道。这时官差队伍也已停住不走,有人在高声喝问。对面来的马队越奔越快,骑士长刀闪闪生光,直冲入官差队里,双方混战起来。骆冰大奇,想不出这是哪里来的援军。不久陈家洛等人也都赶到,策马上前观战。

忽见一骑马迎面奔来,绕过混战双方,直向红花会群雄而来,渐渐驰近,认出马上是卫春华。他驰到陈家洛跟前,大声说道:"总舵主,我和十二郎守着峡口,给这批回人冲了过来,拦挡不住,我赶回来禀告,哪知他们却和鹰爪孙打了起来。"陈家洛道:"道长二哥、赵三哥、常氏双侠,你们四位先去抢了四哥坐的大车。其余的且慢动手,看明白再说。"

无尘等四人齐声答应,纵马直冲而前。两名捕快大声喝问:"哪一路的?"赵半山更不打话,两枝钢镖脱手,一中咽喉,一中小腹,两名捕快登时了帐,撞下马来。赵半山外号千臂如来,只因他笑口常开,面慈心软,一副好好先生的脾气,然而周身暗器,种类繁多,打起来又快又准,他单凭一双手竟能在顷刻之间施放如许暗器,旁人休想看得明白。此番红花会大举救人,没想到立下出马第一功的,倒是这位一向谦退随和的千臂如来。

四人冲近大车,迎面一个头缠白布的回人挺枪刺到,无尘侧身避过,并不还手,笔直向大车冲去。一名镖师举刀砍来,无尘举剑轻挡,剑锋快如电闪,顺着刀刃直削下去,将那镖师四指一齐削断,"顺水推舟",剑尖刺入心窝。但听得脑后金刃劈风,知道来了敌人,也不回头,右手剑自下上撩,剑身从敌人右腋入左肩出,将在身后暗算他的一名捕头连肩带头,斜斜削为两截,鲜血直喷。赵半山和常氏双侠在后看得清楚,大声喝采。

镖行众人见无尘剑法惊人,已方两人都是一记招术尚未施全,即已被杀,吓得心胆俱裂,大叫:"风紧,扯呼!"

常氏双侠奔近大车，斜刺里冲出七八名回人，手舞长刀，上来拦阻。常氏双侠展开飞抓，和他们交上了手。

一个身材瘦小的镖师将大车前的骡子拉转头，挥鞭急抽，骡车疾驰，他骑马紧跟大车之后，这人正是童兆和。赵半山与无尘纵马急追。赵半山摸出飞蝗石，噗的一声打中童兆和后脑，鲜血迸流，只痛得他哇哇急叫。他当即从靴筒子中掏出匕首，一刀插在骡子臀上，骡子受痛，更是发足狂奔。赵半山飞身纵上童兆和马背，尚未坐实，右手已扣住他右腕，随手举起，在空中甩了个圈子，向大车前的骡子丢去。童兆和跌在骡子头上，大叫大嚷，没命价抱住。骡子受惊，眼睛又被遮住，乱跳乱踢，反而倒过头来。

无尘和赵半山双马齐到，将骡子挽住。赵半山抓住童兆和后心，摔在道旁。无尘叫道："三弟，拿人当暗器打，真有你的！"他二人不认得童兆和，只记挂着文泰来，哪去理他？童兆和几个打滚，滚入草丛之中，心惊胆战，在长草间慢慢爬远。

赵半山揭开车帐，向里看去，黑沉沉的瞧不清楚，只见一人斜坐车内，身上裹着棉被，喜叫："四弟，是么么？我们救你来啦！"那人"啊"了一声。无尘道："你送四弟回去，我去找张召重算帐。"说罢纵马冲入人堆。

镖师公差本在向东奔逃，忽见无尘回马杀来，发一声喊，转头向西。

无尘大叫："张召重，张召重，你这小子快给我滚出来。"喊了几声，无人答应，又向对方人群里冲去。镖师公差见他赶到，都吓得魂飞天外，四散乱窜。

红花会群雄见赵半山押着大车回来，尽皆大喜，纷纷奔过来迎接。骆冰一马当先，驰到大车之前，翻身下马，揭开车帐，颤声叫道："大哥！"车中人却无声息，骆冰大惊，扑入车里，揭开棉被。这时红花会群雄也都赶到，纵马围近察看。

常氏双侠见大车已抢到手，哪有心情和这批不明来历的回人恋战，兄弟俩一声呼哨，展开飞抓将众回人直逼开去，掉转马头便走。那群回人似乎旨在阻止旁人走近，见二人退走，也不追赶，返身奔向中央一团正在恶战的人群。

无尘道人仍在人群中纵横来去。一名趟子手逃得略慢，被他一剑砍在肩头,跌倒在地。无尘不欲伤他性命,提马跳过他身子,大呼:"火手判官,给我滚出来!"

忽有一骑冲到跟前,马上回人身材高大,浓髯满腮,喝问:"哪里来的野道人在此乱闯?"无尘迎面一剑。那回人举马刀挡架。无尘左右连环两剑,迅捷无比。那回人右臂上举,马刀尚在头顶,剑气森森,已及肌肤,百忙中向外一摔,镫里藏身,右足勾住马镫,翻在马腹之下,才算逃过两剑,吓得一身冷汗,仗着骑术精绝,躲在马腹下催马逃开。无尘笑道:"躲得开我三剑,也算一条好汉,饶了你的性命。"又冲入人群。

常氏双侠从东返回,西边又奔来八骑,正是周仲英和陆菲青一干人。两拨人还未驰近大车,骆冰已从车内揪出一个人来,摔在地下,喝问:"文大爷……在哪里?"话未问毕,两行泪珠流了下来。

众人见这人苍老黄瘦,公差打扮,右手吊在颈下。骆冰认得他是北京捕头胡国栋,在客店中曾给文泰来打断了右臂的,踢了他一脚,又待要问,一口气憋住了说不出话。

卫春华单钩指住他右眼,喝道:"文爷在哪里?你不说,先废了这只招子!"胡国栋恨恨的道:"张召重这小子早押着文……文爷走得远啦。这小子叫我坐在车里。我还道他好心让我养伤,哪知他是使金蝉脱壳之计,要我认命,给他顶缸,他自己却到北京领功去了。他妈的,瞧这狼心狗肺的东西有没好死。"他破口大骂张召重,一面也为自己开脱。

陈家洛对常氏双侠道:"五哥、六哥,最怕张召重这奸贼带了四哥去得不知去向。由凉州东归中原,乌鞘岭是必经要道,请你们两位连夜赶在前头,扼守要道。要是真拦不住,也好查知他们走哪一条路,大伙儿好从后追赶。"常氏双侠点头称是,接令而去。这时东西两拨人都已赶到。陈家洛叫道:"把鹰爪孙和镖行的小子们全都拿下来,别让走了一个!分两路包抄。"

当下陈家洛与赵半山、杨成协、卫春华、蒋四根、心砚从南围上,周仲英、陆菲青、徐天宏、骆冰、余鱼同、周绮、孟健雄、安健刚从北路围上,有如一把铁钳,将官差、镖行和众回人全都围在垓心。众回人和公差镖师正斗得火炽。赵半山双手微扬,打出三件暗器,两名捕快、一名镖师翻身落马。

众回人分清了敌我,欢呼大叫。那浓髯回人纵马上前,高声说道:"不知哪一路好汉拔刀相助,在下先行谢过。"汉语说得不甚清晰,说罢举刀致敬。陈家洛拱手还礼,喊道:"各位兄弟,一齐动手吧。"众英雄齐声答应,刀剑并施。

这时公差与镖行中的好手早已死伤殆尽,余下几名平庸之辈哪里还敢反抗,俱都跪地求饶,"爷爷、祖宗"的乱喊。心砚十分高兴,向骆冰道:"文四奶奶,果真不出你所料,他们在叫我爷爷了。"骆冰心乱如麻,心砚的话全没听进耳去。

忽见无尘道人奔出人丛,叫道:"喂!大家来瞧,这女娃娃的剑法很有几下子!"众人知道无尘的追魂夺命剑海内独步,江湖上能挡得住他三招两式的人并不多见,他竟会称许别人剑法,而且是个女子,俱都好奇之心大起,逼近观看。那浓髯回人高声说了几句回语,众回人让出道来,与群雄围成一个圈子。无尘对陈家洛道:"总舵主,你瞧这使五行轮的小子,身手倒也不弱。"

陈家洛向人圈中看去,但见剑气纵横,轮影飞舞,一个黄衫女郎与一个矫健汉子斗得正紧。陆菲青走到陈家洛身旁,说道:"这穿黄衫的姑娘名叫霍青桐,是天山双鹰的弟子。那使五行轮的是关东六魔中的阎世章。"

陈家洛心中一动,他知道天山双鹰秃鹫陈正德、雪雕关明梅是回疆武林前辈,和他师父天池怪侠素有嫌隙,虽不成仇,但尽量避不见面,久闻天山派"三分剑术"自成一家,倒要留心一观。凝神望去,见那黄衫女郎剑光霍霍,攻势凌厉,然而阎世章双轮展开,也尽自抵敌得住。众回人呐喊助威,有数人渐渐逼近,似欲加入战团。

阎世章双轮"指天划地"左挡右攻,待霍青桐长剑收转,退开两步,叫道:"且慢,我有话说。"众回人逼上前去,兵刃耀眼,眼见就要将他乱刀分尸。阎世章倏地双轮交于左手,右手回扯,将背上的红布包袱拿在手中,双轮高举,叫道:"你们要倚多取胜,我先将这包裹剁烂了。"那五行轮轮口白光闪烁,锋利之极,双轮这一斫下去,包袱不免立时斫成三截。众回人俱都大惊,退了几步。

阎世章眼见身入重围,只有凭一身艺业以图侥幸,叫道:"你们人多,要我性命易如反掌。但我阎六死得不服,除非单打独斗,哪一个赢了我手中双轮,我敬重英雄好汉,自会将包裹奉上,否则我宁可与这包裹同归于尽。你们要得到,哼哼,那就休想。"

周绮第一个就忍不住,跳出圈子,喝道:"好,咱们来比划比划。"雁翎刀一摆,便要上前。周仲英一把将她拉了转来,说道:"眼前有这许多英雄了得的伯伯叔叔,要你丫头来现世?"霍青桐左手向周绮一扬,说道:"这位姊姊的盛情好意,我先谢谢。"周绮道:"那没什么。"霍青桐道:"我先打头阵,要是不成,请姊姊伸手相助。"周绮道:"你放心,我看你这人很好,一定帮你。"

周仲英低声道:"傻丫头,人家武功比你强,你没瞧见吗?"周绮道:"难道她冤我?"陆菲青插口道:"这红布包袱之中,包着他们回族的要物,她必须亲手夺回。"周绮点点头道:"那就是了。"周仲英挥手摇头好笑。他武艺精强,固是武林中的第一流人物,只是性格粗豪,不耐烦循循善诱,教出来的徒弟女儿,功夫跟他便差着一大截,偏生这位宝贝姑娘又心肠最热,一遇上事情,不管跟自己是否相干,总是勇往直前。

阎世章负上包袱,说道:"哪一个上来,商量好了没有?"霍青桐道:"还是我接你五行轮的高招。"阎世章道:"决了胜负之后怎么说?"霍青桐道:"不论胜负,都得把经书留下。你胜了让你走,你败了,连人留下。"说罢剑走偏锋,斜刺左肩。阎世章的双轮按五行八卦,八八六十四招,专夺敌人兵刃,遮削封拦,招数甚是严密。两人转瞬拆了七八招。

陈家洛向余鱼同一招手,余鱼同走了过去。陈家洛道:"十四弟,你赶紧动身去探查四哥下落,咱们随后赶来。"余鱼同答应了,退出人圈,回头向骆冰望去,见她低着头正自痴痴出神,想过去安慰她几句,转念一想,拍马走了。

霍青桐再度出手,剑招又快了几分,剑未递到,已经变招。阎世章双轮想锁她宝剑,却哪里锁得着。无尘、陆菲青、赵半山几个都是使剑的好手,在一旁指指点点的评论。无尘道:"这一记刺他右胁,快是够快了,还不够狠。"赵半山笑道:"她怎能跟你几十年的功力相比?你在她年纪时,有没这般俊的身手?"无尘笑道:"这女娃娃讨人喜欢,大家都帮她。"陈家洛见霍青桐剑法精妙,心中也暗暗称赞。

再拆二十余招,霍青桐双颊微红,额上渗出细细汗珠,但神定气足,脚步身法丝毫不乱,蓦地里剑法陡变,天山派绝技"海市蜃楼"自剑尖涌出,剑招虚虚实实,似真实幻,似幻实真。群雄屏声凝气,都看出了神。轮光剑影中白刃闪动,阎世章右腕中剑,失声惊叫,右轮飞上半空,众人不约而同的齐声喝采。

阎世章纵身飞出丈余,说道:"我认输了,经书给你!"反手去解背上红布包袱。霍青桐欢容满脸,抢上几步,还剑入鞘,双手去接这部他们族人奉为圣物的可兰经。阎世章脸色一沉,喝道:"拿去!"右手一扬,突然三把飞锥向她当胸疾飞而来。这一下变起仓卒,霍青桐难以避让,仰面一个"铁板桥",全身笔直向后弯倒,三把飞锥堪堪在她脸上掠过。阎世章一不做,二不休,三把飞锥刚脱手,紧接着又是三把连珠掷出,这时霍青桐双眼向天,不见大难已然临身。旁视人尽皆惊怒,齐齐抢出。

霍青桐刚挺腰立起,只听得叮、叮、叮三声,三柄飞锥均已被暗器打落,跌在脚边,若非有人相救,三把飞锥已尽数打中自己要害,她吓出一身冷汗,忙拔剑在手。赵半山微微一笑,他手中拿着三枚铁菩提,本拟掷出相救,见有人抢了先,便将铁菩提放入暗器囊。阎世章和身扑上,势若疯虎,五行轮当头砸下。霍青桐不及变招,只得举剑硬架,双轮下压,单剑上举,一时之间僵持不决。阎世章力大,五行轮渐渐压向她头上,轮周利刃已碰及她帽上翠羽。群雄正要上前援手,忽然间青光闪动,霍青桐左手已从腰间拔出一柄短剑,扑的一声,插入阎世章胸腹之间。阎世章大叫一声,向后便倒。众人又是轰天价喝一声采。

霍青桐解下阎世章背后的红布包袱。那浓髯回人走到跟前,连赞:"好孩子!"霍青桐双手奉上包袱,微微一笑,叫了声:"爹。"那回人正是她父亲木卓伦。他也是双手接过,众回人都拥了上来,欢声雷动。

霍青桐拔出短剑,看阎世章早已断气,忽见一个十五六岁少年纵下马来,在地下捡起三枚圆圆的白色东西,走到一个青年跟前,托在手中送上去,那青年伸手接了,放入囊中。霍青桐心想:"刚才打落这奸贼暗器,救了我性命的原来是他。"不免仔细看了他两眼,见这人丰姿如玉,目朗似星,轻袍缓带,手中摇着一柄折扇,神采飞扬,气度闲雅。两人目光相接,那人向她微微一笑,霍青桐脸一红,低下头跑到父亲跟前,在他耳边低低说了几句话,木卓伦点点头,走到那青年马前,躬身行礼。那青年忙下马还礼。木卓伦道:"承公子相救小女性命,兄弟感激万分,请问公子尊姓大名?"

那青年正是陈家洛,当下连声逊谢,说道:"小弟姓陈名家洛,我们有一位结义兄弟,给这批鹰爪和镖行的小子逮去,大家赶来相救,却扑了个空。贵族圣物已经夺回,可喜可贺。"木卓伦把儿子霍阿伊和女儿叫过来,同向陈家洛拜谢。

陈家洛见霍阿伊方面大耳,满脸浓须,霍青桐却体态婀娜,娇如春花,丽若朝霞,先前专心观看她剑法,此时临近当面,不意人间竟有如此好女子,一时不由得心跳加剧。霍青桐低声道:"若非公子仗义相救,小女已遭暗算。大恩大德,永不敢忘。"陈家洛道:"久闻天山双鹰两位前辈三分剑术冠绝当时,今日得见姑娘神技,真乃名下无虚。适才在下献丑,不蒙见怪,已是万幸,何劳言谢?"

周绮听这两人客客气气的说话,不耐烦起来,插嘴对霍青桐道:"你的剑法是比我好,不过有一件事我要教你。"霍青桐道:"请姊姊指教。"周绮道:"和你打的这个家伙奸猾得很,你太过信他啦,险些中了他的毒手。有很多男人都是鬼计多端的,以后可得千万小心。"霍青桐道:"姊姊说得是,如不是陈公子仗义施救,那真是不堪设想了。"周绮道:"什么陈公子?啊,你是说他,他是红花会的总舵主。喂,陈……陈大哥,你刚才打落飞锥的是什么暗器,给我瞧瞧,成不成?"陈家洛从囊中拿出三颗棋子,道:"这是几颗围棋子,打得不好,周姑娘别见笑。"周绮道:"谁来笑你?你打得不错,一路上爹爹老是赞你,他有些话倒也是对的。"

霍青桐听周绮说这位公子是什么帮会的总舵主,微觉诧异,低声和父亲商量。木卓伦连连点头,说:"好,好,该当如此。"他转身走近几步,对陈家洛道:"承众位英雄援手,我们大事已了。听公子说有一位英雄尚未救出,我想命小儿小女带同几名伴当供公子差遣,相救这位英雄。他们武艺低微,难有大用,但或可稍效奔走之劳,不知公子准许么?"陈家洛大喜,说道:"那是感激不尽。"当下替群雄引见了。

木卓伦对无尘道:"道长剑法迅捷无伦,我生平从所未见,幸亏道长剑下留情,否则……哈哈……"无尘笑道:"多有得罪,幸勿见怪。"众回人向来崇敬英雄,刚才见无尘、赵半山、陈家洛、常氏双侠诸人大显身手,都十分钦佩,纷纷过来行礼致敬。

正叙话间,忽然西边蹄声急促,只见一人纵马奔近,翻身下马,是个美貌少年,那人向陆菲青叫了一声"师父"。此人正是李沅芷,这时又改了男装。她四下一望,没见余鱼同,却见了霍青桐,跑过去亲亲热热的拉住了她手,说道:"那晚你到哪里去了?我可想死你啦!经书夺回来没有?"霍青桐欢然道:"刚夺回来,你瞧。"向霍阿伊背上的红包袱一指。李沅芷微一沉吟,道:"打开看过没有?经书在不在里面?"霍青桐道:"我们要先祷告安拉,感谢神的大能,再来开启圣经。"李沅芷道:"最好打开来瞧瞧。"木卓伦听了,心中惊疑,忙解开包袱,里面竟是一叠废纸,却哪里是他们的圣经?

众回人见了,无不气得大骂。霍阿伊将蹲在地上的一个镖行趟子手抓起,顺手一记耳光,喝道:"经书哪里去了?"趟子手哭丧着脸,一手按住被打肿的腮帮子,说道:"他们镖头……干的事,小的不知道。"一面说,一面指着双手抱头而坐的钱正伦。他在混战中受了几处轻伤,戴永明等一死,就投降了。霍阿伊将他一把拖过,说道:"朋友,你要死还是要活?"钱正伦闭目不答,霍阿伊怒火上升,伸手又要打人。霍青桐轻轻一拉他衣角,他举起的一只手慢慢垂了下来,霍阿伊虽然生性粗暴,对两个妹子却甚是信服疼爱。大妹子就是霍青桐,她不但武功强过兄长,更兼足智多谋,料事多中,这次东来夺经,诸事都由她筹划。小妹子喀丝丽年纪幼小,不会武功,这次没有随来。

霍青桐问李沅芷道:"你怎知包袱里没经书?"李沅芷笑道:"我让他们上过一次当,我想人家也学乖啦。"木卓伦又向钱正伦喝问,他说经书已给另外镖师带走。木卓伦将信将疑,命部下在骡驮子各处仔细搜索,毫无影踪,他担心圣物被毁,双眉紧皱,甚是烦恼。众人这才明白适才阎世章为何败后仍要拼命,侥幸求逞,却不肯缴出包袱,原来包中并无经书,他知众人发见之后,自己难保性命。

这边李沅芷正向陆菲青询问情由。陆菲青道:"这些事将来再说,你快回去,你妈又要耽心啦。这里的事别向人提起。"李沅芷道:"我当然不说,你当我还是不懂事的小孩吗?这些人是谁?师父,你给我引见引见。"陆菲青微一沉吟,说道:"我瞧不必了,你快走吧。"

他想李沅芷是提督之女，跟这般草莽群豪道路不同，不必让他们相识。

李沅芷小嘴一撅，说道："我知道你不疼自己徒弟，宁可去喜欢什么金笛秀才的师侄。师父，我走啦！"说着躬身行礼，拜了一拜，上马就走，驰到霍青桐身边，俯身搂着她的肩膀，在她耳边低语了几句。霍青桐"嗤"的一声笑。李沅芷提缰挥鞭，向西奔去。

这一切陈家洛都瞧在眼里，见霍青桐和这美貌少年如此亲热，猛然间胸口似乎中了一记重拳，心中一股说不出的滋味，头晕口干，不由得呆呆的出了神。

徐天宏走近身来，道："总舵主，咱们商量一下怎么救四哥。"陈家洛一怔，定了定神，道："正是。心砚，你骑文奶奶的马，去请章十爷来。"心砚接令去了。陈家洛又道："九哥，你到峡口会齐十二郎，四下哨探鹰爪行踪，瞧文四哥去了何处，今晚回报。"卫春华也接令去了。陈家洛向众人道："咱们今晚就在这里露宿一宵，等探得四哥下落，明儿一早继续追赶。"

众人半日奔驰，半日战斗，俱都又饥又累。木卓伦指挥回人在路旁搭起帐篷，分出几个帐篷给红花会群雄，又煮了牛羊肉送来。

众人食罢，陈家洛提胡国栋来仔细问询。胡国栋一味痛骂张召重，说文泰来一向坐在这大车之中，后来定是张召重发现敌踪，料得有人要抢车，便叫他坐在车里顶缸。陈家洛再盘问钱正伦等人，也是毫无结果。徐天宏待俘虏带出帐外，对陈家洛道："总舵主，这姓钱的目光闪烁，神情狡猾，咱们试他一试。"陈家洛道："好！"两人低声商量定当。

到得天黑，卫春华与石双英均未回来报信，众人挂念猜测。徐天宏道："他们多半发现了四哥的踪迹，跟下去了，这倒是好消息。"群雄点头称是，谈了一会，便在帐篷中睡了。镖行人众和官差都用绳索缚了手脚、放在帐外，上半夜由蒋四根看守，下半夜徐天宏看守。

月到中天，徐天宏从帐中出来，叫蒋四根进帐去睡，四周走了一圈，坐了下来，用毯子裹住身子。钱正伦正睡在他身旁，被他坐下来时在腿上重重踏了一脚，一痛醒了，正要再睡，忽听徐天宏发出微微鼾声,敢情已经睡熟,心中大喜,双手一挣,腕上绳子竟未缚紧,挣扎几下就挣脱了。他屏气不动,等了一会,听徐天宏鼾声更重,睡得极熟,便轻轻解开脚上绳索,待血脉通了,慢慢站起,蹑足走出。他走到帐篷后面,解下缚在木桩上的一匹马,一步一停,走到路旁,凝神静听,四下全无声息,心中暗喜,越走离帐篷越远,脚步渐快,来到胡国栋坐过的那辆大车之旁。车上骡子已然解下,大车翻倒在地。

西边帐篷中忽然窜出一个人影,却是周绮。她和霍青桐、骆冰同睡一帐,那两人均有重重心事,翻来覆去老睡不着。周绮却是着枕便入梦乡,睡梦中忽然跌进一个陷坑,极力挣扎,难以上来,见陷坑口有人向下大笑,竟是徐天宏的脸面,大怒之下,正要叫骂,忽然徐天宏跳入坑中将她紧紧抱住,张口咬她面颊,痛不可当,一惊就醒了,只觉身上全是冷汗。忽听帐篷外有声,略一凝神,掀起帐角看时,远远望见有人鬼鬼祟祟的走向大路,忙提起单刀,追出帐来。追了几步,张口想叫,忽然背后一人悄没声的扑了上来,按住她嘴。

周绮一惊,反手一刀,那人手脚敏捷,伸手抓住她的手腕,将刀翻了开去,低声道:"别嚷,周姑娘,是我。"周绮听得是徐天宏,刀是不砍了,左手一拳打出,结结实实,正中他右胸。徐天宏一半真痛,一半假装,哼了一声,向后便倒。周绮吓了一跳,俯身下去,低声说道:"你怎么咬……不,不,谁叫你按住我嘴,有人要逃,你瞧见么?"徐天宏低声道:"别作声,咱们盯着他。"

两人伏在地上,慢慢爬过去,见钱正伦掀起大车的垫子,格格两声,似是撬开了一块木板,拿出一只木盒,塞在怀里,便要上马。徐天宏在周绮背后急推一把,叫道:"拦住他。"周绮纵身直窜出去。

钱正伦听得人声,左足刚踏上马镫,不及上马,右足先在马臀上猛踢一脚,那马受痛,奔出数丈。周绮提气急追。钱正伦翻身上马,右手一扬,喝道:"照镖!"周绮急忙停步,闪身避镖,哪知这一下是唬人的虚招,他身边兵刃暗器在受缚时早给搜了去。周绮这一呆,那马向前奔出,相距更远。周绮大急,眼见已追赶不上。钱正伦哈哈大笑,笑声未毕,忽然一个倒栽葱跌下马来。

周绮又惊又喜,奔上前去,一脚踏住他背脊,刀尖对准他后颈。徐天宏赶上前来,说道:"你看他怀里的盒子是什么东西。"周绮一把将木盒掏了出来,打开看时,盒里厚厚一叠羊皮,装订成一本书的模样,月光下翻开看去,都是古怪的文字,一个也不识,说道:"又是你们红花会的怪字,我不识得。"随手向徐天宏丢去。

徐天宏接来一看,喜道:"周姑娘,你这功劳不小,这多半是他们回人的经书,咱们快找总舵主去。"周绮道:"当真?"只见陈家洛已迎了上来。周绮奇道:"咦!陈大哥,你怎么也出来了?你瞧这是什么东西。"徐天宏递过木盒。陈家洛接来一看,说道:"这九成便是那部经书。幸亏你拦住了这家伙,咱们几十个男人都不及你。"

周绮听他二人都称赞自己,十分高兴,想谦虚几句,可是不知说什么话好,隔了半晌,问徐天宏道:"刚才打痛了么?"徐天宏一笑,说道:"周姑娘好大力气。"周绮道:"是你自己不好。"转身对钱正伦道:"站起来,回去。"松开了脚,将刀放开,钱正伦却并不起身。周绮骂道:"我又没伤你,装什么死?"轻轻踢了他一脚,钱正伦仍是不动。

陈家洛在他胁下一捏一按,喝道:"站起来!"钱正伦哼了两声,慢慢爬起。周绮一楞,恍然有悟,四下一看,拾起一颗白色棋子,交给陈家洛道:"你的围棋子!你们串通了来哄我,哼,我早知你们不是好人。"

陈家洛微笑道:"怎么是串通了哄你?是你自己听见这家伙的声音才追出来的。再说,要不是你这么一拦,他心不慌,自然躲开了我的棋子。他骑了马,咱们怎追得上?"周绮听他说得道理十足,又高兴起来,说道:"那么咱们三人都有功劳。"徐天宏道:"你功劳最大。"周绮低声道:"你别告诉爹爹,说我打你一拳。"徐天宏笑道:"说了也不打紧啊!"周绮怒道:"你若说了,我永远不理你。"徐天宏一笑不答。

他先前和陈家洛定计,已通知群雄,晚上听到响动,不必出来,否则以无尘、赵半山等人之能,岂有闻蹄声而不惊觉之理?

三人押着钱正伦,拿了经书,走到木卓伦帐前。守夜的回人一传报,木卓伦忙披衣出来,迎进帐去。陈家洛说了经过,交过经书。木卓伦喜出望外,双手接过,果是合族奉为圣物的那部手抄可兰经。帐中回人报出喜讯,不一会,霍阿伊、霍青桐和众回人全都拥进帐来,纷对陈徐周三人叉手抚胸,俯首致敬。木卓伦打开经书,高声诵读:

"奉至仁慈的安拉之名,一切赞颂,全归安拉,全世界的主,至仁至慈的主,报应日的君主。我们只崇拜你,只求你佑助,求你引导我们上正路,你所佑护者的路,不是受谴责者的路,也不是迷误者的路。"

众回人伏地虔诚祈祷,感谢真神安拉。祷告已毕,木卓伦对陈家洛道:"陈当家的,你将敝族圣物从奸人手中夺回,我们也不敢言谢。以后陈当家的但有所使,只消传个信来,虽是千山万水,亦必赶到,赴汤蹈火,在所不辞。"陈家洛拱手逊谢。木卓伦又道:"明日兄弟奉圣经回去,小儿小女就请陈当家的指挥教导,等救回文爷之后再让他们回来。那时陈当家的与众位英雄,如能抽空到敝地盘桓小住,让敝族族人得以瞻仰丰采,更是幸事。"陈家洛微一沉吟,说道:"圣经物归原主,乃贵族真神庇佑,老英雄洪福,不过周姑娘和我们侥幸遇上,岂敢居功言德?令郎和令爱还是请老英雄带同回乡。老英雄这番美意,我们感激不尽,但惊动令郎令爱大驾,实不敢当。"

陈家洛此言一出,木卓伦父子三人俱都出于意料之外,心想本来说得好好的,怎么忽然变了卦。木卓伦又说了几遍,陈家洛只是辞谢。霍青桐叫了声:"爹!"微微摇头,示意不必再说了。这时红花会群雄也都进帐,向木卓伦道喜。帐中人多挤不下,众回人退了出去。

徐天宏见周仲英进来,说道:"这次夺回圣经,周姑娘的功劳最大。"周仲英心下得意,望了女儿几眼,意示奖许。徐天宏忽然按住右胸,叫声:"啊唷!"众人目光都注视到他身上。周绮大急,心道:"我打他一拳,他在这许多人面前说了出来,可怎么办?"周仲英问道:"怎么?"徐天宏沉吟不答,过了一会,才笑笑道:"没什么。"可已将周绮吓出了一额子汗,心道:"好,你这小子,总是想法子来作弄我。"

众人告辞出去,各自安息。次日清晨,木卓伦率领众回人与群雄道别。双方相聚虽只半日,但敌忾同仇,肝胆相照,别时互相殷殷致意。周绮牵着霍青桐的手,对陈家洛道:"这位姊姊人又好,武功又强,人家要帮咱们救文四爷,你干么不答允啊?"陈家洛一时语塞。霍青桐道:"陈公子不肯让我们冒险,那是他的美意。我离家已久,真想念妈妈和妹子,很想早点儿回去。周姊姊,咱们再见了!"说罢一举手,拨转马头就走。周绮对陈家洛道:"你不要她跟咱们在一起,你看她连眼泪都要流下来啦!你瞧人家不起,得罪人,我可不管。"陈家洛望着霍青桐的背影,一声不响。

霍青桐奔了一段路,忽然勒马回身,见陈家洛正自呆呆相望,一咬嘴唇,举手向他招了两下。陈家洛见她招手,不由得一阵迷乱,走了过去。霍青桐跳下马来。两人面对面的呆了半响,说不出话来。

霍青桐一定神,说道:"我性命承公子相救,族中圣物,又蒙公子夺回。不论公子如何待我,都决不怨你。"说到这里,伸手解下腰间短剑,说道:"这短剑是我爹爹所赐,据说剑里藏着一个极大秘密,几百年来辗转相传,始终无人参详得出。今日一别,后会无期,此剑请公子收下。公子慧人,或能解得剑中奥妙。"说罢把短剑双手奉上。陈家洛也伸双手接过,说道:"此剑既是珍物,本不敢受。但既是姑娘所赠,却之不恭,只好腼颜收下。"

霍青桐见他神情落寞,心中很不好受,微一踌躇,说道:"你不要我跟你去救文四爷,为了什么,我心中明白。你昨日见了那少年对待我的模样,便瞧我不起。这人是陆菲青陆老前辈的徒弟,是怎么样的人,你可以去问陆老前辈,瞧我是不是不知自重的女子!"说罢纵身上马,绝尘而去。

陈家洛听她言语中似含情意,不觉心意微动,但随即想到那美貌少年的模样,秀眉俊目,唇红齿白,可比自己俊美得太多了。陈家洛素来自负文才武功,家世容貌,同侪中罕有其比,忽然间给人比了下去,心头没来由的一阵怅惘,这次相救文泰来功败垂成,初任总帅便出师不利,未免扫兴,本来心头一热,想赶上去再跟她说几句话,沮丧之余,只跨出两步,便即止步。

张召重忙命兵士散开,将大车团团围住。此时新月初升,清光遍地,只见对面疏疏落落的出来十几骑马,渐渐逼近。

第五回

乌鞘岭口逢鬼侠
赤套渡头扼官军

陈家洛手托短剑,呆呆的出神,望着霍青桐追上回人大队,渐渐隐没在远方大漠与蓝天相接之处,心头一震,正要去问陆菲青,一个念头猛地涌上心来:"汉回不通婚,他们回人自来教规极严,霍青桐姑娘对我虽好,但除非我皈依回教,做他们的族人,否则多惹情丝,终究没有结果,徒然自误误人,各寻烦恼而已。""我对回教的真神并不真心信奉,如为了霍青桐姑娘而假意信奉,未免不诚,非正人君子之所为。岂不遭人轻视耻笑?"正出神间,忽见前面一骑如一溜烟般奔来,越到身前越快,却是心砚回来了。

心砚见到陈家洛,远远下了马,牵马走到跟前,兴高采烈的道:"少爷,章十爷随后就来,咱们逮到了一个人。"

陈家洛问:"逮到了什么人?"心砚道:"我骑了白马赶到破庙那边,章十爷在和一人合口,那人要过来,十爷叫他等一会。两人正在争闹,那人一见到我骑的马,就大骂我是偷马贼一伙,举刀向我砍来。我和十爷给他干上了。那人武功很好,可是没兵刃,不知哪里偷来了一把劈柴刀,当然使不顺手啦。打了二十多个回合,十爷才用狼牙棒将他柴刀砸飞,那人手下真是来得,空手斗我们两个,后来我拾了地下石子,不住掷他,他躲避石子,一不留神,腿上中了十爷一棒,这才给我们逮住。"陈家洛笑了笑,问道:"那人叫什么名字?干什么的?"心砚道:"咱们问他,他不肯说。不过十爷说他是洛阳韩家门的人,使的是铁琵琶手。"

不久章进也赶到了,下马向陈家洛行礼,随手将马鞍上的人提了下来,那人手脚被缚,昂然而立,神态甚是倨傲。

陈家洛问道:"阁下是洛阳韩家门的?尊姓大名?"那人仰头不答。陈家洛道:"心砚,你替这位爷解了缚。"心砚拔出刀来,割断了缚住他手脚的绳子,挺刀站在他背后,防他有何异动。陈家洛道:"他二人得罪阁下,请勿见怪,请到帐篷里坐地。"

四人到得帐中,陈家洛和那人席地而坐,群雄陆续进来,都站在陈家洛身后。

那人看见骆冰进来,勃然大怒,跳起身来,戟指而骂:"你这婆娘偷我的马,你不还马,决不和你干休!"骆冰笑道:"你是韩文冲韩大爷,是吗?咱们换一匹马骑,我还补了你一锭金子,你赚了钱、发了大财啦,干么还生气?"

陈家洛问起情由,骆冰将抢夺白马之事笑着说了,众人听得都笑了起来。原来红花会虽然不禁偷盗,但骆冰心想总舵主出身相府,官宦子弟多数瞧不起这等不告而取的勾当,是以一直没说此马的来历。陈家洛道:"既是如此,四嫂这匹马还给韩爷吧。那锭金子也不用还了,算是租用尊骑的一点敬意。韩爷腿上的伤不碍事吧?心砚,给韩爷敷上金创药。"韩文冲见陈家洛如此处理,怒气渐平,正想交待几句场面话,忽然骆冰道:"总舵主,那不成,你知道他是谁?他是镇远镖局的人。"

陈家洛道:"当真?"骆冰取出王维扬那封信,交给陈家洛,说道:"请看。"陈家洛接过信,只看了开头一个称呼,就将信一折,交给韩文冲,说道:"这是韩爷的信,在下不便观看。"韩文冲心想:"横竖你的同党已经看过,我乐得大方。"便道:"我是镇远镖局的,那不错,不知哪一点冒犯各位了,倒要请教。韩某光明磊落,没见不得人的事。阁下请看吧。"说着将信摊开,放在陈家洛面前。

陈家洛一目十行,一瞥之间,已知信中意思,说道:"威震河朔王维扬王老镖头的威名,在下早就如雷贯耳,只是无由识荆,实为恨事。阁下是洛阳韩家门的,不知跟韩五娘是怎么称呼?"韩文冲道:"那是先婶娘。请教阁下尊姓大名,不知是否识得先婶娘?"

陈家洛微微一笑,说道:"我只是慕名而已。我姓陈名家洛。"韩文冲一听,立即站起,惊道:"你……是陈阁老的公子?"常赫志道:

"这位是我们红花会的总舵主。跟你说了半天话,先人板板,你有眼不识泰山。"韩文冲慢慢坐下,不住打量这位少年总舵主。

陈家洛道:"江湖上不知是谁造谣,说贵同门之死与敝会有关,其实这事我们全不知情。在下本已派了一位兄弟要去洛阳,向贵处说明这个过节,只因忽有要事,一时难以分身。韩爷今日到此,那是再好没有。不知何以有此谣言,韩爷能否见告?"韩文冲道:"你……你真是海宁陈阁老的公子?"陈家洛道:"韩爷既知在下身世,自也不必相瞒。"

韩文冲道:"自公子离家,相府出了重赏找寻,数年来一无音讯,后来有人访知公子在红花会,又说公子到了回疆。我师兄焦文期受相府之聘,前赴回疆寻访公子,哪知他突然不明不白的失了踪。此事已隔五年,直到最近,有人在陕西山谷之中发见焦师兄所用的铁牌和琵琶钉,才知他已不幸遭害。虽然他已死无对证,当时也无人亲眼见他遭难情形,但公子请想,如不是红花会下的手,又有谁有本事杀得了焦师兄?……"

他话未说完,章进喝道:"你师兄贪财卖命,死了也没什么可惜。我们红花会要是杀了他,难道不敢认帐?老子老实跟你说,这个人,我们没杀。不过你找不到人报仇,就算是老子杀的好了。老子生平杀的人难道还少了?多一个他奶奶的焦文期,又有个鸟打紧?"韩文冲斜眼看他,心中将信将疑。无尘冷笑道:"我们红花会众当家说话向来一是一,二是二,几时骗过人来?你不信他话,就是瞧我不起。嘿嘿,你瞧我不起,胆子不小哇!"

纷乱中陆菲青突然高叫:"焦文期是我所杀。我不是红花会的,这事可跟红花会全无干系。"众人都是一愣。陆菲青站起身来,将当年焦文期怎样黑夜寻仇、怎样以三攻一、怎样自己手下留情,他反而狠施毒手,以致命丧荒山之事,从头至尾说了。众人听了,都骂焦文期不要脸,杀得好。韩文冲铁青着脸,一言不发。

陆菲青道:"韩爷要给师哥报仇,现下动手也无不可。这事跟红花会无关,他们要是帮了我一拳一脚,就是瞧我不起。"转头向骆冰道:"文四奶奶,韩爷的兵刃还了给他吧。"

骆冰取出铁琵琶,交给陆菲青。陆菲青接了过来,说道:"韩五娘当年首创铁琵琶门,名闻江湖,也算得是女中豪杰。唉……"言下不胜感慨，一面说一面双手暗运内劲。铁琵琶肚腹中空，给他一按，登时变成一块扁平的铁板。他又道："焦文期既受陈府之托，寻访陈公子，便须忠于所事，怎地使了人家盘缠，却来寻我老头子的晦气？咱们武林中人，就算不能舍身报国，跟满虏鞑子拼个死活，也当行侠仗义，为民除害。"武当派内功非同小可，口中说话，双手已将铁板卷成个铁筒，捏了几下，变成根铁棍，又道："至不济，也当洁身自好，信守然诺，忠于所事。陆某生平最痛恨的是朝廷鹰犬、保镖护院的走狗，仗着有一点武艺，助纣为虐，欺压良民。这等人要是给我遇上了，哼哼，陆某决计放他们不过。"说到这里声色俱厉，手中的铁棍也已弯成了一个铁环。

这番话把韩文冲只听得怦然心动。他自恃武功精深，一向自高自大，哪知这番出来连栽筋斗，在骆冰、章进、心砚等人手下受挫，还觉得是对方使用诡计，此刻眼见陆菲青言谈之间，将他仗以成名的独门兵器弯弯捏捏，如弄湿泥，如搓软面，不由得又惊又怕，再想焦文期的武功与自己只在伯仲之间，他与这老者为敌，自是非死不可。

蒋四根眼见陆菲青弄得有趣，童心顿起，接过铁环，双手一拉，又变成铁棍，自己拿了一端，另一端伸到杨成协面前。杨成协伸手握住，笑道："比比力气？"蒋四根点点头，两人使劲拉扯，各不相下，铁棍却越拉越长。众人哈哈大笑。陈家洛怕两人分出输赢，伤了和气，笑道："两位哥哥力气一样大，这铁琵琶给我吧。"众人听他仍管这东西叫作铁琵琶，都笑了起来。

陈家洛接过铁棍，笑道："道长、周老前辈、杨八哥，你们三位一边。赵三哥、蒋兄弟，我们三个一边，咱们来练个功夫。"周仲英等都笑嘻嘻的走拢，三个一边，站在铁棍两端，各伸单掌相叠，抵住铁棍。陈家洛笑道："他们两个把铁棍拉长了，咱们把它缩短。一、二、三！"六人一齐用力，这六人的劲力加在一起，实是当世难得一见，铁棍渐粗渐短。旁观众人采声雷动。

韩文冲骇然变色，心道："罢了，罢了，这真叫天外有天，人上有人。姓韩的今日若是留得命在，明天回乡耕田去了。"

陈家洛笑道："好了。"周仲英等五人一笑停手。陈家洛道："弄坏了韩兄的兵刃，很是抱歉，请勿见怪。"韩文冲满头大汗，哪里还答得出话来？陈家洛道："在下奉劝韩兄一句，不知肯接纳否？"韩文冲道:"请说。"

陈家洛道:"自古道冤家宜解不宜结,令师兄命丧荒山,是他自取其祸,怨不得陆老前辈。韩兄便看在下薄面,和陆老前辈揭过这层过节,大家交个朋友如何?"韩文冲心中早存怯意,哪敢还和陆菲青动手?但给对方如此一吓,就此低头,未免显得太过没种,一时沉吟不语,脸上青一阵,白一阵。陈家洛道:"焦三爷此事,其实由我身上而起。在下这里写封信给家兄,就说焦三爷已寻到我,不过我不肯回家。焦三爷在途中遭受意外逝世,请家兄将赏格抚恤,从优付给焦三爷家属。"韩文冲踌躇未答。

陈家洛双眉一扬,说道:"韩爷倘若定要报仇,就由在下接接韩家门的铁琵琶手便了。"运起内力,使劲掷出,那根铁棍直插入松软的沙土之中,霎时间没得影踪全无。

韩文冲心中一寒,哪里还敢多言?说道:"一切全凭公子吩咐。"陈家洛道:"这才是拿得起放得下的好汉。"叫心砚取出文房四宝,笔走龙蛇,写了一封书信。

韩文冲接了,说道:"王总镖头本来吩咐兄弟帮手送一支镖到北京,抵京后,再护送一批御赐的珍宝到江南贵府。今日见了各位神技,兄弟这一点点庄稼把式,真算得是班门弄斧。公子府上的珍宝,又有谁敢动一根毫毛?这就告辞。"

陈家洛问道:"韩兄预备护送的物品,原来是舍下的?"韩文冲道:"镖局来给我送信的趟子手说,皇上对公子府上天恩浩荡,过不几个月,就赏下一批金珠宝贝,现下积得多了,要送往江南老宅,府上托我们镖局护送。兄弟今日栽在这里,哪里还有面目在武林中混饭吃?安顿了焦师兄的家属之后,回家种田打猎,决不再到江湖上来丢人现眼了。"

陈家洛道:"韩兄肯听陆老前辈的金玉良言,真是再好不过。在下索性交了你这位朋友。心砚,你把镇远镖局的各位请进来。"心砚应声出去,将钱正伦等一干人都带了进来。韩文冲和各人一见,面面相觑,都说不出话来。

陈家洛道:"冲着韩兄的面子,这几位朋友请你都带去吧。不过以后再要见到他们不干好事,可休怪我们手下无情。"韩文冲给陈家洛软硬兼施,恩威并济,显功夫,套交情,不由得脸如死灰,哑口无

第五回 乌鞘岭口逢鬼侠 赤套渡头扼官军

言。见陈家洛再也不提"还马"二字,又哪敢出口索讨?陈家洛道:"我们先走一步,各位请在此休息一日,明日再动身吧。"红花会群雄上马动身,一干镖师官差呆在当地,做声不得。

群雄走出一程路,陆菲青对陈家洛道:"陈当家的,镖行这些小子们留在后面,小徒不久就会和他们遇着。他们吃了亏没处报仇,说不定会找上小徒,我想迟走一步,照应一下,随后赶来。"陈家洛道:"陆老前辈请便,最好和令贤徒同来,我们好多得一臂之力。"陆菲青笑道:"这个人就会闯祸淘气,哪里帮得了什么忙?"拱了拱手,掉转马头,向来路而去。陈家洛不及向陆菲青问他徒弟之事,心下暗自纳闷。

余鱼同奉命侦查文泰来的踪迹,沿路暗访,未得线索,不一日到得凉州。凉州是千年古城,河西要地,民丰物阜。他住下客店,踱到南街积翠楼上自斟自饮,感怀身世,想起骆冰声音笑貌,思潮起伏,这番相思明明无望,万万不该,然而总是剑斩不断,笛吹不散。见满壁都是某某到此一游的字句,诗兴忽起,命店小二取来笔砚,在壁上题诗一首:

"百战江湖一笛横,风雷侠烈死生轻。鸳鸯有耦春蚕死,白马鞍边笑屦生。"

下面写了"千古第一丧心病狂有情无义人题",自伤对骆冰有情,自恨对文泰来无义。

酒入愁肠,更增郁闷,吟哦了一会,正要会帐下楼,忽然楼梯声响,上来了两人,余鱼同眼尖,见当先一人曾经见过,忙把头转开,才一回头,猛然想起,那是在铁胆庄交过手的官差。幸喜那人正和同伴谈得起劲,没见到他。

两人拣了靠窗一个座头坐下,正在他桌旁。余鱼同伏在桌上,假装醉酒。

听那两人谈了一些无关紧要之事,只听得一人道:"瑞大哥,你们这番拿到点子,真是奇功一件,皇上不知会赏什么给你。"那姓瑞的道:"赏什么我也不想了,只求太太平平将点子送到杭州,也就罢了。我们八个侍卫一齐出京,只剩下我一人回去。肃州这一战,不是我长他人志气,灭自己威风,现在想起来,还是寒毛凛凛。"另一人道："现今你们跟张大人在一起，决失不了手。"那姓瑞的道："话是不错，不过这一来，功劳都是御林军的了，咱们御前侍卫还有什么面子？老朱，这点子干么不送北京，送到杭州去做什么？"那姓朱的低声道："我姊姊是史大学士府里的人，你是知道的了。她悄悄跟我说，皇上要到江南去。将点子送到杭州，看来皇上要亲自审问。"那姓瑞的唔了一声，喝了一口酒，说道："你们六个人巴巴从京里赶来，就是为了下这道圣旨？"那姓朱的道："还做你们帮手啊？江南红花会的势力大，咱们不可不加意小心。"

余鱼同听到这里，暗叫惭愧，真是侥幸，若不是碰巧听见，他们把四哥改道送去江南，大伙却扑北京去救，岂非误了大事？

又听那姓朱的侍卫道："瑞大哥，这点子到底犯了什么事，皇上要亲自御审？"那姓瑞的道："这个我们怎么知道？上头交待下来，要是抓不到他，大伙回去全是革职查办的处分，脑袋保不保得牢，还得走着瞧呢。嘿，你道御前侍卫这碗饭好吃的吗？"那姓朱的笑道："现今瑞大哥立了大功，我来敬你三杯。"两人欢呼饮酒，后来谈呀谈的就谈到女人身上了，什么北方女人小脚伶仃，江南女人皮色白腻。酒醉饭饱之后，姓瑞的会钞下楼，见余鱼同伏在桌上，笑骂："读书人有个屁用，三杯落肚，就成了条醉虫，爬不起来。"

余鱼同等他们下楼，忙掷下五钱银子在桌，跟出酒楼，远远在人丛中盯着，见两人进了凉州府衙门，半天不见出来，料想就在府衙之中宿歇。

回到店房，闭目养神，天一黑，便换上一套黑色短打，腰插金笛，悄悄跳出窗去，径奔府衙。他绕到后院，越墙而进，只见四下黑沉沉地，东厢厅窗中却透着光亮，蹑足走近，厅中有人说话，伸指沾了点唾沫，轻轻在窗纸上湿了个洞，往里张去，不由得大吃一惊。

原来厅里坐满了人，张召重居中而坐，两旁都是侍卫和公差，一个人反背站着，突然间厉声大骂，听声音正是文泰来。

余鱼同知道厅里都是好手，不敢再看，伏身静听，只听得文泰来骂道："你们这批给朝廷做走狗的奴才，文大爷落在你们手中，自有人给我报仇。瞧你们这些狼心狗肺的东西，有什么下场。"一人阴森森的道："好，你骂得痛快！你是奔雷手，我的手掌没你厉害，今日却要教你尝尝我手掌滋味。"

余鱼同一听不好，心想："四哥要受辱。他是当世英雄豪杰，岂能受宵小之侮？"忙在破孔中张去，只见一个身材瘦长、穿一身青布长袍的中年男子举掌走向文泰来，脸色狰狞，不住冷笑。文泰来双手被缚，动弹不得，急怒交作，牙齿咬得格格直响。那人举起手掌，正待下落，余鱼同金笛刺破窗纸，胸气猛吐，金笛中一枝短箭笔直疾飞而出，插入那人左眼之中。那人非别，乃辰州言家拳掌门人言伯乾是也。

他本来武功高强，但短箭突如其来，全无朕兆，竟不及避让，眼眶中箭，大叫声中，剧痛倒地，厅中一阵大乱。余鱼同一箭又射中一名侍卫的右颊，抬腿踢开厅门，直窜进去，喝道："红花会救人来啦！"挺笛点中站在文泰来身旁官差的穴道，从绑腿上拔出匕首，割断文泰来手脚上绳索。张召重只道敌人大举来犯，也不理会文余二人，站起身来，拔剑在厅门站定，内阻逃犯，外挡救兵。

文泰来双手脱绑，精神大振，但见一名御前侍卫和身扑上，身子侧过，左手反背出掌，正中那人右胁，喀喇一声，已断了二根肋骨。余人为他威势所慑，一时都不敢走近。余鱼同叫道："四哥，咱们冲！"文泰来道："大伙都来了吗？"余鱼同低声道："他们还没到，就是小弟一人。"文泰来一点头，他右臂和腿上重伤未愈，右臂靠在余鱼同身上，并肩向厅门走去。四五名侍卫拥上动手，余鱼同挥金笛挡住。

两人走到厅口，张召重踏上一步，喝道："给我留下。"长剑向文泰来小腹上刺来。文泰来脚下不便，退避不及，以攻为守，左手食中两指疾如流星，直取敌人双眼。张召重回剑一挡，赞了一声："好！"两人身手奇快，转瞬拆了七八招。文泰来只左手可使，下盘又趋避不灵，再拆得数招，给张召重在肩头重重一推，立脚不稳，坐倒在地。

余鱼同边打边想："我胡作非为，对不起四哥，在世上苟延残喘，没的污了红花会英雄之名。今日舍了这条命把四哥救出，让鹰爪子把我杀了，也好让四嫂知道，我余鱼同并非无义小人。我以一死相报，死也不枉。"拿定了这主意，见文泰来被推倒在地，翻身挥笛，狠命向张召重打去。

文泰来缓得一缓，挣扎着爬起，回身大喝，众侍卫官差一呆，均不由得退了几步。余鱼同叫道："四哥，请你先走！我随后就来。"金笛飞舞，全然不招不架，尽向对方要害攻去。他和张召重武功相差甚远，可是一夫拼命，万夫莫当，金笛上全是进手招数，招招同归于尽，笛笛两败俱伤，张召重剑法虽高，一时之间，却也给他的决死狠打逼得退出数步。文泰来见露出空隙，闪身出了厅门。众侍卫大声惊呼。

余鱼同挡在厅门，身上已中两剑，仍是毫不防守，一味凌厉进攻。张召重喝道："你不要命吗？这打法是谁教你的？"见他武功是武当派嫡传，知有瓜葛，未下杀手。余鱼同凄然笑道："你杀了我最好。"数招之后，右臂又中一剑，他笛交左手，不退反进。

众侍卫纷纷拥出，余鱼同狂舞金笛，疾风穿笛，呜呜声响。一名侍卫挥刀砍来，余鱼同视若不见，金笛向他乳下狠点，那人登时晕倒。余鱼同左肩却也被刀砍中。他浑身血污，挥笛恶战，剑光笛影中啪的一声，一名侍卫的颚骨又被打碎。众侍卫围了拢来，刀剑鞭棍，一时齐上。混战中余鱼同腿上被打中一棍，跌倒在地，金笛舞得几下，晕了过去。

厅门口一声大喝："住手！"众人回过头来，见文泰来慢慢走进，对别人一眼不看，直走到余鱼同身边，见他全身是血，不禁垂下泪来，俯身一探鼻息，尚有呼吸，稍稍放心，伸左臂抱起，喝道："快给他止血救伤。"众侍卫为他威势所慑，果然有人去取金创药来。

文泰来见众人替余鱼同裹好了伤，抬入内堂，这才双手往后一并，说道："绑吧！"一名侍卫看了张召重眼色，慢慢走近。文泰来道："怕什么？我要伤你，早已动手。"那侍卫见他双手当真不动，这才将他绑起，送到府衙狱中监禁。两名侍卫亲自在狱中看守。

次日清晨，张召重去瞧余鱼同，见他昏昏沉沉的睡着，问了衙役，知道医生开的药已煎了给他服过。下午又去探视，余鱼同略见清醒，张召重问他："你师父姓陆还是姓马？"余鱼同道："我恩师是千里独行侠，姓马讳真。"张召重道："这就是了，我是你师叔张召重。"余鱼同微微点头。张召重道："你是红花会的吗？"余鱼同又点了点头。张召重叹道："好好一个年轻人，竟然自甘下流。文泰来是你什么人？干这般舍命救他！"

余鱼同闭目不答，隔了半晌，道："我终于救了他出去，死也瞑目。"张召重道："哼，你想在我手里救得人出去？"余鱼同惊问："他没逃走?"张召重道:"他逃得了吗？别妄想吧!"继续盘问,余鱼同闭上眼睛给他个不理不睬,不一会儿竟呼呼打起鼾来。张召重微微一笑,道:"好个倔强少年!"转身出去。

他到得厢房,将瑞大林、言伯乾、成璜,以及新从京里来的六名御前侍卫朱祖荫等人请来,密密商议了一番,各人回房安息养神。晚饭过后,又将文泰来由狱中提出,在厢厅中假装审问。张召重昨天是真审,不意被余鱼同闯进来大闹一场,这晚他四周布下伏兵,安排强弓硬弩,只待捉拿红花会救兵,哪知空等了一夜,连耗子也没见到一只。

第二天一早,报道河水猛涨,黄河渡口水势汹涌。张召重下令即刻动身,辞别凉州知府及首县,将文泰来和余鱼同放入两辆大车,正要出门,忽然胡国栋、钱正伦、韩文冲等一干人奔进衙门。张召重见他们狼狈异常,忙问原由。胡国栋气愤愤的将经过情形说了。张召重道:"阎六爷武功很硬啊,怎么会死在一个大姑娘手里,真是奇闻了。"一举手,说道:"咱们京里见。"胡国栋敢怒而不敢言,强自把一口气咽了下去。

张召重听胡国栋说起红花会群雄武功精强,又有大队回人相助,自己虽然艺高人胆大,毕竟好汉敌不过人多,于是去和驻守凉州的总兵商量,要他调派四百名精兵,帮同押解钦犯。总兵听得事关重大,哪敢推托,立即调齐兵马,派副将曹能、参将平旺先两人领兵押送,到了皋兰省城,再由省方另派人马接替。一行人浩浩荡荡向东而行,一路上偷鸡摸狗,顺手牵羊,众百姓叫苦连天,不必细表。

走了两日,在双井子打了尖,行了二三十里,只见大路边两个汉子袒胸坐在树下,树上系着两匹骏马。两名清兵互相使个眼色,走上前去,喝道:"喂,这两匹马好像是官马,哪里偷来的?"那面目英秀的汉子笑道:"我们是安份良民,怎敢偷马?"一名清兵道:"老爷走得累了,借我们骑骑。"另一名清兵笑道:"又骑不坏的,怕什么?"那汉子道:"行,总爷赏脸要骑,小的今日出门遇贵人。"那清兵笑道:"嘿,瞧你不出,倒懂得好歹。"两名汉子站起身来,走到马旁,解下缰绳,说道:"总爷小心,别摔着了。"清兵笑道:"他妈的胡扯,老爷骑马会摔交,还成什么话?"大模大样的走近,正要去接缰绳,忽然一个屁股上吃了一脚，另一个被人一记耳光，拉起来直抛出去，摔在大路之上。大队中兵卒登时鼓噪起来。

两名汉子翻身上马，冲到车旁。那脸上全是伤疤的汉子左手撩起车帐，右手单刀挥下，哗的一声，割下车帐，叫道："四哥在里面么？"车里文泰来道："十二郎！"那汉子道："四哥，我们去了，你放心，大伙儿跟着就来。"守车的成璜和曹能双双来攻，那面目白净的汉子挥双钩拦住，清兵纷纷拥来。两人嗯哨一声，纵马落荒而走。几名侍卫追了一阵，见二人远去，便不再追。

当晚宿在清水铺，次日清晨，忽听得兵卒惊叫，乱成一片。曹能与平旺先出去查看，见十多名清兵胸口都为兵刃所伤，死在炕上，也不知是怎么死的。众兵丁交头接耳，疑神疑鬼。次日宿在横石。这是个大镇，大队将三家客店都住满了，还占了许多民房。黑夜中忽然客店起火，四下喊声大作。张召重命各侍卫只管守住文泰来，闲事一概不理，以防中了敌人调虎离山之计。火头越烧越大，曹能奔进来报道："有悍匪！已和兄弟们动上了手。"张召重道："请曹将军指挥督战，兄弟这里不能离开。"曹能应声出去。

店外惨叫声、奔驰声、火烧声、屋瓦坠地声乱了半日。张召重命瑞大林与朱祖荫在屋顶上守望，只要敌人不攻进店房，不必出手。那火并没烧大，不久便熄了，又骚扰喧哗了好一会，人声才渐渐静下来，只听得蹄声杂沓，一群人骑马向东奔去。

曹能满脸煤油血迹，奔进报告："悍匪已杀退了。"张召重问："伤亡了多少弟兄？"曹能道："还不知道，总有几十名吧。"张召重道："土匪逮到几名？杀伤多少？"曹能张口结舌，说不出话来，隔了半晌，说道："没有。"张召重哼了一声，并不言语。

曹能道："这批悍匪脸上都蒙了布，个个武功厉害，可也真奇怪，他们并不抢劫财物，只是朝咱们弟兄砍杀。临走时丢了二百两银子给客店老板，说烧了他房子，赔他的。"张召重道："你道他们是土匪吗？曹将军，你吩咐大家休息，明天一早上路。"

曹能退了出来，忙去找客店老板，说他勾结土匪，杀害官兵，只吓得客店老板不住磕头求饶，终于把那二百两银子双手献上，还答应负责安葬死者，救治伤兵，曹能这才作罢。

次日忙乱到午牌时分，方才动身，一路山青水绿，草树茂密，行

第五回 赤套渡头扼官军 乌鞘岭口逢鬼侠

了两个时辰,道路渐陡,两旁尽是高山。

走不多时,迎面一骑马从山上冲将下来,离大队十多步外勒定。骑者高声叫道:"喂,大家听着,你们冲撞了恶鬼,赶快回头,还有生路,再向东走,一个个龟儿死于非命。"众官兵瞧那人时,只见他一身粗麻布衣衫,腰中缚根草绳,脸色焦黄,双眉倒竖,宛然是庙中所塑的追命无常鬼模样,都不由得打个寒噤。那人说罢,纵马下山,从大队人马旁边擦过,奔驰而去。殿后一名清兵忽然大叫一声,倒在地下,登时死去。众人大骇,围拢来看,见他身上并无伤痕,尽皆惊惧,纷纷议论。

曹能派两名清兵留下掩埋死者,大队继续上山,走不多时,迎面又是一乘马过来,马上便是刚才那人,只听他高声叫道:"喂,大家听着,你们冲撞了恶鬼,赶快回头,还有生路,再向东走,一个个龟儿死于非命。"众人都吓了一跳,怎么这人又回到前面了?明明见他下山,此间一眼望去,并无捷径可以绕道上山,就算回身赶到前面,也决没这样快,难道是空中飞过、地下钻过不成?那人说完,纵马下山。众兵丁真如见到恶鬼一般,远远避开。

朱祖荫待他走到身旁,伸出单刀一拦,说道:"朋友,慢来!"那人犹如不闻不见,右掌在他肩头一按,朱祖荫手中单刀当啷啷跌落在地。那人竟不回头,马蹄翻飞,下山而去,刚走过大队,末后一名清兵又是惨叫一声,倒地身亡,众兵丁都吓得呆了。

张召重命侍卫们守住大车,亲往后队察看。朱祖荫道:"张大人,这家伙究竟是人是鬼?"一面按住受伤的右肩,脸色泛白。张召重叫他解开衣服,见他右肩一大块乌青高高肿起,张召重眉头一皱,从怀里掏出一包药来,叫他立刻吞服护伤,又命兵丁将死去的清兵脱光衣服验伤,见他和先前所死清兵伤势相同,后背也是一大块乌青,五指掌形,隐约可见。众兵丁喧哗起来,叫道:"鬼摸,鬼摸!"张召重吩咐留下两名兵丁埋葬死者。平旺先派了人,两名兵丁死也不肯奉命,张召重无奈,只得下令大队停下相候,埋葬死者后一齐再走。

瑞大林道:"张大人,这家伙实在古怪,他怎么能过去了又回到前面?"张召重也是疑惑不解,沉吟半晌,说道:"朱兄弟和这两名士兵,明明是为黑沙掌所伤,江湖上黑沙掌的好手寥寥可数,怎么会认不出来?"瑞大林道:"说到黑沙掌,当然是四川青城派的慧侣道人海内独步,不过慧侣已死去多年,难道是他鬼魂出现不成?"

张召重一拍大腿,叫道:"是了,是了,这是慧侣道人的徒弟,人称黑无常、白无常的常氏兄弟。我总往一个人身上想,这才想不起,原来这对双生兄弟扮鬼唬人。好啊,这对鬼兄弟也跟咱们干上了。"他可不知常氏兄弟是红花会中人物。瑞大林、成璜等人久闻西川双侠的大名,此刻忽在西北道上遇到,不知如何得罪了他们,竟然一上来便下杀手,心下都是暗暗惊疑,大家不甘示弱,均只默不作声。

这晚住在黑松堡,曹能命兵丁在镇外四周放哨,严密守望。次日清晨,放哨的兵士一个都不见回报,派人查察,所有哨兵全都死在当地,颈里都挂了一串纸钱。众兵丁害怕异常,当下便有十多人偷偷溜走了。

这天要过乌鞘岭,那是甘凉道上有名的险峻所在,曹能命兵士饱餐了,鼓起精神上岭。走了半日,越来越冷,道路也越来越险,时方初秋,竟自飘下雪花来。走到一处,一边高山,一边尽是峭壁,山谷深不见底,众兵士手拉手的走,惟恐雪滑,一个失足跌入山谷,那就尸骨无存。几名侍卫下马,扶着文泰来的大车。

众人正自小心翼翼、全神贯注的攀山越岭,忽听得前面山后发出一阵啾啾唧唧之声,过了一会,变成高声鬼啸,声音惨厉,山谷回声,令人毛发直竖,众兵丁都停住了脚步。

只听前面喊道:"过来的见阎王——回去的有活路——过来的见阎王——回去的有活路。"众兵丁哪里还敢向前?

平旺先带了十多名士兵,下马冲上,刚转过山坳,对面急箭射来,一名士兵当胸中箭,大叫声中,跌下山谷。平旺先身先士卒,向前冲去,对方箭无虚发,又有三名兵士中箭。

众清兵伏身避箭,只见山腰里转出一人,阴森森的喊道:"过来的见阎王——回去的有活路。"众兵丁眼见便是昨天那个神出鬼没、举手杀人的无常鬼,胆小的大呼小叫,转身便逃,曹能大声喝止,却哪里约束得住?平旺先举刀砍死一名兵士,余兵才不敢奔逃。当先奔跑的六七十名兵卒却已逃得无影无踪了。

张召重对瑞大林道:"你们守住大车,我去会会常家兄弟。"说罢越众上前,朗声说道:"前面可是常氏双侠?在下张召重有礼,你我素不相识,无怨无仇,何故一再相戏?"

那人冷冷一笑,说道:"哈,今日是双鬼会判官。"大踏步走近,呼的一声,右掌当面劈到。

当地地势狭隘异常,张召重无法左右闪避,左手运内力接了他这一掌,右掌按出。那人左掌又是呼的一声架开,双掌相遇,两人较量了一下内力,均觉不相上下。张召重左腿"横云断峰",掠地扫去。那人躲避不及,双掌合抱,猛向他左右太阳穴击来。张召重一侧身,左腿倏地收住,向前跨出两步,那人也是侧身向前。双方在峭壁旁交错而过,各挥双掌猛击,四只手掌在空中一碰,两人都退出数尺。这时位置互移,张召重在东,那人已在西端。

两人一凝神,发掌又斗。平旺先弯弓搭箭,飕的一箭向那人射去。那人左掌架开张召重一掌,右手揽住箭尾,百忙中转身向平旺先甩来。平旺先低头躲过,一名清兵"啊唷"一声,那箭射中了他肩头。张召重赞了一声:"常氏双侠,名不虚传!"手下拳势丝毫不缓,忽然背后呼的一声,一掌劈到。

张召重闪身让开,见又是个黄脸瘦子,面貌与前人一模一样,双掌如风,招招迅捷的攻来,将他夹在当中。

成璜、朱祖荫等人抢了上来,见三人挤在宽仅数尺的山道之中恶斗,旁临深谷,贴身而搏,直无回旋余地。成璜等空有二百余人,却无法上前相助一拳一脚,只得呐喊叫嚣。

三人愈打愈紧,张召重见敌人四只手掌使开来呼呼风响,声威惊人,当下凝神持重,见招拆招,酣斗声中敌方一人左掌打空,击中山石,石壁上泥沙扑扑乱落,一块岩石掉下深谷,过了良久,着地之声才隐隐传上。

恶战良久,敌方一人忽然斜肩向他撞来,张召重侧身闪开,另一人抢得空档,背靠石壁,大喝一声,右掌反挥。同时左面那人左脚飞出。两人拳脚并施,硬要把他挤入深谷。

张召重见敌人飞足踢到,退了半步,半只脚踏在崖边,半只脚已然悬空。众官兵都惊叫起来。那时另一人的掌风已扑面而至,张召重既不能退,也不能接,心知双方掌力均强,一抵而退,对方只不过在石壁上一撞,自己可势必堕入深谷,人急智生,施展擒拿手法,左手疾勾,已挽住对方手腕,喝一声"起",将他提了起来。那人手掌翻过,也拿住了张召重手腕,只是双足离地,力气施展不出,被张召重奋起劲力,一下掷入山谷,那人正是常氏双侠中的常赫志。众官兵又是齐声惊叫。

常赫志身子临空,心神不乱,在空中双脚急缩,打了个筋斗,使下跌之势稍缓,这筋斗翻得半个圈子,已在腰间取出飞抓,一扬手,飞抓笔直窜将上来,这时常伯志飞抓也已出手,两人飞抓对飞抓紧紧握住,犹似握手。常伯志不等兄长下跌之势堕足,双手外挥,将他身子挥了起来,落在十余丈外的山路上。这是他兄弟俩自幼儿便练熟的巧招。常伯志回身一拱手,说道:"火手判官武艺高强,佩服佩服。"也不见他弯腰使劲,忽然平空拔起,倒退着窜出数丈,挽了常赫志的手,兄弟俩双双走了。常氏双侠此后紧随张召重,到处留下符号,将文泰来的行踪告知会中兄弟。

众官兵纷纷围拢,有的大赞张召重武功了得,有的惋惜没把常赫志摔死。张召重一语不发,扶着石壁慢慢坐下。瑞大林过来道:"张大人好武功。"低声问道:"没受伤么?"张召重不答,调匀呼吸,过了半晌,才道:"没事。"看自己手腕时,五个乌青的手指印嵌在肉里,有如绳扎火烙一般,心下也自骇然。

第五回 乌鞘岭口逢鬼侠 赤套渡头扼官军

大队过得乌鞘岭,当晚又逃走了三四十名兵丁。张召重和瑞大林等商议:"大路是奔兰州省城,但点子定不甘心,前面麻烦正多,咱们不如绕小路到红城,从赤套渡过河,让点子扑个空。"曹能本来预计到省城后就可交卸担子,听了张召重的话老大不愿意,可也不敢驳回。张召重道:"路上失散了这许多兵卒,曹大人回去都可报剿匪阵亡,忠勇殉职,兄弟随同写一个折子便是。"曹能一听,又高兴起来。按兵部则例,官兵阵亡,可领抚恤,这笔银子自然落入了统兵官的腰包。

将到黄河边上,远远已听到轰轰水声,又整整走了大半天,才到赤套渡头。黄河至此一曲,沿岸山石殷红如血,是以地名叫做"赤套渡"。这时天色已晚,暮霭苍茫中但见黄水浩浩东流,惊涛拍岸,砰磅作响,一大片混浊的河水,如沸如羹,翻滚汹涌。张召重道:"咱们今晚就过河,水势险恶,一耽搁怕要出乱子。"

黄河上游水急，船不能航，渡河全仗羊皮筏子。兵卒去找羊皮筏子，半天找不到一只，天更黑下来了。张召重正自焦躁，忽然上游箭也似的冲下两只羊皮筏子。众兵丁高声大叫，两只筏子傍近岸来。平旺先叫道："喂，梢公，你把我们渡过去，赏你银子。"

一只筏子上站起来一条大汉，摆了摆手。平旺先道："你是哑巴？"那人道："丢那妈，上就上，唔上就唔上喇，你地班契弟，费事理你咁多。"他一口广东话别人丝毫不懂，平旺先不再理会，请张召重与众侍卫押着文泰来先行上筏。

张召重打量梢公，见他头顶光秃秃的没几根头发，斗笠遮住了半边脸，看不清楚面目，臂上肌肉盘根错节，显得膂力不小，手里倒提着一柄桨，黑沉沉的似乎并非木材所造。他心念一动，自己不会水性，可别着了道儿，便道："平参将，你先领几名兵士过去。"平旺先答应了，上了筏，另一只筏子也有七八名兵士上去。

水势湍急，两只筏子笔直先向上游划去，划了数十丈，才转向河心。两个梢公精熟水性，安安稳稳的将众官兵送到对岸，第二渡又来接人。这次是曹能领兵，筏子刚离岸，忽然后面一声长啸，胡哨大作。

张召重忙命兵士散开，将大车团团围住，严阵戒备。此时新月初升，清光遍地，只见东、西、北三面疏疏落落的出来十几骑马，张召重一马当先，喝问："干什么的？"

对方一字排开，渐渐逼近。中间一人乘马越众而出，手中不持兵器，一柄白折扇缓缓挥动，朗声说道："前面是火手判官张召重吗？"张召重道："正是在下，阁下何人？"那人笑道："我们四哥多蒙阁下护送到此，现在不敢再行烦劳，特来相迎。"张召重道："你们是红花会的？"那人笑道："江湖上多称火手判官武艺盖世，哪知还能料事如神。不错，我们是红花会的。"那人说到这里，忽然提高嗓子，纵声长啸。张召重出乎不意，微微一惊，只听得两艘筏子上的梢公也齐声呼啸。

曹能坐在筏子上，见岸上来了敌人，正自打不定主意，忽听梢公长啸，吓得脸如土色。那梢公伸桨入河一扳，停住了筏子，喝道："一班契弟，你老母，哼八郎落水去。"曹能又怎懂得他的广东话，睁大了眼发楞，只听得那边筏子上一个清脆的声音叫道："十三弟，动手罢!"这边筏子上的梢公叫道:"啫晒!"曹能挺枪向梢公刺去。梢公挥桨挡开,翻过桨柄,将曹能打入黄河。

两只筏子上的梢公兵刃齐施,将众官兵都打下河去,跟着将筏子划近岸来。

清兵纷纷放箭,相距既远,黑暗之中又没准头,却哪里射得着?

这边张召重暗叫惭愧,自幸小心谨慎,否则此时已成黄河水鬼,当下定了一定神,高声喝道:"你们一路上杀害官兵,十恶不赦,现下来得正好。你是红花会什么人?"

对面那人正是红花会总舵主陈家洛,笑道:"你不用问我姓名,你识得这件兵刃,就知道我是谁了。"转头道:"心砚,拿过来。"心砚打开包裹,将两件兵器放在陈家洛手中。此番红花会群雄追上官差,若依常例,自是章进、卫春华等先锋先打头阵。但救人事大,须得速决,加之张召重武功太强,众兄弟中不可有人失闪,陈家洛便亲自挺身搦战。主帅既然抢先出马,无尘等也就不便和他相争了。

张召重飞身下马,拔剑在手,逼近数步,正待凝神看时,忽然身后抢上一人,说道:"张大人,待我打发他。"张召重见是御前侍卫朱祖荫,心想正好让他先行试敌,一探虚实,便退后两步,说道:"朱兄弟小心了。"朱祖荫抢上前去,喝道:"大胆狂奴,竟敢冒犯钦差,看刀!"举刀向陈家洛腿上砍去。

陈家洛轻飘飘的跃下马来,左手举盾牌一挡,月光之下,朱祖荫见敌人所使是件奇形兵刃,盾牌上挺着九枚明晃晃的尖利倒钩,自己单刀若和盾牌碰上,就得给倒钩锁住,心下暗惊,急忙抽刀。陈家洛的盾牌可守可攻,顺势按了过来,朱祖荫单刀斜切敌人左肩。陈家洛盾牌翻过,倒钩横扎,朱祖荫退出两步。陈家洛右手扬动,五条绳索迎面打去,每条绳索尖端均有钢球。朱祖荫大惊,知道厉害,拔身纵起,哪知绳索从后面兜上,顿觉后心"志堂穴"一麻,暗叫不好,双脚已被绳索缠住。陈家洛一拉,将他倒提起来,手中跟着一放,朱祖荫平平飞出,对准一块岩石撞去,眼见便要撞得脑袋迸裂。

张召重见到敌人下马的身手,早知朱祖荫远非敌手,但见他三招两式,即被抛出,当下晃身挡在岩石之前,左手疾伸,拉住朱祖荫的辫子提起,在他胸口和丹田上一拍,解开穴道,说道:"朱兄弟,下

第五回

乌鞘岭口逢鬼侠
赤套渡头扼官军

去休息一会。"朱祖荫吓得心胆俱寒，怔怔的答不出话来。

张召重手挺凝碧剑，纵到陈家洛身前，说道："你年纪轻轻，居然有这身功夫，你师父是谁？"心砚在旁叫道："别倚老卖老啦，你师父是谁？"张召重怒道："无知顽童，瞎说八道。"心砚道："你不识我家公子的兵器，你给我磕三个头，我就教会你。"张召重不再理他，唰的一剑向陈家洛右肩刺到。陈家洛右手绳索翻上，裹向剑身，左手盾牌送出，迎面向他砸去。张召重凝碧剑施展"柔云剑术"，剑招绵绵，以短拒长，有攻有守，和对方的奇形兵器狠斗起来。

这时那两个梢公已上岸奔近清兵。官兵箭如飞蝗射去，都被那两人拨落。前面的是铜头鳄鱼蒋四根，后面的人已甩脱了斗笠蓑衣，露出一身白色水靠，手持双刀，正是鸳鸯刀骆冰。蒋四根手舞铁桨，直冲入官兵队里，当先两人给铁桨打得脑浆迸裂，余人纷纷让开。骆冰紧跟身后，冲到大车之旁。成璜手持齐眉棍，抢过来拦阻，和蒋四根战在一起。

骆冰奔到一辆大车边，揭起车帐，叫道："大哥，你在这里吗？"哪知在这辆车里的是身负重伤的余鱼同，他在迷迷糊糊之中突然听得骆冰的声音，只道身在梦中，又以为自己已死，与她在阴世相会，喜道："你也来了！"

骆冰匆忙中听得不是丈夫的声音，虽然语音极熟，也不及细想，又奔到第二辆车旁，正要伸手去揭车帐，右边一柄锯齿刀疾砍过来。她右刀架开，左刀飕飕两刀，分取敌人右肩右腿。她这套刀法相传是从宋时韩世忠传落。韩王上阵大战金兵，右手刀长，号称"大青"，左手刀短，号称"小青"，丧在他刀下的金兵不计其数。骆冰左手比右手灵便，她父亲神刀骆元通便将刀法掉转来相教，右手刀沉稳狠辣，是一般单刀的路子，左手刀却变幻无穷，人所难测，确是江南武林一绝。

骆冰月光下看清来袭敌人面目，便是在肃州围捕丈夫的八名侍卫之一，心中痛恨，刀势更紧。瑞大林见过她的飞刀绝技，当下将锯齿刀使得一刀快似一刀，总教她缓不出手来施放飞刀。战不多时，又有两名侍卫赶来助战，官兵四下兜上，蒋四根和骆冰陷入重围之中。

只听一声呼哨，东北面四骑马直冲过来，当先一人正是九命锦豹子卫春华，其后是章进、杨成协、周绮三人。

卫春华舞动双钩，护住面门，纵马急驰。溶溶月色之下，只见一匹黑马如一缕黑烟，直卷入清兵阵中。官兵箭如雨下，黑马颈上中箭，负了痛更是狂奔，前足一脚踢在一名清兵胸前。卫春华飞身下马，双钩起处，"啊哟，啊！"叫声中，两名清兵前胸鲜血喷出，卫春华双钩已刺向瑞大林后心。瑞大林撒下骆冰，回刀迎敌。跟着章进等也已冲到，官兵如何拦阻得住，给三人杀得四散奔逃。

混战中忽见一条镔铁齐眉棍飞向半空。却是蒋四根和成璜战了半晌，未能取胜，心下焦躁，见成璜一棍当头打来，使足全力，举铁桨反击。桨棍相交，成璜虎口震裂，铁棍脱手，转身便逃。这时和骆冰对打的侍卫被短刀刺伤两处，浴血死缠，还在拼斗，忽然脑后生风，忙转身时，一条钢鞭已迎头压下，忙举刀挡架，不料对方力大异常，连刀带鞭一起打了下来，忙一个打滚，逃了开去，终究后背还是被敌人重重踹了一脚。

骆冰缓开了手，又抢到第二辆大车旁，揭开车帐。她接连失望，这时不敢再叫出声来，车中人却叫了出来："谁？"这一个字钻入骆冰耳中，真是说不出的甜蜜，当下和身扑进车里，抱住文泰来的脖子，哭着说不出话来。文泰来乍见爱妻，也是喜出望外，只是双手被缚，无法搂住安慰。两人在车中浑忘了一切，只愿天地宇宙，就此万世不变，车外呐喊厮杀，金铁交并，全然充耳不闻。

过了一会，大车移动。章进探头进来道："四哥，我们接你回去。"文泰来叫道："快去救十四弟！"章进心不旁骛，跃上车夫的座位，急赶大车向北。几名侍卫拼死来夺，给杨成协、卫春华、蒋四根、周绮四人回头冲赶，又退了转去，急叫："放箭！"数十名清兵张弓射来，黑暗中杨成协"啊哟"一声，左臂中箭。

卫春华一见大惊，忙问："八哥，怎样？"杨成协用牙咬住箭羽，左臂向外挥出，已将箭拔出，怒喝："杀尽了这批奴才！"也不顾创口流血，高举钢鞭，直冲入清兵阵里。卫春华叫道："好，再杀。"两人并肩猛冲，一时之间，清兵给钢鞭双钩伤了七八人，余众四下乱窜。两人东西追杀，孟健雄和安健刚奔上接应。孟健雄一阵弹子，十多名清兵只给打得眼肿鼻歪，叫苦连天。

蒋四根和周绮护着大车，章进将车赶到一个土丘之旁，停了下来，凝神看陈家洛和张召重相斗。

文泰来问："外面打得怎样了？"骆冰道："总舵主在和张召重拼斗。"文泰来奇道："总舵主？"骆冰道："少舵主已做了咱们总舵主。"文泰来喜道："那很好。张召重这家伙手下硬得很，别让总舵主吃亏。"骆冰探头出车外，月光下只见两人翻翻滚滚的恶斗，兀自分不出高下。

文泰来连问："总舵主对付得了吗？"骆冰道："总舵主的兵器很厉害，左手盾牌，盾上有尖刺倒钩。右手是五条绳索，索子头上还有钢球。你听，这绳索使得呼呼风响！"

文泰来道："绳头有钢球？他能用绳索打穴？"骆冰道："嗯，张召重给绳索四面圈住了。"文泰来又问："总舵主力气够吗？听声音好似绳索的势道缓了下来。"骆冰不答，忽然跳了起来，大叫："好，张召重的剑给盾牌锁住了，好，好，这一索逃不过了……啊哟，啊哟……糟啦，糟啦！"文泰来忙问："怎么？"骆冰道："那家伙使的是口宝剑，将盾牌上的钩子削断了两根，啊哟，绳索给宝剑割断了……好……唉，这一盾没打中。不好，钩子又断了，总舵主空手跟他打，这不成！那家伙凶得很。好，无尘道长上去了。总舵主退了下来。"文泰来素知无尘剑法凌厉无伦，天下独步，这才放下了心，双手手心中却已全是冷汗。

只听得众人齐声呼叫，文泰来忙问："怎么？"骆冰道："道长施展追魂夺命剑中的大五鬼剑法，快极啦，张召重在连连倒退。"文泰来道："你瞧他脚下是不是在走八卦方位？"骆冰道："他从离宫踏进乾位，啊，现在是走坎宫，踏震位，不错，大哥，你怎么知道？"文泰来道："这人武功精强，我猜他不会真的连连倒退。听说武当派柔云剑术中，有一路剑法专讲守势，先消敌人凌厉攻势，才行反击，这路剑法脚下就要踏准八卦。可惜，可惜！"骆冰道："可惜什么啊？"文泰来道："可惜我看不到。会这路剑法之人当然武功了得，只有遇上了真正的强敌才会使用。如此比剑，一生之中未必能见到几次。"

骆冰安慰他道："下次我求陆老前辈跟道长假打一场，给你看个明白。"文泰来哈哈一笑，道："他们没你这么孩子气。"骆冰伸手搂住他的头颈，忽然叫道："道长在使腿了，这连环迷踪腿当真妙极。"文泰来道："道长缺了左臂，因此腿上功夫练得出神入化，以补手臂不足。当年他威服青旗帮，就是单凭腿法取胜。"

无尘道人少年时混迹绿林，劫富济贫，做下了无数巨案，武功高强，手下兄弟又众，官府奈何他不得。有一次他遇到一位官家小姐，竟然死心塌地的爱上了她。那位小姐却对无尘并没真心，受了父亲教唆，一天夜里无尘偷偷来见她之时，那小姐说："你对我全是假意，没半点诚心。"无尘当然赌誓罚咒。那小姐道："你们男人啊，这样的话个个会说。你隔这么久才来瞧我一次，我可不够。你要是真心爱我，就把你一条膀子砍下来给我。有你这条手臂陪着，也免得我寂寞孤单。"无尘一语不发，真的拔剑将自己的左臂砍了下来。小姐楼上早埋伏了许多官差，一齐涌将出来。无尘已痛晕在地，哪里还能抵抗？

无尘手下的众兄弟大会群豪，打破城池，将他救出，又把小姐全家都捉了来听他发落。众人以为无尘不是把他们都杀了，就是要了这小姐做妻子。哪知他看见小姐，登时心灰意懒，叫众人把她和家人都放了，自己当夜悄悄离开了那地方，就此出家做了道人。

人虽出了家，本性难移，仍是豪迈豁达，行侠江湖，让红花会老当家于万亭请出来做了副手。有一次红花会和青旗帮争执一件事，双方互不相下，只好凭武力以定纷争。青旗帮中有人讥讽无尘只有一条手臂。无尘怒道："我就是全没手臂，似你这样的家伙，十个八个也不放在心上。"当即用绳子将右臂缚在背后，施展连环迷踪腿，把青旗帮的几位当家全都踢倒。青旗帮众人心悦诚服，后来就并入了红花会。铁塔杨成协本是青旗帮帮主，入红花会后坐了第八把交椅。

骆冰说道："好啊！张召重的步法给道长踢乱了，已踏不准八卦方位。"文泰来喜道："道长成名以来，从未遇过敌手，这一次要让张召重知道红花会的厉害……"他语声未毕，忽然骆冰"啊哟"一声，文泰来忙问："什么？"骆冰道："道长在东躲西让，那家伙不知在放什么暗器。黑暗中瞧不清楚，似乎暗器很细。"

文泰来凝神静听，只听得一些轻微细碎的叮叮之声，说道："啊，这是他们武当派中最厉害的芙蓉金针。"这时大车移动，向后退了数丈。骆冰道："道长一柄剑使得风雨不透，护住了全身，金针打不着他,给他砸得四下乱飞,大家在退后躲避。金针似乎不放啦,又打在一起了,还是道长占上风,不过张召重守得挺紧,攻不进去。"

文泰来道:"把我手上绳子解开。"骆冰笑道:"大哥,你瞧我喜欢胡涂啦!"忙用短刀割断他手上绳索,轻轻揉搓他手腕活血。

忽然间外面"当啷"一声响,接着又是一声怒吼。骆冰忙探头出去,说道:"啊哟,道长的剑给削断啦,这位姓张的这把剑真好。大哥,我夺到一匹好马,回头给你骑。"她百忙之中,忽然想到那匹白马。文泰来笑道:"傻丫头,急什么?快瞧道长怎样了。"骆冰道:"这一下好,道长踢中了他一腿,他退了两步。赵三哥上去啦。"文泰来听得无尘道人叽哩咕噜,大声粗言骂人,笑道:"道长是出家人,火气还这样大。你扶我出去,我看三哥和他斗暗器。"骆冰伸手相扶,哪知他腿上臂上伤势甚重,一动就痛得厉害,不禁"啊唷"一声。骆冰道:"你安安稳稳躺着,我说给你听。"

只听得嗤嗤之声连作,文泰来道:"这是袖箭,啊,飞蝗石、甩手箭全出去了,怎么?张召重也用袖箭和飞蝗石,这倒奇了。"骆冰道:"这家伙把赵三哥的暗器全伸手接去啦,又倒着打过来。嗯,真好看,下雨一样,千臂如来真有一手,钢镖、铁莲子、金钱镖,我说不清楚,太多了,那家伙来不及接,可惜……还是给他躲过了。"

忽然蓬的一声猛响,一枝蛇焰箭光亮异常,直向张召重射去,火光直照进大车里来。文泰来一刹那间见到娇妻一张俏脸红扑扑地,眼梢眼角,喜气洋溢,不由得心动,轻轻叫了声:"妹子!"骆冰回眸嫣然一笑,笑容未敛而火光已熄。

赵半山乘张召重在火光照耀下一呆,打出两般独门暗器,一是回龙璧,一是飞燕银梭。

赵半山是浙江温州人,少年时曾随长辈至南洋各地经商,见到当地居民所使的一门猎器极为巧妙,打出之后能自行飞回。后来他入温州王氏太极门学艺,对暗器一道特别擅长,一日想起少年时所见"飞去来器",心想可以化作一项奇妙暗器,经过无数次试制习练,制成一枚曲尺形精钢弯镖,取名为"回龙璧"。至于"飞燕银梭",更是他独运匠心创制而成。一般武术名家,于暗器的发射接避必加钻研,寻常暗器实难相伤。这飞燕银梭却另有巧妙。

张召重剑交左手,将铁莲子、菩提子、金钱镖等细小暗器纷纷拨落,右手不住接住钢镖、袖箭、飞蝗石等较大暗器打回,同时窜上蹲下,左躲右闪,避开来不及接住的各种暗器,心下暗惊:"这人打不完的暗器,当真厉害!"正在手忙足乱之际,忽然迎面白晃晃的一枝弯物斜飞而至,破空之声,甚为奇特。他怕这暗器头上有毒,不敢迎头去拿,一伸手,抓住它的尾巴,不料这回龙璧竟如活的一般,一滑脱手,骨溜溜的飞了回去。赵半山伸手拿住,又打了过来。张召重大吃一惊,不敢再接,伸凝碧剑去砍,忽然飕飕两声,两枚银梭分从左右袭来。

他看准来路,纵起丈余,让两只银梭全在脚下飞过。不料铮铮两声响,燕尾跌落,梭中弹簧机括弹动燕头,银梭突在空中转弯,向上激射。他暗叫不妙,忙伸手在小腹前一挡,一只银梭碰到手心,当即运起内力,手心微缩,银梭来势已消,竟没伤到皮肉。但另一只银梭却无论如何躲不开了,终究刺入他小腿肚中,不由得轻轻"啊"的一声呼叫。

赵半山见他受伤,剑招随至,张召重举剑挡架。赵半山知他凝碧剑是把利刃,不让两剑剑锋相交,剑身微侧,已与凝碧剑剑身平贴,运用太极剑中"黏"字诀,竟把凝碧剑拉过数寸。张召重一惊:"此人暗器厉害,剑法竟也如此了得。"不由得怯意暗生。

他本想凭一身惊人艺业,把对方尽数打败,哪知迭遇劲敌,若非手中剑利,单是那道人便已难敌,眼下小腿又已受伤,不敢恋战,游目四望,只见众侍卫和官兵东逃西窜,囚禁文泰来的大车也已被敌人夺去,不禁大急,唰唰唰三剑,将赵半山逼退数步,拔出小腿上银梭,向他掷去。赵半山低头让过,他已直向大车冲了过去。

骆冰见张召重在赵半山诸般暗器的围攻下手忙脚乱,只喜得手舞足蹈。文泰来道:"十四弟呢?他伤势重不重?大家快去救他回来!"骆冰道:"是!十四弟?他受了伤?"话未说完,张召重已向大车冲来。骆冰"啊哟"一声,双刀吞吐,挡在车前。群雄见张召重奔近,纷纷围拢。

周仲英斜刺里窜出,拦在当路,金背大刀一立,喝道:"你这小子到铁胆庄拿人,不把老夫放在眼里,这笔帐咱们今日来算算!"张召重见他白发飘动,精神矍铄,听他言语,知是西北武林的领袖人物铁胆周仲英,不敢怠慢,挺剑疾刺。周仲英大刀翻转,刀背朝剑身碰去。张召重剑走轻灵,剑刃在刀背上一勒,刀背上登时划了一道一寸多深的口子。

这时周绮、章进、徐天宏、常氏双侠各挺兵刃,四面围攻。张召重见对方人多,凝碧剑"云横秦岭",画了个圈子。众人怕他宝剑锋利,各自抽回兵器。张召重攻敌之弱,对准周绮窜去。周绮举刀当头砍下,张召重左手伸出,已拿住她手腕,反手回拧,将雁翎刀夺了过去。周仲英大惊,两枚铁胆向张召重后心打去。

就在此时,陈家洛三颗围棋子已疾飞而至,分打他"神封"、"关元"、"曲池"三穴。张召重心中一寒,心想黑暗之中,对方认穴竟如此之准,忙挥剑砸飞棋子,只听得风声劲急,铁胆飞近。

张召重听声辨器,转身伸手,去接先打来的那枚铁胆。哪知扑的一声,胸口已被铁胆打中。他不知周仲英靠铁胆成名,另有一门独到功夫,两枚铁胆先发的势缓,后发的势急,初看是一先一后,不料后发者先至,敌人正待躲闪先发铁胆,后发者已在中途赶上,打人一个措手不及。张召重出其不意,只觉得胸口剧痛,身子一摇,不敢呼吸,放开周绮手腕,双臂外振,将挡在前面的章进与徐天宏弹开,奔到车前。

骆冰见他冲到,长刀下撩。张召重剑招奇快,当的一声,削断长刀,乘势跃上大车,拉住骆冰右臂。骆冰右臂被握,短刀难使,左拳猛击敌人面门。群雄见到大惊,奔上救援。张召重抓住骆冰后心,向常氏双侠、周仲英等摔来。常氏双侠怕她受伤,双双伸手托住。

忽然张召重哼了一声,原来后心受了文泰来的一掌,总算他武功精湛,而文泰来又身受重伤,功力大减,饶是如此,还是眼前一阵发黑,痛彻心肺。他不及转身,左手反手把盖在文泰来身上的棉被抓起,挡住了奔雷手第二掌,右手反点文泰来"神藏穴",一把将他拖到车门口,喝道:"文泰来在这里,哪一个敢上来,我先将他毙了!"凝碧剑寒光逼人,如一泓秋水,架在文泰来颈里。

骆冰哭叫:"大哥!"不顾一切要扑上去,陆菲青伸手拉住。张召重说了这几句话,只觉喉口发甜,哇的一声,吐出一大口鲜血。

陆菲青踏上一步,说道:"张召重,你瞧我是谁?"张召重和他暌别已久,月光下看不清楚。陆菲青取出白龙剑,扳转剑尖,和剑柄圈成一个圆圈,手一放,铮的一声,剑身又弹得笔直,微微晃动。

张召重哼了一声，道："啊，是陆师兄！你我划地绝交，早已恩断义绝，又来找我作甚？"陆菲青道："你身已受伤，这里红花会众英雄全体到场，还有铁胆庄周老英雄出头相助，你今日想逃脱性命，这叫难上加难。你虽无情，我不能无义，念在当年恩师份上，我指点你一条生路。"张召重又哼了一声，不言不语。

忽然东边隐隐传来人喊马嘶之声，似有千军万马奔驰而来。红花会群雄听了，惊疑不定。张召重更是惊惶，心想："红花会当真神通广大，在西北也能调集大批人手。"

陆菲青又道："你好好放下文四爷，我请众位英雄看我小老儿的薄面，放一条路让你回去，不过你得立一个誓。"张召重眼见强敌环伺，今日有死无生，听了陆菲青这番话，不由得心动，说道："什么？"陆菲青道："你立誓从此退出官场，不能再给贪官做鹰犬。"张召重热中功名利禄，近年来宦途得意，扶摇直上，要他忽然弃官不做，那直如要了他的性命，心想："今日就算立了个假誓，逃得性命，可是失去了钦犯，皇上和福统领也必见罪，这样我一生也就毁了。好在他们心有所忌，我就舍命拼上一拼。"计算已定，喝道："你们以多胜少，姓张的虽败，也不算丢脸。今日我要和文泰来同归于尽，留个身后之名。将来天下英雄知道了，看你们红花会颜面往哪里搁去。"杨成协大叫："你甘心做鞑子走狗，还不算丢脸，充你妈的臭字号！"张召重无言可答，左手放下文泰来，搁在膝头，挽住骡子缰绳一提，大车向前驰去。

群雄要待上前抢夺，怕他狗急跳墙，真个伤害文泰来性命，投鼠忌器，好生为难。骆冰见丈夫受他挟制，不言不动，眼见大车又一步步的远去，不禁五内俱裂，叫道："你放下文四爷，我们让你走，也不叫你发什么誓啦。"张召重不理，赶着大车驶向清兵队去。

众侍卫和清兵逃窜了一阵，见敌人不再追杀，慢慢又聚集拢来。瑞大林见张召重驶着大车过来，命兵丁预备弓箭接应，说道："听我号令放箭。"这时远处人马奔驰之声越来越近，红花会和清兵双方俱各惊疑，均怕对方来了援兵。

陈家洛高声叫道："九哥、十三哥、孟大哥、安大哥去冲散了鹰爪！"卫春华等挺起兵刃，朝清兵队里杀去。陆菲青背后闪出一个少年,说道:"我也去!"跟着冲去。陈家洛见此人是陆菲青的徒儿李沅芷,不禁眉头微微一皱。

那天陆菲青落后一步,傍晚与李沅芷见了面。这姑娘连日见到许多争斗凶杀,热闹非凡,再也熬不住,定要师父带她同去参与相救文泰来。陆菲青拗她不过,要她立誓不得任性胡来。李沅芷听得师父口气松动,乐得眉花眼笑,罚了一大串的咒,说:"要是我不听师父的话,教我出天花,生一脸大麻子,教我害癫痫,变成个丑秃子。"陆菲青心想:"女孩儿们最爱美貌,她这般立誓,比什么'死于刀剑之下'等等还重得多。"于是一笑答允。李沅芷写了封信留给母亲,说这般走法太过气闷,是以单身先行上道,赶到杭州去会父亲,明知日后母亲少不免有几个月啰唆,可是好戏当前,机缘难逢,也顾不得这许多了。

师徒两人赶上红花会群雄之时,他们正得到讯息,张召重要从赤套渡头过河。一场夜战,陆菲青总是不许李沅芷参与。她见群雄与张召重恶斗,各人武功艺业,俱比自己不知高了多少倍,不禁暗暗咋舌,眼见卫春华等去杀清兵,也不管自己父亲做的是什么官,女孩儿家觉得有趣,就跟在后面杀了上去,心想:"这次我不问师父,教他来不及阻挡。他既没说话,我也就不算不听他的话。"

陈家洛向众人轻声嘱咐,大家点头奉命。赵半山首先窜出,手一扬,两枝袖箭钉入拖着大车的骡子双眼。骡子长啸悲鸣,人立起来。章进奔向大车之后,奋起神力,拉住车辕,大车登时如钉住在地,再不移动。常赫志、常伯志兄弟抢到大车左右,两把飞抓向张召重抓去。张召重挥剑挡开。杨成协大喝一声,跳上大车来抢文泰来。张召重劈面一拳,杨成协侧过身子,以左肩硬接了他这一拳,双手去抱文泰来,同时无尘和徐天宏在车后钻进,袭击张召重背心。陈家洛对心砚道:"上啊!"两人"燕子穿云",飞身纵上车顶,俯身下攻。

张召重一拳打在杨成协肩头,见他竟若无其事的受了下来,心中一怔,百忙中哪有余暇细想,见他去抢文泰来,左手一把抓住他后心,此时常氏兄弟两把飞抓分从左右抓来,张召重单剑横挡,一招"倒提金钟",把杨成协一个肥大身躯扯下车来。

火手判官眼观六路,耳听八方,前敌甫却,只听得头顶后心齐有敌人袭到,身子前俯,左手已抓住一把芙蓉金针,微微侧身,向车顶和车后敌人射出。

陈家洛见他挥手,知他施放暗器,挺盾牌挡在身前,叮叮数声,金针跌落在地,右手在心砚肩上一推,将他推下车顶,饶是手法奇快,只听得心砚"啊哟"连叫,知已中了暗器,忙跳下去救。那边无尘和徐天宏在车后进攻,金针掷来,无尘功力深厚,向后仰跃,身子如一枝箭般从大车里向后直射出去。他这一下去得比金针更快更远,金针竟追他不上。徐天宏可没这手功夫,百忙中掀起车中棉被一挡,左肩露出空隙,一阵酸麻,跌下车来。

章进抢过扶起,忙问:"七哥,怎么了?"语声未毕,忽然背上剧痛,竟是中了一箭,一个踉跄,只听得陈家洛大呼:"众位哥哥,大家聚拢来。"这时背后箭如飞蝗密雨般射来,章进左手搭在无尘肩上,右手挥动狼牙棒不住拨打来箭。无尘道:"十弟,别动!沉住气。"按住他血脉来路,轻轻把箭拔下,撕下道袍衣角,替他裹住箭创。

只见东面大队清兵,黑压压的一片正自涌将过来,千军万马,声势惊人。群雄逐渐聚集,卫春华等也已退转。陈家洛道:"哪两位哥哥前去冲杀一阵?"无尘与卫春华应声而出。陈家洛道:"大家赶紧分散,退到那边土丘之后。"众人应了。陈家洛道:"三哥、五哥、六哥!咱们再来。"四人分头攻向大车。

卫春华手挺双钩,冒着箭雨,杀奔清兵阵前。无尘赤手空拳,在空中接了一枝箭,以箭拨箭,跟在卫春华后面。两人转眼没入阵中。无尘夺了一柄刀,以刀作剑,四下冲杀。清兵势大,这两人哪里阻挡得住?不一刻,先头马军已奔到群雄跟前。

张召重见援兵到达,大喜过望,这时他呼吸紧迫,知道自己伤势不轻,见陈家洛等又攻上车来,不敢抵抗,举起文泰来身子团团挥舞。舞得几舞,数十骑马军已举起马刀向陈家洛等砍来。陈家洛眼见如要硬夺文泰来,势必伤了他性命,当下一声唿哨,与赵半山、常氏双侠冲向土丘。

四人奔到,见众人已聚,点查人数,无尘、卫春华杀入敌阵未回,此外还不见徐天宏、周绮、李沅芷、周仲英、孟健雄五人。陈家洛忙问:"见到七哥和周老英雄他们么?"章进躺在地下,抬头道:"七哥受了伤,还没回来吗?我去找。"站起身来,挺了狼牙棒就要冲出去,他背上箭创甚重，摇摇晃晃，立足不定。石双英道："十哥你别动，我去。"蒋四根道："我也去。"陈家洛道："十三哥，你与四嫂冲到河边，备好筏子。"蒋四根和骆冰应了。骆冰伤心过度，心中空空洞洞地，随着蒋四根去了。

石双英手持单刀，飞身上马，绕过土丘。这时清兵大队已漫山遍野而来，他骑上高地，纵目远望，不见徐天宏等人，只得冲入敌阵，到处寻找。

不久，周仲英和孟健雄两人奔到。陈家洛忙问："见到周姑娘吗？"周仲英焦急异常，不住摇头。陆菲青道："我那小徒也失陷了，我去找。"安健刚道："我跟你去。"

陈家洛道："这里乱箭很多，大家捡起来，我去夺几张弓。"说罢上马，冲入清兵弓箭队，绳索挥去，已将两名弓箭手击倒，绳索倒卷回来，把跌在地下的两张弓卷起。清兵大喊大叫，四五柄枪攒刺过来。陈家洛舞动绳索，清兵刀枪纷纷脱手，不一会已抢得八张弓在手，拨转马头，正要退走，忽然清兵两边散开，人衖堂里冲出几骑马来。当先一人正是无尘道人，后面安健刚拖着卫春华的双手。陈家洛见卫春华满身血污，大惊之下，当即迎上前去断后。清兵见这几人凶狠异常，不敢拦阻，让他们退到了土丘之后。

陈家洛将夺来的弓交给赵半山，忙来看卫春华。无尘道："九弟杀脱了力，有点神智胡涂了。不碍事。"卫春华仍在大叫大嚷："杀尽了狗官兵。"陈家洛道："见到七哥和十二哥吗？"无尘道："我去找。"陈家洛道："还有周姑娘和陆老前辈的徒弟。"

无尘应了，上马提刀，冲入清兵队中。一名千总跃马提枪冲来，无尘让过来枪，一刀刺入他的心窝。那千总登时倒撞下马。他手下的兵卒发一声喊，四散奔走。无尘尽拣人多处杀将过去，刀锋到处，清兵纷纷落马。他冲了一段路，忽见一群官兵围着呐喊，人堆里发出金铁交并之声，忙纵马直奔过去，只见石双英挺着单刀，力战三员武将，四下清兵又东一枪、西一刀的围攻，他正自抵敌不住，忽见无尘到来，大喜叫道："找到七哥了吗？"无尘道："你向前冲，别管后面。"石双英依言挥刀向前猛砍，纵马向前，只听得身后连续三声惨叫，接着清兵齐声惊呼，不约而同的退了开去。石双英回头望去，见三员武将都已杀死在地，他和这三员武将打了半天，知他们武功精熟,均非泛泛之辈,岂知一转身间全被无尘料理了,对这位二哥不禁佩服无已。

两人奔回土丘,徐天宏等仍无下落。这时清军一名把总领了数十名兵卒冲将过来。赵半山、常氏双侠、孟健雄等弯弓搭箭,一箭一个,将当头清兵射倒了十多名。其余的退了回去,站在远处吆喝,不敢再行逼近。

陈家洛把坐骑牵上土丘,对安健刚道:"安大哥,请你给我照料一下,防备冷箭。"安健刚应了,站在马旁。陈家洛纵身跳上马背,站在鞍上瞭望,只见清兵大队浩浩荡荡的向西而去。忽然号角声喧,一条火龙蜿蜒而来,一队清兵个个手执火把,火光里一面大纛迎风飘拂。陈家洛凝神望去,见大纛上写着"定边将军兆"几个大字。这队清兵都骑着高头大马,手执长矛大戟,行走时发出铿锵之声,看来兵将都身披铁甲。

无尘心中焦躁,说道:"我再去寻七弟他们。"常赫志道:"道长你休息一下,让我们兄弟去……"他话未说完,无尘早已冲了出去。他双腿夹在坐骑胸骨上,上身向前伸出,挥刀替马匹开路,清兵"啊!""唷!"声中,无尘马不停蹄,在大队人马中兜了个圈子,杀了十余人,又再绕回,四下找寻,全不见徐天宏等的踪迹。

群雄俱各担心徐天宏等已死在乱军之中,只是心中疑虑,不敢出口。忽然间远处尘头大起,当先一骑飞奔而来,奔到相近,看出是蒋四根,只听他高声大叫:"快退,快退,铁甲军冲过来了。"陈家洛道:"大家上马,冲到河边。"群雄齐声答应。

周仲英心悬爱女,可是千军万马之中却哪里去找?孟健雄、安健刚、石双英分别把卫春华、章进等伤者扶起,一匹马上骑了两人。各人刚上得马,火光里铁甲军已然冲到。

常氏双侠见清兵来势凶恶,领着众人绕向右边。常赫志道:"铁甲军使神臂弓,力量很大,咱们索性冲进龟儿子队里。"常伯志道:"好!"两人当先驰入清兵队中,群雄紧跟在后。常氏双侠嫌飞抓冲杀不便,藏入怀里,一个夺了柄大刀,一个抢了枝长矛,刀砍矛挑,杀开一条血路,直冲向黄河边上。铁甲军见他们冲入人群,黑暗里不敢使用硬弩,怕伤了自己人,只随后紧赶。一时黄河边人马践踏,乱成一团。

群雄互相不敢远离,混乱中奔到了河岸。蒋四根把铁桨往河边沙滩上一插,扑通一声,先跳下河去接筏。骆冰撑着羊皮筏子靠岸,先接章进等伤者下筏。陈家洛叫道:"大家快上筏子,道长、二哥、周老英雄,咱们四人殿后……"话未说毕,神臂弓强弩已到。无尘叫道:"冲啊!"四人反身冲杀。

无尘一刀向当头一名铁甲军咽喉刺去,哪知一刺之下,竟刺不进去。原来这刀杀人太多,刀口已经卷了。那铁甲军长枪刺来,无尘抛去钢刀,举臂横格,将那枪震得飞上半天。周仲英金刀起处,将数名清兵砍下马来。赵半山拈起一枚钢镖,对准马上清兵胸口的"膻中穴"射去,只听得当的一声,那清兵竟若无其事的冲到跟前。原来铁甲军全身铁甲,身上不受暗器。这时无尘已抢得一枝铁枪,向那清兵的脸上直搠过去。赵半山钱镖疾发,连珠般往敌军眼珠射去,饶是黑夜中辨认不清,还是打瞎了五六人的眼珠,痛得他们双手在脸上乱抓乱挖。这时除陈家洛等四人外,余人都已上了筏子。

铁甲军训练有素,虽见对方凶狠,仍鼓勇冲来。陈家洛见一名将官骑在马上,举起马刀指挥,一个"燕子三抄水",已纵到他跟前。那将官忙举刀砍去,刀到半空,突然手腕奇痛,马刀已到了敌人手中,同时身子一麻,已被敌人拉下马来,挟住奔向河岸。清兵见主将被擒,忙来争夺,但已不敢放箭。

陈家洛揪住那将官的辫子,在清兵喊叫声中奔向水边,与无尘、赵半山、周仲英都纵到了筏上。蒋四根拔起铁桨,与骆冰双桨摇动,将筏子划向河心。

河水正自大涨,水势汹涌,两只羊皮大筏向下游如飞般流去。眼见铁甲军人马愈来愈小,再过一会,惟见远处火光闪动,水声轰隆,大军人马的喧哗声却渐渐听不到了。

群雄定下心来,照料伤者。卫春华神智渐清,身上倒没受伤。赵半山是暗器能手,医治箭创素所擅长,于是替杨成协和章进裹了伤口。章进伤势较重,但也无大碍。心砚中了数枚金针,痛得叫个不停,原来张召重手劲特重,金针入肉着骨。赵半山从药囊中取出一块吸铁石,将金针一枚一枚的吸出,再为他敷药裹伤。骆冰掌住了舵,一言不发。这一役文泰来没救出,反而失陷了徐天宏、周绮、陆菲青师徒四人,余鱼同也不知落在何方。

陈家洛道:"咱们只道张召重已如瓮中之鳖,再也难逃,哪知清兵大队恰会在此时经过。早知如此,咱们合力齐上,先料理了这奸贼,或者把文四哥夺回来,岂不是好?"说罢恨恨不已。众人心情沮丧,都说不出话来。

陈家洛解开了那清军将官的穴道,问道:"你们大军连夜赶路,捣什么鬼?"那将官昏昏沉沉,一时说不出话来。杨成协劈脸一拳,喝道:"你说不说?"那将官捧住腮帮子,连道:"我说……我说……说什么?"陈家洛道:"你们大军干么连夜赶路?"那将官道:"定边将军兆惠大将军奉了圣旨,要克日攻取回部,他怕耽搁了期限,又怕回人得到讯息,有了防备,因此连日连夜的行军。"

陈家洛道:"回人好端端的,又去打他们干么?"那将官道:"这个……这个我就不知道了。"陈家洛道:"你们要去回疆,怎么又来管我们的闲事?"那将官道:"兆大将军得报有小股土匪骚扰,命小将领兵打发,大军却没停下来。"他话未说完,杨成协又是一拳,喝道:"你他妈的才是大股土匪!"那将官道:"是,是!小将说错了。各位是大股的英雄好汉……"

陈家洛沉吟了半晌,将兆惠将军的人数、行军路线、粮道辎重等问个仔细,那将官有的不知道,知道的都不敢隐瞒。陈家洛高声叫道:"筏子——靠——岸。"骆冰和蒋四根将筏子靠到黄河边上,众人登岸。这时水势更大了,轰轰之声,震耳欲聋。

陈家洛命杨成协将那将官带开,对常氏双侠道:"五哥、六哥,你们两位赶回头,查看四哥、七哥、十四弟,以及周姑娘、陆老英雄师徒下落。只盼他们没什么三长两短。要是落入了官差之手,定然仍奔北京大道。咱们在前接应,设法打救。"常氏双侠应了,往西而去。

陈家洛向石双英道:"十二哥,我想请你办一件事。"石双英道:"请总舵主吩咐。"陈家洛从心砚背上包裹中取出笔砚纸墨,在月光下写了一封信,说道:"这封信请你送去回部木卓伦老英雄处通报讯息。他们跟咱们虽只一面之缘,但肝胆相照,说得上一见如故。朋友有难,咱们不能袖手。四嫂,你这匹白马借给十二哥一趟。"原来众人在混乱中都把马匹丢了,只有骆冰宝爱白马,又念念不忘要将马送给丈夫,一直将马留在筏上。石双英骑上白马,绝尘而去。马行神速,预计一日内就可赶过大军,让木卓伦闻警后好筹划防备。

安排已毕,陈家洛命蒋四根将那将官反剪缚住,抛在筏子上顺水流去,是死是活,瞧他的运气了。

周绮突然见到自己在水中的倒影,心想:「糟糕,这副鬼样子全教他瞧去了。」于是映照着溪水洗净了脸,十指权作梳子,梳理了头发。

第六回

有情有义怜难侣
无法无天赈饥民

周绮在乱军之中与众人失散,满眼望去,全是清兵,随手砍翻了冲到身边的几名,只见兵卒四面八方的涌到,心中慌乱,纵马乱奔。跑了一程,又遇到一队官兵,她不敢迎战,回头落荒而走,黑暗中马足不知在什么东西上一绊,突然跪倒。她此时又疲又怕,坐得不稳,一个倒栽葱跌下马来,后脑在硬土上重重一撞,晕了过去。幸而天黑,清兵并未发现。

昏迷中也不知过了多少时候,突然眼前一亮,隆隆巨响,接着脸上一阵清凉,许多水点泼到了头上,周绮睁开眼来,但见满天乌云,大雨倾盆而下,"啊哟"一声,跳起身来,忽然身旁一人也坐了起来。周绮吃了一惊,忙从地上抓起单刀,正想砍去,突然两人都惊叫起来,原来那人是徐天宏。

徐天宏叫道:"周姑娘,怎么你在这里?"周绮在乱军中杀了半夜,父亲也不知去了何方,突然遇到徐天宏,虽然素来不喜此人,专和他拌嘴,毕竟是遇到了自己人,饶是俏李逵心胆粗豪,不让须眉,这时也不禁要掉下泪来。她咬嘴唇忍住,说道:"我爹爹呢?"徐天宏忽打手势叫她伏下,轻声道:"有官兵。"周绮忙即伏低,两人慢慢爬到一个土堆后面,探头往外张望。

这时天已黎明,大雨之中,见数十名清兵在掩埋死尸,一面掘地,一面大声咒骂。

过了一会,尸体草草埋毕,一名把总高声吆喝:"张得标、王升,四边瞧瞧,还有尸首没有?"两名清兵应了,站上高地四下张望,见二人伏在地下,叫道:"还有两具。"

周绮听得把自己当作死尸,心中大怒,便要跳起来寻晦气。徐天宏一把拖住她手臂,低声道:"等他们过来。"两名清兵拿了铁锹走来,周徐二人一动不动装死,待两兵走近俯身伸手要拉,突然各刺一刀,插入两兵肚腹。两兵一声也来不及叫,已然丧命。

那把总等了半天,不见两兵回来,雨又下得大,好生不耐烦,口中王八羔子的骂人,骑了马过来查看。徐天宏低声道:"别作声,我夺他的马。"那把总走到近处,见两兵死在当地,大吃一惊,正待叫人,徐天宏一个箭步,已窜了上去,挥刀斜劈。那把总手中未拿兵器,举起马鞭一挡,连鞭带头,给砍下马来。徐天宏挽住马缰,叫道:"快上马!"周绮一跃上马,徐天宏放开脚步,跟在马后。

众清兵发见敌踪,大声呐喊,各举兵刃追来。徐天宏奔不得几十步,左肩上被金针射中处愈来愈痛,难以忍受,一阵昏迷,跌倒在地。周绮回头观看敌情,忽见徐天宏跌倒,忙勒转马头,奔到他身旁,俯身伸手,将他一把提起,横放鞍上,刀背敲击马臀,那马如飞而去。众清兵叫了一阵,哪里追赶得上?

周绮见清兵相离已远,将刀插在腰里,看徐天宏时,见他双目紧闭,脸如白纸,呼吸细微,心中很是害怕,不知怎么是好,只得将他扶直了坐在马上,左手抱住他腰,防他跌落,尽拣荒僻小路奔驰。跑了一会,见前面黑压压的一片森林,催马进林,四周树木茂密,稍觉安心。这时雨已停歇,她下了马,牵马而行,到了林中一处隙地,见徐天宏仍是神智昏迷,想了一想,把他抱下马来,放在草地上,自己坐下休息,让马吃草。她一个二十岁不到的姑娘,孤零零坐在荒林之中,眼前这人不知是死是活,束手无策之余,不禁悲从中来,抱头大哭,眼泪一点一点滴在徐天宏脸上。

徐天宏在地上躺了一会,神智渐清,以为天又下雨,微微睁开眼睛,只见眼前一张俏脸,一对大眼哭得红红的,泪水扑扑扑的滴在自己脸上。他哼了一声,左肩又痛,不由得叫了声"啊哟"!

周绮见他醒转,心中大喜,忽见自己眼泪又是两滴落在他嘴角边,忙掏出手帕,想给他擦,刚伸出手,骤然警觉,又缩了回来,怪他道:"你怎么躺在我跟前,也不走开些。"徐天宏"嗯"了一声,挣扎着要爬起。周绮道:"算了,就躺在这儿吧。咱们怎么办呀?你是诸葛亮,爹爹说你鬼心眼儿最多的。"徐天宏道:"我肩上痛得厉害,什么也不能想。姑娘,请你给我瞧瞧。"周绮道:"我不高兴瞧。"口中这么说,终究还是俯身去看,瞧了一会,说道:"好端端的,没有什么,又没血。"

徐天宏勉力坐起身来,右手用单刀刀尖将肩头衣服挑开了个口子,斜眼细看,说道:"这里中了三枚金针,打进肉里去了。"金针虽细,却是深射着骨,痛得他肩上犹如被砍了三刀一般。周绮道:"怎么办呢?咱们到市镇上找医生去吧?"徐天宏道:"那不成。昨晚这一闹,四厢城镇谁不知道?咱们这一身打扮,又找医生治伤,直是自投罗网。这本该用吸铁石吸出来,这会儿却到哪里找去?劳你的驾,请用刀把肉剜开,拔出来吧。"

周绮半夜恶斗,杀了不少官兵,面不改色,现在要她去剜徐天宏肩上肌肉,反倒踌躇起来。徐天宏道:"我挺得住,你动手吧……等一下。"他在衣上撕下几条布条,交给周绮,问道:"身边有火折子么?"周绮一摸囊中,道:"有的,干么呀?"徐天宏道:"请你捡些枯草树叶来烧点灰,待会把针拔出,用灰按着创口,再用布条缚住。"

周绮照他的话做了,烧了很大的一堆灰。徐天宏笑道:"成了,足够止得住一百个伤口的血。"周绮气道:"我是笨丫头,你自己来吧!"徐天宏陪笑道:"是我说错了,你别生气。"周绮道:"哼,你也会知错?"右手拿起单刀,左手按向他肩头针孔之旁。她手指突然碰到男人肌肤,不禁立刻缩回,只羞得满脸发烧,直红到耳根子中去。

徐天宏见她忽然脸有异状,虽是武诸葛,可不明白了,问道:"你怕么?"周绮嗔道:"我怕什么?你自己才怕呢!转过头去,别瞧。"徐天宏依言转过了头。周绮将针孔旁肌肉捏紧,挺刀尖刺入肉里,轻轻一转,鲜血直流出来。徐天宏咬紧牙齿,一声不响,满头都是黄豆般大的汗珠。周绮将肉剜开,露出了针尾,用徐天宏的衣衫抹去针尾鲜血,右手拇指食指紧紧捏住,力贯双指一提,便拔了出来。

徐天宏脸如白纸,仍强作言笑,说道:"可惜这枚针没针鼻,不能穿线,否则倒可给姑娘绣花。"周绮道:"我才不会绣花呢,去年妈教我学,我弄不了几下,就把针折断了,又把绷子弄破啦。妈骂我,我说:'妈,我不成,你给教教。'你猜她怎么说?"徐天宏道:"她说:'拿来,我教你。'"周绮道:"哼,她说:'我没空。'后来给我琢磨出来啦,原来她自己也不会。"徐天宏哈哈大笑,说话之间又拔了一枚针出来。

周绮笑道:"我本来不爱学,可是知道妈不会,就偏磨着要她教。妈给我缠不过,她说:'你再胡闹,告诉爹打你。'她又说:'你不会针线,哼,将来瞧你……'"说到这里突然止住,原来她妈当时说:"将来瞧你找不找得到婆家。"徐天宏问道:"将来瞧你怎么啊?"周绮道:"别啰唆,我不爱说了。"

口中说话,手里不停,第三枚金针也拔了出来,用草灰按住创口,拿布条缚好,见他血流满身,仍是脸露笑容,和自己有说有笑,也不禁暗暗钦佩,心想:"瞧不出他身材虽矮,倒也是个英雄人物。要是人家剜我的肉,我会不会大叫妈呢?"想到爹娘,又是一阵难受。这时她满手是血,说道:"你躺在这里别动,我去找点水喝。"

一望地势,奔出林来,走了数百步,找到一条小溪,大雨甫歇,溪水流势湍急,将手上的血在溪中洗净了,俯身溪上,突然看见自己在水中的倒影,只见头发蓬松,身上衣服既湿且皱,脸上又是血渍又是泥污,简直不成个人样,心想:"糟糕,这副鬼样子全教他看去了。"于是映照溪水,洗净了脸,十指权当梳子,将头发梳好编了辫子,在溪里舀些水喝了,心想徐天宏一定口渴,可是没盛水之具,颇为踌躇,灵机一动,从背上包里取出一件衣服,在溪水里洗干净了,浸得湿透,这才回去。

徐天宏刚才和周绮说笑,强行忍住,此时肩上剧痛难当,等她回转,已痛得死去活来。周绮见他脸上虽然装得并不在乎,其实一定很不好受,怜惜之念,油然而生,叫他张开嘴,将衣中所浸溪水挤到他口里,轻声问道:"痛得厉害么?"

徐天宏一直将这个莽姑娘当作斗智对手,向来没存男女之见。哪知自己受伤,偏偏是这个朋友中的惟一对头护持相救,心中对她所怀厌憎之情一时尽除。这时周绮软语慰问,他一生不是在刀山枪林中厮混,便是在阴谋诡计中打滚,几时消受过这般温柔辞色,不由得感动,望着她怔怔的说不出话来。

周绮见他发呆,只道他神智又胡涂了,忙问:"怎么,你怎么啦?"徐天宏定了定神,说道:"好些了,多谢你。"周绮道:"哼,我也不要你谢。"徐天宏道："咱们在这里不是办法，可也别上市镇，得找个偏僻的农家，就说咱们是兄妹俩……"周绮道："我叫你哥哥？"徐天宏道："你要是觉得我年纪太大，那就叫我叔叔。"周绮道："呸，你像吗？就叫你哥哥好啦。不过只在有人的时候叫，没人的时候我可不叫。"徐天宏笑道："好，不叫。咱们对人说，在路上遇到大军，把行李包裹都给抢去啦，还把咱们打了一顿。"两人商量好了说话，周绮将他扶起。

徐天宏道："你骑马，我脚上没伤，走路不碍。"周绮道："爽爽快快的骑上去。你瞧不起女人，是不是？"徐天宏笑笑，只得上了马。两人出得树林，面对着太阳拣小路走。西北是荒僻之地，不像南方处处桑麻、处处人家，两人走了一个多时辰，又饥又累，好容易才望见一缕炊烟，走近时见是一间土屋。行到屋前，徐天宏下马拍门，过了半晌，出来一个老妇，见两人装束奇特，不住的打量。徐天宏将刚才编好的话说了，向她讨些吃的。

那老妇叹了一口气，说道："害死人的官兵。客官，你贵姓？"徐天宏道："姓周。"周绮望了他一眼，却不说话。那老妇把他们迎进去，拿出几个麦饼来。两人饿得久了，虽然麦饼又黑又粗，也吃得十分香甜。

那老婆婆说是姓唐，儿子到镇上卖柴给狗咬了，一扁担把狗打死，哪知这狗是镇上大财主家的，给那财主叫家丁痛打了一顿，回家来又是伤又是气，过得几天就死了。媳妇少年夫妻，一时想不开，丈夫死后第二夜上了吊，留下老婆子孤苦伶仃一人。老婆婆边说边淌眼泪。

周绮听了大怒，问那财主叫什么，住在哪里。老婆婆说："这杀才也姓唐，人家当面叫他唐六爷唐秀才，背后都叫他糖里砒霜。他住在镇上，镇上就数他的屋子最大。"周绮问道："什么镇？怎样走法？"老婆婆道："那个镇啊，这里往北五里路，过了坡，上大路，向东再走二十里，那就是了，叫文光镇。"周绮霍地站起，抄起单刀，对徐天宏道："喂……哥……哥我出去一下，你在这里休息。"徐天宏见她神情，知她要去杀那糖里砒霜，说道："要吃糖嘛，晚上吃好吃些。"周绮一楞，明白了他意思，点点头，坐了下来。

徐天宏道："老婆婆，我身上受了伤，行走不得，想借你这里过一夜。"那老婆婆道："住是不妨，穷人家没什么吃的，客官莫怪。"徐天宏道:"老婆婆肯收留我们,那是感激不尽。我妹子全身都湿了,老婆婆有旧衣服,请借一套给她换换。"老婆婆道:"我媳妇留下来的衣裳,姑娘要是不嫌弃,就对付着穿穿,怕还合身。"周绮去换衣服,出来时,见徐天宏已在老婆婆儿子房里的炕上睡着了。

到得傍晚,徐天宏忽然胡言乱语起来,周绮在他额角一摸,烧得烫手,想是伤口化脓。她知道这情形十分凶险,可是束手无策,不知怎么办好,心中一急,也不知是生徐天宏的气,还是生自己的气,举刀在地上乱剁,剁了一会,伏在炕上哭了起来。那老婆婆又是可怜又是害怕,也不敢来劝。周绮哭了一会,问道:"镇上有大夫吗?"老婆婆道:"有,有,曹司朋大夫的本事是最好的了,不过他架子很大,向来不肯到我们这种乡下地方来看病。我儿子伤重,老婆子和媳妇向他磕了十七八个响头,他说什么也不肯来一趟……"周绮不等她说完,抹了抹眼泪,便道:"我这就去请。我……哥哥在这里,你瞧着他些。"老婆婆道:"姑娘你放心,唉,那大夫是不肯来的。"

周绮不再理她,将单刀藏在马鞍之旁,骑了马一口气奔到文光镇上,天已入夜,经过一家小酒店,一阵阵酒香送将出来,不由得酒瘾大起,心道:"先请医生把他的伤治好再说,酒嘛,将来还怕没得喝么?"见迎面来了一个小厮,问明了曹司朋大夫的住处,径向他家奔去。

到得曹家,打了半天门,才有个家人出来,大剌剌地问:"天都黑了,砰嘭山响的打门干么?报丧吗?"周绮大怒,但想既然是来求人,不便马上发作,忍气道:"来请曹大夫去瞧病。"那家人道:"不在家。"也不多话,转身就要关门。

周绮急了,一把拉住他手臂,提出门来,拔出单刀,说道:"他在不在家?"那人吓得魂不附体,颤声道:"真的……真的不在家。"周绮道:"到哪里去啦? 快说。"那家人道:"到小玫瑰那里去了。"周绮将刀在他脸上一擦,喝道:"小玫瑰是什么东西? 在哪里?"那家人道:"小玫瑰是个人。"周绮道:"胡说! 哪有好端端的人叫小玫瑰的?"那家人急了,道:"大……王……姑娘,小玫瑰是个婊子。"周绮怒道:"婊子是坏人,到她家里去干么?"那家人心想这姑娘强凶霸道,可是世事一窍不通,想笑又不敢笑,只得不言语了。周绮怒道:"我问你,怎么不说话?"那家人道:"她是我们老爷的相好。"周绮这才恍然大悟,呸了一声道:"快领我去,别再啰唆啦!"那家人心想:"我几时啰唆过啦,都是你在瞎扯。"但冷冰冰的刀子架在颈里,不敢不依。

两人来到一家小户人家门口,那家人道:"这就是了。"周绮道:"你打门,叫大夫出来。"那家人只得依言打门,鸨婆出来开门。那家人道:"有人要我们老爷瞧病,我说老爷没空,她不信,把我逼着来啦。"那鸨婆白了他一眼,啪的一声把门关了。

周绮站在后面,抢上拦阻已然不及,在门上擂鼓价一阵猛敲,里面声息全无,心中大怒,在那家人背上踢了一脚,喝道:"快滚,别在姑娘眼前惹气。"那家人被她踢了个狗吃屎,口里唠唠叨叨的爬起来走了。

周绮待他走远,纵身跳进院子,见一间房子纸窗中透出灯光,轻轻走过去伏下身来,只听得两个男人的声音在说话,心中一喜,怕的是那大夫在跟婊子鬼混,可就不知如何是好了。用手指沾了唾沫,湿破窗纸,附眼里张,见房里两个男子躺在一张睡榻上说话。一个身材粗壮,另一个是瘦长条子,一个妖艳的女子在给那瘦子捶腿。

周绮正想喝问:"哪一个是曹司朋?快出来!"只见那壮汉把手一挥。周绮一怔,见那女子站了起来,笑道:"哥儿俩又要商量什么害人的花样啦,给儿孙积积德吧,回头别生个没屁眼的小子。"那壮汉笑喝:"放你娘的臭屁。"那女子笑着走了出来,把门带上,转到内堂去了。周绮心想:"敢情这女子就是小玫瑰,真不要脸。不过她的话还说得在理。"

只见那壮汉拿了四只元宝出来,放在桌上,说道:"曹老哥,这里是二百两银子,咱们是老交易,老价钱。"那瘦子道:"唐六爷,这几天大军过境,你六爷供应军粮,又要大大发一笔财啦。"周绮一听又喜又怒,喜的是那糖里砒霜竟在此地,不必另行去找,多费一番手脚,怒的是大军害得她吃了这许多苦头,原来此人还帮害人的大军办事。

那壮汉道:"那些泥腿子刁钻得很,你道他们肯乖乖的缴粮出来么?这几天我东催西迫,人都累死啦。"那瘦子笑道:"这两包药你拿回去,有得你乐的啦。这包红纸包的给那娘儿吃,不上一顿饭功夫,她就人事不知,你爱怎么摆布就怎么摆布,这可用不着兄弟教了吧?"两人哈哈大笑。那瘦子又道:"这包黑纸包的给那男人服,你只说给他医伤,吃后不久,他就伤口流血而死。别人只道他创口破裂,谁也疑心不到你身上。你说兄弟这着棋怎么样?"那壮汉连说:"高明,高明。"

那瘦子道:"六爷,你人财两得,酬劳兄弟二百两银子,似乎少了一点吧?"那壮汉道:"曹老哥,咱们自己哥儿,明人不说暗话,那雌儿相貌的确标致。她穿了男装,我已经按捺不住啦,后来瞧出来她是女子扮的,嘿嘿,送到嘴边的肥肉不食,人家不骂我唐六祖宗十八代没积阴功么?那个男的,真的没多少油水,只是他们两人一路,我要了那雌儿,总不能让那男的再活着。"那瘦子道:"你不是说他有一枝金子打的笛子?单是这枝笛子,也总有几斤重吧?"那壮汉道:"好啦,好啦,我再添你五十两。"又拿出一只元宝来。

周绮越听越怒,一脚踢开房门,直抢进去。那壮汉叫声"啊哟",飞脚踢她握刀的手腕。周绮单刀翻处,顺手将他右脚剁了下来,跟着一刀,刺进心窝。

那瘦子在一旁吓得呆了,全身发抖,牙齿互击,格格作响。周绮拔出刀来,在死尸衣上拭干血渍,左手抓住瘦子胸口衣服,喝道:"你就是曹司朋么?"那瘦子双膝一曲,跪倒在地,说道:"求……姑娘……饶命……我再也不敢了。"周绮道:"谁要你的性命?起来。"曹司朋颤巍巍的站起,双膝发软,站立不稳,又要跪下。周绮将桌上五只元宝和两包药都放在怀里,说道:"出去。"

曹司朋不知她用意,只得慢慢走出房门,开了大门。鸨婆听见声音,在里面问:"谁呀?"曹司朋不敢做声。周绮押着他去牵了自己坐骑,两人上马驰出镇去。

周绮拉住他坐骑的缰绳,喝道:"你只要叫一声,我就剁你的狗头。"曹司朋连说:"不敢。"周绮怒道:"你说我不敢剁?我偏偏剁给你看。"说着拔出刀来。曹司朋忙道:"不,不,不是姑娘不敢剁,是……是小的不敢叫。"周绮一笑,还刀入鞘,心道:"我还真不敢剁你的狗头呢,否则谁来给他治病?"

不到一个时辰,两人已来到那老妇家。周绮走到徐天宏炕前,见他昏昏沉沉的,烛光下但见满脸通红,想是烧得厉害。周绮一把将曹司朋揪过,说道:"我这位……哥哥受了伤,你快给他医好。"

曹司朋一听是叫他治病,这才放下了几分惊疑忧急之心,瞧了徐天宏的脸色,诊了脉,将他肩上的布条解下,看了伤口,摇了几下头,说道:"这位爷现在血气甚亏,虚火上冲……"周绮道:"谁跟你说这一套,你快给他治好,不治好,你休想离开。"曹司朋道:"我去镇上拿药,没药也是枉然。"

这时徐天宏宁定了些,听着他二人说话。周绮道:"哼,你当我是三岁小孩子?你开药方,我去赎药。"曹司朋无可奈何,道:"那么请姑娘拿纸笔来,我来开方。"

可是在这贫家山野之居,哪里来纸笔?周绮皱起了眉头,无计可施。曹司朋颇为得意,说道:"这位爷的病耽搁不起,还是让我回镇取药最好。"徐天宏道:"妹子,你拿一条细柴烧成炭,写在粗纸上就行了,再不然写在木板上也成。"周绮喜道:"究竟还是你花头多。"依言烧了一条炭,老婆婆找出一张拜菩萨的黄表纸来。曹司朋只得开了方子。

周绮等他写完,找了条草绳将他双手反剪缚住,双脚也捆住了,放在炕边,再将徐天宏的单刀放在他枕边,对老婆婆道:"我到镇上赎药,这狗大夫要是想逃,你就叫醒我哥哥,先把他砍死再说。"

周绮又骑马到了镇上,找到药材店,叫开门配了十多帖药,总共是一两三钱银子,一摸囊中,适才取来的五只元宝留在老婆婆家里桌上,匆忙之中没想到要带钱,说道:"赊一赊,回来给钱。"店伙大急,叫道:"姑娘,不行啊,你……你不是本地人,小店本钱短缺……"周绮怒道:"这药算是我借的,成不成?将来你也生这病,我拿来还你。"店伙道:"这是医治刀伤的药,小的……小的不跟人打架。"周绮怒道:"你不会给刀砍伤?哼,说这样的满话!"唰的一声,拔出单刀,喝道:"我便砍你一刀,瞧你受不受伤?"店伙见了明晃晃的钢刀,双腿一软,坐倒在地,随即钻入了柜台之下。

周绮是富家小姐,与骆冰不同,今日强赊硬借,出于无奈,实是生平第一次,心中好生过意不去。取药上马,天色渐亮,见街上乡勇来往巡查,想是糖里砒霜被杀之事已经发觉。她缩在街角,待巡查队过去,才放马奔驰,回到老妇家时天已大明,忙和老婆婆合力把药煎好,盛在一只粗碗里,拿到徐天宏炕边,推醒他喝药。

徐天宏见她满脸汗水煤灰,头发上又是柴又是草,想到她出身富家,从未做过这些烧火煮汤之事,不由得甚是感激,忙坐起来把碗接过,心念一动,将药碗递到曹司朋口边,说道:"你喝两口。"曹司朋稍一迟疑,周绮已明白徐天宏用意,连说:"对对,要他先喝,你不知道这人可有多坏。"曹司朋只得张嘴喝了两口。徐天宏道:"妹子,你歇歇吧,这药过一会再喝。"周绮道:"干么?"徐天宏道:"瞧他死不死。"周绮道:"对啦,要是他死了,这药就不能喝。"将油灯放在曹司朋脸旁,一双乌溜溜的大眼一瞬不瞬的瞧着他,看他到底死也不死。

曹司朋苦笑道:"医生有割股之心,哪会害人?"周绮怒道:"你和糖里砒霜鬼鬼祟祟的商量,要害人家姑娘,谋人家的金笛子,都给我听见啦。还说得嘴硬?"徐天宏一听金笛子,忙问原因。周绮将听到的话说了一遍,并说已将那糖里砒霜杀了。她说到这里,忙出去告诉老婆婆,说已替他儿子媳妇报仇雪恨。那老婆婆眼泪鼻涕,又哭又谢,不住念佛。

徐天宏等周绮回进来,问曹司朋道:"那拿金笛子的是怎样一个人?女扮男装的又是谁?"周绮拔出单刀,在一旁威吓:"你不说个明明白白,我一刀先搠死你。"

曹司朋害怕之极,说道:"小……小人照说就是……昨天唐六爷来找我,说他家里有两个人来借宿,一个身受重伤,另一个是美貌少年。他本来不肯收留,但见这少年标致得出奇,就留他们住了一宿,后来听这少年说话细声细气,举止神情都像是女子,又不肯和那男子同住一房,因此断定是女扮男装的。"周绮道:"于是他就来向你买药了?"曹司朋道:"小人该死。"徐天宏道:"那男的是什么样子?"曹司朋道:"唐六爷叫我去瞧过,他大约二十三四岁,文士打扮,身上受了七八处刀伤棍伤。"徐天宏道:"伤得厉害吗?"曹司朋道:"伤是重的,不过都是外伤,也不是伤在致命之处。"

徐天宏见再问不出什么道理来,伸手端药要喝,手上无力,不住颤抖,将药泼了些出来。周绮看不过眼,将药碗接过,放在他嘴边。徐天宏就着她手里喝了,道:"多谢。"曹司朋瞧在眼里,心想:"这两个男女强盗不是兄妹,哪有哥哥向妹子说'多谢'的?"

徐天宏喝了药后,睡了一觉,出了一身大汗,傍晚又喝了一碗。这曹司朋人品虽坏,医道却颇高明,居然药到病除。再过一天,徐天宏好了大半,已能走下炕来。

又过了一日,徐天宏自忖已能勉强骑马上路,对周绮道:"那拿金笛子的是我十四弟,不知怎么会投在恶霸家里。那恶霸虽已被你杀死,想无大碍,但我总不放心,今夜咱们去探一探。你瞧怎样?"周绮道:"他是你十四弟?"徐天宏道:"他到你庄上来过的,你也见过,就是我们总舵主派他第一个出去打探消息的那人。"周绮道:"嗯,早知是他,将他接到这来,和你一起养伤,倒也很好。"徐天宏笑了笑,过了一会,沉吟道:"那女扮男装的却又是谁?"

到得傍晚,周绮将两只元宝送给老婆婆,她千恩万谢的收了。周绮将曹司朋一把提起,手起刀落,将他一只右耳割了下来,喝道:"你把我哥哥医好,才饶你一条狗命,以后再见到你为非作歹,嘿嘿,那糖里砒霜就是榜样。我一刀刺进你心窝子里。"曹司朋按住创口,连说:"不敢。"周绮怒道:"你说我不敢?"曹司朋道:"不,不,不是姑娘不敢,是……是小的不敢。"徐天宏道:"咱们过三个月还要回来,那时再来拜访曹大夫。"曹司朋又说:"不敢,不敢!不……不是英雄不敢拜访,是……是小的不敢当,不敢当。"

周绮道:"你骑他的马,咱们走吧。"两人上马往文光镇奔去。周绮问道:"你说咱们过三个月再回来,干么呀?"徐天宏道:"我骗骗那大夫的,叫他不敢跟那老婆婆为难。"周绮点点头,行了一段路,说道:"你对人干么这样狡猾?我不喜欢。"

徐天宏一时答不出话来,隔了半晌,说道:"姑娘不知江湖上人心险恶。对待朋友,当然处处以仁义为先,但对付小人,你要是真心待他,那就吃亏上当了。"周绮道:"我爹爹说宁可自己吃亏,决不能欺负别人。"徐天宏道:"这就是你爹爹的过人之处,因此江湖上提到铁胆庄周老爷子,不论是白道黑道、官府绿林,无人不说他是位大仁大义的英雄好汉,人人都是十分钦佩的。"周绮道:"你干么不学我爹爹?"徐天宏道:"周老爷子天性仁厚,像我这等刁钻古怪的小子怕学不上。"周绮道:"我就最讨厌你这刁钻古怪的脾气。我爹爹说,你好好待人家,人家自然会好好待你。"

徐天宏心中感动,一时无话可说。周绮道:"怎么?你又不高兴了?又在想法子作弄我是不是?"徐天宏笑道:"不敢,不敢,是小的不敢,不是姑娘不敢。"周绮哈哈大笑,道:"也不拣好的学,却去学那狗大夫。"徐天宏笑道:"什么狗大夫?是治狗的大夫呢,还是像狗一样的大夫?"周绮格格而笑,道:"是治狗的大夫。"

两人一路谈笑，颇不寂寞。经过这一次患难，徐天宏对她自是衷心感激，而周绮也怕有惠于人，人家故意相让，反而处处谦退一步。周绮道："以前我只道你坏到骨子里去了，哪知……"徐天宏道："哪知怎样？"周绮道："我瞧你从前使坏，是故意做出来的。你干么老是存心呕我呀？我这人教你瞧着生气，是不？"徐天宏道："一个人是好是坏，初相识常常看错。我当初哪知姑娘是这么一副好心肠。"周绮笑道："你那时以为我又骄傲又小气，是不是？"徐天宏笑了笑不答。

两人等天黑了才进文光镇，找到糖里砒霜的宅第，翻进墙去探看。徐天宏抓到一名更夫，持刀威吓，问他余鱼同的踪迹。那更夫说唐六爷那天在小玫瑰家里被曹司朋大夫杀死，家里乱成一团，借宿的两人一早就走了。周绮道："咱们追上他们去。"

不一日过了皋兰，再走两日，徐天宏在路上发现了陈家洛留下的标记，知道大伙要往开封，去汴梁豪杰梅良鸣家相聚，忙对周绮说了。周绮听说众人无恙，大喜不已，她一直记挂着爹爹，此时才放了心，打三斤酒喝了个痛快。这时徐天宏肩上创伤已经收口，身子也已复原。两人沿路闲谈，徐天宏说些江湖上的轶闻掌故，又把道上诸般禁忌规矩，详加解释。她听得津津有味，说道："你早跟我说这些不好么？以前老跟人家拌嘴。"

这一日来到潼关，两人要找客店，一打听是悦来老店最好，到得客店一问，上房只剩下一间了。徐天宏拿出一串钱塞给店小二，要他想法子多找一间。店小二十分为难，张罗了半天，回来说："别的店房确实住满了。这位爷和这位姑娘不知是什么称呼？"徐天宏道："她是我妹子。"店小二道："既是亲兄妹，住一间房也不打紧啊！"周绮怒道："要你多啰唆……"话未说完，徐天宏突然一扯她衣角，嘴一努，说道："好，一间就一间。"周绮一路跟他行来，见他对待自己彬彬有礼，确是个志诚君子，此刻忽要同住一房，又害羞，又疑心，在店小二面前只好闷声不响。

到得房间，徐天宏立即把门带上，周绮满脸通红，便要发话，徐天宏忙打手势，叫她不可作声，轻声道："刚才见到镇远镖局那坏蛋么？"周绮惊道："什么？带了人来拿文四爷、害死我弟弟的那个家伙？"徐天宏道："刚才我瞥见一眼，认不真，我怕他瞧见咱们，因此赶紧进屋，待会去探一探。"

店小二进来泡茶，问要什么吃的，徐天宏嘱咐后，说道："北京镇远镖局的几位达官爷也住在这里，是不是？"店小二道："是啊，他们路过潼关，总是照顾小店的生意。"

徐天宏等店小二出去，说道："这童兆和是元凶首恶，咱们今晚先干掉他，好给你弟弟和我四哥报仇。"周绮想到弟弟惨死，铁胆庄被烧，气往上冲，不是徐天宏极力劝阻，早已拔刀闯了出去。徐天宏道："你躺一会儿，养一下神。到半夜里再动手不迟。"说着坐在桌边，伏案假寐，不再向周绮瞧上一眼。周绮只得沉住气，斜倚炕上休息，好容易挨到二更时分，实在按捺不住了，拔出单刀，说道："走吧。"徐天宏低声道："他们人多，怕有好手。咱们先探一探，想法子把那小子引出来，单独对付他。"周绮点点头。

两人在院子中张望，见东边一间上房中透出灯光，徐天宏一打手势，两人蹑足过去，周绮在窗上找到一条隙缝，附眼往里窥看。

徐天宏握住兵刃，站在她身后望风，见她忽然站起，右腿飞起往窗上踢去，不由得一惊，忙闪身挡在她面前，周绮一脚踢出，刚刚踢到徐天宏胸前，急忙缩转，这一踢势道过猛，用力收回，不由得倒跌数步。徐天宏跟着纵到，低声问："怎么？"周绮道："快动手。我妈妈在里面，给他们绑住了。"徐天宏大惊，忙道："快回房商量。"

回到房中，周绮气急败坏的道："还商量什么？我妈妈给这些小子抓住啦。"徐天宏道："你沉住气，我包你救她出来。房里有多少人？"周绮道："大约有六七个。"徐天宏侧头沉吟。周绮道："怕什么？你不去，我就一个人去。"徐天宏道："不是怕，我在想法子，又要救你妈妈，又要杀那小子，这两件事总要同时办到才好。"周绮道："先救妈妈。那小子杀不到就算啦。"

正在此时，门外一阵脚步声经过，徐天宏忙摇手示意，只听得有人走过门口，口中唠唠叨叨的抱怨："三更半夜的，不早早挺尸，还喝什么烧刀子？他妈的，菩萨保佑教这班保镖在半路上遇到强人，将镖银抢个精光！"徐天宏听得店小二背后损人，保镖的半夜里要他送酒，因此满肚子不痛快，灵机一动，对周绮道："那狗大夫有两包药给你拿来啦，是吗？有一包他说吃了便人事不知，快给我。"周绮不明他用意,还是拿了出来,问道:"干么?"徐天宏不答,向她招招手,开窗跳出,周绮跟在他身后。

徐天宏走到过道,悄声道:"伏下,别动。"周绮满腹狐疑,不知他捣什么鬼,等了一阵,不见动静,正待要问,忽见火光闪动,店小二拿了烛台,托了一只盘子过来。徐天宏在地下捡起一块小石子掷出,噗的一声,蜡烛打灭。店小二吃了一惊,骂道:"真是见了鬼,好端端的又没风,蜡烛也会熄。"放下盘子,转身去点火。徐天宏等他转了弯,疾忙穿出,火折子一闪,看清盘中有两把酒壶,将那包药分成两份,在两把壶中各倒了一份,对周绮道:"到他们屋外去。"

两人绕到镖师房外伏定,徐天宏往窗缝里望去,果见一个中年妇人双手被缚在背后,坐在地下。几个人坐着高谈阔论,他识得其中一个是铁琵琶手韩文冲,一个是钱正伦,另一个便是童兆和,此外还有四个未曾见过的镖师。

只听童兆和道:"人家说起铁胆庄来,总道是铜墙铁壁,哪知给老子一把火烧得干干净净。哈哈,这叫做:童兆和火烧铁胆庄,周仲英跳脚哭皇天!"周绮在窗外听得清楚,原来烧庄的果然是他。徐天宏怕她发怒,回手摇了摇。

韩文冲神气抑郁,说道:"老童,你别胡吹啦,那周仲英我会过,这里咱哥儿们一齐上,也未必是他对手。他日后找上镖局子来,有你乐的啦!"童兆和道:"照哇!咱们是福星当头,偏偏铁胆周的婆娘会找上咱们来。现下有这女人押着,他还敢对咱们怎的?"说到这里,店小二托着盘子,送进酒菜来。

众镖师登时大吃大喝起来。韩文冲意兴萧索,童兆和不住劝他喝酒,说道:"韩大哥,好汉敌不过人多,你栽在他们手里,又有什么大不了的?下次咱们约齐了,跟他们红花会一对一的见过高下。"一名镖师道:"别人一对一那也罢了,老童你跟谁对?"童兆和道:"我找他们的娘儿……"话未说完,突然咕咚一声,摔在炕下。众人吃了一惊,忙去扶时,忽然手酸脚软,一个个晕倒在地。

徐天宏将单刀伸进窗缝,撬开了窗,跳进房中。周绮跟着跳进,只叫得一声"妈",眼泪已流了下来,忙割断缚着母亲双手的绳索。周大奶奶乍见爱女,恍在梦中,哪里还说得出话来?徐天宏将童兆和提起,叫道:"周姑娘,你给兄弟报仇。"

周绮挥刀当胸砍去，童兆和登时了帐。此人一生为非作歹，兴风作浪，也不知道害了多少人，今日终于命丧徐天宏与周绮之手。

周绮挺刀又要去杀其余镖师，徐天宏道："这几个罪不至死，饶了他们罢。"周绮点点头，收回单刀。周大奶奶知道爱女脾气，要怎样便怎样，向来任性而行，除了父亲的话有时还听几句，此外谁都劝她不动，见她对徐天宏的话很是遵从，不禁暗暗纳罕。

徐天宏在众镖师身上一搜，搜到了几封信，也不暇细看，放在怀内，说道："咱们快回房去，收拾东西就走。"三人跳窗回房，徐天宏执了包裹，在桌上留下一小锭银子作房饭钱，到马厩里去牵了三匹马，向东而去。

周大奶奶见女儿和徐天宏同行，竟然同住一房，更是疑心大起，她也是火爆霹雳的脾气，连问："你爹呢？这位爷是谁？怎么跟他在一起？又和爹闹了脾气出来，是不是？"周绮道："你才是跟爹闹了脾气出来的。妈，你待会再问好不好？"母女两人都是急性子，说着就要争吵起来。徐天宏忙来劝解。周绮嗔道："都是为了你，你还要说呢！"徐天宏一笑走开。母女两人鼓起了嘴，各想各的心事。

当晚在一家农家借宿，母女俩同枕共话，周绮才把经过情形一一说了。她不善说辞，周大奶奶又性急乱问，两人一会儿哭一会儿笑，一个赌气不说，一个骂女儿不听话，闹到半夜，才互将别来情形说了个粗枝大叶。

原来周大奶奶痛惜爱子丧命，悲愤交集，离家出走，到皋兰去投奔亲戚许家。主人虽然殷勤款客，但她心中有事，闲居多日，实在闷不过了，径自不别而行。这日来到潼关，在悦来客店见到镇远镖局的镖旗，想起大弟子孟健雄曾说，累她爱子死于非命的是镇远镖局的镖头童兆和，夜里便跳进店去查看。听得众镖师言谈，那童兆和正在其内，她怒气难忍，冲进动手，镖局中人多，终于被擒。她料想自己孤身一人，决无幸免，哪知女儿竟会忽然到来。周绮说起这番报仇救人全是徐天宏出的计谋，周大奶奶好生感激。

次日上路，周大奶奶问起徐天宏的家世。徐天宏道："我是浙江绍兴人，十二岁上全家就给官府陷害死光了，只逃出了我一个。"周大奶奶道："官府干么害你呀？"徐天宏道："绍兴府知府看中我姊姊，要讨她做小，我姊姊早就许了人家，我爹当然不答允。知府就说我爹勾结土匪，将我爹爹、妈妈、哥哥都下在监里，教人传话给我姊姊，说只要她答允，就放我爹出来。我那未过门的姊夫去行刺知府，反给捕快打死了。我姊姊得到讯息，投河自尽。这一来，我爹爹、妈妈、哥哥还有活路么？"周绮听得怒不可遏，说道："你报了仇没有？"徐天宏道："等到我长大，学了武艺，回去找那知府，他已升了官，调到别的地方去了。这几年来到处找寻，始终没得到消息。"周绮道："这狗官叫什么名字？我决不放过他。"徐天宏道："只知道他姓方，好像叫什么方有德。得，得，得他妈的屁！他左脸上有一大块黑记，一见面就知道。"周绮嗯了一声。

周大奶奶又问他结了亲没有，在江湖上这多年，难道没看中哪家的姑娘？周绮笑道："他这人太刁滑，没哪个姑娘喜欢他。"周大奶奶骂道："大姑娘家，风言风语的，像什么样子！"周绮笑道："你要给他做媒是不是？哪家姑娘呀？是不是许家妹子？"

当晚宿店，周大奶奶埋怨女儿："你一个黄花闺女，和人家青年男子同路走，同房宿，难道还能嫁给别人吗？"周绮道："他受了伤，我救他救错了吗？他虽然鬼计多端，可是对我一向规规矩矩的。"周大奶奶道："这个你知道，他知道。我相信，你爹爹相信。但别人能相信么？除非你一辈子不嫁人。否则给丈夫疑心起来，可别想好好做人。这是咱们做女人的难处。"周绮道："那我就一辈子不嫁人。"两人越说越大声，又要争吵起来。周大奶奶道："那位徐爷就住在隔房，别教人家听见了不好意思。"周绮道："怕什么？我又没做亏心事，干么要瞒他？"

次日母女俩起来，店小二拿了一封信进来，说道："隔房那位徐爷叫我拿给奶奶的。"周绮忙问："他人呢？"店小二道："他说有事先走一步，今儿一早骑马走了。"周绮抓住他领口，喝道："你干么不来叫我们？"店小二道："徐爷说不必了，他的话都写在信上。"周绮放下店小二，抢信来看，见信上写道：

"周大奶奶、周姑娘赐鉴：天宏受伤，亏得周姑娘救命，感激之心，一言难尽。现在两位母女团圆，此去开封，路程已近，天宏先走一步，请勿见怪。周姑娘相救之事，天宏当然终身不忘，大恩难报。但决不对人提起片言只字，请两位放心可也。徐天宏上。"

周绮看了,呆了半晌,把信一丢,回房躺在炕上重又睡倒。周大奶奶叫她吃饭动身,她不言不语,不理不睬。周大奶奶急道:"我的大小姐,咱们不是在铁胆庄哪,怎么还发大小姐脾气?"周绮仍是不理。周大奶奶道:"你怪他一个儿不声不响的走了,是不是?"周绮气道:"他是为我好,我怎能怪他?"周大奶奶道:"那么你在怪我了?"周绮翻身向里,把被蒙住了头。周大奶奶道:"你怪我什么呀?"周绮霍的坐起,说道:"你昨晚的话,一定都让他听见啦。他怕人家说闲话,害我嫁不了人,这才独个儿先走。他信上不是说'决不对人提起片言只字'吗?我嫁不嫁,你操什么心?我偏不嫁人,偏不嫁人!"

周大奶奶见她一边说一边流下泪来,知她对徐天宏已生真情,虽然她自己还未必明白,但不知不觉间已把心情流露了出来,于是低声安慰:"妈只有你一个女儿,难道还不疼你?咱们到开封府见了你爹,要他作主,将你许配给这位徐爷。你放心,一切包在妈的身上。"周绮急道:"谁说要嫁他了?我有什么不放心?下次人家就是死在我的面前,我也不去救他一救。别说一救,半救也不救。"

徐天宏那晚在客店宿下,取出从镖师身上搜来的几封书信,在灯下细看,有一封是镇远镖局总镖头王维扬写给韩文冲的,催他即日赴京,护送一批重宝前赴江南云云,其余的都无关紧要。徐天宏看了也不在意,忽听得隔房周氏母女吵嚷起来,好几次提到自己名字,一听之后,甚是不安,自忖周绮如因相救自己而声名受累,那如何对得住她?于是留下一封信,一早就先行走了。

到得河南省境,只见沿河百姓都因黄水大涨而人心惶惶。徐天宏见灾象已成,暗暗叹息,心想:"黄河虽属天灾,但只要当道者以民为心,全力施为,未始没有舒缓之道,但做官的都当河工是肥缺,一上任就大刮特刮,几时有一刻把灾害放在心上?"

依着记号寻到开封,在汴梁豪杰梅良鸣家中遇见了群雄。众人见他无恙归来,欢忭莫名。梅良鸣张宴接风。这时章进、卫春华、心砚各人的伤都已将息好了。石双英赴回疆送信未回,常氏双侠还在探听文泰来下落,蒋四根则到黄河边上查察水势去了。

徐天宏对周仲英不提周大奶奶与周绮之事,心想反正一天内她们就会赶到,怕他细问起来,难以措辞,只对群雄说起途中曾听到余鱼同的消息，知他受了重伤，与一个女扮男装的少女在一起，却不知是谁。众人议论了一会，猜想不出，都甚挂念，但知余鱼同向来机警能干，必能设法养伤避敌。

次日清晨，周绮独自个来到梅家，与父亲及众人见了，众人又各大喜。厮见后，周绮悄悄对徐天宏道："你过来，我有话对你说。"徐天宏心怀鬼胎，料想这位姑娘一定怪他不告而别，要大大责骂一顿了，打定了主意："任她怎么骂，我决不顶撞一句就是。"慢慢走到她跟前。周绮悄声道："我妈不肯来见我爹，你给我想个法儿。"徐天宏放下了心，说道："那么请你爹去见她。"周绮道："妈也不肯见他，口口声声，说我爹没良心。"徐天宏沉吟半晌，说道："好，我有法子。"轻轻嘱咐了几句。周绮道："这成么？"徐天宏道："一定成，你先去吧。"

徐天宏待周绮出门，和众兄弟闲谈了一会，向梅良鸣请问本地名胜，看看时候已到，悄对周仲英道："周老爷子，听说这里铁塔寺旁的修竹园酒家，好酒是河南全省都出名的，实是不可不尝。"一听到好酒，周仲英兴致极高，笑道："好，我来作东，请众兄弟同去畅饮一番。"徐天宏道："这里省城之地，捕快耳目众多，咱们人多去了不好。就由总舵主和小侄两人陪老爷子去，怎样？"周仲英道："好，究竟是老弟顾虑周详。"于是约了陈家洛，三人径投铁塔寺来。

那修竹园果是个好去处，杯盘精洁，窗明几净，徐天宏四下一望，找了个雅座。三人饮酒吃黄河鲤鱼，谈论当年信陵公子在大梁大会宾朋、亲迎侯嬴的故事。陈家洛叹道："大梁今犹如是，而夷门鼓刀侠烈之士安在哉？信陵公子一世之雄，竟以醇酒妇人而终。今日汴梁，仅剩夷山一丘了。"酒酣耳热，击壶而歌，高吟起来："闲过信陵饮，脱剑膝前横，将炙啖朱亥，持觞劝侯嬴。三杯吐然诺，五岳倒为轻，眼花耳热后，意气素霓生……"周徐二人也不懂他唱的是什么歌。

三人喝到酒意五分，徐天宏举杯对周仲英道："周老爷子今日父女团圆，小侄敬你一杯。"周仲英喝了，叹了一口气。徐天宏道："周老爷子心头不快，是可惜铁胆庄被烧么？"周仲英："家财是身外之物，区区一个铁胆庄，又有什么可惜？"徐天宏道："那么定是思念过世的几位公子了？"

周仲英不语，又叹了一口气。陈家洛连使眼色，要他别再说这些话触动他心境，徐天宏只作不见，又道："当时小公子年幼无知，说出了四哥藏身之所，周老爷子一怒将他处死。在周老爷子是顾全江湖道义，我们却是万分不安。"陈家洛道："七哥，咱们走吧，我酒已差不多了。"徐天宏仍问周仲英道："周大奶奶不知因何离家出走？"

周仲英叹道："她怪我不该杀死孩子。唉，她一个孤身女子，不知投奔何方。这孩子她爱若性命，我确是对她不起。其实我只是盛怒之下失手，也非有心杀了孩子。待咱们把四爷救出后，我就是走遍天涯海角，也要把老妻找回来。我这么一把年纪，世上亲人，就只老妻和女儿两人了。"说到此处，忽然门帘掀开，周大奶奶和周绮走了进来。

周大奶奶道："你的话我在隔壁都听见啦，你肯认错就好。我就在这里，不用找我啦。"周仲英一见妻子，又惊又喜，一时说不出话来。

周绮对陈家洛道："陈大哥，这是我妈。"对母亲道："妈，这位是红花会的陈总舵主。"二人施礼相见。周绮命酒保把隔座杯盏移过，对周仲英道："爹，这真巧极啦，我听说这里的酒好，一定要来喝，妈不肯来，给我死拖活拉的缠了，哪知就坐在你们隔壁。"五人欢呼畅饮，谈起别来之情。

周绮见父母团聚，言归于好，不由得心花怒放，口没遮拦，兴高采烈的说到杀童兆和、报了害弟烧庄之仇。徐天宏连使眼色，要她住口，她只是不觉，说道："他的计策真好！那些镖行的小子们都昏倒后，我跳进窗去，救起了妈。他抓起那姓童的，提在我面前，让我亲手杀了这恶贼。"

周仲英和陈家洛给徐天宏敬酒。周仲英道："老弟救了老妻，又替我报了大仇，老夫实在感激得很。"徐天宏道："老爷子说哪里话来，这都是周姑娘的功劳。"陈家洛问道："你们两位怎么在途中遇到的？"徐天宏支吾了几句。周绮暗暗叫苦："糟啦！糟啦！我说杀童兆和时和他在一起，那么以前的事怎么瞒人呢？"脸上一阵飞红，低下头来，神智一乱，无意中挥手，将筷子和酒杯都带在地下，呛啷一声，酒杯跌得粉碎，更是狼狈。

陈家洛鉴貌辨色，知道二人之间的事决不止这些，又听周绮提到徐天宏时，总是"他"怎样"他"那样，不叫名字，已料到了六七成。

回到梅府后把徐天宏叫在一边,道:"七哥,你瞧周姑娘这人怎么样?"

徐天宏忙道:"总舵主,刚才周姑娘在酒楼上的言语,请你别向人提起。她心地纯真,光明磊落,可是别人听见了,要是加一点污言秽语,咱们可对不起周老英雄。"陈家洛道:"我也瞧周姑娘的人品好极啦,我给你做个媒如何?"

徐天宏跳了起来,说道:"这个万万不可,我如何配得上她?"陈家洛道:"七哥不必太谦,你武诸葛智勇双全,名闻江湖,周老英雄说到你时也是十分佩服的。"徐天宏呆了半晌不语。陈家洛连问:"怎样?"徐天宏道:"总舵主你不知道,周姑娘不喜欢我。"陈家洛道:"你怎知道?"徐天宏道:"她亲口说的,她说恨透了我这种刁钻古怪的脾气,以前咱们一路之上,老是拌嘴闹别扭。"陈家洛哈哈大笑,道:"那么你是肯的了?"徐天宏道:"总舵主你别白操心,咱们不能自讨没趣。"

忽然梅家的小厮走进房来,道:"陈少爷,周老爷在外面,请你说话。"陈家洛向徐天宏一笑,走出房来,只见周仲英背着双手在廊下踱步,忙迎上去道:"周老爷子有事吩咐,命人叫我便是,何必亲来?"周仲英道:"不敢。"拉着他手,到花厅中坐下,说道:"我有一件心事,想请陈当家的作主。"陈家洛道:"老爷子但请直言,小侄自当效劳。"

周仲英道:"小女今年一十九岁了,虽然生来顽劣,但天性倒还淳厚,错就错在老夫教了她一点武艺,寻常人家的孩子她就瞧不顺眼,这才蹉跎至今,还没对亲……"说到这里,似乎踌躇,隔了一会才道:"贵会七当家徐爷,江湖上大家仰慕他的英名。他有智有勇,人品又好。老夫想请陈当家的作一个媒,将小女许配于他,就是怕小女脾气不好,高攀不上。"陈家洛一听大喜,连连拍胸,说道:"此事包在小侄身上。周老爷子是武林的泰山北斗,既肯垂爱,咱们红花会众兄弟都与有荣焉,小侄马上去说。"

一口气奔到徐天宏房中,一说经过,把徐天宏喜得心中突突乱跳。陈家洛道:"七哥,我瞧周老英雄脸色,他心中还有一句话,却是不便出口。我猜是这样,不知你肯不肯?"徐天宏道:"那有什么不肯的?"陈家洛笑道:"我也想没什么不肯的。周老英雄三个儿子都死了,小儿子还是因咱们红花会而死。眼见周家香烟已断。我意思是委屈七哥一些,不但做他女婿,还做他儿子。"徐天宏道:"你要我入赘周家?"陈家洛道:"不错,将来生下儿子,长子姓周,次子姓徐。自古道无后为大,咱们这样办,也算稍报周老英雄的一番恩义。"徐天宏深感周绮救命之德,慨然允了。

两人回到周仲英房中,请周大奶奶过来。周绮不知原因,跟着进房。周仲英一见陈徐二人脸色,便知事成,笑道:"绮儿,你到外面去。"周绮气道:"又有什么事要瞒着我了。不成,我非听不可!"话是这么说,还是转身出去。

陈家洛将入赘之意说了。周大奶奶笑得合不拢嘴来,周仲英也是喜容满面,连说:"这哪里敢当,这哪里敢当?"徐天宏跪下磕头。周仲英连忙扶起,笑道:"我们身在外边,没带什么赘见之仪,待会我把那手打铁胆的法儿传你,七爷你瞧怎样?"周大奶奶笑道:"你老胡涂啦,怎么还叫他七爷?"周仲英呵呵大笑。徐天宏知道铁胆功夫是他仗以成名的武林绝艺,今日喜事重重,既得娇妻,又遇名师,忙再跪下叩谢。两人遂以父子相称。

这件事一传出去,大家纷来贺喜。当晚梅良鸣大张筵席庆贺。周绮躲了起来,骆冰死拉也拉不出来。

饮酒之间忽然石双英进来,对陈家洛道:"总舵主,你的信已经送到,这是木卓伦老英雄的回信。"陈家洛接了,说道:"十二哥奔波万里,回来得这样快,真辛苦你啦,快来喝一杯……"话未说完,突然蒋四根飞跑进来,高叫:"黄河决口啦!"

众人一听,俱都停杯起立,询问灾情。蒋四根道:"孟津到铜瓦厢之间,已决了七八处口子,好多地方路上已没法子走啦。"大家听了都感忧闷,既恤民困,而常氏双侠迄今仍未回报,不知文泰来情状若何。陈家洛道:"众位哥哥,咱们在这里已等了几天,五哥六哥始终没消息,多半前途有变,只怕洪水阻路,误了大事。请大家想想该怎么办?"章进叫道:"咱们不能再等,大伙儿赶上北京去。四哥就是下在天牢,咱们好歹也劫他出来。"卫春华、杨成协、蒋四根等都齐声附和。

陈家洛和周仲英、无尘、赵半山低声商量了几句,说道:"事不宜迟,咱们就马上动身。"于是向梅良鸣谢了叨扰,启程东行。

陈家洛在路上拆阅木卓伦的书信,信上对红花会报讯之德再三称谢,并说已召集族人,秣马厉兵,决与强敌周旋到底,只以寇众我寡,势难取胜,但全族老小宁可人人战死,也决不屈服。信中词气悲壮,陈家洛不禁动容,问石双英道:"木卓伦老英雄还有什么话说?"石双英道:"他问起四哥救出来没有?听说还没成功,很是挂念。"陈家洛"嗯"了一声。

石双英又道:"他们族里的人对咱们情谊很深,听说我是总舵主派去的使者,大家对我好得不得了。"陈家洛问道:"你见了木卓伦老英雄的家人么?"石双英道:"他夫人、儿子和两个女儿都见了。他大女儿是和总舵主会过面的,她问候总舵主安康。"陈家洛隔了一会,缓缓的道:"她此外没说什么了?"石双英想了一想,说道:"我临走时,霍青桐姑娘似乎有些话要对我说,但始终没说,只是细问咱们救四哥的详情。"

陈家洛沉吟不语,探手入怀,摸住霍青桐所赠短剑。这短剑刃长八寸,精光耀眼,剑柄金丝缠绕,磨损甚多,看来是数百年前的古物。霍青桐那日曾说,故老相传,剑中藏着一个极大秘密,可是这些日来翻覆细看,始终瞧不出有何特异之处。回首西望,天上众星明亮,遥想平沙大漠之上,这星光是否正照到了那青青翠羽、淡淡黄衫?

众人走了一夜,天明时已近黄河决口之处,只见河水浊浪滔天,奔流滚滚,再走几个时辰,大片平原已成泽国。低处人家田舍早已淹没。灾民都露宿在山野高处,有些被困在屋顶树颠,遍地汪洋,野无炊烟,到处都是哀鸣求救之声,时见成群浮尸,夹着箱笼木料,随浪飘浮。群雄沿途救了几名灾民,绕道从高地上东行,当晚在山地上露宿了一宵,次日兜了个大圈子才到杜良寨,真是哀鸿遍野,惨不忍睹。

周绮一直和骆冰在一起,这时再也忍不住了,纵马追上徐天宏,说道:"你鬼心眼儿最多,想法子救救这些老百姓啊。"徐天宏自与她定婚后,未婚夫妇为避嫌疑,两日来没说一句话,哪知她开口第一句话,就出个天大难题,不由得好生为难,说道:"话是不错,可是灾民这么多,有什么法子呢?"周绮道:"要是我有法子,干么要来问你?"徐天宏道:"赶明儿我对大伙说,不许再叫我'武诸葛'这外号,免得你老是跟我为难。"周绮急道:"我几时跟你为难啊?我话说错了,好不好？我不说话就是。"说罢嘟起了嘴，一声不响。

徐天宏道："妹子，咱们现下是一家人啦，可不能再吵嘴。"周绮不理。徐天宏道："是我错了，饶了我这次。你笑一笑吧。"周绮把头转开，一张俏脸仍然板着。徐天宏道："啊，你不肯笑，原来是见了新姑爷怕羞。"周绮忍耐不住，噗哧一声，笑了出来，举起马鞭笑道："你再胡说八道，瞧我打不打你？"

骆冰在二人之后，她怕白马远赴回疆，来回万里，奔得脱了力，这两日一直缓缓而行，眼见周绮天真烂漫的和徐天宏说笑，想起丈夫，更增愁思。

未牌时分大伙到了招讨营，这是黄河边的大镇，郊外灾民都逃到镇上来。骆冰将身上所带黄金在银铺中换了银子，买了粮食散发。灾民蜂拥而来，不一会全数发完，受到救济的人连一成都不到。众人出得镇去，许多灾民恋恋不舍的跟在后面，只盼能得到一点点粮食果腹。群雄心中不忍，可是哪里救济得这许多，只得硬起心肠，上马驰走。

沿路灾民络绎不绝，拖儿带女，哭哭啼啼。群雄正行之间，忽然迎面一骑马急奔而来。山路狭窄，那骑马却横冲直撞，一下子将一个怀抱小孩的灾民妇人撞下路旁水中，马上乘者竟毫不理会，自管策马疾驰而来。群雄俱各大怒。卫春华首先窜出，抢过去拉住骑者左脚一扯，将他拉下马来，劈面一拳，结结实实打在他面门之上。那人"哇"的一声，吐出一口血水、三只门牙。

那人是个军官，站起身来，破口大骂："你们这批土匪流氓，老子有紧急公事在身，回来再跟你们算帐。"上马欲行。章进在他右边一扯，又将他拉下马来，喝道："什么紧急公事，偏教你多等一会。"陈家洛道："十哥，搜搜他身上，有什么东西。"章进在他身上一抄，搜出一封公文，交了过去。

陈家洛见是封插上鸡毛、烧焦了角的文书，知是急报公文，是命驿站连日连夜赶递的，封皮上写着"六百里加急呈定边大将军兆"的字样，随手撕破火漆印，抽出公文。

那军官见撕开公文，大惊失色，高叫起来："这是军中密件，你不怕杀头吗？"心砚笑道："要杀头也只杀你的。"

陈家洛见公文上署名的是运粮总兵官孙克通，禀告兆惠，大军粮饷已运到兰封,因黄河泛滥,恐要稽延数日,方能到达云云。陈家洛把公文交给徐天宏,道:"不相干,跟四哥没什么关系。"徐天宏一看,喜容满面,说道:"总舵主,这真是送上门来的大买卖。咱们相助木老英雄,救济黄河灾民,都着落在这件公文上。"跳下马来,走到那军官面前,将那公文撕得粉碎,笑道:"你去兆惠那里,还是回兰封?失落了军文书,要杀头的吧?要命的自己逃吧。"那军官又惊又怒,说不出话来,想想此言确是实情,无可奈何,脱下身上军装往水里一抛,混在灾民群中走了。

陈家洛已明白徐天宏之意,说道:"劫粮救灾,确是一举两得,只是大军粮饷必有重兵护送,咱们人少,如何干这大事,愿闻七哥妙计。"徐天宏在他耳旁轻轻说了几句,陈家洛大喜,道:"好,就这么办。"当下分拨人手。各人接了号令,自去乔装改扮,散布谣言。

次日上午,兰封城内突然涌进数万灾民,混乱不堪。知县王道见情势有异,叫捕快抓了几名灾民来问话,都说今日发放赈济钱粮,因此赶来领取。王道忙下令关闭城门。此时十传百,百传千,四乡灾民大集,城内城外黑压压一片,万头耸动。王道差人传谕并无此事,灾民哪里肯信。

王道见灾民愈来愈多,心中着慌,亲到东城石佛寺去拜见驻扎在寺中的总兵孙克通,请他调兵在城内弹压。孙克通道:"小将奉兆将军将令,克日运送粮饷前赴回疆,只要稍有失闪,就是杀头的罪名。不是小将不肯帮忙,实在军务重大,请王大人原谅。"王道再三恳求,孙克通只是不允。王道无奈,只得辞出,到得街上,只见灾民已在到处鼓噪。

天将入夜,忽然县衙、监狱和街上几家大商号同时起火。王道忙督率衙役捕快救火,正乱间,一名公差气急败坏的奔来报道:"大……大老爷不好了,西门给灾民打开,成千成万灾民涌进城来了。"王道只是叫苦,手足无措,忙叫:"备马。"带了衙役往西城察看,走不了半条街,道路已被灾民塞住,无法通行。只听得灾民中有人叫道:"在东城石佛寺发粮发银子,大家到石佛寺去啊!"众灾民迎面蜂拥而来。王道大怒,喝道:"奸民散布谣言,给我抓来审问。"两名衙役应了,呛啷啷抖出铁链,往一名身材瘦小、正在大嚷大叫的领头灾民头上套去。那人一把夺过铁链,反手挥出,登时打折一名衙役的脊骨,大叫:"咱们要吃饭啊,又犯了什么王法哪?"

王道见不是路,回马就走,绕到南门,迎面又是一群灾民涌来。王道心想只有到孙总兵那里去躲避。正行之间,只见在城中巡逻的兵丁纷纷逃窜,一个道人手执长剑,一个胖子挥动铁鞭,一个驼子舞起狼牙棒,一名大汉挺着铁桨,随后赶杀过来。

王道混在兵丁群中,催马逃向石佛寺。寺门早已紧闭,守门士兵认得是知县大人,开门放他进去。那时寺外灾民重重叠叠,已围了数层。灾民中有人叫:"朝廷发下救济钱粮,都给狗官吞没了。发钱粮哪,发钱粮哪!"众灾民齐声高呼,声震屋瓦。王道不住发抖,连说:"造反了,造反了!"

孙克通究是武官,颇有胆量,叫士兵将梯子架在墙头,爬上梯去,高声叫道:"是安份良民,快快退出城去,莫信谣言。再不退去,可要放箭了。"这时两名游击已带领弓箭手布在墙头。灾民纷纷鼓噪。孙克通叫道:"放箭。"一排箭射了出去,十多名灾民中箭倒地。众灾民大骇,转身奔逃,互相践踏,呼娘唤儿,乱成一片。

孙克通在墙头哈哈大笑,笑声未毕,灾民中有人捡起两块石子,投了上来。孙克通侧身避开了一块,另一块却从腮边擦过,只感到一阵痛楚,伸手一摸,满手是血,不由得大怒,大叫:"放箭,放箭!"弓箭手一排箭射出去,又有十多名灾民中箭。

灾民惊叫声中,忽听两声呼啸,两个又高又瘦的汉子纵上墙去,手掌挥处,将几名弓箭手掷下地来。灾民愤恨弓箭手接连伤人,拥上去按住狠打,有些妇女更是乱撕乱咬。

红花会群雄早已混在灾民群中。徐天宏本意让官兵多作一些威福,使灾民愤怒不可遏止,然后一鼓作气,攻进寺中。忽见常氏双侠跳上墙头,群雄都是惊喜交集。

骆冰舞开双刀,跳上墙头,挨到常赫志身旁,问道:"五哥,见到四哥了么?他怎样?"常赫志见了骆冰,很是惊奇,道:"咦,四嫂你也来了?四哥见到了,你放心。"骆冰一听,精神大振,突然间欢喜过度,反而没力气厮杀了,跳在墙外坐倒,扶住了头。章进和心砚忙奔了过来,连问:"怎样?受伤了么?"骆冰笑道:"没事,五哥见到四哥了。"

看墙头时，只见卫春华、杨成协、周绮、孟健雄都已攻上，正与官兵恶斗。不一会寺门打开，蒋四根和孟健雄从寺中奔出，向灾民连连招手，大叫："大家进来拿粮！"众灾民一涌而入。寺中官兵先还挥动兵刃乱砍乱杀，后来见灾民愈来愈多，又有一批武功高强之人混在其间，统兵军官接连被杀了数名，不由得乱了手脚。但官兵人数甚多，又有兵器，灾民却不敢逼近。

孙克通舞动大刀，带着几名亲兵在墙头拼斗，边打边退，忽觉耳旁风生，后心一阵酸麻，一松手，大刀当啷啷跌落墙下，双手不知怎的已被人反背擒住，又觉得颈项中一阵冰凉，一个声音在脑后喝道："你龟儿，命令官兵抛下兵器，退出庙去。"孙克通稍一迟疑，颈项中一阵剧痛，竟是一把刀架在颈上，那人轻轻把刀拖动，在他颈项中划破了一层皮。到了这地步，孙克通哪敢不依，只得高声传令。官兵见总兵给一个鬼怪模样的人擒住，主将既然有令，何必再拼性命，各自抛下兵器，退出庙去。众灾民齐声欢呼。

陈家洛走进大殿，只见五开间的殿上堆满了一袋袋的粮食、一车车的银鞘。

石双英将知县王道揪来听由发落。陈家洛笑道："你是县太爷吗？"王道颤声道："是……是……大王。"陈家洛笑道："你瞧我像大王吗？"王道道："我该死，说错了，不知公子尊姓大名？"陈家洛微微一笑，不答他的问话，问道："你是两榜出身吗？"王道道："不敢，不敢。"陈家洛道："不敢什么？你既是进士，胸中必有才学，我出个对子给你对对。"他折扇一挥，笑道："你对出了，饶你性命，对不出呢，嘿嘿，那就不客气了。"

众灾民听红花会群雄告谕，说不久就可分发钱粮，俱都安静了下来，这时又听说知县被擒，红花会总舵主正在考较他的才学，都觉好奇，围成一圈，千百双眼睛集在王道脸上。

陈家洛道："你听着，这上联是：'俟河之清，人寿几何！却问河清易？官清易？'"王道满头大汗，惶急之际，本来便有三分才学，也随黄河之水流入汪洋大海了，想了半天，说道："公子，你这上联太难了，小人才疏学浅，我……我对不出。"陈家洛答道："也好，不对也罢。我问你，是黄河清容易呢，还是官吏清容易？"王道忽然福至心灵，说道："我瞧天下的官都清了，黄河的水也就清啦。"陈家洛呵呵大笑,说道:"说得好!饶你一命。你快召集吏役,将钱粮散发给灾民。喂,总兵官,你也帮着点。"

孙克通和王道好生为难,军粮散失已是杀头的罪名,怎么还能由自己手里分发出去?但若不听命令,眼见当场便要丧命,火烧眉毛,只顾眼下,万般无奈,只得督率兵卒吏役,把军粮军饷发给灾民。灾民欢声雷动,纷纷向红花会群雄称谢,领钱粮时不住对孙克通和王道揶揄取笑,两人只当不闻不见。

陈家洛叫道:"各位父老兄弟姊妹听着,日后衙门里要是派人查问,便说是总兵官和知县太爷亲手发给你们的。"众灾民哗然叫好,连说:"正是如此。"

群雄在一旁监视,直到深夜,眼见粮饷散发已尽。徐天宏叫道:"各位父老,你们把这些军器都拿去藏在家里,狗官知道好歹,那就罢了,要是我们走后,再来逼你们交还钱粮,大伙就跟他们拼了。"众灾民这时对红花会群雄的话,说一句听一句,当下便有精壮男子过来,拾起众兵丁抛在地下的刀枪。官兵见灾民势大,总兵又落入敌人手中,哪敢抗拒?

陈家洛道:"大事已了,各位哥哥,跟我走吧!"站起身来,群雄拥着孙克通,在众灾民轰谢声中离了石佛寺,上马出城。驰出十余里,陈家洛将孙克通往马下一推,说道:"总兵大人,多谢你的粮食银子,咱们后会有期。你下次再押粮饷,千万送个信来。"双手一拱,哈哈大笑,在群雄拱卫中绝尘而去。

奔出里许,陈家洛问常氏双侠道:"两位得到了四哥的消息?"常赫志道:"见到十四弟留的记号,说四哥已给送去杭州。"陈家洛大为诧异,问道:"送去杭州干么?怎么不去北京?不是皇帝老儿要亲审么?"常伯志道:"咱们也觉得奇怪。不过十四弟做事素来精细,定是探到了确讯。"

陈家洛要众人下马,围坐商议。徐天宏道:"四哥既去杭州,咱们就奔江南设法搭救。杭州是咱们的地盘,朝廷的势力也没北京大,相救起来比较容易。不过还得请一位哥哥到北京去打探消息,以防万一。"众人俱各称是。陈家洛望着石双英,说道:"再请十二哥辛苦一趟。"石双英道:"好。"商议已毕,石双英一人北上,群雄连骑南下。

陈家洛再问起余鱼同伤势情况。常氏双侠说并不知情,他哥儿俩一见到记号,马上赶回报信,经过兰封时见灾民大集,就随着灾民到石佛寺看看热闹,碰上官兵放箭,两人按捺不住,跳上墙去动起手来,不意群雄都已到达。

众人得悉了文余二人的消息,文泰来虽未脱险,但已知二人安然无恙,均感欣慰,谈起适才劫粮救灾之事,痛快不已。周绮道:"西征大军没了粮饷,霍青桐姊姊定可打个胜仗。"无尘笑道:"那女娃子剑法不错,人缘又好,大伙儿都帮着她。盼她打个大胜仗,好让大家都欢喜欢喜。"

陈家洛道:"多亏七哥神机妙算,此事一举两得。"周绮听得总舵主称赞徐天宏,暗暗欢喜,俏目向他望去,满眼都是笑意。徐天宏向她伸了伸舌头,眨了眨眼。

陈家洛于是按徽拨弦,弹的是一曲《平沙落雁》。东方耳凝神倾听。一曲既终,东方耳道:「兄台是否到过塞外?聆兄雅奏,觉琴韵壮阔,大漠风光,尽入弦中。」

第七回

琴音朗朗闻雁落
剑气沉沉作龙吟

不一日,群雄来到徐州。当地红花会分舵舵主见总舵主和内外香堂各位香主忽然一齐来到,当下恭谨接待,不免大忙起头。江北一带会众归杨成协统率,他命分舵主不可张扬,也不必通知众兄弟来见总舵主。群雄只宿了一宵,当即南下。此后一路往南,大小码头全有红花会的分支头目。群雄为守机密,都不惊动,疾趋而过,数日后到了杭州,宿在杭州分舵舵主马善均家中。马家坐落里西湖孤山脚下,湖光山色,风物佳胜,又是个僻静所在。

马善均是大绸缎商人,自置两所大机房织造绸缎,因生性好武,结识了卫春华,由他引入红花会。马善均五十上下年纪,胖胖的身材,穿一件团花缎袍、黑呢马褂,一眼看去,直是个养尊处优的富翁,哪知竟是一位风尘豪侠。当晚在后厅与群雄接风,众人在席上说了要救文泰来之事。马善均道:"小弟马上派人去查,看四当家落在哪一处牢里,咱们再相机行事。"当即命儿子马大挺出去派人查探。

次日上午,马大挺回报说,巡抚衙门、杭州府、钱塘县、仁和县各处监狱,以及驻防将军辖所、水陆提督衙门,都有兄弟们去打探过,查知均无文四当家在内。

陈家洛召集群雄议事。马善均道:"这里抚台、府县以及将军、提督衙门,均有本会兄弟在内,文四当家如在官府牢狱,必能查到。最怕官府因四当家案情重大,私下监禁,那就棘手了。"陈家洛道:"咱们第一步要查知文四哥的所在。请马大哥继续派遣得力兄弟,往各衙门打探,今晚再请道长、五哥、六哥到巡抚衙门去瞧瞧。最要紧是别打草惊蛇,无论如何不能伸手动武。"无尘等应了。马善均详细说了道路和抚台衙门内外情形。

三人于子夜时分出发,去了两个时辰,回报说抚台衙门戒备森严,有成千兵丁点起灯火,彻夜守卫,巡查的军官有几名都是戴红顶子的二三品大员,他们不敢硬闯,等了良久,守卫的军官没丝毫懈怠,只得回来。

群雄好生奇怪,猜测不出是何路道。马善均道:"这几天杭州城里各处盘查极紧,各家赌场、娼寮,甚至水上的江山船,都有官差去查问,好多人无缘无故的给抓了去。难道跟文四当家有关不成?"徐天宏道:"想来不会。莫非京里来了钦差大臣,因此地方官要卖力一番。"马善均道:"没听说有钦差来浙江呀。"众人计议多时,不得要领。

次日周绮吵着要父母陪她去游湖,周仲英答应了。周绮向徐天宏连使眼色,要他同去。徐天宏不好意思出口,只作不见。常言道:"知子莫若父。"周仲英知道女儿心思,笑道:"宏儿,我们从未来过杭州,你同去走走,别教我们迷了路走不回来。"徐天宏应了。周绮悄声道:"爹爹叫你就去。我叫你,就偏不肯。"徐天宏笑着不语。他幼失怙恃,身世凄凉,这时忽得周仲英夫妇视若亲子,未婚妻又是一派天真娇憨,对他甚是依恋亲热,虽在人前亦不避忌,不但自己欣喜,众兄弟也都代他高兴。

陈家洛也带了心砚到湖上散心,在苏堤白堤漫步一会,独坐第一桥畔,望湖山深处,但见竹木森森,苍翠重叠,不雨而润,不烟而晕,山峰秀丽,挺拔云表,心想:"袁中郎初见西湖,比作是曹植初会洛神,说道:'山色如娥,花光如颊,温风如酒,波纹如绫,才一举头,已不觉目酣神醉。'不错,果然是令人目酣神醉!"

他幼时曾来西湖数次,其时未解景色之美,今日重至,才领略到这山容水意,花态柳情。凝望半日,雇了一辆马车往灵隐去看飞来峰。峰高五十丈许,缘址至颠皆石,树生石隙,枝叶翠丽,石牙横竖错落,似断欲坠,一片空青冥冥。陈家洛一时兴起,对心砚道:"咱们上去看看。"峰上本无道路可援,但两人轻功不凡,谈笑间上了峰顶。

仰望三竺，但见万木参天，清幽欲绝，陈家洛道："那边更好。"两人下峰，缓步往上中下三天竺行去。走出十余丈，忽有两名身穿蓝布长袍的壮汉迎面走来，见到他两人时不住打量，面露惊奇之色。心砚悄声道："少爷，这两人会武。"陈家洛笑道："你眼力倒不错。"语声未毕，迎面又是两人走来，一式打扮，正在闲谈风景，听口音似是旗人。一路上山，遇见这般穿蓝布长袍的武人共有三四十人，见到陈家洛时都感诧异。

心砚看得眼都花了。陈家洛也自纳罕，心下琢磨："难道是什么江湖帮会、武林宗派在此聚会不成？但杭州是红花会地盘，如有此事，决不会不通知我们。这些人见到我时俱露惊奇之色，那又为了什么？"

转过一个弯，正要走向上天竺观音庙，忽听山侧琴声朗朗，夹有长吟之声，随着细碎的山瀑声传过来。只听那人吟道：

"锦绣乾坤佳丽，御世立纲陈纪。四朝辑瑞征师济，盼皇鑾，云开雉扇移。黎民引领鸾舆至，安堵村村扬酒旗。恬熙，御炉中瑷瑮瑞云霏。"

陈家洛心想，琴音平和雅致，曲词却满篇歌颂皇恩，但歌中"安堵村村扬酒旗"七字不错，倘若普天下每一处乡村中都有酒家，黎民百姓也就快活得很了。

循声缓步走了过去，只见山石上坐着一个缙绅打扮之人正在抚琴，四十来岁年纪，旁边站着两个壮汉、一个枯瘦矮小的老者，也都身穿蓝布长衫。陈家洛心中突然一凛，觉得这抚琴之人似乎依稀相识，那人形相清癯，气度高华，越看容貌越熟，可是总想不起在哪里会过，刹那间心神恍惚，竟如做梦一般，只觉那人似是至亲至近之人，然又隔得极远极远。

这时那老者和两个壮汉都已见到陈家洛和心砚，也凝神向他们细望，似欲过来说话。那抚琴男子三指一划，琴声顿绝。陈家洛走近几步，拱手说道："适聆仁兄雅奏，词曲皆属初闻，可是兄台所谱新声吗？"那人笑道："正是。这《锦绣乾坤》一曲是小弟近作。阁下既是知音，还望指教。"陈家洛道："高明，高明！词中'安堵村村扬酒旗'一句尤佳。"那人脸现喜色，道："兄台居然记得曲词，请过来坐坐。"陈家洛心想："但什么'盼皇鑾'、'黎民引领鸾舆至'，大拍皇帝

第七回 琴音朗朗闻雁落 剑气沉沉作龙吟

马屁,格调也就低得很了。"但不知何故,心中对此人自生亲近之意,便走了过去,施礼坐下。

那人看清了他面容,大为讶异,呆了半响。陈家洛笑道:"兄弟一路上山,遇见游客甚多,见到兄弟之时,人人面露诧异之色,适才兄台也是如此,难道小弟脸上有什么古怪么?倒要请教了。"那人笑道:"兄台有所不知,小弟有一亲戚,相貌和兄台十分相似,那些游客都是小弟朋友,是以都感惊奇。"陈家洛笑道:"原来如此。仁兄相貌我也熟极,似在哪里会过。小弟愚鲁,再也记不起来,仁兄可想得起么?"

那人呵呵大笑,说道:"那真是有缘了。请问仁兄高姓大名。"陈家洛名满江湖,不愿告知他真姓名,随口诌道:"小弟姓陆,名嘉成。"那是将陈家洛三字颠倒了过来,也问:"请问兄台尊姓。"那人微一沉吟,说道:"小弟复姓东方,单名一个耳字,是直隶人氏。听兄台口音,似是本地人?"陈家洛道:"小弟正是此间人。"那自称东方耳的人道:"久闻江南山水天下无双,今日登临,果然名下无虚,不但峰峦佳胜,而且人杰地灵,所见人物,亦多才俊之士。"

陈家洛听那人谈吐不俗,又见那两个壮汉和那老者都对他执礼至恭,当他说话时垂手而立,不敢稍有懈怠,实不知他是何等人物,便道:"兄台既然喜爱江南,何不就在此定居,也好让小弟时聆教益。"东方耳呵呵大笑,说道:"偷得浮生半日之闲,在此一游,已是非分,我辈俗人,此等清福岂能常享?兄台知音卓识,必是高手,就请弹奏一曲如何?"说罢把七弦琴推到陈家洛面前。

陈家洛伸指轻轻一拨,琴音清越绝伦,看那琴时,见琴头有金丝缠着"来凤"两个篆字,木质斑烂蕴华,似是千年古物,心中暗吃一惊,自忖此琴是无价之宝,这人不知从何处得来,说道:"兄台珠玉在前,小弟献丑了。"于是调弦按徽,铿铿锵锵的弹了起来,弹的是一曲《平沙落雁》。东方耳凝神倾听。

一曲既终,东方耳道:"兄台是否到过塞外?"陈家洛道:"小弟适从回疆归来,不知兄台何以得知?"东方耳道:"兄台琴韵平野壮阔,大漠风光,尽入弦中,闻兄妙奏,真如读辛稼轩词:'醉里挑灯看剑,梦回吹角连营,八百里分麾下炙,五十弦翻塞外声,沙场秋点兵。'这曲《平沙落雁》,小弟生平听过何止数十次,但从未得闻兄台琴引如此气象万千。"陈家洛见他果是知音,心中也甚欢喜。

东方耳又道:"小弟尚有一事不明,意欲请教。不过初识尊范,交浅言深,似觉冒昧。"陈家洛道:"愿聆直言。"东方耳道:"听兄琴韵中隐隐有金戈之声,似胸中藏有十万甲兵。但观兄相貌又似贵介公子,温文尔雅,决非统兵大将。是以颇为不解。"陈家洛笑道:"小弟一介书生,落拓江湖。兄台所言,令人汗颜。"

那东方耳对陈家洛所言,似乎不甚相信,又问:"兄台或系将军世家,不知尊大人现居何官?兄台有何功名?"陈家洛道:"先严已不幸谢世。小弟碌碌庸才,功名利禄,与我无缘。"东方耳道:"聆兄吐属,大才磐磐,难道是学政无目,以致兄台科场失利吗?"陈家洛道:"那倒不是。"东方耳道:"此间浙江巡抚,是弟至交,兄台明日移驾去见他一见,或有际遇,也未可知。"陈家洛道:"兄台好意,至深感谢。只是小弟无意为官。"东方耳道:"然则兄台就此终身埋没不成?"陈家洛道:"与其残民以逞,不如曳尾于泥涂耳。"东方耳一听此言,不觉面容变色。

两名蓝衣壮汉见他脸色有异,都走上一步。东方耳稍稍一顿,呵呵笑道:"兄台高人雅致,胸襟自非我辈俗人所及。"

两人互相打量,都觉对方甚为奇特,然而在疑虑之中又不禁有亲厚之情。东方耳道:"兄台自回疆远来江南,途中见闻必多。"陈家洛道:"神州万里,山川形胜自是目不暇给。只是适逢黄河水灾,哀鸿遍野,小弟也无心赏玩风景。"东方耳道:"听说灾民在兰封抢了西征大军的军粮,兄台途中可有所闻?"陈家洛一怔,心道:"此人讯息怎地如此灵通?我们劫粮后赶来江南,昼夜奔驰,途中没丝毫耽搁,怎么他倒知道了?"说道:"事情是有的,灾民无衣无食,为民父母者不加怜恤,他们为求活命,铤而走险,也可说是情有可原。"

东方耳微微摇头,轻描淡写的道:"听说事情不单如此,这件事是红花会鼓动灾民,犯上作乱。"陈家洛故作不知,问道:"红花会是什么呀?"东方耳道:"那是江湖上一个造反谋叛的帮会,兄台没听到过吗?"陈家洛道:"小弟放浪琴棋之间,世事一窍不通。说来惭愧,这样大名鼎鼎的一个帮会,小弟今日还是初闻。"他微微一顿,说道:"朝廷得讯之后,对红花会定要严加惩办的了。"东方耳道:"那还用说?谅这等人也不足成为大患。"陈家洛不动声色,问道:"兄台何所

第七回 琴音朗朗闻雁落 剑气沉沉作龙吟

据而云然？"东方耳道："方今圣天子在位，朝政修明。当道只要派遣一二异才，红花会举手间就可剿灭。"陈家洛道："小弟不明朝政，如有荒唐之言，请勿见笑。以弟愚见，朝廷之中大都是酒囊饭袋之辈，未必能办什么大事呢！"此言一出，东方耳与他身旁的老者壮汉又各变色。

东方耳道："兄台这未免是书生之见了。且不说朝中名将能吏，济济多士，即是兄弟身边这几位朋友，也均非庸手。可惜兄台是文人，否则可令他们施展一二，兄台如懂武功，便知兄弟之言不谬了。"陈家洛道："小弟虽无缚鸡之力，但自读太史公《游侠列传》后，生平最佩服英雄侠士，不知兄台是哪一派宗主？这几位都是贵派的子弟吗？可否请他们各显绝技，令小弟开开眼界？"东方耳向那两个壮汉道："你们拿点玩艺儿出来，请这位陆爷指教。"陈家洛手一拱道："请！"心想："只要他们一出手，就知是什么宗派了。"

一名壮汉走上一步，说道："树上这鹊儿聒噪讨厌，我打了下来，叫人耳根清静。"手一挥，一枝袖箭向树上喜鹊射去，哪知袖箭将到喜鹊身旁，忽然一偏，竟没打中。

东方耳见那人竟没射中，颇为诧异，那壮汉更是羞得面红过耳，手一扬，又是一箭向树上射去。这次各人看得清清楚楚，袖箭将射到喜鹊，不知从哪里飞来一粒泥块，在箭杆上一撞，又把箭碰歪了。东方耳身旁那枯瘦老者见心砚右手微摆，知道是他作怪，说道："这位小兄弟原来功夫如此了得，咱们亲近亲近。"五指有如钢爪铁钩，向他手上抓去。

陈家洛暗吃一惊，见这老者竟是嵩阳派的大力鹰爪功，手掌伸出，势道不快，却竟微挟风声，心想："此人武功在江湖上已是数一数二人物，如非一派之长，亦必是武林中前辈高人，怎地甘为东方耳的佣仆？"心念微动，手中折扇轻挥，张了开来，刚挡在老者与心砚之间。那老者手爪疾缩，心想主人对此人既以友道相待，毁了他的东西可着实无礼，上下打量陈家洛，看他是否会武。但见他折扇轻摇，漫不在意，似乎刚才这一下只是碰巧。

东方耳道："尊纪小小年纪，居然武艺高强，此僮兄台从何处得来？"陈家洛道："他并不会武，只是自幼投虫射雀，准头不错而已。"东方耳见他言不由衷，也不再问，看着他手中折扇，说道："兄台手中折扇是何人墨宝,可否相借一观?"陈家洛把折扇递了过去。

东方耳接来看时,见是前朝词人纳兰性德所书的一阕《金缕曲》,词旨峻崎,笔力俊雅,说道:"纳兰容若以相国公子,余力发为词章,逸气直追坡老美成,国朝一人而已。观此书法摹拟褚河南,出入黄庭内景经间。此扇词书可称双璧,然非兄台高士,亦不足以配用,不知兄台从何处得来?"陈家洛道:"小弟在书肆间偶以十金购得。"东方耳道:"即十倍之,以百金购此一扇,亦觉价廉。此类文物多属世家相传,兄台竟能在书肆中轻易购得,真可谓不世奇遇矣!"说罢呵呵大笑。陈家洛知他不信,也不理会,微微一哂。

东方耳又道:"纳兰公子绝世才华,自是人中英彦,但你瞧他词中这一句:'且由他蛾眉谣诼,古今同忌。身世悠悠何足问,冷笑置之而已。'未免自恃才调,过于冷傲。少年不寿,词中已见端倪。"说罢双目盯住陈家洛,意思是说少年人恃才傲物,未必有什么好下场。陈家洛笑道:"大笑拂衣归矣,如斯者古今能几?向名花美酒拚沉醉。天下事,公等在。"这又是纳兰之词。

东方耳见他一派狂生气概,不住摇头,但又不舍得就此作别,想再试一试他的胸襟气度,随手翻过扇子,见反面并无书画,说道:"此扇小弟极为喜爱,斗胆求兄见赐,不知可否?"陈家洛道:"兄台既然见爱,将去不妨。"东方耳指着空白的一面道:"此面还求兄台挥毫一书,以为他日之思。兄台寓所何在?小弟明日差人来取如何?"陈家洛道:"既蒙不嫌鄙陋,小弟即刻就写便是。"命心砚打开包裹,取出笔砚,略加思索,在扇面上题诗一绝,诗云:

"携书弹剑走黄沙,瀚海天山处处家,大漠西风飞翠羽,江南八月看桂花。"

那会鹰爪功的老者见他随身携带笔砚,文思敏捷,才不疑他身有武功。东方耳称谢,接过扇子,说道:"小弟也有一物相赠。"双手捧着那具古琴,放到陈家洛面前,说道:"宝剑赠于烈士,此琴理属兄台。"

陈家洛知道此琴是希世珍物,今日与此人初次相见,即便举以相赠,不知是何用意,但他是相府子弟,珍宝见得多了,也不以为意,拱手致谢,命心砚抱在手里。

东方耳笑道:"兄台从回疆来到江南,就只为赏桂花不成?"陈家洛道："有一位朋友有点急事，要小弟来帮忙料理一下。"东方耳道："观兄脸色似有不足之意，是否贵友之事尚未了结?"陈家洛道："正是。"东方耳道："不知贵友有何为难之处。小弟朋友甚多，或可稍尽绵力。"陈家洛道："大概数日之后，也可办妥了。兄台美意，十分感谢。"

两人谈了半天，仍不知对方是何等人物。东方耳道："他日如有用得着小弟处，可持此琴赴北京找我。现下我等一同下山去如何?"陈家洛道："好。"两人携手下山。

到了灵隐，忽然迎面来了数人，当先一人面如冠玉，身穿锦袍，相貌和陈家洛甚为相似，年纪也差不多，秀美犹有过之，只是英爽之气远为不及。两人一朝相，都惊呆了。

东方耳笑道："陆兄，这人可与你相像么? 他是我的内侄。康儿，过来拜见陆世叔。"那人过来行礼。陈家洛不敢以长辈自居，连忙还礼。

忽听得远处一个女人声音惊叫一声，陈家洛回头看去，见周绮和她的父母及徐天宏刚从灵隐寺出来，想是她突然见到两个陈家洛，不胜惊奇。陈家洛只当不见，转过头去。徐天宏低声向周绮道："别往那边瞧。"

东方耳道："陆兄，你我一见如故，后会有期，今日就此别过。"两人拱手而别。数十名蓝衫壮汉在东方耳前后卫护。

陈家洛转过头来，微微点头，略一努嘴。徐天宏会意，对周仲英道："义父，总舵主差我去办事，你与义母、妹子多玩一会。"周绮老大不高兴，撅起了嘴。徐天宏远远跟在那些壮汉后面，直跟进城去。

到得傍晚，徐天宏回来禀告："那人在湖上玩了半天，后来到巡抚衙门里去了。"陈家洛说了刚才之事，两人一琢磨，料想这东方耳必是官府中人，而且来头一定极大，如非京中出来密察暗访的钦差大臣，便是亲王贝勒之类的皇亲宗室，瞧他相貌不似旗人，恐怕多半是钦差。那枯瘦老者如此武功，居然甘为他用，那么此人必非庸官俗吏了。陈家洛道："莫非此人之来，与四哥有关? 我今晚想去亲自探察一下。"徐天宏道："是，最好请哪一位哥哥同去，有个照应。"陈家洛道："请赵三哥去吧，他也是浙江人，熟悉杭州情形。"

二更时分,陈家洛与赵半山收拾起行,施展轻功,向抚衙奔去。两人在屋瓦上悄没声息的一掠而过。陈家洛心道:"久闻太极门武功深得内家秘奥,赵三哥的轻功果然了得,闲时倒要向他请教请教。"赵半山也暗暗佩服:"总舵主拳法精妙,与铁胆周老英雄比武时已经见过,哪知他轻功也如此不凡,不知他师父天池怪侠在十数年之间,如何调教得出来。"

　　不一刻将近抚台衙门,两人同时发觉前面房上有人,当即伏低,但见两个人影在屋顶来回巡逻。赵半山等他们背转身,手一扬,一枚铁莲子向数丈外一株树上打去。那两人听得树枝响动,飞身过去查看。陈家洛和赵半山乘机矮身,窜进抚衙。当下躲在屋角暗处,过了一会没见动静,才慢慢探头,一瞥之际,不由得大惊,原来下面明晃晃地,火把照耀,如同白昼。数百名兵丁弓上弦,刀出鞘,严密戒备,几名武将绕着屋子走来走去。可是说也奇怪,这许多兵将却大气不出,走动时足尖轻轻落地,竟不发出脚步声音。虽有数百人聚集,却是静悄悄地,只听得墙角蟋蟀唧唧鸣叫,偶尔夹杂着一两声火把上竹片爆裂之声。

　　陈家洛见无法进去,向赵半山打个手势,一齐退了出来,避过屋顶巡哨,落在墙边,低声商量对策。陈家洛道:"咱们不必打草惊蛇,回去另想法子。"赵半山道:"是。"正要飞身上屋,忽然抚台衙门边门呀的一声开了,走出一名武官,后面跟着四名旗兵,那五人沿街走去,走了数十丈又折回来,原来也是在巡逻。两人见这派势,心中暗暗惊异。

　　等那五人又回头向外,陈家洛低声道:"打倒他们。"赵半山会意,窜出数步,发出三枚钱镖,三名旗兵登时倒地。陈家洛跟着两颗围棋子,打中那武官和另一名旗兵穴道。两人纵身过去,再出指点穴,将五人提到暗处,剥下旗兵号衣,自己换上了,将官兵抛在墙角。

　　两人又乘屋顶巡哨转身,跳入围墙,在火把照耀下大模大样走进院子,里面成千名官兵来来往往,怎分辨得清已有外敌混入?更进内院,只见院内来往巡卫的都是高职武官,不是总兵便是副将,只人数远比外面为少。两人找到空隙,缩身窜入屋檐之下,攀住椽子,屏息不动,待得数名武官转过身来,早已藏好。隔了半响,陈家洛见行藏未被发觉,双脚勾住屋梁,挂下身子,舐湿窗纸,张眼内望。赵半山守在他身后卫护,眼观六路,耳听八方,以防敌人。他二人当真是艺高人胆大,于如此戒备森严之下窥敌,实是险到了极处。

陈家洛见里面是一座三开间的大厅,厅上站着五六个人,都是身穿公服的大官,一人背向而坐,看不见他相貌,只见这些大官神色恭敬,目不斜视。

这时外面又走进一个官员,向坐着那人三跪九叩首的行起大礼来。陈家洛大吃一惊,心想:"这是参见皇帝的仪节,难道皇帝微服到了杭州不成?"正疑惑间,只听那官说道:"臣浙江布政使尹章垓叩见皇上。"陈家洛听得清清楚楚,心道:"果然是当今乾隆皇帝,怪不得这般大势派。"

只听皇帝哼了一声,沉声说道:"你好大胆子!"尹章垓除下朝冠,放在地下,连连叩头,不敢作声。皇帝隔了半晌,说道:"我派兵征讨回疆,听说你很不以为然?"陈家洛又是一惊,心道:"怎么这皇帝的声音好熟?"

尹章垓一面叩头,一面说道:"臣该死,臣不敢。"皇帝道:"我要浙江赶运粮米十万石供应军需,你为什么胆敢违旨?"尹章垓道:"臣万死不敢,实因今年浙江歉收,百姓很苦,一时之间征调不及。"皇帝道:"百姓很苦,哼,你倒是个爱民的好官。"尹章垓又连连叩头,连说:"臣该死。"皇帝道:"依你说怎么办?大军粮食不足,急如星火,难道叫他们都饿死在回疆么?"尹章垓叩头道:"臣不敢说。"皇帝道:"有什么不敢说的,你说吧。"尹章垓道:"万岁爷圣明,教化广被,回疆夷狄小丑,其实也不劳王师远征,只须派一名大臣宣之以德,边民自然顺化。"皇帝哼了一声,并不说话。

尹章垓又道:"古人云兵者是凶器,圣人不得已而用之。圣上若罢了远征之兵,天下皆感恩德。"皇帝冷冷的道:"我定要派兵征伐,那么天下就是怨声载道了?"尹章垓拼命叩头,额角上都是鲜血。皇帝嘿嘿一笑,说道:"你倒有硬骨头,竟敢对朕顶撞!"一转身,陈家洛这一惊更是厉害。

原来这皇帝竟是今日在灵隐三竺遇见的东方耳。陈家洛虽然见多识广,临事镇静,这时也不禁出了一身冷汗。

只听得乾隆皇帝道:"起去!你这顶帽儿,便留在这里吧!"尹章垓又叩了几个头,站起身来,也不戴帽,倒退而出。乾隆向其余大臣道："尹某办事必有情弊，督抚详加查明参奏，不得徇私包庇，致干罪戾。"几个大臣连声答应。乾隆道："出去吧，十万石军粮马上征集运去。"那几名大臣诺诺连声，叩头退出。

乾隆道："叫康儿来。"一名内侍掀帘出去，带了一名少年进来。陈家洛见这人就是和自己形貌相似之人。他站在乾隆身旁，神态亲密，不似其余大臣那般畏缩。

乾隆道："传李可秀。"内侍传旨出去，一名武将进来叩见，说道："臣浙江水陆提督李可秀叩见圣驾。"乾隆道："那红花会姓文的匪首怎样了？"陈家洛听得提到文泰来，更加凝神倾听，只听李可秀道："这匪首凶悍拒捕，受伤很重，臣正在延医给他诊治，要等他神智恢复之后才能审问。"乾隆道："要小心在意。"李可秀道："臣不敢丝毫怠忽。"乾隆道："起去吧。"李可秀叩头退出。

陈家洛轻声道："咱们跟他去。"两人轻轻溜下，脚刚着地，只听得厅内一人喝道："有刺客！"陈家洛与赵半山奔至外院，混入士兵队中。只听得四下里竹梆声大作，日间陈家洛在天竺所见那枯瘦老者率领蓝衣壮汉四处巡视。那老者目光炯炯，东张西望。

陈家洛早已背转身去，慢慢走向门旁。那老者突然大喝："你是谁？"伸手向赵半山抓来。赵半山双掌"如封似闭"，将他一抓化开，疾向门边冲去。那老者急追而至，挥掌向他背心劈落。这时赵半山已到门口，听得背后拳风，矮身卸力，待要回手迎敌，陈家洛已将身上号衣脱下，反手搂头向那老者盖了下去。老者伸手拉住，两人一扯，一件号衣断成两截。

陈家洛挥动半截号衣，运气送劲，号衣啪的一声大响，直向那枯瘦老者打去，脚下毫不停留，笔直向门外窜出。那老者也真了得，伸手一抓，又在半截号衣上抓了五条裂缝，如影随形，紧跟其后，刚跨出门，迎面一名兵士头前脚后，平平的当胸飞至，却是赵半山抓住掷过来的。老者左臂斜格，将那兵士撇在一旁，追了出去，就这么受阻稍缓，眼见刺客已冲出抚衙。后面二三十名侍卫一窝蜂般赶出来。

老者喝道："大家保护皇上要紧，你们五人跟我去追刺客。"向五名侍卫一指，施展轻功，追到街上。只见两个黑影在前面屋上飞跑。

那老者纵身也上了屋，一口气奔过了数十间屋，和敌人相距已近，正要喝问，忽然前面屋下数声胡哨，敌人似乎来了接应。老者仍是鼓劲疾追,见前面两人忽然下屋,站在街心。那老者也跳下屋来,双掌一错,迎面向陈家洛抓去。

陈家洛不退不格,哈哈笑道:"我是你主人好友,你这老儿胆敢无礼!"那老者在月光下看清楚了对方面貌,吃了一惊,缩手说道:"你这厮果然不是好人,快随我去见圣驾。"陈家洛笑道:"你敢跟我来么?"

老者稍一迟疑,后面五名侍卫也都赶到,陈家洛和赵半山向西退走。那老者叫道:"追!"西湖边是旗营驻防之处,杭人俗称旗下,老者自忖那是官府力量最厚的所在,敌人逃到湖畔,那是自入死地,于是放心赶来。

追到湖边,见陈家洛等二人跳上一艘西湖船,船夫举桨划船,离岸数丈,那老者喝道:"朋友,你究竟是哪一路的人物,请留下万儿来。"

赵半山亢声说道:"在下温州赵半山,阁下是嵩阳派的吗?"那老者道:"啊,朋友可是江湖上人称千臂如来的赵老师?"赵半山道:"不敢,那是好朋友闹着玩送的一个外号,实在愧不敢当。请教阁下的万儿?"那老者道:"在下姓白,单名一个振字。"此言一出,赵半山和陈家洛都矍然一惊。原来白振外号"金爪铁钩",是嵩阳派中数一数二的好手,大力鹰爪功三十年前即已驰名武林,只不在江湖上行走已久,一向不知他落在何处,哪知竟做了皇帝的贴身侍卫。

赵半山拱手道:"原来是金爪铁钩白老前辈,怪不得功力如此精妙。白老前辈如此苦苦相迫,不知有何见教?"白振道:"听说赵老师是红花会的三当家,那一位是谁?"突然心念一动,说道:"啊,莫不是贵会总舵主陈公子?"赵半山不答他的问话,说道:"白老前辈要待怎地?"

陈家洛折扇一张,朗声说道:"月白风清,如此良夜,白老前辈同来共饮一杯如何?"白振说道:"阁下夜闯抚台衙门,惊动官府,说不得,只好请你同去见见我家主人,否则在下回去没法交待。我家主人对阁下甚好,也不致难为于你。"陈家洛笑道:"你家主人倒也不是俗人,你回去对他说,湖上桂子飘香,素月分辉,如有雅兴,请来联句谈心,共谋一醉。我在这里等他便是。"

白振今日眼见皇上对这人十分眷顾,恩宠异常,如得罪了他,说不定皇上反会怪罪,可是他夜惊圣驾,不捕拿回去如何了结?只是附近没有船只,无法追入湖中,只得奔回去禀告乾隆。

乾隆沉吟了一下,说道:"他既然有此雅兴,湖上赏月,倒也是件快事,你去对他说,我随后就来。"白振道:"这批都是亡命之徒,皇上万金之体,以臣愚见,最好不要涉险。"乾隆道:"快去。"白振不敢再说,忙骑马奔到湖边,见先前划桨的那人抱膝坐在船头,似是在等他消息,便大声道:"对你家主人说,我们主人就来和他赏月谈话。你们预备接驾罢!"

白振回去覆命,走到半路,只见御林军的骁骑营、护军营、前锋营各营军士正开向湖边,再走一会,杭州驻防的旗营、水师也都到了。白振心想:"皇上不知怎样看中了这小子,为了和他赏月,兴师动众的调遣这许多人。"忙赶回去,布置侍卫护驾。

乾隆兴致很高,正在说笑,浙江水陆提督李可秀在一旁伺候。乾隆问道:"都预备好了?去罢。"他已换了便装,随驾的侍卫官也都换上了平民服色,乘马往西湖而来。

一行人来到湖边,乾隆吩咐道:"他该当已知我是谁,但大家仍是装作寻常百姓模样。"这时西湖边上每一处都隐伏了御林军各营军士,旗营、水师、李可秀的亲兵又布置在外,一层一层的将西湖围了起来。只见灯光晃动,湖上划过来五艘湖船,当中船头站着一人,长身玉立,器宇轩昂,叫道:"小人奉陆公子差遣,恭请东方先生到湖中赏月。"说罢跳上岸来,对乾隆作了一揖。这人正是卫春华。

乾隆微一点头,说道:"甚好!"跨上湖船。李可秀、白振和三四十名侍卫分坐各船。侍卫中有十多人精通水性,白振吩咐他们小心在意,要拼命保护圣驾。

五艘船向湖心划去,只见湖中灯火辉煌,满湖游船上都点了灯,有如满天繁星。再划近时,丝竹箫管之声,不住在水面上飘来。一艘小艇如飞般划到,艇头一人叫道:"东方先生到了吗?陆公子久等了。"卫春华道:"来啦,来啦!"

那艘小艇转过头来当先领路,对面大队船只也缓缓靠近。白振和众侍卫见对方如此派势,虽然己方已调集大队人马,有恃无恐,却也不由得暗暗吃惊,各自按住身上暗藏的兵刃。只听得陈家洛在那边船头叫道:"东方先生果然好兴致,快请过来。"

两船靠近,乾隆、李可秀、白振以及几名职位较高的侍卫踏跳板过去。只见船中只陈家洛和书僮两人,白振等人都放下了心。

那艘花艇船舱宽敞,画壁雕栏,甚是精雅,艇中桌上摆了酒杯碗筷,水果酒菜满桌都是。陈家洛道:"仁兄惠然肯来,幸何如之!"乾隆道:"兄台相招,岂能不来?"两人携手大笑,相对坐下。李可秀和白振等都站在乾隆之后。

陈家洛向白振微微一笑,也不说话,一瞥之间,忽见李可秀身后站着一个美貌少年,却不是陆菲青的徒弟是谁?怎么和朝廷官员混在一起,这倒奇了,心感诧异,不免多看了一眼。李沅芷向他嫣然一笑,眼睛一霎,要他不可相认。

心砚上来斟了酒,陈家洛怕乾隆疑虑,自己先干了一杯,夹菜而食。乾隆只拣陈家洛吃过的菜下了几筷,就停箸不食了。只听得邻船箫管声起,吹的是一曲《迎嘉宾》。乾隆笑道:"兄台真是雅人,仓卒之间,安排得如此周到。"

陈家洛逊谢,说道:"有酒不可无歌,闻道玉如意歌喉是钱塘一绝,请召来为仁兄佐酒如何?"乾隆鼓掌称好,转头问李可秀道:"玉如意是什么人?"李可秀道:"那是杭州名妓,听说她生就一副骄傲脾气,要是不中她意的,就是黄金十两,也休想见她一面,更别说唱曲陪酒了。"乾隆笑道:"你见过她没有?"李可秀十分惶恐,道:"小……小人不敢。"乾隆笑道:"今天让你开开眼界。"

说话之间,卫春华已从那边船上陪着玉如意过来。乾隆见这女子脸色白腻,娇小玲珑,相貌也非出众美丽,只一双眼灵活异常,一顾盼间,便和人人打了个亲热的招呼,风姿楚楚,妩媚动人。她向陈家洛道个万福,莺莺呖呖的说道:"陆公子今朝好兴致啊。"声音娇柔异常。陈家洛伸手掌向着乾隆,道:"这位是东方老爷。"玉如意向乾隆福了一福,偎倚着坐在陈家洛身旁。陈家洛道:"听说你曲子唱得最好,可否让我们一饱耳福?"

玉如意笑道:"陆公子要听,我给你连唱三日三夜,就怕你听腻了。"跟人送上琵琶来,玉如意轻轻一拨,唱了起来,唱的是个《一半儿》小曲:"碧纱窗外静无人,跪在床前忙要亲,骂了个负心回转身。虽是我话儿嗔,一半儿推辞一半儿肯!"陈家洛拍手叫好。乾隆听她吐音清脆,俊语连翻,风俏飞荡,不由得胸中暖洋洋地。

玉如意转眸一笑,纤指拨动琵琶,回过头来望着乾隆,又唱道:"几番的要打你,莫当是戏。咬咬牙,我真个打,不敢欺!才待打,不由我,又沉吟了一会,打轻了你,你又不怕我;打重了,我又舍不得你。罢,冤家也,不如不打你。"

乾隆听得忘了形,不禁叫道:"你要打就打罢!"陈家洛呵呵大笑。李沅芷躲在父亲背后抿着嘴儿,只有李可秀、白振一干人绷紧了脸,不敢露出半丝笑意。玉如意见他们这般一副尴尬相,噗哧一声,笑了出来。

乾隆生长深宫,宫中妃嫔歌女虽多,但个个是端庄呆板之人,连笑一下也不敢出声,几时见过这般江南名妓?见她眉梢眼角,风情万种,歌声婉转,曲意缠绵,加之湖上阵阵花香,波光月影,如在梦中,渐渐忘却是在和江洋大盗相会了。

玉如意替乾隆和陈家洛斟酒,两人连干三杯,玉如意也陪着喝了一杯。乾隆从手上脱下一个碧玉搬指来赏了给她,说道:"再唱一个。"玉如意低头一笑,露出两个小小酒窝,当真是娇柔无那,风情万种。乾隆的心先自酥了,只听她轻声一笑,说道:"我唱便唱了,东方老爷可不许生气。"乾隆呵呵笑道:"你唱曲子,我欢喜还来不及,怎会生气?"玉如意向他抛个媚眼,拨动琵琶,弹了起来,这次弹的曲调却是轻快跳荡,俏皮谐谑,珠飞玉鸣,音节繁富。乾隆听得琵琶,先喝了声采,只听她唱道:

"终日奔忙只为饥,才得有食又思衣。置下绫罗身上穿,抬头却嫌房屋低。盖了高楼并大厦,床前缺少美貌妻。娇妻美妾都娶下,忽虑出门没马骑。买得高头金鞍马,马前马后少跟随。招了家人数十个,有钱没势被人欺。时来运到做知县,抱怨官小职位卑。做过尚书升阁老,朝思暮想要登基……"

乾隆一直笑吟吟的听着,只觉曲词甚是有趣,但当听到"朝思暮想要登基"那一句时,不由得脸上微微变色,只听玉如意继续唱道:

"一朝南面做天子,东征西讨打蛮夷。四海万国都降服,想和神仙下象棋。洞宾陪他把棋下,吩咐快做上天梯。上天梯子未做起,阎王发牌鬼来催。若非此人大限到,升到天上还嫌低,玉皇大帝让他做,定嫌天宫不华丽。"

陈家洛哈哈大笑。乾隆却越听脸色越是不善，心道："这女子是否已知我身分，故意唱这曲儿来讥嘲于我？"玉如意一曲唱毕，缓缓搁下琵琶，笑道："这曲子是取笑穷汉的，东方老爷和陆公子都是大富大贵之人，高楼大厦、娇妻美妾都早已有了，自不会去想它。"

乾隆呵呵大笑，脸色顿和。眼睛瞟着玉如意，见她神情柔媚，心中很是喜爱，正自寻思，待会如何命李可秀将她送来行宫，怎样把事做得隐秘，以免背后被人说圣天子好色，坏了盛德令名，忽听陈家洛道："汉皇重色思倾国，那唐玄宗是风流天子，天子风流不要紧，把花花江山送在胡人安禄山手里，那可大大不对了。"乾隆道："唐玄宗初期英明，晚年昏庸，可万万不及他祖宗唐太宗。"陈家洛道："唐太宗雄才大略，仁兄定是很佩服的了？"乾隆生平最崇敬的就是汉武帝和唐太宗，两帝开疆拓土，声名播于异域，他登基以来，一心一意就想模仿，因此派兵远征回疆，其意原在上承汉武唐皇的功业，听得陈家洛问起，正中下怀，说道："唐太宗神武英明，夷狄闻名丧胆，尊之为天可汗，文才武略，那都是旷世难逢的。"陈家洛道："小弟读到记述唐太宗言行的《贞观政要》，颇觉书中有几句话很有道理。"乾隆喜道："不知是哪几句？"他自和陈家洛会面以来，虽对他甚是喜爱，但总是话不投机，这时听他也尊崇唐太宗，不觉很是高兴。

陈家洛道："唐太宗道：'舟所以比人君，水所以比黎庶，水能载舟，亦能覆舟。'他又说：'天子者，有道则人推而为主，无道则人弃而不用，诚可畏也。'"乾隆默然。陈家洛道："这个比喻真是再好不过。咱们坐在这艘船里，要是顺着水性，那就坐得平平稳稳，可是如果乱划乱动，异想天开，要划得比千里马还快，又或者水势汹涌奔腾，这船不免要翻。"他在湖上说这番话，明摆着是危言耸听，不但是蔑视皇帝，说老百姓随时可以倾覆皇室，而且语含威胁，大有当场要将皇帝翻下水去之势。

乾隆一生除对祖父康熙、父亲雍正心怀畏惧之外，几时受过这般威吓奚落的言语？不禁怒气潮涌，当下强自抑制，暗想："现下且由你稍逞口舌之利，待会把你擒住，看你是不是吓得叩头求饶。"他想御林军与驻防旗营已将西湖四周围住，手下侍卫又都是千中拣、万中选、武功卓绝的好手，谅你小小江湖帮会，能作得什么怪？于是微微笑道："荀子曰：'天地生君子，君子理天地。君子者，天地之参也,万物之总也,民之父母也。'帝皇受命于天,率土之滨,莫非王臣。仁兄之论,未免有悖于先贤之教了。"

陈家洛举壶倒了一杯酒,道:"我们浙江乡贤黄梨洲先生有几句话说道,皇帝未做成的时候,'荼毒天下之肝脑,离散天下之子女,以博我一人之产业。其既得之也,敲剥天下之骨髓,离散天下之子女,以奉我一人之淫乐,视如当然,曰:此我产业之花息也。'这几句话真是说得再好也没有!须当为此浮一大白,仁兄请!"说罢举杯一饮而尽。乾隆再也忍耐不住,挥手将杯往地下掷去,便要发作。

杯子掷下,刚要碰到船板,心砚斜刺里俯身伸手,接住酒杯,只杯中酒水泼出大半,双手捧住,一膝半跪,说道:"东方老爷,杯子没摔着。"

乾隆给他这一来,倒怔住了,铁青着脸,哼了一声。李可秀接过杯子,看着皇帝眼色行事。乾隆一定神,哈哈一笑,说道:"陆仁兄,你这位小管家手脚倒真灵便。"转头对一名侍卫道:"你和这位小管家玩玩,可别给小孩子比下去了,嘿嘿。"

那侍卫名叫范中恩,使一对判官笔,听得皇上有旨,当即哈了哈腰,欺向心砚身边,判官笔双出手,分点他左右穴道。心砚反身急跃,窜出半丈,站在船头,他年纪小,真实功夫有限,一身轻功却是向天池怪侠袁士霄学的,眼见范中恩判官笔来势劲急,自忖武功不是他对手,只得先行逃开。范中恩双笔如风,卷将过来。心砚提气跃起,跳上船篷,笑道:"咱们捉捉迷藏吧!你捉到我算我输,我再来捉你。"

范中恩两击不中,气往上冲,双足一点,也跳上船篷,他刚踏上船篷,心砚"一鹤冲天",如一只大鸟般扑向左边小船,范中恩跟着追到。两人此起彼落,在十多艘小船上来回盘旋。范中恩始终抢不近心砚身边,心中焦躁,又盘了一圈。眼见前面三艘小船丁字形排着,心砚已跳上近身的一艘,他假意向左一扑,心砚嘻嘻一声,跳上右边小船。哪知他往左一扑是虚势,随即也跳上了右边小船,两人面面相对,他左笔探出,点向心砚胸前。

心砚待要转身闪避,已然不及,危急中向前一扑,发掌向范中恩小肚打去。范中恩左笔撩架,右笔急点对方后心,这一招又快又准,

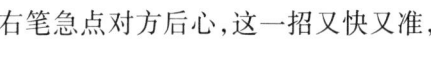

眼见他无法避过,忽听得背后呼的一声,似有件十分沉重的兵刃袭到。他不暇袭敌,先图自救,扭腰转身,右笔自上而下,朝来人兵器上猛砸下去,当的一声大响,火光四溅,来人兵器只稍稍一沉,又向他腰上横扫过来。这时他已看清对方兵器是柄铁桨,使桨之人竟是船尾的梢公,刚才一击,已知对方力大异常,不敢硬架,拔起身来,轻轻向船舷落下,欺身直进,挺笔去点梢公的穴道。

蒋四根解了心砚之围,见范中恩纵起身来,疾伸铁桨入水一扳,船身转了半个圈子,待范中恩落下来时,船身已不在原位。他"啊哟"一声尚未喊毕,扑通一响,入水游湖,湖水汩汩,灌入口来。心砚拍手笑道:"捉迷藏捉到水里去啦。"

乾隆船上两名会水的侍卫赶紧入水去救,将要游近,蒋四根已将铁桨送到范中恩面前,他在水中乱抓乱拉,碰到铁桨,管他是什么东西,马上紧紧抱住。蒋四根举桨向乾隆船上一挥,喝道:"接着!"范中恩的师叔龙骏也是御前侍卫,忙抢上船头,伸手接住。范中恩在皇上面前这般大大丢脸,说不定回去还要受处分,又是气,又是急,湿淋淋的怔住了,站着不动,身上的西湖水不住滴在船头。龙骏曾听同伴说起心砚白天在三竺用泥块打歪袖箭,让御前侍卫丢脸,现今又作弄他的师侄,待他回到陈家洛身后,便站了出来,阴森森的道:"听说这位小兄弟暗器高明之极,待在下请教几招。"

陈家洛对乾隆道:"你我一见如故,别让下人因口舌之争,伤了和气。这一位既是暗器名家,咱们请他在靶子上显显身手,以免我这小书僮接他不住,受了损伤,兄台你看如何?"乾隆听他说得有理,只得应道:"自当如此,只是仓卒之间,没有靶子。"

心砚纵身跳上杨成协坐船,在他耳边低声说了几句。杨成协点点头,向旁边小船中的章进招了招手。章进跳了过来。杨成协道:"抓住那船船梢。"章进依言抓住自己原来坐船的船梢。这时杨成协也已拉过船头木杠,喝一声"起!"两人竟将一艘小船举了起来,两人的坐船也沉下去一截。众人见二人如此神力,不自禁的齐声喝采。

骆冰看得有趣,也跳上船来,笑道:"真是个好靶子!"荡起双桨,将杨成协的坐船划向花艇。心砚叫道:"少爷,这做靶子成么?请你用笔画个靶心。"

陈家洛举起酒杯,抬头饮干,手一扬,酒杯飞出,波的一声,酒杯嵌入两人高举的小船船底，平平整整，毫没破损，众人又是拍手叫好。白振和龙骏等高手见杨成协和章进举船，力气固是奇大，但想一勇之夫，亦何足畏，待见陈家洛运内力将瓷杯嵌入船底，如发钢镖，这才暗皱眉头，均觉此人难敌。

陈家洛笑道："这杯就当靶心，请这位施展暗器吧。"骆冰将船划退数丈，叫道："太远了吗？"龙骏更不打话，手中暗扣五枚毒蒺藜，连挥数挥，只听得叮叮一阵乱响，瓷片四散飞扬，船底酒杯已被打得粉碎。心砚从船后钻出，叫道："果然好准头！"龙骏忽起毒心，又是五枚毒蒺藜飞出，这次竟是对准心砚上下左右射去。

众人在月光下看得分明，齐声惊叫。那龙骏的暗器功夫当真厉害，手刚扬动，暗器已到面前，众人叫喊声中，五枚毒蒺藜直奔心砚五处要害。心砚大惊，扑身滚倒，骆冰两把飞刀也已射出，当当两声，飞刀和两枚毒蒺藜坠入湖中。心砚一滚躲开两枚，中间一枚却说什么也躲不开了，正打在左肩之上。他也不觉得如何疼痛，只是肩头一麻，站起身来，破口大骂。红花会群雄无不怒气冲天，小船纷纷划拢，拥上来要和龙骏见个高下。

清宫众侍卫也觉得这一手过于阴毒，在皇帝面前，众目昭彰之下，以这卑鄙手段暗算对方一个小孩，未免太不漂亮，势将为人耻笑，但见红花会群雄声势汹汹，当即从长衣下取出兵刃，预备护驾迎战。李可秀摸出胡笛，放在口边就要吹动，调集兵士动手。

陈家洛叫道："众位哥哥，东方先生是我嘉宾，咱们不可无礼，大家退开。"群雄听得总舵主发令，众小船当即划退数丈。

这时杨成协和章进已将举起的小船放回水面。骆冰察看心砚的伤口。徐天宏也跳过来询问。心砚道："四奶奶，七爷，你们放心，我痛倒不痛，只是痒得厉害。"说着要用手去抓。骆冰和徐天宏听了大惊，知道暗器上喂了极厉害的毒药，忙抓住他双手。心砚大叫："我痒得要命，七爷，你放手。"说着用力挣扎。徐天宏心中焦急，脸上还是不动声色，说道："忍耐一会儿。"转头对骆冰道："四嫂，你去请三哥来。"骆冰应声去了。

骆冰刚走开，一艘小船如飞般划来，船头上站着红花会的杭州总头目马善均。他跳上徐天宏坐船，悄声道："七当家，西湖边上布满了清兵，其中有御林军各营。"徐天宏道："有多少人？"马善均道：

第七回　琴音朗朗闻雁落　剑气沉沉作龙吟

"总有七八千人，外围接应的旗营兵丁还不计在内。"徐天宏道："你立刻去召集杭州城外的兄弟，集合湖边候命，可千万别给官府察觉，每人身上都藏一朵红花。"马善均点头应命。徐天宏又问："马上可以召集多少人？"马善均道："连我机房中的工人，一起有两千左右，再过一个时辰，等城外兄弟们赶到，还有一千多人。"徐天宏道："咱们的兄弟至少以一当五，三千人抵得一万五千名清兵，人数也够了，况且绿营里还有咱们的兄弟，你去安排吧。"马善均接令去了。

赵半山坐船划到，看了心砚伤口，眉头深皱，将他肩上的毒蒺藜轻轻起出，从囊中取出一颗药丸，塞在他口里，转身对徐天宏凄然道："七弟，没救了。"徐天宏大惊，忙问："怎么？"赵半山低声道："暗器上毒药厉害非常，除了暗器主儿，旁人无法解救。"徐天宏道："他能支持多少时候？"赵半山道："最多三个时辰。"徐天宏道："三哥，咱们去把那家伙拿来，逼他解救。"一言把赵半山提醒，他从囊中取出一只鹿皮手套，戴在手上，纵身跃起，三个起伏，在三艘小船舷上一点，已纵到陈家洛和乾隆眼前，叫道："陆公子，我想请教这位暗器名家的手段。"

陈家洛见龙骏打伤心砚，极是恼怒，见赵半山过来出头，正合心意，对乾隆道："我这位朋友打暗器的本领也还过得去，他们两位比试，一定精采热闹，好看非凡。"皇帝听说有好戏可看，当然赞成，越是比得凶险，越是高兴，转头对龙骏道："去吧，可别丢人。"

龙骏应了。白振低声道："那是千臂如来，龙贤弟小心了。"龙骏也久闻千臂如来的名头，心中一惊，自忖暗器从未遇过敌手，今日再将名震江湖的千臂如来打败，那更是大大的露脸了，越众而前，抱拳说道："在下龙骏，向千臂如来赵前辈讨教几手。"赵半山哼了一声道："果然是你，我本想旁人也不会使这等卑鄙手段，用这般阴损暗器。"

龙骏冷笑一声，道："我只有两条臂膀，请千臂如来赐招。"他意含讥诮，说瞧你千条臂膀，又怎样奈何我这两条臂膀。赵半山反身窜出，低声喝道："来吧！"龙骏道："我比暗器可只和你一人比。"赵半山怒道："难道我们兄弟还会暗算你不成？"龙骏道："好，就是要你这句话。"身形一晃，窜上一艘小船的船头。他知道船上全是红花会的扎手人物，虽然赵半山应允无人暗算，但自己以卑鄙手段伤了对方一个少年，究怕人家也下毒手报复，是以不敢在船梢有人处落脚。

赵半山等他踏上船头，左手一扬，右手一挥，打出三只金钱镖、三枝袖箭，头一低，背后又射出一枝背弩。龙骏万料不到他一刹那间竟会同时打出七件暗器，吓得心胆俱寒，当下无法躲避，已顾不得体面，缩身在船底一伏，只听得啪、啪、啪一阵响，七件暗器全打在船板之上。船梢上那人骂道："龟儿子，你先人板板，这般现世，斗什么暗器？"

龙骏跃起身来，月光下赵半山的身形看得清楚，发出一枚菩提子向他打去。赵半山听了破空之声，知道不是毒蒺藜，侧身让开，身子刚让到右边，三枚毒蒺藜已迎面打到。

赵半山迎面一个"铁板桥"，三枚毒蒺藜刚从鼻尖上擦过，叫了一声"好！"刚要站起，又是三枚毒蒺藜向下盘打来。龙骏转眼之间，也发出七件暗器，称做"连环三击"。赵半山人未仰起，左手一粒飞蝗石，右手一枚铁莲子，将两枚毒蒺藜打在水中，待中间一枚飞到，伸手接住，放在怀里，眼见他暗器手段果然不凡，暗忖此人阴险毒辣，定有诡计，可别上了他当，手一扬，三枚金钱镖分打他上盘"神庭穴"、乳下"天池穴"、下盘"血海穴"。龙骏见他手动，已拔起身子，窜向另一条小船。

赵半山看准他落脚之处，一枝甩手箭甩出，龙骏举手想接，忽然一样奇形兵刃弯弯曲曲的旋飞而至，急忙低头相避，说也奇怪，那兵刃竟又飞回赵半山手中。他伸手一抄，又掷了过来。龙骏从未接过他这独门暗器"回龙璧"，惊吓之下，心神已乱，不提防迎面又是两粒菩提子飞来，左眉尖"阳白穴"、左肩"缺盆穴"同时打中，身子一软，瘫跪船头。

众侍卫见他跌倒，无不大惊。与龙骏齐名大内的"一苇渡江"褚圆仗剑来救，剑护面门，纵身向龙骏跃去，人在半空，见对面也有一人挺剑跳来。

褚圆跃起在先，早一步落在船头，左手捏个剑诀，右手剑挽个顺势大平花，横斩迎面纵来那人项颈，想将他逼下水去。不料那人身在半空，剑锋直刺褚圆右腕，正所谓"善攻者攻敌之必守"，虽在黑夜，这一剑又准又快，霎时间攻守易势。褚圆急忙缩手，剑锋掠下挽个逆花，直刺敌足，这一招是达摩剑术中的"虚式分金"。那人左足虚晃一脚,右足直踢褚圆右腕。褚圆提手急避,未及变招,那人已站在船头。月光下只见他身穿道装,左手袖子束在腰带之中。

褚圆原是和尚,法名智圆,后来犯了清规,被追缴度牒,逐出庙门,他索性还了俗,改名褚圆,仗着一手达摩剑精妙阴狠,竟做到皇帝的贴身侍卫。他原在空门,还俗后又长在禁城,江湖上之事不大熟悉,但见来敌剑法迅捷,生平未见,却不知道那是七十二手追魂夺命剑独步天下的无尘道人,当即喝问:"来者是谁?"无尘笑道:"亏你也学剑,不知道我么?"褚圆一招"金刚伏虎"接着一招"九品莲台",一剑下斩,一剑上挑。无尘笑道:"剑法倒也不错,再来一记'金针度劫'!"话刚出口,褚圆果然抢向外门,使了一招"金针度劫"。他剑招使出,心中一怔:"怎么他知道?"

无尘微微一笑,剑锋分刺左右,喝道:"你使'浮丘挹袖',再使'洪崖拍肩'!"话刚说完,褚圆果然依言使了这两招。这哪里是性命相扑,就像是师父在指点徒弟。褚圆素来自负,两招使后,退后两步,凝视对方,又羞又怒,又是惊恐。其实无尘深知达摩剑法的精微,眼见褚圆造诣不凡,剑锋所至,正是逼得他非出那一招不可之处,事先却叫了招数的名头。这一来先声夺人,褚圆一时不敢再行进招。

骆冰在船梢掌桨,笑吟吟的把船划到陈家洛与乾隆面前,好教皇帝看清楚部属如何出丑。其时赵半山已将龙骏擒住,徐天宏在低声逼他交出解药。龙骏闭目不语。徐天宏将刀架在他颈中威吓,他仍是不理,心中盘算:"我宁死不屈,回去皇上定然有赏,只要稍有怯意,削了皇上颜面,我一生前程也就毁了。在皇上面前,谅这些土匪也不敢杀我。"

无尘喝道:"我这招是'仙人指路',你用'回头是岸'招架!"褚圆下定决心,偏不照他的话使剑。哪知无尘剑锋直戳他右颊,褚圆苦练达摩剑法二十余年,心剑合一,势成自然,已是根深蒂固,敌剑既然如此刺到,不得不左诀平指转东,右剑横划,两刃作天地向,正是一招"回头是岸"。

无尘一招"仙人指路"逼褚圆以"回头是岸"来招架,意存双关,因道家求仙,释家学佛,自己指点对方迷津,叫他认输回头。褚圆一招使出,见无尘缩回长剑,目光如电,盯住了自己,不由得进固不敢,退又不是，十分狼狈。无尘喝道："我这招'当头棒喝'，你快'横江飞渡'！"说罢，长剑平挑，当头劈下。褚圆身随剑转，回剑横掠，左手剑诀压住右肘，这一招不是达摩剑术中的"横江飞渡"是什么？

乾隆略懂武艺，虽身手平庸，但大内奇材异能之士甚多，他从小看惯，见识却颇渊博，见无尘喊声未绝，褚圆已照着他的指点应招，心中又好气又好笑，却又不禁寒心，暗忖："褚圆在大内众侍卫中已算一等高手，可是与这些匪徒一较量，竟然给人家耍猴儿般玩弄，一旦真有缓急，这些人济得甚事？"他可不知道无尘剑法海内无对，褚圆遇到他自是动弹不得。也是今晚适逢其会，让乾隆见识到天下第一剑的剑法，他竟以为"匪帮"中如此人材极夥，那也是想得左了。

乾隆又看几招，再也难忍，对白振道："叫他回来。"白振叫道："褚兄，主人叫你回来。"褚圆巴不得有此一叫，只因满清军法严峻，临阵退缩必有重刑，他进退两难，正在万般无奈之际，忽有皇命，如逢大赦，忙回剑护身，便欲回跳。无尘喝道："早叫你走，你不走，现今想走，嘿嘿，道爷可不放了！"长剑闪动，褚圆只见前后左右都是敌剑，全身立被裹于一团剑气之中，哪敢移动半步，只觉脸上身上凉飕飕地，似有一柄利刃周游划动。

白振见褚圆无法退出，纵身向两人扑将过来，伸出双爪，便来硬夺无尘长剑。无尘见他来得凶猛，剑锋圈转，反刺对方下盘。白振的武艺比之褚圆可高明得多了，左手两根手指搭着剑锋，右手一掌向对方左肩打去。无尘缺了左臂，不免吃亏，敌人攻向左侧，只有退避，无法反击，身子侧避，右剑直刺敌人咽喉，这一剑当真迅捷无伦。白振出手神速，竟然不输无尘剑招，斜身避剑，右掌继续追击对方左肩，无尘向后退出一步，右手手腕已被白振抓住。赵半山、徐天宏、骆冰等看得真切，不由得齐声呼叫。

剑光掌影中无尘左脚飞起，直踢对方右胯。白振向左一避，借势仍夺长剑。无尘左脚未落，右脚跟着踢出。白振万想不到他出腿有如电闪，生平从所未见，手爪松开，急忙后退。无尘右腿落空，左腿跟上，这一下白振再也躲避不了，右股上重重着了一脚，一个踉跄，险些跌入湖中。他下盘稳实，随即站定，身子倾斜，却仍屹立船边，双手疾向无尘双目抓到。无尘侧头避让，肩头已被他手掌击中。无尘骂了一声，连环迷踪腿一腿快如一腿，连绵不断，左脚甫起，右脚跟着飞出。白振立即变招,眼见对方一腿又到,忙拔身纵高。这两位大高手武功均以快速见长,此刻兔起鹘落,星丸跳跃,连经数变,旁人看得眼也花了。

骆冰坐在后梢,见白振跃起,木桨抄起一大片水向他泼去。白振本拟落在船头,空手和无尘的长剑拼斗一场,忽见一片白晃晃的湖水迎头浇来,情急之下,在空中打个筋斗,倒退落回花艇,总算他身手矫捷,饶是如此,下半身还是被浇得湿淋淋的十分狼狈。

岂知比起褚圆来,直是算不了什么。原来褚圆得他来援,逃出了无尘剑光笼罩,跳回花艇,惊魂甫定,正要站到乾隆背后,忽然玉如意嗤的一声笑了出来,只见乾隆皱起眉头,陈家洛似笑非笑,各人神色都甚为奇特。他心中一愕,一阵微风吹来,顿感凉意,回顾自身,这一惊非同小可,原来全身衣服已被对手割成碎片,七零八落,不成模样,头上又是热辣辣地,伸手去摸头脸时,辫子、头发、眉毛均已给剃得干干净净,又惊又羞,忽然间裤子又向下溜去,原来裤带也给割断了,忙伸双手去抢裤子,噗的一声,手里长剑跌入湖中。

乾隆眼见手下三名武艺最高的侍卫都被打得狼狈万状,知道再比下去也讨不到便宜,对陈家洛道:"陆兄这几位朋友果然艺业惊人,何不随着陆兄为朝廷出力?将来光祖耀宗,封妻荫子,才不辜负了一副好身手。似这般沦落草莽,岂不可惜?"原来乾隆颇有才略,这时非但不怒,反生笼络豪杰以为己用之念。陈家洛笑道:"我这些朋友都和小弟一样,宁可在江湖闲散适意。兄台好意,大家心领了。"乾隆道:"既然如此,今晚叨扰已久,就此告辞。"说罢望着尚在赵半山船中的龙骏。

陈家洛叫道:"赵三哥,把东方先生的从人放回吧!"骆冰叫道:"那不成!心砚中了他的毒蒺藜,他不肯给解药。"说着又将船划近了些。乾隆向李可秀轻轻嘱咐几句,转头对龙骏道:"拿解药给人家。"龙骏道:"小的该死,解药留在北京没带出来。"

乾隆眉头一皱便不言语了。陈家洛道:"赵三哥,放了他吧!"赵半山心想总舵主还不知道毒蒺藜的厉害,可是亦不便公然施刑,而且此人如此凶悍,只怕施刑也自无用,即使从他身边搜出解药,不明用法,也是枉然,此刻只要一放走,再要拿他便不容易,何况心砚命悬一线,又怎能耽搁?但总舵主之令又不能不遵,当下皱眉踌躇。

徐天宏道："三哥，那两枚毒蒺藜给我。"赵半山不明他用意，从怀里将两枚毒蒺藜掏出，一枚是从心砚肩上起下，一枚是比暗器时接过来的。徐天宏接过，左手一拉，嗤的一声，将龙骏胸口衣服扯了一大片，露出毛茸茸的胸膛，右手一举，噗噗噗，毒蒺藜在他胸口连戳三下，打了六个小洞。

龙骏"啊哟"一声大叫，吓得满头冷汗。徐天宏将毒蒺藜交还赵半山，高声对陈家洛道："陆公子，请你给几杯酒。我们要和这位龙爷喝两杯，交个朋友，马上放他回来。"

陈家洛道："好。"玉如意在三只酒杯中斟满了酒。陈家洛道："三哥，酒来了。"拿起酒杯掷去，一只酒杯平平稳稳的从花艇飞出。赵半山伸手轻轻接住，一滴酒也没泼出。众人喝采声中，其余两杯酒也飞到了赵半山手里。

徐天宏接过酒杯，说道："龙爷，咱们干一杯！"龙骏伤口早已麻痒难当，见到酒来更如见了蛇蝎，惊惧万状，紧闭嘴唇，死咬牙关。知道酒一入肚，血行更快，剧毒急发，立时毙命。徐天宏笑道："喝吧，何必客气？"小指与无名指箝紧他鼻孔，大拇指和食指在他两颊用力一捏，龙骏只得张嘴，徐天宏将三杯酒灌了下去。

龙骏三杯酒落肚，片刻之间胸口麻木，大片肌肉变成青黑，性命已在呼吸之间，他自知毒蒺藜毒性可怖之至，哪里还敢倔强，性命要紧，功名富贵只好不理了，颤声道："放开我穴道，我……我……我……拿解药出来。"赵半山一笑，一揉一拍，解开他闭住的穴道。龙骏咬紧牙关，从袋里摸出三包药来，说道："红色的内服，黑色的吸毒，白色的收口。"话刚说完，人已昏了过去。

赵半山忙将一撮红色药末在酒杯里用湖水化了，给心砚服下，将黑药敷上伤口，不一会，只见黑血汩汩从伤口流出。骆冰随流随拭，黑血渐渐变成紫色，又变成红色，心砚"啊哟，啊哟"的叫了起来，赵半山再把白色药末敷上，笑道："小命拾回来啦！"

徐天宏恨龙骏歹毒，将三包药都放入怀中，大声道："你的解药既然留在北京，即刻回京去取解药，也还来得及。"赵半山见到龙骏的惨状，心有不忍，向徐天宏把药要了过来，给他敷服。

陈家洛向乾隆道："小弟这几个朋友都是粗鲁之辈，不懂礼数，仁兄幸勿见责。"乾隆干笑几声，举手说道："今日确是大增见闻。就

第七回

琴音朗朗闻雁落
剑气沉沉作龙吟

此别过。"

陈家洛叫道："东方先生要回去了，船靠岸吧！"梢公答应了，花艇缓缓向岸边划去。

数百艘小船前后左右拥卫，船上灯笼点点火光，天上一轮皓月，都倒映在湖水之中，湖水深绿，有若碧玉。陈家洛见此湖光月色，心想："西湖方圆号称千顷。昔贤有诗咏西湖夜月，云：'寒波拍岸金千顷，灏气涵空玉一杯。'丽景如此，诚非过誉。"

灯光下一朝相,两人各自退后一步,原来在他父母坟前哭拜的,竟是当今满清皇帝。乾隆惊问:「你……你怎么深夜到这里来?」

第八回

千军岳峙围千顷
万马潮汹动万乘

不一刻,群船靠岸。李可秀先跳上岸,伸双手扶掖乾隆上岸。众侍卫围成半圆,三面拱卫。陈家洛等也上了岸。李可秀摸出胡笳,"嘟——嘟——嘟——"的吹了三声,数百名御林军骁骑营军士快步奔到。一名侍卫牵过一匹白马,右腿屈膝,侍候乾隆上马。四下军士缓缓聚拢,将陈家洛一干人围在垓心。乾隆向李可秀使个眼色,李可秀向红花会群豪大叫:"喂,大胆东西,见了皇上还不磕头!"

徐天宏手一挥,马善均、马大挺父子取出火炮流星,嗤嗤数声,射入天空,如数道彗星横过湖面,落入水中。蓦地里四下喊声大起。树荫下、屋角边、桥洞底、山石旁,到处钻出人来,一个个头插红花,手执兵刃。徐天宏高声叫道:"弟兄们,红花会总舵主到了,大家快来参见。"红花会会众欢声雷动,纷纷拥将过来。

御林军各营军士箭在弦、刀出鞘,拦着不许众人行近。双方对峙,僵住不动。李可秀又吹起胡笳,只听得蹄声杂沓,人喧马嘶,驻防杭州的旗营和绿营兵丁跟着赶到。李可秀骑上了马,指挥兵马,将红花会群豪团团围住,只待乾隆下令,便即动手捉拿。

陈家洛不动声色,缓步走到一名御林军军士身边,伸手去接他握在手里的马缰。那军士为他目光所慑,不由自主的交上马缰。陈家洛跃上马背,从怀里取出一朵红花,佩在襟上。这朵红花有大海碗大小,以金丝和红绒绕成,花旁衬以绿叶,镶以宝石,火把照耀下灿烂生光,那是红花会总舵主的标志,就如军队中的帅字旗一般。

红花会会众从未见过本会大首领,登时人人振奋,呼声雷动,俯身致敬。

旗营和绿营兵丁本来排得整整齐齐,忽然大批兵丁从队伍中蜂拥而出,统兵官佐大声吆喝,竟自约束不住。那些兵丁奔到陈家洛面前,双手交叉胸前,俯身弯腰,施行红花会中拜见总首领的大礼。陈家洛举手还礼。那些兵丁行完礼后奔回队伍,后面队中又有兵丁奔出行礼,此去彼来,好一阵子才完。原来红花会在江南势力大张,旗营和绿营兵丁不少得人引荐入会,汉军旗营和绿营中的汉人兵卒尤多。

乾隆见自己部队中有这许多人出来向陈家洛行礼,这一惊非同小可,今晚若是动武,御林军各营虽然从北京卫驾而来,忠诚可恃,营中亦无红花会会众,但无论如何难操必胜之算,自己又身在险地,自以善罢为上,冷冷向李可秀说道:"你带的好兵!"李可秀本已惊得呆了,听得乾隆申斥,忙翻身下马,跪在地上不住叩头,连称:"臣该死,臣该死。"乾隆道:"叫他们退走!"李可秀道:"是,是!"起身大声传令,命众兵将后退。

徐天宏见清兵退去,叫道:"各位兄弟,大家辛苦了,请回去吧!"红花会会众叫道:"总舵主,各位当家,再见!"呼声雷动,响彻湖上,只见人头耸动,四面八方散了下去。

乾隆帝弘历自幼受父亲雍正训诲,文才武略,在满清皇族中可说是一等一的人才。他深慕当年太祖太宗东征西讨,攻城略地,都是身冒矢石,躬亲前敌。满洲兵例,八旗出战,各旗统兵的和硕亲王、多罗郡王、多罗贝勒、固山贝子都不得后退,否则本旗人丁马匹即交其余七旗均分,是以人人奋战,所向克捷。乾隆登基以来,海内晏安,无地可逞英雄,一听陈家洛在湖上招饮,想起太祖太宗当年在白山黑水间挥刀奔驰的雄风,这一点小小风险岂可不冒?岂知事到临头,处处为人所制,幸而他颇识大体,知道小不忍则乱大谋,举手向陈家洛道:"今晚湖上之游,赏心悦目,良足畅怀,多谢贤主人隆情高谊。就此别过,后会有期。"在众侍卫官员拥卫下回抚署去了。

陈家洛呵呵大笑,回到船上,与众兄弟置酒豪饮。

红花会群雄将众侍卫打得一败涂地,最后一阵徐天宏与马善均布置有方,皇帝手拥重兵,竟不敢下令攻击,陈家洛又探知了文泰来的下落,人人兴高采烈,欢呼畅饮。

徐天宏对马善均道:"马大哥,皇帝老儿今日吃了亏回去,定然不肯就此罢休。你吩咐杭州众兄弟大家特别留神,尤其是旗营绿营里的兄弟,别中了他暗算。要是他调大军来动手,大伙就退入太湖。"马善均点头称是,喝了一杯酒,先行告退,带了儿子即去部署。

陈家洛满饮一杯,长啸数声,见皓月斜照,在湖中残荷菱叶间映成片片碎影,蓦地心惊,问徐天宏道:"今儿是十几,这几天忙得日子也忘啦!"徐天宏道:"今儿十七,前天不是咱们一起过中秋的么?"陈家洛微一沉吟,说道:"周老前辈、道长、众位哥哥,今儿大家忙了一晚,总算没失面子,文四哥的下落也有了消息。现下请大家回去休息。明日我有点私事,后天咱们就着手打救四哥。"徐天宏问道:"总舵主,要不要哪一位兄弟陪你去?"陈家洛道:"不必了,这件事没危险,我独个儿在这里静一静,要想想事情。"

众人移船拢岸,与陈家洛别过,上岸回去。杨成协、卫春华、章进、蒋四根等都已喝得半醉,黑夜中挽臂高歌,在杭州街头欢呼叫嚷,旁若无人。

陈家洛远望众人去远,跳上一艘小船,拨动木桨,小船在明澄如镜的湖面上轻轻滑了过去,船到湖心,收起木桨,呆望月亮,不禁流下泪来。原来次日八月十八是他生母徐氏的生辰。他离家十年,重回江南,母亲却已亡故,想起慈容笑貌,从此阴阳相隔,不由得悲从中来。适才听徐天宏一说日子,已自忍耐不住,此刻众人已去,忍不住放声恸哭。

这边哭声正悲,那边忽然传来格格轻笑。陈家洛止哭回头,见一艘小船缓缓划近,月光下见一人从船尾站起,身穿浅灰长袍,拱手行礼,叫道:"陈公子,独个儿还在赏月吗?"

陈家洛见那人风姿翩翩,便是陆菲青那徒弟,刚才站在乾隆身后,不知他一人重回又有何事,忙一拭眼泪,抱拳回礼,道:"李大哥,找我有什么事?"李沅芷轻轻纵起,落在陈家洛船头,笑道:"你那金笛秀才兄弟的消息,可想知道吗?"

陈家洛微微一怔,道:"请坐下细谈。"李沅芷微笑坐下,伸手到湖中弄水。这时月亮倒影刚巧映在船边,她拨弄湖水,水中月亮都给弄得碎乱了。陈家洛问道："你见到我们余兄弟吗？请问他在哪里？"李沅芷笑道："我当然知道，可是偏不跟你说。"陈家洛又是一怔，心想这小子好生古怪，说话倒像个刁蛮姑娘。李沅芷那天搂着霍青桐肩膀细声笑语的亲热神态，刹那间涌上心头，对她忽感说不出的厌恶。

李沅芷玩了一阵水，右手湿淋淋的伸上来，不住向空中弹水，月光下见陈家洛眼圈红红的，泪痕未干，奇道："咦，你哭过了吗？刚才我听到一个人哭，原来是你。"陈家洛别过了头，不去睬她。李沅芷心中一软，柔声道："是不是牵记你四哥和十四弟呢？你别难过，我跟你说，他两人都好好活着。"陈家洛本想细问，但听她一副劝慰小孩子的语气，甚感不快，心想："就是不靠你报信，我们也查得出来。"仍是默不作声。

李沅芷问道："我师父呢？他也到杭州了吗？"陈家洛道："怎么？陆老前辈没跟你在一起吗？"李沅芷道："当然啦，那晚在黄河渡口一阵大乱，就没再见到他。"陈家洛道："陆老前辈武功卓绝，料无错失，你放心好啦。"李沅芷道："你们红花会势力这么大，干么不派人去找找他？"陈家洛听她言语无礼，更是不喜，但他究竟颇有涵养，道："李大哥说得是，明儿我就派人去打听。"

李沅芷隔了一会，说道："我听余师哥说你武功好得了不得。我不信，他说你做我师父都可以，难道你比我师父还强么？"陈家洛听她说话不知轻重，微微一笑，道："陆老前辈是了不起的大高手，我就想拜他为师，他老人家还不见得肯收呢。他要收徒弟，一定得收资质极好之人。"李沅芷笑道："啊哟，别当面捧人家啦。我刚才见你抛了四只酒杯，内劲好极啦。不过你们红花会的人对你这么服服贴贴，比见了老子还恭敬，我可有点不服气。"

陈家洛哼了一声，心道："要人信服，又不是靠武功威吓，这点你不懂，也懒得跟你多说。"见她又稚气又无礼，觉得这小子很是莫名其妙，说道："天快亮啦，我要上岸去，再见吧！"说罢举起桨来，等她跳回自己船上。李沅芷大不高兴，说道："虽然别人都服你，对我，可不必这么骄傲！"

陈家洛听了这话，气往上冲，便要发作，随即转念，自己领袖群伦，为红花会众豪杰之长，不能随便动怒，这姓李的年纪比自己小，此时又无第三人在场,争吵起来,被人说一句以大压小,何况她师父对本会情义深长,瞧她师父脸面,不必跟她一般见识,当下强抑怒气,举桨划船。李沅芷自小给人顺惯了的,见陈家洛脸色不善,对自己全不理睬,不由得气往上冲,闷在船头,一时下不了台。

小船将近划到三潭印月,李沅芷冷笑道:"你不必神气。你要是真狠,干么独自偷偷的躲在这里哭?"陈家洛仍是不理。李沅芷大声道:"我跟你说话,难道你没听见?"

陈家洛呼了口气,侧目斜视,心想:"你这小子当真不识好歹,连你师父都对我客客气气,你竟敢对我大呼小叫。"李沅芷冷冷的道:"我好心来向你报讯,你却不理人家。没我帮忙,看你救不救得出你的文四哥。"陈家洛秀眉微扬,撇嘴道:"凭你就有这般大本领?"李沅芷道:"怎么?你瞧不起人?那么咱们就比划比划。"手腕翻处,从腰间拔出长剑。

陈家洛瞧在陆菲青面上一再忍让,见她忽然拔剑,心念一动,她刚才站在乾隆背后,和统兵的提督神态亲热,难道竟是敌人不成?这时心头烦躁郁闷,又觉奇怪,平素自己气度雍容,不知怎样对这人却是说不出的厌憎,但见她容颜秀雅,俊目含嗔,一时捉摸不定她到底是何等样人,说道:"你刚才站在皇帝背后,是假意投降呢,还是在朝廷做了什么官职?"李沅芷道:"全不是。"陈家洛道:"难道那些清廷走狗之中,有你亲人在内?"

李沅芷一听骂她父亲是走狗,怒火大炽,挺剑便即刺出,骂道:"你这小子,怎地出口伤人?"陈家洛见她当真动手,心想这人果然和清廷官员有牵连瓜葛,那便不必客气了,喝道:"好哇,我找你师父算帐去。"身子微偏,让开来剑。李沅芷等他一站起身,立即挺剑当胸平刺。陈家洛不避不让,待剑尖刚沾胸衣,突然吐气,胸膛向后陷进三寸。其时李沅芷力已用足,虽只相差三寸,剑尖却已刺他不到,大骇之下,怕他反击,双足急撑,反身跳到湖中三潭印月石墩之上。那石墩离船甚远,顶上光滑,她居然稳稳站定。

陈家洛本想空手进招,眼见她施展武当派上乘轻功,他与张召重对敌过,深知武当派武功厉害,于是斜身纵起,从垂柳梢下穿了过去,站上另一个石墩,手中已执着一条柳枝。

李沅芷见他身法奇快,不由得暗暗吃惊,到此地步,也只得硬起头皮一拚,娇叱一声:"看剑!"左掌护身,纵向陈家洛所站的石墩,剑走偏锋,向他左肩刺去。

三潭印月是西湖中的三座小石墩,浮在湖水之上,中秋之夜,杭人习俗以五色彩纸将潭上小孔蒙住。此时中秋刚过,彩纸尚在,月光从墩孔中穿出,倒映湖中,缤纷奇丽。月光映潭,分塔为三,空明朗碧,宛似湖下别有一湖。只见一个灰色人影如飞鸟般在湖面上掠过,剑光闪动,与湖中彩影交相辉映。

陈家洛身子略偏,柳枝向她后心挥去。李沅芷一击不中,右脚在石墩上一点,"凤点头"让过挥来柳枝,斜刺抢上另一个石墩,使招"玉带围腰",长剑绕身挥动,连绵不尽,正是柔云剑术的精要,跟着和身纵前,心想这一下非把你逼到左边石墩去不可。陈家洛竟然不退,待她扑到,身子突然拔高,半空转身,头下脚上,柳枝当头挥下。李沅芷举剑上撩,哪知柳枝顺着剑身弯了下来,在她脸上一拂,登时吃了一记,虽不甚痛,却热辣辣的十分难受,不暇思索,低头又窜上左边石墩,待得站定,见陈家洛也已落下,衣襟当风,柳枝轻摇,显得十分潇洒。

李沅芷大怒,剑交左手,右手从囊中掏出一把芙蓉金针,接连三挥,三批金针分上中下三路向他打去。陈家洛在石墩上无处可避,双腿外挺,身子临空平卧湖面,左臂平伸,手掌按于石墩之顶,三批金针从他臂上掠过,嗤嗤声响,落入湖中。他左掌使劲,人已跃起,身上居然没溅着一点湖水,李沅芷三招没将他逼离石墩,自知不是敌手,叫道:"后会有期,再见吧!"就要窜入小瀛洲亭中。

陈家洛叫道:"你也接我一招。"语声甫毕,人已跃起,柳枝向她脸上拂来。李沅芷吃过苦头,举剑在面前挽个平花,想削断他的柳枝。哪知这柳枝待剑削到,已随着变势,裹住剑身,只感到一股大力要将她长剑夺去,同时对方左手也向自己胸部捺来,李沅芷又惊又羞,右手只得松开剑柄,左掌一挡,与他左掌相抵,借着他一捺之劲,跳上右边石墩。她长剑飞上天空,落下来时,陈家洛伸手接住。李沅芷羞骂:"不要脸!使这般下流招数!"陈家洛一怔,说道:"胡说八道,什么下流了?"

李沅芷心想对方不知自己是女子,这一招出于无心,当下更不打话,提气便纵向小瀛洲亭子。陈家洛身法更快,随着纵去。李沅芷跳到时,已见陈家洛站在身前,双手托住长剑递了过来。李沅芷鼓起了腮帮,接过了剑插入剑鞘,掉头便走。陈家洛过招大占上风,极感快慰,忽地心头掠过了霍青桐的俏丽身影。

其时天已微明,陈家洛将襟上红花取下,放入袋中,缓步走向城东候潮门。到城边时,城门已开,守门的清兵向陈家洛凝视一下,双手交叉胸前,俯身致敬,原来他是红花会中人。陈家洛点点头,出了城门。那清兵道:"总舵主出城,可要一匹坐骑?"陈家洛道:"好吧!"那清兵欢天喜地的去了,不一刻牵来一匹好马,后面跟着两名小官,齐向陈家洛弯腰致敬。他们得有机会向总舵主效劳,都感甚是荣幸。

陈家洛上马奔驰,八十多里地快马两个多时辰也就到了,巳牌时分已到达海宁城西门安成门。他离家十年,此番重来,见景色依旧,自己幼时在上嬉游的城墙也毫无变动,青草沙石,似乎均是昔日所曾抚弄。他怕撞见熟人,掉过马头向北郊走了五六里路,找一家农家歇了,吃过中饭,放头便睡。折腾了一夜,此时睡得十分香甜。

那农家夫妇见他是公子打扮,说的又是本乡土话,招呼得甚是殷勤,傍晚杀只鸡款待。陈家洛问起近年情形,那农人说:"皇上最近下旨免了海宁全县三年钱粮,那都是瞧着陈阁老的面子。"陈家洛心想父亲逝世多年,实是猜不透皇帝何以对他家近年忽然特加恩宠。吃过晚饭,拿三两银子谢了农家,纵马入城。

先到南门,坐在海塘上望海,回忆儿时母亲多次携了他的手在此观潮,眼眶又不禁湿润起来。在回疆十年,每日所见尽是无垠黄沙,此刻重见江水海波,心胸爽朗,披襟当风,望着大海,儿时旧事,一一涌上心来。眼见天色渐黑,海中白色泡沫都变成模糊一片,将马匹系上海塘上柳树,向城西北自己家里奔去。

陈家洛到得家门,大感诧异,他祖居本名"隅园",这时原匾已除,换上了一个新匾,写着"安澜园"三字,笔致圆柔,认得是乾隆御笔亲题。旧居之旁,又盖着一大片新屋,亭台楼阁,不计其数。愕然不解,跳进围墙。

一进去便见到一座亭子,亭中有块大石碑。走进亭去,月光照在碑上,见碑文俱新,刻着六首五言律诗,题目是"御制驻陈氏安澜

园即事杂咏",碑文字迹也是乾隆所书,心想:"原来皇帝到我家来过了。"月光下读碑上御诗:

"名园陈氏业,题额曰安澜。至止缘观海,居停暂解鞍;金堤筑筹固,沙渚涨希宽。总厪万民戚,非寻一己欢。"

心想:"皇帝说什么'总厪万民戚,非寻一己欢。'倘然这真是心里话,那么他倒也关怀老百姓的安危苦乐。"又读下去:

"两世凤池边,高楼睿藻悬。渥恩赉耆硕,适性惬林泉。是日亭台景,秋游角徵弦;观澜还返驾,供帐漫求妍。"

他知第二句是指楼中所悬雍正皇帝御书"林泉耆硕"匾额。见下面四首诗都是称赏园中风物,对陈家功名勋业颇有美言,诗虽不佳,但对自己家里很是客气,自也不免高兴。

由西折入长廊,经"沧波浴景之轩"而至环碧堂,见堂中悬了一块新匾,写着"爱日堂"三字,也是乾隆所书,寻思:"'爱日'二字是指儿子孝父母,出于《法言》:'事父母自知不足者,其舜乎?不可得而久者,事亲之谓也。孝子爱日。'那是感叹奉事父母的日子不能长久,多一天和父母相聚,便好一天,因此对每一日都感眷恋。这两个字由我来写,才合道理,怎么皇帝亲笔写在这里?这个皇帝,学问未免欠通。"

出得堂来,经赤栏曲桥、天香坞,北转至十二楼边,过群芳阁、竹深荷净轩,过桥经竹荫深处,便是母亲的旧居筠香馆。只见馆前也换上了新匾,写着"春晖堂"三字,也是乾隆御笔,心中一酸,坐在山石之上,心想:"孟郊诗:'慈母手中线,游子身上衣。临行密密缝,意恐迟迟归。谁言寸草心,报得三春晖。'这一首诗,真是为我写照了。"望着这三个字,想起母亲的慈爱,又不禁掉下泪来。

突然之间,全身一震,跳了起来,心道:"'春晖'二字,是儿子感念母恩的典故,除此之外,更无他义。皇帝写这匾挂在我姆妈楼上,是何用意?他再不通,也不会如此胡来。难道他料我必定归来省墓,特意写了这些匾额来笼络我么?"

沉吟良久,难解其意,当下轻轻上楼,闪在楼台边一张,见房内无人,房内布置宛若母亲生时,红木家俬、雕花大床、描金衣箱,仍是放在他看了十多年的地方。桌上明晃晃的点着一枝红烛。忽然隔房脚步声响,有人走进房来。

他缩身躲在一隅,见进来的是个老妈妈。他一见背影,忍不住就要呼叫出声,原来那是他母亲的赠嫁丫环瑞芳。陈家洛从小由她抚育带领,直到十五岁,是下人中最亲近之人。

瑞芳进房后,拿了抹布,把各件家具慢慢的逐一揩抹,坐在椅上发了一阵呆,在床上枕头底下摸出一顶小孩帽子,不住抚摸叹气。那是一顶大红缎子的绣花帽,帽上钉着一块绿玉,绿玉四周是八颗大珠,正是陈家洛儿时所戴。

陈家洛再也忍耐不住,一个箭步纵进房去,抱住了她。

瑞芳大惊,张嘴想叫,陈家洛伸手按住她嘴,低声道:"别嚷,是我。"瑞芳望着他脸,吓得说不出话来。原来陈家洛十五岁离家,十年之后,相貌神情均已大变,而五十多岁的老婆婆,十年间却无多大改变。

陈家洛道:"瑞姑,我是三官呀,你不认得了吗?"瑞芳兀自迷迷惘惘,道:"你……你是三官,你回……回来啦?"陈家洛微笑点头。瑞芳神智渐定,依稀在他脸上看到了三官那淘气孩子的容貌,突伸双臂抱住了他,放声哭了出来。

陈家洛连忙摇手,道:"别让人知道我回来了,快别哭。"瑞芳道:"不碍事,他们都到新园子里去啦,这里没人。"陈家洛道:"那新园子是怎么回事?"瑞芳道:"今年上半年才造的,不知用了几十万两银子哪,也不知道有什么用。"

陈家洛知她这些事情不大明白,问道:"姆妈怎么去世的?她生了什么病?"瑞芳掏出手帕来擦眼泪,说道:"小姐那天不知道为什么,很不开心,一连三天没好好吃饭,就得了病。拖了十多天就过去啦。"说到这里,轻轻啜泣。原来江南大家富室小姐出嫁,例有几名丫环陪嫁,小姐虽然做了太太、婆婆,陪嫁丫头到老仍是叫她小姐。她又泣道:"小姐过去的时候老惦记你,说:'三官呢?他还没来吗?我要三官来呀!'这样叫了两天才死。"

陈家洛呜咽道:"我真是不孝,姆妈临死时要见我一面也见不着。"又问:"姆妈的坟在哪里?"瑞芳道:"在新造的海神庙后面。"陈家洛问:"海神庙?"瑞芳道:"是啊,那也是今年春天刚造的。庙大极啦,在海塘边上。"陈家洛道:"瑞姑,我去看看再说。"瑞芳忙道:"不,不能……"他已从窗中飞身出去。

从家里到海塘是他最熟悉的道路，片刻间即已奔到。只见西首高楼临空，是几座儿时所未见之屋宇，想必是海神庙了，于是径向庙门走去。

忽然庙左庙右同时响起轻微的脚步声，他疾忙后退，缩身一棵柳树之后，只见神庙左右分别窜出两个黑衣人来，四人在庙门口举手打个招呼，脚步不停，分向庙左庙右奔了下去。他甚觉奇怪，心想海宁是海隅小县，看这四人武功均各不弱，到这里来不知有甚图谋，正想跟踪过去查察，忽然脚步声响起，又是四人从庙旁包抄过来，这四人身材模样和先前四人并不相同。他更是惊诧，待这四人交叉而过，便提气跃上庙门，横躺墙顶，俯首下视。

黑影起处，又有四人盘绕过去，纵目数去，总共约有四十人之谱，个个绕着海神庙打圈子，全神贯注，默不作声，武功均非泛泛。难道是什么教派奉行拜神仪典？还是大帮海盗在此聚会分赃，怕人抢夺，以致巡逻如此严密？若非自己轻功了得，见机又快，早就给他们查觉了。好奇心起，轻轻跳下，隐身墙边，溜进大殿中查看。

东殿供的是建造海塘的吴越王钱镠，西殿供的是潮神伍子胥和文种，再到中殿，殿上香烟缭绕，蜡烛点得晃亮，心想这里供的不知是何神祇，抬头看时，不禁惊得呆了。

中间端坐的潮神面目清秀，下颔微髭，一如自己父亲陈阁老生时。陈家洛奇异万分，忍不住轻轻的"咦"了一声。

只听得殿外传来脚步之声，忙隐身一座大钟之后。不一会，四个人走进殿来，这四人身穿一色黑衣，手中拿着兵刃，在殿中绕了一圈又走了出去。

他见左面有一扇门开着，悄悄走过去，向外张望，见是一条长长的白石甬道，直通出去，气派宏伟。心想走上这条白石甬道难免为人发觉，于是跃上甬道之顶，一溜烟般奔到甬道末端，眼见下面无人，轻轻跃下。过去又是一座神殿，殿外写着"天后宫"三个大字，殿门并未关闭，便走进去瞻仰神像，这一下比适才惊讶更甚。

原来天后神像脸如满月，双目微扬，竟与自己生母徐氏的相貌一模一样。

愈看愈奇，如入五里雾中，转身奔出，去找寻母亲的坟墓，只见天后宫之后搭着一排连绵不断的黄布帐篷。当下隐身墙角往外注视,眼光到处,尽是身穿黑衣的壮汉,在黄布帐外来回巡视。今晚所见景象,俱非想像所及,虽见这些人戒备森严,但艺高人胆大,决心探个明白,在地下慢慢爬近帐篷,待两名黑衣人一背转身,便掀开帐篷钻了进去。

先行伏地不动,细听外面并无声息,知道自己踪迹未被发觉,回过头来,只见帐篷中空空旷旷,一个人也没有。地下整理得十分平整,草根都已铲得干干净净,帐篷一座接着一座,就如一条大甬道一般,直通向后。每座帐篷中都点着巨烛油灯,照得一片雪亮,一眼望去,两排灯光就如两条小火龙般伸展出去。

不由得一阵迷惘、一阵惊惧,百思不得其解,一步步向前走去,当真如在梦中。

四下里静悄悄地,只有蜡烛上的灯花偶然爆裂开来,发出轻微声息。他屏息提气,走了数十步,忽听得前面有衣服响动之声,忙向旁躲闪,隔了半晌,见无动静,又向前走了几步,灯光下只见前面隆起两座并列的大坟,有一人面坟而坐。

坟前各有一碑,题着朱红大字,一块碑上写的是"皇清太子太傅文渊阁大学士工部尚书陈文勤公讳世倌之墓",另一块碑上写的是"皇清一品夫人陈母徐夫人之墓"。

陈家洛在烛光下看得明白,心中酸痛,原来自己父母亲葬在此处,也顾不得危机四伏,就要扑上去哭拜,刚跨出一步,忽见坐在坟前那人站了起来。陈家洛忙站定身子,只见他站着向坟凝视片刻,突然跪倒,拜了几拜,伏地不起,见他背心抽动,似在哭泣。

见此情形,陈家洛提防疑虑之心尽消,此人既在父母坟前哭拜,不是自己戚属,也必是父亲的门生故吏,见他哭泣甚悲,轻轻走上前去,在他肩头轻拍,说道:"请起来吧!"

那人一惊,突然跳起,却不转身,厉声喝问:"谁?"

陈家洛道:"我也是来拜坟的。"他不去理会那人,跪倒坟前,想起父母生前养育之恩,不禁泪如雨下,呜咽着叫道:"姆妈、爸爸,三官来迟了,见不着你了。"

站着的那人"啊"的一声,脚步响动,急速向外奔出。陈家洛伸腰站起,向后连跃两步,已拦在那人面前,灯光下一朝相,两人各自惊得退后几步。

原来在他父母坟前哭拜的,竟是当今满清乾隆皇帝弘历。

乾隆惊问:"你……你怎么深夜到这里来?"陈家洛道:"今日是我母亲生辰,我来拜坟。你呢?"乾隆不答他问话,道:"你是陈……陈世倌的儿子?"陈家洛道:"不错,江湖上许多人都知道。你也知道吧?"乾隆摇摇头:"没听说过。"近年乾隆对海宁陈家荣宠殊甚,臣子中虽有人知道红花会新首领是故陈阁老的少子,可是谁都不敢提起,皆知皇帝喜怒难测,一个多事说了出来,奖赏是一定没有,说不定反落个杀身之祸。

这时陈家洛提防之心虽去,疑惑只有更甚,寻思:"外面如此戒备森严,原来是保护皇帝前来祭墓,可是非但时在深夜,而且坟墓与甬道全用黄布遮住,显是不欲人知。然则皇帝何以前来偷祭大臣?皇帝纵然对大臣宠幸,于其死后仍有遗思,也决无在他墓前跪拜哀哭之理,当真令人费解。"他惊疑不定,乾隆也在对他仔细打量,脸上神色变幻,过了半晌,说道:"坐下来谈吧!"两人并肩坐在坟前石上。

两人今晚是第三次会面。首次在灵隐三竺邂逅相逢,互相猜疑中带有结纳之意;第二次在湖上明争暗斗,势成敌对;此次见面,敌意大消,亲近之心油然而生。

乾隆拉着陈家洛的手,说道:"你见我深夜来此祭墓,一定奇怪。令尊生前于我有恩,当年我皇兄与我争位,阴谋加害,全仗令尊舍命保护,我所以能登大宝,令尊之功最巨,乘着此番南巡,今夜特来拜谢。"陈家洛将信将疑,嗯了一声。乾隆又道:"此事泄漏于外,十分不便,你能决不吐露么?"

陈家洛见他尊崇自己父母,甚是感激,当即慨然道:"你尽管放心,我在父母坟前发誓,今晚之事,决不对任何人提及。"乾隆知他是武林中领袖人物,最重然诺,何况又在他父母墓前立誓,登时放心,面露喜色。

两人手握着手,坐在墓前,一个是当今至尊皇帝,一个是江湖上第一大帮会的首领。两人默默思索,一时都不说话。

过了良久,忽然极远处似有一阵郁雷之声,陈家洛先听见了,道:"潮来了,咱们到海塘边看看吧,我有十年不见啦。"乾隆道:"好。"仍然携着陈家洛的手,走出帐来。

陈家洛道:"八月十八,海潮最大。我母亲恰好生于这一天,因此她……"说到这里,住口不说了。乾隆似乎甚是关心,问道:"令堂怎样?"陈家洛道:"因此我母亲闺字'潮生'。"他说了这句话,微觉后悔,心想怎地我将姆妈的闺名也跟皇帝说了,但其时冲口而出,似是十分自然。乾隆脸上也有怃然之色,低低应了声:"是!原来……"下面的话却也忍住了,握着陈家洛的手微微颤抖。

在外巡逻的众侍卫见皇帝出来,忙趋前侍候,忽见他身旁多了一人,均感惊异,却也不敢作声。白振、褚圆等首领侍卫更是栗栗危惧,怎么帐篷中钻了一个人进去居然没有发觉,若是冲撞了圣驾,众侍卫罪不可赦,待得走近,见他身旁那人竟是红花会的总舵主,这一惊更是非同小可,人人全身冷汗。侍卫牵过御马,乾隆对陈家洛道:"你骑我这匹马。"侍卫忙又牵过一匹马来。两人上马,向春熙门而去。

这时郁雷之声渐响,轰轰不绝。待出春熙门,耳中尽是浪涛之声,眼望大海,却是平静一片,海水在塘下七八丈,月光淡淡,平铺海上,映出点点银光。

乾隆望着海水出了神,隔了一会,说道:"你我十分投缘。我明天回杭州,再住三天就回北京,你也跟我同去好吗?最好以后常在我身边。我见到你,就如同见到令尊一般。"

陈家洛万想不到他会如此温和亲切的说出这番话来,一时倒怔住了难以回答。

乾隆道:"你文武全才,将来做到令尊的职位,也非难事,这比混迹江湖要高上万倍了。"皇帝这话,便是允许将来升他为殿阁大学士。清代无宰相,大学士是一人之下万人之上的高位,心想他必定喜出望外,叩头谢恩。哪知陈家洛道:"你一番好意,我十分感谢,但如我贪恋富贵,也不会身离阁老之家,孤身流落江湖了。"

乾隆道:"我正要问你,为什么好好的公子不做,却到江湖上去厮混,难道是不容于父兄么?"陈家洛道:"那倒不是,这是奉我母亲之命。我父亲、哥哥是不知道的。他们花了很多心力,到处找寻,直到这时,哥哥还在派人寻我。"乾隆道:"你母亲叫你离家,那可真奇了,却又干么?"陈家洛俯首不答,片刻之后,说道:"这是我母亲的伤心事,我也不大明白。"

乾隆道:"你海宁陈家世代簪缨,科名之盛,海内无比。三百年来,进士二百数十人,位居宰辅者三人,官尚书、侍郎、巡抚、布政使者十一人,真是异数。令尊文勤公为官清正,常在皇考前为民请命,以至痛哭流涕。皇考退朝之后,有几次哈哈大笑,说道:'陈世倌今天又为了百姓向我大哭一场,唉,只好答允了他。'"陈家洛听他说起父亲的政绩,又是伤心,又是欢喜,心想:"爹爹为百姓而向皇帝大哭,我为百姓而抢皇帝军粮。作为不同,用意则一。"

这时潮声愈响,两人话声渐被掩没,只见远处一条白线,在月光下缓缓移来。

蓦然间寒意迫人,白线越移越近,声若雷震,大潮有如玉城雪岭,自天际而来,声势雄伟已极。大潮越近,声音越响,真似百万大军冲锋,于金鼓齐鸣中一往无前。

乾隆左手拉着陈家洛的手,站在塘边,右手轻摇折扇,骤见夜潮猛至,不由得一惊,右手一松,折扇直向海塘下落去,跌至塘底石级之上,那正是陈家洛赠他的折扇。乾隆叫了一声"啊哟!"白振头下脚上,突向塘底扑去,左手在塘石上一按,右手已拾起折扇。

潮水愈近愈快,震撼激射,吞天沃月,一座巨大的水墙直向海塘压来,眼见白振就要被卷入鲸波万仞之中,众侍卫齐声惊呼起来。白振凝神提气,施展轻功,沿着海塘石级向上攀越,可是未到塘顶,海潮已经卷到。陈家洛见情势危急,脱下身上长袍,一撕为二,打个结接起,飞快挂向白振头顶。白振奋力跃起,伸手拉住长袍一端,浪花已经扑到了他脚上。陈家洛使劲一提,将他挥上石塘。

这时乾隆与众侍卫见海潮势大,都已退离塘边数丈。白振刚到塘上,海潮已卷了上来。陈家洛自小在塘边戏耍,熟识潮性,一将白振拉上,随即向后连跃数跃。白振落下地时,海塘上已水深数尺,他右手一挥,将折扇向褚圆掷去,双手随即紧紧抱住塘边上一株柳树。

月影银涛,光摇喷雪,云移玉岸,浪卷轰雷,海潮势若万马奔腾,奋蹄疾驰,霎时之间已将白振全身淹没波涛之下。他不识水性,只得屏住呼吸。

但潮来得快,退得也快,顷刻间,塘上潮水退得干干净净。白振闭嘴屏息,抱住柳树,双掌十指有如十枚铁钉,深深嵌入树身,待潮水退去,才拔出手指,向后退避。乾隆见他忠诚英勇,很是高兴,从褚圆手中接过折扇,对白振点头道:"回去赏你一件黄马褂。"白振全身湿透,忙跪下叩头谢恩。

乾隆转头对陈家洛道:"古人说'十万军声半夜潮',看了这番情景,真称得上天下奇观。"陈家洛道:"当年钱王以三千铁弩强射海潮,海潮何曾有丝毫降低?可见自然之势,是强逆不来的。"乾隆听他说话,似乎又要涉及在西湖中谈过的话题,知他是决计不肯到朝廷来做官了,便道:"人各有志,我也不能勉强。不过我要劝你一句话。"陈家洛道:"请教。"乾隆道:"你们红花会的行径已迹近叛逆。过往一切,我可不咎,以后可万不能再干这些无法无天之事。"陈家洛道:"我们为国为民,所作所为,但求心之所安。"乾隆叹道:"可惜,可惜!"隔了一会,说道:"凭着今晚相交一场,将来剿灭红花会时,我可以免你一死。"陈家洛道:"既然如此,要是你落入红花会手中,我们也不伤害于你。"

乾隆哈哈大笑,说道:"在皇帝面前,你也不肯吃半点亏。好吧,大丈夫一言既出,驷马难追。咱俩击掌为誓,日后彼此不得伤害。"两人伸手互拍三下。众侍卫见皇上对陈家洛大逆不道之言居然不以为忤,反与他击掌立誓,都感奇怪之极。

乾隆说道:"潮水如此冲刷,海塘若不牢加修筑,百姓田庐坟墓终究不免会给潮水卷去。我当拨发官帑,命有司大筑海塘,以护生灵。"陈家洛站起身来,恭恭敬敬的道:"这是爱民大业,江南百姓感激不尽。"乾隆点了点头,道:"令尊有功于国家,我决不忍他坟墓为潮水所吞。"转头向白振道:"明日传谕河道总督高晋、巡抚庄有恭,即刻到海宁来,全力施工。"白振躬身答应。

潮水渐平,海中翻翻滚滚,有若沸汤。乾隆拉着陈家洛的手,又走向塘边,众侍卫要跟过来,乾隆挥了一挥手,命他们停住。两人沿着海塘走了数十步,乾隆道:"我见你神色,总有郁郁之意。除了追思父母、怀念良友之外,心上还有什么为难么?你既不愿为官,但有什么需求,尽管对我说好了。"陈家洛沉吟了一下道:"我想求你一件事,但怕你不肯答允。"乾隆道:"但有所求,无不允可。"陈家洛喜道:"当真?"乾隆道:"君无戏言。"陈家洛道:"我就是求你释放我的结义哥哥文泰来。"

乾隆心中一震,没想到他竟会求这件事,一时不置可否。陈家洛道:"我这义兄到底什么地方得罪你了?"乾隆道:"这人是不能放的,不过既然答允了你,也不能失信。这样吧,我不杀他就是。"陈家洛道:"那么我们只好动手来救了。我求你释放,不是说我们救不出,只是怕动刀动枪,伤了你我的和气。"

乾隆昨天见过红花会人马的声势本领,知他这话倒也不是夸口,说道:"好意我心领了。老实对你说,这人决不容他离我掌握,你既决意要救,三天之后,只好杀了。"陈家洛热血沸腾,说道:"要是你杀了我文四哥,只怕从此睡不安席,食不甘味。"乾隆冷冷的道:"如不杀他,更是食不甘味,睡不安席。"陈家洛道:"这样说来,你贵为至尊,倒不如我这闲云野鹤快活逍遥。"乾隆不愿他再提文泰来之事,问道:"你今年几岁?"陈家洛道:"二十五了。"乾隆叹道:"我不羡你闲云野鹤,却羡你青春年少。唉,任人功业盖世,寿数一到,终归化为黄土罢了。"

两人又漫步一会,乾隆问道:"你有几位夫人?"不等他回答,从身上解下一块佩玉,说道:"这块宝玉也算得是希世之珍,你拿去赠给夫人吧。"陈家洛不接,道:"我未娶妻。"乾隆哈哈大笑,说道:"你总是眼界太高,是以至今未有当意之人。这块宝玉,你将来赠给意中人,作为定情之物吧。"

玉色晶莹,在月亮下发出淡淡柔光,陈家洛谢了接过,触手生温,原来是一块异常珍贵的暖玉。玉上以金丝嵌着四行细篆铭文:"情深不寿,强极则辱。谦谦君子,温润如玉。"

乾隆笑道:"如我不知你是胸襟豁达之人,也不会给你这块玉,更不会叫你赠给意中人。这四句铭文虽似不吉,其中实含至理。"陈家洛低吟"情深不寿,强极则辱"那两句话,体会其中含意,只觉天地悠悠,世间不如意事忽然间一齐兜上心头,悲从中来,直欲放声一哭。乾隆道:"少年爱侣,情深爱极,每遭鬼神之忌,是以才子佳人多无美满下场,反不如伧夫俗子常能白头偕老。情不可极,刚则易折,先贤这话,确是合乎万物之情。"

乾隆见陈家洛神情冷漠,殊无半分亲近之意,温言道:"我知你总是怪我们满洲人占了汉人的江山,以致心中怀恨,存有敌意。其实我和你虽族分满汉,但大可情若兄弟,亲如家人。圣祖皇帝遗训,满汉当为一家,不分畛域,他还立下重规,自今而后,决计不可加赋。今后我担当国事,自当爱民如子,这点你大可放心。"说着伸出右手,握住了陈家洛的左手。

陈家洛道："今后倘若真能满汉一家,自是求之不得。汉朝匈奴为大敌,唐朝突厥残杀我汉人,今日岂不是都成一家人了?"乾隆欣然道："这是我二人之愿,自当永矢勿忘。"

陈家洛将温玉放在怀里,说道："多谢厚贶,后会有期。"拱手作别。乾隆右手一摆,说道："好自珍重!"陈家洛回过头来向城里走去。

白振走到陈家洛面前,说道："刚才多承阁下救我性命,感激之至,只怕此恩不易报答。"陈家洛道："白老前辈说哪里话来?咱们是武林同道,缓急之际,出一把力何足道哉!"

陈家洛又奔回阁老府,翻进墙去,寻到瑞芳,说道："我哥哥此刻定在新园子中,忙碌不堪,我待会再去找他。瑞姑,你有什么心愿没有?跟我说,一定给你办到。"瑞芳道："我的心愿只是求你平平安安,将来娶一房好媳妇,生好多乖乖的官官宝宝。"陈家洛笑道："那怕不大容易。晴画、雨诗两个呢?你去叫来给我见见。"晴画和雨诗是陈家洛小时服侍他的小丫头。瑞芳道："雨诗已在前年过世啦,晴画还在这里,我去叫她来。"她出去不一会,晴画已先奔上楼来。

陈家洛见她亭亭玉立,已是个俊俏的大姑娘,但儿时憨态,尚依稀留存。她见了陈家洛脸一红,叫了一声"三官",眼眶儿便红了。

陈家洛道："你长大啦。雨诗怎么死的?"晴画凄然道："跳海死的。"陈家洛惊问:"干么跳海?"晴画四下望了一下,低声道:"二老爷要收她做小,她不肯。"陈家洛嗯了一声。晴画哭道:"我们姊妹的事也不能瞒你。雨诗和府里的家人进忠很好,两人尽力攒钱,想把雨诗的身价银子积起来,求太太允许她赎身,就和进忠做夫妻。哪知二老爷看中了她,一天喝醉了酒,把她叫进房去。第二天雨诗哭哭啼啼的对我说,她对不起进忠。我劝她,咱们命苦,给人糟蹋了有什么法子,哪知她想不开,夜里偷偷的跳了海。进忠抱着她尸身哭了一场,在府门前的石狮子上一头撞死啦。"

陈家洛听得目眦欲裂,叫道:"想不到我哥哥是这样的人,我本想见他一面,以慰手足之情,现下也不必再见他了。雨诗的坟在哪里?你带我去看看。"晴画道:"在宣德门边,等天明了,我带三官去。"陈家洛道："现下就去。"晴画道："这时府门还没开，怎么出得去？"陈家洛微微一笑，伸左手搂住了她腰。

晴画羞得满脸通红，正待说话，身子忽如腾云驾雾般从窗子里飞了出去，站在屋瓦之上。陈家洛带着她在屋顶上奔驰，奔了一会，已无屋宇，才跳下地来行走，不一刻已到宣德门畔。晴画隔了好半天才定了神，惊道："三官，你学会了仙法？"陈家洛笑道："你怕不怕？"晴画微笑不答，将陈家洛领到雨诗坟边。

一丘黄土，埋香掩玉，陈家洛想起旧时情谊，不禁凄然，在坟前作了三个揖。

晴画哭了起来，说道："三官，要是你在家里，二老爷也不敢作这等坏事。"陈家洛默然点头。抬头见明月西沉，繁星闪烁，说道："我们回去吧，我有要紧事要赶回杭州。"两人再回陈府，陈家洛正待越窗而出，晴画道："三官，我求你一件事。"陈家洛道："好，你说吧。"晴画道："让我再服侍你一次，我给你梳头。"陈家洛微一沉吟，笑道："好吧！"坐了下来，晴画喜孜孜的出去，不一会，捧了一个银盘进来，盘上两只细瓷碗，一碗桂花白木耳百合汤，另一碗是四片糯米嵌糖藕，放在他面前。

陈家洛离家十年，日处大漠穷荒之中，这般江南富贵之家的滋味今日重尝，恍如隔世。他用银匙舀了一口百合汤喝，晴画已将他辫子打开，抹上头油，用梳子梳理。他把糖藕中的糯米球一颗颗用筷子顶出来，自己吃一颗，在晴画嘴里塞一颗。晴画笑道："你还是这个老脾气。"等辫子编好，他点心也已吃完。

晴画道："你怎么长衣也不穿？着了凉怎么办？"陈家洛心里暗笑："难道我还是十年前那个弱不禁风的公子哥儿？"晴画出去拿了一件天青色湖绉长衫，说道："这是二老爷的，大着点儿，将就穿一穿吧。"帮着他把长衫套上身，伏下身去将长衫扣子一粒粒扣好。陈家洛见她眼泪一滴滴的落在长衫下摆，也觉心酸，将身边几锭金子都取出来，放在她手里，说道："你拿去给你爹爹，叫他把你赎身回去。你好好嫁头人家。我去啦！"双足一顿，从窗中跳了出去。

陈家洛收拾起柔情哀思，纵马奔驰回杭，来到马善均家里，见大伙正围着石双英说话。石双英忙过来行礼，说道："我在京里探知皇帝已来江南,连日连夜赶来,哪知众位哥哥已和皇帝见过面,动过手。"陈家洛道:"十二哥这次辛苦了。还打听着什么消息么?"石双英道:"我一听到皇帝老儿南来,知是大事,没再能顾到别的。"陈家洛见他形容憔悴,料知他这几日中一定连夜赶路,疲劳万分,道:"快好好去睡一觉,咱们再谈。"

石双英答应了出去,回头对骆冰道:"四嫂,你那匹白马真快。你放心,一路我照料得很好。"骆冰笑道:"多谢你啦。"石双英停步道:"啊,我在道上见到了这马的旧主韩文冲。"骆冰道:"怎么?他又想来夺马?"石双英道:"他没见到我。我在扬州客店里见到他和镇远镖局的几名镖头在一起,听到他们在骂咱们红花会,就去偷听。他们骂咱们下作,使蒙汗药,杀死了姓童的那小子。"徐天宏与周绮听到这里,相对一笑。周绮忍不住插嘴道:"那天饶了他们不杀,这几个家伙还在背地里骂人,真不知好歹。"

徐天宏问道:"这次镇远镖局在干什么了?"石双英道:"我听了半天,琢磨出来,他们是从北京护送一批御赐的珍物到海宁陈阁老府。"转头对陈家洛道:"那是总舵主府上的物事。我通知了江宁的易舵主,叫他们暗中保护。"陈家洛笑道:"多谢你,这次咱们可和镇远镖局联起手来啦。"石双英道:"他们总镖头这次亲自出马,可见对这支镖看重得紧。"

陈家洛、无尘、赵半山、周仲英等听得威震河朔王维扬也来了,不约而同的"啊"了一声。周仲英道:"王老镖头十多年前就不亲自走镖了,这倒是件希罕事儿。总舵主,你府上的面子可真不小。"石双英道:"我也觉得奇怪,后来又听得他们护送的,除了总舵主府上珍物之外,还有一对玉瓶。"陈家洛道:"玉瓶?"石双英道:"是啊,那是回部的珍物。这次兆惠西征,回部虽然打了个胜仗,但清兵势大,久打下去总是不行的,因此还是送了这对玉瓶来求和。"大家听得回部打了胜仗,都十分兴奋,忙问端详。

石双英道:"听说兆惠的大军因为军粮给咱们劫了,连着几天没吃饱饭,只好退兵,半路上中了回兵的埋伏,折了二三千人。"群雄鼓掌叫好。

周绮悄声对徐天宏道:"要是霍青桐姊姊知道这是你的计策,一定感激你得很。"徐天宏笑着低声道:"这是你叫我想的法儿!"

石双英又道:"兆惠等得军粮一到,又会再攻,这仗可没打完。回部的求和使者到了北京,朝臣不敢作主,叫人送到江南来请皇帝发落。王维扬这老儿自己出马,我想就是为了这对玉瓶。"陈家洛道:"莫说一对玉瓶,就算再多奇珍异宝,皇帝也不会答允讲和。"石双英道:"我听镖局的人说,要是答允求和,当然是把玉瓶收下了,否则就得交还,因此玉瓶可不能有半点损伤。"

陈家洛向徐天宏使了个眼色,两人相偕走入西首偏厅。陈家洛道:"七哥,昨晚我见到了皇帝。他说三天之后就回北京,回京之前,定要把四哥杀了。"徐天宏吃了一惊,道:"咱们既知四哥给监在提督李可秀的内衙,现下情势危急,那便马上动手。"陈家洛道:"料想皇帝还未回到杭州,高手侍卫都跟着他,咱们救人较为容易。"徐天宏道:"皇帝不在杭州?"陈家洛说起乾隆在海宁观潮,要修海塘,却不提祭坟之事。

徐天宏将桌上的笔砚纸张搬来搬去,东放一件,西摆一件,沉思不语。陈家洛知他是在筹划救人方略,静坐一旁,不去打乱他的思路。过了半晌,徐天宏道:"总舵主,咱们力强,对方力弱,可以强攻。"陈家洛点头称是。两人商量已定,回到厅上召集群雄发令。

陈家洛双掌一击,朗声说道:"咱们马上动手,去救文四当家。"群雄俱各大喜。陈家洛道:"十三哥,你率领三百名会水的弟兄,预备船只,咱们一得手,大伙坐船退入太湖。"蒋四根接令去了。陈家洛道:"马大挺马兄弟,你收拾细软,将心砚和这里弟兄们的家眷先送上船。"马大挺也接令去了。陈家洛道:"十二哥,你太过累了,也上船去休息。其余众位哥哥随我去攻打提督府,相救文四哥。现下请七哥布置进攻,大伙儿听他分派。"

徐天宏道:"四嫂,你于巳时正,到提督府东首的兴隆炮仗店放火,然后赶到提督府西门,会齐大伙进攻。"骆冰接令去了。徐天宏道:"马大哥,你派人把兴隆炮仗店的老板伙计全都请来,不必跟他说什么原因,事完之后,加倍补还他店里损失。再招齐全城各街坊水龙队,召集四百名得力弟兄,另外三百名绿营中的弟兄,辰时正在此听令。"马善均接令,立即派人召集会众。

徐天宏道:"八弟,你率二百名弟兄,一百名用手车装满稻草,一百名各挑硬柴木炭,扮作卖柴的农夫樵子。九弟,你率领水龙队,假扮是救火的街坊。绮妹妹,你率一百名弟兄,扮作难民,每人挑一百斤油,背一口大镬。"周绮笑道:"又用镬子又用油,炒菜么?"徐天宏道:"我自有用处。十弟,你率领一百名弟兄扮作泥水木匠,各推一辆手车,车中装满石灰。"群雄听徐天宏分派,都觉好笑,但各应令。

徐天宏又道:"马大哥,你扮作清兵军官,率领三百名绿营弟兄在外巡逻,不许闲杂人等走近,不许提督府的人出外报讯。义父带同孟大哥、安大哥从南墙攻进去。总舵主、道长与我从西墙攻入,三哥、五哥、六哥从北墙攻入。"他分派已定,将预定的计谋详细说了,群雄俱赞妙计。

马善均立刻分头派人拿了银子出去采办用品,招集人马。红花会在杭州势力甚大,一时三刻之间都预备好了。群雄赶着吃饭,摩拳擦掌,只待厮杀。

饱餐已毕,各人乔装改扮,暗藏兵刃,分批向提督府进发。陈家洛对徐天宏道:"孙子兵法说:'以火佐攻者明,以水佐攻者强。'你既用火攻、水攻,还有油攻、石灰攻,瞧这李可秀还能抵挡?"正说话间,只听得噼啪轰隆之声大作,红光冲天而起,炮仗店起火了。

骆冰在炮仗店一放火,硫磺硝石爆炸开来,附近居民纷纷逃窜,登时大乱,看提督府时却毫无动静。她站在墙边等候,不一会,只见提督府高墙边数百名兵士一排站开,弯弓搭箭,戒备森严,另有数十名兵丁拿了水桶在墙头守候,竟不出来救火。骆冰心想那李可秀倒也颇有谋略,他怕中了调虎离山之计,外面尽管骚乱,他却以逸待劳。

混乱中只见数百名卖柴乡民拥将过来,似乎见到火头甚是惊慌,把挑着的稻草一担担乱丢在地。提督府中奔出一名军官,大骂:"混蛋,柴草丢在这里岂不危险,快挑走!"举起马鞭乱打,众乡民四散奔逃。忙乱中锣声大作,数十辆水龙陆续赶到,这时提督府外稻草已经烧着,渐次延烧过来。叫喊声中周绮所率领的一百名假难民也都到了,便在地上支起大镬,将油倒在镬里,用硬柴生火,煮了起来。

李可秀站在墙头观看火势,见外面人众来得古怪,派参将曾图南出去查看。曾图南走到难民身旁,喝问:"你们干什么?"周绮笑道:"我们炒菜吃,你不见么?"曾图南骂道:"混帐忘八羔子,快滚,快滚!"

正争吵间,马善均已率领绿营兵丁赶到,四下里把提督府团团围住,驱散闲杂人众。曾图南叫道:"带兵的是哪一位大人,快请过来,轰走这些奸民……"话未说完,周绮已用木杓舀起一杓滚油,向他脸上浇去。曾图南头脸一阵剧痛,摔倒在地,随从兵丁大惊,忙扶起了向府内逃去。墙头清兵看得明白,乱箭射了下来。

红花会众兄弟躲在柴草手车之后,弩箭一枝也射他们不到。这时油已煮滚,卫春华督率水龙队,将热油倒入水龙,向墙头射去。清兵出乎不意,不及闪避,惨声号叫,纷纷从墙头跌下。

李可秀知是红花会聚众劫狱,忙派人出外求救,亲率兵将在墙头抵御。哪知派出去的人都被马善均带领的绿营弟兄截住。李可秀眼见火头越烧越近,只急得双脚乱跳。

其实徐天宏只烧稻草,旨在虚张声势,他怕真的烧了提督府,那时如果文泰来不及救出,岂不糟极?这时滚油已经浇完,改浇冷水。章进督率人众,把生石灰一包包一块块的抛进署内,水龙喷上冷水一淋,石灰烧得沸腾翻滚,清兵东逃西窜。陈家洛大呼:"冲啊!"众兄弟一鼓作气,四面涌进府去。一百名假难民却仍在府外烧水。

清兵各挺刀枪迎战。章进挥动狼牙棒,横扫直砸。两旁杨成协与卫春华各率会众猛冲过来。清兵且战且退,成千官兵挤在演武场上,红花会会众将之隔成一堆堆的围攻。

徐天宏以红花会切口高声传令,会众突然四下散开,人丛中推出数十架水龙,沸滚的热水大股射出。清兵烫得四散奔逃,有的滚地哭喊,有的朝人丛中乱挤。徐天宏叫道:"水龙暂停!"向清兵喝道:"要性命的快抛下兵器,伏在地下。"不让清兵稍有犹豫,随即叫道:"放水!"数十股沸水又向清兵阵中冲去。清兵慌乱无主,都伏下地来。

李可秀正惶急间,忽见一名少年从外挺剑奔进,拉住他手便走,叫道:"爹爹快走!"正是穿了男装的李沅芷。

陈家洛、无尘等人已在提督府内内外外寻了一遍。骆冰不见丈夫影踪,随手抓住一名清兵,用刀背在他肩上乱打喝问,那清兵只是求饶,看样子真的不知文泰来监禁之所。

忽然一个蒙面人斜刺里跃出，挺剑向骆冰刺来。骆冰右手短刀格开，左手长刀还了他一刀。那人举剑一挡，哑着嗓子道："要见你丈夫，就跟我来！"骆冰一怔，那人回头就走。骆冰叫道："你说什么？"跟着追去。章进、周绮怕她有失，随后赶去。

那蒙面人转弯抹角，直向后院奔去。骆冰、周绮、章进在后紧跟。骆冰不住叫道："你是谁？"蒙面人不应，穿过几个月洞门，已奔进了花园，沿路尽是死尸，想是无尘等来找寻时所杀。那人跑到一座花坛之旁，绕坛转了一圈，连拍四下手掌，叫道："在花坛下面……"一言未毕，忽见李可秀父女奔进园来，后面常氏双侠紧追不舍。

那蒙面人跃到常氏双侠面前，举剑一挡，李氏父女乘机跃上墙头。常伯志飞抓挥出，蒙面人挺剑挡过飞抓，身子后跃。常氏兄弟接战时素来互相呼应，兄弟两人四掌四腿，就如一人一般。常伯志飞抓出手，常赫志早料到敌人退路，那人向后一退，刚被常赫志左掌反手一扫，扫中肩头，登时跌出数步，骆冰大叫："五哥、六哥，那是自己人，别伤了他。"

常氏双侠一怔，那人已从花园门中穿了出去。骆冰把此人的奇怪举动向常氏双侠简略一说。双侠看那花坛，见无特异之处，正在思索，章进早已不耐，大叫大嚷："四哥，四哥，你在哪里，咱们救你来啦！"挥动点钢狼牙棒，把花坛上的花盆乒乒乓乓一阵乱打。

常赫志一瞥间，见一只碎花盆底下似有古怪，跳过去看时，见是一个铁环，用力提拉，只听得轧轧声响，花坛慢慢移开，露出一块大石板来。周绮知道下面必有机关，忙奔出去把徐天宏、陈家洛等人都叫了进来。

常氏双侠、章进、骆冰四人合力抬那石板，但竟如生铁铸成一般，纹丝不动。骆冰大叫："大哥，大哥，你在下面么？"她伏耳在石板上静听，下面声息全无。徐天宏看那石板并无异状，退后数步，想再看那花坛，日光微斜，忽见那石板右上角隐隐绘着一个太极八卦图，忙跳上石板，用单拐头在太极图中心一揿，并无动静，又使力按落，忽觉脚下晃动，急忙跳开。

石板突然陷落，骆冰喜极，大叫一声，正待跳下，常伯志叫道："且慢！"一把拉住，就在此时，下面飕飕飕的射上三箭。骆冰暗暗吃惊。石板落完,露出一道石级,陈家洛道:"五哥、六哥,你们守在洞口。我们下去!"这时无尘、赵半山、周仲英、杨成协、孟健雄等都已得讯赶到,纷纷拥入。章进挥动狼牙棒,当先开路。

石级走完是一条长长的甬道,群雄直奔进去,甬道尽头现出一扇铁门。

徐天宏取出火绒火石,打亮了往铁门上照去,果然又找到一个太极八卦图,挺单拐在太极图中连按两按,叫道:"大家让在一旁。"群雄缩在甬道两侧,提防铁门中又有暗器射出来,这次暗器倒没有,但听得轧轧连声,铁门缓缓上升。等铁门离地数尺,群雄已看得明白,这铁门厚达两尺,少说也有千斤之重,骆冰不等铁门升停,矮身从铁门下钻入。徐天宏叫道:"四嫂且慢!"叫声刚出口,她已钻了进去。章进、周绮接着进去。

群雄正要跟入,卫春华从外面奔进来,对陈家洛道:"总舵主,那将军已被他溜了出去,弟兄们没截住。咱们快动手,怕他就会调救兵来。"陈家洛道:"你去帮助马大哥,多备弓箭,别让救兵进来。"卫春华接令去了。陈家洛与无尘等也都从铁门下进去,只见里面又是一条甬道,众人这时救人之心愈急,顾不到什么机关暗器,一股劲儿往内冲去。

奔得数丈,甬道似又到了尽头。章进骂道:"王八羔子,这么多机关!"待赶到尽头,原来甬道忽然转了个弯。群雄转过弯来,眼前是扇小门。章进挺棒撞去,小门应手而开,突然眼前一亮,门后是间小室,室中明晃晃的点着数枝巨烛,中间椅上一人按剑独坐。

仇人相见,分外眼明,正是火手判官张召重。

张召重身后是张床,骆冰看得明白,床上睡着的正是她日思夜想的丈夫。文泰来听得脚步响,回头看时,见爱妻奔了进来,宛如梦中。他手脚上都是铐镣,移动不得,只"啊"了一声。骆冰三把飞刀朝张召重飞去,也不理他如何迎战躲避,直向床前扑去。张召重左手自右向左横掠,将三把飞刀都抄在手中,右手在坐椅的机括上撳落,一张铁网突然从空降下,将文泰来那张床恰好罩在里面,夫妻两人眼睁睁的无法亲近。

陈家洛叫道:"大伙儿齐上,先结果这奸贼。"语声未毕,腕底匕首翻转,猱身直上,向张召重当胸刺去。无尘、赵半山、周仲英都知张召重武功高强,这时事在紧急,也谈不上单打独斗的好汉行径,三人各出兵器,把他围在垓心。

火手判官凝神接战,和四人拆了数招,百忙中凝碧剑还递出招去。陈家洛将匕首往怀里一揣,双手施开擒拿法,直扑张召重的前胸。他想敌人攻势自有无尘等人代他接住,双掌有攻无守,连环进击。张召重武艺再高,怎抵得住这四人合力进攻,又退了两步,斗室本小,此时背心已然靠在墙上。无尘大喜,剑走中宫,当胸直刺,同时周仲英、陈家洛与赵半山也同时攻到。

张召重左手按墙,右手挺剑拒敌。无尘一剑快似一剑,奋威疾刺,眼见便要把他钉在墙上,哪知噗的一声,墙上突然出现一扇小门,张召重快如闪电般钻了进去,小门又倏然关上。四人吃了一惊,无尘顿足大骂。陈家洛纵到文泰来面前,这时章进、周绮、骆冰各举兵刃,猛砍猛砸罩着文泰来的铁网。

突然头顶声音响动,一块铁板落了下来,刚把文泰来隔在里面。陈家洛双手疾把骆冰和周绮向后拉扯,两人才没给铁板砸着。章进举起狼牙棒往铁板上猛打,铮铮连声,火花四溅。徐天宏细察墙上有无开启铁板的机关,寻到了一个太极八卦图形,用力按动,但显然张召重已在内里做了手脚,连揿十几下,全无动静。

杨成协站在最后,守在甬道转角,以防外敌,忽听得外面轧轧连声,铁索绞动,叫声:"不好!"猛然窜出。徐天宏等人仍不死心,在斗室中找寻开启铁板的机关。骆冰抚着铁板哀叫:"大哥,大哥!"

忽听杨成协在甬道中连声猛吼,声甚惶急,赵半山与周仲英忙奔出。不一会只听得赵半山大叫:"大家快出来,快出来。"众人疾忙奔出,只有骆冰仍是恋恋不舍,手扶铁板不肯离去。周绮走到转角,见骆冰不走,回头用力将她拉着出来。

只见杨成协双手托住那重达千斤的铁闸,已是满头大汗。周仲英抛去大刀,挤过身去,蹲下用力向上托住。陈家洛见情势危急,叫道:"咱们先出去,再想办法。"群雄从闸下钻出。杨周两人使尽全力,那铁闸仍是一寸一寸的缓缓下落。章进弓身奔到闸下,说道:"我来顶住!"挺驼背驼住千斤闸,杨成协与周仲英向外窜出。杨成协拾起他丢在地下的钢鞭,竖在闸下,叫道:"十弟快出来!"章进往地下一伏,铁闸往下便落,仗着钢鞭一支,落势稍挫,杨成协已揪住章进的肩膀提了出来。喀喇一声，钢鞭已被铁闸压断，又是嘭的一声大响，铁闸打在地上，灰尘扬起，势极猛恶。杨成协与章进都已气尽力竭，坐倒在地。

甬道中脚步急速，常赫志奔了进来，说道："总舵主，外面御林军到了，咱们要不要接仗？"徐天宏道："打硬仗不利，咱们退吧。"陈家洛道："好，大家退出去。"

赵半山与周仲英在铁闸机关上又撬又拉，弄了半天，始终纹丝不动，听得陈家洛下令，只得向外奔出。在花园中忽见一个艳装少妇，神色仓皇，正自东躲西闪。陈家洛道："拿下！"周绮一把拖住，拉了出去。

到得提督府外，只见人头耸动，乱成一团，官兵与会众挤在一起。陈家洛以红花会切口叫道："马上退却，大伙到武林门外聚集。"众人齐声应令，各路人马向北退去。官兵一时摸不着头脑，也不追赶。群雄功败垂成，在路上纷纷议论。出得城来，陈家洛叫道："到城北山里煮饭吃了，再商善策。"

周绮所率会众正带有大批镙子，另有数十名会众采办米粮菜肴，在树林中煮起饭来。赵半山安慰骆冰道："四弟妹你尽管放心，不把四弟平安救出，咱们誓不为人。"众人大骂张召重十恶不赦，两次相救都给他坏事。大家又猜那蒙面人不知是谁，他指点监禁文泰来的所在，明明是朋友，怎地不肯露面，又助李可秀逃走，实是费解。

正谈论间，忽然林外传来"我武——维扬——""我武——维扬——"的趟子声。杨成协道："镇远镖局的镖到了。"骆冰骂道："镇远镖局罪大恶极，那姓童的虽给七哥杀了，仍不能消我心头之恨。这次算他运气，保了总舵主家里的东西，否则不去夺来才怪呢。"

徐天宏把陈家洛拉在一旁，说道："咱们今天这一闹，说不定皇帝心慌，提早害了四哥。"陈家洛皱眉道："这一着实不可不防。"徐天宏道："目前别无他法，只能抢他的玉瓶。"陈家洛不解，说道："玉瓶？"徐天宏道："不错，刚才十二弟说，回部送了一对玉瓶来求和，就由镇远镖局护送。皇帝既已派出大军西征，讲和是一定不肯的，不讲和就得还他们的玉瓶，否则岂不失信于天下？皇帝老儿最爱戴高帽，要面子，这种事情是很有顾忌的。"陈家洛道："咱们拿到玉瓶，就去对他说，你动四哥一根毫毛，咱们就打碎玉瓶。"徐天宏道："正是！

就算不能用玉瓶换四哥,至少也可多拖得几日,这对回部木老英雄也有好处。"陈家洛喜道:"好,咱们就斗斗这威震河朔王维扬。"

威震河朔王维扬今年六十九岁,自三十岁起出来闯道走镖,以一把八卦刀、一对八卦掌打遍江北绿林无敌手。他手创的"镇远镖局"在北方红了三十多年,经过不少大风大浪,始终屹立不倒。绿林中有言道:"宁见阎王,莫碰老王。"见到他的镖旗,胆子大的,也不过远远瞧上一眼而已。他本想到明年七十大寿时封刀收山,得个福寿全归,哪知今年奉兆惠将军之命护送回部圣物可兰经却出了乱子,不但圣物被劫,还死伤多名得力镖头。这次奉命护送玉瓶,兵部指名要他亲自出马。王维扬年纪虽老,功夫可没搁下,知道这次差使事关重大,不敢轻忽,从各处镖局调来六名好手,朝廷还派了四名大内侍卫、二十名御林军护送,连同回人使者南来,一路上戒备森严,倒也平安无事。

这天快到午牌时分,到了一座大镇。离杭州城已不过十里路。大伙走进一家大饭铺,点了菜。此去人烟稠密,已保得定没有乱子,众人兴高采烈,都在谈论到了杭州之后,如何好好的玩乐。

正说得口沫横飞,忽然门外一声马嘶,声音清越。韩文冲听得特别刺耳,忙抢出门去,只见自己那匹爱马从门外缓缓走过,马上却堆满了硬柴,良驹竟被屈作负柴的牲口。韩文冲又疼又气,又是欢喜,急跃而出,伸手便拉马缰。马后跟着一个乡下人,在马臀上打了一鞭,随即跳上马背,坐在柴上。韩文冲一下没拉住,那马已跃出数丈。马背那人叫了声"啊哟!"似乎坐得不稳,摇摇欲坠。韩文冲不舍,发步急追,那马转了个弯,奔入林中去了。韩文冲哪里还管什么"遇林莫入"的戒条,直追入林去。

众镖头见他追赶一个乡民,也不在意。镖头汪浩天笑道:"韩大哥想他那匹白马想疯啦,路上一见到毛色稍微白净的马匹就要追上去瞧个明白。明儿回家见到韩大嫂一身细皮白肉,怕也会疑心是他的马,一跳就这么跨上去……"众人乐得哈哈大笑。

正取笑间,店小二一连声的招呼:"张大爷,你这边请坐,今儿怎么有空出来散心?"一个富商模样的人走了进来,身穿蓝长衫纱马褂,后面跟着四个家人,有的捧水烟袋,有的挽食盒,气派豪阔。那张老爷坐定，店小二连忙泡茶，说道："张老爷，这是虎跑的泉水，昨儿去挑来的，你尝尝这明前的龙井。"张老爷嗯了一声，一口杭州官话，道："你给来几块件儿肉，一碗虾爆鳝，三斤陈绍。"店小二应了下去，一会儿酒香扑鼻，端了出来。

王维扬道："韩老弟怎么去了这么久还不回来？"趟子手孙老三正要回答，忽然门外踢跶踢跶拖鞋皮响，走进一个矮小汉子，后面跟着一个大姑娘，一个壮年汉子，三人都是走江湖的打扮。那矮子作了个四方揖，说道："常言道，在家靠父母，出外靠朋友。在下流落江湖，有一点小玩艺儿供各位酒后一笑。玩得好，请各位随意赏赐。玩得不好，多多包涵。"拿起一只茶杯在桌面一顿，取下头上的破毡帽往上一盖，喝声："变！"毡帽揭起，茶杯竟然不见，他扬了扬毡帽，帽中并无茶杯。众人明知戏法都是假，可是竟看不出他的手法门道。

那张老爷看得有趣，站起身来，走近去看。那矮子笑道："这位老爷的鼻烟壶，可不可以借来一用？"张老爷笑嘻嘻的把手中鼻烟壶递给了他。矮子把鼻烟壶在毡帽下一放，揭开时又已不见。张老爷的一个家人笑道："这鼻烟壶贵重得很，可别砸坏哪。"那矮子笑道："请管家摸摸你的口袋。"那家人伸手一摸，那鼻烟壶竟从他袋里掏了出来。

这一来，不但张老爷与他的家人大感惊讶，众镖师与御前侍卫也觉出奇，纷纷围拢来看他变戏法。张老爷脱下左手食指一个翡翠般指，递给矮子，笑道："你倒再变变看。"矮子接过放在桌上，盖上毡帽，吹一口气，喝道："东变西变，乱七八糟，阎王不怕，性命难逃！"手一指，揭开毡帽，那般指果然不见了，众人哗然叫好。矮子道："老爷，你摸摸你袋里。"张老爷一伸手，竟从自己袋里摸了出来，目瞪口呆，连叫："好戏法！好戏法！"

这时店门外陆陆续续走进几十个人来，有的是行旅商人，有的是公差打扮，有的是统兵军官，见一群人围着看变戏法，也走近来。

一个军官骂道："他妈的，江湖上的人骗钱，有狗屁希奇，老子这东西你敢不敢变？"随手在桌上一拍，众人见是一角文书，封皮上写着"急呈北京兵部王大人"的字样，下面写的是"浙江水陆提督李"的官衔。那矮子陪笑道："总爷莫见怪，小人胡乱混口饭吃，官府的要紧文书,小人有天大的胆子也不敢动。"

张老爷看不过那军官的气焰,说道:"变戏法玩玩,又有什么大不了,你就变他一变。"转头对家人道:"拿五两银子出来。"家人从行囊里取出一锭银子,张老爷接过放在桌上,对矮子道:"你变得好,这银子就是你的。"

矮子见了银子,转身与那大姑娘咬了几句耳朵,对军官道:"小人大了胆子,变个戏法,请总爷多多包涵。"举毡帽往文书上一盖,喝道:"快变,快变,玉皇大帝到,太白金星哇哇叫!"胡言乱语,东指西指,突然指着盛放玉瓶的皮盒喝道:"进去进去,孙悟空一根毫毛,钻进盒去不见了!"揭开毡帽,那文书果然不见。那军官骂道:"龟儿子,倒真有一下子。"那矮子向张老爷请了个安,笑道:"多谢老爷赏赐。"取了那锭银子,交给站在他身后的大姑娘。众人不住喝采叫好。

那军官道:"好啦,把文书拿来。"矮子笑道:"在这皮盒之中,请总爷打开一看。"此言一出,镖行众人都吓了一跳,那只皮盒上贴着皇宫内府的封条,谁敢揭开。那军官走过去,伸手便要摸那皮盒。

镖头汪浩天道:"喂,总爷,这是皇宫的宝物哪,可不能动。"那军官道:"开什么玩笑?"仍是伸手过去。御前侍卫马敬侠道:"谁跟你开玩笑?走开些!"那军官见他穿着侍卫服色,官阶比他大得多,不敢挺撞,躬身道:"是,是!请大人把文书还我。"马敬侠向矮子喝道:"你别玩鬼花样啦,快把文书还他。"矮子道:"文书真的在这盒子里哪,大人要是不信,请打开来一瞧便知。"

那军官恼了,一拳打在矮子肩头,喝道:"别啰唆,快拿出来。"那大姑娘怒道:"有话好说,干么打人?"军官骂道:"混帐王八蛋,老子的公文你也敢拿来开玩笑!"张老爷看不过了,说道:"总爷,别动粗。"对矮子道:"你快把文书变还给这位总爷。"矮子愁眉苦脸的道:"我不敢骗你老爷,那文书真的是在这皮盒子里,小人变不回来啦!"

张老爷走过两步,对马敬侠道:"大人贵姓?"马敬侠道:"姓马。"张老爷道:"市井小人做事没分寸,马大人高抬贵手,把文书还了给他吧!"马敬侠道:"这是皇家的御封,不是皇上有旨,谁敢打开?"张老爷皱起眉头,很感为难。那军官道:"你不把文书还我,耽误了要紧公事,就是杀头的罪名。喂,弟兄们,你倒给我评评这个道理看?"

饭店中散散落落坐着十多个军官兵丁,服色和那送文书的军官相同,看模样都是和他同一营的,这时都围拢来,七张八嘴的帮那军官,声势汹汹,定要马敬侠交还文书。

王维扬是数十年的老江湖了,见今天的事透着古怪,心想这事情的关键是在那矮子,伸手向矮子左膀抓去。矮子身子一缩,躲了开去,大叫:"达官爷,饶了我吧!"王维扬见他身手便捷,更是犯疑,正要追过去,数十名军官士兵已和众镖头及御前侍卫吵成一团。汪浩天把皮盒抱在怀里,两名镖头站在他身旁卫护。马敬侠拔出腰刀,在桌上一砍,喝道:"谁敢啰唆?快退开。"那军官也拔出刀来,叫道:"你不还我,反正我也没命,今儿跟你拼啦!弟兄们,大伙儿上呀!"扑了上去,与马敬侠交起手来。王维扬连声喝止,却哪里喝得住?其余的军官士兵也抄起兵刃,拥了过来,势成群殴。马敬侠是御前侍卫中的一流好手,跟这小军官拆了数招,竟然大落下风,只见对方刀法精奇,武功深湛,不禁又惊又怒,再斗数招,肩头险险吃了一刀。

正混乱间,门外又涌进一批人来,有人大叫:"什么人在这里捣乱,都给我拿下!"那些官兵给他话声中威势所慑,都停了手。马敬侠喘了一口气,见数十名官兵拥着一位青年大官走了进来,他认得那是皇上第一宠爱的福康安,现任满洲正白旗满洲都统、北京九门提督兼御林军统领,忙上前去请安,其余几名御前侍卫也都过来行礼。

那大官道:"你们在这里乱什么?"马敬侠道:"回统领大人,是他们在这里无理取闹。"把经过情形说了一遍。那大官道:"变戏法的人呢?"那矮子本来躲得远远的,这时过来叩头。那大官道:"这件事倒也古怪,你们都跟我到杭州去,我要好好查一查。"马敬侠道:"是,是,任凭统领大人英断。"那大官回头道:"走吧!"出门上马。他手下的官兵把镖行人众与闹事军官连同那回人使者都带了去。

王维扬本来见有蹊跷,钢刀出鞘,要先以武力压服闹事的军官,再来说理,忽见御林军统领福康安到来,心中大喜。马敬侠对那大官道:"福大人,这是镇远镖局的总镖头王维扬。"王维扬过去请了一个安。大官从头至脚打量了他一番,哼了一声,道:"走吧!"

一行人到得杭州城内,王维扬等跟着御林军官兵,来到里西湖孤山一座大公馆里。王维扬暗忖:"这定是统领大人歇马之处了。他是皇上跟前第一得宠的红人,怪不得有这般大的势派。"众人走进内厅。那大官对马敬侠道："各位稍坐一会。"马敬侠道："大人请便。"那大官径自进内去了。

过了半晌，一名御林军的军官出来，把闹事的军官、变戏法的、张老爷和他的家人都传了进去。汪浩天道："刚才闹事的时候倒真有点耽心，只怕这些军官弄坏了玉瓶，我瞧他们路道不正。"马敬侠道："嗯，这几个人武功好得出奇，不像是寻常军官。幸亏遇上了福大人，否则说不定还得出点岔子。"王维扬道："这福大人内功深湛，一位贵胄公子能有这般功力，真不容易。"马敬侠道："怎么？福大人武功好？你怎知道？"王维扬道："从他眼神看来，他武功一定甚为了得。不过皇家宗亲的爷们武功好的很多，也不算希奇。"正说话间，一个军官出来道："传镇远镖局王维扬。"王维扬站起身来，跟着他进去。

穿过了两个院子，来到后厅，只见福康安坐在中间，改穿全身公服，罩着一件黄马褂，帽垂花翎，更具威势，面前放了一张公案，两旁许多御林军人员侍候着，变戏法的矮子、张老爷等跪在左边。

王维扬一进去，两旁公差军官一齐大喝："跪下！"到此地步，王维扬不得不跪。福康安喝道："你便是王维扬么？"王维扬道："小人王维扬。"福康安道："听说你有个外号叫威震河朔。"王维扬道："那是江湖上朋友们胡乱说的。"福康安冷冷的道："皇上和我都在北京，那么你的威把皇上和我都震倒了？"王维扬陡然一惊，连连叩头说："小人不敢，小人马上把这外号废了。"福康安喝道："好大的胆子，拿下。"两旁官兵拥上来，把他上了手铐，带了下去。王维扬空有一身武艺，不敢反抗。

接着马敬侠、汪浩天等侍卫、镖头一个个传进来，一个个的拿下，最后连趟子手等也都拿下了，分别上了手铐监禁起来。一名军官双手捧着皮盒，走到福康安案前，一膝半跪，举盒过顶，笑道："回福统领，玉瓶带到。"福康安哈哈大笑，走下座来。

跪在地下的张老爷、矮子等一干人众，也都站了起来，大笑不已。福康安向矮子道："七哥，你真不枉了'武诸葛'三字！"

原来扮变戏法的是徐天宏，跟在其后的是周绮和安健刚，扮张老爷的是马善均，扮福康安的是陈家洛，扮闹事军官的是常赫志和孟健雄等一干人，扮张老爷家人与店小二的都是马善均的手下。徐天宏定下了计策后，想到镖师中的韩文冲识得红花会人众，于是由赵半山扮作乡农,骑了骆冰的白马,将他引到松林中,常伯志出来一帮手,两人登时将他拿住。

徐天宏变戏法全是串通好了的假把戏,那毡帽共有一模一样的两顶,一顶将茶杯等物一罩拿起,反手交给周绮,待得众人目光都注视桌上,徐天宏早已取过另一顶毡帽来东翻西弄,其中自然空空如也,张老爷和家人身上所藏鼻烟壶和扳指都各有一对,徐天宏拿去一只,他们自己袋里又拿出一只来,别人哪里知道?至于皮盒之中自然没有文书变进去,只是这么一闹,陈家洛进来时,众镖头和侍卫已给搅得头昏眼花,已无余裕再起疑心。徐天宏预定计策,只教陈家洛扮个大官,哪知阴差阳错,他相貌竟和福康安十分相似,几个侍卫自行上来请安行礼,这计策更加天衣无缝。

陈家洛撕去封皮,打开皮盒,一阵宝光耀眼,只见盒中一对一尺二寸高的羊脂白玉瓶,晶莹柔和,光洁无比,瓶上绘着一个美人。这美人长辫小帽,作回人少女装束,腰间挂着一柄短剑,美艳无匹,光采逼人,秋波流慧,樱口欲动,便如要从画中走下来一般。

众人围观玉瓶,无不啧啧赞赏。卫春华道:"西域回疆,竟有如此高明的画师。"骆冰道:"我见到霍青桐妹妹,只道她这人材已是天下无双,哪知瓶上画的这人更美。"周绮道:"那是画出来的,你道真的有这般美女?"徐天宏道:"我们请那位回人使者前来一问便知。"

回人使者见到陈家洛,只道是贵胄重臣,恭恭敬敬的行了礼。陈家洛道:"贵使远来辛苦。请问尊姓大名。"使者会说汉话,答道:"下使凯别兴。不知官人是何称呼?"徐天宏插嘴道:"这位是浙江水陆提督李军门。"陈家洛和群雄一楞,不知他是何用意。

陈家洛道:"木卓伦木老英雄可好?"凯别兴道:"多谢军门相询,我们族长好。"陈家洛道:"请问贵使,瓶上所绘美人是何等样人?不知是古人今人,还是出于画师的意象?"凯别兴道:"那是五百年前敝族最出名的画师斯英所绘。瓶上美女是敝族古时传说中的女英雄玛米儿,她得真主安拉护佑,舍身为族人立下大功。敝族有许多玉器、帛画、地毯上都有她的肖像。这对玉瓶本属木老英雄的三小姐喀丝丽所有。喀丝丽就像玛米儿这样美!"周绮不禁插嘴:"她是霍青桐姑娘的妹妹?"凯别兴一惊,问道:"这姑娘识得翠羽黄衫?"周绮道:"有过一面之缘。"

陈家洛想问霍青桐的近况,脸上微微一红,正要开口,忽然马善均从外面匆匆进来,低声道:"李可秀领了三千官兵过这边来,恐怕是来对付咱们的。"陈家洛点点头,对凯别兴道:"贵使请下去休息,咱们再谈。"凯别兴打了一躬,道:"请问军门,这对玉瓶如何处置?"陈家洛道:"另有安排。"孟健雄把凯别兴领了下去。

注:

一、《清史稿·陈世倌传》:"世倌治宋五子之学,廉俭纯笃,入对及民间水旱疾苦,必反覆具陈,或继以泣,上辄霁颜听之,曰:'陈世倌又来为百姓哭矣。'"

二、清高宗(乾隆帝)南巡,至海宁共四次,均驻于陈氏安澜园,每次均作诗。第二次有诗云:"盐官谁最名?陈氏世传清。讵以簪缨赫,惟敦孝友情。春朝寻胜重,圣藻赐褒明。来日尖山诣,祈蚕尽我诚。"第三次有诗云:"安澜易旧名,重驻跸之清。御苑近传迹(圆明园曾仿此为之,即以安澜名之,并有记),海疆遥系情。来念自亲切,指示惭分明。行水缅神禹,惟云尽我诚。"第四次有诗云:"塔山已近边,踏勘慰心悬。竹篓喜增涨,蚁坏惕漏泉。隅园且停憩,比户有歌弦。自是文章邑,然当戒藻妍。"又云:"去来三日驻,新旧五言留。六度南巡止,他年梦寐游。"

三、北京故宫存有安澜园图,据海宁州志所载安澜园记:楼观台榭三十余所,高宗南巡复增设池台,从大门进去有亭,碑上满刻高宗之题诗,入内为长甬道,两旁夹植大榆树,经长廊三折,至沧波浴景之轩,临池有桥。轩后有楼房九座。桥西植紫藤,其内为环碧堂,堂后有大楼,"幽房邃室,长廊复道,入其内者恒迷所向"。楼前有湖,湖上有和风皎月亭,其南有赤栏曲桥、澄澜馆、捄藻楼、古藤水榭、天香坞(有桂树数千株)、群芳阁、漾月轩、十二楼(分南楼、东楼、北楼等)。经环桥而至竹深荷净轩,转东至筠香馆。其后是山丘,左右皆高岭,过山而至赐闲堂,即乾隆所居寝宫,共楼房三座,每座皆三层,其东为梅林,有凌空飞楼相通。寝宫之后有大湖,沿堤有碛石矶等。园林之胜,似不输于曹雪芹笔下之大观园。咸丰十一年,太平天国蔡元隆军攻入海宁,安澜园全部被毁。作者幼时在海宁,当地尚有"安澜小学",有友人在该校肄业。

王维扬背插大刀,抖擞精神,来到狮子峰绝顶。只见对面走来一人,身材魁梧,穿着武官服色,神色倨傲,说道:「你便是王维扬了?」

第九回

虎穴轻身开铁铐
狮峰重气掷金针

陈家洛道:"各位哥哥,咱们只好先退出杭州。眼下四哥尚未救出,跟清兵接硬仗没好处。"骆冰恨恨不已,叫道:"李可秀关住大哥,咱们先杀了他小老婆。总舵主,你许不许?"陈家洛不解,问道:"小老婆?"骆冰道:"是啊,咱们在提督府拿住的那个妖娆女人,就是李可秀的小老婆。她一直又哭又闹,已给我几个耳括子打得服服贴贴了。"群雄知她想念丈夫,心头烦躁,拿这女人出气,都不禁微笑。

徐天宏道:"总舵主,你写封信给李可秀,好不好?"陈家洛会意,道:"好极!"提起笔来,写了封信道:

"李军门勋鉴:今晨游湖,邂逅令宠,知为军门眷爱,谨邀驾敝处,恭加款待。专此奉闻。红花会会主陈家洛拜上"

陈家洛道:"九哥,请你送去给李可秀。八哥,请你跟随九哥之后接应。"杨卫两人接令去了。

陈家洛道:"李可秀如宠爱他这小妾,或许不致轻举妄动。但是若有皇命,他即使心有所忌,也不得不遵旨而行。七哥你瞧怎么办?"徐天宏道:"咱们本来想劫了玉瓶,跟皇帝讲讲买卖,哪知这对玉瓶如此珍贵美丽,料想皇帝见了定然爱不释手,那么他答应回部的和议也大有可能。咱们取了玉瓶,岂不是误了木老英雄的大事?倘若因此而兵连祸结,生灵涂炭,也是不妥。"陈家洛皱眉道:"话是不错,可是咱们辛辛苦苦得来的玉瓶,就此送还他不成?"徐天宏道:"我盘算得一条计策,总舵主你瞧成不成?"当下把计谋说了出来。

周绮当即叫道:"太不光明正大,我不喜欢。"周仲英道:"听总舵主吩咐,女孩子家莫多嘴。"周绮不响了,低声唠叨:"这不缺德么?"

陈家洛沉思了片刻,道:"既要不误回部和议,又要相救四哥,七哥你这条计策两者兼顾,大可用得。七哥你去跟那使者说吧。"转头向周绮笑道:"七哥对待好朋友,可决无半分缺德,周姑娘不必担心。"周绮一笑,心道:"我才不担这心呢。"

徐天宏去见凯别兴,说道:"我引你去见皇上。"孟健雄捧了皮盒,盒中玉瓶已取出了一个,贴还封条,凯别兴并不知情。三人来到巡抚府前,孟健雄将皮盒交给使者,向巡抚府一指,道:"你自己去吧。"两人径回孤山马家,途中遇见杨成协和卫春华,说李可秀接到信后,又惊又怒,收兵回去了。

申牌时分,门房递进一张帖子来,说有个武官来拜会总舵主,帖上写的是"后学曾图南顿首"。马善均笑道:"七当家,你的计谋多半成了,这曾参将是李可秀的亲信。"陈家洛道:"九哥,请你去见他吧。"

卫春华来到客厅,见椅上坐着一个身材魁梧的武官,满脸被滚油烫起的伤泡,认得今天在提督府曾经交过手的。卫春华道:"曾将军要见敝当家,不知有何见教?"曾图南道:"我奉李军门差遣,想见贵会陈总舵主商量一件要事。"卫春华道:"敝当家现下没空,曾将军对我说也是一样。"曾图南心想我是朝廷命官,来见你们这些江湖草莽已是屈尊,居然他还搭架子不见,心头火冒,但既然是有求而来,只得强抑怒气,道:"军门刚才收到陈总舵主的信,得知他如夫人在贵会这里,盼望陈总舵主放她回去,军门自然另有一番心意。"卫春华道:"这个好办,我想我们陈当家无有不允。"

曾图南道:"还有第二件事,那是关于回部玉瓶的。"卫春华嗯了一声,并不答腔。曾图南道:"回部派人送了一对玉瓶求和,皇上打开皮盒,却见少了一个,天颜震怒,一问使者,说曾有一位青年军官问过他话,那人自称是浙江水陆提督李可秀。皇上把李军门叫去询问,李军门自然莫名其妙。幸得皇上圣明,知道李军门决不会做这等事,其中必有别情,因此倒也没有怪罪。"

卫春华轻描淡写的道:"那很好呀。"曾图南道:"然而皇上说,这事要着落在李军门身上,限他三天之内,将失去的玉瓶找回呈上,这个就很为难了。"卫春华道:"找不到怕要革职查办吧?其实呢,不做官也很清闲呀。不过若要满门抄斩,就苦恼些了。"

曾图南只得不理他的嘲讽,道:"咱们真人面前不说假话,兄弟今日特地来求贵会交还玉瓶。"卫春华仍是不动声色,淡淡地道:"玉瓶什么的,我们倒没听说过。不过李军门既然遇上了这个难题,曾将军又亲自光降,咱们帮忙找找,也无不可。过得一年半载,或许会有点头绪也说不定。"曾图南武艺虽不甚高,但精明干练,很会办事,知道跟这些江湖汉子打交道,越爽快越有结果,便道:"李军门说,他对贵会陈总舵主慕名已久,只可惜一直没机会结交亲近,今日贸然来求两件大事,无功不受禄,心中也是过意不去。因此陈总舵主有什么意思,请不客气的吩咐下来。"

卫春华道:"曾将军十分爽快,那再好没有。我们陈总当家的意思,第一件,红花会今日滋扰了提督府,要请李军门宽宏大量,既往不咎。"曾图南道:"这是理所当然的。兄弟可以拍胸膛担保,军门以后决不致因这件事跟贵会为难。第二件呢?"卫春华道:"我们四当家文泰来关在提督府,曾将军是知道的了?"曾图南嗯了一声。卫春华道:"他是钦犯,料想李军门便有天大胆子,也不敢将他释放,这个我们是明白的,可是陈总当家的想念他得紧,今晚想见他一见。"曾图南沉吟半响,道:"这件事甚为重大,兄弟不敢作主,要回去请示军门再来回话。陈总舵主可还有什么吩咐么?"卫春华道:"没有了。"

曾图南告辞回去,过了一个时辰,又来求见,仍是卫春华接见。曾图南道:"军门说道,文四爷所犯的案子重大之极,本来是决不能让人探监的。"卫春华道:"本来嘛!"曾图南道:"不过陈总舵主既然答允交还玉瓶,军门也只得拼着脑袋不要,让陈总舵主一见。但是有两件小事,要请陈总舵主俯允才好。"卫春华道:"请曾将军说出来听听。"

曾图南道:"第一,这是军门为了结交朋友才舍命答应的事,要是给人知道了,那可是天大祸事……"卫春华道:"李军门要陈总当家答允,此事决不可泄露一字半句,是不是?"曾图南道:"正是。"卫春华道:"这件事我代我们当家答允了。"曾图南道:"第二件,探监只能陈总舵主一个人去。"卫春华笑道:"李军门当然怕我们乘机劫牢。好吧,这件事我也答允了。探监是陈总当家一个人去,我可没答允

第九回 狮虎峰穴重身掷开金铁针铐

不劫牢。"曾图南道："卫大哥是英雄好汉，千金一诺。兄弟这就去回报。稍迟请陈总舵主驾临提督府便是。"卫春华道："陈总当家跟文四当家见面，那张召重倘若在旁，这件事自然瞒不住了，于李军门只怕大大的不便。"曾图南道："卫大哥此言有理，让军门借故请开他便是。"卫春华道："我们在江湖上混饭吃，信义为先，只要李军门遵守今日所约之事，他的如夫人和玉瓶着落在我们身上送还。"曾图南起身一揖，道："兄弟先此谢过！"

群雄待曾图南走后，聚在大厅中等候陈家洛调兵遣将，相救文泰来。陈家洛道："七哥，仍是请你分派吧。"徐天宏只是沉吟不语，过了半晌，说道："现下把张召重那扎手家伙调开了，总舵主又可到里面相机行事，劫牢当然容易得多。可是李可秀定也防到了这一着。须得先推算他怎样应付，然后给他来个出其不意。"陈家洛道："正是。"

杨成协道："我想他定要调集重兵，包围地牢出口，说不定再请大内的高手侍卫协助，只放总舵主一人进去，也只放总舵主一人出来。"常赫志道："咱们在提督府外接应，以防龟儿们对总舵主不利。"徐天宏道："接应当然是要的，只是我想李可秀不敢对总舵主怎样，他的小老婆和玉瓶还在咱们这里。"

大家谈了一会，都觉眼前局面已比今日上午有利，一则已知道地牢的地形和机关，再则陈家洛可在牢内里应外合，只是李可秀的防备却也定比上午周到，单凭硬攻，只怕把握不大。无尘叫道："今日就决生死存亡，这口气再也憋不住啦。"

陈家洛忽道："有了。七哥，我去见四哥时穿上宽大的披风，头戴风帽面罩，只装作不愿给人发现面目……"徐天宏已知他意思，道："那是得一人，失一人，决非善策。"无尘道："总舵主，你把话说完。"陈家洛道："我进了地牢之后，和四哥换过装束，让他出来，看守的人只道是我。你们在外接应，一举把四哥救出去。"无尘道："那么你呢？"陈家洛道："皇帝和我特别有缘，等他们发现已经调包，自然会放我出来。"

卫春华道："总舵主这法子确是一条妙计，但你是一会之主，决不能轻易涉险，这件事让我去做。"一时之间，群雄纷纷自荐。

陈家洛道："各位哥哥，不是我自逞刚勇，实在只是我最适合。

你们不论哪一位去，虽把四哥救出，自己却失陷在内，咱们是一样的兄弟之情，不见得四哥就比哪一位哥哥更为亲近。"杨成协道："总舵主去做此事，总是不妥。"陈家洛道："各位有所不知，皇帝曾和我击掌为誓，我们两人决不互相加害。"于是把昨晚在海塘边两人起誓的情形说了。徐天宏道："皇帝老儿阴险狠毒，说话多半不能算数。"陈家洛执意要这么办。徐天宏道："既然如此，咱们来个两全之计。"

骆冰见群雄都欲以身代文泰来出来，心里又是感激，又是难受，怔怔的说不出话来。周仲英站在一旁，见众人义气深重，不禁暗暗佩服，心想："红花会名闻江湖，会中人物确是非同小可。"见骆冰神色有异，走近她身边，说道："文四奶奶，你宽心。咱们且听天宏说说看。"

徐天宏道："总舵主这条金蝉脱壳之计，本来十分高明，只是稍微冒险了一点。我想咱们还是照做，不过等四哥一救出，咱们立即进攻地牢，接应总舵主出来。"群雄均觉首领涉险，心中不安，但实在也别无他法，只得都同意了。

骆冰走到陈家洛面前，施下礼去，说道："总舵主你这番情意，我们夫妻粉身碎骨也难以报答……"说到这里，眼圈儿又红了。陈家洛还了一揖，道："四嫂快别这样，咱们兄弟情同骨肉，怎说得上'报答'两字？"

当下布置已毕，陈家洛披上黑色大氅，领子翻起，一顶风帽低低垂下，与卫春华两人径投提督府来。此时已近黄昏，天边明星初现。到得提督府外，一人迎过来低声道："是陈总舵主？"卫春华点点头。那人道："请跟我来，这位请留步。"

卫春华站定了，望着陈家洛跟那人进了提督府。暮色苍茫中，群鸦归巢，喧噪不已，卫春华心中怦怦乱跳，不知总舵主此去吉凶如何。不一会，红花会众兄弟都已乔装改扮，疏疏落落的到来，散在提督府四周，待机而动。

陈家洛进入府门，只见满府都是兵将，手执兵刃，严阵以待。经过了三个院子，那人将他引到一间厢房之中，说道："请稍宽坐。"走了出去。不一会，李可秀走了进来，拱手说道："幸会。"陈家洛揭开大氅，露出脸来，笑道："前日湖上一会，不意今日再逢。"李可秀认清是陈家洛，说道："现在就请去见那犯人，请随我来。"

两人刚走到门口,忽见一名亲随气急败坏的奔了过来,说道:"皇上驾到,将军快出去接驾。"李可秀吃了一惊,对陈家洛道:"只好请阁下在此稍候。"陈家洛见他神色不似作伪,点了点头,回身坐下。

李可秀急奔出去,只见满衙门都是御前侍卫,乾隆已走了进来。李可秀忙跪下叩见。

乾隆道:"你预备一间密室,我要亲审文泰来。"李可秀迎接乾隆进了自己书房。御前侍卫在书房前后左右各间房中部署得密密层层,屋顶上也都有侍卫守望。乾隆对白振道:"我有机密大事要问这犯人,不许有人听见。"白振道:"是,是!"退了出去。

不一会,四名侍卫抬了一个担架进来。文泰来戴着手铐足镣,睡在担架之上。侍卫躬身退出,书房中只剩下文泰来与乾隆两人,一时静寂无声。

文泰来此时外伤未愈,神智却极清醒,躺着对谁也不加理会。

乾隆问道:"你身上的伤全好了吧?"文泰来睁眼一看,吃了一惊,坐起身来。他随老当家于万亭进宫之时,曾和乾隆见过一面,此时忽在杭州相遇,自是大出意外,哼了一声,冷冷的道:"还死不了。"乾隆道:"我要他们请你去北京,本来是有点事情和你商量,哪知起了误会,我已责罚过他们了,你不必再介意。"文泰来听他言语说得漂亮,怒气上升,又哼了一声。

乾隆道:"那次你与你们姓于的首领来见我,咱们本要计议大事,哪知他回去之后竟一病不起,可惜,可惜。"文泰来道:"要是于老当家不死,恐怕他今日也给锁在这里了。"乾隆哈哈大笑,道:"你们江湖汉子,性子耿直,肚里有什么话就说什么。我问你一句话,你老实答了,我马上放你回去。"文泰来说:"你放我?哈哈,你当我是三岁小孩?我知道你不杀我,天天吃不下饭、睡不着觉,到今天还不下手,就是想问问我。"

乾隆笑道:"那你也未免太多疑了。"站起身来,走近两步,问道:"你那姓于的首领后来和我说的话,都跟你说了么?"文泰来问道:"什么话?"乾隆瞪眼望他,文泰来双目回视,毫不退避。过了半晌,乾隆转开了头,低声道:"关于我身世的事。"

文泰来心中盘算,自己既落入他手,总是有死无生,不过红花会大伙已到杭州,如能拖延一些时候,他们可以设法劫牢相救,便道:"他没说。你是皇帝,是前朝皇帝和皇太后的儿子。你的身世谁人不知,有什么好说的?"

乾隆吁了口气,道:"那天他深夜来见我,你可知是为了什么?"文泰来道:"于老当家说,他曾经帮过你一个大忙,最近我们红花会经费短缺,他来问你要三百万两银子。哪知你非但不给,反而把我捉拿在此。有朝一日我脱却灾难,定要把你这忘恩负义之事全部抖了出去。"乾隆哈哈大笑,心中一宽,斜眼看他脸色,见他怒容满面,当似不是作伪,心下半信半疑,说道:"既然如此,我只好把你杀了,否则放了你出去,不免败坏我的声名。"文泰来道:"谁教你不早杀呀? 你杀了我,饭也吃得下,觉也睡得着,见到皇太后也不用心里怀着鬼胎啦。"乾隆倏然变色,问道:"皇太后怎么啦?"

文泰来道:"你自己明白。"乾隆阴森森的道:"那么你全知道了?"文泰来道:"全知道,那也不见得。于老当家说,皇太后知道他帮过你的忙,曾要你好好报答,可是你却舍不得三百万两银子。你有金山银山,三百万两银子只不过是拔根寒毛,可偏偏这么小气。"乾隆心里又是一宽,嘿嘿的笑了几声,摸出手帕来擦去额上汗珠。

他在室中来回踱步,心神稍定,笑道:"你在皇帝面前丝毫不惧,居然不怕死在眼前,倒真是一条硬汉子。你有什么放不下的事,不妨说给我听。等你死了后,我差人去办。"文泰来道:"我怕什么? 谅你也不敢马上杀我。"乾隆道:"不敢?"文泰来道:"你要杀我,不过是怕你的秘密泄露。可是你一杀我,哈哈,你的秘密就保不住了。"乾隆道:"难道死人会说话?"文泰来不理,自言自语:"我一死,就有人打开那封信,就会拿证物公布于天下,那时候皇帝就要大糟而特糟了。"

乾隆急问:"什么信?"文泰来道:"于老当家当时先把你的事情,详详细细的写在一封信里,用火漆密封了,连带两件极重要的证物,放在一位朋友那里,然后我们两人才进宫来见你。"乾隆道:"你们怕有什么不测?"文泰来道:"当然啦,我们怎信得过你? 于老当家对他朋友说,要是我们两人忽然死了,就请他拆开那信,照着信中吩咐去办。若是我们之中还有一人活在世上,千万不可拆开。现下于老当家已经去世,只怕你不敢杀我吧。"

第九回

狮峰虎穴重轻身 掷开金铁针铐

乾隆不禁连连搓手,焦急之情,见于颜色。文泰来道:"这信和那两件证物,你用三百万两银子去收买,多半还值得吧?"乾隆道:"银子?我本来是要给的,我还要放你出去。那么你写一封信给你朋友,要他拿那封信和那两件东西来,我马上放人支银子。"文泰来道:"哈哈,我把这朋友的名字告诉了你,好让你又派侍卫去杀他捉他。老实说,在这里我很舒服,这生这世我是不想出去啦,吃定了你一世。咱们俩是同归于尽的命,要是我先死,你也活不长久。"

乾隆咬着嘴唇皮,一声不响,凝思应付之策,过了一会,说道:"你不肯写信,那也好。给你两天期限,后天晚上再来问你,要是仍然这般倔强,只好杀你。我杀你不会让人知道,你朋友只道你仍然活着。退一步说,就算不杀你,难道不会剜去你的眼睛,割掉你的舌头,斩断你的双手……你在这两天中好好想一想。"说完,推门走出书房,大踏步向外走出。众侍卫在后面跟随保护,李可秀跟到府外,跪下相送。

乾隆一走,文泰来由提督府亲兵抬入地牢,沿路来去,都由张召重仗剑护送。刚回地牢,一名亲兵对张召重道:"李将军有封信给张大人。"张召重接信一看,出地牢去了。

文泰来躺在床上,想念娇妻良友此时必仍在穷智竭力营救,然而朝廷势大,皇帝亲临,实在非同小可,别要朋友们因救自己而有损折,那么即使获救,也是此心终生难安了。

正自思潮起伏,忽闻闸门响动,不一会,进来一人,文泰来只道他是张召重,一眼都不去望他。那人走到床前,轻声道:"四哥,我瞧你来啦。"

文泰来一惊,睁眼一看,竟是总舵主陈家洛。黄河渡头陈家洛率众来救,他未得相会,今日上午才亲见丰采,危急之中只是隔着铁网看了几眼,见他义气深重,临事镇定,早已心折,此刻牢中重会,不由得惊喜交集,忙挺腰坐起,叫道:"总舵主!"

陈家洛微笑点头,从怀中拿出两把钢锉,就来锉他手上手铐,用力锉了几锉,手铐上只起了几条纹路,钢锉却磨损了。原来这手铐是用西洋的红毛钢铸成,寻常钢锉奈何它不得。这一着大出陈家洛意料之外,心中一急,手劲加大,再锉得几锉,啪的一声,钢锉竟自折断,忙换过一把钢锉再锉。锉了半天,两人满头大汗,手铐却仍是纹丝不动。陈家洛又从怀里捞出钻子、起子、锤子诸般铁器,可是不论如何对付,手铐总是解脱不开。文泰来道:"总舵主,这副脚镣手铐只有宝刀宝剑才削得断。"

陈家洛想起黄河渡口夜斗张召重,他一把凝碧剑将自己钩剑盾牌与无尘长剑全部削断,忙问:"张召重是不是整天都守着你?"文泰来道:"他和我寸步不离,刚才不知有什么要紧事才出去。"陈家洛道:"好,咱们等他回来,夺他宝剑。"把钢锉等物丢在床底。

文泰来道:"我能否出去,难以逆料,皇帝要杀我灭口,怕我泄漏秘密。总舵主,我把秘密跟你说了,那么不论我是死是活,都不会耽搁咱们的大事。"陈家洛道:"好,四哥你说。"文泰来道:"那天晚上我随于老当家进宫,见了皇帝,乾隆当然大感惊诧。于老当家说:'浙江海宁陈家一位老太太叫我来的。'他拿了一封信出来,皇帝看后脸色大变,叫我在寝宫外等候。他们两个密谈了大约一个时辰,于老当家才出来。他在路上告诉我,皇帝是汉人,是你的哥哥。"

陈家洛大吃一惊,说不出话来,半响才道:"那决不能够,我哥哥还在海宁。"

文泰来道:"于老当家说,当年前朝的雍正皇帝生了个女儿,恰好令堂老太太同一天生了个儿子。雍正命人将孩子抱去瞧瞧,还出来时,却已掉成个女孩。那个男孩子,便是当今的乾隆皇帝……"

话未说完,忽然甬道中传来脚步之声,陈家洛忙在床角一隐,进来的是一名亲兵。他不见陈家洛,很是诧异,问道:"红花会的陈当家呢?"陈家洛从隐身处出来,道:"什么事?"那亲兵道:"张召重大人回来了,李将军留他不住,请你快出去。"

陈家洛道:"好!"左手一探,已点中他"通谷穴"。那亲兵一声不出,倒在地下。陈家洛随手将他拖入床底。

文泰来道:"张召重就要来到,详情已不及细说。于老当家知道皇帝是汉人,就去劝他反满复汉,恢复汉家山河,把满人尽都赶出关去,他仍然做他的皇帝。皇帝似乎颇有点动心,不过他说这事是真是假,还不能全然确定,要于老当家把那两件证物拿给他看看,再定大计。哪知于老当家回去就一病不起。他遗命要你做总舵主,他对我说,这是咱们汉家光复的良机。皇帝是你哥哥,要是他不肯反满

第九回

狮峰穴重气

虎穴轻身掷开金铁针铐

复汉,大家就拥你为主。"

这一番话把陈家洛听得怔怔的说不出话来,回想在湖上初见乾隆,后来又见他在自己父母墓前哭拜,再想到他对自己的情谊,其中确有不少特异而耐人寻味之处,难道皇帝真是自己父母所生?也只有如此,他手题"春晖"、"爱日"的匾额才说得通。

文泰来又道:"雍正怎样用女孩掉换了你的哥哥,经过情形,据说你令堂老太太详详细细写在一封信里,此外还有几件重要证物,于老当家都交给令师天池怪侠袁老前辈保管。"陈家洛道:"啊,今年春天常氏双侠来看我师父,就是奉义父之命,送这些东西来的?"

文泰来道:"不错,这是最机密的大事,因此连你也不让知道。袁老前辈也只知是要紧异常的物事,到底是什么他并不清楚。于老当家临终时遗命,等你就任总舵主后,开启信件,共图大举。哪知我失手就擒,险些耽误了要事。总舵主,今日如果救我不出,你赶快到回疆去见你师父,千万不可因我一人的生死安危,而误光复大业。"文泰来说完这番话,欣慰之情,溢于言表。

他正想续说,忽听得甬道中又有脚步声,忙做个手势。陈家洛躲入了床底。文泰来上身倚出床外,半个身子跌在地上,一动不动。

张召重走进室来,地牢内一灯如豆,朦胧中见文泰来上半身跌在地上,似乎已死,大吃一惊,纵上前来,在他背上轻轻一推,文泰来全然不动。张召重更惊,一把将他拉起,伸手要探他鼻息,文泰来突然纵起,向他扑去,双手连铐横扫而至。张召重出其不意,正待倒退,忽然小腹上"气海穴"一麻,知道床底伏有敌人,已中暗算,怒吼一声,窜出两步,双掌一错,护身迎敌,一面竭力凝定呼吸,闭住穴道。陈家洛见他被点中穴道,居然不倒,也自骇然,疾从床底跃出,双拳如风,霎时之间已向他面门连打了七八拳。

张召重不敢还手,惟恐一动手松了劲,穴道登时阻塞,他脸上连中了七八拳,脚下不住倒退。陈家洛飞起右脚,向他左腰踢去。张召重向右一避,只觉"神庭穴"一阵酸痛,又给对方打中了穴道,这时再也支持不住,全身瘫软,跌倒在地。

陈家洛在他身上一摸,哪知竟无凝碧剑,十分失望,搜他身边,从衣袋里摸出一张纸来,灯下展视,见是李可秀写给他的一个便条,请他携凝碧剑出去,有一位贵官要借来一观。陈家洛知道是李可秀把他调开的借口,不料他放心不下,走出去一会,又回来监视,想是观剑未毕,是以没有带来。

陈家洛再搜他身上,触手之间,高兴得跳了起来。文泰来见他喜容满面,忙问:"怎么?"陈家洛手一扬,抛起一串钥匙,在铐镣上一试,应手而开。

文泰来顿失羁绊,双手双脚活动了一会,陈家洛已把身上大氅和风帽除下,说道:"你快穿上出去!"文泰来道:"你呢?"陈家洛道:"我在这里耽搁一下,你快出去。"文泰来明白了他的意思,说道:"总舵主,你的好意我万分感激,可是决不能这样。"陈家洛道:"四哥你有所不知,我留在这里并无危险。"于是他把和乾隆击掌为誓的经过约略说了。文泰来道:"此事万万不可。"

陈家洛眉头一皱,道:"我是总舵主,红花会大小人众都听我号令,是不是?"文泰来道:"那当然。"陈家洛道:"好吧,这是我的号令,你快穿上这个出去,外面有兄弟们接应。"文泰来道:"这次只好违抗你的号令,宁可将来再受惩处。"陈家洛道:"四嫂对你日夜想念,各位哥哥都盼你早日脱险,现下有这大好良机,你怎地如此无情无义?"任凭他说之再三,文泰来只是不允。

僵持了一会,陈家洛知道他决不会答允,灵机一动,道:"那么咱们两人冒险出去,你穿他的衣服。"说着向张召重一指。文泰来喜道:"妙极,你怎不早说?"

两人把张召重的衣服剥下,和文泰来换过,又把脚镣手铐套在张召重身上锁住。陈家洛把锁匙放在袋里,笑道:"任你有通天本领,这次再不能跟咱们为难了吧?"张召重急怒欲狂,眼中似要喷血,苦于说不出话。

两人轻轻走了出来,过了闸门,穿过甬道,从石级上来,突然眼前大亮,只见满园中都是火把,数十名兵士手执长矛,亮晃晃的矛头对准地牢出口。远处又有数百名兵士弯弓搭箭,向着地牢口瞄准。李可秀右手高举,双目凝视,只要他右手向下一挥,矛箭齐发,陈家洛与文泰来武艺再高,却也无法逃得性命。

陈家洛退后一步,低声问文泰来道:"你伤势怎样?能冲出去吗?"文泰来微微苦笑道:"不成,我腿上不灵便。总舵主你一人走吧,别管我。"陈家洛道:"那么你冒充一下张召重试试看。"文泰来把

第九回　狮虎峰穴重轻气身掷开金铁针铐

帽子拉低，压在眉檐，大模大样的走了出去。李可秀见张召重和陈家洛一齐出来，心中暗暗叫苦，只道张召重已将陈家洛擒住，转头对李沅芷道："你去把剑还给张召重，和他东拉西扯说几句话，让红花会的总舵主逃走。"

李沅芷双手托着凝碧剑，走到地牢出口，把剑托到文泰来跟前，故意处身两人之间，说道："张师叔，你的宝剑。"手肘轻轻在陈家洛身上一推。文泰来哼了一声，伸手接剑。李沅芷在火光下看得清楚，失声惊叫："文泰来，你想逃！"双手回缩，右手握住剑柄，拔剑出鞘，向他当胸刺到。

文泰来一侧身，左掌翻出，伸食中两指夹住剑身，右手快如闪电，向她"太阳穴"猛击过去。李沅芷一惊，急退向后，哪知剑身被他双指夹住，竟自动弹不得，急忙松手，直窜出去，左肩上已被文泰来五指拂中，只感奇痛彻骨，大叫一声："妈呀！"蹲了下来。

陈家洛向外奔得两步，回头看时，文泰来已被众亲兵团团围住，只见凝碧剑白光飞舞，矛头纷纷落地。李可秀大叫："你再不住手，要放箭了。"

文泰来一使力，腿上旧伤忽又迸裂，流血如注，知道无力冲出重围，喊道："总舵主，接住剑，你快出去。"把凝碧剑向陈家洛掷去，忽然肩头剧痛，手一软，那柄剑只抛出数尺，便落在地下，原来肩头已中了一箭。

陈家洛窜出数步，向李可秀喝道："快别放箭！"李可秀手一挥，众亲兵不再射箭，十余把长矛分别指住了陈家洛和文泰来。陈家洛道："快请医生给文四当家医伤。我去了！"昂然向外走出。众亲兵事先受了李可秀之命，假意呐喊追逐，并不真的阻拦。陈家洛跃上墙头，只见内外又是三层弓箭手和长矛手，心中暗暗发愁，对方如此戒备，今后相救文泰来那是更加难了。

刚出提督府，卫春华和骆冰已迎了上来，陈家洛苦笑着摇摇头。此时东方已现微明，群雄心怀郁愤，齐回孤山马宅休息。

睡不到两个时辰，各人均怀心事，哪里再睡得着，又集在厅上商议。陈家洛向卫春华道："九哥，你把玉瓶和李可秀的小老婆给他送去，咱们不可失信于人。"卫春华答应了出去，马大挺走进厅来说道：

"总舵主,张召重有封信给你。"

陈家洛道:"张召重写信给我?这倒奇了,不知他说些什么?"拆信一看,但见满纸激愤之言,责他行诡暗算,非英雄好汉之所为,约他单打独斗,分个胜负,时地由他决定。

陈家洛道:"那家伙想报昨晚之仇,哼,单打独斗,难道惧了你不成?"提起笔来,覆了一信,便说谨如所约,明日午时在葛岭初阳台相见,如约一人助拳,不是英雄。正要差人送去,徐天宏道:"咱们须得在两天内救出四哥。张召重之约,延迟数日如何?不要因此而误了正事。"陈家洛道:"甚是。今日是二十,那就约定廿三午时。"当下另写一信,命人送去提督府。

赵半山道:"这家伙宝剑锋利,总舵主别和他比兵刃,在拳脚上总不致于输他。"无尘道:"就怕他要比剑,这贼子……"想起黄河渡口削剑之仇,恨恨不已。

周仲英道:"总舵主你别见怪,我有句话要说。"陈家洛道:"周老前辈尽管指教,怎么跟小侄客气起来啦?"周仲英道:"总舵主的武功我是领教过的,那确是高明之极,不过那张召重功力深厚,咱们都斗过他。不是我长他人志气,灭自己威风,总舵主虽不致输给他,但要胜他恐也不易,咱们须得筹个必胜之策。"陈家洛道:"周老前辈说得不错,要胜他确是没有把握。不过他既约我决斗,如不赴约,岂不为人耻笑?只好竭力一拼,胜负在所不计了。"常伯志道:"这龟儿子,咱们先去把他的剑盗来,杀杀他的威风。"章进叫道:"咱们一个一个先去找他打架,就算胜他不了,也教他这两天中累得上气不接下气。总舵主好好休息两天,精神力气就胜过他了。"群雄大笑,觉得他这主意倒也颇有道理。

正议论间,马家一名庄丁过来对马善均道:"老爷,那王维扬老头子仍旧不肯吃饭,只是大骂。"马善均问:"他骂什么?"那庄丁道:"他骂御林军做事没道理。他说在江湖上行走几十年,人人敬重于他。哪知这次给朝廷保镖,反给不明不白的扣在这里。"无尘笑道:"他威震河朔,到咱们江南来,嘿嘿,威风可就没有了,只好吃点苦头!"

徐天宏心念一动,说道:"我这里有条'卞庄刺虎'之计,便是从十弟的念头中化出来的,各位瞧着是否使得?"把计策一说,众人无不拊掌大笑。无尘连说:"妙计,妙计!"周绮笑着不住摇头,对徐天宏扁扁嘴。

陈家洛笑道:"周姑娘又在笑七哥不够光明磊落了。不过对付小人,也不必尽用君子之道。孟大哥,你去跟那威震河朔说去吧。"

王维扬在齐鲁燕赵之地纵横四十年,无往而不利,哪知一到江南,就遭此挫折。他大叫大嚷,定要见御林军统领评理。正自吵闹,室门开处,进来一个中年汉子,身穿御林军军官服色,却是孟健雄。

他精明干练不让卫春华,走进室来,漫不为礼,大剌剌地往椅上一坐,说道:"你就是威震河朔吗?"

王维扬见他傲慢无礼,心中有气,说道:"不错,这外号是江湖朋友送的,既然福统领听着不顺耳,赶明儿我遍告江湖朋友,把这外号撤了就是。"孟健雄冷冷的道:"福统领是皇亲国戚,才不来理你们江湖上这一套呢。"王维扬道:"那么我好好给朝廷保镖,护送宝物来杭,路上没出一点岔子,干么把我老头子不明不白的扣在这里?"孟健雄道:"你真的要知道?"王维扬道:"当然哪!"孟健雄道:"只怕你年纪老了,受不起这个惊吓。"

王维扬最恨别人说他年纪大不中用,这时手铐已除,当下潜运内力,伸掌在桌子角上一拍,木屑纷飞,桌角竟被他拍了下来,怒道:"王维扬年纪虽老,雄心犹在,上刀山下油锅,皱一皱眉头的不算好汉。怕什么惊吓?"

孟健雄道:"王老头儿倒真还有两下子。嘿嘿,江湖上有两句话,说什么'宁见阎王,莫碰老王;宁挨三枪,莫遇一张。'是么?"王维扬道:"那是黑道上给我老头子脸上贴金的话。"孟健雄道:"干么'老王'要放在'一张'上面? 难道老王的武功本领,要盖过那位姓张的不成?"

王维扬恍然大悟,霍地站起,跨上一步,大声道:"啊,是火手判官要伸量老夫斤两来着! 我老胡涂啦,没想到这一层。"

孟健雄道:"张大人是我上司,你总知道吧?"王维扬道:"我知道张大人是在御林军。"孟健雄道:"你认识他老人家吧?"王维扬道:"我们虽然同在北京,武林一脉,但他是官,我是民,我久仰他英名,可惜没福气相识。"孟健雄道:"我们张大人对你的名字,也是听得多了。现今他也在杭州。他说,在北京的时候,天子脚下,为了一点虚名而伤和气,闹出来不好看,眼前既然都在外乡,张大人有三件事要和王老英雄相商。只要你金言一诺,马上就可以出去。"王维扬道:"我是给你们御林军扣着,有什么事,还不是凭你们说,何必要我答允?"孟健雄道:"这些事很容易办哪,老镖头何必动怒?"

王维扬道:"火手判官要我怎样?"孟健雄道:"第一件,请老镖头把'威震河朔'的外号撤了。"王维扬道:"哼,第二件呢?"孟健雄道:"请你把镇远镖局收了。"王维扬怒道:"我这镇远镖局开了三十多年,没毁在黑道朋友手里,张大人却要我收山。好!第三件呢?"孟健雄道:"第三件哪,请王老镖头遍请武林同道,宣告'宁见阎王,莫碰老王;宁挨三枪,莫遇一张'这句话,可得倒过来说。张大人还说,王老头年纪大了,这把紫金八卦刀已无多大用处,不如献了给御林军。"

王维扬一听,怒气冲天,叫道:"我跟张召重素不相识,无冤无仇,他何以如此欺人?"孟健雄笑道:"你享名四十年,见好也该收了。一山不能藏二虎,难道这道理你也不懂?"王维扬道:"原来他是要折辱我这老头,好叫他四海扬名。哼,要是我不答应呢?他是不是把我扣在这里不放?好,我认了命。他假公济私,只怕难逃天下悠悠之口。"

孟健雄道:"张大人是英雄豪杰,岂肯做这等事?他约你今日午时,在狮子峰上拳剑相会,要是老王厉害,三个条款不必再提。否则的话,就请王老镖头答应这三件事。"王维扬道:"就是这么办,我老头儿四十年的名儿卖在火手判官手里,也不枉了。"孟健雄道:"张大人说,这件事给皇上知道了可不大稳便。王老镖头要是敢呢,那就单刀赴会。倘若心虚胆怯,要请朋友助拳帮阵,张大人说也就不必比了。"

王维扬气得哇哇大叫,说道:"我老头儿就是埋骨荒山,也是单刀双掌,前来领教。"孟健雄道:"那么你写封信,我好带去回覆张大人。"说罢拿过纸墨笔砚。

王维扬气得双手发抖,写了一通短信:

"张召重大人英鉴:你之所言所为,实在欺人太甚。今日午时,便在狮子峰相会,如我败于你手,由你处置便了。王维扬启"

他是一介武夫,文理本不甚通,盛怒之下,写得更是草草。孟健

第九回 虎穴轻身开铁铐 狮峰重气掷金针

雄一笑,将信收起。

王维扬道:"请教老哥尊姓大名,待会也要领教。"他是连孟健雄也迁怒在内了。孟健雄道:"我是后生晚辈,贱名不足挂齿。说过单打独斗,待会我也不去狮子峰。若讲人多,镇远镖局可不能跟御林军比呢。嘿嘿,嘿嘿!"连声冷笑,转身走出,带上了门。红花会知道王维扬畏惧官府,不敢擅逃,因此只随便把门带上,否则凭他一身武功,身上又无铐镣,几扇木门怎关得他住?

铁琵琶韩文冲那日追马中伏,给扣了起来。这天上午,被人带到另一间小室中监禁,自忖这番落入红花会之手,只怕再无幸免,正在胡思乱想,忽听得隔室有人大叫大骂,一听声音,竟是总镖头王维扬,但听他大骂张召重后生小子,目中无人。韩文冲大为奇怪,正待叫问,室门开处,进来两人,说道:"请韩大爷到厅上说话。"

进得厅来,见左边椅上坐着三人,上首红花会总舵主陈家洛,其次一人白须飘然,一人身材矮小,都是在甘凉道上见过的。韩文冲羞愧无已,一言不发,作了一揖,坐在椅上。

陈家洛道:"韩大哥,咱们在甘肃一会,不料今日又在此地相遇。哈哈,可说是十分有缘了。"韩文冲隔了半响,道:"在下那时答应从此封刀归隐,可是王总镖头非要我走这一趟镖不可。一则是上司之命难违,再则知道这是公子府上的珍宝,想来公子不会责怪,所以……"徐天宏厉声道:"韩朋友,咱们在江湖上讲究的是信义两字,你言而无信,自己瞧着怎么办?"韩文冲一横心,答道:"我既落入你们之手,还有什么说的,要杀要剐……"

陈家洛道:"韩大哥,快别这样说。王总镖头这一次可给张召重欺侮得狠了。这姓张的狐假虎威!王老英雄威震河朔,从来没受过这么大的侮辱,说什么也要斗一斗这火手判官。咱们武林一脉,大家都很气愤,何况王总镖头还保了舍下的镖,兄弟可不能袖手不理。韩大哥跟张召重交情怎样?"韩文冲道:"在北京见过几次,咱们贵贱有别,他又自恃武功高强,不大瞧得起我们,谈不上什么交情。"陈家洛道:"照啊,你看看这信。"把王维扬所写那信递给他看。

韩文冲本想总镖头向来敬畏官府,绝不致和张召重翻脸,只是他成名已久,性子刚烈,张召重当真仗势欺人,这口气也是咽不下去,刚才亲耳听得他破口大骂,又见这信,认得是王维扬的笔迹,再不怀疑,说道:"既然如此,我想见总镖头商量一下对付的方策。"陈家洛道:"现下时候不早,这信想请韩大哥先送去给张召重,回来再见王老英雄如何?"他虽是商量的口吻,韩文冲也只得答应。

陈家洛高声叫道:"十二哥,你出来。"石双英从内堂出来,陈家洛给他与韩文冲引见了,道:"这位石兄弟陪你去见张召重。韩大哥,你不明白张召重如何削了王老英雄的面子,这事说来话长,现在不及细谈。见了张召重后,你可说这位石兄弟是贵局镖师,一切由他来说。"韩文冲疑心又起,踌躇不应。陈家洛道:"韩大哥觉得有什么不对么?"韩文冲忙道:"没有,我遵照公子吩咐就是。"

徐天宏知他怀疑,只怕坏事,说道:"请等片刻。"转身入内,拿了一壶酒一只酒杯出来,斟了酒,送到韩文冲面前,说道:"刚才小弟言语多有冲撞,这里给韩大哥陪罪,请干此杯,就算不再见怪。"韩文冲道:"好说,好说。"举杯一饮而尽,说道:"陈公子,我去了。"陈家洛拱拱手道:"偏劳了。"韩文冲拿了信,转身下堂。徐天宏突然惊道:"啊哟,不好了!韩大哥,我弄错啦,刚才那杯酒里有毒。"

众人全都吃了一惊,韩文冲脸上变色,转过头来。徐天宏道:"真是对不起,这酒里下了毒,本来是浸暗器用的,下人不知道拿了给我。刚才我一闻气味才知道。韩大哥已喝了一杯,糟糕,糟糕,快拿解药来。"一名庄丁道:"解药在东城宅子里。"徐天宏骂道:"胡涂东西,快骑马去拿。"那庄丁答应了出去。徐天宏对韩文冲道:"小弟疏忽,实在该死。请韩大哥先送这信去,只要一切听我们石兄弟的话行事,回来服了解药,一点没事。"韩文冲知道他是故意下毒,逼自己就范,如果遵照红花会吩咐,回来就有解药可服,否则这条命就算送了,向徐天宏狠狠瞪了一眼,一语不发,转身就走。石双英跟了出去。

等两人走出,周仲英皱眉道:"我瞧韩文冲为人也不是极坏,宏儿你下毒这一着,做得太不光明。"徐天宏笑道:"义父,这酒里没毒。"周仲英道:"没有毒?"徐天宏道:"是呀!"随手倒了杯酒喝下,笑道:"我怕他在张召重面前坏咱们的事,因此吓吓他,回头再给他喝一杯酒,他就当没事了。"众人大笑。

第九回 狮峰气掷金针 虎穴轻身开铁铐

张召重接到陈家洛覆信,约他在葛岭比武,心头怒气渐平,他和陈家洛交过几次手,知道十九可以取胜,一雪昨日之耻。他正坐在文泰来身旁监视,牢门开处,进来一名亲兵,说道:"张大人,有客。"递上一张名帖。张召重一看,大红帖子上写的是"威震河朔王维扬顿首"九字,登时有气:"拜客名帖之上,哪有把自己外号也写上之理?"对那亲兵道:"你去对客人说,我有公务在身,不能见客。请他留下地址,改日回拜。"那亲兵去了一会,又道:"客人不肯走,有封信在这里。"张召重拆开一看,又是生气,又是纳罕,心想自己和这老头儿素无纠葛,为什么约我比武?对亲兵道:"你对李军门说,我要会客,请他派人来替我看守。"

等看守文泰来的四名侍卫来到,张召重换上长袍,来到客厅。他认识韩文冲,举手招呼,说道:"王总镖头没来么?"韩文冲道:"张大人,我给你引见,这是咱们镖局子的石镖头。王总镖头有几句话要他对你说。"张召重把王维扬那信在桌上一掷,说道:"王总镖头的威名我是久仰的了。我和他素来没有牵连,怎说得上'欺人太甚'四个字?恐怕其中有什么误会,倒要请两位指教。"

石双英冷冷的道:"王总镖头是武林领袖。武林中出了败类,不管和他有没有牵连,他都得伸手管上一管。否则叫什么威震河朔呢?"张召重大怒,站起身来,说道:"王维扬说我是武林败类?"石双英板起一张满是疤痕的脸,一言不发,给他来个默认。张召重怒气更炽,说道:"我什么地方丢了武林的脸,倒要领教。"

石双英道:"王总镖头有几件事要问张大人。第一件,咱们学武之人,不论哪一家哪一派,最痛恨的是欺尊灭长。张大人是武当派高手,听说不但和同门师兄翻了脸,还想贪功去捉拿师兄,可有这件事?"张召重怒道:"我们师兄弟的事,用不着外人来管。"

石双英道:"第二件,咱们在江湖上混,不论白道黑道,官府绿林,讲究的是信义为先。你和红花会无冤无仇,为了升官发财,去捉拿奔雷手文泰来,欺骗铁胆庄的小孩,将他害死。你问心可安?"张召重大怒,说道:"我食君之禄,忠君之事,这跟你们镇远镖局又有什么干系?"石双英道:"你打不过红花会,自己逃走,也就是了,何以陷害别人,施用金蝉脱壳之计,叫镇远镖局顶缸,害得我们死伤了不少镖头伙计?"

张召重和韩文冲都怦然心动:"原来王维扬最气不过的是这件事。"甘凉道上镇远镖局阎氏兄弟、戴永明等人被杀,钱正伦伤手之事,韩文冲都是知道的,这时忍不住接口道:"张大人这件事你确是做得不对,也难怪王总镖头生气。"石双英冷冷的道:"其余的事我们也不问了,这三件事你说怎么办?"说着双目一翻,凛然生威。

张召重被他如审犯人般问了一通,再也按捺不住,抢上一步,叫道:"好小子,你活得不耐烦了,到太岁头上动土!"当场就要动武。

石双英站起身来,退后一步,说道:"怎么?威震河朔找你比武,你怕了不敢,想跟我动手是不是?"

张召重喝道:"谁说不敢?他要今天午时在狮子峰分个高下,不去的不是好汉。"石双英道:"你要是不去,今后也别想在武林混了。王总镖头说,你如果还有一点骨气,那么就一个人去,我们镖局子里决不会有第二个人在场。倘若你惊动官府,调兵遣将,我们是老百姓,可不敢奉陪。"张召重道:"王维扬浪得虚名,这糟老头子难道我还怕他,用得着什么帮手?"石双英道:"我们王总镖头不善说话,待会相见,是拳脚刀枪上见功夫。你要张口骂人,不妨现在骂个痛快。"张召重是个拙于言辞之人,给他气得说不出话来。

石双英道:"好,就这样,怕你还得腾点功夫出来操练一下武艺,料理一些后事。"

张召重双眼冒火,反手一掌,快如闪电。石双英身子急闪,竟没避开,给他打中左肩,跌出数步。张召重出手迅捷已极,一掌把石双英打跌,跟着纵了过去,左拳猛击他胸膛。石双英施展太极拳中的"揽雀尾",将他这一拳黏至外门。张召重见他也是内家功夫,怔了一怔。就在这一瞬之间,石双英又退出数步,喝道:"好,你不敢会王总镖头,那么咱们就在这里见过高下。"双掌一错,只觉右臂隐隐酸麻,几乎提不起来。张召重喝道:"你不是我对手。你去对王维扬说,我午时准到。"石双英冷笑一声,转身就走,韩文冲跟了出去。

当两人口角相争之时,韩文冲总是惦记自己服了毒酒,只觉浑身上下满不舒服,只盼石双英快些说完,好回去服药解毒,等到两人动手,他已急得脸色苍白,满头大汗。好容易赶回孤山马宅,石双英道:"他答应午时准到。"韩文冲似乎腹痛如绞,坐倒在椅。徐天宏倒了杯酒,说道:"这是解药,韩大哥请喝吧。"韩文冲忙伸手去接。

周仲英夹手夺过,仰脖子喝了下去。韩文冲愕然不解。周仲英笑道:"这玩笑开得够了,韩大哥,你压根儿就没喝毒酒,他是跟你闹着玩的。宏儿,快过来赔罪。"徐天宏笑嘻嘻的过来作了一揖,说道:"请韩大哥不要见怪。"跟着解释明白。韩文冲虽然不高兴,但怀恨之念已经释然。

孟健雄又进去见王维扬,双手叉腰,气焰嚣张,戟指冷笑,说道:"张大人答允了,你这就去吧。喂!张大人不爱别人婆婆妈妈的。你有什么话,现下快说。待会在狮子峰,只是拳脚兵刃上分高下,你多啰唆,张大人是不听的。哀求讨饶,也未必管用。你要是懊悔害怕,现下说还来得及。"

王维扬霍地站起,叫道:"我这条老命今日不想要了。"大踏步走了出去。孟健雄手一挥,一名庄丁把王维扬的紫金八卦刀和镖囊捧了上来。他伸手接了,气呼呼的一把白须吹得笔直扬起。

韩文冲站在门口,说道:"王总镖头此去,还请加意小心。"王维扬道:"你都知道了?"韩文冲点点头道:"我见过了张召重。"王维扬道:"他骂我什么?"韩文冲道:"小人之言,王总镖头不必计较。"王维扬道:"你说不妨。"韩文冲道:"他骂你……糟老头子,浪得虚名!"王维扬哼了一声道:"是不是浪得虚名,现在还不知道呢。我如有不测,韩老弟,镖局子和我家里的事,都要请你料理了。"他顿了一顿,又道:"叫剑英、剑杰不忙报仇,他兄弟俩武功还不成,没的枉自送了性命。"王剑英、王剑杰是王维扬的两个儿子,学的是家传八卦门武艺。韩文冲道:"总镖头武功精湛,谅那张召重不是敌手,我在这里静候好音。"王维扬随着带路的庄丁,往狮子峰单刀赴会去了。

狮子峰盛产茶叶,"狮峰"龙井乃天下绝品。山峰既高且陡,绝顶处游客罕至。

王维扬背插大刀,上得峰来。最高处空旷旷的一块平地,四周皆是茶树。只见前面走来一人。那人短装结束,身材魁梧,向王维扬凝视了一下,说道:"你就是王维扬?"

王维扬听他直呼己名,心头火起,但他年近七十,少年时的盛气已大半消磨,又知张召重是现职武官,多少有些敬畏,说道:"不错,就是在下,你是火手判官张大人?"

这人便是张召重，说道："正是，咱们比拳脚还是比兵刃？"他做事把细，提早上峰，先行四下查察，果见对方并无帮手埋伏，心想王维扬虽然狂傲，他区区一个镖头，总不成真与官府对阵厮杀，是以坦然上峰应战。

王维扬心想："我跟他并无深仇大怨，何必在兵刃上伤他？一个失手杀了命官，也难免后患无穷。用八卦掌一挫他的骄气，教他知道我老头子并非浪得虚名，也就是了。"说道："我领教领教张大人天下知名的无极玄功拳。"

张召重道："好。"左拳右掌，合抱一拱。他虽心高气傲，但所学是武当派内家拳法，讲究以逸待劳，以静制动，当下凝神敛气，待敌进攻。

王维扬知他不会先行出手，说声："有僭了。"语声未毕，左掌向外一穿，右掌"游空探爪"斜劈他右肩，左掌同时翻上，"猛虎伏桩"，横切对方右臂，跟着右掌变拳，直击他前胸，转眼之间，连发三招。张召重连退三步，以无极玄功拳化开。

两人合而复分，盘旋一周，均是暗暗惊佩。张召重心想："这三招迅捷沉猛，真是劲敌。"王维扬心想："他化解我这三招柔中带刚，火手判官名不虚传。"两人不敢轻敌，又盘旋一周。张召重抢进一步，左腿横扫。王维扬跃起避过，双掌向他面门按去。张召重左脚踢出，已暗伏"空击苍鹰"、"树梢擒猴"两招。王维扬双掌按处，将这二招消于无形。

两人棋逢敌手，各展绝学，攻合拚斗，转瞬间已拆了三四十招。其时红日当空，两个影子在地下飞舞，倏分倏合。王维扬见斗他不下，心知自己年老，不如对方壮盛，久战之下，气力精神定然不如，突然间招式一变，掌不离肘，肘不离胸，一掌护身，一掌应敌，右掌往左臂一贴，脚下按着先天八卦图式，绕着张召重疾奔，正是他平生绝技"游身八卦掌"。

这一路掌法施展时脚下一步不停，绕着敌人身子左盘右旋，兜圈急转，乘隙发招，当真是"瞻之在前，忽焉在后"。对方刚一应招，已然绕到他身后，对方转过身来，又已绕到他身后，如此绕得几圈，武艺再高之人，也必给缠得头晕眼花。但若对方站住不动，只要停得一停，后心要害立中拳掌。

第九回 狮峰穴重气掷金针 虎峰穴轻身开铁铐

王维扬只绕得两个圈子,张召重便知此拳厉害,不等他再转到身后,斜步横抢,向他奔来方向迎了上去,劈面一掌。王维扬早已回身。张召重见他脚下踏着九宫八卦,知他是走坎宫奔离位,双掌挥动,抢进乾位。两人这般转了七八个圈,点到即收,手掌不交。这路掌法是王维扬熟练了数十年的功夫,越跑越快,脚步手掌随收随发,已到丝毫不加思索的地步。

张召重见招拆招,起初还打个平手,时刻一长,不免跟不上对方的迅捷,心念一动,如此对转,势落下风,当下运起无极玄功拳以柔克刚要诀,凝步不动,抱元归一,静待来敌。他脚步刚停,王维扬早欺到身后,"金龙抓爪",发掌向他后心击去。张召重待他掌到,左手反转回扣,向他手腕抓落。王维扬疾忙缩手,一击不中,脚下已然移位,暗暗佩服:"此人当真了得,居然能闭目换掌。"

原来张召重知道跟着对方转身,敌主己客,定然不如他熟练自然,眼见他白发如银,虽然矫健,长力一定不如自己,于是使出"闭目换掌"功夫,来接他的游身八卦掌。练这门武功之时以黑巾蒙住双目,全仗耳力和肌肤感应,以察知敌人袭来方向。临敌时主取守势,手掌吞吐,只在一尺内外,但着着奇快,敌人收拳稍慢,立被勾住手腕,折断关节。这路掌法原本用于夜斗,或在岩洞暗室中猝遇强敌,伸手不见五指,便以此法护身。掌法变化精妙,决不攻击对方身体,却善于夺人兵刃,折人手脚。

其时一个的溜溜乱转,一个身子微弓,凝立不动。一到欺近,闪电般换了一招两式,王维扬又立即奔开。两人转瞬间又拆了数十招。王维扬渐觉焦躁,心想如此耗下去如何了局,突然扑到他身后,左掌虚击,右掌又是虚击。张召重反手两把没抓住他手腕,王维扬左手又连发两记虚招,欺他背后不生眼睛,右手猛向他肩头疾劈。张召重全神贯注对付他连续四下虚招,突然间掌力袭肩,心中一惊,闪避招架都已不及,右手反腕,向他右掌手背上按落,左拳猛击他右臂手肘,这一招"仙剑斩龙",对方手掌只要一被按住,手臂非断不可。他想肩头不是致命所在,拼着身强力壮,挨他一掌,对方这条胳臂这一下可就是废了。

王维扬一掌蓬的一声打在他肩头,正自大喜,忽觉手掌被按,缩回来,却见对方左拳已向自己右肘猛击而下,知道这一下要糟,情急之下,右臂急转,手掌翻上,同时左掌向对方肩头击去。张召重左拳打下,王维扬手肘已经转过,臂弯虽然中拳,顺着拳势一曲,向下弯落,并没受伤,只是"曲池穴"中隐隐发麻。

两人一换掌法,各自跳开,这一下张召重吃亏较大,拳法上已算输了一招。张召重喝道:"掌法果然高明,咱们来比比兵刃。"唰的一声,凝碧剑已握在手中。

王维扬也从背上拔出紫金八卦刀,这时两人站得临近,看得清楚,只见他口鼻俱肿,右眼圈上一大块乌青,不禁暗自纳罕,心想他一身武功,难道还有胜过他的人物,竟将他打成这个样子。殊不知昨晚张召重中了陈家洛的拳击,头脸受伤不轻,今日掌法上输了一招,也未始不是受这伤势所累。

张召重存心在兵刃上挽回面子,凝碧剑出手,连绵不断,俱是进手招数,攻势凌厉已极。王维扬见他剑光如一泓秋水,知道是口宝剑,如被削上,自己兵刃怕要吃亏,不敢招架,展开八卦刀法,硬砍硬削。

两人酣斗良久,张召重精神愈长,但见对方门户封闭严密,急切间攻不进去,骤见他一招"铁牛耕地"横砍过来,招术用得稍老,立即使招"天绅倒悬",宝剑刃口已搭上八卦刀的刀头。王维扬缩刀不及,左手骈食中两指向他面门戳去。张召重侧头让过,呛啷一声,八卦刀刀头已被削断。

王维扬赞道:"好剑!"跳开一步,说道:"咱们各胜一场。张大人还要比下去吗?"他是想借此收篷,各人都不失面子,哪知坏就坏在喝了一声"好剑"。张召重心想,你讥我这场得胜,不过是靠了剑利,胜得并不光采,左手一摆,道:"不见输赢,今日之事不能算完!"剑走偏锋,刺了过去。

翻翻滚滚又斗七八十招,王维扬头上见汗,知道长打久斗,于己不利,暗摸金镖在手,刀交左手,喝道:"看镖!"刀法陡变,变成左手刀术,三枝金镖随着刀势发了出去。这套"刀中夹镖"也是他的绝技。他左手刀法与寻常刀法相反,敌人招架已然为难,再加金镖顺着刀势发出,敌人避开了镖,避不开刀,避开了刀,避不开镖,端的厉害非常。只见他一刀斜砍向右,一镖随着向敌人右侧掷去,张召重向右避让,伸手接住来镖,王维扬金刀跟着砍到,张召重刚低头避过,对方一镖又向下盘掷来,忙将手中之镖对准掷去。双镖相迎,激出火花,齐齐落下,插入土中。王维扬一刀快似一刀,一镖急似一镖,眼看二十四枝镖将要发完,兀自奈何对方不得。

这时他手中只剩下三枝镖,左脚向右踏上一步,身子微挫,左手刀向下斜劈,跟着右手一扬。张召重见他发了二十一枝金镖,知道这一刀砍下,必有一镖相随,只是他金镖越发越快,自己架刀避镖,已有点手忙脚乱,更无余裕掏芙蓉金针还敬,当下急忙转身,凝神看他右手。哪知这下竟是虚招,张召重手一动,却接了个空。王维扬已踏进震位,"力劈华山"迎面砍到。张召重见刀沉势重,不敢硬架,滑出一步,凝碧剑"横云断峰"斜扫敌腰。王维扬沉刀封架,只听当啷一声,八卦刀已被截成两段。王维扬大吼一声,半截刀向他掷去。张召重一低头,王维扬三镖齐发,只听得张召重"啊哟"一声,凝碧剑落地,向后便倒。

原来王维扬故意引他转身,使他阳光耀眼,视线不明,同时干冒奇险,让他削断大刀,待他得意之际,三镖齐发,果然一击成功。

王维扬叫道:"张大人,得罪了!我这里有金创药。"隔了半晌,见他一声不响,不由得惊慌起来,莫要镖伤害者,竟将他打死,他是朝廷命官,自己有家有业,可不是好耍的事,走上前去俯身察看,刚弯下腰,只听得一声大喝,眼前金光闪动,暗叫不好,一个"铁板桥"向后便跌,却已迟了一步,左胸左肩阵阵剧痛,已然身中暗器。王维扬大怒,虎吼一声,纵起身来,要和他拼个同归于尽,但一使力,胸口肩头奇痛彻骨,哼了一声,又跌在地下。张召重哈哈大笑,拔出右腕金镖,撕下衣襟,缚住伤口,站了起来。

王维扬骂道:"张召重,我若非好心来看你伤势,你怎能伤我?你使这等卑鄙手段,算得什么英雄豪杰?看你有何面目见江湖上的好汉。"张召重笑道:"这里就是你我两人,又有谁知道了?你活到这一把年纪,早就该归天了。明年今日,就是你的周年忌。"

王维扬一听此言,知他要杀人灭口,更是破口大骂。张召重纵将过来,伸手在他胁下一戳,点了哑穴。王维扬登时骂不出声,双目冒火,脸上筋肉抽动,几乎气得胸膛都要炸了。

张召重捡起半截八卦刀,在地下挖了个大坑,左手提起他身子,往坑里一掷,骂道:"你威震河朔,震你个奶奶!"右脚踢土入坑,便要把他活埋。

刚踢了几脚土,忽听得身后远处冷冷一声长笑,张召重吃了一惊,回过身来,只见一人手执奇形兵器,站在红日之下、树丛之侧,正是铁琵琶手韩文冲。张召重怒喝:"好哇,说好单打独斗,你镇远镖局原来暗中另有埋伏。你们要不要脸哪?"韩文冲道:"要脸的也不使这卑鄙手段啦。"

张召重道:"好,今日领教领教你的铁琵琶手。"施展轻身功夫,"八步赶蟾",只三个起落,已跃近身来,挺剑直刺。韩文冲退后两步,树丛中一柄钢刀飞出,横扫而来。张召重宝剑竖立,那人这刀发得快也收得快,不等刀剑相碰,早已收回。张召重看此人时,正是适才言语无礼的姓石镖师,怒道:"你们两人齐上,火手判官也不放在心上。"

正待追击,忽闻背后有声,心知有异,立即跃开,回头望去,只见上来了八九人,当先正是红花会总舵主陈家洛。他记起昨晚被击之辱,怒火上冲,但见对方人多,看来均非庸手,又不免胆寒,惊怒中转头四顾,看好了退路。

陈家洛对韩文冲道:"韩大哥,你先去救了王总镖头。"韩文冲奔到坑边,抱了王维扬过来。张召重也不阻拦。陈家洛在王维扬穴道上拿捏几下,解开了他的哑穴。王维扬年近古稀,遭此巨创,委顿之余,一时说不出话来。

张召重叫道:"王维扬这老儿要和我比武,说好单打独斗,不得有旁人助拳,现今胜负已决。陈当家的,咱们三日后葛岭再会。"双手一拱,转身就要下山。

陈家洛道:"在下与众位兄弟到此赏玩风景,刚好碰上两位较量拳掌兵刃暗器,果然艺业惊人,非同小可,令人大开眼界。可是张大人,你胜得未免不大光明啊!"张召重道:"自来兵不厌诈,咱们斗力斗智,出奇制胜,有何不可?"陈家洛微微一笑,道:"张大人识见果然高明。常言道拣日不如撞日,张大人约我比试,既然碰巧遇上了,也不必另约日子,不妨今日就来领教。但张大人右腕已伤,敝人不想乘人之危。你这伤非一朝一夕所能痊可,咱们之约,延迟三月如何?"张召重心想,你故示大方,我乐得不吃这亏,说道:"好吧,那么三个月后的今日,咱们再在葛岭初阳台相会。"

第九回 狮峰掷气 虎穴轻身 重开铁针铐

陈家洛慢慢走近，说道："我们要救奔雷手文四当家，你是知道的了？"张召重道："怎么？"陈家洛道："他身上的铐镣都是精钢铸成，锉凿对之，无可奈何，只好借阁下宝剑一用。大家武林一脉，义气为重，张大人想来定是乐于相借的了。"

张召重哼了一声，眼见对方人多，今日已难轻易脱身，说道："要借我剑，只要有本事来取。"语声未毕，已倒窜出数丈，转身往山下奔去。

刚要提气下山，忽然迎面扑到两把飞抓，一取左胸，一取右腿，上下齐到，势劲力疾。他伸剑在胸前挽个平花，挡开上盘飞抓，向上跃起，左足弹出，又向山下疾窜。常赫志飞抓盘打，张召重身子一矮，向右让开，常伯志已撒下飞抓，欺近身来，呼的一声，黑沙掌"浪搏江礁"，迎面劈到。张召重和常氏双侠曾在乌鞘岭上力斗，知他两兄弟厉害，一动上手，数十招内难以脱身，突然飞身后退，径向南奔。常氏兄弟守住北路，并不追赶。

此时太阳南移，张召重迎着日光，绕开陈家洛等一行，向南疾奔，刚走到下山路口，飕飕两声，两枚飞燕银梭打将过来。他吃过此梭苦头，当即卧倒，两个翻身，滚了开去，只听得铮铮声响，银梭中包藏的子梭电射而出。他凝碧剑横掠头顶，将银梭削为两段，顺势纵出，当下不再向南，一个"凤凰展翅"，宝剑圈挥，向东猛扑，只听得身后暗器声响连绵不断，脚下丝毫不停，一拧头，啪啪啪啪啪，挥剑将三枝袖箭、两枚菩提子打落。群雄见他向西击打暗器，身子却继续向东奔跑，脚步迅速已极，都不由得佩服。

张召重心知东边必定也有埋伏，脚下虽然极快，眼观四面，不敢稍懈，奔不数步，果然斜刺里一人跃出，手执大刀，拦在当路。那人白发飘动，威风凛凛，正是老英雄铁胆周仲英。张召重心中一寒，不敢迎战，转身返西。

他连闯三路都未闯过，心想这些人一合围，今日我命休矣，西路上不论何人把守，都要立下杀手方能脱围，左手暗握一把芙蓉金针，挥剑西冲。迎面一人独臂单剑，不是追魂夺命剑无尘道人是谁？张召重和他交过手，知道红花会中以此人武功最高，自己尚逊他一等，不由得暗暗叫苦，情急智生，直冲而前，"白虹贯日"、"银河横空"，两记急攻，仗着剑利，乘对方避而不架，已然抢到无尘西首。

无尘刚一侧身让剑,右手长剑"无常抖索"、"煞神当道",两记厉害招数已经递出,两招紧接,便似一招。张召重虽然转到下山路口,竟是无法脱身,挥剑解开两招,猛喝一声,左手扬处,两把芙蓉金针分打无尘左右。他想这独臂道人武功精纯,金针伤他不到,但他不是用剑击挡,就得后跃躲过,但教缓得一缓,自己就可逃开,只须摆脱了此人,拼命下冲,别人再也阻挡不住。

　　无尘猜到他用意,竟走险招,和身下扑,既避金针,又挺剑直刺,点向他右脚,这一记是罕用之招,称为"怨魂缠足",专攻敌人下三路。张召重大惊,宝剑"流星堕地",直立向下挡架。无尘不待招老,剑尖着地一撑,只听得背后一阵沙沙轻响,金针落地,身子纵起,跃至张召重头顶,长剑"庸医下药",向下挥削。张召重右肩侧过,"彩虹经天",宝剑上撩。无尘早已收剑落地,嚓嚓两声,"判官翻簿"、"吊客临门",两招攻了过来。这一来,他又已占到西首,将张召重逼在内侧。

　　这时张召重但求挡过敌剑,更无余暇思索脱身之计,只是见招拆招,俟机削他长剑,转眼间两人又拆了三四十招。无尘见他受伤之余,仍然接了自己数十招,心头焦躁,剑光闪闪,连走险着,张召重奋力抵挡,渐感应接为难。再拆数招,无尘大喝一声:"撤剑!"一招"阎王掷笔",长笑声中,张召重右腕中剑,当啷一声,凝碧剑落地。他只一呆,被无尘飞脚踢中左胯,登时跌倒。

　　无尘纵过去正待按住,张召重倏地跳起,劈面一拳,无尘挥剑待削,忽想:"这一剑将他一只手削了下来,他再难和总舵主比武,这样的对手十分难找,未免扫了总舵主的兴致。"要知武艺高强之人,旗鼓相当的对手可遇而不可求。无尘爱武成癖,心想陈家洛也是一般,长剑已然削下,忽又凝招不发。张召重情急拼命,乘他稍一迟疑,左掌在右肘一托,右拳弯处,已向他左腰打到。无尘只有一臂,左边防御不周,加之拳法较弱,见敌拳打到,疾忙侧身闪避,拳力虽消,却也没能避开,一拳给打在腰间,剧痛之下,退出数步。张召重头也不回,拔足飞奔。

　　无尘大怒,随后赶来,眼见他已奔到下峰山道,无尘剑法精绝,素来不用暗器,见他便要逃下山去,心想今日若给此人逃脱,红花会威名扫地,再也顾不得他的死活,平剑一挺,便要使出"五鬼投叉"绝招,长剑正要脱手,忽然山边滚出一个人来,迅疾如风,抱住张召重双足。两人搂作一团,跌倒在地。

无尘疾忙收剑,看清楚抱住张召重的是十弟章进。只见两人翻翻滚滚,举拳互殴。杨成协和蒋四根又奔了过来,三人合力把他牢牢按住。

骆冰取出绳索,将他双手当胸缚住,想起他在铁胆庄率众擒拿丈夫之恨,对准他鼻子便是砰的一拳。陈家洛叫道:"四嫂,且慢!"骆冰第二拳才不再打。

陈家洛走近身来。张召重骂道:"你们倚仗人多,张老爷今日落在你们匪帮手里,要杀便杀,皱一皱眉头的不是好汉。"王维扬也走了过来,骂道:"我和你近日无冤,往日无仇,你怕卑鄙手段被我宣扬出去,竟要把老头子活埋了,嘿嘿,火手判官,你也未免太毒了些。"石双英冷冷的道:"这就是他自己掘的坑,把他照样埋了便是。"群雄轰然叫好。

张召重虽然一副傲态,但想到活埋之惨,不禁冷汗满面。陈家洛道:"服不服了?你认输服错,发誓不与红花会作对,那么大伙儿瞧在你陆师哥面上,饶你一条性命。"张召重兀自强项,大声道:"要杀便杀,何必多言?你们使用诡计,怎能叫人心服?"陈家洛道:"好,你倒是条硬汉子,我一刀给你送终,免了活埋之苦。"拔出短剑,走近他面前,说道:"你当真不怕死?"张召重苦笑道:"给我一个爽快的!"闭目待死。陈家洛一挥手,短剑刺到他胸前,突然哈哈一笑,手腕一翻,割断了缚住他双手的绳索。

这一下不但张召重出于意料之外,群雄也均愕然。陈家洛道:"这次擒住你,我们确是使了计谋。你虽该死,但今日杀你,谅你做鬼也不心服。好吧,你走路便是,只要你痛改前非,日后尚有相见之地。要是仍然怙恶不悛,红花会又何惧你张召重一人。第二次落在我们手里,教你死而无怨。"

章进、骆冰、杨成协、常氏兄弟等等都叫了起来:"总舵主,放他不得!"陈家洛把手一摆,道:"他师兄陆老前辈于咱们有恩,咱们无可报答。红花会恩仇分明,今日放他师弟,也算是对他一番心意。"群雄听总舵主这么说,也就不言语了,各对张召重怒目而视。

张召重向陈家洛一拱手道:"陈当家的,咱们再见了。"说罢转身要走。徐天宏叫道:"姓张的,且慢走!"张召重停步回头。徐天宏道:"你就这样走了不成?"

张召重登时醒悟,向群雄作了个团团揖,说:"陈当家的大仁大义,我张召重不是不知好歹之人,本来约定三个月之后比武,在下不是各位对手,要回去再练武艺。这场比武算我认栽了。"这番话软中带硬,点明你们胜我只不过仗着人多,将来决不就此罢休。群雄听出他话中之意,更是着恼。

周绮叫道:"红花会总舵主放你走,这是他大人大量。我倒要问你,你到铁胆庄来,若有本事拿人,也就罢了,干么诱骗我一个无知无识的小弟弟?我不是红花会的人,也没受过你师兄什么好处。今日要为兄弟报仇。"举起单刀,扑上来就要拼斗。

张召重心下为难,单是这个年轻姑娘当然不足为惧,但眼前放着这许多高手,这姑娘一败,旁人岂有坐视之理?争斗再起,不知如何了局,当下跳开两步,连避周绮两刀。

周绮第三刀使的是一招"达摩面壁",当头直劈下来,刀势劲急。张召重无奈,右手"春风拂柳",在她脸前虚势一扬,待她将头偏过,左手就来夺刀,心想夺下她刀后,好言交代几句,再将刀交还,她总不能再提刀砍杀。不料周绮并不缩刀,手臂反而前伸,单刀疾劈。张召重伸食中双指从下向上在她手肘"曲池穴"上一戳,周绮手臂剧震,一柄刀直飞上天。

徐天宏疾窜而上,挡在她身前,单拐"铁锁横江"在张召重面前一晃,反手将单刀递给了周绮。周仲英大刀挥动,阻住张召重退路,安健刚也挺刀上前,四人已成夹击之势。

眼见混战将作,忽听得山腰间有人扬声大叫:"住手,住手!"众人回头望去,只见南面山路上两人疾驰上峰,一人穿灰,一人穿黑,均是轻功极佳,奔跑迅速。众人都感惊诧。

转眼间两人奔上山来,众人认出穿黑袍的是绵里针陆菲青,欢呼上前相迎。穿灰袍的是个老道,背上负剑,面目慈祥,群雄都不认识。陆菲青正待引见,张召重忽然奔到老道跟前,作了一揖,叫道:"大师哥,多年不见,你好!"群雄听了,才知这人是武当派掌门人马真、金笛秀才余鱼同的师父,纷纷上前见礼。

陆菲青道:"马师兄和我刚赶到孤山,遇见了马善均马大爷。他知我们不是外人,说起狮子峰比武之约。我们连忙赶来。"四下一望,见无人死伤,大为放心。

马真和王维扬以前曾见过面,虽无深交,但相互佩服对方武功,至于红花会群雄,早听余鱼同说过,神交已久,相见都很欢喜,互道仰慕,竟把张召重冷落在一旁。

张召重留也不是,走也不是,不由得十分尴尬。马真早已闻知这师弟的劣迹,满腔怒火,本想见了面就举出本派门规,重加惩罚,却见他衣上鲜血斑斑、脸色焦黄、目青鼻肿,极为狼狈,不由得一阵心酸,道:"张师弟,你怎么弄成这个样子?"张召重悻悻的道:"我一个人,他们这许多人,自然就是这个样子。"

群雄一听,无不大怒。周绮第一个忍耐不住,叫道:"还是你没错?马师伯、陆师伯,你们倒评评这个理看!"手执单刀,又要冲上去动手。周仲英一把拖住,说道:"现在两位师伯到了。武当派素来门规谨严,我们听两位师伯吩咐就是!"这两句话分明是在挤迫马真。

马真望望陆菲青,望望张召重,忽然双膝一曲,跪在周仲英和陈家洛面前。群雄大骇,连称:"马老前辈,有话好说,快请起来!"忙把他扶起。

马真心中激荡,哽哽咽咽的道:"各位师兄贤弟,我这个不成才的张师弟,所作所为,实在是天所不容。我愧为武当掌门,不能及时清理门户,没脸见天下武林朋友。我……我……"咽喉塞住,说不出话来,过了半晌,对陆菲青道:"陆师弟,你把我的意思向各位说吧!"陆菲青道:"我师兄知道了我们这位张大人的好德行之后,气得食不下咽、睡不安枕,不过……不过总是念在过世的师父份上,斗胆要向各位求一个情。"群雄眼望陈家洛和周仲英,等候他两人发落。

陈家洛心想:"我不能自己慷慨,让周老英雄做恶人,且听他怎么说就怎么办。"当下一言不发,望着周仲英。

周仲英昂然说道:"论他烧庄害子之仇,周某只要有一口气在,决不能善罢甘休。"顿了一顿,续道:"可是马师兄既然这么说,我交了你们两位朋友,前事一笔勾消!"周绮大不服气,叫道:"爹!"周仲英摸摸她头发,说道:"孩子,算了!"

陈家洛道:"周老英雄既这等宽宏大量,冲着马陆两位前辈,我们红花会也是既往不咎。"马真和陆菲青向着众人团团作揖,说道:

"我们实是感激不尽。"

无尘冷然道:"马道兄,这次是算了,不过要是他再为非作歹,马道兄你怎么说?"马真毅然道:"贫道此后定当严加管束,要他痛改前非。若他再要作恶,除非他先把我杀了,否则我第一个容他不得!"

群雄听马真说得斩钉截铁,也就不言语了。马真道:"我带他回武当山去,让他闭门思过,陆师弟留在这里,帮同相救文四当家。贫道封剑已久,不能效劳,要请各位原谅。等文四当家脱险,陆师弟你给我捎个信来,也好教我释念。我那徒儿鱼同怎么不在这里?"

陈家洛道:"十四弟和我们在黄河边失散,后来听说他受了伤,有一个女子相救,至今未悉下落。一等救出四哥,我们马上就去探访,请道长放心。"马真道:"我这徒儿人是聪明的,只是少年狂放,不够稳重,要请陈当家的多多照应指教。"陈家洛道:"我们兄弟患难相助,有过相规,都是和亲骨肉一般。十四弟精明能干,大家是极为倚重的。"马真道:"今日之事,贫道实在感激无已。陈当家的、周老英雄、无尘道兄和各位贤弟,将来路过湖北,务必请到武当山来盘桓小住。"众人都答应了。马真对张召重道:"走吧!"

张召重见凝碧剑已被骆冰插在背后,虽然这是一件神兵利器,但想如去索还,只有自取其辱,牙齿一咬,掉头就走。

这两人一下山,群雄问起陆菲青别来情形。原来他在黄河渡口和群雄失散,寻找李沅芷不见,心想她是官家小姐,为人又伶俐机警,决不致有什么凶险,眼前关键是在张召重身上,这人实是本派门户之羞,于是南下湖北,去请大师兄马真出山。赶到北京一问,得知张召重已到杭州,又匆匆南来。这么几个转折,因此落在红花会群雄之后。

众人边谈边行,走下山来。陈家洛对王维扬和韩文冲道:"两位请便,再见了。"王维扬道:"陈当家的再生之德,永不敢忘。"陈家洛呵呵大笑,说道:"有两件事要请王老英雄原谅,这里先行谢过。"行了一礼,便把假扮官差劫夺玉瓶,挑拨他与张召重比武之事,都原原本本说了出来。

王维扬向来豁达豪迈,这次死里逃生,把世情更加看得淡了,笑道:"刚才我见你和张召重说话,才知你是冒牌统领。哈哈,真是英雄出在少年,老头儿临老还学了一乖。咱们是不打不成相识。虽然

第九回

狮峰重气掷金针
虎穴轻身开铁铐

我和姓张的比武是你们挑起,可是我的老命总是你们救的。"陈家洛道:"等我们正事了结,大家痛痛快快的喝几杯!"

谈笑间到了湖边,坐船来到马家。陆菲青将王维扬身上所中金针用吸铁石吸出,敷上金创药。折腾了半日,日已偏西。

马善均来报:"功夫已干了一大半,再过三个时辰,就可完工。"陈家洛点头说:"好!马大哥辛苦了,现在请十三哥去监工吧。"蒋四根答应着去了。

陈家洛转身对王维扬和韩文冲道:"贵局的镖头伙计,我们都好好款待着,不敢怠慢。两位何不带他们到西湖玩玩?小弟过得一两天,再专诚和各位接风陪罪。"王韩两人连称:"不敢。"王维扬老于世故,见红花会人众来来去去,甚是忙碌,定是在安排搭救文泰来,心想自己此时外出,他们图谋之事如果成功,倒也罢了,万一泄机,说不定要疑心自己向官府告密,便道:"兄弟年纪大了,受了这金针之伤,简直有些挨不住,想在贵处打扰休息一天。"陈家洛道:"悉随尊意,恕小弟不陪了。"

王韩两人由马大挺陪着进内,和镖头汪浩天等相会。王维扬约束镖行众人,一步不许出马宅大门,心下却甚惴惴,暗忖倘若红花会失败,官府前来捉拿,发现自己和这群匪帮混在一起,可真是掬尽西湖水也洗不清了。

无尘长剑高举,当先开路。常氏双侠抬着蒙面人,章进和蒋四根抬着文泰来,陆菲青负着李可秀,都跟了他冲出。李沅芷大急,挺剑来追,被卫春华挥双钩拦住。

第十回

烟腾火炽走豪侠
粉腻脂香羁至尊

群雄饱餐后,各自回房休息。到酉时正,小头目来报,地道已挖进提督府,前面大石挡路,已转向下挖,要绕过大石再挖进去。陈家洛和徐天宏分派人手,谁攻左,谁攻右,谁接应,谁断后,一一安排妥当。酉时三刻,小头目又报,已挖到铁板,怕里面惊觉,暂已停挖。陈家洛道:"再等一个时辰,夜深后动手。"

这一个时辰众人等得心痒难搔。骆冰坐立不安,章进在厅上走来走去,喃喃咒骂。常氏兄弟拿了一副骨牌,和杨成协、卫春华赌牌九,杨卫两人心不在焉,给常氏兄弟大赢特赢。周绮拿了凝碧剑细看,找了几柄纯钢旧刀剑,一剑削下,应手而断,果然锐利无匹。徐天宏在一旁微笑注视。马善均不住从袋里摸出一个肥大金表来看时刻。赵半山与陆菲青坐在一角,细谈别来情形。无尘和周仲英下象棋,无尘沉不住气,棋力又低,输了一盘又一盘。陈家洛拿了一本陆放翁集,低低吟哦。石双英双眼望天,一动不动。

好容易挨了一个时辰,马善均道:"时辰到了!"群雄一跃而起,分批走出大门。各人乔装改扮,暗藏兵刃,陆续到提督府外一所民房会齐。这屋子的住户早已迁出。

蒋四根见群雄到来,低声道:"这一带清兵巡逻甚紧,丢,要轻声至得!"手握铁桨,守住地道入口。群雄鱼贯入内,地道掘得甚深,杭州地势卑湿,地道中水深及踝,等到钻过大石时,泥水更一直浸到胸前,走了数十丈,已到尽头。

七八名小头目手执火把,拿了铁锹候着,见总舵主等到来,低声道:"前面就是铁板!"陈家洛道:"动手吧!"众头目抖擞精神,铁锹齐起,不久就把铁板旁石块撬开,再掘片刻,将一块大铁板起了下来,前面是条甬道。卫春华当先冲入,群雄跟了进去。

　　小头目手执火把,在旁照路,群雄冲进甬道,直奔内室,甬道尽处,见铁闸下垂。卫春华忙按八卦图的机括,哪知铁闸丝毫不见动静,机括似已失灵。徐天宏心念一动,忙道:"八弟、九弟快去守住地牢出口,防备鞑子另有鬼计。"杨成协和卫春华应声去了。几名小头目把铁闸旁石块撬开,众人合力,把一座大铁闸抬了出来。铁闸上有铁链和巨石相连,骆冰举起凝碧剑削断铁链,当先冲了进去。进得室内,只叫得一声苦,室内空空如也,文泰来影踪全无。

　　骆冰三番五次的失望,这时再也忍不住,坐倒在地,放声大哭。周绮想去劝慰,周仲英低声道:"让她哭一下也好。"

　　陈家洛见室内别无出路,接过凝碧剑,去刺张召重上次从其中逃脱的小门。那门钢铁所铸,砍出了几道缝,门后又有巨石。徐天宏道:"李可秀怕咱们劫牢,多半已将四哥监禁别处。"陈家洛道:"攻进提督府去,今日无论如何得把四哥找着。"

　　众人冲到地牢口,只见杨成协手挥铁鞭,力拒清兵围攻。卫春华却不在场,想已冲上去和敌人交战。无尘大叫一声,钻出地牢,长剑挥处,两名清兵登时了账。群雄跟着抢出,只见六七名清军将官围着卫春华恶斗。陆菲青心想:"我和李可秀究有宾东之谊,不便露面。"撕下长袍下襟,蒙住了脸,只露出双眼。他刚收拾好,群雄奋击下清兵已纷纷败退,卫春华等大呼追赶。

　　徐天宏跃上围墙瞭望,见提督府中到处有官兵守御。突然梆子声响,紧密异常,想是清军将官已在调兵御敌。徐天宏细看各处兵将布置,只见南面孤零零的一座二层楼房,四周一层层的守着五六百名官兵。这楼房毫无异处,而防守之人却如此众多,文泰来多半是在其中。他跃下墙头,单刀铁拐一摆,叫道:"各位哥哥,随我来!"领头往南冲去。

　　果然越近那座楼房,接战的人越多。混战中马善均与赵半山率领数十名武功较高的小头目,越墙进府。清军官兵虽多,怎挡得住红花会人众个个武功精强?不一刻群雄已迫近楼房。

章进短柄狼牙棒"乌龙扫地",矮着身躯,当先扑上,抢进屋去。门口一人使一杆大枪,横打直挑,章进一时欺不进身。这时卫春华、骆冰、杨成协、石双英诸人都已分别在和官兵中的好手对杀,火把照耀下打得十分激烈。防守楼房的一批官兵武艺竟然不低。

无尘对赵半山道:"三弟,咱们上去瞧瞧!"赵半山道:"好。"无尘接连两跃,已纵到门口,火光中一刀砍来,无尘不避不架,一招"马面挑心",长剑迟发先至,使刀的人惨叫一声,钢刀落地。赵半山扣着暗器,转眼间也打倒了两名军官。两人冲进内堂。周仲英、骆冰等跟着进去。

陆菲青见章进的对手武功甚强,章进以短攻长,占不到便宜,当下抢到他左面,长剑"天外来云",突刺那人左颈。那人倒转枪杆,用力下砸,他兵器长,力道猛,这一下准拟把剑砸飞。陆菲青长剑缩回,左臂运气上挺,蓬的一声,大枪飞起数丈,使枪的虎口震裂,吓得魂飞天外,斜跳出去,没站住脚,摔了一交。

章进转过身来,把双斗卫春华的二敌接过一个。卫春华少了一个对手,精神一振,双钩"玉带围腰",分向敌人左右合抱。那人使一对双刀,顺理成章的"脱袍让位",双刀倒竖,左右分格。卫春华突走险招,双钩在胸前一并,和身扑上,这一招又快又狠,双钩护手剑刃插入敌人前胸。那人狂叫一声,眼见不活了。

各人在楼下恶斗,敌人越打越少,忽听无尘用切口高叫道:"四弟在这里,咱们得手了!"群雄听了,齐声欢呼大叫。周绮不懂红花会切口,转头向徐天宏道:"喂,道长说什么?"徐天宏道:"四哥在上面,救出来啦!"周绮喜道:"好极啦!咱们上去瞧四爷去。"徐天宏道:"你上去吧,我守在这里。"

周绮奔进屋里,守卫官兵早已被无尘等扫荡殆尽。她急奔上楼,只见众人围着一只大铁笼,陈家洛正用凝碧剑砍削笼子的铁条,周绮走近看时,不由得大怒,原来铁笼之内又有一只小铁笼,文泰来坐在小笼之内,手脚上都是铐镣,就像关禁猛兽一般。这时陈家洛已把外面铁笼的栏干削断了两根,章进用力扳拗,把铁栏干扳了下来。骆冰身材苗条,恰可钻进,接过宝剑,又去削小铁笼上的锁链。群雄都是笑逐颜开,心想今日清兵就来千军万马,也要死守住楼房,将文泰来先救出再说。

常氏兄弟和徐天宏率领红花会头目在楼下守御，忽听得号角声响，清军官兵退出十余丈之外，退开时秩序井然，分行站立，排成阵势。常伯志大叫："鞑子要放箭，大家退进楼房。"众人依言退入，常氏兄弟断后卫护。哪知清兵并不放箭，只听有人叫道："红花会陈当家的，听我说话。"

陈家洛在楼上听到了，走近窗口，见李可秀站在一块大石上，大叫："我要和陈当家的说话。"陈家洛道："我在这里，李军门有何见教？"李可秀道："你们快退下楼来，否则全体都死。"陈家洛笑道："怕死的也不来了，今天对不住，我们要带了文四爷一起走。"李可秀叫道："你莫执迷不悟。放火！"他号令一下，曾图南督率兵丁，从队伍后面推出大批柴草，柴草上都浇了油，火把一点，楼房四周转瞬烧成一个火圈，将群雄围困在内。

陈家洛见形势险恶，也自心惊，脸上却不动声色，转头说道："大家一齐动手，快削铁笼的栏干。"转过头来对李可秀道："军门这个火攻阵，我看也不见得高明！"

李可秀背后转出一人，戟指大骂："死在临头，还不跪下求饶？你可知楼下埋的是什么？"火光中看得清楚，说话的是御前侍卫范中恩，他身旁还站着褚圆等几名侍卫，想是皇帝闻警，派来协助。

陈家洛微一沉吟，只听见徐天宏用切口大叫："不好，这里都是火药。"陈家洛记起冲进楼房时，见到楼下似是个货仓，一桶桶的堆满了货物，难道竟是火药？一瞥之间，见楼上四周也均是木桶，抢上去挥掌劈落，一只木桶应手而碎，黑色粉末四散纷飞，硝磺之气塞满鼻端，却不是火药是什么？心中一寒，暗道："难道红花会今日全体粉身碎骨于此？"转过身来，见小铁笼铁锁已开，骆冰已把文泰来扶了出来。

陈家洛叫道："四嫂、三哥，你们保护四哥，大家跟我冲。"话声方毕，首先下楼。章进弓身把文泰来负在背上，骆冰、赵半山、陆菲青、周仲英等前后保护，跟下楼来。刚到门口，只见门外箭如飞蝗，卫春华和常氏兄弟冲了几次又都退回。

李可秀叫道："你们脚底下埋了炸药，药线在我这里。"他举起火把一扬，叫道："我一点药线，你们尽数化为飞灰，快把文泰来放下。"

陈家洛见过屋中火药，知他所言不虚，只因文泰来是钦犯，他心有所忌,不敢点燃药线,否则早把他们一网打尽了。陈家洛当机立断,叫道:"放下四哥,咱们快出去!"长剑一挥,和卫春华、常氏兄弟并肩冲出。

章进低头奔跑,并未听真陈家洛的话。赵半山道:"快放下四弟,情势危险万分,咱们快走,莫把四弟反而害死。"见章进把文泰来放在门口,骆冰还在迟疑,便伸左手拉住她手臂,舞剑冲出。李可秀在火光中见文泰来已经放下,右手一挥,止住放箭,只怕误伤了他。

群雄退离楼房,聚在墙角。陈家洛道:"常家哥哥、八哥、九哥、十哥,你们打头阵,去赶散鞑子。七哥,你想法弄断药线。道长、三哥,等他们一得手,咱们冲去抢救四哥。"常氏兄弟与徐天宏等应声而去。

李可秀正要命人去看守文泰来,忽见常氏兄弟等又杀了上来,忙分兵御敌。御前侍卫范中恩、朱祖荫、褚圆、瑞大林等上来挡住。

陆菲青先看明了退路。一弯腰,如一枝箭般突向李可秀冲去。众亲兵齐声呐喊,纷举刀枪拦阻。陆菲青并不对敌,左一避,右一闪,疾似飞鸟,滑如游鱼,刹那间已绕过七八名亲兵,欺到李可秀之前。李沅芷穿了男装,站在父亲身旁,忽见一个蒙面怪客来袭,娇叱一声:"什么东西!"一剑"春云乍展",平胸刺出。

陆菲青更不打话,矮身从剑底下钻了过去。李可秀见怪客袭来,飞起一脚"魁星踢斗",直踢他面门。陆菲青左腿一挫,已溜到李可秀身后,伸掌在他后心一托,掌力吐处,把他一个肥大的身躯直掼出去。李沅芷大惊,回剑来刺。陆菲青闪身避开,剑走空招。

李可秀摔倒在地,这边曾图南赶来相救,杨成协赶来捉拿,两人都向他疾冲而来。渐奔渐近,曾图南举铁枪"毒龙出洞",向杨成协刺去,想将他赶开,再行搭救上司。杨成协侧身避枪,脚下不停。他身子肥胖,奔得又急,一座"铁塔"和曾图南猛力碰撞,砰的一声,撞得他向后飞出。这时李可秀已经爬起,哪知陆菲青来得更快,一阵风般奔到。

李沅芷骨肉关心,拔起身子向前急纵,长剑"白虹贯日",直刺怪客后心。陆菲青听到背后金刃激刺之声,更不停步,拉住李可秀左臂,直奔入火圈之中。清军官兵大声惊叫,但火势极炽,谁也不敢进火圈搭救。卫春华舞动双钩,已把李沅芷截住。

红花会群雄见陆菲青拉了李可秀进入危地,都明白了他意思,章进首先跳入火圈,蒋四根也跟着进去。陈家洛道:"人够啦!别再进去了。"众人迫近火圈。

清军官兵见主帅履危,也忘了和红花会人众争斗,都是提心吊胆,望着火圈里的五人。曾图南爬起身来,和一名统军总兵守在药线之旁,眼见主帅为敌人挟制,正惊惶间,忽见一人夹手抢过火把,点燃了药线。曾图南一惊,看那人时,却是御前侍卫范中恩。此人日前在西湖落水,在皇帝面前出丑受辱,怀恨甚深,这时见文泰来即将获救,也管不得李可秀死活,当即点着药线。

但见一缕火花着地烧去,迅速异常,只要一烧过火圈,立时便是巨祸,不但文泰来、李可秀、陆菲青及章、蒋两人要炸成灰烬,而且楼房中堆了这么多火药,这一爆炸开来,人人难免。清军官兵登时大乱,纷纷向后逃避。

惊扰声中,忽见一人疾向火圈中奔去。那人身穿蓝色长衫,脸上也用一块蓝绸包住,只露出了两个眼孔,手中提着一根单鞭,奔跑迅捷已极。他用单鞭在药线上乱拨乱打,但见药线仍一股劲的向前烧去。陈家洛和徐天宏等见形势险恶,都顾不得自身安危,纷纷纵出,想要弄断药线。这一切全是指顾间之事。那蒙面人见药线无法打断,忽然奋不顾身,和衣扑在药线之上,只见身旁烈焰腾起,全身衣服着火,药线中断,再也烧不过去了。

就这么缓得一缓,章进和蒋四根已把文泰来抬着冲出火圈。三人身上都已着火。常氏兄弟赶上接应,连叫:"打滚!打滚!"章进和蒋四根放下文泰来,先将他来回滚动。滚得几滚,文泰来衣上火头熄了,骆冰已抢上照料。章进和蒋四根也各滚熄了身上火焰。

常氏双侠双双抢入火圈,把晕倒在地的蒙面人拖了出来。这三人出来时也是全身着火,待得把火扑熄,蒙面人的衣服手足无一处不是烧得焦烂。

陆菲青见文泰来已脱险境,把李可秀负在肩上,猛一吸气,"燕子三抄水",如一只大鸟般掠出火圈。他身上虽负得有人,然而轻功卓绝,所受火伤最少。陈家洛叫道:"得手啦,退走,退走!"无尘长剑挥动,当先开路。常氏兄弟抬着蒙面人,章进和蒋四根抬着文泰来,陆菲青负着李可秀,都跟了他冲出。李沅芷见父亲被掳,心中大急,提剑来追，但被卫春华双钩缠住，不能脱身，一疏神间，险些中了一钩。

清军官兵呐喊着追来，但大家尝过红花会的手段，不敢过分逼近。八名御前侍卫奉旨协助看守文泰来，主犯走脱，那是杀头的罪名，如何不急？范中恩提起判官双笔，没命价追来。陈家洛刚才见他点燃药线，心想这人心肠毒辣，容他不得，把凝碧剑交给赵半山道："三哥，你给大伙断后，我要收拾了这家伙。"从怀中掏出珠索。马大挺把他的钩剑盾递了过来。陈家洛赞道："好兄弟，难为你想得周到。"原来陈家洛的剑盾珠索向由心砚携带，心砚受伤，马大挺就接替了这差使。

陈家洛右手一扬，五根珠索迎面向范中恩点到。范中恩既使判官笔，自然精于点穴，见他每条珠索头上都有一个钢球，回旋飞舞而至，分别对准穴道，吃了一惊，又听得朱祖荫叫道："范大哥，这兔崽子的绳子厉害，小心了。"马大挺听他辱骂总舵主，心中大怒，挺起三节棍当头砸去。朱祖荫偏头避过，还了一刀。

这边范中恩腾挪跳跃，和陈家洛拆了数招，数招间招招遇险，一面打，一面暗暗叫苦，只想脱身退开，但全身已被珠索裹住，哪里逃得开去？陈家洛不愿多有耽搁，右手横挥，珠索"千头万绪"乱点下来。范中恩不知他要打哪一路，双笔并拢，直扑向他怀里，武家所谓"一寸短，一寸险"，判官笔是短兵器，原在以险招取胜，心想这一下对方势必退避，自己就可逃开，突见对方盾牌迎了上来，盾上明晃晃的插着九枝利剑。范中恩猛吃一惊，收势不及，双笔对准剑盾一点，借力向后仰去。陈家洛剑盾略侧，滑开双笔，珠索挥处，已把他双腿缠住，猛力掼出，范中恩身不由主，直向火圈中投去。

陈家洛径不停手，珠索横扫，朱祖荫背上已被钢球打中，叫了一声，马大挺三节棍啪的一声，正中他胫骨。马大挺愤他出口伤人，这一记用足了全力，把他双腿胫骨齐齐打折。

这时群雄大都已越出墙外，赵半山断后，力敌三名清宫侍卫。陈家洛挥手，叫道："退去吧！"卫春华双钩向李沅芷疾攻三招，李沅芷招架不住，退开两步。卫春华向右转过，劈面一拳，把一名清兵打得口肿鼻歪，夹手夺过火把，奔到已被蒙面人弄断的药线旁，又点燃起来。清兵惊叫声中，红花会群雄齐都退尽。

瑞大林、褚圆等侍卫正要督率清兵追赶,忽然黑烟腾起,火光一闪,一声巨响震耳欲聋,满目烟雾,砖石乱飞,官兵侍卫疾忙伏下。楼房中火药积贮甚多,炸声一次接着一次,众兵将虽离楼房甚远,但见砖石碎木在空际飞舞,谁都不敢起来,饶是如此,已有数十人被砖木打得头破血流。范中恩身在火圈中心,炸得尸骨无存。等到爆炸声息,兵将侍卫爬起身来,红花会群雄早已走得无影无踪。众人上马急追,分向四周搜索。

红花会群雄救得文泰来,出了城见无人来追,都放了心。再行一程,已到河边,十多艘绍兴脚划船齐齐排列。马善均迎上来道贺,群雄喜气洋洋的上船。陆菲青低声对陈家洛道:"李可秀和我有旧,文四爷既已救出,咱们放他回去吧。"陈家洛道:"一任尊意。"小头目把李可秀松了绑,放在岸上。

陈家洛叫道:"开船,咱们先到嘉兴!"浙西河港千支万汊,曲折极多,脚划船划出里许,早已转了四五个弯。陈家洛道:"咱们向西去於潜,护送四哥上天目山养伤。让李可秀追到嘉兴去吧!"群雄哈哈大笑,几月来的郁积,至此方一扫而空。

此时天现微明,骆冰已把文泰来身上揩抹干净,铐镣也已用凝碧剑削去,见他沉沉昏睡,大家不去打扰。

徐天宏道:"总舵主,那救四哥的蒙面人伤势很重,咱们要不要解开他脸上的布瞧瞧?"群雄都感好奇,不知此人是谁。周仲英道:"他既用布蒙脸,想是不愿让人见到他面目,咱们不去揭露为是。"

心砚身上伤已大好,用白酱油给蒙面人在火伤处涂抹,见他全身都是火泡,痛得无法安睡,不住叫嚷。心砚看得心惊,怕他要死,忙来禀告。陈家洛等跳过船去,见他伤势厉害,都感担心。那蒙面人神智昏迷,双手乱抓,忽然左手抓住蒙面布巾,撕了下来。众人齐声叫了出来:"十四弟!"

那人竟是金笛秀才余鱼同。只见他脸上红肿焦黑,水泡无数,一张俊俏的脸烧得不成模样。群雄又是惊讶又是痛惜。骆冰拿了块湿布,把他脸上的泥土火药轻轻抹去,用鸡毛沾了白酱油涂上,心里一股说不出的滋味,知他对自己十分痴心,这番舍命相救文泰来,也与这份痴心不无相关。然而自己身已他属,对他更是只有同盟结义之情,别无他意。他那晚在铁胆庄外无礼,后来想起常感愤怒,但他此番竟舍命相救自己丈夫,那么这番痴心毕竟并非下贱情欲。瞧他伤成这副样子,性命只怕难保,即使不死,一个俊俏青年从此丑陋不堪,而对他这份痴心可也永远无法酬答。不由得思潮起伏,怔怔的出了神。

船到余杭,马善均忙差人去请医生。医生看了文泰来伤势,说道:"这位爷受的是外伤,他筋骨强健,调治几个月就不碍了。"指着余鱼同道:"这位爷的火伤却是厉害,谨防火毒攻心。我开张散火解毒的方子,吃两帖看。"言下之意,竟是没有把握。

医生作别上岸,过了一会,文泰来睁眼见到众人,茫然道:"怎么大伙儿都在这里?"骆冰喜极而泣,叫道:"大哥,你出来啦,出来啦!"文泰来微微点头,又闭上了眼。

群雄听了医生之言,知他无碍,都为余鱼同忧急。章进道:"十四弟也真鬼精灵,竟给他混进了提督府。"常赫志道:"上次指点地牢的途径,也是他了,咱兄弟不知道,还打了他一掌。"常伯志道:"他却又相救李可秀,不知是何意思?"众人纷纷谈论,难以索解。

原来那日黄河渡口夜战,李沅芷在乱军中与大伙失散,仓皇中见到一辆大车,跳上车去,赶了骡子就走。几名清兵要来拦阻,都被她挥剑驱退。她不分东南西北的瞎闯,到天明时见离大军已远,才下车休息。揭开车帷一看,车内躺着一人,竟是曾在途中见过两次的本门师兄余鱼同。只见他昏昏沉沉,似是身染重病,轻轻揭开被头一角,见他身上缚了不少绷带,才知受伤不轻。心下栗六,沉吟良久,才赶车又走,沿大路到了文光镇上。

她是官家小姐,气派一向大惯了的,拣了镇上一所最大的宅第,敲门投宿,正是镇上恶霸、浑号糖里砒霜的唐六家里。唐六见她路道有异,假意殷勤招待,后来察觉她是女扮男装,便和医生曹司朋阴谋算计,恰好阴差阳错,给周绮在妓女小玫瑰家中一刀刺死。

其时余鱼同神智已复,听说户主被杀,料想官府查案,必受牵连,忙和李沅芷乘乱离去。李沅芷要去杭州和父母团聚,余鱼同心想文泰来被擒去杭州,正好同路。他身上伤重,长途跋涉,李沅芷细心照料,一副刁蛮顽皮的脾气,不忍在他身上发作,竟然尽数收拾了

第十回

烟腾火炽走豪侠
粉腻脂香罹至尊

起来。见他神色烦忧,意兴萧索,只道是伤后体弱,时加温言慰藉。

到杭州见了父母,李沅芷反说余鱼同为了救她而御盗受伤。李可秀夫妇感激万分,把他安置在提督府中,延请名医调治,见他人品俊雅,文武双全,又救了女儿性命,只待伤愈,便招他为婿,又怎知这人竟是红花会中一个响当当的脚色。

几个月来,李沅芷忽喜忽愁,柔肠百转,明知这少年郎君是父亲对头,然而芳心可可,深情款款,一缕柔丝,早已牢牢系在他身上。当日甘凉道上,这个师哥细雨野店,谈笑御敌,平沙荒原,吹笛挡路,这等潇洒可喜模样,想起来不免一阵阵脸红,一阵阵叹息。

待他伤势大愈,红花会群雄连日前来攻打提督府。那天余鱼同相救李可秀,李沅芷心中窃喜,只道他已站在自己一边,岂知到头来他又去相救文泰来,随着红花会人众而去。

余鱼同全身烧起水泡,疼痛难当,迷迷糊糊中忽听得有个女子声音大叫:"你越来越不成话啦,怎么出主意叫总舵主到妓院去胡调?"依稀是铁胆庄周大小姐的声音。隔了一会,又听得无尘叫道:"咱们大家回杭州,一起到妓院去,又怕什么?"余鱼同大是奇怪:"道长是出家人,怎么也要去逛窑子?"重伤之下,难以多想,接着又昏晕过去。

乾隆见褚圆等御前侍卫气急败坏的赶回请罪,报知红花会劫牢,已把文泰来救去,自是惊怒交集。但想要犯既已越狱,责罚侍卫亦复无补于事,见众人灰头土脸,伤痕累累,不问而知均曾力战,反而温言道:"知道了,这事不怪你们。"褚圆等本以为这次一定要大受惩处,哪知皇上如此体谅,不由得感激涕零。不久李可秀也来了,乾隆见他身上负伤,下旨革职留任,日后将功赎罪。李可秀喜出望外,不住叩头谢恩。

李可秀退出后,乾隆想起文泰来脱逃,自己身世隐事不知是否会被泄露,听文泰来语气,这件机密大事似乎不知,但他神色间又似还有许多话没说出来。他说有两件重要证物收藏在外,看样子多半不假,不知是什么东西。自己是汉人,自是千真万确的了,这事泄露出去,那可如何是好?

他在室中踱来踱去,彷徨无计,忧急烦躁,自忖身为万乘之尊,居然斗不过一群草莽群盗,脸面何存? 这件有关身世大事的私隐落入对方手中,难道终身受其挟制不成? 越想越怒,举起案头的一个青瓷大花瓶,猛力往地上摔落,乒乓一声,碎成了数十片。

众侍卫与内侍太监在室外听得分明,知道皇上正在大发脾气,不奉传呼,谁都不敢入内,各人战战兢兢的站着,连大气也不敢哼一声。有几名御前侍卫更是吓得脸色苍白,惟恐皇上忽然又要怪罪。

乾隆心乱如麻的过了大半天,忽听得外面悠悠扬扬的一阵丝竹之声,由远而近,经过抚署门口,又渐渐远去。过了一会,又是一队丝竹乐队过去。他是太平皇帝,素喜声色,听这片乐声缠绵宛转,不由得动心,叫道:"来人呀!"

一名侍读学士走了进来,那是新近得宠的和珅。此人善伺上意,连日乾隆颇有赏赐。众侍从听得皇帝呼唤,忙推他进入。乾隆道:"外面丝竹是干什么的? 你去问问看。"和珅应声而出,过了半晌,回来禀告:"奴才出去问过了,听说今儿杭州全城名妓都在西湖上聚会,要点什么花国状元,还有什么榜眼、探花、传胪。"乾隆笑骂:"拿国家抡才大典来开玩笑,真正岂有此理!"

和珅见皇上脸有笑容,走近一步,低声道:"听说钱塘四艳也都要去。"乾隆道:"什么钱塘四艳?"和珅道:"奴才刚才问了杭州本地人,说道是四个最出名的歌女。街上大家都在猜今年谁会中花国状元呢?"乾隆笑道:"国家的状元由我来点。这花国状元谁来点? 难道还有个花国皇帝不成?"和珅道:"听说是每个歌女坐一艘花舫,舫上陈列恩客报效的金银钱钞、珍宝首饰,看谁的花舫最华贵,谁收的缠头之资最丰盛,再由杭州的风流名士品定名次。"

乾隆大为心动,问:"他们什么时候搞这玩意儿?"和珅道:"就快啦,天再黑一点儿,花舫上万灯齐明,就来选花魁了! 皇上如有兴致,也去瞧瞧怎么样?"乾隆笑道:"就恐遭人物议。要是太后得知我去点什么花国状元,怕要说话呢,哈哈!"和珅道:"皇上打扮成平常百姓一样,瞧瞧热闹,没人知道的。"乾隆道:"也好,叫大家不可招摇,咱们悄悄的瞧了就回来。"

和珅忙侍候乾隆换上一件湖绉长衫,细纱马褂,打扮成缙绅模样,自己穿了寻常士人服色,带了已换便装的白振等几十名侍卫,往西湖而去。

第十一回 烟腾火炽走豪侠 粉腻脂香羁至尊

一行人来到湖畔,早有侍卫驾了游船迎接。此时湖中处处笙歌,点点宫灯,说不尽的繁华景象、旖旎风光。只见水面上二十余花舫缓缓来去,舫上挂满了纱帐绢灯。乾隆命坐船划近看时,见灯上都用针孔密密刺了人物故事,有的是张生惊艳,有的是丽娘游园。更有些舫上用绢绸扎成花草虫鱼,中间点了油灯,花灯因热气而缓缓转动,设想精妙,穷极巧思。乾隆暗暗赞叹,江南风流,果非北地所及。成百艘游船穿梭般来去,载着寻芳豪客、好事子弟。各人指点谈论,品评各艘花舫装置的精粗优劣。

忽听锣鼓响起,各船丝竹齐息。一个个烟花流星射入空际,灿烂照耀,然后嗤的一声,落入湖中。起先放的是些"永庆升平"、"国泰民安"、"天子万年"等歌功颂德的吉祥烟火,乾隆看得大悦,接着来的则是"群芳争艳"、"簇簇莺花"等风流名目了。

烟花放毕,丝竹又起,一个《喜迁莺》的牌子吹毕,忽然各艘花舫不约而同的拉起窗帷,每艘舫中都坐着一个靓装姑娘。湖上各处,采声雷动。

内侍拿出酒果菜肴,服侍皇上饮酒赏花。游船缓缓在湖面上滑去,掠过各艘花舫,这时正所谓如行山阴道上,目不暇给。乾隆后宫粉黛三千,美人不知见过多少,但此时灯影水色、桨声脂香,却另有一番风光,不觉心为之醉。

游船划近"钱塘四艳"船旁,见这四艘花舫又是与众不同。第一艘扎成采莲船模样,花舫四周都是荷花灯,红莲白藕,荷叶田田,舫中歌女名叫卞文莲。第二艘舫上扎了两个亭子,一派豪华富贵气派,亭上珠翠围绕,写着四个大字:"玉立亭亭",原来舫中歌女名叫李双亭。第三艘装成广寒宫模样,舫旁用纸绢扎起蟾蜍玉兔、桂华吴刚,舫中歌女吴婵娟一身古装,手执团扇,扮作月里嫦娥。

乾隆看一艘,喝采一番。待游船摇到第四艘花舫旁,只见舫上全是真树真花,枝干横斜,花叶疏密有致,淡雅天然,真如一幅名家水墨山水一般。舫中歌女全身白衣,隔水望去,直似洛神凌波,飘飘有出尘之姿,只是唯见其背。乾隆情不自禁,高吟《西厢记》中《酬简》一折的曲文:"嘿,怎不回过脸儿来?"

那歌女听得有人高吟,回过头来,嫣然一笑。乾隆心中一荡,原来这姑娘便是日前在湖上见过的玉如意。

忽听得莺声呖呖,那边采莲船上卞文莲唱起曲来。一曲既终,喝采声中听众纷纷赏赐,元宝大大小小的堆在舫中桌上。接着李双亭轻抱琵琶,弹了一套《春江花月夜》。吴婵娟吹箫,乾隆听她吹的是一曲《乘龙佳客》,命和珅取十两金子赏她。

待众人游船围着玉如意花舫时,只见她启朱唇、发皓齿,笛子声中,唱了起来:

"望平康,凤城东,千门绿杨。一路紫丝缰,引游郎,谁家乳燕双双?隔春波,碧烟染窗;倚晴天,红杏窥墙,一带板桥长。闲指点,茶寮酒舫,声声卖花忙。穿过了条条深巷,插一枝带露柳娇黄。"

其时秋意渐深,湖上微有凉意,玉如意歌声缠绵宛转,曲中风暖花香,令人不饮自醉。乾隆叹道:"真是才子之笔,江南风物,尽入曲里。"他知这是《桃花扇》中的《访翠》一曲,是康熙年间孔尚任所作,写侯方域访名妓李香君的故事。玉如意唱这曲时眼波流转,不住向他打量。乾隆大悦,知她唱这曲是自拟李香君,而把他比作才子侯方域了。

他最爱卖弄才学,这次南来,到处吟诗题字,唐突胜景,作践山水。众臣工恭颂句句锦绣,篇篇珠玑,诗盖李杜,字压钟王,那也不算希奇。眼下自己微服出游,竟然见赏于名妓。美人垂青,自不由帝皇尊荣,而全凭自身真材实料,她定是看中我有宋玉般情,潘安般貌,子建般才。当年红拂慧眼识李靖,梁红玉风尘中识韩世忠,亦不过如是,可见凡属名妓,必然识货。若不重报,何以酬知己之青眼?立命和珅赏赐黄金五十两。沉吟半晌,成诗两句:"才诗或让苏和白,佳曲应超李与王。"

杭州素称繁华,这一年一度的选花盛会,当地好事之徒都全力以赴。远至苏、松、太、常、嘉、湖各属的闲人雅士,这天也都群集杭州,或卖弄风雅,或炫耀豪阔,是以顷刻之间,缠头纷掷,各歌女花舫上采品堆积,尤以钱塘四艳为多。时近子夜,选花会会首起始检点采品,这有如金榜唱名一般,不但众歌女焦急,湖上游客也都甚是关心。

乾隆对和珅低声说了几句话。和珅点头答应,乘小船赶回抚署,过了一会,捧了一个包裹回来。

采品检点已毕,各船齐集会首坐船四周,听他公布甲乙次第。

只听得会首叫道:"现下采品以李双亭李姑娘最多!"此言一出,各船轰动,有人鼓掌叫好,也有人低低咒骂。只听一人喊道:"慢来,我赠卞文莲姑娘黄金一百两。"当即捧过金子。又有一个豪客叫道:"我赠吴婵娟姑娘翡翠镯一双,明珠十颗。"众人灯光下见翡翠镯精光碧绿,明珠又大又圆,价值又远在黄金百两之上,都倒吸一口凉气,看来今年的状元非这位湖上嫦娥莫属了。

会首等了片刻,见无人再加,正要宣称吴婵娟是本年状元,忽然和珅叫道:"我们老爷有一包东西赠给玉如意姑娘!"将包裹递了过去。

那会首四十来岁年纪,面目清秀,唇有微须,下人把包裹捧到他面前,一看竟是三卷书画。那人侧头对左边一位老者道:"樊榭先生,这位竟是雅人,不知送的是什么精品?"命下人展开书画。

乾隆对和珅道:"你去问问,会首船中的是些什么人?"和珅去问了一会儿,回来禀道:"会首是杭州才子袁枚袁子才,另外的也都是江南名士。"乾隆笑道:"早听说袁枚爱胡闹,果然不错。"

第一卷卷轴一展开,袁枚和众人都是一惊,原来是祝允明所书的李义山两首无题诗。袁枚称他为"樊榭先生"的那人名叫厉鹗,也是杭州人。厉鹗诗词俱佳,词名尤著,审音守律,辞藻绝胜,为当时词坛祭酒,见是祝允明书法,连叫:"这就名贵得很了。"杭州诗人赵翼心急,忙去打开第二个卷轴来看,见是唐寅所画的一幅簪花仕女图,上面还盖着"乾隆御览之宝"的朱印。袁枚心知有异,忙问旁边两人道:"沈年兄、蒋大哥,你们瞧这送书画之人是什么来头?"

他称为"沈年兄"的沈德潜,别字归愚,是乾隆年间的大诗人,与袁枚同是乾隆四年的进士。只是一个早达,一个晚遇,袁枚中进士时才二十四岁,而沈德潜却已六十多岁了,是以人称"江南老名士"。那姓蒋的名叫士铨,别字心余,是戏曲巨子。他与袁枚、赵翼三人合称"江左三大家"。这两人一看,沉吟不语。

沈德潜老成持重,说道:"咱们过去会会如何?"船上右边坐着两人也是袁枚邀来的名士,一是滑稽诙谐的纪晓岚,一是诗画三绝的郑板桥。纪晓岚笑道:"咱们一过去,倒让旁人讥为不公了。这两卷书画如此珍贵,自然是玉如意得状元了。"郑板桥道:"第三卷又是什么宝物,不妨也瞧瞧。"

众人把那卷轴打开,见是一幅书法,写的是:"西湖清且涟漪,扁舟时荡晴晖。处处青山独住,翩翩白鹤迎归。昔年曾到孤山,苍藤古木高寒。想见先生风致,画图留与人看。"笔致甚为秀拔,却无图章落款,只题着"临赵孟𫖯书"五字。

郑板桥道:"微有秀气,笔力不足!"沈德潜低声道:"这是今上御笔。"大家吓了一跳,再也不敢多说。袁子才大声宣布:"检点采品已毕,状元玉如意,榜眼吴婵娟,探花卞文莲。"湖上采声四起。

袁枚等见了这三卷书画,知道致送的人不是宗室贵族,便是巨绅显宦,可是看那艘船却也不见有何异处,夜色之中,船上乘客面目难辨。大家怕这风流韵事为御史检告,本来要赋诗联句以纪盛,现下也都不敢了,悄悄的上岸而散。

乾隆正要回去,忽听玉如意在船中又唱起曲来,但听歌声柔媚入骨,不由得心痒难搔,对和珅道:"你去叫这妞儿过来。"和珅应了,正要过去,乾隆又道:"你莫说我是谁!"和珅道:"是,奴才知道。"游船划近玉如意花舫,和珅跨过船去。过了片刻,拿回一张纸笺,递给乾隆道:"她写了这个东西,说:'请交给你家老爷。'"乾隆接来灯下一看,见笺上写了一诗:"暖翠楼前粉黛香,六朝风致说平康。踏青归去春犹浅,明日重来花满床。"字迹殊劣,笺上却是香气浓郁,触鼻心旌欲摇。

乾隆笑道:"我今日已来,何必明日重来?"抬头看时,玉如意的花舫已摇开了。他贵为帝皇,后宫妃嫔千方百计求他一幸,尚不可得,几时受过女人的推搪?可是说也奇怪,对方愈是若即若离,推三阻四,他反觉十分新鲜,愈是要得之而后快,忙传下圣旨:"叫舟子快划,追上去!"

众侍卫见皇帝发急,再不乘机尽忠报国,更待何时?当即纷提船板,奋力划水。众侍卫或外功了得,或内力深厚,此时"忠"字当头,戮力王事,劲运双臂,船板激水,实为毕生功力之所聚。有分教:立竿见影,桨落船飞,迅速追上玉如意的花舫。

乾隆悄立船头,心逐前舟,但见满湖灯火渐灭,箫管和曲子声却兀自未息,前面花舫中隐隐传出一声声若有若无的低笑柔语。乾隆醺醺欲醉,忽然想起两句诗来:"侍儿扶起娇无力,始是新承恩

第十回 烟腾火炽走豪侠 粉腻脂香羁至尊

泽时。"

两船渐近，花舫窗门开处，一团东西向乾隆掷来。白振一惊，暗叫："不好！"左手一招"降龙伏虎"，右手一招"擒狮搏象"，这是他"金钩铁掌"大擒拿手中的成名绝技，阵上夺枪，夜战接镖，手到拿来，百不失一，但见他身如渊停岳峙，掌似电闪雷震，果是武学大宗匠的风范，出手更不落空。众侍卫一见无不暗暗喝采。没料想触手柔软，原来不是暗器，忙递给皇帝。

乾隆接过一看，见是一块红色汗巾，四角交互打了结，打开一看，包着一片糖藕，一枚百合。一喻佳偶，一示好合。乾隆才高六斗，诗成八步，虽比当年曹子建少了两斗，多了一步，却又如何不解得这风流含意？那汗巾又滑又香，拿在手里，不禁神摇心荡。

不一会，花舫靠岸，火光中只见玉如意登上一辆小马车，回过头来，向乾隆嫣然微笑，慢慢放下车帷。马车旁本有两人高执火把等候，这时抛去火把，在黑暗中隐没。和珅大叫："喂，等一下，慢走！"那马车并不理会，蹄声得得，缓缓向南而去。和珅叫道："快找车。"但深夜湖边，却哪里去找车。

白振低声嘱咐了几句，瑞大林施展轻功，"七步追魂"、"八步赶蟾"，不一刻已越过马车，回过身来喝命车夫慢走。不久褚圆竟找到一辆车来，自是把坐车乘客赶出而强夺来的。乾隆上了车，褚圆亲自御车，众侍卫和内侍跟随车后。前面马车缓缓行走，褚圆抖擞精神，驾车紧跟。当年造父驾八骏而载周穆王巡游天下，想来亦不过是这等威风。

白振见车子走向城中繁华之区，知道没事，放下了心，料想今日皇上定要在这歌女家中过夜，但日前曾见她与红花会的人物在一起，怕有阴谋诡计，不可不防，忙命瑞大林去加调人手，赶来保护。

玉如意的车子走过几条大街，转入一条深巷，停在一对黑漆双门之前，一名男子下车拍门。乾隆也走下车来。只听得呀的一声，黑漆双门打开，走出一个老妈子来，掀起车帷，说道："小姐回来了，恭喜你啦！"玉如意走下车来，见乾隆站在一旁，忙过去请安，笑道："啊哟，东方老爷来啦。刚才真多谢你赏赐。快请进去喝盅茶儿。"乾隆一笑进门。

褚圆抢在前面，眼观六路，耳听八方，手按剑柄，既防刺客行凶犯驾,又防嫖客争风喝醋,敌踪若现,自当施展"达摩剑法",杀他个落花流水,片甲不回。好在他已改用铁链系裤,再也不怕无尘长剑削断裤带了。

进门是个院子,扑鼻一阵花香,庭中树影婆娑,种着两株桂花,桂花开得正盛。乾隆随着玉如意走入一间小厢房,红烛高烧,陈设倒也颇为雅致。白振在厢房中巡视一周,细查床底床后都无奸人潜伏,背脊在墙上一靠,反手伸指几弹,察知并无复壁暗门,这才放心退出。女仆上来摆下酒肴。乾隆见八个碟子中盛着肴肉、醉鸡、皮蛋、酱瓜等消夜小菜,比之宫中大鱼大肉,另有一番清雅风味。这时白振等都在屋外巡视,房中只有和珅侍候,乾隆将手一摆,命他出房。

女仆筛了两杯酒,乃是陈年女贞绍酒,稠稠的醇香异常。玉如意先喝了一杯,媚笑道:"东方老爷,今儿怎么谢你才好?"乾隆也举杯饮尽,笑道:"你先唱个曲儿吧,怎么谢法,待会儿咱们慢慢商量。"

玉如意取过琵琶,轻拢慢捻,弹了起来,一开口"并刀如水,吴盐胜雪",唱的是周美成的一曲《少年游》。

乾隆一听大悦,心想当年宋徽宗道君皇帝夜幸名妓李师师,两人吃了徽宗带来的橙子,李师师留他过夜,悄悄道:"外面这样冷,又三更天啦,霜浓马滑,都没什么人在走啦,不如不回去吧。"哪知给躲在隔房的大词人周美成听见了,把这些话谱入新词。徽宗虽然后来被金人掳去,但风流蕴藉,丹青蔚为一代宗师,是古来皇帝中极有才情之人,论才情我二人差相仿佛,福泽自不可同日而语,当下连叫:"不去啦,不去啦!"

皇帝在房里兴高采烈的喝酒听曲,白振等人在外面却忙得不亦乐乎。这时革职留任、戴罪图功的浙江水陆提督李可秀统率兵丁赶到,将巷子团团围住,他手下的总兵、副将、参将、游击,把巷子每一家人家搜了个遍,就只剩下玉如意这堂子没抄。白振带领了侍卫在屋顶巡逻,四周弓箭手、铁甲军围得密密层层。古往今来,嫖院之人何止千万,却要算乾隆这次嫖得最为规模宏大,当真是好威风,好煞气,于日后"十全武功",不遑多让焉。后人有《西江月》一首为证,词曰:

铁甲层层密布,刀枪闪闪生光,忠心赤胆保君皇,护主平安上炕。

湖上选歌征色,帐中抱月眠香。刺嫖二客有谁防?屋顶金钩铁掌。

众侍卫官兵忙碌半夜,直到天亮,幸得平安无事,鸡犬不惊。到太阳上升,和珅悄悄走到玉如意房外,从窗缝里一张,见床前放着乾隆的靴子和一双绣花小鞋,帐子低垂,寂无人声,伸了伸舌头,退了出来。哪知从卯时等到辰时,又等到巳时,始终不见皇上起身,不由得着急起来,在窗外低呼:"老爷,要吃早点了吗?"连叫数声,帐中声息俱无。

和珅暗暗吃惊,转身去推房门,里面闩住了推不开。他提高声音连叫两声:"老爷!"房里无人答应。和珅急了,却又不敢打门,忙出去和李可秀及白振商量。李可秀道:"咱们叫老鸨去敲门,送早点进去,皇上不会怪罪。"白振道:"李军门此计大妙。"

三人去找老鸨,哪知妓院中人竟然一个不见。三人大惊,情知不妙,忙去拍玉如意房门,越敲越重,里面仍然毫无声息。李可秀急道:"推进去吧!"白振双掌抵门,微一用力,喀喇一声,门闩已断。

和珅首先进去,轻轻揭开帐子,床上被褥零乱,哪里有乾隆和玉如意的踪影?登时惊得晕了过去。白振忙叫进众侍卫,在院子里里外外搜了一个遍,连每只箱子每只抽屉都打开来细细瞧了,可是连半点线索也无。众人又害怕又惊奇,整夜防守得如此严密,连一只麻雀飞出去也逃不过众人眼睛,怎么皇上竟会失踪?白振又再检查各处墙壁,看有无复门机关,敲打了半天,丝毫不见有何可疑之处。不久御林军统领福康安和浙江巡抚都接到密报赶到。众人聚在妓院之中,手足无措,魂不附体,面如土色,呆若木鸡。

正是:皇上不知何处去,此地空余象牙床。

那晚乾隆听玉如意唱了一会曲,喝了几杯酒,已有点把持不定。玉如意媚笑道:"服侍老爷安息吧?"乾隆微笑点头。玉如意替他宽去衣服鞋袜,扶到床上睡下,盖上了被,轻笑道:"我出去一会,就来陪你。"乾隆但觉枕上被间甜香幽幽,颇涉遐思,正迷迷糊糊间,听得床前微响,笑道:"你这刁钻古怪的妮子,还不快来!"

帐子揭开,伸进一个头来,烛光下只见那人满脸麻皮,圆睁怪眼,腮边浓髯,有如刺猬一般,与玉如意的花容月貌大不相同。乾隆还道眼花,揉了揉眼睛,那人已把一柄明晃晃的匕首指在他喉边,低喝:"丢他妈,你契弟皇帝,一出声,老子就是一刀。"

乾隆这一急当真非同小可,霎时间欲念全消,宛如一桶雪水,从顶门上直灌下来。那人更不打话,摸出块手帕塞在他嘴里,用床上被头把他一卷,便像个铺盖卷儿般提了出去。

乾隆无法叫喊,动弹不得,睁眼一片黑暗,只觉被人抬着,一步一步向下走去,鼻中闻到一股泥土的霉臭潮湿之气,走了一会,又觉向上升起,登时省悟,原来这批人是从地道中进来的,因此侍卫官兵竟没能拦住。刚明白此节,只觉身子震动,车轮声起,已给人放入马车,既不知大逆谋叛者何人,又不知要把自己带到何处?

车行良久,道路不平,震动加烈,似已出城,到了郊外。再走好半天,车子停住,乾隆感到给人抬了出来,愈抬愈高,似乎漫无止境,心中十分害怕,全身发抖,在被窝中几乎要哭了出来。惶急之际,忽动诗兴,口占两句,诗云:"疑是因玉召,忽上峤之高。"

被人抬着一步一步的向上,似是在攀援一座高峰,最后突然一顿,给人放在地下。他不敢言语,静以待变,过了半晌竟没人前来理睬。将裹在身上的被子稍稍推开,侧目外望,黑漆漆的什么也看不见,只听得远处似有波涛之声,凝神静听,又听得风卷万松,夹着清越悠长的铜铃之声。风势越来越大,一阵阵怒啸而过,似觉所处之地有点摇晃,更是害怕,推开被头,想站起来看看,刚一动,黑暗中一个低沉的声音喝道:"要性命的就别动。"敢情监视着他的人守候已久,乾隆吓得不敢动弹。

如此挨了良久,心头思绪潮涌。风声渐止,天色微明,乾隆看出所处之所是一间小室,但爬得这么高,难道这是高山之巅的一所房屋?正在胡思乱想,忽听得一阵唏哩呼噜之声,细细听去,原来是监守者正在吃面,听声音是两个人,大口咀嚼,吃得十分香甜。他折腾了一夜,这时已感饥饿,面香一阵阵传来,不觉食欲大起。

过了一会,两人面吃完了,一个人走过来,将满满一碗虾仁鳝糊面放在他头边地下,相距约有五尺,碗中插了一双筷子。乾隆寻思:"这是给我吃的么?"不过这两人既不说,肚中虽饿,也不便开口动问。只听一人道:"这碗面给你吃,里面可没毒药。"乾隆大喜,坐起

第十回

粉腻脂香笼至尊

烟腾火炽走豪侠

身来正要去拿,忽然身上一阵微凉,忙又睡倒,缩进被里。原来昨夜玉如意服侍他安睡之时,已帮他将上下衣服脱得精光,这时一丝不挂,怎能当着众人前钻出被窝来拿面?

那人骂道:"他妈的,你怕毒,我吃给你看。"端起碗来,连汤带面,吃了个干干净净。乾隆见这人满脸疤痕,容色严峻,甚感惧怕,道:"我身上没穿衣,请你给我拿一套衣服来。"他话中虽加了个"请"字,但不脱呼来喝去的皇帝口吻。那人哼了一声,道:"老子没空!"这人是鬼见愁十二郎石双英,一副神情,无人不怕。

乾隆登时气往上冲,但想自己性命在别人掌握之中,皇帝的威严只得暂且收起,隔了半刻,说道:"你是红花会的么?我要见你们姓陈的首领。"

石双英冷冷的道:"咱们文四哥给你折磨得遍身是伤。总舵主在请大夫给他治伤,没功夫见你,等文四哥的伤势好了再说。"乾隆暗想,等他伤愈,不知要到何年何月,不由得暗暗着急。只听得另一个喉音粗重、神态威猛的人道:"要是四哥的伤治不好,归了天,那只好叫你抵命。"这人是铁塔杨成协,这话倒非威吓,实是出自肺腑之言。乾隆无法搭腔,只得装作没听见。

只听两人一吹一唱,谈了起来,痛骂满洲鞑子霸占汉人江山,官吏土豪、欺压小民,说来句句怨毒,只把乾隆听得惊心动魄。到了午间,孟健雄和安健刚师兄弟来接班,两人一面吃饭,一面谈论官府拷打良民的诸般毒刑,什么竹签插指甲、烙铁烧屁股、夹棍、站笼,形容得淋漓尽致,最后孟健雄加上一句:"将来咱们把这些贪官污吏抓来,也教他们尝尝这些滋味。"安健刚道:"第一要抓贪官的头儿脑儿。插他的手指,烧他的屁股。"

这一天乾隆过得真是所谓度日如年,好容易挨到傍晚,换班来的是常氏双侠。这对兄弟先是闷声不响的喝酒,后来酒意三分,哥儿俩大谈江湖上对付仇家的诸般惨毒掌故。什么黑虎岗郝寨主当年失风被擒,越狱后去挖掉了捉拿他的赵知府的眼珠;什么山西的白马孙七为了替哥哥报仇,把仇人全家活埋;什么彰德府郑大胯子的师弟剪他边割他靴子,和他相好勾搭上了,他在师弟全身割了九九八十一刀。乾隆又饿又怕,想掩上耳朵不听,但话声总是一句一句传进耳来。兄弟俩兴致也真好,一直谈到天明,"龟儿子"和"先人板板"，也不知骂了几千百句。总算他们知道乾隆是总舵主的同胞兄弟，没辱及他的先人。乾隆整夜不能合眼。常氏双侠形貌可怖，有如活鬼，灯下看来，实令人不寒而栗。

次日早晨，赵半山和卫春华来接班。乾隆见这两人一个脸色慈和，一个面目英俊，不似昨天那批人凶神恶煞般的模样，又均在西湖上见过，稍觉放心，实在饿不过了，对赵半山说道："我要见你们姓陈的首领，请你通报一声。"赵半山道："总舵主今儿没空，过几天再说吧。"乾隆心想："这样的日子再过几天，我还有命么？"说道："那么请你先拿点东西给我充饥。"赵半山道："好吧！"大声叫道："万岁爷要用御膳，快开上酒席来。"卫春华答应着出去。

乾隆大喜，说道："你给我拿一套衣服来。"赵半山又大声叫道："万岁爷要穿衣了，快拿龙袍来。"乾隆喜道："你这人不错，叫什么名字？将来我必有赏赐。"赵半山微笑不答。乾隆忽然想起，道："啊，我记得了，你的暗器打得最好。"

孟健雄捧了一套衣服进来，放在被上，乾隆坐起一看，见是一套明朝的汉人服色，不觉大为踌躇。赵半山道："咱们只有这套衣服，你着不着听便！"乾隆心想我是满清皇帝，怎能穿明朝的汉人服色，可是不穿衣服，势必不能吃饭。饿了一日两夜之后，这时什么也顾不得了，只得从权穿起。

他穿了汉人装束，虽觉不惯，倒也另有一股潇洒之感，站起来走了几步，向窗外一望，不由得吓了一跳，只见远处帆影点点，大江便在足底，眼下树木委地，田亩小如棋局，原来竟是身在高塔之顶。这宝塔高耸如是，既在大江之滨，那定是杭州著名的六和塔了。

又过了两个时辰，才有人来报道："酒席摆好了，请下去用膳。"乾隆跟着赵半山和卫春华走到下面一层，见正中安放一张圆桌，桌上杯箸齐整，器皿雅洁，桌边已团团坐满了人，留下三个空位。众人见他下来，都站起身来拱手迎接。乾隆见他们忽然恭谨有礼，心中暗喜。

无尘道人道："我们总舵主说他和皇上一见如故，甚是投缘，因此请皇上到塔上来盘桓数日，以便作长夜之谈，哪知他忽有要事，不能分身，命贫道代致歉意。"乾隆嗯了一声，不置可否。无尘请他上坐。乾隆便在首位坐了。

侍仆拿酒壶上来，无尘执壶在手，说道："弟兄们都是粗鲁之辈，不能好好服侍皇上，请别怪罪。"一面说一面筛酒，酒刚满杯，无尘忽然变脸，向侍仆怒骂："皇上要喝最上等的汾酒，怎么拿这样子的淡酒来？"举杯一泼，将酒泼在侍仆脸上。侍仆十分惶恐，说道："这里只备了这种酒，小的就到城里去买好酒。"无尘道："快去，快去。这样子的酒，咱们粗人喝喝还可以，皇上哪能喝？"徐天宏接过酒壶，给各人筛了酒，就只乾隆面前是一只空杯，他不住向乾隆道歉。

一会儿侍仆端上四盆热气腾腾的菜肴，一盆清炒虾仁，一盆椒盐排骨，一盆醋溜鱼，一盆韭黄鳝背，菜香扑鼻。无尘眉头一皱，喝道："这菜是谁烧的？"一名厨子走近两步道："是小人烧的。"无尘怒道："你是什么东西？干么不叫皇上宠爱的御厨张安官来烧苏式小菜？这等杭州粗菜，皇上怎么能吃？"

乾隆道："这几样菜色香俱全，也不能说是粗菜。"说着伸筷去盆里夹菜。陆菲青坐在他身旁，伸出筷子，说道："这种粗菜皇上不能吃，别吃坏了肚子。"双筷在他筷上一夹，潜用内力，轻轻一折，把乾隆的筷子齐齐折断了一截。

群雄见陆菲青不动声色，露了这手，都是暗暗佩服。无尘心道："他师弟张召重武功虽高，谈到内功，恐怕还是不及师兄。绵里针果然名不虚传。"乾隆筷子被陆菲青夹断，伸出又不是，缩进又不是，登时面红过耳，啪的一声，把断筷掷在桌上。大家只当不见，"请请"连声，吃起菜来。

徐天宏向厨子喝道："快去找张安官来给皇上做菜。皇上肚子饿了。你不知道么？"厨子诺诺连声，退了下去。

乾隆自知他们有意作弄，肚中饥火如焚，眼见众人又吃又喝，连声赞美，心中又气又恨，可又发作不得。菜肴一道一道的上来，塔中设有炉灶，每道菜都是热香四散。好容易干吞馋涎等他们吃完酒席，侍仆送上龙井清茶。徐天宏道："这茶叶倒还不错，皇上可以喝一杯。"乾隆接来两口喝干，茶入空肚，更增饥饿。蒋四根在旁却不住抚摸肚子，猛打饱嗝，大呼："好饱！"赵半山道："我们已去赶办御用筵席，请皇上稍等片刻。"无尘在一旁顿足怒骂，说怠慢了贵客，总舵主回来定不高兴。周仲英把铁胆弄得当啷啷直响，说道："皇上肚饿了吧？"乾隆哼了一声，并不言语。

蒋四根道:"饿么?我好饱!"徐天宏道:"这叫做'饱人不知饿人饥'了。天下挨饿的老百姓不知道有几千几万,可是当政之人,几时想过老百姓挨饿的苦处?今日皇上稍稍饿一点儿,或者以后会懂得老百姓挨饿时是这般受罪。"常赫志道:"人家是成年累月的挨饿,一生一世从来没吃饱过一餐。他一天两天不吃东西,有啥子希奇?"常伯志道:"我们哥俩小时候连吃两个月树皮草根,你龟儿尝尝这滋味看。"

说到了饿肚子,红花会群雄大都是贫苦出身,想起往事,都是怒火上升,你一句,我一句,说个不休。乾隆脸上青一阵红一阵,听他们说得逼真,也不禁怵然心动,心想:"天下果真有这等惨事?生而贫穷,也真是十分不幸了。"他愈听愈不好过,转身向上层走去,群雄也不阻拦。徐天宏道:"待御膳备好,就来接驾。"乾隆不理。

过了两个时辰,乾隆忽然闻到一阵"葱椒羊肉"的香气,宛然是御厨张安官的拿手之作,又惊又喜,难道他们真的把御厨给找来了?正自沉吟,张安官走了上来,趴下叩头,说道:"请皇上用膳。"乾隆奇道:"你怎么来的?"张安官道:"奴才昨儿在戏园子听戏,一出门就给人架了去。今儿听人说皇上在这儿,要奴才侍候,奴才十分欢喜。"

乾隆点点头,走了下去,只见桌上放着一碗"燕窝红白鸭子炖豆腐"、一碗"葱椒羊肉"、一碗"冬笋大炒鸡炖面筋"、一碗"鸡丝肉丝奶油焗白菜",还有一盆"猪油酥火烧",都是他平日喜爱的菜色,此外还有十几碟点心小菜,一见之下,心中大喜。张安官添上饭来。无尘等齐道:"请皇上用膳。"

乾隆心想:"这次看来他们是真心请我吃饭了。"正要举筷,忽见一个十八九岁的大姑娘抱着一头猫儿走了进来,对周仲英道:"爹,猫咪饿啦!"正是周绮。那猫在她手中挣了几挣,周绮一松手,猫儿跳到桌上,在两盆菜中吃了两口。周绮和众人纷纷呼喝,正要把猫赶下,忽然那猫两腿一伸,直挺挺的躺在桌上,口吐黑血而死。

乾隆登时变色。张安官吓得发抖,忙跪下道:"皇上……皇上……菜里给他们……他们下毒……吃不得了!"乾隆哈哈一笑,道:"你们犯上作乱,大逆不道,竟要弑君。要杀便杀,何必下毒?"把椅子一推,站了起来。

无尘道:"皇上你这顿饭当真是不吃的了?"乾隆怒道:"乱臣贼

子,看你们有什么好下场。"他见猫儿中毒,自忖今日必死,索性破口怒骂。

无尘伸掌在桌上一拍,喝道:"大丈夫死生有命,你不吃我吃!哪一位有胆子跟我一起吃?"说罢拿起筷子,在猫儿吃过的菜中夹了两筷,送入口中,大嚼起来。群雄纷纷落座,叫道:"死就死,有什么要紧?"喝酒吃菜,踊跃异常。乾隆见这批亡命徒大吃毒菜,不禁愕然,不知他们是何用意。

不一会,群雄风卷残云,把饭菜吃了个干净,居然一点没事。原来他们先给猫儿喂了毒药,菜中其实并无毒药。这一来,乾隆一席到口的酒菜固然吃不到,还给人奚落了一场。

原来那日群雄在余杭舟中商议,文泰来虽已救出,乾隆却决不肯甘休,如何善后,实非容易。无尘献议一不做,二不休,索性去将乾隆捉了来,迫他答允不得再跟红花会为难。群雄个个心雄胆壮,齐声赞好,当下重回杭州,恰逢西湖中正要选花国状元,便将乾隆诱入玉如意的院子擒获。

群雄痛恨乾隆捕捉文泰来,刀砍棍打,弄得遍体鳞伤,而骆冰受伤、周仲英丧子、余鱼同命危,何尝不均是由此而起?依着常氏双侠和蒋四根等一干人,便要将乾隆一刀杀却,至不济也要痛打一顿,以出心中恶气。但陈家洛和徐天宏等以大局为重,终于劝服了他们,才这般折辱他一番。这一来是报仇,二来是先杀他个下马威,等陈家洛和他商谈大事时,好教他容易就范。

乾隆整整挨了两天饿,杭州官场却已闹得天翻地覆。皇上失踪的消息虽没张扬出去,全城却已几乎抄了个遍。杭州通往外县的各处水陆口子都由重兵把守,不许一人进出。城里城外,两天内捕捉了几千名"疑匪",各处监狱都塞满了。地方官府固是十分惶急,一面又乘机把富商大贾捉了不少,关在狱里,勒索重金,料来这是"忠君爱国"的大事,日后谁都不会追究。

皇帝希奇古怪的失踪,福康安、李可秀、白振以及一些得知消息的护驾大臣,这两日中真如热锅上蚂蚁,不知如何是好。他们料想必是红花会犯驾,出事后立时大举在各处搜查,哪知城中和军营的红花会人众早已隐匿的隐匿,出城的出城,一个也没抓到。

第三天清晨，福康安又召集众人在抚署会商。人人愁眉苦脸，束手无策，计议要不要急报皇太后。这等大事势在无可隐瞒，可是这一报上去，后果之糟，谁都不敢设想。

正自踌躇不决，忽然御前侍卫瑞大林脸色苍白，急奔前来，在白振耳边轻轻说了几句话。白振脸色一变，立即站起，道："有这等事？"福康安忙问情由。瑞大林道："在皇上寝殿外守卫的六名侍卫，忽然都给人杀死了。"福康安并不吃惊，反而暗喜，道："咱们去看看，这事必与皇上失踪有关。说不定反可找到些头绪。"

众人走向乾隆设在抚署里的寝殿。瑞大林推开殿门，迎鼻一阵血腥气扑了过来，只见地板上东倒西歪的躺着六具尸体，有的眼睛凸出，有的胸口洞穿，死状可怖。乾隆睡觉之时，向有六名侍卫在寝殿外守夜，皇帝虽然失踪，轮值侍卫仍然照常值班，哪知六人全在夜中被杀。白振道："这六位兄弟都非庸手，怎么不声不响的就给人干掉了？"各人目瞪口呆，谁都猜想不透。

白振察看尸体，细究死因，见有的是被重手法震毙，有的是被剑削去了半边脑袋。那六人的兵器有的在鞘中还未拔出，想来刺客行动迅速已极，侍卫不及御敌呼援，都已一一被杀。白振皱眉道："这室中容不下多人斗殴，刺客最多不过两三人。他们一举就害死六位弟兄，下手毒辣爽利，武功实在高明之极。"

李可秀道："皇上既已被他们请去，又何必来杀这六名侍卫？看来昨晚的刺客和劫持皇上之人并非一路。"福康安道："不错！刺客也是大逆谋叛，哪知皇上却不在这里。"白振道："两位所料甚是。如杀侍卫的是红花会人物，那么皇上是落在别人手中了。可是除了红花会，又有谁如此大胆，敢做这般大逆不道之事？要是劫持皇上的是红花会，此外哪里又有这等武功高强之人？"红花会人众已难对付，突然又现强敌，不禁心寒。再俯身察看，忽见尸体胸口有犬爪抓伤和利齿咬伤的痕迹，心念一动，忙请李可秀差人去找猎犬。

过了一个多时辰，差役带了三名猎户和六头猎犬进来。李可秀已调集了两千名兵丁，整装待发。白振命猎户带领猎犬在尸体旁嗅了一阵，追索出去。

猎犬带领众人直奔湖滨，到了西湖边上，向着湖中狂吠。白振暗暗点头，知道刺客带了犬来，打死侍卫后，命犬带路，追寻皇帝。

第十四回

烟腾火炽走豪侠

粉腻脂香羁至尊

猎犬吠了一会,沿湖乱跑乱窜一阵,找到了踪迹,沿湖奔去,湖畔泥湿,果然有人犬的足印。猎犬奔到乾隆上岸处,折回城内。城内人多,气息混杂,猎犬慢了下来,边嗅边走,直向玉如意的院子中奔了进去。

妓院中本来有兵把守,这时却已不见。众人走进院子,只见庭院室内,又死了两名侍卫和十多名官兵。刺客下手狠辣,没留下一个活口,有的兵卒是咽喉被狗咬断而死。白振看死者身材和伤口部位,心想恶狗躯体庞大,若非关外巨獒,便是西北豺狼和犬的混种,难道刺客是从关外或西北塞外而来?

六只猎犬在玉如意卧室中转了几个圈子,忽在地板上乱抓乱爬。白振细看地板,并无异状,但猎犬仍不住抓吠,便命兵卒用刀撬起地板,下面是块石板。白振急道:"快撬!"兵卒把石板撬开,露出一个大洞,猎犬当即钻了下去。李可秀和白振见下面是条地道,这才恍然大悟,成千兵将在妓院四周和屋顶守卫,而皇帝竟然神不知鬼不觉的失踪,原来刺客是从地道里进出的,不禁暗叫惭愧,率领兵卒追了下去。

注:

日人稻叶君山《清朝全史》云:"乾隆御制诗至十余万首,所作之多,为陆放翁所不及。常夸其博雅,每一诗成,使儒臣解释,不能即答者,许其归家涉猎。往往有翻阅万卷而不得其解者,帝乃举其出处,以为笑乐。"其实乾隆之诗所以难解,非在渊博,而在杜撰,常以一字代替数语,群臣势必瞠目无所对,非拜伏赞叹不可。

周作人《杂谈旧小说》一文谈到《绿野仙踪》时说:"冷于冰遇着一个私塾教书的老头子,有很好的滑稽和讽刺……这老儒给他讲解两句诗,却幸而完全没有忘记:'媳钗俏矣儿书废,哥罐闻焉嫂棒伤。'这里有意思的事,乃是讽刺乾隆皇帝的。我们看他题在知不足斋丛书前头的'知不足斋何不足,渴于书籍是贤乎',和在西山碧云寺的御碑上的'香山适才游白社,越岭便以主碧云'比较起来,实在好不了多少。书里的描写可以说是挖苦透了,不晓得那时何以没有卷进文字狱里去的,或者由于告发的不易措施,因为此外没有确实的证据,假如直说这'哥罐'的诗是模拟圣制的,恐怕说的人就要先戴上一顶大不敬的帽子吧。"

按：书中"媳钗"两句系咏花，媳妇钗花于鬓，儿子视俏容而废攻书；兄长插花于罐而闻，嫂子为防微杜渐，以棒击罐而破之。该书成于乾隆二十九年，其时御制诗流传天下，周说颇有见地。

乾隆第五次南巡至海宁，仍驻陈氏安澜园，有诗云："安澜易旧名，重驻跸之清……石径虽诘曲，步来那用寻？无花不具野，有竹与之深"云云。又乾隆在海宁半夜中闻潮声雷动，有《睡醒》一律："睡醒恰三更，喧闻万马声。潮来势如此，海晏念徒萦。微禹乏良策，伤文多愧情。明当陟尖峤，广益竭吾诚。"诗中之"文"字，或系指汉文帝或指文种(?)，"尖峤"当指海宁之尖山，乾隆翌日拟往巡游。但山字平声，碍于平平仄仄，无奈改用"尖峤"，盖"峤"字可平可仄也。作者恭拟御制两句："疑为因玉召，忽上峤之高"，玉者玉皇大帝也，玉如意也，似尚不失为乾隆诗体。

乾隆在海宁督修海塘及观潮，作诗极多，有句云："今日海塘殊昔塘，补偏而已策无良，北坍南涨嗟烧草，水占田区竟变桑。"海宁本有柴塘，力不足以御怒潮，"烧草"或系指"柴"，乃乾隆杜撰之典，儒臣难解矣。"变桑"当指沧海变桑田，"策无良"意为无良策。又有句云："伍胥文种诚司是，之二人前更属谁？"相传伍子胥、文种为海宁潮神，乾隆以海潮汹涌，自古已然，于伍文二人之前又属谁管？数年后再到海宁观潮，和前诗云："设非之二人司是，如是雄威更合谁？"又海宁观潮诗有句云："当前也觉有奇讶，闹后本来无事仍。"意谓海潮涌来之时，也觉十分诧异，但潮水大闹一场之后，仍然无事，"无事仍"者，"仍无事"也。

乾隆诗才虽别具一格，但督修海塘，全力以赴，实令人心感，其在陈氏安澜园有句云："急愁塘与堰，懒听管和弦。"勤政爱民，似亦非虚言。

乾隆喜用"之"、"而"、"以"、"和"、"与"等虚字以凑诗中字数。陈世倌告老还乡时，乾隆有送行诗云："凤夜勤劳言行醇，多年黄阁赞丝纶。陈情无那俞孔纬，食禄应教例郑均。自是江湖忧未忘，原非桑梓隐而沦。老成归告能无惜？皇祖朝臣有几人？"又登海宁《观潮楼》诗云："南坍与北涨，幻若谷和陵。江尚岸之近，楼如舫以乘。"意谓江水离岸尚近，登楼有如乘舫。设删去虚字而成四言诗："南坍北涨,幻若谷嶂。江岸登楼,宛如乘舫。"其意一也,可见其诗中虚字往往多余。其题董邦达《西湖四十景》有句云:"贤守风流白与苏"。作者拟御制西湖即兴:"才诗或让苏和白,佳曲应超李与王",试为乾隆儒臣解之:朕才子之诗,或稍不及苏东坡和白乐天,未有定论,然玉如意佳人之曲,歌喉当胜李夫人、琵琶应超王昭君也。

敬告读者

为了维护读者、著作权人和出版发行者的合法权益,本书采用了新型数码防伪技术。正版图书的定价标示处及外包装盒上均贴有完好的防伪标签。刮开涂层,可见到一组数码,您可以通过两种途径查验真伪。

1. 拨打全国免费电话4008301315,按语音提示从左到右依次输入相应数码并按#键结束。
2. 扫描防伪标上的二维码,按提示输入相应数码。

读者如发现盗版图书,可向当地"扫黄打非"办公室、新闻出版局、公安机关、市场监督管理局等部门举报,或直接与我们联系。

联系电话:020-34297719 13570022400

我们对举报盗版、盗印、销售盗版图书等侵权行为的有功人员将予以重奖。

广州市朗声图书有限公司

飛雪連天射白鹿

笑書神俠倚碧鴛

金庸

孔子曰："知之者不如好之者，好之者不如樂之者。"誠哉斯言，請從讀書中求賞心樂事。

金庸

【新修珍藏本】

書劍恩仇錄

下

金庸

图书在版编目(CIP)数据

书剑恩仇录/金庸著．—广州：广州出版社，2009.9（2022.9重印）
ISBN 978-7-5462-0162-7

Ⅰ.书⋯　Ⅱ.金⋯　Ⅲ.侠义小说－中国－当代　Ⅳ.I247.5

中国版本图书馆CIP数据核字（2009）第127108号

广东省版权局版权合同登记图字：19-2012-014号

朗声图书

本书版权由著作权人授权广州市朗声图书有限公司在中国大陆（不包括香港、澳门、台湾地区）专有使用

版权所有·侵权必究

封面图画选自董培新先生金庸小说国画

敬告读者

　　为了维护读者、著作权人和出版发行者的合法权益，本书采用了新型数码防伪技术。正版图书的定价标示处及外包装盒上均贴有完好的防伪标签。刮开涂层，可见到一组数码，您可以通过两种途径查验真伪。

1. 拨打全国免费电话4008301315，按语音提示从左到右依次输入相应数码并按#键结束。
2. 扫描防伪标上的二维码，按提示输入相应数码。

　　读者如发现盗版图书，可向当地"扫黄打非"办公室、新闻出版局、公安机关、市场监督管理局等部门举报，或直接与我们联系。

　　联系电话：020-34297719　13570022400

　　我们对举报盗版、盗印、销售盗版图书等侵权行为的有功人员将予以重奖。

广州市朗声图书有限公司

衬页印章／丁敬「长相思」。

丁敬（1695—1765），杭州人，西泠八家之第一人。

丁敬为浙派篆刻之倡导人，为人甚有风骨，决不为无行之权贵刻印，如强求者，往往遭其痛骂。袁枚赞他为「世外隐君子，人间大布衣」。

本印边款云「庚辰冬日敬叟作」，庚辰即乾隆二十五年。

兆惠于乾隆二十四年黑水营突围。本印之作，当在香香公主死后不久。

维人骑驴少女：今人黄胄作。图中三人为新疆维吾尔人，即霍青桐姊妹及阿凡提之族人。该图为作者所藏。

维吾尔人少女:黄胄作。

乾隆佛装像：原藏故宫寿皇殿。

香妃戎装像：郎世宁所作唯一之油画，现藏台北故宫博物院。

簪花图：作者无题款，原藏清宫寿皇殿，绘于大插屏之一面，另一面绘清高宗古衣冠半身行乐图，即服明人服饰。相传此为香妃像。

乾隆帝写字像：无题款，画中乾隆作汉人装扮。

右页上图／长春园图卷：郎世宁作。长春园为西式建筑。乾隆身畔陪坐之嫔妃亦穿西服，据说即香妃。

右页下图／哈萨克人贡马图：郎世宁作。乾隆坐而纳贡，意甚闲适。

左页图／御苑春蒐图：郎世宁作。乾隆戎装，其后为香妃。

《平定准部回部得胜图》之一：清军进攻准噶尔部。本图为铜版印本，系法国艺术家根据郎世宁及其他三名天主教教士之绘画在巴黎所作。原铜版现藏德国国立柏林民俗博物馆。

《平定准部回部得胜图》之一：凯宴成功诸将士。

由丁关鹏等人依郎世宁原稿用宣纸作着色画。

本图描绘乾隆在西苑紫光阁，为西征的将士们举行庆功宴的场景。

凱宴成功諸將士
得詩八章

出塞志勤歲禋珽
升平凱宴渡池塘
朝諝揮運誠寶泉
助順成功係額

天策繡林之恩予
厚詢勞一命末
前寧惟孜不重生
喧派覺迴恩懷悚
塊日麗風和善
赤淙試肴廑備禮不
壬林諸殺浣伯靈
水得命須德遂排
意令可毫武畫常兀
不期誰擬話溪泂
任笑笑蛟蜀拔兮
情者郎覺蜀西興
軟項我歌靈夏出
車詩紫光將畫淩
煙儗橓橓栯同叩
乾貺貽威成將
士錦承挞日月光
輝軍氣精搖我寬
使曲街街後他杯
酒解兵携八旗子
弟心山石萬櫺國
朝龍荷
天宫春宴麽猶未

清皇贵妃冬朝冠：现藏台北故宫博物院。这顶帽子，乾隆企盼能戴在香香公主头上，而终于无法如愿。

长城一角：陈家洛与香香公主「魂断城头日已昏」处。

乾隆晚年肖像：

乾隆时年八十三岁，英国一七九七年所出版《马戛尔尼大使》一书中所附。William Alexander 作。

乾隆五十八年（1793），英国派马戛尔尼伯爵（Earl of Macartney）为大使，朝见乾隆。

乾 隆 大 皇 帝

TCHIEN LUNG TA WHANG TEE

TCHIEN LUNG, THE GREAT EMPEROR.

穿西装之香妃。

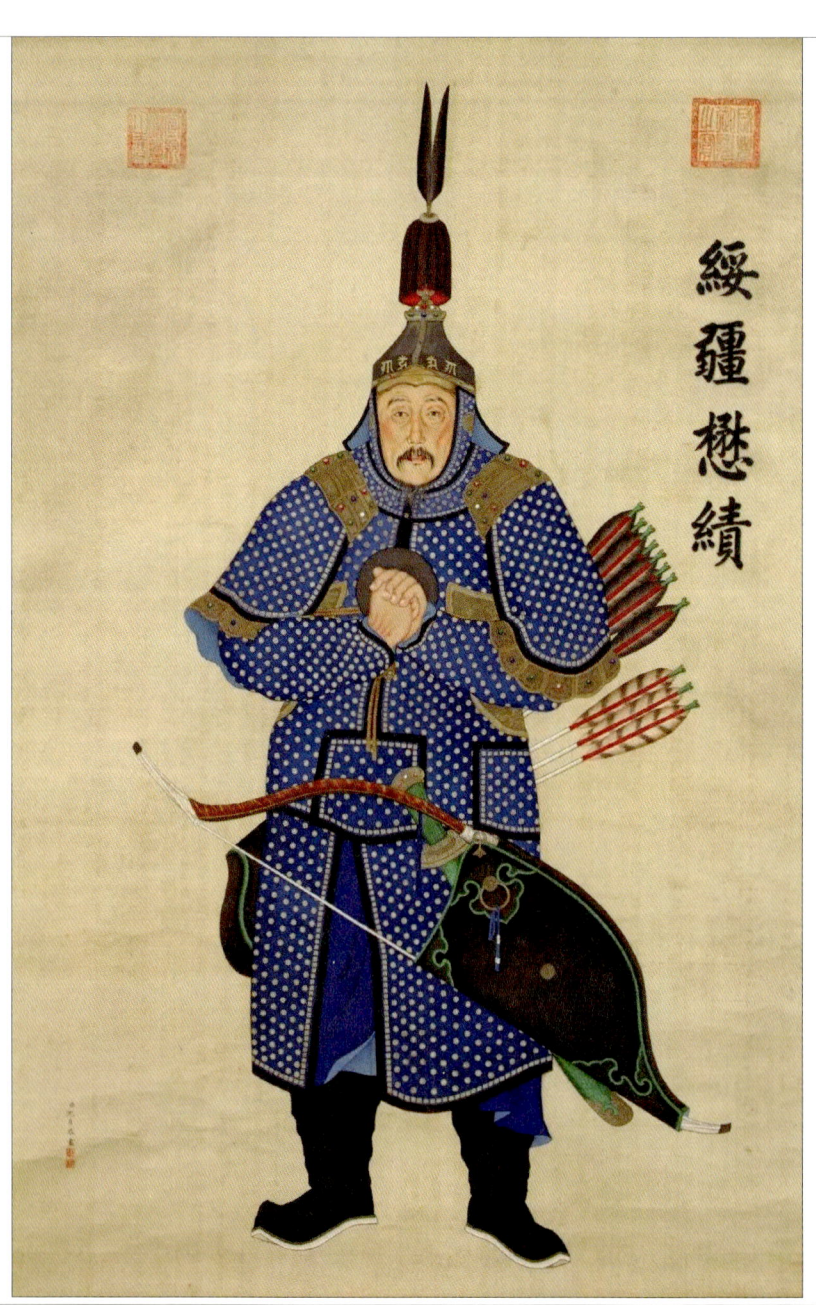

紫阁元勋兆惠像：原为紫光阁功臣像之一。

目录

第十一回	高塔入云盟九鼎 快招如电显双鹰	331
第十二回	盈盈彩烛三生约 霍霍青霜万里行	355
第十三回	吐气扬眉雷掌疾 惊才绝艳雪莲馨	395
第十四回	密意柔情锦带舞 长枪大戟铁弓鸣	423
第十五回	奇谋破敌将军苦 儿戏降魔玉女瞋	459
第十六回	我见犹怜二老意 谁能遣此双姝情	497
第十七回	为民除害方称侠 抗暴蒙污不愧贞	535
第十八回	驱驴有术居奇货 除恶无方从佳人	557
第十九回	心伤殿隅星初落 魂断城头日已昏	585
第二十回	忍见红颜堕火窟 空余碧血葬香魂	631
魂归何处		661
后 记		669

在六和塔第十二层上，乾隆终于接纳了陈家洛兴汉反满的图谋。陈家洛请群雄进来，说道：「此后咱们共图大事，驱除胡虏，还我汉家河山，如有异心，天诛地灭。」

第十一回

高塔入云盟九鼎
快招如电显双鹰

乾隆在六和塔顶饿了两日两夜,又受了两日两夜的惊吓气恼,心力交瘁,甚是委顿。第三天早晨,忽见一个小书僮入室走近,说道:"少爷请东方老爷过去谈谈。"乾隆认得他是陈家洛的书僮心砚,心头一喜,忙随着他走到下一层来。

他一进门,陈家洛笑容满脸的迎出,当先一揖。乾隆还了一揖,走进室内。心砚献上茶来。陈家洛道:"快拿点心来。"心砚捧进一个茶盘,盘中放着一碟汤包、一碟蟹粉烧卖、一碟炸春卷、一碟虾仁芝麻卷、一碗火腿鸡丝莼菜荷叶汤,盘未端到,已是清香扑鼻。心砚放下两副杯筷,筛上酒来。

陈家洛道:"小弟因要去探望一位朋友的伤,有失迎迓,还请恕罪。"乾隆道:"好说,好说。"陈家洛道:"请先用些粗点,小弟还有事请教。"乾隆饿得肚皮已贴到了背心。他素来体格强健,食量惊人,两日两夜不吃东西,如何耐得?见陈家洛先举筷夹一个汤包吃了,当即下箸如飞,快过做诗十倍,顷刻之间,把四碟点心吃得干干净净,汤也喝了个"碗底朝天子"。陈家洛每碟点心只吃了一件,喝了口汤,就放下筷子,见他吃得香甜,只是微笑。点心吃完,乾隆说不出的舒服受用,端起茶杯,望着杯中碧绿的龙井细茶,缓缓啜饮,齿颊生津,脾胃沁芳。陈家洛把门推得洞开,道:"他们都守在底下,咱们在这里说话再妥当也没有,决不会有第三人听见。"

乾隆板起脸,一字字低沉的道:"你把我劫持到这里,待要怎样？"

陈家洛走上两步，望住他脸。乾隆只觉他目光如电，似乎直看到了自己心里去，不由得慢慢转开了头，隔了半晌，听得陈家洛道："哥哥，你到今日还不认我么？"

这句话语音柔和，声调恳切，钻入乾隆耳中，却如晴空打了个霹雳，他忽地跳起，颤声道："你……你……你说什么？"

陈家洛脸色诚挚，缓缓伸手握住他手，说道："咱们是亲兄弟亲骨肉。哥哥，你不必再瞒，我什么都知道啦。"

自从文泰来被救，乾隆就知这个大秘密再也保守不住，但听陈家洛突然叫自己为"哥哥"，仍不禁震惊万分，登时全身无力，瘫痪在椅中。

陈家洛道："你到海宁扫墓，大举修筑海塘，把爸爸姆妈封为潮神和潮神娘娘，我知你并没忘本。你在这镜子里照照看。"说着把墙上画旁的一根线一拉，画幅卷起，露出一面大镜子来。

乾隆站起身来，见镜中自己一身汉装，面目神情，毫无满洲人的痕迹，再看看站在身旁的陈家洛，两人年岁不同，容貌却实在颇为肖似，叹了口气，回坐椅中。陈家洛道："哥哥，咱兄弟以前互不知情，以致动刀动枪，骨肉相残，爸爸姆妈在天之灵，一定很是痛心呢。好在大家并无损伤，并没做下难以挽救的事来。"

乾隆只觉喉干舌燥，一颗心扑通、扑通的跳个不住，隔了半晌，说道："我本来叫你到京里去办事，你自己不肯去。"见陈家洛转身眼望大江，并不置答，续道："我已查过，知道你已中乡试，那好得很啊。凭你才学，会试殿试必可高中，将来督抚、尚书、大学士，岂有不提拔你之理？这于家于国，对你对我，都是大有好处，何苦定要不忠不孝，干这种大逆不道之事。"

陈家洛忽地转身，说道："哥哥，我没说你不忠不孝，大逆不道，你反说起我来。"乾隆咦了一声，道："臣对君尽忠，叛君则为大逆。我既已为君，又怎说得上不忠？"

陈家洛道："你明明是汉人，却降了胡虏，这是忠吗？父母在世之日，你没好好侍奉，父亲在朝廷之日，反而日日向你跪拜，你于心何安，这是孝么？"乾隆头上汗珠一粒一粒的渗了出来，低声说道："我本来不知。是你们红花会已故的首领于万亭今年春天进宫来，我才听说的,现今我仍是将信将疑。不过为人子的,宁可信其有,不可信其无。信错了不过是愚,否则可是不孝。因此我到海宁来祭墓。"

实则这年春天于万亭偕文泰来入宫,将陈夫人的一封信交给乾隆,信中详述当时经过,又说他左股有一块朱记,这是再也确切不过的明证,乾隆已然信了九成。待于万亭走后,把当年喂奶的乳母廖氏传来,秘密查询,更得悉了详情。

原来康熙五十年八月十三日,皇四子胤禛的侧妃钮祜禄氏生了一个女儿,不久听说大臣陈世倌的夫人同日生产,命人将小儿抱进府里观看。哪知抱进去的是儿子,抱出来的却是女儿。陈世倌知是皇四子掉了包,大骇之下,半句都不敢泄漏出去。

当时康熙诸子争储夺嫡,明争暗斗,无所不用其极,各人笼络大臣,阴蓄死党。胤禛知父皇此时心意难决,皇太子已立了二哥胤礽,但父皇久欲废立,兄弟中如胤禩、胤祉、胤禵等才干都不在自己之下,诸人势均力敌。皇帝选择储君时,不但要比较诸皇子的才干,也要想到诸皇子的儿子,要知立储是久长之计,皇子死了,皇孙就是皇帝。胤禛此时初生之子弘晖早夭,剩下的儿子弘时相貌猥琐,不为祖父所喜,兼且未曾出过天花。当时天花流行,孩子患上,十有五死,胤禛之子未出天花,差不多等于没有儿子。满盼再生一个儿子,岂知下一个儿子难产,出生时便即夭折。胤禛侧妃钮祜禄氏不久怀孕,两夫妇求神拜佛,但愿生个儿子,哪知生出来的却是女儿。胤禛不顾一切要做皇帝,凑巧陈世倌生了个儿子,生得唇红面白,眉目清秀,就强行换了一个。胤禛于诸皇子中手段最为狠辣,陈世倌哪敢声张?

这换去的孩子取名弘历,康熙时封为宝亲王,后来就是乾隆。他自小聪颖武勇,六岁即能诵《爱莲说》,到了九岁时,更遇到一件事,使康熙十分喜爱。

这年弘历跟随祖父到热河打猎,卫队从山中赶了一头大黑熊出来,赶到康熙跟前。康熙举起火枪,一枪打中黑熊头上,那熊扑地倒了。康熙放枪之时,弘历骑了一匹小马,举起火枪,在祖父身旁跃跃欲试,见了那庞大的黑熊居然丝毫不惧。康熙看得有趣,说道:"你过去打它一枪。"康熙爱惜孙儿，叫他去打一枪，就算是他打死的，将来说弘历九岁击毙大熊，可以夸示群臣。弘历下马走到黑熊跟前，叫道："打死你，打死你！"对准黑熊肚皮放了一枪，众侍卫齐声欢呼叫好，康熙也是捻须微笑。弘历转身回来，刚要上马，哪知黑熊没有死透，突然人立，恶狠狠地向康熙马前扑来。众侍卫大惊，数枪齐发，将之击毙。康熙惊喜交集，对侍卫们道："这孩子福份可真不小，要是他在黑熊跟前之时那熊站了起来，那还有命么？"

从此康熙认为弘历福命大，兼之他文武双全，在诸孙中最为得宠。胤禛后来能做皇帝，实颇仗这假儿子之力。是以终雍正一朝，海宁陈家荣宠无比，雍正一来是报答，二来是笼络，免得陈家有所怨望，而泄漏这天大秘密。

至于换到陈家的女儿，本是公主，后来嫁给常熟蒋溥。蒋溥的父亲蒋廷锡于雍正初年任户部侍郎，其时陈世倌任山东巡抚，两人共同治水有功。陈蒋二人后来都入内阁。蒋溥由户部尚书、礼部尚书、吏部尚书而大学士，终乾隆一朝，蒋家荣宠不衰。据常熟故老相传，蒋溥陈夫人所住的楼堂，当地都称为"公主楼"，至今遗迹尚在。

乾隆初被抱入雍亲王（胤禛封号）府时啼哭不止，不肯吃奶。胤禛的侧妃钮祜禄氏只得把陈家原来给乾隆喂奶的奶母廖氏召到府中，乾隆这才止哭吃奶。哪知事隔多年，乾隆忽然问起，廖氏本不肯说，但听他口气，知道已悉详情，无法再加隐瞒。廖氏这时已六十多岁，当夜就被乾隆派人绞死，防她走漏隐事。

乾隆说这番话时，想起廖氏抚育之劳，心头颇为自疚。

陈家洛道："你自己看看又哪里像旗人了？还有什么好疑虑的？"乾隆沉吟不语。陈家洛道："你是汉人，汉人的锦绣江山沦入胡虏之手，你却去做了胡虏的头脑，率领他们来欺压咱们黄帝子孙。这岂不是不忠不孝、大逆不道吗？"

乾隆无言可对，昂然道："我今日反正已落入你的手里，你要杀便杀，何必多言。"陈家洛温言道："咱们在海塘上曾经约定，以后互不加害，言犹在耳，我岂能背誓？何况现下知道你是我的亲哥哥，兄弟相会，亲近还来不及，哪有相害之理？"说着不禁掉下泪来。

乾隆道："那么你要我怎样？要逼我退位么？"陈家洛拭一拭眼

泪,说道:"不,你仍然做你的皇帝,然而并非不忠不孝的皇帝,而是一位仁孝英明的开国之主。"乾隆奇道:"开国之主?"陈家洛道:"正是,做汉人的皇帝,不是满清的皇帝。"

乾隆一听此言,已明白他意思,道:"你要我把他们赶出关外?"陈家洛道:"不错,你一样做皇帝,与其认贼作父,为后世唾骂,何不奋发鹰扬,建立万代不易之基?"乾隆本是好大喜功之人,听了这几句话,不由得怦然心动。陈家洛鉴貌辨色,知道自己说词已经见效,续道:"你现今做皇帝,不过是承袭祖宗余荫,有什么希奇?你看看这人。"

乾隆走到窗边,顺着他手指向下望去,见一个农夫在远处田边挥锄耕作。陈家洛道:"要是这人生在雍亲王府中,而你生在农家,那么他就是皇帝,你却须得在田间锄地了。"乾隆一向自以为天纵神武,迥非常人可比,此刻细细琢磨陈家洛的话,不禁爽然若失。陈家洛又道:"大丈夫生在世间,百年之期,倏忽而过,如不建功立业,转眼与草木同朽,历来帝皇,如汉高祖、唐太宗、明太祖,那才是真英雄真豪杰。元人如成吉思汗,清人如太祖努尔哈赤、太宗皇太极,也算得一代雄主。如汉献帝、宋徽宗、明崇祯这种人,纵使不是亡国之君,因人碌碌,又何足道哉?"

这番话每一句都打入了乾隆心坎。他知道自己是汉人后,曾几次想下令宫中朝中改服汉人衣冠,都被太后和满洲大臣拦住,心想倘若真的依着陈家洛的话,推倒清廷,改朝换代,重还汉家天下,自己就是陈姓皇朝的开国之主,功业实可上比刘邦、李世民。

他正想接话,忽听得远处传来一阵犬吠之声,又见陈家洛双眉微扬,转身外望,忙跟着向窗外望去,只见四条身躯异常庞大的獒犬向六和塔疾奔而来,后面跟着两人。

转眼之间,两人四犬已奔到塔下,隐隐听到有人厉声喝问。六和塔塔高十三层,乾隆与陈家洛这时在第十二层上,与塔下相距甚远,听不清楚下面说话。只见两人四犬都冲进了塔中,忽然四条獒犬反身奔逃,孟健雄手挟弹弓追出,一阵连珠弹把四犬打得狺狺狂叫。

陈家洛正自奇怪,不知两人四犬是什么路数,忽见塔中一人窜出,身法迅疾无比,夹手把孟健雄的弓夺过,左掌便向他项颈劈落。孟健雄一闪没避开,忙举手格时,被那人用弹弓弓端在腰里一戳,戳中穴道,俯身跌倒。那人头也不回,直奔进塔。这人刚进塔门,塔里便抛出一个人来,仰天跌在地下,动也不动,却是安健刚。又听得塔内的马善均、马大挺父子哨声大作,连连报警。

乾隆眼见来了救援,心中大喜。陈家洛四下瞭望,见各处并无动静,知道来攻的只此两人,马家父子此时才发警号,想是敌人行动过速,待到发现,敌已入塔。这两人身手如此矫健,必是大内侍卫中的高手,看来比之金钩铁掌白振尚要胜得一筹。

四条獒犬重又折回,再窜进塔内,只听得女子斥骂声、少年叫喊声、獒犬吠叫声响成一片,那是把守第二层的周绮和心砚正在对付獒犬。突然两声惊叫,第二层窗口中投下两件兵器来,一是单刀,一是软鞭。陈家洛认得是周绮和心砚所用,想是被敌人夺去而掷下来的,不知两人是否遇险,甚是耽心。

乾隆见陈家洛本来神色自若,忽然脸有忧色,知道自己手下人占了上风,暗暗欢喜,突见他转露微笑,忙向下望。只见一条大汉手舞大铁桨,将四条獒犬打出塔来。周绮和心砚抢出来扶了孟健雄和安健刚进去。四条獒犬猛恶异常,直如四头豹子一般。一条獒犬后腿给铁桨打断,兀自不退,仍然猛扑乱咬,蒋四根给四只狗围在垓心,竟尔有些手忙脚乱。

心砚又从塔里奔出,双手连挥,十几块砖头把獒犬打得汪汪乱叫。蒋四根乘机一桨,击在一条獒犬臀部,把它直掼出去。周绮也奔出塔外呐喊助威,眼见四犬就要给蒋四根和心砚尽数打死。忽然第六层窗口有人探出头来,撮嘴作啸,声音甚是奇特。四犬一听,立即掉头,向外奔去。周绮和心砚拾起兵刃,站在塔下守御,怕再有敌人来攻。

陈家洛见敌人在第六层窗口中指挥獒犬,心想:"那么第四层上的十二哥、第五层的九哥和第六层的八哥都没拦住他们……"想到这里,暗叫:"不好。"敌人武艺高强,而且两人合力,己方每层一人,定然拦他们不住,正要下令集合四人在第九层上拦截,忽见第七层窗中窜出一人,正是徐天宏。他刚跃出窗口,后面一人跟着跳出,伸手抓住了他左脚。陈家洛大吃一惊,手中扣住的三粒围棋子正要掷出,忽听徐天宏大喝:"照镖!"右手扬动,敌人缩头避让,却无暗器射来,徐天宏乘机挣脱了左脚鞋子,已站在宝塔檐角之上。

这时距离已近,看清敌人比徐天宏更矮,一身灰衣,满头白发,竟是个年老婆婆。她背插单剑,双手空着,凌空跃起,又抓了过去。徐天宏右手无刀,想来已被敌人打脱,左手铁拐使招"一夫当关"在胸前横挡,又喝:"照镖!"那老太婆骂道:"猴儿崽子,莫想再骗你奶奶!"夹手来夺单拐。哪知徐天宏这一次却非虚招,已揭起塔顶瓦片猛掷过去。那老妇避让不及,迎面发掌,把瓦片击得粉碎,四散纷飞。守在第八层的常氏双侠似已被另一人缠住,始终没出来相助。徐天宏武功远不及那老妇,交手数招,迭遇凶险,他声东击西,又支撑了几招。

周绮抬起了头,仰望徐天宏在塔角上和那老妇恶斗,眼见不敌,很是焦急,大叫:"爹,爹啊! 快动手哪!"

周仲英守在第十层上,也早见两个徒弟被敌打倒,义子处境危险,探身窗外,叫道:"什么人在这里撒野?"两枚铁胆一先一后向那老妇掷去。铁胆未到,那老妇忽然如飞般直纵而下,左手手掌在瓦上一按,一个筋斗翻过来在第六层上站住,只听得叮叮叮一阵乱响,袖箭、铁莲子、钢镖、背弩,大批暗器纷纷落在第八层塔顶上,却是守在第九层上的赵半山为助徐天宏而放。

周仲英铁胆打空,啪啪两声,把塔角的木檐打断。徐天宏俯身抢住一个,另一个在塔角瓦沟中乱转。周仲英纵身跃下想拾,脚未踏实,突然一阵掌风向胸口袭来。

他身子临空,无法避让,掌风来势凌厉,若是出手抵挡,悬空不能借力,必被敌人推下塔去,跌得粉身碎骨,危急中拔出金背大刀竖立面前,和身向敌人扑去,拼着受他一掌,落个两败俱伤。

敌人见周仲英扑来,侧身让过,左手来抓他手腕。周仲英见他手法又快又狠,不觉咦的一声,暗暗惊心:"这人是谁?"当即跳开,见常氏双侠已从窗中跳出,和那人打在一起。那人魁梧异常,常氏双侠原是瘦长条子,此人身材却比双侠还高了些,一个鹰钩鼻,脸色红如朱砂,头顶光溜溜的秃得不剩一根头发。周仲英见此人神威凛凛,武功好得出奇,心想:"此人如此了得,竟也甘作清廷走狗?"

那秃顶老头双掌如风,迅疾无比,常氏兄弟在塔上跳跃来去,以二攻一。周仲英见常氏兄弟虽不能胜,也不致落败,不必过去相助,向下望时,却大吃一惊。

只见第六层上那白发老妇正把周绮逼得连连倒退。徐天宏大叫:"绮妹,退开,退开。"周绮很听徐天宏的话,转身便走。那老妇不追,待要上跃,周绮却站住了脚,骂道:"老太婆,你敢追我么?我这里有埋伏。"那老妇双脚一点,如一枝箭般直飞过来。周绮大骇,返身便逃。

周仲英右手发出铁胆,向老妇后心飞去。那老妇堪堪追上周绮,刚要伸手抓她后心,忽听得背后暗器之声劲急猛恶,不敢伸手去接,当即使出轻功中"寒江独钓"招数,身子向外一挫,全身悬空塔外,只以左脚勾住塔角飞檐。当的一声大响,铁胆打得塔顶火星乱飞,砖瓦碎片四溅。

那老妇避开铁胆,又追周绮。周仲英向下跳到第六层上,横刀当路,那时周绮已逃到塔后,两人一逃一追,绕着宝塔打转。周绮自与徐天宏订婚后,心想丈夫是出名的聪明人,自己如一味卤莽,怕被他看低了,是以临事已不若以往那么任性。这次听徐天宏叫她退走,便打打逃逃,和敌人拖延时刻。周仲英刚立定身子,已见女儿从塔后绕了出来,那老妇仍然空手追赶,老妇背后却又有一人跟着,双钩挥霍,向她后心挺刺,却总是差了尺许,看他奋勇直前,救援周绮,正是九命锦豹子卫春华。

这时杨成协、石双英等也从下层赶了上来,周仲英迎上抢过周绮,金刀呼呼生风,连劈两刀。那老妇见他刀法精奇,不敢轻敌,退开三步,正要拔剑,忽然那秃顶老头在上面喊道:"我上塔顶去攻下来,你从下面攻上!"声若洪钟,送将下来。

那老妇听了,不再和众人缠战,飞身纵起,左手在第七层塔角上一扳,借势又翻上了第八层。这一层上已无人阻挡,仍以此法翻向第九层上。她从下面打上来时,知道每层守御之人武功一层高过一层,虽避开了周仲英一胆两刀,但已知他是少林高手,平地拼斗,不弱于己,只怕上面有更厉害劲敌,凝神屏气,身未上,剑先上,挽花护顶,忽觉手上剧震,长剑已被敌人兵刃黏住,险些脱手。

那老妇知道又遇劲敌,长剑乘势向前急刺,解去对方黏走之力,不敢正面纵上,向左斜奔三步,突然反身向右疾驰,一跃跳上第十层,寒风起处,剑刃迎面刺到。

那老妇以攻为守,唰唰唰三剑均攻对方要害。敌人以太极剑中"云麾三舞"三式解开。老妇见他化解时举重若轻,深得内家剑术三昧,不待对方回手,跳开两步,看敌人时,见是个身材微胖的中年汉子,上唇一丛浓髭,鬓发微斑,左手捏住剑诀,凝神而视,并不追来。老妇叫道:"你一身好功夫,可惜,可惜。"那人正是千手如来赵半山,他见这白发老妇身手迅捷,也自惊佩。两人挺剑又斗在一起。

乾隆见两人一路攻上,心头暗喜,但见陈家洛气度闲雅,不以为意,反而拖了一张椅子到窗口坐下观战,心想来救我的只有两人,总敌不过红花会人多,正自患得患失之际,忽听远处传来犬吠之声,又有吆喝和马匹奔驰声。

梯上脚步响处,心砚奔上楼来,用红花会切口向陈家洛禀报:"在塔外巡哨的头目来报,有两千多清兵正向这边过来,方向对正六和塔。"陈家洛点点头,心砚又奔下塔去。乾隆不懂心砚的话,但见他神情紧张,知道定是对他们不利的消息,凝神远望,枫叶如火,林梢忽见白旗飘动,旗上大书一个"李"字。乾隆大喜,知是李可秀带兵前来救驾了。

陈家洛俯身窗口大叫:"马大哥,退到塔里,预备弓箭!"马善均在塔下答应。

陈家洛喊声方毕,忽见那秃顶红面老者直窜上来,常氏双侠和周仲英在后紧追不舍。那老者绕塔盘旋,后面追得紧时就回身接几招,找到空隙,又跳上一层。那边厢赵半山和那老妇正斗到紧处,那老者已跳上第十二层来。常赫志见他来势猛恶,第十二层正是监禁乾隆之处,不再追赶,腰间取出飞抓,迎风抖开,站在窗外,常伯志双掌斜举,抢在他身前两步。兄弟两人摆好阵势,飞抓远攻,肉掌近袭,双双挡在窗外。那老者知道常氏双侠厉害,竟不过来,直上塔顶。周仲英追赶不及,从窗口跳入塔内。乾隆见他执刀跳进,吃了一惊,却见他奔到塔顶通下来的梯级上横刀待敌。

赵半山和那老妇攻拒进退,旗鼓相当,转瞬间拆了百余招。那老妇剑法迅速无比,赵半山展开太极快剑,也是以快打快,心中暗暗称奇:"这人白发如银,又是女流,怎地竟然战她不下?"心中焦躁,要摸暗器取胜,岂知那老妇逼得甚紧,微一疏神,左手衣袖竟被她长剑划破了一道口子，虽然未伤皮肉，但也不免心惊。

徐天宏、杨成协、卫春华、石双英和周绮手执兵刃，旁观赵半山和那老妇恶斗，见两人剑光闪烁，打得激烈异常，尽皆骇然，忽见赵半山衣袖中剑，都吃了一惊。卫春华双钩一摆，便要抢上相助。赵半山一剑"李广射石"，把老妇迫退一步，忽地跳开，说道："老太太果然高明，请上去吧。"卫春华愕然止步。

赵半山衣袖中剑，不再恋战，心想："陆菲青大哥守在十一层上，一别十余年，想他武功必然精进，定可制住这老妇。众兄弟均佩服他云天高义，却未见识过他的超妙剑术。"他任由老妇上去，意在让好友陆菲青露脸扬名，否则划破袖口，尽可再战，也未必会输。

那老妇见他谦退，举剑施了一礼，说道："好剑法！"纵身直上。周绮叫道："赵三叔，你没输啊，干么这么客气？"赵半山微微一笑，道："她剑法好极啦，咱们去看看陆大爷的武当派功夫。咦，周姑娘，你干么这般客气，叫我三叔？七弟可叫我三哥。"周绮脸一红道："我只跟爹爹叫。"杨成协笑道："那么你叫他七叔么？"说着向徐天宏一指。周绮道："呸，他想么？"各人知道己方人多，敌人虽然武功精湛，单只二人料也无能为力，大家说笑着奔上塔去。第九、第十两层悄无一人，冲进第十一层时，只道陆菲青定在和那老妇斗剑，哪知室中空荡荡地竟无人影。

众人吃了一惊，疾忙再上，将进室内，已听得刀剑交并，铮铮有声，一进门，只见周仲英使开金背大刀，风声虎虎，正和那白发老妇激战，一个刀沉力劲，一个剑走轻灵，一时不分高下。陈家洛把乾隆拖在一角，坐在榻上观战。

徐天宏一打手势，杨成协、石双英两人守住窗口。徐天宏叫道："抛下兵器，饶你不死！"老妇见身陷重围，并不畏惧，唰唰唰数招进手招数。周绮道："这人的剑术和一个人很像，你说是么？"徐天宏道："不错，我也觉得奇怪。"那老妇快剑把周仲英迫退一步，突然拉过桌子，挡在胸前，贴墙而立。周仲英挥刀急斩，险些砍在桌上，疾忙收刀。那老妇转头向乾隆叫道："你是皇帝吗？"

乾隆忙道："我是皇帝，我是皇帝，救兵都来了么？"那老妇跃上桌面，突然举剑当胸，如一只大鸟般向他急扑过去，这招"鹏搏万里"，向乾隆胸口直刺，剑势既快且狠。群雄只道她是乾隆的手下前来搭救,哪知忽然行刺,这一下大出意料之外,人人均是愕然失色,不知所措。

陈家洛虽然站在乾隆身旁,但这剑实在来得太快,也已不及抵挡,立即左手双指骈拢,向老妇胁下要穴点去,这是攻敌之不得不救。老妇剑尖将及乾隆胸口,突见陈家洛手指袭到,左掌"金龙探爪",自下向上一撩,随即反手抓出。这是三十六路大擒拿法中的厉害招数,和点穴有异曲同工之妙,陈家洛只要腕脉被抓,立时就得全身瘫软。就这样,她右手剑的势道缓得一缓,陈家洛右手已拔出短剑,向上急架,铮的一声,火星飞溅,左手跟着反击敌人面门。这一招之后,紧着下面还有一腿,叫作"上下交征"。那老妇拳术娴熟,见他左手击来,又伸左掌抓拿,下盘向右闪避,手中剑刺向对方咽喉。不料陈家洛的"百花错拳"每一招均与众不同,老妇向右闪避,他一脚偏从右方踢来,好在她长剑亦已刺出,陈家洛腿力尚未使足,随即收势。

两人均起疑心,危势既解,各退两步。陈家洛把乾隆往身后一拉,挡在他面前,拱手道:"请教老太太高姓?"这时那老妇也在喝问。两人语声混杂,都听不清楚对方说话。

陈家洛住了口,那老妇重复一遍刚才的问话:"你这短剑哪里来的?"陈家洛听得她不问别事,先问短剑,倒出于意料之外,答道:"是朋友送的。"老妇又问:"什么朋友? 你是皇帝侍卫,她怎会送你? 天池怪侠是你什么人?"陈家洛先答她最后一问:"天池怪侠是晚辈恩师。"他想老妇剑刺乾隆,定是同道中人,见她年龄既长,武功又高,是以自称晚辈。那老妇嗯了一声,道:"这就是了。你师父虽然为人古怪,却是正人君子,你怎么丢师父的脸,来做清廷走狗?"

杨成协忍耐不住,喝道:"这位是我们陈总舵主,你别胡言乱道。"那老妇面露诧异之色,问道:"你们是红花会的?"杨成协道:"不错。"

那老妇转向陈家洛,厉声道:"你们投降了清朝么?"陈家洛道:"红花会行侠仗义,岂能对满清屈膝? 老太太请坐,咱们慢慢说话。"那老妇并不坐下,面色稍和,又问:"你这短剑哪里来的?"

陈家洛见到她武功家数,听她二次又问短剑,已料到几分,说道:"是一位回部朋友送的。"其时男女间授受物品,颇不寻常,陈家洛虽是豪杰之士,胸襟豁达,当着众人之面也有些说不出口。那老妇又问:"你识得翠羽黄衫?"陈家洛点点头,应道:"是!"

周绮见他吞吞吐吐,再也忍不住了,插嘴道:"就是霍青桐姊姊送的。你也认识她吗?那么咱们是一家人啦!"那老妇道:"她是我的徒弟。"陈家洛行下礼去,说道:"原来是天山双鹰两位前辈到了,晚辈们不知,多有冒犯。"

那老妇身子稍侧,不受这礼,森然问道:"既说是一家人,干么你们却帮皇帝,不让我杀他?"

杨成协等见陈家洛对她很是恭敬,而这老太婆却神态倨傲,都感气恼。这时常氏双侠也已从窗口跳进室内,常赫志道:"皇帝是我们抓来的,要杀也轮不到你。"那老妇咦了一声道:"皇帝是给你们抓来的?"

陈家洛道:"前辈有所不知,皇帝确是我们请来的。我们只当两位是清宫侍卫,前来打救皇帝,因此一路上拦截。两位前辈武功实在高明之极,我们众兄弟不是对手,没能拦住,以致生了误会。"其实红花会群雄已把二人截住,众人都知他这话是谦逊之辞。

那老妇忽然探身窗外,纵声大叫:"当家的,你下来。"过了半晌,不闻回答,忽然飕的一声,塔下一枝箭直射上来。老妇伸左手抓住箭尾,转身一掷,那枝箭插在桌面之上,箭尾不住颤动,厉声喝道:"无信小辈,怎地又放暗箭?"

陈家洛道:"前辈勿怒,塔下兄弟尚未知情,以致得罪,回头叫他们赔礼。"走到窗口,向下喊道:"是自己人,别放箭!"语声未毕,又是一箭射到。这时陈家洛也已看得清楚,下面千余名清兵已将六和塔团团围住,弯弓搭箭,见窗口有人探头就射箭上来。陈家洛对赵半山道:"三哥,你去派人守住塔门,别冲出去厮杀。"赵半山应声下去。

周仲英道:"这位是雪雕关老师傅吧,在下久仰得很。"

那老妇正是雪雕关明梅,是秃头老者陈正德的妻子,两人一高一矮,一个秃头,一个白发,江湖上人称秃鹫雪雕,合称天山双鹰。

关明梅听了周仲英的话,微微点头。陈家洛道:"这位是铁胆庄周老英雄。"关明梅道:"嗯,我也听到过你的名头。"说到这里,忽然张口大叫:"当家的,快下来,你在干什么呀?"她正说得好好的,突如其来的一声大喊,把众人都吓了一跳。

周仲英道:"陈老师傅在跟无尘道长斗剑,咱们快去把事情说清楚。"

陈家洛向常氏双侠使个眼色。双侠会意,走到乾隆身旁监守。陈家洛和关明梅等奔上梯级,走到第十三层来,在梯级上却不闻刀剑之声,群雄都有点担忧,心想这两人武功卓绝,出手快速,两虎相争,难免一伤,如哪一个失手疏虞,都是终身恨事。关明梅却漫不在意,知道丈夫平生罕遇敌手,决不致有甚失闪。

众人刚到室门,只见白刃耀眼,满室剑光,两个人影在斗室中盘旋飞舞,虽只两柄剑相斗,但金刃劈风之声,有如数十人交战一般。群雄刚站定,无尘和陈正德又已拆了十余招。两人斗到酣处,剑法一招紧似一招,点到即收,双剑不交。

关明梅本来托大,但看到两人拆了数十招后,丈夫丝毫未占便宜,不由得暗暗心惊:"怎地江南竟有如此人物?"只见两人越斗越紧,兀自分不出高下。

陈家洛叫道:"道长,是自己人,请住手吧!"无尘举剑一封,退后一步。陈正德杀得性起,剑招连绵,剑锋不离敌手左右。无尘退后一步,他一剑"神驼骏足"刺了过去。无尘向左闪开,还了一剑。两人又交数招。关明梅叫道:"当家的,他们是红花会!"

陈正德一怔,说道:"是吗?"他势道微缓,高手斗剑,直无毫发之差,只听得嗤的一声,右边衣襟已被无尘一剑穿过,这还是无尘听了陈家洛的话后手下容情,否则这一剑当更为狠辣。

陈正德大怒,喝道:"好老道!"唰唰唰连环三剑。无尘一步不退,还了四剑。

两人又斗数十招。陈正德使出"三分剑术"中的绝招,虚虚实实,变幻莫测。无尘展开"追魂夺命剑法",七十二路正变中包藏八十一路奇变。只见陈正德一剑"冰河开冻",向无尘右臂直劈下来。无尘向左侧让,陈正德长剑突然上撩,"夜半烽烟",迅捷绝伦。哪知无尘没了左臂,这时反占便宜,喝道:"好剑法!"一剑"孟婆灌汤",直刺敌喉。

陈正德这剑撩了个空,心头一惊:"老胡涂!他没左臂,我怎地使上了这招?"心念甫动,无尘长剑剑尖已指到咽喉。来剑势若电闪,陈正德再也不及闪让,败中求胜,举剑横削,眼见已不免两败俱伤。

众人大惊,呼叫声中,无尘突向右倒,将陈正德来袭之势让过,回剑接住来剑,只听当的一声,两剑颤动,声若龙吟,嗡嗡之音,良久不绝。

无尘右膝跪地,双剑交并,两人都不敢移动,各运内力,势均力敌,两柄纯钢的长剑相交处各生缺口,慢慢互相陷入。

陈家洛见情势危急,接过杨成协手中钢鞭,抢上前去要将两人隔开,刚跨出一步,只听得头顶一人哈哈长笑,叫道:"好剑法,好剑法!"语声方毕,人影下堕,铮的一声,无尘和陈正德双剑齐断。两人各向前窜出数步,才收住势子,各持半截断剑,转过身来,只见一人笑吟吟的站在中间,手中长剑如一泓秋水。

无尘见从梁上跳下来的是陆菲青,微微一笑,道:"好剑!"陈正德红起了眼,扑上去要和他拼斗。陆菲青笑道:"秃兄,你不认得小弟了吗?"

陈正德一呆,向他凝视片刻,突然惊叫:"啊,你是绵里针。"陆菲青笑道:"正是小弟。"陈正德道:"你怎么在这里?"陆菲青不答他问话,插剑入鞘,回身向关明梅一揖,道:"大嫂,多年不见,你功夫越来越俊啦!"关明梅喜叫:"陆大哥!"

原来陆菲青在第十一层上守御,见天山双鹰攻上,二人生具异相,虽然多年不见,仍是一眼即知。陆菲青和他们夫妻相交有素,知二人是侠士高人,决不会给清廷做走狗,何以拼命向监禁乾隆之处攻来,必有原因,决定躲起来看个究竟,因此关明梅闯到第十一层时无人阻截。他见关明梅剑刺乾隆,和陈家洛等说明误会,就比众人先一步上了第十三层,躲在梁上。他轻功卓绝,陈正德和无尘又斗得激烈,都没留心。他见两人奋力相拼,时刻久了必有损伤,是以全神贯注,俟机解围。

陈正德道:"哼,陆老弟,你的剑真是宝物!"陆菲青知道此老火气极大,笑道:"这是别人的东西,暂且放在我这里的。"原来这便是张召重的凝碧剑,骆冰在狮子峰上取来后交给了总舵主。陈家洛以这是武当派历代相传的名剑,转交给他。陆菲青又道:"亏得这把剑好,否则两大高手斗在一起,天下又有哪一人拆解得开?"这句话把陈正德和无尘两人一捧,两人心气顿和。陆菲青道:"不打不成相识,陈大哥,我给你引见引见。"于是从陈家洛起,逐一引见了。

陆菲青道:"我只道你们两位在天山脚下安享清福,哪知赶到了江南来杀皇帝。"关明梅道:"你们都见过小徒霍青桐,这事就由她身上而起。皇帝派兵去打回部,青桐的爸爸木卓伦领兵抵抗,敌不过清兵人多,连吃了几个败仗。后来清兵的粮饷在黄河边上给人劫了……"陆菲青插嘴道:"那便是红花会的各位英雄,为了相助木卓伦老英雄而劫的。"

关明梅道:"嗯,在回部时我也听人说起过。"望了陈家洛一眼,道:"怪不得她送这短剑给你。"陈家洛道:"那是在此之前,木卓伦老英雄率众夺还经书,我们在途中遇到了。"关明梅道:"夺还经书,你们也帮过忙的。回人说起来,把你们说成个个是大英雄,哼!"言下之意,是说今日相见,却也不见得如何高明,又道:"清兵没粮草,败了一仗,木卓伦便提和议,双方正在停战商谈,哪知兆惠得了粮草,又即进攻。"

陆菲青道:"朝廷官兵原本不守信义。"关明梅道:"回部百姓给清兵害得很惨,木卓伦老英雄抵敌不住,邀我们去商量。我们夫妇本来并不想理会这种事……"陈正德插口道:"都是你,现下又来撇清。"关明梅道:"怎么都是我?你瞧着清兵在回部杀人放火、残害百姓,心里安么?"陈正德哼了一声,又要接嘴。陆菲青笑道:"你们老夫妻还是这么一副脾气,一说话就吵嘴,也不怕年轻人笑话。大嫂,莫理他,你说下去。"

关明梅向丈夫白了一眼,说道:"我们本想去刺杀统兵的兆惠,后来一想,杀了这个什么狗屁定边大将军,皇帝又可另派一个,杀来杀去没什么用,不如把皇帝杀了来得直截了当。于是便赶去北京,路上得到消息说皇帝到了江南。靠了那几条狗,我们老夫妻在杭州追踪了大半夜。原来你们是从地道里把皇帝抓走的,害得我们一路跟踪,也钻了一回地道。我们正自奇怪,皇帝为什么大发雅兴,要钻地道。"陈正德道:"什么?皇帝是你们抓来的?"陈家洛把捉到乾隆之事简略说了。

陈正德道:"这一手做得不坏,只是不够爽快,何必饿他?一刀杀了,岂不干净利落?"无尘冷冷的道:"国家大事,岂是一刀一剑就能办得了的。"陈正德怒道:"道长剑术高明之极,咱们还没分高下,道长如有兴致,再来玩玩如何?"无尘道:"瞧你这大把年纪,还没你徒弟霍青桐这女娃子有见识。咱们是自己人,何必再打?"关明梅笑道:"你瞧,我说你胡涂,你从来不服。现下人家也说你来着,怎么样?"眼见老夫妻又要抬起杠来。陈正德道:"就算我没见识。"转身又对无尘道:"咱们又不是拼命,比试一下剑法打什么紧?你剑法确是不错,那叫什么名堂,倒要请教。"

陆菲青怕两人说僵了再动手,伤了和气,忙插嘴道:"你的剑法叫作三分剑术,道长的叫作追魂夺命剑,都是震古烁今的绝技。"陈正德道:"也未必能将人追去了魂,夺得了命。"

无尘本来瞧在陆菲青份上让他一步,哪知这老头十分好胜,简直不通情理,听了这几句话心头火起,说道:"好吧,那么咱们再来比比。我输了以后终身不再用剑。"群雄一听,都待出言劝解,陈正德说道:"我们夫妇离开回部时,说过杀不了皇帝决不回去,既然你们不让杀,那也得拿点本领出来,教人心服了才算。道长肯赐教,那是再好没有。我输了转身就走,决不再来行刺。"语声方毕,已从关明梅手中夺过剑来。

陈家洛走上一步,长揖到地,说道:"无尘道长虽然剑法精妙绝伦,但火候总还逊老前辈一筹。大家有目共睹,何必再比?"

陈正德傲然道:"陈总舵主你又何必客气?你师父是世外高人,不屑跟我们凡夫俗子动手,我只好向你领教了。我先请道长赐教,再请你教训教训我这老头子如何?"众人都觉这个老头儿委实不近人情,却不知他和天池怪侠袁士霄素有心病,一直耿耿于怀,因此一口气发作在陈家洛身上。陈家洛忍气道:"我更不是老前辈的对手了。我恩师平时常对晚辈说起天山双鹰,他是十分佩服的。"

陈正德一指关明梅,怒道:"你师父佩服的是她,不是我。"关明梅叫道:"当着这许多新朋友,你又喝什么干醋了?"群雄相顾愕然。陆菲青笑道:"秃兄,你们两夫妻都是六十开外的人啦,这件事吵了几十年还没吵完吗?"

陈正德横性发作,须眉俱张,忽然如一枝箭般从窗中直窜出去,叫道:"小道士,不出来的不算好汉。"

红花会群雄都觉陈正德未免欺人太甚。杨成协道:"可惜四哥不在这里,否则定可和他斗上一斗。"无尘听了这一句激将之言,忍无可忍,叫道:"三弟,把剑给我。"这时赵半山已从下面上来,把剑递了给他,低声道:"二哥,要顾全咱们和木卓伦、霍青桐的交情。"无尘点点头,挺剑跃出窗去。

塔下的清兵见塔角上有人,早已箭如飞蝗般射将上来。无尘道:"咱们到下面去打,在箭丛里较量一下如何?"陈正德哪肯示弱,道:"好极啦!"双脚一挺,头下脚上,直扑下去,从第十三层顶扑到第六层,左手在塔檐上一扳,已在第五层塔角上立定。他外号秃鹫,轻身功夫自是高明之极,这一扑一翻,当真如一头大鹫相似。塔中群雄齐声喝采。塔下清兵箭射得密了。陈正德竟不回头,持剑拨箭,仰视无尘动静。

无尘双脚并拢,右手贴腿,如一根木棍般笔直堕下。塔下清兵齐声呐喊,纷纷让开。无尘堕到第五层时仍未止住,眼见要向第四层堕去,突然右臂平伸,剑锋已在塔檐上平平贴住,手一使劲,赵半山那柄纯钢剑剑身柔韧,反弹起来。他一借劲,已站在第五层上。

陈正德见他这手功夫中轻功、内力、剑法、胆识,无一不是生平罕见,哪里敢有半点轻忽,待他站定,说道:"进招了!"剑走偏锋,斜刺左肩。

清兵见两人拼斗,只道其中必有一个是自己人,怕有误伤,当下停弓不射。无尘道:"咱们各掷一箭,引他们放箭!"陈正德道:"好!"两人各从塔顶捡起一枝箭,以甩手箭手法甩了下去,射伤了两名兵卒。塔下清兵高声呐喊,千箭齐发。

这时离地已近,每一箭射中都可致命,两人攻防相斗,同时拨打下面射上来的箭枝,如此比武可说从所未有,群雄都奔到第六层观看。关明梅暗暗担忧,心想这道人剑法狠辣异常,丈夫年事已高,耳目已不如昔日灵便,平地斗剑决无疏虞,现下身处高塔,清兵箭如骤雨,实是凶险万分,手中暗扣三粒铁莲子,站在窗口相护。

两人在箭雨中斗得激烈,连在第十二层上看守乾隆的常氏双侠也忍不住探首窗外,向下观战。两人各握住了乾隆的一只手,防他逃走。乾隆双手柔软细嫩,给常氏兄弟这对精擅黑沙掌的粗手巨掌握住了,总算他兄弟不使劲力,否则一捏之下,乾隆手骨粉碎,从此再也不能做诗题字,天下精品书画,名胜佳地,倒可少遭无数劫难。此时乾隆虽知来了救兵,但自己身在红花会手中,倘若他们败了,老羞成怒,说不定会给自己一刀,心想宁可让红花会得胜,听陈家洛口气,定可释放自己。

塔角上双剑于万箭攒射中狠斗,胜负难决。陈家洛大叫:"两位剑法神妙,不必再比了。"两人斗得正紧,哪里停得住手?陈正德心想:"这道人剑法果然高明,看来我无法取胜。"他逞强好胜,缓缓移动脚步,面向东方,背朝塔下清兵,这显是十分不利的地位,日光耀眼,受箭又多,心想只须打成平手,无形中已然胜了对方。

无尘见他故意抢占恶劣地势,已知他用意,心道:"你自讨苦吃,可莫怪我无情。"使出追魂夺命剑中上八路剑法,专刺他面目咽喉,剑尖映日,耀眼生花。陈正德连拆三剑,暗叫不妙,忽听背后呼呼数声,六七枝箭射了上来。陈正德矮身低头,一剑"平沙落雁",疾刺无尘右臂,同时那些箭枝也向无尘射来。

无尘剑拨箭杆,左腿疾起,向陈正德太阳穴踢去。陈正德不知他腿上功夫如此精妙,吃了一惊,吸一口气,倒退一步,正在此时,忽然一枝箭劲急异常,突向他背后射到。这箭是清宫侍卫中高手所发,来得劲急,他向后疾退,恰是以背迎敌。关明梅叫声:"啊哟!"发铁莲子救援已然不及,群雄也齐声惊呼。

无尘忽施"马面掷叉"绝技,长剑脱手,把那枝箭碰歪,长剑和箭枝同时向塔下跌去。群雄喘了口气,刚要喝采,下面又射来数箭,无尘手中没剑,无法拨打,只得闪避。关明梅铁莲子发出,打落三箭,陈正德也回身拨打。两人本来狠命厮拼,这时却互相救援,塔下官兵大为不解。

白振见无尘手中没了兵器,他在西湖中较艺曾输在这道人手上,心中记恨,叫箭手齐射无尘。一时羽箭蝗集。无尘东躲西避,闹了个手忙脚乱。陈正德叫道:"别怕,我给你挡住!"挺剑上来,正要拨打,忽然第六层窗口中飞身纵出一人,抢在其前,尚未立定,转瞬间双手已接住十几枝羽箭,使开甩手箭手法,掷箭出去击打来箭,手法奇妙,快速已极,随来随接,随接随掷,竟无一箭落空,一个人便似生了几十条手臂一般。

塔下清兵看得呆了,都停了放箭。杨成协俯身大叫:"今日叫你们见见千臂如来的手段!"清兵队中兵将侍卫衷心佩服,采声如雷。赵半山微笑抱拳,躬身答谢。众官兵见他风度如此,更是情不自禁的鼓掌。

三人纵身跃入塔中，群雄都过来道贺。陈氏夫妇这时才真心钦佩无尘、赵半山的武功，对无尘舍己救敌的侠义心肠尤为敬服。众人互相谦让赞誉了几句，塔下清兵鼓噪又起。徐天宏道："我去叫皇帝压服他们。"说罢飞步上楼。

过了半晌，只见乾隆从第七层窗口探出头来，叫道："我在这里。"

白振叫道："皇上在塔上。"率领众人，伏地高呼："万岁！"乾隆叫道："我在这里有事，你们别吵！"隔了一会，又道："各人退后三十步！"李可秀奉旨，勒兵后退。

陈家洛笑道："七哥指挥皇帝，皇帝指挥官兵，这比冲下去大杀一阵好得多啦。皇帝者，天下之至宝也，与其杀之，不如用之。"群雄听得陈家洛掉文，尽皆大笑。

卫春华望着清兵后退，见队伍中有几名猎户牵着猎狗，说道："我正想不通他们怎会找到这里，原来他们也带了狗。"从小头目手中接过弓箭，弯弓搭箭，居高临下，飕飕两箭向塔下射去，只听得几声长嗥，两条狗被射死在地。清兵发一声喊，退得更快。

陈家洛向陆菲青道："陆周两位前辈，请你们陪陈老前辈、关老前辈说话，我上去和皇帝再谈。"众人都道："总舵主请便。"他上楼时红花会群雄都站起来相送，陆周两人也欠身为礼。陈正德和关明梅坐着不动，但见陈家洛形容清贵、丰神俊雅，年纪又轻，群豪对他却都执礼甚恭，颇以为异。

陈家洛走到第七层上，常氏双侠和徐天宏行礼退出。乾隆嗒然若失，闷坐椅上。陈家洛道："你打定了主意没有？"乾隆道："我既落入你手里，要杀便杀，何必多说？"陈家洛叹道："可惜，可惜！"乾隆道："可惜什么？"陈家洛道："我一向以为你是个雄才大略之人，庆幸我爸爸姆妈生了你这好儿子，我有一个好哥哥，哪知道……"乾隆问道："哪知道怎样？"

陈家洛沉吟半晌，道："哪知外表似乎颇有胆量，内里却是胆小万分。"乾隆怒道："我什么地方胆小了？"陈家洛道："不怕死，那最容易不过了。匹夫之勇，有什么可贵？可是图大事、决大疑，却非大勇者所不能为。这个你就不能了。"

乾隆怫然而起,道:"天下建大功、立大业之事,有没有被人胁逼而成的?"

陈家洛道:"当年唐高祖在太原起事之初,犹豫不决,他儿子李世民多方部署,令他迫于情势,不得不从。宋太祖如无陈桥兵变,岂有黄袍加身?这两位开国之主虽受儿子或部下所迫,不得不冒险自立,终成大事,但后世何尝不对他们景仰拜服?"乾隆沉吟不语,颇为心动。陈家洛又道:"何况哥哥你才能远胜李渊、赵匡胤。只要你决心恢复汉家天下,我们这许多草莽豪杰立时听你指挥。我可拍胸担保,他们从此决不敢对你有丝毫不敬,不尽为臣之道。"

乾隆不住点头,心下尚还有一份顾虑,却是不便出口。陈家洛猜到他心意,说道:"我只要见哥哥把胡虏赶到关外,那就心满意足。那时要请你准我归隐回疆,和我手下这些兄弟赏花饮酒,共享太平,以终余年。"乾隆道:"这是哪里话?如能成就大事,天下军政大计都要请你辅佐才好。"陈家洛道:"咱们话说在先,一等大事成功,你必须准我退休。须知我们这些兄弟不知礼法,如有不合你心意之处,反而失了君臣之礼、兄弟之义。"

乾隆听他说得斩钉截铁,去了心中顾虑,伸手在桌上一拍,道:"好,就这么办!"陈家洛大喜,道:"你再没犹豫了?"乾隆心想今日若不应允,终究难以脱身,于是说道:"没有了。只是我要托你一件事,你们故总舵主于万亭,有几件东西放在回部,说是我出身的证据,你去拿来给我瞧瞧。我看了之后,对自己真是汉人这件事才没丝毫疑心,那时必定和你共图大事。"陈家洛心想这倒也合情合理,道:"好,这些东西听文四哥说要紧非常,我明日就动身亲自去拿。"

乾隆道:"等你回来,你先来御林军办事,我把你升作御林军总管,统率护军、骁骑、前锋三营,过些时候,再兼京师九门提督。天下各省兵权也慢慢交在咱们亲信的汉人手里。等到我命你做兵部尚书,把八旗精兵分散得七零八落之后,咱们就可举事了。"陈家洛大喜,道:"皇上计谋深长,何愁大事不成。"当即跪下行君臣之礼,乾隆忙伸手扶起。

陈家洛道:"今日之事,须和众人立誓为盟,不得反悔。"乾隆点点头。陈家洛双掌一拍,命心砚取来乾隆原来的衣冠,服侍他换过了。陈家洛道:"请大家进来参见皇上。"

群雄入内。陈家洛说明乾隆已允驱满复汉,朗声道:"以后咱们辅佐皇上,共图大事,如有异心,泄露机密,天诛地灭。"当下歃血为盟。乾隆也饮了一口盟酒。只有陈正德和关明梅在一旁微微冷笑。

陆菲青道:"大哥、大嫂,你们也来喝一杯盟酒!"陈正德道:"官府的话说得再好听,我也从来不相信,何况是官府的头脑?陈总舵主,你太信了皇帝,只怕是书生之见了。"关明梅道:"恢复汉家山河,那是咱们每个黄帝子孙万死不辞之事。只要皇帝真有此心,如有用得着我们夫妻的地方,陈总舵主送个信来,我们这对老骨头赴汤蹈火,决没半点含糊。这口酒,我们是不喝的了。"陈正德右手一伸,忽地插入墙中,抓下了一大块泥土砖石,厉声说道:"要是谁狼心狗肺,负义背盟,出卖朋友,坏了大事,这就是榜样!"手指一发力,砖石都碎成细粉,簌簌而落。乾隆见墙上那洞指痕宛然,甚是惊骇。

陈家洛道:"两位老前辈虽不加盟,和大家也是一条心。这里都是血性朋友,我也不必多嘱。但愿皇上不可三心两意,忘了今日之盟。"乾隆道:"大家尽管放心。"陈家洛道:"好,我们送皇上出去。"卫春华奔到塔外,叫道:"你们过来迎接皇上!"

李可秀与白振听了,将信将疑,怕红花会又使诡计,率领兵卒慢慢走近,见乾隆果然从塔中走出,忙伏地迎接。白振牵过马来,乾隆上了马,对白振道:"我在这里和他们饮酒赋诗,贪图几日清静。你们偏要大惊小怪,败了我的清兴。"白振连说:"臣该死!"当下前后拥卫,旌旗招展,打起得胜鼓,威风凛凛的奏凯回杭。只是金鼓声中,偶夹几声猎犬的"汪汪、呜呜",略嫌美中不足。

红花会群雄正要重回六和塔,陈正德道:"我们老夫妇今日会到江南群雄,见了素来仰慕的周老英雄,又和分别多年的陆老弟重逢,实在高兴得很。得与无尘道长两番交手,更是生平第一快事。我和老妻另有俗事,就此别过。"

陈家洛忙道:"两位前辈难得到江南来,务必要请多住几日,好让后辈多多请教。"陈正德白眼一翻,道:"你师父本领比我大得多,你向我请教什么? 无尘道长,将来咱们再斗一斗酒量,看谁厉害。"无尘笑道:"那贫道自然甘拜下风。"

关明梅把陈家洛拉在一旁道:"你娶了亲没有?"陈家洛脸一红道:"没有。"关明梅又道:"定了亲么?"陈家洛道:"也没有。"关明梅点点头,温颜微笑,忽然厉声道:"如你无情无义,将来负了赠剑之人,我老婆子决不饶你。"陈家洛不禁愕然,无辞以对。

那边陈正德叫道:"喂,你蝎蝎螫螫的,跟人家年轻小伙子谈什么心? 好走啦!"关明梅眉头微皱,转身过去,忽然撮唇作哨,四条獒犬从树林中奔了出来。其中一犬后腿折了,奔跑时一跛一跛。两夫妇向群雄施了一礼,带了四犬便走。

陆菲青叫道:"大哥、大嫂,你们去哪里?"两人不答,不一会,身影已在林中隐没,只听犬吠之声渐渐远去。

常氏双侠愤愤不平,常赫志道:"倚老卖老。"常伯志接口道:"没点礼数。"陈家洛道:"世外高人,大抵如此。咱们到塔里谈吧。"

众人回到六和塔内。陈家洛道:"我答允了皇帝,要到我师父那里去拿两件要紧物事,现下咱们先去天目山看望四哥和十四弟的伤势,然后再调配人手如何?"众人齐声答应。

出得塔来,马善均、马大挺父子自回杭州。

群雄乘马向西进发,次日到了淳安,又一日到於潜,上山来看文泰来和余鱼同。

余鱼同与李沅芷避入了山洞之中。一阵寒风吹来,李沅芷微微一颤。余鱼同脱下长袍给她披在身上。

第十二回

盈盈彩烛三生约
霍霍青霜万里行

山上林木荫森,此时已是深秋,万竿翠竹之外,满山红叶,草色渐已枯黄。山上小头目得到消息,通报上去,章进下来迎接。

陈家洛不见骆冰,心中一惊,怕有甚意外,忙问:"四嫂呢?四哥、十四弟好么?"章进道:"十四弟没事。四嫂说去给四哥拿一件好玩的东西,已走了两天,你们途中没遇上么?"陈家洛道:"什么东西?"章进笑道:"我也不知道,四哥这两天伤势大好啦,整天躺着闷得无聊。四嫂就出主意去找玩物,也不知是谁家倒霉。"

赵半山笑道:"四弟妹也真是的,这么大了,还像孩子般的爱闹,将来生了儿子,难道也把这门祖传的玩艺儿传下去?"众人轰然大笑。

众人谈笑上山,走进一座大庄院去。大家先去看文泰来。他正躺在藤榻上发闷,见众人进来,大喜过望,起身迎接,众人把经过情形约略说了,到对面厢房去看余鱼同。

各人蹑足进门,忽听一阵呜咽之声。陈家洛过去揭开帐子,见余鱼同脸朝床里,背部耸动,哭泣甚悲。这一下颇出众人意料之外,群雄都是慷慨豪迈之人,连骆冰、周绮等女子都极少哭泣,见他悲泣,均觉又是惊奇,又是难过。

陈家洛低声道:"十四弟,大家来瞧你啦,觉得怎样?伤势很痛,是不是?"

余鱼同停了哭泣,却不转身,说道:"总舵主、周老爷子、师叔、各位哥哥，多谢你们来探望。恕我不起身行礼，伤势这几天倒好得多，只是我的脸烧成了丑八怪，见不得人。"周绮笑道："十四哥，男子汉烧坏了脸有什么打紧？难道怕娶不到老婆吗？"众人听她口没遮拦，有的微笑，有的便笑出声来。

陆菲青道："余师侄，你烧坏脸，是为了救文四爷和救我，天下豪杰知道这事的，哪一个不肃然起敬？哪一个不说你是大仁大义的英雄好汉？你的脸越丑，别人对你越是敬重，何必挂在心怀？"余鱼同道："师叔教训得是。"可是又忍不住哭了出来。

原来他自来天目山后，骆冰朝夕来看他伤势，文泰来也天天过来陪他说话解闷。他自知对骆冰痴恋万分不该，可是始终不能忘情，每当中宵不寐，想起来又苦又悔。他见骆冰、文泰来、章进看着他时，脸上偶尔露出惊讶和怜惜神色，料想自己面目定已烧得不成模样，几次三番想取镜子来照，始终没这份勇气。他本想舍了性命救出文泰来，以一死报答骆冰，解脱心中冤孽，哪知偏偏求死不得，再想自己在杭州李府养伤之时，李沅芷对己一往情深，却是无法酬答，更有负相救大恩，实是万分过意不去。这般日日夜夜思潮起伏，竟把一个风流潇洒的金笛秀才折磨得瘦骨嶙峋、憔悴不堪了。

众人别过余鱼同，回到厅上议事。文泰来抑郁不乐，说道："十四弟为了救我，把脸毁成这个模样。他本是个俊俏少年，现今……唉！"无尘道："男子汉大丈夫行侠江湖，讲究的是义气血性。容貌好恶，只没出息的人才去看重。我没左臂，章十弟的背有病，常家兄弟一副怪相，江湖上有谁笑话咱们？十四弟也未免太想不开了。"赵半山道："他是少年人心性，又在病中，将来大家劝劝他就没事了。今天咱们来痛饮一番，和四弟庆贺。"众人轰然叫好，兴高采烈，吩咐小头目去预备酒席。

周绮道："可惜冰姊姊不在，不知她今天能不能赶回来。她是骑白马去的么？"章进道："不是，她说白马太耀眼，四哥和十四弟伤没好全，别惹鬼上门。"杨成协笑道："此刻咱们大伙儿都在这里了，有鬼上门，那是再好不过。"蒋四根听得说到鬼，向着石双英咧嘴一笑。石双英绰号鬼见愁，不过这浑号大家在常氏双侠面前从来不提，双侠绰号黑无常白无常，无常是鬼，岂不是哥哥怕了兄弟？

陈家洛和徐天宏低声商量了一会，拍一拍掌，众人尽皆起立。

陈家洛道："陆、周两位前辈请坐,下次请别这么客气。"陆菲青和周仲英说声："有僭。"坐了下来。

陈家洛道："这次咱们的事情办得十分痛快,不过以后还有更难的事。眼下我分派一下。九哥和十二哥,你们到北京去打探消息,看皇帝是不是有变盟之意,有何诡计。这是首要之事,也极难查明,两位务必小心在意。"卫石两人点头答应了。

陈家洛又道："两位常家哥哥,请你们到四川云贵去联络西南豪杰。八哥到苏北皖南一带,道长到两湖一带,十三哥到两广一带联络。三哥与马氏父子联络浙、闽、赣三省的豪杰。山东、河南一带,请陆老前辈主持。西北诸省由周老前辈带同孟大哥、安大哥、七哥、周姑娘主持。四哥、十四弟两位在这里养伤,仍请四嫂和章十哥照料。仍须万分机密,不能让官府知悉了踪迹。心砚随我去回部。各位以为怎样?"众人齐道："当遵总舵主号令。"

陈家洛道："各位分散到各省,并非筹备举事,只是和各地英豪多所交往,打好将来大事根基。咱们的事机密异常,任他亲如妻子,尊如父母师长,都是不可泄漏的。"众人道："这个大家理会得。"陈家洛道："以一年为期,明年此时大伙在京师聚齐。那时四哥和十四弟伤早好了,咱们就大干一番!"说罢拍案而起。众人随着他步出中庭,俱都意兴激越。陆菲青、文泰来、常氏双侠等总觉皇帝官府说过了的话难以尽信,但见陈家洛兴高采烈,也不便说话泼他冷水,扫他的兴。

章进听得总舵主又派他在天目山闲居,闷闷不乐。文泰来猜到他心意,对陈家洛道："总舵主,我的伤已经大好,十四弟火伤虽然厉害,调养起来也很快。这一年教我们闷在这里,实在不是滋味。我们四人想请命跟你同去回部,也好让十四弟散散心。"章进大喜,忙道："对,对。"文泰来道："咱们沿路游山玩水,伤势一定好得更加快些。"陈家洛道："那也好,只不知十四弟能不能支持。"文泰来道："让他先坐几天大车,最多过得十天半月,我想就可以骑马啦!"陈家洛道："好,就这么办。"章进喜孜孜的奔进去告知余鱼同,随即奔出来道："十四弟说这样最好。"

周仲英把陈家洛拉在一边,道："总舵主,现下四爷出来啦,你和皇上又骨肉相逢,实是喜事重重。我想再加一桩喜事,你瞧怎样?"

陈家洛道："老爷子要给七哥和大姑娘合卺完婚？"周仲英笑道："正是。"陈家洛大喜，道："那再好没有了，乘着大伙都在这里，大家喝了这杯喜酒再走，只是匆促了一点，不能遍请各地朋友来热闹一番，未免委屈了大姑娘。"周仲英笑道："有这许多英雄好汉，还不够么？"陈家洛道："好！这就请老爷子挑个好日子。"周仲英道："咱们这种人还讲究什么吉利不吉利，我说就是今天。"陈家洛知他不愿因儿女之事耽误各人行程，说道："老爷子这等眷顾，我们真是感激万分。"周仲英笑道："老弟台，你还跟我客气么？"

陈家洛笑嘻嘻的走到周绮跟前，作了一揖，笑道："大姑娘，大喜啦！"周绮登时满脸飞红，道："你说什么？"陈家洛笑道："我要叫你七嫂了！七嫂，恭喜你啦。"周绮啐道："呸，做总舵主的人也这么不老成。"陈家洛笑道："好，你不信。"他手掌一拍，众人登时静了下来。

陈家洛道："刚才周老爷子说，今儿要给七哥和周大姑娘完婚，咱们有喜酒喝啦！"群雄欢声雷动，纷向周仲英和徐天宏道喜。

周绮才知不假，忙要躲进内堂。卫春华笑道："十弟，快拉住她，别让新娘子逃走了。"章进作势要拉。周绮左手横劈一掌，章进一让，笑着叫道："啊哟，救命哪，新娘子打人啦！"周绮噗哧一笑，闯了进去。

众人正自起哄，忽听门外一阵鸾铃响，骆冰手中抱着一只盒子，奔了进来，叫道："好啊，大家都来了。什么事这般高兴？"说着向陈家洛参见。卫春华道："你问七哥。"骆冰道："七哥，什么事啊？"徐天宏一时呐呐的说不出话来。骆冰道："咦，奇了，咱们的诸葛亮怎么今儿傻啦？"蒋四根躲在徐天宏背后，双手拇指相对，屈指交拜，说道："今天诸葛亮招亲，他要作傻女婿啦。"

骆冰大喜，连叫："糟糕，糟糕！"杨成协笑道："四嫂你高兴胡涂啦，怎么七哥完婚，你却说糟糕？"群雄又轰然大笑。骆冰道："早知七哥和绮妹妹今天完婚，就顺手牵羊，多拿点珍贵的东西来，眼下我没什么好物事送礼，岂不糟糕？"杨成协道："你给四哥带了什么好东西来了，大家瞧瞧成不成？"

骆冰笑吟吟的打开盒子，一阵宝光耀眼，原来便是回部送来向皇帝求和的那对羊脂白玉瓶。群雄都惊呆了，忙问："哪里得来的？"骆冰道："我和四哥闲谈，说到这对玉瓶好看，瓶上的美人尤其美丽，他不信……"徐天宏接口道:"四哥一定说:'哪有你美丽啊,我不信!'是不是?"骆冰一笑不答,原来当时文泰来确是那么说了的。徐天宏道:"你到杭州皇帝那里去盗了来?"

骆冰点点头,很是得意,说道:"我就去拿来给四哥瞧瞧。至于这对玉瓶怎样处置,听凭总舵主吩咐。送还给霍青桐妹妹也好,咱们自己留下也好。"文泰来见瓶上所绘回族美女当真千娇百媚,不禁转头望向妻子。骆冰笑道:"我说的没错吧?"文泰来笑着摇摇头,骆冰一楞,随即会意,丈夫是说瓶上的美人再美,也不及自己妻子,望了他一眼,不禁红晕双颊。

无尘道:"四弟妹,皇帝身边高手很多,这对玉瓶如此贵重,定然好好看守,怎会给你盗来?你这份胆气本事,真是男子汉所不及,老道今日可服你了。"骆冰笑着将她怎样偷入巡抚衙门、怎样抓到一个管事的太监逼问、怎样用毒药馒头毒死看守的巨獒、怎样装猫叫骗过守卫的侍卫、怎样在黑暗中摸到玉瓶等情说了一遍。群雄听得出神,对骆冰的神偷妙术都大为赞叹。

陆菲青忽道:"四奶奶,我跟你老爷子骆老弟是过命的交情,我要倚老卖老说几句话,你可别见怪。"骆冰忙道:"陆老伯请教训。"陆菲青道:"你胆大心细,单枪匹马干出这件事来,确是令人佩服。不过事有轻重缓急,倘若这对玉瓶跟咱们所图大事有关,要不然是为了行侠仗义,那么这般冒险是应该的。现下不过是跟四爷一句玩话,就这般孤身犯险,要是有什么失闪,不说朋友们大家担忧,你想四爷是什么心情?"这番话只把骆冰听得背上生汗,连声说"是"。陆菲青道:"这晚恰好皇帝给咱们请去了六和塔,众侍卫六神无主,只顾寻访皇帝,是以没高手在抚衙守卫,要是什么金钩铁掌白振等都在那边,你这个险可冒得大啦!"骆冰答应了,掉过头来向文泰来伸了伸舌头。

陈家洛出来给骆冰解围:"四哥出来之后,四嫂是高兴得有点胡涂啦,以后可千万别这样。"骆冰忙道:"不啦,不啦!"

陈家洛道:"好。现下咱们给七哥筹备大礼。喂,七哥,眼前事情急如星火,山中采购东西又不方便,你神机妙算,足智多谋,快想条妙计出来。"众人哄堂大笑。徐天宏想到就要和意中人完婚,早就心摇神驰,也真胡涂了,大家开他玩笑,只是笑嘻嘻的说不出话来。

陈家洛笑道："武诸葛今儿变了傻女婿，那么我来出个主意吧。女家是周老爷子主婚，那不用说了，男家请三哥主婚，陆老爷子是大媒。九哥，请你赶快骑四嫂的白马，到於潜城里采购婚礼物品。孟大哥，请你到山下去筹备酒席。大家的礼就暂且免了，将来待七嫂生了儿子，大家送个双份。各位瞧这样好不好？"卫春华和孟健雄答应着先去了。赵半山道："男方主婚自然是总舵主，待会我来赞礼就是了。"陈家洛谦逊推让。众人都说当然该由首领主婚，陈家洛也就答应了。

到得傍晚，孟健雄回报说酒席已经备好，只是粗陋些，众人都说不妨。又过半个时辰，卫春华也回来了，各物采购齐备，新娘的凤冠霞帔也从采礼店买了来。

骆冰接过新娘衣物，要进去给周绮打扮，见连胭脂宫粉也都买备，笑道："九哥，你真想得周到，不知哪一位姑娘有福气，将来做你的新娘子？"卫春华笑道："四嫂，你莫开玩笑，咱们今晚想个新鲜花样闹闹新郎新娘。"骆冰拍手笑道："好啊，你有什么主意？"

蒋四根等听得他们商量要闹新房，都围拢来七张八嘴的出主意。卫春华道："四嫂，你把皇帝身边的玉瓶盗来，大家确是服了你。不过刚才陆老前辈也说，要是大内的高手都在那边，只怕也没这么容易得手。"骆冰笑道："偷盗是斗智不斗力的玩意，我虽打不过人家，也未必就盗不出来。"卫春华道："照啊！咱们七哥是最精明不过了，要是今晚你能偷到他一件东西，那我就真服了你。"骆冰笑说："偷他什么啊？"卫春华笑道："你等新郎新娘安睡之后，把他们的衣服都偷出来，教他们明朝起不得身。"章进等都轰然叫好。赵半山过来笑问："这么高兴，笑什么了？"蒋四根把他推开，道："这里没三哥你的事。"大家怕赵半山老成厚道，偷偷去告诉徐天宏，不许他听。

赵半山走开之后，杨成协道："咱们对付皇帝，也是这法子，教他没了衣衫，起不得身。四嫂，这件事难得很，我瞧你不成。"骆冰皱起眉头不答，心想："这件事的确不好办。玩笑又开得太大，对不起绮妹妹。"但听杨成协一激，好胜之心油然而生，说道："要是我偷到了怎么办？"卫春华道："这里八哥、十弟、十二弟、十三弟连我一共五人，我们打一副纯金的马具给你那匹白马，式样包你称心满意。"骆冰道："好。就是这样办。要是我偷不到，我绣五个荷包，你们每人一个。"杨成协和卫春华齐道："好，一言为定。"蒋四根笑道："这荷包可不能马马虎虎，偷工减料。"骆冰笑道："咦，四嫂会欺你吗？你们可不许去对七哥七嫂说。"杨成协等齐道："那当然，我们宁可输给你，好瞧热闹。"六人商量已定，分头去帮办喜事。骆冰这个赌是打下了，可是真不知如何偷法，对付周绮倒好办，徐天宏却智谋百出，说到用计，不是他的敌手，只好随机应变，走着瞧了。

一会大厅上点起明晃晃的彩绘红烛，徐天宏长袍马褂，站在左首。骆冰把周绮扶了出来。赵半山高声赞礼，夫妇俩先拜天地，再拜红花老祖的神位，然后双双向周仲英夫妇和陈家洛行礼。周仲英和周大奶奶还了半礼。陈家洛不受大礼，也跪下去还礼。周仲英在旁边连声谦让。新夫妇又谢大媒陆菲青。

新夫妇交拜毕，依次和无尘、赵半山、文泰来、常氏双侠等见礼。心砚把余鱼同扶出来坐在椅上。他脸上蒙了块青布，露出两个眼珠，也和新夫妇见礼。大厅中喜气洋溢。余鱼同取出金笛，吹了一套《凤求凰》。众人见他心情好转，更是高兴。

开上酒席之后，众人轰饮起来，无尘执了酒壶叫道："今晚哪一个不喝醉，就不许睡……"语声未毕，突然手一扬，一把酒壶向庭中的桂花树上掷去。

酒壶刚掷出，卫春华和章进已跃到庭中。两人饮酒之际未带兵刃，空手纵到桂花树下。那酒壶并未击中谁人，掉了下来，卫春华伸手接住。章进跃上墙头，四下张望，并无人影，回来报知陈家洛，请问要不要出去搜索。陈家洛笑道："今儿是七哥大喜的日子，别让鼠辈败坏了兴意。咱们还是喝酒。"轻声吩咐心砚："带几名头目四下查看，莫让歹人混进来放火。"心砚答应着去了。众人见他毫不在乎，又兴高采烈斗起酒来。

陈家洛低声对无尘道："道长，我也见到树上人影一晃，瞧这家伙的身手，不是什么高明之辈。"无尘道："不错，让他去吧。"陈家洛站起身来，朗声笑道："道长在六和塔上大展神威，叫天山双鹰不敢小觑了咱们。来，大家同敬一杯。"众人都站起来与无尘把盏。无尘笑道："天山双鹰果然名不虚传。陈正德那老儿要是年轻二十岁，老道多半不是他对手。"赵半山笑道："那时他身手虽然矫捷，功夫又没这么纯了。"

那边席上章进和石双英呼五喝六的猜拳,越来越大声。杨成协、蒋四根两人联盟和常氏双侠斗酒,四人各已喝了七八碗黄酒。文泰来和余鱼同身上有伤,不能喝酒吃油腻,坐在席上饮茶相陪。大家不住逗余鱼同说笑解闷。

吃了几个菜,新夫妇出来敬酒。周仲英夫妇老怀弥欢,咧开了嘴笑得合不拢来。周绮素来贪杯,这天周大奶奶却嘱咐她一口也不得沾唇。她出来敬酒,大家不住劝饮。她很想放怀大喝,但想起妈妈的话,无奈只得推辞,心头气闷,不悦之情不觉见于颜色。

卫春华笑道:"啊哟,新娘子在生新郎的气啦。七哥,快跪快跪。"蒋四根道:"七哥,你就委屈一下,跪一跪吧,新郎跪了,头胎就生儿子……"周绮忍不住噗哧一声笑了出来,说道:"你又没儿子,怎么知道? 真胡说八道!"众人见周绮天真烂漫,无不感到有趣。周大奶奶笑着尽摇头,连声叹道:"这宝贝姑娘,哪里像新媳妇儿。"

骆冰轻轻对卫春华道:"你们多灌七哥喝些酒,帮我一个忙。"卫春华点点头,和蒋四根一使眼色,两人站起来敬新郎的酒。徐天宏见他们鬼鬼祟祟,知道不怀好意,今天做新郎酒是推不掉的,酒到杯干,十分豪爽,喝了十多杯,忽然摇摇晃晃,伏在桌上。周大奶奶爱惜女婿,连说:"他醉啦,醉啦。"叫安健刚扶他到内房休息。杨成协等见徐天宏喝醉,对骆冰道:"这次你多半赢了。"

骆冰一笑,拿了一把茶壶,把茶倒出,装满了酒,到新房去看周绮。周绮见她进来,很是高兴,笑道:"冰姊姊快来,我正闷得慌。"骆冰道:"你口渴吗? 我给你拿了茶来。"周绮道:"我烦得很,不想喝。"骆冰把茶凑到她鼻边,道:"这茶香得很呢。"周绮一闻,酒香扑鼻,不由得大喜,忙双手捧过,咕噜噜的一口气喝了半壶,停了一停,道:"冰姊姊,你待我真好。"

骆冰本想捉弄她,见她毫无机心,倒有点不忍,但转念一想,闹房是图个吉利,再恶作剧也不相干,便笑道:"绮妹妹,我想跟你说一件事。本来嘛,这是不能说的,不过咱们姊妹这么要好,我就是有什么对你不起,做得过了份,你也不能怪我,是不是?"周绮道:"当然啦,你快说。"骆冰道:"你妈有没有教你,待会要你先脱衣裳?"周绮满脸通红,道:"什么呀,我妈没说。"骆冰一脸郑重其事的神色,道:"我猜她也不知道。是这样的,男女结亲之后,不是东风压倒西风,便是西风压倒东风,总有一个要给另一个欺侮。"周绮道:"哼,我不想欺侮他,他也别想欺侮我。"骆冰道:"是啊,不过男人家总是强凶霸道的,有时他们不知好歹起来,你真拿他们没法子。尤其是七哥,他这般精明能干,绮妹妹,你是老实人,可得留点儿神。"

这句话正说到了周绮心窝中,她虽对丈夫早已情深一往,然想到他刁钻古怪,诡计多端,却也真是头痛,心下对这事早有些着慌,但在骆冰面前也不肯示弱,说道:"要是他对我不起,我也不怕,咱们拿刀子算帐。"骆冰笑道:"绮妹妹又来啦,夫妻总要和美要好,才是道理,怎能动刀动枪的,不怕别人笑话么?再说,七哥待你这么好,你又怎能忍心提刀子砍他?"周绮噗哧一笑,无言可答。

骆冰道:"文四爷功夫比我强得多啦,要是讲打,我十个也不是他对手,可是我们从来不吵架,更加没打过架。他一直很听我的话。"周绮道:"是啊,好姊姊……"说到这里停住了口。骆冰笑道:"你想问我有什么法儿,是不是?"周绮红着脸点了点头。

骆冰正色道:"本来这是不能说的,既然你一定要问,我就告诉你,你可千万别跟七哥说,明儿你也不能埋怨我。"周绮怔怔的点头。骆冰道:"待会你们同房,你先脱了衣服,等七哥也脱了衣服,你就先吹熄灯,把两人衣服都放在这桌上。"她指了指窗前的桌子,又道:"你把他的衣服放在下面,你的衣服压在他的衣服之上,那么以后一生一世,他都听你的话,不敢欺侮你了。"

周绮将信将疑,问道:"真的么?"骆冰道:"怎么不真?你妈妈怕你爸爸不是?定是她不知这法儿,否则怎会不教你?"周绮心想妈妈果然有点怕爸爸,不由得点头。

骆冰道:"放衣服时,可千万别让他起疑,要是给他知道了,他半夜里悄悄起身,把衣服上下一掉换,那你就糟啦!"周绮听了这番话,虽然害羞,但想到终身祸福之所系,也就答应照做,心中打定了主意:"但教他不欺侮我便成,我总是好好对他。他从小没爹没娘,我决不会再亏待他。"骆冰为了使她坚信,又教了她许多做人媳妇的道理,那些可全是真话了。周绮红着脸听了,很感激她的指点。

正说得起劲,忽然门外人影晃动,跟着听到徐天宏呼喝。周绮首先站起,抢到门外,只见徐天宏一身长袍马褂,手中拿了单刀铁拐,从墙上跃下。周绮忙问:"怎么,有贼吗?"徐天宏道:"我见墙上有人窥探,追出去时贼子已逃得没影踪了。"周绮打开衣箱,从衣衫底下把单刀翻了出来。原来周大奶奶要女儿把凶器拿出新房,周绮执意不肯,终于把刀藏在箱中。她拿了刀,叫道:"到外面搜去!"骆冰笑道:"新娘子,算了吧。你给我安安静静的,这许多叔伯兄弟们都在这儿,还怕小贼偷了你的嫁妆吗?"周绮一笑回房。

骆冰笑着指住徐天宏道:"好哇,你装醉!我先去捉贼,回头瞧罚不罚你。你给我看住新娘子,不许她动刀动枪的。"一边说一边把他手中兵刃接了过去。徐天宏笑嘻嘻的回入新房,听得屋顶屋旁都有人奔跃之声,群雄都已闻声出来搜敌,寻思:"咱们和皇帝定了盟,按理不会是朝廷派人前来窥探,难道皇帝一回去马上就背盟?瞧那墙头之人身手,不似武功如何了得,多半是过路的黑道朋友见到这里做喜事,想来拾点好处。"

正自琢磨,骆冰、卫春华、杨成协、章进、蒋四根等走了进来,手中拿着酒壶酒杯,纷纷叫嚷:"新郎装醉骗人,可怎么罚?"徐天宏无话可说,只得和每人对喝了三杯。众人存心要看好戏,仍是不依。徐天宏笑道:"毛贼没抓到,大家少喝两杯吧。别阴沟里翻船,教人偷了东西去。"杨成协哈哈大笑道:"你尽管喝,众兄弟今晚轮班给你守夜。"

正吵闹间,周仲英走进房,见新女婿醉得立足不定,说话也不清楚了,忙过来打圆场,和每人干了一杯酒。大家见新郎真的醉了,和周绮说些笑话,都退出房去。

周绮见众人散尽,房中只剩下自己和丈夫两人,不由得心中突突乱跳,偷眼看徐天宏时,见他和衣歪在床上,已在打鼾,轻轻站起,闩上房门,红烛下看着夫婿,见他脸上红扑扑地,睡得正香,轻声叫道:"喂,你睡着了吗?"徐天宏不应。周绮叹道:"那你真是睡着了。"四下一望,确无旁人,又侧耳倾听,声息早静,料想歹人已远远逃走了。这才脱去外衣,走到床前推了推夫婿。他翻个身,滚到了里床。周绮把他鞋子和长袍马褂除下,再想解他里衣,忽然害羞,心想:"有了袍褂,也就够了吧?我又不想当真压倒了他。"于是依着骆冰的教导,把他袍褂放在窗边桌上,再把自己衣服压在上面,回到床边,抖开棉被盖在徐天宏身上,自己缩在外床,将另一条被子紧紧裹住身子,一动也不敢动。

过了良久，徐天宏翻了个身，周绮吓了一跳，尽力往外床缩去，正在此时，红烛上灯火毕卜一声，爆了开来。周绮怕丈夫醒来见到衣服的布置，想起来吹熄蜡烛，哪知脱了衣服之后睡在男人身旁，说不出的害怕，无论如何不敢起来。她暗暗咒骂自己无用，急出了一身大汗。正自惶急，灵机一动，在内衣上撕下两块布来，在口中含湿了，团成两个丸子，施展打铁莲子手法，噗噗两声，把一对花烛打灭了。

徐天宏睡得极沉，他酒量本来平平，这次给硬劝着喝到了十二分，直睡得人事不知。他翻一次身，周绮总是一惊，拥着棉被不敢动弹。也不知过了多少时候，忽听得窗外老鼠吱吱吱的叫个不停，又过片刻，一只猫妙呜妙呜的叫了起来。蓬的一声，窗子推开，一只猫跳了进来，在房里打了个转，跑不出去，跳上床来，就在周绮脚边睡了。周绮见再无声息，床上多了一只猫相伴，反觉安心，迷迷糊糊合上了眼，却始终不敢睡熟。

挨到三更时分，忽然窗外格的一响，周绮忙凝神细听，窗外似有人轻轻呼吸，心想这是弟兄们开玩笑，来偷窥新房韵事，正想喝问，猛想起这可喊不得，只觉脸上一阵发烧，忙把已经张开的嘴闭上了。

忽听得心砚在外喝问："什么人？不许动！"接着是数下刀剑交并，又听得常氏兄弟的声音："龟儿子好大胆！"一个生疏的声音"啊哟"一叫，显是在交手中吃了亏。

周绮霍地跳起，抢了单刀，往桌上去摸衣服时，只叫得一声苦，衣衫已然不知去向。这时再也顾不得害羞，一把将徐天宏拉起，连叫："快醒来，快……快出去拿贼。小贼把咱们衣服……衣服都偷去啦。"徐天宏一惊之下，登时清醒，只觉得一只温软的手拉着自己，黑暗中香泽微闻，中人欲醉，才想起这是他洞房花烛之夕。

他心中一荡，但敌人当前，随即宁定，把妻子往身后一拉，自己挡在她身前，拖过手旁一张椅子，以备迎敌，只听得屋顶和四周都有人轻轻拍掌，低声道："弟兄们四下守住了，毛贼别想逃走。"周绮道："你怎知道？"徐天宏道："这些掌声是我们会中招呼传讯的记号，四方八面都看住了，咱们不必出去吧。"放下椅子，转身搂住周绮，柔声说道："妹子，我喝多了酒，只顾自己睡觉，真是荒唐……"当啷一声，

第十二回 霍青霜万里行 盈盈彩烛三生约

周绮手中单刀掉在地下。

两人搂住了坐在床沿,周绮把头钻在丈夫怀里,一声不响。过了一会,听得无尘骂道:"这毛贼手脚好快,躲到哪里去了?"窗外一阵火光耀眼,想是众人点了火把在查看。徐天宏道:"你睡吧,我出去瞧瞧。"周绮道:"我也去。"徐天宏道:"好吧,先穿衣服。"周绮开了箱子,取出两套衣服来穿上。

徐天宏拔闩出门,只见自己的长袍马褂和周绮的外衣折得整整齐齐的放在门口,刚呆得一呆,周绮已叫了起来:"这毛贼真怪,怎么又把衣服送了回来?"徐天宏一时也琢磨不透,问道:"咱们的衣服本来放在哪里的?"周绮含糊回答:"好像是床边吧,我记不清楚啦。"这时骆冰和卫春华手执火把奔近,卫春华笑吟吟道:"毛贼把新郎新娘也吵醒啦。"骆冰假装一惊,道:"唷,怎么这里一堆衣服?"卫春华嗤的一声笑了出来。徐天宏见到两人神色,就知是他们捣鬼,当下不动声色,笑道:"我酒喝多啦,连衣服给小贼偷去也不知道。"骆冰笑道:"只怕酒不醉人人自醉呢。"徐天宏一笑,不言语了。

原来骆冰挨到半夜,估量周绮已经睡熟,轻轻打开新房窗户,怕撬窗时有声,嘴里不断装老鼠叫,随即推窗将一只猫丢了进去,乘窗子一开一闭之间,顺手把桌上两人的衣服抓了出来。杨成协等坐在房中等候消息,见她把衣服拿到,大为佩服,问她使的是什么妙法,骆冰微笑不答。众人谈笑一会,正要分头去睡,忽然心砚叫了起来,发现了敌人。骆冰心想衣服已经偷到,正好乘此机会归还,免得明晨周绮发窘,奔到新房窗边,听得房内话声,知两人已醒,便将衣服放在门口。

这时陈家洛和周仲英一干人都走了过来。陈家洛道:"宅子四周都围住了,不怕他飞上天去,咱们一间间房搜吧。"众人逐一搜去,竟然不见影踪。无尘怒气发作,连声大骂。

徐天宏忽然惊叫:"咱们快去瞧十四弟。"卫春华笑道:"总舵主早已请陆老前辈守护十四弟,请赵三哥守护文四哥,怕他们身上有伤,受了暗算。要是没人守着四哥,四嫂还有心情来跟你们开玩笑么?"徐天宏道:"是。不过咱们还是去看一看吧,只怕这贼不是冲着四哥,便是冲着十四弟而来。"陈家洛道:"七哥说得有理。"

众人先到文泰来房中,房中烛光明亮,文泰来和赵半山正在下象棋,对屋外吵嚷似乎充耳不闻。众人又到余鱼同房去。陆菲青坐在石阶上,仰头看天上星斗,见众人过来,站起身来,说道:"这里没什么动静。"这一群英雄好汉连皇帝也捉到了,今晚居然抓不到一个毛贼,都是又气恼,又奇怪。

徐天宏忽见窗孔中一点细微的火星一爆而隐,显是房中刚吹熄蜡烛,心头起疑,说道:"咱们去瞧瞧十四弟吧。"陆菲青道:"他睡熟了,因此我守在外面。"骆冰道:"咱们快到别的地方搜去。"徐天宏道:"不,还是先瞧瞧十四弟。"他右手拿着火把,左手一推,房门应手而开,却是虚掩着的,见床上的人一动,似乎翻了个身。

徐天宏用火把去点燃蜡烛,一时竟点不着,移近火把看时,却是烛芯已给打烂,陷入烛里,显然烛火是用暗器打灭的。他吃了一惊,生怕余鱼同遭逢不测,快步走到床前,叫道:"十四弟,你没事么?"

余鱼同慢慢转过身来,似是睡梦刚醒,脸上仍是蒙着帕子,定了定神才道:"啊,是七哥,你今晚新婚,怎么看小弟来啦?"徐天宏见他没事,才放了心,拿火把再到烛边看时,只见一枚短箭钉在窗格上,箭头还染有烛油烟煤。他认得这箭是余鱼同的金笛所发,更是大惑不解:他为什么见到大伙过来就赶紧弄熄烛火?又是这般紧急,来不及起身吹熄,迫得要使暗器?

这时陈家洛等都已进房。余鱼同道:"啊哟,各位哥哥都来啦,我没事,请放心。"徐天宏伸手要拔窗格上短箭,陈家洛在他背后轻轻一拉,徐天宏会意,当即缩手。这时众人都已看出余鱼同床上的被盖隆起,除他之外里面还藏着一人。陈家洛道:"那你好好休息吧。"率领众人出房,对陆菲青道:"陆老前辈还是请你辛苦一下,照护余兄弟,咱们出去搜查。"陆菲青答应了,等众人走开,又坐在阶石上。

众人跟着陈家洛到他房里。陈家洛道:"把卡子都撤回来吧!"心砚传令出去,在屋外把守的常氏双侠、章进、石双英、蒋四根都走进房来。

陈家洛坐在床上,众人或坐或站,围在四周,大家都感局面颇为尴尬,可是谁也不说话。无尘终于忍耐不住,说道:"那毛贼明明躲在十四弟被窝里,那究竟是什么人?十四弟干吗要庇护他?"这一说开头,大家七嘴八舌的议论起来。有的说余鱼同近来行为古怪,教

第十二回 盈盈彩烛三生约　霍霍青霜万里行

人捉摸不透,有的说他为何躲在李可秀府里,混了这么多时候。常氏双侠又提到他救护李可秀的事。说了一会,章进叫道:"大伙儿去问个清楚。我不是疑心十四弟对大家不起,他当然是血性男子。不过既是异姓骨肉,生死之交,何事不能实说,干么要瞒咱们?"众人齐声说是。

徐天宏道:"十四弟或者有什么难言之隐,当面问他怕不肯说,要心砚假意送点心,去察看一下怎样?"蒋四根道:"七哥这法子不错。"周仲英嘴唇动了一下想说话,但又忍住,眼望陈家洛,瞧他是什么主张。

陈家洛道:"闯进来的那人躲在十四弟房里,那是大家都瞧见的了。十四弟和大伙儿一起同生共死,这次又拼了性命相救四哥,咱们对他决没半点疑心,他既这么干,总有他的道理。我刚才请陆老前辈在房外照顾,只是防那人伤害于他。只要他平安无事,我想其余的事不必查究,别伤了大伙儿的义气。"周仲英叫道:"陈总舵主的话对极。"陈家洛道:"将来他要是肯说,自然会说,否则大家也不必提起。少年人逞强好胜,或者有什么风流韵事,有时也是免不了的,只要他不犯会规,十二哥自然不会找他算帐。大家请安睡吧。明天要上路呢。"

这番话众人听了都十分心服。徐天宏暗暗惭愧,心想:"讲到胸襟气度,总舵主可比我高得多了。"

骆冰笑道:"春宵一刻值千金,你们新婚夫妇还在这里干么呀?"众人都大笑起来。这一笑之下,大宅子中又是一片喜气洋洋。

余鱼同待众人一走,急忙下床,站在桌旁,等众人脚步消失,亮火折子点了蜡烛,低声道:"你来干么?"

床上那人揭开棉被,跳下床来,坐在床沿之上,低头不语,胸口起伏,泪珠莹然,正是李可秀的女儿、陆菲青的女徒弟李沅芷。只见她一身黑衣,更衬得肌肤胜雪,一双手白玉一般,放在膝盖上,一言不发,眼泪一滴一滴落在手背。

那日提督府一战,余鱼同随红花会群雄飘然而去,李沅芷伤心欲绝,整天骑了马在杭州城里城外乱闯。李可秀明白女儿心事,也不加管束,让她自行散心。这天黎明,她在西城驰马,刚巧遇到骆冰从巡抚衙门盗了玉瓶回去。她曾和骆冰数次会面,知她是红花会中人物,于是远远跟随,直到天目山来。只是她万万料想不到,自己魂牵梦萦的那个心上人,竟然就是对这个美貌少妇梦萦魂牵。李沅芷十分机伶小心,骆冰又心情畅快,丝毫没加提防,居然没发觉后面有人悄悄跟踪。

当晚李沅芷踪迹数次被众人发现,均得侥幸躲过。她只想找到余鱼同,向他剖白心事,却闯到了徐天宏和周绮的新房之外。心砚一叫嚷,众人四下拦截,李沅芷左肩终于吃了常赫志一掌。她忍痛在暗中一躲,声东击西的丢了几块石子,直闯到后院来,在庭中劈面遇到陆菲青,被他一把拉住。李沅芷惊叫:"师父。"陆菲青怒道:"你来干什么?"李沅芷道:"我找余鱼哥有话说。"陆菲青叹气摇头,心中不忍,向左边的厢房一指。李沅芷拍门,叫了几声:"余师哥。"

当众人四下巡查之时,余鱼同已然醒来,手持金笛,斜倚床边,以防敌人袭击,忽然听得李沅芷的声音,大吃一惊,忙拔开门闩,李沅芷冲了进去。他想:黑暗之中,孤男寡女同处一室甚是不妥,便亮火折点燃蜡烛,刚想询问,众人已查问过来。此情此景,原本无私,却成有弊,实在好不尴尬,只得先行遮掩再说,以免她从此难以做人。他身上有伤,行动不便,便用笛中短箭打灭烛火。两人屏息不动。待听得徐天宏拍门,李沅芷低声道:"余师哥救我。"余鱼同无法可想,只得让她躲进了被窝。

若非陈家洛一力回护,这被子一揭,当真不堪设想。好容易脱险,但见她泪眼盈盈,深情款款,余鱼同心肠登时软了,叹了口气,说道:"你对我一片真心,我又不是蠢牛木马,哪会不知?但你是官家小姐,我却是江湖上的亡命之徒,怎敢害了你的终身?"

李沅芷哭道:"你这么突然一走,就算了吗?"余鱼同道:"我也知对你不起。但我是苦命之人,心如槁木死灰……你,你还是回去吧。"李沅芷道:"你为了救朋友,跟我爹爹作对,我并不怪你,你是为了义气。"沉吟了一下又道:"似你这般文武双全,干么不好好做事,图个功名富贵?偏要在江湖上厮混,这多么没出息,只要你向好,我爹爹……"余鱼同怒道:"我们红花会行侠仗义,个个是铁铮铮的汉子,怎能做朝廷的走狗?"

李沅芷知道说错了话,涨红了脸,过了一会,低声道:"你骂我爹爹！人各有志，我也不敢勉强。只要你爱这样，我也会觉得好的。我应承听你的话，以后决不再去帮爹爹，我想我师父也会欢喜。"最后两句话说得声音响了些，多半窗外的陆菲青也听见了。余鱼同坐在桌边，只是不语。李沅芷低声道："你说我官家小姐不好，那我就不做官家小姐。你说你红花会好，那我也……我也跟着你做……做江湖上的亡命之徒……"这几句话用了极大的气力才说出口，说到最后，又羞又急，竟哭了出来。

余鱼同柔声道："我当初身受重伤，若非得你相救，千山万水的送到杭州你府上调养，这条性命早就没啦，按理说，那是粉身碎骨也报答不了。只是……唉，你的恩德，只好来生图报了。"

李沅芷霍地站起，说道："你是不是另有美貌贤慧的心上人，以致这样把我瞧得一钱不值？"在余鱼同，那确是"除却巫山不是云"，他始终对骆冰一往情深。李沅芷人品相貌并不在骆冰之下，但情有独钟，却是无可奈何，听她如此相询，不知怎生回答才是。

李沅芷道："你对她这样倾心，那她定是胜我十倍的，带我去见见成不成？"余鱼同给她缠得无法可施，忽然拉下脸上蒙着的手帕，说道："我已变成这么一个丑八怪，你瞧个清楚吧！"李沅芷蓦地见到他脸上凹凹凸凸，尽是焦黄的疮疤，烛光映照下可怖异常，不由得吓了一跳，倒退两步，低低惊呼一声。

余鱼同愤然道："我是不祥之人。我心地不好，对人不住，做了坏事，又是生来命苦……现今你好走了吧！"李沅芷骤然见到他这副模样，心惊胆战，不知如何是好。余鱼同哈哈大笑，说道："我这副丑怪样子，你见一眼也受不了。李小姐，你后悔今晚到这里来了吧？哈哈，哈哈！"他边说边笑，状若疯狂。李沅芷更是害怕，轻呼一声，掩面奔出房去。余鱼同笑了一会，自悲身世，伏在桌上痛哭起来。

陆菲青坐在房外阶石之上，虽然不明详情，也已料到了七八成，心知这时对余鱼同劝慰开导都无用处，心想："沅芷夜来之事，虽然有关女孩子的名节，但如不说明谢罪，可对不起红花会众位朋友。"于是走到陈家洛房来。

陈家洛刚睡下。心砚听得陆菲青叫门，忙开房门，陈家洛起床披衣相迎。陆菲青道："总舵主，我向你请罪来啦！"陈家洛惊道："什么？十四弟怎么样？"只道余鱼同遭遇凶险。陆菲青道："不是，他很好。你道今晚来捣乱的是谁？"陈家洛道："不知。"陆菲青道："那是我的小徒。我管教无方，纵得她任性胡为。今日是七爷大喜的日子，无礼打扰，惊动各位，实在是万分抱憾。"陈家洛默然不语。陆菲青道："小徒已经走了，日后我定要找到她，向各位赔罪。现今我先行谢过。"说着站起来深深一揖。

陈家洛忙站起还礼，隔了一会，说道："令徒武功得自前辈真传，身手确是不凡。"陆菲青只道陈家洛是指她今晚闯庄而言，哪知他两人曾在西湖交过手，说道："这孩子少不更事，到处惹祸，得罪朋友，我有时真后悔收了这个不成器的徒儿。"陈家洛道："前辈太客气了。令徒曾到过回部吧？"陆菲青道："她从小在西北一带。"陈家洛道："嗯，我见他和那位回人姑娘好似交情不错。"霍青桐和陈家洛离别之时，曾说过一句话："那人是怎样的人，你可以去问她师父。"陈家洛几次想问陆菲青，总觉太着痕迹，始终忍着不问，此刻陆菲青自己过来谈起，这才轻描淡写、似乎漠不关心的问了几句，其实心中已在怦怦暗跳，手心潜出汗水。

陆菲青道："那是为了抢可兰经的事，才和她结识的。起初有过一点误会，霍青桐姑娘还和小徒交过两次手，后来我出来说明跟天山双鹰的交情，两人才结成朋友。年轻人一见如故，倒着实亲热呢。"说罢捻须微笑。陈家洛听着却满不是味儿。

陆菲青只道他早知李沅芷是女子，始终没提她女扮男装的事。陈家洛心中不快，脸上虽然没显出来，但言语之间不免稍露冷淡。陆菲青只道他心恼李沅芷无礼闯庄，红花会这许多英雄人物，居然没能扣住一个初出道的少女，未免有失面子，心下甚是歉然，哪猜得到他另有心事，当下又道歉几句，正要告退，忽然门外心砚叫道："少爷，十四爷来啦！"

门帘一掀，一名庄丁扶着余鱼同进来，他见陆菲青也在这里，不觉一愕。庄丁退了出去。陈家洛道："你有事对我说，我过来不是一样？你身上有伤，别多走动。"余鱼同道："总舵主，刚才有个人躲在我房里，你一定瞧出来了。你当时故作不知，给我面子，做兄弟的很感激你的好意。你虽然不问，我可不能不说。"陈家洛道："咱们情同骨肉，还有什么信不过的。"余鱼同道："这人全是冲着小弟一人而来，和大伙决无干系。只因这事说来和人名节有关……"陈家洛道：

"既然如此,那不必说了。好啦,这事以后咱们谁也别提,你回去休息。心砚,扶十四爷回去。"余鱼同以为陆菲青已将此事说过,陈家洛怕他不好意思,是以不愿再提,于是致谢回房,陆菲青也即作别。

次晨众人齐下山来。各人互道珍重,分头进发。

陈家洛和周仲英一路本是同往西北,但周仲英说,他当年在嵩山少林寺学艺之时,便曾听师父及师伯叔们说起,南方莆田少林下院的武功与嵩山少林一脉相传,但数百年来莆田少林寺出了几位了不起的人物,于少林派武功颇有发扬,乘着此番南来,意欲就近前去探访,盼有机缘切磋求教。陈家洛道:"南少林门人弟子遍于江南,声势浩大,周老前辈于切磋武功之余,盼多所结纳。日后咱们举事,要是少林寺肯助一臂之力,实是天下百姓之福。"周仲英道:"谨当奉命。"于是带同妻子,徒弟孟健雄、安健刚,启程向南。

临别时周大奶奶对周绮再三叮嘱,现今做了媳妇,不可再闹小性子,争斗生事。周绮撅起嘴唇道:"要是他欺侮我呢?"说着嘴唇向徐天宏背心一歪。周大奶奶道:"好好的怎会欺侮你?"昨晚花烛之夜,李沅芷前来一闹,骆冰把他们的衣服搬了个地方,也不知那个法儿还灵不灵,周绮心中很是惦记,但不好意思再问骆冰,这时见父母远别,不禁掉下泪来。

周仲英嘱咐了女儿几句,对徐天宏道:"你妹子性子直爽,很不懂事,宏儿你要多多担待。要是她冲撞于你,可别跟她一般见识,将来让我罚她。"周绮急道:"爹爹你也帮他,难道定会是我不好?"周仲英一笑上马,向陈家洛和文泰来等抱拳作别,向南而去。

陈家洛、文泰来、骆冰、徐天宏、周绮、章进、余鱼同、心砚一行八人,向北经孝丰、安吉、溧阳,到了江宁。渡过长江后,文泰来伤势已然痊愈,余鱼同也已大好。一路往北,天时渐寒,时逢霜雪,已是初冬景象。过开封后,余鱼同伤势痊可,便弃车乘马。

这一日出了开封西门,八骑马放开脚步,沿着大道奔去。朔风怒号,尘沙扑面。文泰来所乘白马脚程奇快,一骑马先冲了上去,一口气奔出五十里,来到一处镇甸,叫饭店杀鸡做饭,先行预备,等众人到时打尖。他坐在店口,泡了壶茶,拿着手巾抹脸,忽见东边店房中人影一晃,有人探头张望,一见到他便疾忙缩回。文泰来起了疑心,背转身喝茶。过了小半个时辰,陈家洛等也都赶上来了,文泰来悄悄和众人说知。徐天宏向东店房一看,只见窗纸舐湿,一颗乌溜溜的眼珠正向他们注视,见到徐天宏的眼光射来,立即避开。徐天宏低声笑道:"那是初出道的雏儿,半点规矩也不懂,一下子就露出了马脚。"骆冰笑道:"这样的人也出来混道儿,看来还在打咱们的主意呢。"

陈家洛向心砚道:"你过去瞧瞧,要是他手头不便,就接济他一点。"心砚应声站起,走到那店房门口,高声吟道:"天下万水俱同源,红花绿叶是一家。"这是红花会招呼同道的讯号。江湖上各帮会互通声气,患难相助,纵然不是红花会会友,只要知道讯号,回答一句:"小弟是某某帮某某舵主属下,有求红花会大哥相助。"那么几两银子的接济是一定有的。心砚见房中寂然无声,又说了一遍,忽然房门呀的一声打开,一个黑衣人走了出来,那人一顶大帽遮住了半边脸,伸手递过一个纸团,道:"给你们十四爷。"心砚接住了,正要询问,那人已奔出店门,上马疾驰而去。

心砚把纸团交给余鱼同,道:"十四爷,那人叫我给你的。"余鱼同接过打开,见纸上写着十六个细字:"情深意真,岂在丑俊?千山万水,苦随君行。"笔致娟秀,认得是李沅芷的字迹,不料她竟一路跟随而来,他眉头一皱,把字条交给陈家洛。

陈家洛看了,料想是男女私情之事,不便多问,将字条还了给他。余鱼同道:"这人跟我纠缠不清,现下一定在前路等待。小弟想在此弃陆乘舟,避开这人,到潼关再和大家会齐。"章进怒道:"咱们这许多人在这里,又何必怕他?他本事再好,咱们也斗他一斗。"余鱼同道:"不是怕,我是不想见这个人。"章进道:"那么咱们教训教训他,教他不敢跟随就是了。这是什么人?这般不识好歹!"余鱼同好生为难,不便回答。

陈家洛知他有难言之隐,说道:"十四弟既要坐船,那也好,在船上可以多睡睡,没骑马那么劳顿。心砚,你跟着服侍十四爷。"心砚答应了,他小孩心性,嫌坐船气闷,虽然公子之命不敢违抗,不免快快。余鱼同看出了他的心意,坚称伤势已经痊愈,不必心砚随伴。于是众人来到黄河边上,包了一艘船,言明直放潼关。

陈家洛等送余鱼同上船,眼见那船张帆远去,才乘马又行。章进对余鱼同吞吞吐吐的神气很是不满,连骂:"酸秀才,不知搞什么鬼。"骆冰道:"十四弟烧坏脸后,心情很是不快,作事不免有点异常,咱们就顺着他点儿。"周绮道:"那次咱们在文光镇上,听说他和一个姑娘在一起,后来又不知怎样的到了杭州。"章进道:"他鬼鬼祟祟的,多半跟娘儿们有关,否则为什么怕人家找麻烦?"文泰来喝道:"十弟你别胡说。"

余鱼同坐船行了几日,见李沅芷不再跟来,才放下了心。这日遇上了逆风,天色已黑,离镇甸仍远,水势湍急,舟子不敢夜航,只得在荒野间泊了船。余鱼同喝了几杯酒,倒头便睡,中夜醒来,只见一轮圆月映在大河之上,浊流滚滚而下,黄浪翻涌,气象雄伟,逸兴忽起,抽出金笛,悠悠扬扬的吹了起来。他感怀身世,满腔心事,都在这笛声中发泄出来,一时激越,一时凄楚,正自全神吹奏,忽听背后有人高声喝采:"好笛子!"微微一惊,收笛回头,月光下只见有三人沿河岸走来。

三人走近,其中一人说道:"我们贪赶路程,错过了宿头,正自烦恼,听阁下笛声清亮,禁不住喝采,还请勿怪。"余鱼同听他说得客气,忙站了起来,说道:"荒野之间,小弟胡乱吹奏,聒噪扰耳,有辱清听。"那人听他说话文诌诌地,似是个读书人,缓缓走近。

余鱼同道:"如蒙不弃,请下舟来小酌一番如何?"那人道:"最好,最好!"三人走到岸边,纵身跃起,都轻飘飘的落在船头。只那魁梧大汉所背兵刃看来十分沉重,落下时船头一沉。余鱼同心中吃惊,暗忖:"这三人武功不弱,不知是何等人物,倒要小心在意。"当下假作文弱胆怯,双手紧紧握住船边,只怕船侧而落下水去。

只见当先一人躯干魁伟,穿件茧绸面棉袍,似是个乡绅。第二人满腮浓须,整张脸只见黑漆一团。第三人却穿蒙古装束,一件羊羔皮袍翻出半截,身形举止,显得剽悍异常。这三人都背着包裹,带了兵刃。余鱼同知金笛惹眼,在三人上船之前早就收起。他叫醒舟子,命暖酒做饭,款待来客。舟子见深夜中忽然来了生人,甚是疑惧,但一路上余鱼同使钱十分豪爽,既是雇主吩咐,也就照办。

那身材魁梧的人道:"深夜打扰,实在冒昧。"余鱼同道:"四海之内,皆兄弟也,何冒昧之有?"那人听余鱼同说话爱掉文,说道:"请教阁下尊姓大名？"余鱼同道："小弟姓于名通，金陵人氏，名字虽然叫通，可是实在不通之极，此番应举子业，竟尔名落孙山，回乡愧对父老，说来汗颜无地。"那人道："原来是一位秀才相公，失敬了。"余鱼同道："小弟乡试不捷，祸不单行，舍下复遭回禄。祝融肆虐，房屋固是片瓦无存，颜面亦是大毁，难以见人，无可奈何，只得想到甘肃去投亲，拟谋一席西宾，聊作鹪寄。唉，时也命也，生不逢辰，夫复何言？"这番话只把另外两人听得面面相觑，不知所云。那乡绅模样的人却读过一点书，说道："相公也不必灰心。"

余鱼同道："请教三位尊姓。"那人道："小弟姓滕。"指着那黑脸胡子道："这位姓顾。"指着那蒙古装束的人道："这位姓哈，是蒙古人。"余鱼同作揖，连说："久仰，久仰。萍水相逢，三生有幸。"那姓滕的见他酸气冲天，肚里暗笑。余鱼同听他说话是辽东口音，心想："这三人不知是敌是友，如是江湖好汉，倒可结交一番，日后举事，也可多一臂助。"说道："三位深夜赶路，那可危险得紧哪？"姓滕的道："不知有什么危险？"余鱼同摇头晃脑的道："道路不宁，萑苻遍地，险之甚矣，险之甚也。"那姓顾的一拉姓滕的袖子，问道："他说什么？"姓滕的道："他说道上盗贼很多。"姓顾的和姓哈的一听，都哈哈大笑。

这时舟子把酒菜拿了出来，那三个客人也不和余鱼同客气，大吃大喝起来。那姓滕的道："相公笛子吹得真好，请再吹一曲行么？"余鱼同怕金笛泄露了自己行藏，只是推辞，道："小弟生性怯场，一见有人，便手足无措。文战失利，亦缘于此。"那姓哈的道："我来吹一段。"从衣底摸出一只镶银的羊角，站直身子，呜呜呜的吹了起来。余鱼同听那角声悲壮激昂，宛然是"风吹草低见牛羊"的大漠风光，心中激赏，暗暗默记曲调。

三人喝完酒后，起来道谢告辞。余鱼同有心结纳，说道："如承不弃，就在舟上委屈一宵，天明再行如何？"那姓滕的道："那也好，只是打扰了。"余鱼同仍是睡在后舱，那三人也不脱衣，便在前舱卧下。不一会，余鱼同假装鼾声大作，凝神窃听三人说话。

只听那姓哈的道："这秀才虽然酸得讨厌，倒不小气。"姓顾的道："算他运气。"姓哈的道："明天能到洛阳么？"姓滕的道："过了河，找三匹马，赶一赶也许能行。"姓哈的道："我就担心韩大哥不在家,让咱们白跑一趟。"姓顾的道:"要是见他不着,咱们就找到红花会的太湖老巢去,闹他个天翻地覆。"姓滕的忙道:"悄声。"余鱼同大吃一惊,心想:"原来这三人是红花会的仇人,他们到洛阳去找姓韩的,多半是找韩文冲了。"

那姓滕的道:"红花会好手很多,他们老当家虽然死了,听说新任的总舵主也是个厉害脚色。这里不比关东,老二你可别胡来。"姓顾的道:"咱们关东六魔横行关外,江湖上好汉提到咱们名头,哪个不忌惮几分?哪知老三和老五、老六忽然都不明不白的给红花会人害死了,这仇要是报不了,咱们也不用做人啦。"言下极是气愤。余鱼同心想:"原来是关东六魔中的人物,三魔焦文期是陆师叔杀的,五魔阎世魁、六魔阎世章死于回人之手,怎么这几笔帐都写在红花会头上?"

原来关东六魔中大魔滕一雷是辽东大豪,家资累万,开了不少参场、牧场和金矿。二魔顾金标是著名马贼。四魔哈合台本是蒙古牧人,流落关东,也做了盗贼。他们在辽东听说焦文期受托找寻一个被红花会拐去的贵公子,突然失踪,数年来音讯全无。最近接到焦文期的师弟韩文冲来信,才知这结义兄弟已在陕西遇害。三人怒不可遏,当即南下,要找红花会报仇。到北京后,得悉阎氏兄弟也给人害了,这事与红花会也有干系。三人更是惊怒,赶到洛阳来找韩文冲要问个清楚,却与余鱼同在黄河中相遇。

那三人谈了一会,就睡着了。余鱼同却满腹心事,直到天色将明才蒙眬入睡,只合眼了一会,忽听得人声嘈杂,吆喝叫嚷之声,响成一片。他从梦中惊醒,跳起身来,抽金笛在手,从船舱中望出去,只见河中数百艘大船连樯而来。当先一艘船上竖着一面大纛,写着"定边大将军粮运"七个大字,原来是接济兆惠的军粮。大船过去,后面跟着数十艘小船,都是官兵沿河掳来载运私人物品的。

余鱼同那船的舟子见情势不对,正要趋避,已有六七名清兵手执刀枪跳上船来,不问情由,就打了舟子一个耳光,命他驾船跟随。余鱼同知道官兵欺压百姓已惯,难以理喻,也就顺其自然。哈合台甚是恼怒,想出去和清兵拼斗,给滕一雷一把拉住。

清兵走到后舱,见余鱼同秀才打扮,态度稍和,喝问滕一雷等三人干什么的。滕一雷道:"咱们上洛阳去探亲。"一名清兵喝道:"都到前舱去,把后舱让出来。"哈合台怒目相向,便欲出手。滕一雷叫道:"老四,你怎么啦?"哈合台忍住怒气。余鱼同便到前舱,低声道:"秀才遇着兵,有理说不清。我索性不说,你兵大爷岂能奈何我秀才哉?"

几名清兵搭上跳板,从另一艘小船里接过几个人来。一名清兵道:"言老爷,这艘船干净得多,你老人家瞧瞧中不中意?"那言老爷从后梢跨进舱来,瞧了一眼,道:"就是这里吧!"大刺刺的坐了下去。余鱼同向那言老爷望得一眼,心中突突乱跳。原来这人便是曾去铁胆庄捉拿文泰来的言伯乾。他给余鱼同的短箭射瞎了一只眼睛后,刚养好伤不久,带了一个师弟、两个徒弟,要到兆惠军中去效力立功。

言伯乾虽然只剩一目,眼光仍然敏锐,一见余鱼同身形,便即起疑,又见他脸上遮布,疑心更盛,假意走到前舱来,和滕一雷攀谈了几句,忽然身子微侧,似乎在船上立脚不定,右手在空中乱抓几下,一把抓住余鱼同脸上的布巾,拉了下来。其时顾金标见他要摔向自己身上,自然而然的伸出左掌,向他肩头轻轻捺去。言伯乾猛然一缩,竟没让他捺到,这一来,两人都知道对方武功不弱,对瞧了一眼。

言伯乾先不理会顾金标,向余鱼同脸上瞧去,见他满脸疮疤,难看异常,与射瞎他的那个俊俏小伙子全不相同,说道:"船晃了晃,没站稳,对不住啦。"把帕子还给了他。余鱼同接过,蒙在脸上,说道:"家里失火烧坏了脸,这副德性见不得人,没吓坏你吧?"

言伯乾听他口音,心中又是一动,但想到他的相貌,不再有丝毫疑心,转身对顾金标道:"老兄原来是江湖同道,请进来坐吧。"滕一雷等三人也不客气,先问言伯乾的姓名,听说他是辰州言家拳的掌门人,江湖上说来也颇有名望,于是不加隐瞒,说了自己姓名。言伯乾的师弟名叫彭三春,是湖南邵阳人。双方谈些关外与三湘的武林轶事,倒也投契。这一来喧宾夺主,余鱼同反给冷落在前舱了。

余鱼同见两路仇人会合,自己孤身一人,实是凶险异常,他本来心灰意懒,这时大敌当前,敌忾之气一生,反而打起了精神,独自在前舱吟哦从前考秀才时的制艺八股,什么"先王之道,圣人之心",什么"刑不上大夫,礼不下庶人",越读声音越响,得意非常,一面却用心窃听他们谈话。言伯乾听了他背书之声,只觉有些讨厌,更加没了疑心。吃晚饭时，余鱼同拿酒出来款客，言伯乾温言和他敷衍了几句。余鱼同只是之乎者也的掉文，四人听了自是腻烦之极，都不去理他，自行高谈阔论。

言伯乾探问三人进关来有什么事，滕一雷只说到洛阳访友，后来谈到南方的武林帮会，哈合台忽然提到了红花会。言伯乾倏然变色，连问他们识得红花会中何人。滕一雷不动声色，只推不认识，也不提报仇之事。双方兜来兜去的试探，都怕对方与红花会有甚渊源。这一来相互有了顾忌，你防我，我防你，说话就没先前爽快了。

这天逆风仍劲，整天只驶出二十几里，还没到孟津，粮船队便都停泊了。晚饭过后，滕一雷等三人和余鱼同自在前舱安息。余鱼同睡入被窝，不敢脱衣，把金笛藏在被内，二更时分，忽然隔船传来两声惨厉的叫喊，静夜听来，令人毛骨悚然。接着一个女人声音大叫："救命哪，救命！"余鱼同料知邻船官兵在干伤天害理之事，本应就去救援，但一来官兵势大，二来身旁强敌环伺，只要自己身分一露，立时便是杀身大祸，正要用被头蒙住耳朵不听，那女人叫得更惨了："总爷，你行行好事，饶了我们吧！"又听得一个孩子哭叫："妈妈，妈妈！"

余鱼同忍耐不住，坐起身来，侧耳细听，听得又有另一个女子的哭声。一名清兵粗声喝道："你不肯，老子先杀了你的儿子。"在女人惨叫与哀告声中，夹着几名官兵的狂笑，接着听得两个女人呜呜呜的叫不出声，嘴巴已给人按住。

余鱼同气愤填膺，再也顾不得自己生死安危，走到船舷边，听得哈合台道："咱们去瞧瞧。"滕一雷道："老四你莫管闲事，那姓言的师兄弟很有点门道，倘若他们跟红花会是一路，咱们可先露了……"余鱼同不等他说完话，脚下使劲，已纵到邻船后梢。关东三魔见这秀才居然一身轻功，甚是了得，都吃了一惊，互打手势，跟了过去。这时言伯乾和彭三春也已惊醒，见余鱼同等先后跃过船去，便各取兵刃，站在船舷上观看。

余鱼同见后梢无人，在船舷上缩身向舱内张去，只见舱里蜡烛点得明晃晃地，七八名清兵拉住两个女子，正要施行强暴。一个女人跪在舱板上不住哭求，另一个女人死命搂住一个幼儿，吓得只是发抖。舱板上有几个男子的尸首，几只衣箱打开着，到处散满了衣物银两。看情形显是清兵借运粮为名,沿河强拉民船,夜中杀死客商,谋财劫色。

余鱼同怒火上冲,正要跳进舱去,忽听得背后哈合台道:"老大,这事我非管不可。"滕一雷道:"不行!"就在这时,一名清兵从那女人怀中夺过幼儿,狠命往舱板上摔落,掷得脑浆迸裂。那女人一呆,登时晕了过去。两名清兵哈哈大笑,将她按倒在地,撕她衣服。

余鱼同心中默祝:"红花老祖在上,弟子余鱼同今日舍命救人,求你保佑。"他不抽金笛,大喝一声,空手跳进船舱,左脚踢出,右手一拳,将按住女子的两名清兵打翻,跟着揪住一名清兵头颈一扭,那兵痛得大叫,他随手夺过了刀,砍断一名清兵右脚。其余清兵纷抽兵刃抵敌,余鱼同使刀虽不熟手,但只斗数合,又砍翻两名清兵。余下清兵纷向船头逃去,只听扑通、扑通数声,都被哈合台踢下河去。

余鱼同拉起两个女子,说道:"快上岸逃命。"两个女子吓得呆了,这时邻船的兵士听得格斗叫喊之声,已有人点了火把,站在船头喝问。哈合台走进舱来,说道:"好秀才,佩服,佩服。"余鱼同挟住一个女子,跳上岸去,接着哈合台也带了一个女子上来。顾金标抽出背上的短柄猎虎叉,站在河边断后。滕一雷两足站在岸边浅水处,双手抓住船舷,喝一声:"起!"双臂用力,把那艘船翻了转来,船底朝天,死尸杂物,纷纷落水。余鱼同暗惊:"这人好大力气!"四人乘着清兵乱哄哄查看翻船,在黑暗中带了两个女人走了。

余鱼同尽拣树木茂密之地奔去,见清兵没有追来,停步问那女人:"家里男人都给官兵杀了吗?"那女人惊魂未定,跪在地下不住磕头,一句话也说不出来。余鱼同道:"眼下你已脱险,躲在这里别动,等明天兵船开了再出去。"他提高嗓音,向后面三人叫道:"三位大哥,多谢相助,小弟告辞了。"不等他们回答,转身就走。

刚跨出三步,只听得前面黑暗中一人阴恻恻的道:"余十四爷,且请留步。"余鱼同退后一步,那人从黑影中走了出来,正是死对头言伯乾,后面还跟着他的师弟彭三春。彭三春双手握三节棍往右边一站,隐然监视,防余鱼同逃走。这时滕一雷等三人也带了那个女子赶到,见言伯乾忽然出现,颇感讶异。

余鱼同一拱手,说道:"后会有期。"向滕一雷与顾金标两人之间窜了过去。彭三春右膝略弯,当啷一声,三节棍出手,向余鱼同下盘横扫过来。余鱼同一个"鲤跃龙门",跳过三节棍,左脚在地上点撑,跃出寻丈。彭三春一击不中,三节棍余势甚劲,将要扫到顾金标腿上,忙向外一抖,向前送出,三节棍笔直的向余鱼同背心点来。余鱼同向前跌扑,待三节棍在头顶掠过,仍不还手,乘隙脱逃,忽然金刃劈风,黑暗中白光闪动,两柄单刀迎面砍来,原来是言伯乾的两个徒弟宋天保、覃天丞赶到。

余鱼同三面受敌,避无可避,右手在左边衣袖中抽出金笛,当当两声,架开双刀。彭三春正要上前夹击,在旁观看的哈合台怒道:"喂,三个打一个,算什么好汉?"彭三春一怔,哈合台出手奇快,已抓住三节棍尾梢向外甩出。彭三春疾忙回夺,两人都没脱手。

彭三春欺进半步,左手在三节棍中截一搭,右手棍端突然离手,弯过来打向哈合台左肩,这是他三节棍的救命变招,叫做"毒蛇摆尾"。哈合台猝不及防,黑暗中只觉棍端砸来,忙向右避让,棍端已扫中他肩头,砰的一声,甚是疼痛。哈合台大怒,松手撒棍,一把抓住彭三春腰带,大叫一声:"呼!"将他肥肥一个身躯举过头顶,摔在地下。哈合台擅于蒙古人摔跤之技,这一下把彭三春摔得头昏脑胀,眼前金星乱冒。

滕一雷见哈合台取胜,叫道:"别惹祸,快走!"言伯乾叫道:"好哇,关东六魔原来投降了红花会。"顾金标转头怒道:"你说什么?"言伯乾道:"你们不投降红花会,干么要帮这红花会的头目?"滕一雷大奇,问道:"他是红花会的?"

言伯乾见两个徒弟给余鱼同逼得手忙脚乱,形势危急,不暇回答,从长衫底下掏出一对钢环,呛啷啷一抖,左环向余鱼同背心砸去。余鱼同金笛回转,向他"期门穴"点到。两人搭上手拆了数招。滕一雷连叫住手,言伯乾只是不听,想起伤目之恨,双环如狂风骤雨般向仇人要害打去。滕一雷从背上卸下独脚铜人,纵近身去,向下压落,只听得当的一声猛响,两件兵器都给震了开去。余鱼同和言伯乾手臂发麻,暗暗心惊。滕一雷的铜人以钢铁铸成,外包黄铜,甚是沉重厉害。

滕一雷转头问余鱼同道:"阁下是红花会的么?"余鱼同心想,今日之事,走为上着,也不回答,突然向黑暗处跃去。宋天保站得最近,挺刀追来,余鱼同回身持笛一吹,飕的一声,一支短箭钉上了宋天保面颊,痛得他哇哇大叫。滕一雷和言伯乾随后追来,黑暗中看不清楚,又怕余鱼同吹箭厉害,不敢十分迫近。

余鱼同越逃越远,慢慢挨向河边,心想:还是混到清兵粮船上最为太平,明天开船,就不妨事了。他在树丛中倾听追兵声音,伏在地上慢慢爬行,忽听前面两声女人惊叫,夹着清兵的怒骂之声,原来救出来的那两个女人又给清兵找着了。

他这时自身难保,顾不得旁人,缩身不动,但叫声越来越惨厉,忍不住探头出去一张,只见一个清兵双手各拖一个女人向河岸走去。两个女人不肯走,大声哭叫,却被清兵在地上横拖倒曳而去。余鱼同心道:"贪生忘义,非丈夫也!"金笛对准清兵后脑,用力吹出,短箭飞去,没入脑中,清兵狂叫一声,登时毙命。余鱼同一箭吹出,随即向岸上疾奔。

这一箭终于泄露了行藏,他奔出数丈,顾金标斜刺里挺猎虎叉前来拦住。余鱼同展开柔云剑术,想打倒了他逃命,岂料数招过后,只觉对方身手迅捷,竟是劲敌。顾金标一面打,一面连声唿哨。余鱼同见远处黑影掩袭而来,不敢恋战,以进为退,和身向前扑去,左手双指直点敌人胸前要穴。顾金标虎叉横胸。余鱼同倒退跃开,但彭三春的三节棍已打了过来。同时滕一雷和言伯乾、覃天丞也均赶到,四面合围。

滕一雷叫道:"抛下兵器!"余鱼同不理,使笛如风,混战中挺脚把覃天丞踹倒。滕一雷手挥铜人,呼的一声当头砸了下来。余鱼同知道他力大异常,不敢挡架,纵身闪过。

滕一雷兵刃笨重,但因膂力奇大,使用之际仍十分灵活,一砸不中,随即收势,"横扫千军",向余鱼同腰里挥击过来。余鱼同一低头,铜人在头顶飞过,立时猱身直进,欺到滕一雷怀里,挺笛向他"气俞穴"点去。滕一雷铜人竖起,欲待震飞金笛。余鱼同拔起身子,跃过宋天保头顶,落下时顺势挺膝盖在他背心一顶。宋天保站脚不住,向滕一雷的铜人上撞去。言伯乾斜刺里急抄挽住,骂道:"送死么?"滕一雷赞了句余鱼同:"好俊身手!"这边彭三春和顾金标又已截住去路。

哈合台在旁观战,见众人兵刃齐下,眼见余鱼同要血溅当地,心中敬他救援妇孺的侠义心肠,忽地纵入战圈,叫道:"老大、老二退

第十二回 盈盈彩烛三生约 霍霍青霜万里行

开。"滕一雷和顾金标分别跃出。余鱼同力敌数人,已累得浑身是汗,笛子打出去全然不成章法。滕顾两人刚跃开,言伯乾右手钢环已套住笛端,左手钢环猛力砸向笛身,当的一声,金笛脱手飞出,钢环顺势又向余鱼同太阳穴砸到。哈合台把余鱼同向后一拉,避开了这一击,同时使出蒙古摔跤之法,右脚横勾,左手在他肩头一扳,余鱼同站立不稳,跌倒在地,被哈合台按住擒牢。金笛从空中落下,顾金标伸手接住,插入腰里。

宋天保和覃天丞吃过余鱼同的苦头,奔过来要打。哈合台道:"且慢!"撕下余鱼同长衫衣襟把他反手缚住,拉起来站定,说道:"朋友,我知你是好汉子,有话好好说,我们决不难为你。"余鱼同哼了一声,并不言语。

滕一雷道:"朋友,你是红花会的么?"余鱼同道:"我姓余名鱼同,江湖上人称金笛秀才,在红花会坐的是第十四把交椅。"滕一雷点头道:"这就是了,我也听到过你的名头,我向你打听几个人。"余鱼同道:"你要问焦文期和阎氏兄弟的下落,我老实告诉你,那不是我们红花会杀的。"

言伯乾在一旁冷冷的道:"现今你当然不认啦!"余鱼同泼口大骂:"你这瞎眼贼,我又不是跟你说话,你的眼是我射瞎的,怎么样?老子怕了你不是好汉。"宋天保大怒,举刀砍来。哈合台松开搁在余鱼同腿边的右脚,余鱼同双足顿得自由,向左偏头,让过这一刀,右腿飞起,踢在宋天保左腿"伏兔穴"上。宋天保单刀脱手,登时软麻在地。覃天丞忙抢过来扶起。

彭三春见师侄丢脸,举拳扑将过来。哈合台道:"要打架?我放了他和你一对一打个痛快如何?"彭三春怒道:"我先和你比划比划也可以。"呛啷啷一抖三节棍。哈合台道:"想再摔一跤么?"

言伯乾忙把彭三春往身后一拉,静观滕一雷如何处置。滕一雷又问余鱼同道:"江湖上多说我们三个兄弟是红花会所害,冤有头,债有主,只要你老实说一句,这件事是何人指使、何人动手,我们自会去找他算帐,你不必畏惧隐瞒。难道我们还能把红花会几万人斩尽杀绝不成?"余鱼同道:"今日落在你们手里,要杀便杀,何必多说。你以为红花会怕你们这几个人,那真是在做梦了。"哈合台道:"你是好汉子,我是很佩服的,我只请问,我们三兄弟到底是谁害的。"余鱼同道:"老实说,这三人是谁杀死的,我知道得清清楚楚,不过决不是红花会。"顾金标道:"那么你说出来,我们马上放你。"余鱼同道:"余某虽是无名小卒,既然身属红花会,岂能让人威迫?杀死那三人的是谁,本来跟你们说了也不相干,他也不会怕你们去寻仇。但你们如此逼迫,我偏偏不说。"顾金标抖动猎虎叉,叉杆上三个铁环当啷啷一阵响,喝道:"你说不说?"

余鱼同昂头也喝:"不说怎样?你有种就在胸口上给我一叉。我们红花会兄弟给我报起仇来,可不会像你这么脓包,到今天连仇人是谁也不知道。"顾金标气得只是抖叉,连声咒骂。哈合台道:"你如认为我这朋友还可交交,那么请你告诉我。"余鱼同见这几人中只有哈合台对他有友善之意,便道:"你们干么不去问韩文冲?不过他不在洛阳,现下跟威震河朔王维扬一起在杭州。"滕一雷道:"当真?"余鱼同喝道:"我几时说过假话?"

哈合台见他虽然被擒,反而越来越强项,对他更是敬佩,把滕一雷和顾金标拉在一边,劝道:"再逼也无用,放了他吧。"顾金标道:"咱们放他,江湖上还道关东六魔不敢惹红花会,依我说,毙了算啦。"滕一雷道:"毙了也没好处,咱们就奔杭州去找韩文冲,把他带着,在路上慢慢套问,总要问个水落石出,再杀不迟。"顾金标道:"好,就是这样。"

滕一雷回来对余鱼同道:"我们把你带到杭州去和韩大哥对质。要是你说的不错,我们就放你。"余鱼同心想:"这很好,一路上不遇救援,也总有脱身之策。"于是点头答应。滕一雷向言伯乾一举手,说道:"后会有期。"转身要走。

言伯乾纵上一步,说道:"慢来,慢来。这人是咱们一起擒住的,就这样便宜的让你带走?"哈合台怒道:"你要怎样?"言伯乾自忖,己方虽有四人,但对方三人武功高强,自己虽然还可对付,师弟和徒弟就不行了,用强不能取胜,说道:"他射瞎了我一只眼,我便剜他两只眼抵帐,人就让你们带走。"

滕一雷和顾金标心想,擒拿余鱼同,他确是也有功劳,他是官府中人,何必得罪了他,而且余鱼同没了眼睛,带他上路时反而方便,不怕他逃走,当下并不阻拦。言伯乾右手食中两指"双龙抢珠",向余鱼同双目戳了过来。余鱼同退后一步想避,顾金标执住他身子向前一推,使他动弹不得。

陈家洛等一行沿黄河西上,只见遍地沙砾污泥,尽是大水过后的遗迹,黄沙之中偶然还见到尸体骷髅,想像当日波涛自天而降,众百姓挣扎逃命、终于葬身泽国的惨状,都不禁恻然。陈家洛吟道:"安得禹复生,为唐水官伯,手提倚天剑,重来亲指画!"吟罢心想:"白乐天这几句诗忧国忧民,真是气魄非凡。我们红花会现今提剑只是杀贼,哪一日能提剑指画万民而治水,才是我们的心愿。"

不一日来到潼关,徐天宏和章进两人分头到各处街头墙角查看,不见有余鱼同留下的记号,知他尚未到达,便在一家客店中住了下来,等了三日,始终不见他到来。徐天宏和章进到水陆两路码头查问,都说不见有这么一位秀才相公。到第四日上,大家一计议,都觉事有蹊跷,只怕中途出了乱子。

潼关一带占码头的帮会是龙门帮,红花会和他们素无交往,生怕余鱼同着了他们的道儿,于是徐天宏拿了自己名帖,去拜访龙门帮的龙头大哥上官毅山。

上官毅山听得徐天宏来访,知他是红花会七当家、江湖上有名的武诸葛,忙迎接出来。徐天宏说明来意。上官毅山道:"久慕贵会仁义包天,只是贵会一向在江南开山立柜,无缘结交。要是早知贵会十四当家在黄河中坐船,一定好好接待。我马上派人去查问。"当着徐天宏的面,立即派出八名弟兄出去,叫四人到河中查询,四人沿黄河两岸迎接下去,一见到余十四当家,马上接待到潼关来。

徐天宏见他着力办事,很讲交情,不住道谢。上官毅山留他在家中居住,徐天宏一定不肯。下午上官毅山前来回拜。陈家洛怕惊动了人,都回避不见,只徐天宏一人接待。

上官毅山当晚大排筵席,给徐天宏接风,遍邀当地武林豪杰作陪。潼关武林人士识得周仲英的人很多,听说徐天宏是名震西北的铁胆周之婿,更是倾心结纳。有些人私下议论,武诸葛名闻江湖,哪知竟是如此瘦弱矮小,真是人不可以貌相。众人见他谈吐豪爽,很够朋友,都生敬仰之心。

次日上午,上官毅山又到客店拜访,说手下人并未找到余鱼同,但得了一点线索:"据水路上弟兄报知,这几日征西大军赶运军粮,黄河中封船,只怕余十四爷给粮运阻住了。"徐天宏稍觉放心,道了劳。

到得晚间,上官毅山又亲来通知,说陆上弟兄报知,孟津大街的醉仙楼上,十天前曾有一个相貌怕人的秀才和人打架,把酒楼打得一塌胡涂。徐天宏惊道:"那就是余十四弟,后来怎样?"上官毅山道:"兄弟派去查访的人还没回来,这是他叫人带来的消息,详细情形不大清楚。"徐天宏道:"上官大哥如此尽心,真是感激万分,兄弟给你引见几位朋友。"于是到隔壁房里把陈家洛、文泰来、骆冰、章进、周绮都请过来和他相见。

上官毅山欣喜异常,双方互道仰慕。陈家洛道:"十四弟为人精细,决不会使酒闹事,他既跟人打架,定是遇上了仇家,咱们快去孟津。"文泰来道:"对,立刻就走。"

上官毅山道:"各位来到潼关,兄弟本应稍尽地主之谊,现今既有急事,兄弟随伴各位同走一遭。"陈家洛见他重义,也不客气推辞。上官毅山带了两名副手,众人乘马急奔孟津而去。

文泰来骑了白马,越众当先。众人离孟津还有六十多里,文泰来已回头迎上,说道:"我去醉仙楼打听,酒保说确有这回事。和十四弟打架的是本地一个大绅士,叫什么孙大善人,还有几个衙门里的捕快。"上官毅山奇道:"孙大善人今年已六十多岁,不会武功,一向对人客客气气,怎会和他打架?"陈家洛道:"后来怎样?"文泰来道:"后来的事那酒保吞吞吐吐的说不明白。"陈家洛道:"好,咱们快去。"众人催马前行,到孟津后上官毅山到醉仙楼去找老板。那老板见是龙门帮的龙头大哥,忙不迭的摆酒招待,丝毫不敢隐瞒,但所说也和文泰来打听到的差不了多少。那老板指着栏干和板壁上兵刃所砍痕迹,说是那天打斗留下来的。

那日言伯乾要剜余鱼同双目,眼见他手指便将戳到,哈合台忽地伸手抓住言伯乾后心,猛力一拉,将他拉得退后了数尺。言伯乾大怒,左掌向后撩出,啪的一声,击在哈合台右腕之上。哈合台吃痛,疾忙放手。两人各自纵出一步,拉开架式便要放对。滕一雷抢到两人之间,铜人一摆,说道:"咱们好朋友莫伤了和气。"

哈合台对言伯乾道："你要报仇，等我们的事了结之后，你再去找他，我们谁也不帮。这时候你要胡来，那可不行。"滕一雷知道哈合台性情鲠直，说过了的话决不轻易变更，虽然这么办不甚妥当，但在外人面前，自己兄弟间不能争辩，免得给人笑话，当下不作一声。言伯乾情知用武不能取胜，气忿忿的收了双环，说道："终有一日我取了他的双眼给你瞧瞧。"哈合台道："那很好，再见啦。"关东三魔押了余鱼同便走。言伯乾给徒弟解开腿上被点穴道，心中很不服气，远远跟在后面。

巳牌时分，滕一雷等到了孟津，上酒楼吃饭。那酒楼叫做"醉仙酒楼"。滕一雷要了酒菜，和余鱼同同席而坐。刚吃了几杯酒，只听楼梯上脚步响，上来七八名捕快和一个衣饰考究的老人。那老人叫下不少酒菜，宴请捕快。捕快和酒保都叫他"孙老爷"，言下很是恭敬，看来这人是当地有面子的缙绅。

过了一会，又上来四人，哈合台倏然变色，原来言伯乾师徒竟也跟着到了。余鱼同装作不见，神色自若的饮酒。滕一雷对哈合台道："老四，咱们到关内来是给老三报仇，你怎么反而尽护着仇家，老三他们在九泉之下怕要怪你呢。"哈合台道："我怎么护着仇家？我不过见他是条汉子，不许别人胡乱作贱。倘若查明他真是仇家，我首先就取他性命。"顾金标道："这里到杭州路远着呢，他们……"说着向言伯乾等嘴一努："又不死心，阴魂不散，让他们剜了他眼睛就是，否则路上必出乱子。"哈合台只是不依，三人吵嚷了起来。

哈合台势孤，一向又是听大魔滕一雷指点惯了的，拗不过他们，气忿忿的站起，道："老大、老二，我先走一步，在杭州等你们。这个人的事我不管啦！"饭也不吃，大踏步下楼去了。顾金标伸手相拉，给他一摔手，险些跌了一交。哈合台自幼熟习蒙古摔跤之技，随手一摔，都是劲道十足。

滕一雷道："老二，莫理他，他是牛脾气。你看住这个人。"顾金标拔出匕首，翻转藏在腕底，低声对余鱼同道："你要逃走，我先给你几个透明窟窿。"余鱼同置之不理。滕一雷走到言伯乾桌边去打招呼、套交情。

余鱼同见哈合台一去，知道祸在眉睫，望见言伯乾脸有喜色，自是滕一雷跟他说了，让他来剜自己眼珠，一时焦急无计。这时酒保端上一大碗热腾腾的黄河鲤鱼羹,顾金标喝了一口,叫道:"老大,鱼羹很鲜,快来喝吧。"余鱼同伸出羹匙,也去舀羹,手伸近时突然在碗底一抄,把一碗热羹劈面倒到顾金标脸上。

顾金标正在喜尝鱼羹美味,哪知变起俄顷,一碗热羹突然飞来,眼上鼻上全是羹汤,痛得哇哇乱叫。余鱼同不等他定神,掀起桌子,碗筷菜肴全倒在他身上。顾金标睁不开眼,哪能避让。滕一雷和言伯乾等忙纵过救援。余鱼同又掀翻一张桌子,阻住敌人来路,暗忖此时虽可脱逃,但逃不多远,势必又会给追上了,唯有觅地躲避,以待外援。闹市之中,最稳妥的躲避处莫过于官家监狱。

酒楼上登时大乱,酒客纷向楼下奔跑。余鱼同纵到那孙老爷面前,啪的一声,结结实实打了他个巴掌。那孙老爷只觉眼前金星乱冒,坐倒在地。余鱼同扯住他胡子,提了起来,紧紧扭住。众捕快大惊,奔上救护。余鱼同抱住孙老爷不放,向滕一雷等招手道:"老大老二快来啊,我得手啦,你们快来把鹰爪孙赶开。"众捕快听得土匪要绑架孙大善人,抽出铁链钢刀,连叫:"好大的胆子!"向滕一雷等奔来。

这几名捕快哪在滕一雷心上,但孟津是大地方,跟捕快衙役一争斗,官兵马上就到。滕一雷暗骂余鱼同狡猾,踢倒一名捕快,拉了顾金标飞身下楼。言伯乾大叫:"咱们是官兵,来捉强盗的啊!"但混乱中又怎听得清楚?转眼间彭三春已打倒了一名捕快,其余的连声唿哨,招集同伴,远处当当当铜锣响起,看来大队援兵便要赶到。言伯乾喝道:"彭师弟,快走!"师徒四人冲下楼去,众捕快怎拦得住,只用铁链锁住了余鱼同一人。

言伯乾等一行四人逃出孟津,找了个荒僻地方休息。彭三春大骂余鱼同诡计多端。言伯乾阴沉沉的道:"谅这小小孟津衙门,也不能庇护了他,咱们今晚就去劫狱,把这恶贼劫出来痛痛快快的折磨。"彭三春怕官,听说要劫狱,很是踌躇,可是师兄的话又不敢违拗。到得三更,各人蒙起了脸,向孟津衙门奔来,彭三春落在后面,很不起劲。言伯乾知他甚是勉强,也不点破。将近官衙,忽见前面人影一晃,有人一掠而过。言伯乾见这人身手甚快,向徒弟叮嘱:"小心!"忽然身后有人低呼:"是言兄么?"言伯乾转过身来,见是滕一雷和顾金标。滕一雷道:"大伙儿齐心来干,那更好啦。"顾金标道："咱们不能让这臭贼痛痛快快的吃一刀就算，先得让他多受点儿罪。"他脸上给烫起了无数热泡，对余鱼同可恨入了骨。当下六人越墙入内。

陈家洛和上官毅山细问醉仙楼的老板，再也问不出什么了，只知那秀才后来给捕快锁了去。陈家洛听说余鱼同被捕，便放了心，就算犯了死罪，官府公文来往，也得耽搁好久才会处决，于是和上官毅山去拜访孙大善人。

孙大善人是当地首富，田庄、当铺不计其数。他见上官毅山和一个自称姓陆的公子来访，心中吓了一跳，打好了主意，如果龙门帮要钱，只好舍财消灾。哪知上官毅山寒暄了几句之后，口风转到那天在酒楼闹事的秀才身上，孙大善人更是吃惊，连称："兄弟年纪这么一大把，素来不敢得罪什么人，要是江湖上朋友们手头不便，兄弟一向量力而为，决不敢小气。"上官毅山道："那位秀才相公和小弟有点渊源，不知为什么跟孙老爷打了起来？"孙大善人道："我实在不知，看他们神色，似乎要绑架兄弟。"于是说了当时情形。

陈家洛暗忖："十四弟怎会约人来绑架他，中间一定另有隐情。孟津几名捕快，又怎能把十四弟逮去，难道此地另有能人？"于是对上官毅山道："那么请孙老爷引我们去监狱探探这个秀才。"孙大善人忙道："这秀才当晚就给人劫出狱去，难道你们不知？"陈家洛更是奇怪，向上官毅山使个眼色，告辞出来，只见许多公差捕快乔装改扮了，在孙宅前后保护。

上官毅山和陈家洛等来到孟津龙门帮头目家里，派人到衙门打听，果然那秀才当晚便给人劫出，还伤了好几名牢头禁子。陈家洛双眉深皱，和徐天宏琢磨了半天，丝毫寻不着头绪。

晚饭后众人到监狱附近踏勘，骆冰忽然一指墙脚，道："瞧！"众人一看，喜形于色。上官毅山却莫名其妙。徐天宏道："这是十四弟留下的记号，他说给仇人追逼，迫得向西逃避。"章进道："什么仇人？定是缠着他的那个少年。"徐天宏道："这少年的武功不及十四弟，局面不致如此紧急，料来另有别情。"文泰来道："咱们快去。"

众人向西寻去，到了郊外，在一株大树脚边记号又现，画得潦草异常，显得处境十分危急。众人加紧脚步，在一条通到山中的岔路边又见到了记号。

文泰来和章进当先奔驰入山,沿途只见所画的记号愈来愈不成模样,有时只是随手一钩一画。转了几个弯,章进忽然咦的一声,纵上前去,在一株小树上拔下一枝竹箭。文泰来和徐天宏同时叫了出来。他二人久历江湖,见多识广,认得这是湖南辰州言家拳的独门暗器。文泰来怒道:"原来追逼十四弟的是言伯乾这奸贼。"这时骆冰又从树丛中发见了几枝竹箭。周绮忽然惊呼一声,指着地下。众人看时,见是点点血迹。沿着血点追寻过去,拨开树丛,忽见黑黝黝的一个山洞。山洞浅小,仅足容身,洞旁竹箭、钢镖、飞锥、小钢叉等落了一大堆,想见余鱼同那日受人围攻时打得十分激烈。众人甚是担忧,不知他性命如何。

徐天宏和文泰来捡起暗器细看,钢镖和飞锥武林常见,瞧不出用者身分,发小钢叉的人却极少,不知是何等人物。从诸般暗器看来,围攻余鱼同的至少也有四五人。

那天滕一雷、顾金标、言伯乾等六人越墙入狱,想找狱卒逼问监禁余鱼同的所在。宋天保忽然脚下一绊,险些跌了一交,俯身看时,见一人给反背绑在地下,忙提他起来,晃亮火折,见是个身穿号衣的狱卒,口中塞着什么东西,眼睛骨碌碌的乱转,说不出话来。言伯乾右手扠住他喉咙,左手挖出他口中之物,却是两块绣花手帕。言伯乾低喝:"今天抓来的秀才关在哪里?快说!你一叫就扠死你。"那狱卒吓得不住发抖,说道:"在……在那边第三……第三号牢房。"言伯乾懒得再绑他,手下使劲,狱卒顿时闭气而死。滕一雷道:"快去,怕已有人先来劫狱。"

众人赶到牢房,果然听得有锉物之声。顾金标晃亮火折,见一个黑衣人蹲在余鱼同身边,显是他朋友前来救人。余鱼同见到火光,叫道:"有人来。"黑衣人并不理会,锉得更急。滕一雷低喝:"是谁?"黑衣人突然跃起,回身剑出,这一剑又快又准,寒光闪处,剑锋已及面门。滕一雷身子虽胖,动作却极迅捷,右手铜人疾向剑刃压下。黑衣人手上剧震,虎口发痛,知道对方力大异常,不敢恋战,回剑向覃天丞刺去。覃天丞急闪避让,黑衣人已跳出牢房。言伯乾叫道:"别追,劫人要紧!"这么一交手,满牢狱卒都已惊醒,知道有人劫狱,登时大乱。滕一雷在牢门口一站,喝道:"你们快锉,我在这里抵挡。"言伯乾和顾金标各自拿出铁锉,同时使力,不一刻已把锁住余鱼同手脚的铁链锉断。

言伯乾扣住余鱼同脉门,和彭三春两人合力将他抬出牢房。衙役军士涌上来拦截,都被滕一雷挥铜人打伤。众人见他猛恶,不敢近前,只在远处呐喊。顾金标当先开路,宋天保、覃天丞断后,拥着余鱼同越墙而出。此时监狱外已有大队军士守候,刀枪并举,围了上来。顾金标、言伯乾、彭三春分头迎敌,登时砍伤了几名,官兵人众,呐喊杀上。

混战中突然墙角一条黑影飞出,奔到余鱼同身边。覃天丞过来拦阻,那人手一扬,覃天丞只感到胸口剧痛,已中了什么暗器,支持不住,蹲下地去。宋天保一呆间,那人已拉了余鱼同逃走。宋天保大叫:"师父,那……那人逃啦!"

余鱼同却并不急奔,蹲在地下匆匆画了些记号。言伯乾扑将过去,斜刺里突然有剑刺到。言伯乾举环锁拿,那人剑法奇快,早已变招,拆不两招,余鱼同把一名军官拉下马来,跃上马背,纵马驰近,大叫一声,向言伯乾迎面冲来。言伯乾向旁跃开,余鱼同拉住使剑人的手,将那人提上马背,两人一骑,向西奔去。

这时滕一雷已翻出墙外,见余鱼同逃走,暗骂言伯乾师徒无用,大叫:"快追!"彭三春和宋天保左右挟住了覃天丞,向余鱼同马后赶去。他们脚下甚快,奔出数里,已把官差抛在后面。众官差眼见追不上,便收兵回去了。

滕一雷等赶了一阵,功夫便即分出高下,滕一雷遥遥在前,顾金标和他相距不远,言伯乾却已被抛在后面,彭三春等更加落后。滕一雷在辽东虽然养尊处优,功夫却没搁下,轻功着实了得。山路驰马不便,余鱼同的马上骑了两人,那马又非良马,追逐了一会,滕一雷越赶越近。黑暗中那马突然踏入山道中一个小坑,左足跪了下去,头一低,把余鱼同抛下马来。

余鱼同一个筋斗,轻轻落下。马上那人一提缰绳,那马哀嘶一声,竟没站起,原来左腿胫骨已经折断。那人见滕一雷追近,飞身下马,和余鱼同携手穿入了树丛。行不数步,见前面有个山洞,两人躲了进去。

余鱼同叹道:"李师妹,又是你来救我。"

那黑衣人便是李沅芷。她跟随红花会人众,忽然不见了余鱼同,略一凝思,猜到他必是改走水路,便沿着黄河上溯寻访。到得孟津,在茶馆酒楼中听得到处都谈论丑脸秀才绑架孙大善人不遂之事,于是半夜里前来劫狱,那名狱卒就是她绑住的。

李沅芷救出了余鱼同,芳心喜慰,叫余鱼同躺下养神,自己在洞口守御。余鱼同坐在地上,望着她俏生生的背影,感慨万千,一阵寒风吹来,只见她微微颤抖,便脱下长袍,给她披在身上。李沅芷自识得这位师哥以来,这是他第一次对自己稍示怜惜之意,不由得回头嫣然一笑,身上心头,温暖异常。

正要说话,忽然前面飕的一声,一枝竹箭射了过来。余鱼同见她没察觉暗器袭到,忙伸手将她一推,左手接住竹箭,叫道:"留神暗器!"

话声未毕,外面又掷了一块飞蝗石进来。李沅芷闪身接住,只听得外面喝骂:"奸贼,快滚出来,免得大爷动手。"同时几个黑影迫近洞口。余鱼同提起竹箭箭尾,用打甩手箭手法向黑影掷去。一人呼痛跳开,却是彭三春胯上中箭。

滕一雷等以敌暗我明,不敢过份迫近,诸般暗器纷纷向洞里掷去。余鱼同和李沅芷缩在一边,捡起落在洞内的飞镖小叉,在敌人攻近时就还敬一枚。李沅芷靠在余鱼同身上,虽然情势危急,反觉实是生平未历之佳境,山洞寒冷黑脏,洞外强敌环攻,然而提督府中的绣楼香闺却无此温馨。

余鱼同低声问道:"咱们怎生出去?"李沅芷笑道:"何必出去?反正他们又攻不进来。"余鱼同急道:"天明了怎么办?"李沅芷听他语气焦急,笑道:"好,我想法子……喂,暗器来啦!"余鱼同向后急缩,一柄小钢叉钉在脚边地上。顾金标气愤之极,两柄小叉发出,使动钢叉护住门面,抢到洞口。

李沅芷扬手发出三枚芙蓉金针。暗器细小,又在黑暗之中,本难闪避,但她发针手法未臻化境,顾金标总算及时发觉,猛一缩头,两针落空,只一针刺进头发,刺伤了头皮。他头顶刺痛,想到这类细微暗器多半带有剧毒,心下大骇,疾忙跳开,拔下金针,亮火折看时,见针尖之血并非黑色,知道无毒,这才放心。

滕一雷接过金针一看，气得哇哇大叫，说道："老三头骨上钉的，不就是这等金针？原来害死他的便是这奸贼。"

那日焦文期给陆菲青以金针射瞎双目，尸首过了几年才给人在山谷中发现，其时面目早已腐坏，只从他兵器和衣饰上才认了出来，脸上肌肉烂去，露出几枚金针牢牢的钉在头骨之上。当日陆菲青以一把金针掷在焦文期脸上，大部分拔回，但深入肉里的几枚却未起出。韩文冲信中曾详述此事和金针形状。岂知当时杀焦文期的固然不是余鱼同，而今日射伤顾金标的也并不是这金笛秀才。

滕顾两人愤怒异常，攻得更紧，但害怕金针厉害，不敢再窜近洞口。

李沅芷眼望洞外御敌，说道："你干么避开我？难道你见到我就讨厌吗？"余鱼同道："李师妹，你干么问这些话？咱们脱了险之后再说行不行？"李沅芷默然不语，过了一会，说道："那时候你又要避开我了。"余鱼同听她语气凄楚，心中一动，颇感歉疚。突然蓬的一声，一个火把掷在洞口，余鱼同一呆，火光中只见她俏脸含怨，泪珠莹然，一张雪白的脸蛋映在艳红的火光之下，更显娇艳。

李沅芷叫道："他们要用烟薰。"她纵身出去想踏灭火把，敌人暗器纷纷攒击，只得退回。不出她所料，言伯乾和宋天保果然割了不少草来，掷在火把上，浓烟升起，顺风涌进山洞，把两人薰得不住咳嗽。不久火光渐熄，烟却越来越浓。

李沅芷知道在洞中无法再耽，说道："你守住洞口。"把剑交给余鱼同，退到他身后。余鱼同听到背后衣衫抖动之声，不知她在干什么，回头一望。李沅芷忙叫："回过头去！"余鱼同烟雾中见她在解外衣，大为奇怪。这时他双目被浓烟薰得不住流泪，强自撑住。

李沅芷走上前来，接过长剑，把一件长衣掷在他身上，说道："快穿上。"余鱼同想问。李沅芷连催："快穿，快穿。"见他穿了，又把剑交给了他。

这时浓烟渐弱，又是一个火把掷了过来，这次的火把更旺，照得一片明亮。李沅芷道："咱们分头走，你千万不可跟我。"不等余鱼同回答，已空手纵出洞去。余鱼同大惊，伸手急拉，却没拉住。

陈家洛走回湖边,只见红花树下坐着一个白衣如雪的少女,长发垂肩,正自慢慢梳理,见她赤了双脚,脸上发上都是水珠,肌肤胜玉,心道:「天下哪有这样的美女?」

第十三回

吐气扬眉雷掌疾
惊才绝艳雪莲馨

陈家洛等一行在山洞附近察看,又发现了烟薰火焚的痕迹,可是余鱼同性命如何,去了何方,却无丝毫端倪。文泰来忧心如焚,把几枝竹箭在手中折成寸断。骆冰道:"十四弟机警得很,打不过人家定会逃走,咱们相烦上官大哥多派弟兄在附近寻访,必有头绪。"上官毅山道:"文四奶奶说得对,咱们马上回去。"

众人回到孟津,上官毅山把当地龙门帮得力的弟兄都派了出去,叮嘱如发见可疑眼生之人,立即回报。挨到初更时分,众人劝文泰来安睡。徐天宏道:"四哥,你不吃饭,不睡觉,要是须得立即出去相救十四弟,怎有精神对敌?"文泰来皱眉道:"我如何睡得着?"又等了一会,上官毅山走进房来,摇头道:"没消息。"徐天宏道:"这几天中可有什么特异事情?"上官毅山沉吟道:"只曾听人说,西郊宝相寺这几日有人去啰唆吵闹,还说要放火烧寺。我想这事跟十四爷一定没干系。"众人心想,和尚与流氓争闹事属寻常,无论如何牵扯不到余鱼同身上。当下言定第二日分头再访。

文泰来在床上翻来覆去,想起余鱼同几次舍命相救的义气,热血上涌,怎能入梦?见身旁骆冰睡得甚沉,于是悄悄起身,开窗跳出房去,心想:"我到处瞎闯一番,也好过在房中睡不着焦躁。"展开轻功疾奔,不到半个时辰,已在孟津东南西北各处溜了一遍,郁积稍舒,忽见黑影闪动,一个人影向西奔了下去。他精神一振,提气疾追。

那人影奔跑一阵,轻轻拍掌,远处有数人拍掌相应。文泰来见对方人众,悄悄跟踪。那人一路向西,不一刻已到郊外。四周地势空旷,文泰来怕他发觉,远离相随,行了七八里,那人向一座山岗上走去,便跟着上山,望见山顶有座屋宇,料来那人定是向屋走去,于是不再跟随,缩身树丛,抬头望时,不禁大失所望,原来那屋宇是座古庙,庙额匾上三个大字,朦胧微光中隐约可辨:"宝相寺"。

文泰来低呼:"倒霉!"跟了半天,跟的却是要跟寺中和尚为难的流氓。转念一想,既然来了,便瞧瞧到底谁是谁非,要是有人恃强凌弱,不妨伸手打个抱不平,聊泄数日来胸中恶气,当下溜到庙边,越墙入内,从东边窗内向大殿望去,见一个和尚跪在蒲团上虔诚礼佛。过了一会,那和尚慢慢站起,回过头来,文泰来眼见之下,不由得惊喜交集。

当日滕一雷等见火光中一人穿着长衫、蒙了脸从洞中窜出,忙上前兜截。那人喝道:"金笛秀才在此,你们敢追来么?"滕、顾、言三人对他都欲得之而甘心,不再去理会洞中那黑衣人,一齐急步追赶。滕一雷脚步最快,转眼间已扑到那人身后,独脚铜人前送,一招"毒龙出洞",直向他后心点去。那人纵出一步,回手一扬,滕一雷急忙倒退,怕他金针厉害。那人其实是李沅芷,她披了余鱼同的长衫,要引开敌人,好让余鱼同脱逃,手中扣了金针,敌人追近时便发针抵挡。滕顾二人素知焦文期武功不弱,连他都死于金针之下,这金针自是厉害,黑暗之中不敢迫近,只得远远跟住,直追到孟津市上。其时天色已明。李沅芷见一家客店正打开门板,便闯了进去。

店伴吓了一跳,张口要问,李沅芷掏出一块银子往他手里一塞,说道:"给我找一间房。"店伴手里一掂,银子总有三四两重,便不多问,引她到了东厢一间空房里。李沅芷道:"外面有几个债主追着要债,你别说我在这里。我只住一晚,多下来的钱都给你。"店伴大喜,笑道:"你老放心,打发债主,小的可是大行家。"

店伴刚带上房门出去,滕一雷等已闯进店来,连问:"刚才进来的那个秀才住在哪里?咱们找他有事。"店伴道:"什么秀才?"言伯乾道:"刚才进来的那个。"店伴道:"大清早有什么人进来?你老人家眼花了吧。秀才是没有,状元、宰相倒有几个在此。"

顾金标大怒，伸手便要打人。滕一雷忙把他拉开，悄声道："咱们昨晚刚劫了狱，这时风声一定很紧，快别多事。"言伯乾对店伴道："好，我们一间间房挨着瞧去，搜出来要你的好看。"店伴道："啊哟，瞧你这副凶相，难道是皇亲国戚？"这时掌柜的也过来查问了。顾金标不去理他，一把推开，闯到北边上房门前，砰的一声，踢开房门。房内一个大胖子吃了一惊，赤条条的从被窝中跳了出来。顾金标一见不对，又去推第二间房的门。那大胖子满口粗言秽语，顾金标的十八代祖宗自然是倒上了大霉。

客店中正自大乱，忽然东厢房门呀的一声开了，一个美貌少女走了出来。言伯乾回头一望，只觉这少女美秀异常，却也不以为意，仍是挨房寻查。李沅芷换了女装，笑吟吟的走出房外，刚到街上，只见一队捕快公差蜂拥而来，原来得到客店掌柜的禀报，前来拿人了。

余鱼同见劲敌已被引开，持剑出洞。彭三春和宋天保、覃天丞上前夹攻。余鱼同展开柔云剑术，三四招一攻，又把本已受伤的覃天丞左臂刺伤，乘空窜出。彭三春三节棍着地横扫，余鱼同身子纵起，三节棍从脚下掠过，忽然"啊哟"一声，向前摔倒。彭三春和宋天保大喜，双双扑来，满拟生擒活捉，不料想他突然回身，左手扬处，一大把灰土飞了过来，彭宋二人登时满脸满眼尽是尘沙。这些灰土就是他们烧草熏洞时留下来的。彭三春着地滚出数步，宋天保却仍然站在当地，双手在脸上乱擦。余鱼同挺剑刺进他的左腿，转身便走。

彭三春擦去眼中灰土，只见两个师侄一个哼，一个哈，痛得蹲在地下，敌人却已不知去向。彭三春又是气恼，又是惭愧，给两人包扎了伤口，叫他们在山洞中暂时休息，自己再出去追踪，沿山道走了七八里路，却遇见了言伯乾、滕一雷等人。哈合台又和他们在一起了，还多了一个不相识的，这人四十上下年纪，背着个铁琵琶，脚步矫健，看来武功甚精。

言伯乾见师弟在路上东张西望，神态狼狈，忙上前相问。彭三春含羞带愧的说了，幸好滕一雷等三人也是一无所获，大家半斤八两。

回到山洞，言伯乾给彭三春引见了，那背负铁琵琶之人便是韩文冲。他在杭州给红花会摆布得哭笑不得，心灰意懒，王维扬要他回镇远镖局任事，他无论如何不肯，反劝总镖头及早收山。王维扬

第十三回 吐气扬眉雷掌疾 惊才绝艳雪莲馨

和张召重在狮子峰一战,死里逃生,心想此后帮红花会固然不行,跟他们作对也是不妥,事在两难,听韩文冲一说,连声道:"对,对!"便即北上,去收束镖局。韩文冲自回洛阳,满拟从此闭门家居,封刀退出武林,哪知却在道上遇见了正要上杭州去找他的哈合台。他不愿再见武林朋友,低头假装不见,但他背上的铁琵琶极是起眼,终于躲不开,给哈合台认了出来。

两人在客店中一谈,韩文冲把焦阎三魔送命的经过详细说了,哈合台才知金笛秀才和红花会果然不是他们仇人,他对余鱼同很有好感,忙约韩文冲赶去解救。韩文冲不想再混入是非圈子,但哈合台说,只有他去解释,滕顾两人才不致跟余鱼同为难,否则伤了此人,日后红花会追究寻仇,他焉能置身事外?韩文冲一想不错。两人赶到孟津,正逢滕一雷等从客店中打退公差奔出。五人会合在一处,回头来找山洞中的黑衣人。

余鱼同逃离险地,心想仇人中三个好手都追李沅芷去了,她一个少年女子,如何抵挡,甚是忧急,一路寻找,不见影踪,寻到孟津郊外,知道公门中识得自己的人多,不敢寻将下去,挨到晚上,闯到一家小客店歇了。这一晚又哪里睡得着?心下自责无情,李沅芷两次相救,然而眼前心上,仍然尽是骆冰的声音笑靥,远远听得"的笃、的笃、锵锵"的打更声,却是已交二更天了。

正要蒙眬合眼,忽然隔房"东弄"一响,有人轻弹琵琶。他雅好音律,侧耳倾听,琵琶声轻柔宛转,荡人心魄,跟着一个女人声音低低的唱起曲来:"多才惹得多愁,多情便有多忧,不重不轻证候,甘心消受,谁教你会风流?"

他心中思量着"多情便有多忧"这一句,不由得痴了。过了一会,歌声隐约,隔房听不清楚,只听得几句:"……美人皓如玉,转眼归黄土……"出神半晌,不由得怔怔的流下泪来,突然大叫一声,越窗而出。

他在荒郊中狂奔一阵,渐渐的缓下了脚步,适才听到的"美人皓如玉,转眼归黄土"那两句,尽在耳边萦绕不去,想起骆冰、李沅芷等人,这当儿固然是星眼流波,皓齿排玉,明艳非常,然而百年之后,岂不同是化为骷髅?现今为她们忧急伤心,再过一百年想来,真是可笑之至了。言念及此,不禁心灰意懒,低头乱走,见前面山脚下一棵大树亭亭如盖,过去坐在树下休息一阵。连日惊恐奔波,这时已疲累非凡,靠在树上,蒙蒙眬眬的便睡着了。

睡梦中忽听得钟声铿铿,一惊而醒,一抽身边金笛没抽到,想起早已被顾金标抢去,不觉哑然。这时天已黎明,钟声悠长清越,隐隐传来。他睡了半夜,精神已复,心想:"暮鼓晨钟,真是发人深省。"信步随着钟声走去,原来是山岗上一所寺院中所发。依着山道上岗,见庙宇已颇残破,匾额上写着"宝相寺"三字。

走进大殿,见殿上一尊佛像,垂头低眉,似怜世人愁苦无尽,心下感慨,只见四壁绘满了壁画,正待观看,一个老和尚迎了出来,打个问讯,道:"居士光降小寺,可有事么?"余鱼同一怔,道:"在下到处游山玩水,见宝刹十分清幽,想借住数日,纳还香金,不知会打扰么?"那老僧道:"小寺本为十方所舍,居士要住,请进来吧。"命知客僧接待到客房里,素面相待。

余鱼同吃过面后,又睡了两个时辰。睡醒起来,红日满窗,已是正午,佛殿上传来木鱼之声。出得房来,想下岗去找李沅芷,经过殿堂时见到壁画,驻足略观,见画的是八位高僧出家的经过,一幅画中题词说道,这位高僧在酒楼上听到一句曲词,因而大彻大悟。余鱼同不即往下看去,闭目凝思,那是一句什么曲词,能有偌大力量?睁开眼来,见题词中写着七字:"你既无心我便休"。这七个字犹如当头棒喝,耳中嗡嗡作响,登时便呆住了。

痴痴呆呆的回到客房,反来覆去的念着"你既无心我便休"七字,一时似乎悟了,一时又迷糊起来。当日不饮不食,如癫如狂。知客僧来看了几次,只道他病了,劝他早睡。余鱼同睡在床上,听寺外风声如啸、松涛似海,心中也像波浪般起伏不定,二十三年来往事,一幕幕涌上心头,中秀才、杀仇人、走江湖、行侠仗义,不知经历了多少危险,却一直无忧无虑,逍遥自在,哪知在太湖总舵中有一日斗然遇见了这个前生冤孽,从此丢不开、放不下,苦恼万分。回想骆冰对待自己,何曾有过一丝一毫情意?你既无心,我应便休,然而岂能便休?岂能割舍?心绪烦躁,坐起来点亮了灯,见桌上有一部经书,乃是从天竺最早传到中国的《四十二章经》。

随手一翻,翻到了经中"树下一宿"的故事,叙述天神献了一个

第十三回 吐气扬眉雷掌疾 惊才绝艳雪莲馨

美丽异常的玉女给佛,佛说:"革囊众秽,尔来何为?"看到这里,胸口犹似受了重重一击,登时神智全失。过了良久,才醒觉过来,心想:"佛见玉女,说她不过是皮囊中包了一堆污肉秽血,我何以又如此沉迷执着?"当下再不多想,冲出去叫醒老僧,求他剃度。

那老僧劝之再三,余鱼同心意愈坚。老僧拗他不过,次日早晨只得集合僧众,在佛前为他剃度了,授以戒律,法名空色。

余鱼同礼佛诵经,过了几天清静日子。这一日跪在佛前做早课,默念我佛慈悲,普渡众生,心头清凉明净,真似一尘不染。忽听得背后一人说江湖黑话:"孟津周围都找遍了,这合字在这里又没垛子窑,能扯到哪里去呢?"余鱼同一惊:"这声音好熟。"又听得另一人阴森森的道:"就是把孟津翻个身,也要找到这小贼。"余鱼同一咬牙,心道:"好,你们终究寻来了。"原来滕一雷和言伯乾等人这时已站在他的身后。

他一动不动,听哈合台和顾金标在他背后激烈争辩。哈合台力主即刻动身,到回部去找霍青桐报仇,顾金标不依,定要先找余鱼同。不久听得言伯乾询问住持,有没有一个丑脸秀才到寺里来过。住持一呆,支吾其词。言伯乾起了疑心,闯到后院各房中去搜查,在僧房中找到了李沅芷那件黑衫。

言伯乾立即变色,回出来严词质问。住持说:"那秀才相公早已不在了,你们永远找不到这秀才了。"余鱼同站起身来,敲着木鱼,慢慢走向后殿。言伯乾起了疑心,向宋天保一努嘴。宋天保会意,直跟进去,叫道:"喂,你那和尚,我有话说。"余鱼同不理,脚下加快。宋天保追上去伸手抓他后心。余鱼同身子一侧,僧袍左袖挥起,拂向他脸。宋天保疾忙后退,只觉胁下奇痛,原来已被木鱼槌重重戳了一记,叫道:"哎唷,好痛!"蹲下地来。余鱼同念道:"阿弥陀佛,痛是不痛,不痛是痛!"敲着木鱼,走向后院去了。

言伯乾等听木鱼笃笃之声渐远,却不见宋天保出来,忙撇下住持抢到后殿,见他坐在地上,愁眉苦脸的按住胁下。彭三春喝道:"坐在这里干什么?那和尚呢?"宋天保说不出话,满头大汗,向后面一指。彭三春和顾金标向后追去,除了厨下有个火工,此外不见有人。言伯乾拉起宋天保,看他胁下伤处,只见乌青了一块,伤势竟自不轻,忙问:"那和尚伤的?"宋天保点点头。言伯乾又问:"那和尚是怎样一个人?"宋天保张口结舌,说不出话来,他始终没见到和尚一面。

这时滕一雷已把住持抓了进来,觉他手脚软弱无力,知他不会武功,喝问:"刚才那和尚是哪里来的?"住持推说是外地来的挂单和尚,不知来历。滕一雷等虽然疑心,但问了半天,问不出结果,只得罢了。言伯乾说要放火烧寺,那住持很有骨气,并不畏惧。

滕一雷使个眼色,众人退出寺去。滕一雷道:"这庙很有点古怪,咱们晚上来探。"众人到附近乡村中买些面食吃了,晚上越墙进寺,窥探了一个多时辰,毫无动静。第二天韩文冲力劝三人别跟红花会寻仇,哈合台嚷着要到回部找霍青桐,顾金标却记着泼粪之恨,又到寺里跟住持争执了一回,对哈合台道:"今晚如再找不到那恶和尚,明天一早就依你动身。"文泰来夜中所见到的黑影,便是滕一雷和言伯乾那批人。

第十三回 吐气扬眉雷掌疾 惊才绝艳雪莲馨

文泰来见那和尚回过头来,满脸伤疤,竟是十四弟余鱼同,又惊又喜:"他怎么躲在此地,做了和尚?"心下大奇,且不招呼,缩在一旁观看动静。就在此时,蓬的一声,殿门推倒,七八个人闯了进来,文泰来只识得言伯乾一人,想起这人在铁胆庄捉拿自己,后来在凉州又对自己肆意侮辱,仇人一见,怒火上冲,暗道:"菩萨有灵,教这贼子今日撞在我手里!"

滕一雷等奔进大殿,各举兵刃,在余鱼同身周围住。哪知他跪在佛像面前,对敌人毫不理会,双手合十祝告:"弟子罪孽深重,招引邪魔外道,滋扰清净佛地,我佛慈悲。"众人见他如此,颇为讶异。言伯乾一把抓住他右臂,喝道:"捣什么鬼,走吧!"

寺中住持和僧众闻声起来,见这干人手执明晃晃的兵器,犹似凶神恶煞一般,都躲在殿后,不敢出来。余鱼同并不抵抗,跟着言伯乾便走。覃天丞抢到前面,拉开殿门。

大门开处,只见一人默不作声的挡在门口。众人出其不意,都退后了一步,只见这人身穿灰布衫裤,腰中扎了一条布带,圆睁双眼,虎虎生威。

言伯乾认得他是文泰来,这一惊非同小可,此人越狱之事,他还未知晓,喝道:"你……你是奔雷……"话未说完,文泰来右掌已向他手腕击下。这一招快得异乎寻常,言伯乾不及招架退缩,急忙松手,手腕已被拂中,余鱼同也被他扯了过去。言伯乾跳出两步,才觉到手腕上一阵剧痛,似乎骨头都已断了几根。

滕一雷等七人都未见过文泰来,但见他手法快得出奇,不免心惊。滕一雷一摆铜人,站在门口,心想己方共有八人,有五人是江湖上一等一的好手,对方再厉害,也敌不过人多,抢在门口截拦,以防敌人逃走。

文泰来把余鱼同拉过,一齐跃到殿左。余鱼同叫道:"四哥,你……"文泰来道:"受伤了吗?"余鱼同道:"没有。"文泰来道:"好,咱哥俩今日打个痛快。"余鱼同未及回话,宋天保和覃天丞已各挺兵刃扑了上来。

文泰来一见二人身法,知是辰州言家拳一派中人,他本就嫉恶如仇,这几个月来又遭到生平从所未有的屈辱,这时下手再不容情,身子一晃,已窜到了宋覃两人背后。两人兵刃尚未砸下,敌人忽已不见,正要收招转身,后领已被抓住。彭三春站得最近,三节棍"毒蛇出洞",向文泰来后心点来。文泰来双手抓住两人,陡然转身,把两人提着打了个圈子,大喝一声,犹如晴空打了个霹雳。彭三春一惊,三节棍呛啷啷一声掉在地下。大喝声中,文泰来双臂平举,用力合拢,覃宋两人头盖碰头盖,砰的一声,撞得血肉模糊,脑浆迸裂。

文泰来毫不停手,提起两具尸体向敌人掷去,顾金标等跃开避过。言伯乾毕竟师徒关心,伸手接住了覃天丞,却没余裕想到是具尸体。这只是刹那间之事,彭三春吓得胡涂了,手足无措,既不拾棍,也不逃开。文泰来踏上一步,左手反手一拳,彭三春举臂挡格,喀喇一声,臂骨早断。文泰来左手已顺势抓住他胸衣。彭三春情急拼命,飞起鸳鸯连环腿,向他胸口踢来。文泰来右手如风,一把抓住他左脚,左手推下,右手上举,把他倒提起来。顾金标和言伯乾双双来救。文泰来又是猛喝一声,双手用力向地下打桩般锤落,彭三春头盖撞在佛殿的青石板上,焉得不碎?这两招迅速已极,彭三春本来是连环双腿,左脚踢出,右脚随上,哪知头盖撞破之后,右脚方才踢出。

奔雷手大展神威,顷刻间连毙三敌,眼见顾金标和言伯乾左右攻来,知道这两人乃是劲敌,迥非适才三人可比,忽地后跃,顺手举起供桌上的大香炉,向顾金标猛掷过去。这香炉重达七八十斤,加上这急掷之势,顾金标哪里敢接,忙斜身闪避。香炉势挟劲风,直向滕一雷飞去。滕一雷被顾金标遮住目光,等他跃开时,香炉已到眼前。哈合台急叫:"老大,留神!"滕一雷不及避让,提起独脚铜人猛力砸开,砰的一声大响,石香炉碎成数块,石屑香灰四处乱飞。

这时言伯乾和文泰来已交上了手。余鱼同抢起一个鼓槌,站在文泰来身后卫护。滕顾两人脸上都被石屑擦伤数处。顾金标挺叉上前,正要加入战团,文泰来身法如风,在言伯乾脸前虚晃一掌,倏地抢到了哈合台身边。他观看情势,虽然已毙三人,仍是敌众我寡,而且其余五人武功似乎均非泛泛,必须出其不意再伤数人,才能取胜。他见哈合台与韩文冲两人站得较远,突然纵身过去,发掌打向哈合台后心。

哈合台矮身让开了这掌,反手勾拿敌腕。文泰来见他手法快捷,"咦"了一声,左掌横过他面门,斜击对方项颈。哈合台又是一低头,伸手抓他手腕。文泰来见他每招出手都是擒拿手,可是手法甚怪,颇感惊奇。

哈合台和文泰来拆了两招,两次都没勾住他手腕,这本是他百不失一的绝技,心中一惊,蓬的一声,背上已中了一掌。文泰来见这一掌居然没能将他打倒,更是惊奇,却不知哈合台虽在辽东多年,仍是依照蒙古人习俗,穿着牛皮背心。

这一掌如中败革,文泰来还道他练有奇特功夫,哈合台却也一直痛到了前心,突往地下一坐,伸臂来抓文泰来腰侧。文泰来右掌翻过,"电母照镜",横击对方脸颊。哈合台一侧头,已抓住他右腕,抬手把他甩起,正要掷向地下,忽然手腕一麻,半身酸软。

余鱼同见文泰来遭危,大惊上来抢救,刚纵出一步,忽见文泰来落在地上,已把哈合台夹在腋下,原来文泰来顺手点中了他的穴道,反手擒住,双手一送,将他直掼了出去。余鱼同急叫:"四哥,那是朋友!"哈合台头前脚下,平平向巨钟撞去。滕一雷和顾金标站在门口,抢来相救已然不及。

文泰来听余鱼同一叫,倏然如箭般扑将上去,去势竟比哈合台飞身撞出更快,便在千钧一发之际,伸手抓住他右足皮靴,硬生生的抓了回来,左掌在他"肩井穴"一拍一揉,拉起站立,说道:"啊,是朋

第十三回

吐气扬眉雷掌疾
惊才绝艳雪莲馨

友,对不住。"哈合台死里逃生,怔怔的站在当地。滕一雷和顾金标突见文泰来救了盟弟性命,本来双双扑上拼命,忽地收住,滕一雷把哈合台扶在一旁。

余鱼同叫道:"小心后面!"文泰来猛觉脑后风生,回身一个扫堂腿,不避不让,先踢敌人。言伯乾双手钢环叮当一碰,和身跃起,右环护身,左环平身,扫向文泰来腰骨,将要扫到,忽地收住,右环斗然发了出去。文泰来大喝一声,伸手夺环。

这次仇人相见,不见死活不收手,佛殿中灯火黯淡,如来佛俯首低眉,望着座前两人狠恶拼斗。余鱼同靠在佛像一旁,滕一雷、顾金标、哈合台、韩文冲四人站在门口,面向殿里。大殿上横着三具尸首,都是头盖破裂,血肉模糊。言伯乾见滕一雷等居然并不上前相助,心中愤怒异常,把双环使得呼呼风响。

他拳法上固有独得之秘,在这对双环上也是下了数十年苦功。文泰来和他拆了十余招,见他攻守严密,动作迅捷,颇有法度,猛喝一声,双掌翻飞,拳法已变。每一拳掌之出都是猛喝一声,或先呼喝而掌随至,或拳先出而声后发,或拳声齐作,或有声无拳,喝声和掌法拳招搓揉一起,身法愈快,喝声愈响,神威逼人,言伯乾渐见不支。

文泰来这路"霹雳掌"的掌风喝声之中,隐隐蓄有风雷之势。言伯乾支撑到此刻,已是全身大汗淋漓,双臂发麻,双环交叉,退后一步,他知文泰来必定抢攻,果然对方毫不放松,踏步发掌。言伯乾双环"白燕剪尾",右环本来在左,左环本来在右,这时蓦地向两旁豁开,眼见敌人一条前臂便要被双环砸断。哪知文泰来将计就计,伸掌直按向他胸前。言伯乾知道这一掌如被按上了不死也伤,只得回过左环,挡在胸前,右环反砸敌肩。文泰来大喝一声,五指弯转,已抓住钢环,跟着飞快绕到敌人身后。言伯乾呆得一呆,右环也已被抓住。文泰来用力扳转,言伯乾双手弯了过来,如不放手,双手立断,只得松了十指,一对钢环已落入对方手中,疾忙向前纵出三步,方才回身。

文泰来喝道:"还你的!"双环向他掷去。这一下劲道大得出奇,言伯乾虽见兵刃飞回,然而耳听风声劲急,钢环来势凌厉,若是伸手去接,手指非折断不可,忙向右闪避,当当两声大响,双环嵌入了巨钟。滕一雷、顾金标等不自禁的同声喝采。

言伯乾忽然右目上翻,双臂平举,僵直了身子,一跳一跳的纵跃过来,行动俨如僵尸。这是言家拳中的一路奇门武功,混合了辰州祝由科的慑心术而成。他右目如电,勾魂慑魄的射向敌人,两臂直上直下的乱打,膝头虽不弯曲,纵跳却极灵便。文泰来和他右眼目光甫接,机伶伶的打个冷战,心中一震,急忙转头,展开霹雳掌,接战他这江湖上罕见的"僵尸拳",又拆了十余招,大声猛喝,突然跳开。

言伯乾右眼发直,如同醉酒,身子不住摇晃,忽然流下泪来。众人正感奇怪,他"哇"的一声,大股鲜血从口中直喷而出,身子僵直,站着丝毫不动。

众人见他如此阴森可怖,均觉有一阵寒气迫人而来。文泰来见他流泪吐血,也就不再追逼。余鱼同道:"祸福无门,唯人自召,你去吧!"言伯乾右目直视,丝毫不动。

韩文冲道:"言大哥,咱们走吧!"见他不动,拉他一把,不料言伯乾应手而倒,摸他身子,早已气绝多时了。他前脑后背接连被文泰来击中两掌,已然震死。

韩文冲叹了一口气,向文泰来拱手道:"这位是奔雷手文四爷?"文泰来点了点头。韩文冲道:"兄弟韩文冲。"文泰来知道他是镇远镖局的人,又点了点头。以前率人到铁胆庄来拿他的,是镇远镖局的童兆和,可是这次在杭州狮子峰斗张召重,他镖局又和红花会联手,因此这人可说是介于友敌之间。韩文冲指着滕一雷等三人,说了姓名,相互点了点头,都不说话。韩文冲道:"他们三位过去对红花会有点误会,现下已由兄弟分说明白了。"他见文泰来冷冷的,知他心中对镇远镖局尚有余怒,说道:"告辞了。"拱手为礼,转身出寺。关东三魔也跟着走出殿去。

文泰来见顾金标转过身来,背后腰里插着余鱼同那枝金笛,走上两步,叫道:"顾老哥,把我兄弟的兵器留下吧。"顾金标停步转身,怒道:"好,他有本事,自己来取。"他武功颇非泛泛,十余年来纵横辽东,杀人越货,罕逢敌手,除了对老大滕一雷稍有忌惮外,谁都没放在眼里,对余鱼同的沸羹泼面之辱,更是恨得牙痒痒地,适才见了文泰来的神威,自知非敌,不敢生事,但他既惹到自己头上,却也不肯示弱,就此将金笛乖乖的送上,当下抖动虎叉,准备迎敌。文泰来伸手就来夺他虎叉。

第十三回

吐气扬眉雷掌疾
惊才绝艳雪莲馨

两人正要厮拚，余鱼同突然跃出，说道："四哥，小弟已经出家，这笛子用不着了，让顾大哥带去吧。"文泰来见他这么说，倒也不便再代他出头，哼了一声，让开了两步。顾金标收起虎叉，跃出殿外。

滕一雷心想："这姓文的好横，你武功虽好，难道我们就惧怕于你？不如显上一手，也好教你知道厉害。"这时三人已走到外殿，见韦护手执降魔宝杵，站在正中，神像前点着油灯，四大金刚坐在两旁。滕一雷跃上神座，运起功力，把每个神像都摇晃了一会，喝道："走吧！"

文泰来和余鱼同听得殿外格格声响，奔出来看，猛见五个神像似乎活了一般，一一扑将下来。这时回身已然不及，文泰来暗叫："不好！"抓住余鱼同左臂，使开"瞬息千里"轻身功夫，跃出山门。脚未落地，已听得殿里蓬蓬蓬几声巨响，烟雾弥漫，尘土飞扬，几尊神像跌得粉碎。四大金刚又大又重，跌下来声势十分猛恶。文泰来大怒，拔步追出。余鱼同道："四哥，今晚杀了四人，已经够啦！"文泰来一怔停步，问道："你怎么做了和尚？"

滕一雷弄倒神像，却也怕文泰来赶来寻衅，和顾金标等疾向山下奔去。顾金标忽觉后腰一动，伸手一摸，金笛已然不见，大骇之下，"咦"的一声惊呼。滕一雷等停步询问。顾金标又惊又怒，骂道："操他奶奶雄，这姓文的像鬼一样，把金笛偷去啦。"四人明明瞧见文泰来和余鱼同从殿里奔出，相距甚远，怎么转眼之间便能赶上来抢回金笛，身法之快，令人不寒而栗。哈合台道："老二，别骂啦，要是他不拿金笛，给你背上一掌，你还有命吗？"顾金标心想文泰来确是手下留情，也就不言语了。

四人商量着到回部去找霍青桐，给阎世魁等报仇。韩文冲一定不肯同去，三人不便勉强，到了孟津就此分手。韩文冲回到洛阳隐居，闭门静弹琵琶，什么《平沙落雁》《昭君出塞》，弹个不亦乐乎，从此不涉江湖，终于得享天年。

余鱼同听文泰来问他出家原因，叹了口气，说道："四哥，我对你不住，你肯原谅我吗？"文泰来道："咱们是好兄弟，别说你没什么对我不起，就是有，那也是无心之过，我怎会介意？"余鱼同道："这不是无心之过，乃是有意的忘恩负义。"文泰来微微一笑，道："你舍命救我，非止一次，若说对我无义，有谁能信？"月光下见他身披袈裟，面目毁伤,又怎是昔日那个英俊少年,不由得一阵心酸,轻抚他肩头,说道:"十四弟,咱们是生死骨肉的交情。过去你少年人一时胡涂,四哥从来不放在心上,何必如此心灰意懒?"

余鱼同自从父母被害,流落江湖,以往红花会众兄弟间虽然交情都好,但从没人如此真如亲哥哥般对他说话,不觉动情,但转念一想,我既已出家,一切情丝俗缘都要斩断,于是硬起心肠,冷冷的道:"四哥,你请回去吧。以后咱们不一定有再见之日。我叫空色,你别再叫我十四弟啦。"说罢突然转身进寺。

文泰来呆了半晌,看他神情,知道再劝也是无用,虽然掌毙强敌,得报深仇,然见余鱼同如此,心情甚是闷郁,不由得长叹一声,悄回孟津。

余鱼同回入寺中,只见满殿佛像碎片,四具尸体横卧就地。他跪在残破的佛像之前,深切忏悔,忽听得轻轻的当啷一响,抬起头来,自己那枝金笛竟便在面前闪闪生光。他吃了一惊,回过头来,只见李沅芷站在身后。这时她穿了女装,灯光下越显妩媚,只是满脸幽怨。余鱼同合什打了一躬,并不作声。李沅芷见他如此忍心,欲言又止,再也忍不住,坐在地下掩面哭了出来。

文泰来回到客店,骆冰已穿好衣服,带了兵刃,正要出外寻他,见他回来,心中大喜,怪道:"怎么悄悄一个人出去,也不叫人家一声。"文泰来道:"谁叫你睡得这样沉?哪一天让人绑了去,怕还睡得不知道呢。"骆冰笑道:"那最好,也好让你尝尝着急的滋味。"见丈夫神色凄然,忙问:"怎么啦?"文泰来道:"我见到了十四弟,他做了和尚。"骆冰一怔。文泰来道:"咱们见总舵主去。"叫醒了陈家洛、徐天宏等人,述说经过,章进第一个忍不住,跳起身来。众人忙奔宝相寺而去。

到得寺中,只见空荡荡的已无一人,想是寺僧见众人恶斗凶杀,吓得逃走了还没敢回来。骆冰见佛像前供桌上压着一张字条,取在手中,众人围拢来看,见字条上写道:

"总舵主暨各位哥哥英鉴:小弟罪孽深重,出家忏悔,以了尘缘,望各位努力大事,以成不世功业,小弟日夕在佛前为此祷告。小弟现出外募化,重修佛像金身,或数月之后,方能归也。关东三魔已首途回部,寻翠羽黄衫去矣,务请设法拦阻为要。小弟鱼同顿首再拜"

众人看了都很伤感,骆冰心中更是说不出的滋味。章进怒道:"出什么屁家?咱们把这庙放火烧了,瞧他还做不做得成和尚?"说着拿了烛台,就要去放火,骆冰连忙喝止。

徐天宏道:"我看十四弟凡心未断,未必能做一辈子和尚。"文泰来忙问:"怎见得?"徐天宏道:"第一、他还挂念咱们的大事。第二、他要募化重修佛像,但他素来心高气傲,不屑求人,要他募化,哪能成功?我瞧他势必仍用老法子,要去劫盗为富不仁的大户。"说到这里,众人都笑了起来。陈家洛笑道:"那还像什么和尚?"徐天宏道:"他连翠羽黄衫都还放心不下,只怕做和尚很难。这字条上署的是他本名,不写和尚法名。看来他对自己的和尚身分也不怎么在乎。"众人听他一说,都觉有理,也就宽怀。

文泰来道:"这关东三魔武功很强,不知那翠羽黄衫能敌得住吗?"徐天宏道:"我们曾见霍青桐姑娘跟六魔阎世章相斗,霍姑娘稍胜他一筹。不过若非总舵主出手相救,只怕也已遭了他的毒手。"文泰来道:"那不成,这大魔滕一雷力气大得异乎寻常,甚是了得。"徐天宏道:"那么咱们赶快动身去回部,路上把三魔截住。等咱们办完正事,再回来劝十四弟吧。"众人都说不错。

众人回到孟津,天已发白,便到酒楼去吃面喝酒。

徐天宏道:"三魔既已动身,咱们最好有人骑四嫂的白马赶过头去。眼下回部军情紧迫,木卓伦老英雄他们正忙于应付,别让翠羽黄衫冷不防的给三魔打个措手不及。"陈家洛心想此言甚是,皱眉不语。

章进道:"那我先去吧,你们随后来。"徐天宏道:"你性子急,别途中惹事,误了大事。"章进道:"我不惹事就是。"骆冰明白徐天宏的意思,说道:"你不懂回语,途中好生不便,眼下到处有战事,别让回人们起了误会。"座中只有陈家洛和心砚两人在回疆住过十年之久,精通回语,骆冰这句话明明是要他们去了。陈家洛仍是不语。心砚道:"少爷,那么我先走吧。"徐天宏道:"总舵主,我瞧你还是先走最妥。你懂回语,功夫又好,关东三魔跟你没朝过相,就是狭路相逢,动手不动手都不打紧。你赶到之后,要是兆惠仍不停手,你还可以帮他们出些主意。"陈家洛沉吟半晌,说道:"好吧!"吃过面后,谢了上官毅山,和众人作别,跨上骆冰的白马,向西驰去。

陈家洛得知关东三魔要去找霍青桐报仇,甚是关切,翠羽黄衫的背影在大漠尘沙中逐渐隐没的情景,当即袭上心头。但想到那姓李少年和她亲密异常的模样,这人容貌秀美,倒似做戏的小旦儿一般,心中瞧他不起,而霍青桐英气逼人,又似浑不将自己一个红花会总舵主瞧在眼里,虽蒙赠以短剑,心中醋意萌生,总觉难以亲近,每当念及,往往当她是个英侠好友,却难生儿女柔情。

白马脚程好快,只觉耳旁风生,山岗树木如飞般在身旁掠过。到得午间,已奔出二百多里,自必早把关东三魔远远抛在后面。打过尖后,纵马又驰,心想今日再奔跑一日,关东三魔永远别想再赶得上,晚间在客店中歇宿时,已全然放心。

不一日已到肃州,登上嘉峪关头,倚楼纵目,只见长城环抱,控扼大荒,蜿蜒如线,俯视城方如斗,心中颇为感慨,出得关来,也照例取石向城墙投掷。关外风沙险恶,旅途艰危,相传出关时取石投掷城墙,便可生还关内。行不数里,但见烟尘滚滚,日色昏黄,只听得骆驼背上有人唱道:"一过嘉峪关,两眼泪不干,前边是戈壁,后面是沙滩。"歌声苍凉,远播四野。

一路晓行夜宿,过玉门、安西后,沙漠由浅黄逐渐变为深黄,再由深黄渐转灰黑,便近戈壁边缘了。这一带更无人烟,一望无垠,广漠无际,那白马到了用武之地,精神振奋,发力奔跑,不久远处出现了一抹岗峦。

转眼之间,石壁越来越近,一字排开,直伸出去,山石间云雾弥漫,似乎其中别有天地。再奔近时,忽觉峭壁中间露出一条缝来,白马沿山道直奔了进去,那便是甘肃和回疆之间的交通孔道星星峡。

峡内两旁石壁峨然笔立,有如用刀削成,抬头望天,只觉天色又蓝又亮,宛如潜在海底仰望一般。若在夜晚,抬头唯见星星,星星峡之名当由此而来。峡内岩石全系深黑,乌光发亮。道路弯来弯去,曲折异常。这时已入冬季,峡内初有积雪,黑白相映,蔚为奇观,心想:"这峡内形势如此险峻,用兵西攻,殊为不易。"当年陈家洛初来回疆,年纪尚幼,虽见奇景,并未多加留神。

过了星星峡,在一所小屋中宿歇一晚。次日又行,两旁仍是绵亘的黑色山岗。奔驰了几个时辰,已到大戈壁上。戈壁平坦,犹如一面大黑镜,和沙漠上的沙丘起伏全然不同,凝眸远眺,只觉天地相接,万籁无声,宇宙间似乎唯有他一人一骑。他虽武艺高强,身当此境,不禁也生栗栗之感,顿觉大千无限,一己渺小异常。

到哈密城后,心想军情紧急,对外来旅客盘查必严,于是绕过城市,径到城西的二堡。次日起来,寻思一过二堡向西,就要打听霍青桐的所在了,自己是汉人,只怕回人疑心自己是奸细,如何取得他们信任,倒要费一番周折,还是换了回人装束较好,于是在二堡买了回人戴的绣花小帽、皮靴和条纹衣衫,到旷野中换了,把原来衣服埋在沙中。临溪一照,宛然是个回族少年,自觉有趣,不禁失笑。

可是一路之上,竟没遇到一个回人。沿途回人聚集的村落市集都已烧成白地,自是兆惠大军干的好事,所有回人必定都已逃入沙漠腹地。不由得着急起来,在这无边无际的大漠之上,却到哪里去找霍青桐?心想如沿大路寻访,只怕再也找不到一人,于是折而向南,尽往偏僻山地中乱走。回疆本就荒凉,不循大路,更是难遇人烟,向南走了三天,干粮吃完,幸好不久便打死了一只黄羊。

又走了两日,途中见到几个牧人,一问之下,却都是哈萨克族人。他们只知满清大军来了之后,回部大队人众都往西退走,却不知退往何处。

彷徨无计,只得纵马向西,信蹄所之,不加控驭,每天奔驰三四百里。如此走了四日,眼见皆是黄沙,天色蒙暗,不知尽头。

这日天气忽然热了起来,大漠之中气候变化剧烈,往往一日之内数历寒暑。本来水囊中的水都结了薄冰,这时却越走越热,烈日当空,人马身上都是汗水,他想找个阴凉所在休息,四顾茫茫,尽是沙丘,只得驰到一个大沙丘的背日处,打开水袋喝了三口,也让白马喝了三口,虽然奇渴难当,却不敢多喝,只怕附近找不到水源,喝光了水那可是死路一条。

人马休息了一个时辰,上马又行。正走得昏昏沉沉、人困马乏之时,忽然白马仰起头来,向天空嗅了几嗅,振鬣长嘶,转过身来,向南奔驰,陈家洛知道此马颇具灵性,便也由它。奔不多时,沙丘间忽然出现了稀稀落落的铁草,再奔一阵,地下青草渐多。陈家洛知道前面必有水源,心中大喜。那白马这时精神大振,四蹄如飞。不一会,已听得淙淙水声。

转眼之间,面前出现一条小溪,白马奔到溪边,陈家洛跳下马来,见水清见底,抚摸马背,笑道:"多亏你找到这条小溪,咱们一起喝吧!"俯身溪边,掬了一口水喝下,只觉一阵清凉,直透心肺。那水甘美之中还带有微微香气,想必出自一处绝佳的泉水。溪水中无数小块碎冰互相撞击,发出清脆声音,叮叮咚咚,宛如仙乐。那马喝了几口水后,长嘶一声,跳跃了数下,也是说不出的欢喜。

陈家洛饮足溪水,心旷神怡,胸襟爽朗,回顾身上满是沙尘,于是卷起裤脚,踏入水中,把头脸手脚洗了个干净,再把马牵过,给它洗刷一遍,然后在两只皮袋中装满了水。冰块闪耀之中,忽见夹杂有花瓣飘流,溪水芳香,当是上游有花之故,心想:"沿溪上溯,或许遇得到人,能问到霍青桐的行踪。"于是骑上了马,沿溪水向上游行去。

渐行溪流渐大。沙漠中的河流大都上游水大,到下游时水流逐渐被沙漠吸干,终于消失。他久住回疆,也不以为奇。纵马急驰了一阵,地势渐高,进入丘陵,溪水转弯绕过一块高地,忽然眼前一片银瀑,水声轰轰不绝,匹练自一座山峰泻下,飞珠溅玉,蔚为奇观。

在这荒凉的大漠之中突然见此美景,不觉身神俱爽,好奇心起,想看看瀑布之上更有什么景色,牵马从西面绕道而上。转了几个弯,从一排参天青松中穿了出去,登时惊得呆了。

眼前一片大湖,湖的南端又是一条大瀑布,水花四溅,日光映照,现出一条彩虹,湖周花树参差,杂花红白相间,倒映在碧绿的湖水之中,奇丽莫名。远处是大片青草平原,无边无际的延伸出去,与天相接,草地上几百只白羊在奔跑吃草。草原西端一座高山参天而起,耸入云霄,从山腰起全是皑皑白雪,山腰以下却生满苍翠树木。

他一时口呆目瞪,心摇神驰。只听树上小鸟鸣啾,湖中冰块撞击,与瀑布声交织成一片乐音。凝望湖面,忽见湖水中微微起了一点漪涟,一只洁白如玉的手臂从湖中伸了上来,接着一个湿淋淋的头从水中钻出,一转头,看见了他,一声惊叫,又钻入水中。

就在这一刹那,陈家洛已看清楚是个明艳绝伦、秀美之极的少女,心中一惊:"难道真有山精水怪不成?"摸出三粒围棋子扣在手中。

只见湖面一条水线向东伸去,忽喇一声,那少女的头在花树丛中钻了起来,青翠的树木空隙之间,露出皓如白雪的肌肤,漆黑的长发散在湖面,一双像天上星星那么亮的眼睛凝望过来。这时他哪里还当她是妖精,心想凡人必无如此之美,不是水神,便是天仙了,只听一个清脆的声音问道:"你是谁?到这里来干么?"

说的是回语,陈家洛虽然听见,却似乎不懂,怔怔的没作声,一时缥缈恍惚,如梦如醉。那声音又道:"你走开,让我穿衣服!"陈家洛脸上一阵发烧,疾忙转身,窜入林中。

他坐在地下,心中突突发跳,暗想:"难道这只是个寻常的回人少女?她裸着身子在湖中洗澡,我居然看见了还不避开,咳,真是不该。"他十分不好意思,就想马上逃开,但想好容易见到了人,怎不问问她霍青桐的信息,一时委决不下。忽然湖那边传来了娇柔清亮的歌声:

"过路的大哥你回来,
为什么口不开?逃得快?
人家洗澡你来偷看,
我问你哟,
这样的大胆该不该?"

歌声轻快活泼,想见唱歌的人颊边含有笑意。

陈家洛听她歌中含意嘲弄多于责怪,于是慢慢走回湖边,缓缓抬头,只见湖边红花树下,坐着一个全身白衣如雪的少女,长发垂肩,正拿着一把梳子慢慢梳理。她赤了双脚,脸上发上都是水珠。陈家洛一见她如明珠、似美玉的容颜,一颗心又是怦怦而跳,暗想:"天下哪有这样的美女?"只见她舒雅自在的坐在湖边,明艳圣洁,几乎不信是凡人,白衣倒映水中,落花一瓣一瓣的掉在她头上、衣上、影子上。他平时潇洒自如,这时竟呐呐的说不出话来。

那少女向他嫣然一笑,招手要他走近。陈家洛用回语说道:"在下路过此地,天热口渴,忽然遇到这条清凉的溪水,找到了这里。不料无意冲撞了姑娘,实是无心之过,还请原谅。"说着躬身深深行了一礼。那少女见他说得斯文,又是一笑,唱了起来:

"过路的大哥哪里来?
你过了多少沙漠多少山?

你是大草原上牧牛羊？

还是赶了驼马做买卖？"

陈家洛知道回人喜爱唱歌，平时说话对答，常以歌唱代替，出口成韵，风致天然，自己虽在大漠多年，但每日勤练武功，却没学到这项本事。他不知这少女的来历，不愿把自己的事据实以告，说道："我从东边来，原是在关内赶骆驼做生意的，现今有件要事，要找一个人，要向姑娘打听。"

那少女见他不会唱歌，微微一笑，也就不唱了，问道："你叫什么名字？"陈家洛道："我叫阿密特。"那是回人最常用的男人名字。那少女笑道："好吧，那么我叫爱西翰。"那也是回人女子中最多用的名字，有如汉人的芬芳贞淑之类。

那少女又道："你要找谁？"陈家洛道："我要找木卓伦老英雄。"那少女微微一怔，说道："你识得他么？找他有什么事？"陈家洛道："我识得他。我还识得他的儿子霍阿伊和女儿霍青桐。"

那少女道："你在哪里见过他们？"陈家洛道："他们到中原去夺还圣经，我刚巧遇着。"那少女道："这就是了，你坐下吧，我去拿点东西给你吃。"她赤着双脚，奔进树丛中，不一会拿来一个碧绿的哈密瓜，一大碗马乳酒，递给了他。陈家洛谢了，先喝一口马乳酒，甚觉甘美。那少女又递给他一把小银刀，剖开瓜来，瓜肉如黄色缎子一般，咬了一口，香甜爽脆，汁液胜蜜。

那少女问道："你找木卓伦老爷子有什么事？"陈家洛听她语气，对木卓伦很是尊敬，问道："木卓伦老英雄是姑娘一族的么？"那少女点点头。陈家洛道："他们在夺还圣经时杀了几名镖师，现今镖师的朋友要来找霍青桐姑娘报仇。我得知讯息，赶来报信，好教他们防备。"

那少女本来一直笑口吟吟，听了这话，登现关怀之色，忙问："来报仇的人很厉害么？人很多么？"陈家洛道："人倒不多，不过武艺很好。但咱们只要事先有备，也不必怕。"那少女放了心，笑道："那么我马上领你去，路上得走好几天呢。"她一面梳发结辫，一面道："满清大军无缘无故的来打我们，男人都打仗去啦，我和姊妹们在这里瞧着牲口。天气热，我下湖洗澡，哪想到这里还有你这个男人躲着。"陈家洛见她说话时天真烂漫，毫无机心，而玉容丽色，生平连做梦也想像不到,此情此境,非复人间,一时不由得痴了。

那少女梳完了头,拿起一只牛角来呜呜的吹了几下,便有几个回族女子骑马从草原上奔来。那少女迎上去,和她们说了一阵,想来总是说要领他到木卓伦那里,要她们帮同照料牲口之意。那几个女子不住打量陈家洛,甚感好奇。

那少女回到林中帐篷,拿了干粮和使用物品,牵了一匹红马过来。这马全身上下如火炭般红,并无半根杂毛,腿长膘肥,也是匹良驹。陈家洛去牵了白马。那少女道:"你这匹马很好。咱们走吧!"一跃上马,体态轻盈。她当先领路,沿着溪流径往南行。

那少女道:"你到了汉人的地方,汉人对你好不好呀?"陈家洛道:"有的好,有的坏,不过好的多。"这时本想说明自己乃是汉人,但见她毫无猜疑的神情,一时倒说不出口。那少女问起汉人地方的风土人情,陈家洛拣有趣的说了一些,她听得憨憨的出了神。

这天将到傍晚,行到了一座大山之侧,那少女一抬头,忽然惊叫起来。陈家洛依着她目光望去,只见半山腰里峭壁之上,生着两朵海碗般大的奇花,花瓣碧绿,四周都是积雪,白中映碧,加上夕阳金光映照,娇艳华美,奇丽万状。

那少女道:"这是很难遇上的雪中莲啊,你闻闻那香气。"陈家洛果然闻到幽幽甜香,从峭壁上飘将下来,那花离地约有二十余丈,仍然如此芬芳馥郁,足见花香之浓。那少女望着那两朵花,恋恋不舍的不愿便走。

陈家洛知她心中爱极,说道:"你想要么?"那少女叹了一口气,道:"走吧,咱们今日见到了雪中莲,闻到了花香,那也是很大福气了。"陈家洛微微一笑,忽然纵身离鞍,向峭壁上跃去。那少女惊叫起来:"喂,你干么啊?"

陈家洛这时凝神屏气,全神贯注,已听不到她的叫声。他丹田中一股内息提在胸腹之间,以自己轻功是否能上得峭壁,实无把握,但这时浑没计及生死,手脚并用,缓缓的攀上了十多丈,再向上时,峭壁上积雪都结了冰,滑溜不堪,几次失足,都是以轻功借势旁窜,才没落下。爬到离花还有丈许之地,峭壁忽然整块凸出,在下面看来并不明显,要爬上去却绝无可能。心想:"难道到了这里,仍然功亏一篑?"灵机一动,从怀里取出珠索,看准花旁一块凸出的山石,抛了上去缠住了。这时剑盾已拿在左手,右手拉着珠索一使劲,凌空跃起,看准地点,落在雪中莲之旁,左手剑盾牢牢按在坚冰之中,这才长长吁了口气,只觉幽香中人欲醉,于是轻轻把两朵大花折下,交在左手,以剑盾护住。

下去时看似艰险,于身有武功之人却甚容易,他沿着峭壁直溜下去,溜得太快时剑盾便在山石上一按,盾上剑尖嵌入坚冰,便稍阻下堕之势,到离地三四丈时,双脚在峭壁上一撑,如一只大鸟般扑下来,轻飘飘的落在少女马前,抛下剑盾珠索,微微一笑,双手将两朵莲花捧到她面前。

那少女伸出一双纤纤素手来接住了。陈家洛见她的手微微颤动,抬头望她脸时,只见珍珠般的眼泪滚了下来,有几滴泪水落在花上,轻轻抖动,明澈如朝露。陈家洛不明白她为什么流泪,却也不问。

两人默默无言的上马走了一阵,陈家洛心想:"我今日真如傻了一般,也不知为什么,她想要那花,我就不顾性命的去给她取来。"回头瞧那峭壁,但见峨然耸立,气象森严,自己也不禁心惊。忽觉全身一片冰凉,原来攀上峭壁时大汗淋漓,湿透衣衫,这时汗水冷了,手足也隐隐酸软。那少女的至美之中,似乎蕴蓄着一股极大的力量,教人为她粉身碎骨,死而无悔。

天色将黑时,两人在河旁的一块大石下歇宿。那少女生了火,把带着的干黄羊烤熟,切开了与他共吃。她一直不说话,陈家洛也不敢开口,好似一说话便亵渎了这圣洁的情景。那少女默默望了他一眼,忽然奔出数十步,俯伏在地,向神祷祝。火光熊熊,映着她背影,四下寂静,只有雪中莲的香气暗暗浮动。

那少女站起身来时,笑容满脸,走回来说道:"你不怕摔死吗?"陈家洛道:"那时没想到会不会摔死,就怕摘不到你心爱的那两朵花。"那少女微微一笑,分了一朵雪中莲给他,道:"这朵给你。"

陈家洛本想推辞,但她温婉柔和的一句话,却似是最严峻的命令一般,教人无法违抗,便接了过来,暗忖:"要是红花会众兄弟见到,他们总舵主竟这般乖乖的听一个女孩子的话,不知会怎样想?"

那少女问道:"你学过武功是不是?怎么能爬到那样高的山崖上去?"陈家洛听她语气,知她全不会武,因此竟没看出自己一身上

第十三回

吐气扬眉雷掌疾
惊才绝艳雪莲馨

乘的轻身功夫，说道："其实也不怎样难的，只要胆子大一些，也就成了。"那少女不知这是谦辞，想了一会，赞叹道："啊，你真勇敢！"

她随即告诉他，自己从小在草原上牧羊，最爱花草。她说："有许多许多好看的花，开在草地上。你一眼望出去，鲜花一直开到天边。我宁可不吃羊肉，也要吃花。"陈家洛奇道："花也可吃么？"那少女道："当然啦，我从小吃到现在。爸爸和哥哥本来不许，可是我一个人出来牧羊，他们又管我不着。后来见我吃了没事，也就不管啦！"陈家洛本来想说："怪不得你像花一样好看。"可是这句话冲到口边，又缩了回去。坐在那少女身旁，只觉得一阵阵淡淡幽香从她身上渗出，明明不是雪中莲的花香，也不是世间任何花香，只觉淡雅清幽，甜美难言，心想："不见她搽什么脂粉，怎么这般香？而世上脂粉之中，又哪有如此优雅的香气？"正自神魂颠倒，突然一惊，想到礼法之防，不由得稍稍坐开了些。

那少女觉察到了他辨别香气的神态，嫣然一笑，说道："想是因为我爱吃花，因此自幼儿身上就有股气味，你不喜欢吗？"陈家洛给她问得面红过耳，呐呐的说不出话来，过了片刻，瞧着她说道："我喜欢的！"那少女心里高兴，笑得更加欢了。陈家洛也仰头而笑，转念："这姑娘天真烂漫，心地坦白，我如再以世俗之见相待，反不够光明磊落了。"登觉心中光风霁月，再无蝎蝎螫螫之态，和她畅谈起来。

那少女说的尽是草原上牧羊、采花、看星、觅草，以及女孩子们的游戏闹玩。陈家洛自离家之后，一直与刀枪拳脚为伍，这些婴婴宛宛之事早已忘得干净，此时听她娓娓说来，真有不知人间何世之感。那少女说了一阵，抬头望天，只见耿耿银河横列天际，牛女双星，夹河相对。

陈家洛指着织女星道："这是一个姑娘。"又指着牵牛星道："这是一个男人。"那少女很感兴味，道："你讲这故事给我听。"于是陈家洛把牛郎织女的故事说给她听了。那少女仰望银河，见双星隔河相望，不能相会，登感怅惘，说道："从前瞧见喜鹊，觉得黑黑的挺不好看，向来不喜欢，哪知道它们这么好，会造桥给牛郎织女相会。以后我一定多喂些东西给它们吃。"

陈家洛道："天上两个仙人虽然一年只会一次，可是他们千千万万年都能相会，比凡人数十年就要死去，又好得多了。"那少女点点头。陈家洛道:"汉人有个诗人,做了一个歌儿,讲这件事的。"于是把秦观那阕《鹊桥仙》的词译成了回语。

那少女听到"金风玉露一相逢,便胜却人间无数",以及"柔情似水,佳期如梦","两情若是久长时,又岂在朝朝暮暮"这几句时,眼中又有了晶莹的泪珠,默默不语,望着火光,过了一会,悄悄说:"汉人真聪明,会编出这样好的歌儿来。"

大漠上一到夜晚,气候便即奇冷,陈家洛找了些枯草树枝,生旺了火,两人裹着毯子,各自睡了。两人睡处相隔很远,然而陈家洛在梦中似乎尽闻到那少女身上的幽香。

次晨又行,向西走了四日,已到塔里木河边。这天下午,忽然南面山边出现了两名骑马持刀的回人。那少女迎上去和他们讲了几句话,回人行礼退开。

那少女回来对陈家洛道:"满洲兵已占了阿克苏和乌什,木卓伦老英雄他们已退到了叶尔羌,这里去还有十多天路程呢。"陈家洛听得清兵得胜,甚是忧虑。那少女道:"刚才那两个大哥说,清兵人多,咱们只好一路西退,叫他们粮草接济不上,在这大戈壁里饿得要命,没力气打仗。"

陈家洛本来担心霍青桐的安危,听了此言,心想回人大队西退,谅来清兵一时也奈何他们不得,只要乾隆停战的敕命一到,兆惠自会退兵。现下霍青桐离中土万里,又是在大军环拥之中,决不怕滕一雷等区区三人寻仇,这么一想,便即宽慰。

两人晓行夜宿,言笑不禁,日益融洽。陈家洛内心似乎隐隐盼望:"最好这条路永远走不到尽头,就这样走一辈子。"但这个念头却想也不敢去想,心头一现此意,向那纯洁无邪的少女望了一眼,登感自惭形秽,但觉自己一介凡夫俗子,能陪得她同行数日,已是非份之福,岂可更有他求?

这天傍晚,眼见太阳将要在天边草原隐没,突然忽喇一声,一只小鹿从树丛中跳了出来。那少女吓了一跳,随即拍手嘻笑,叫道:"一只小鹿,一只小鹿!"那小鹿生下不久,稚弱异常,咩咩的叫了两声,又跳回树丛。

那少女跟过去瞧,突然退了回来,轻声道:"那边有人!"陈家洛凑到树丛边一望,只见五名清兵正围着在剥切一头大鹿。小鹿在他们身边绕来绕去,不住悲鸣,那头被打死的大鹿定是它母亲了。一名清兵骂道:"他妈的,连你一起吃了!"站起身来,弯弓搭箭,对准小鹿要射。小鹿不知奔逃,反越走越近。

那少女惊呼一声,从树丛中奔了出来,挡在小鹿面前,叫道:"别射,别射!"那清兵一惊,待看清楚时,见那少女光艳不可逼视,不由得退了一步。其余四名清兵也都站了起来。这时陈家洛也早跃出,站在少女身旁相护。那少女俯身抱起小鹿,摸着它柔软的皮毛,柔声说道:"你妈妈给人打死了,真可怜。"侧着头亲亲它,恨恨的望了清兵一眼,转过身走出树丛。

五名清兵议论了几句,忽然齐声发喊,挺刀追来。那少女也发足奔跑,要跑到马边。清兵的一名把总呼喝口令,五人分散了包抄上来。

陈家洛拉住少女的手,说道:"别害怕,我打死这些坏人,给小鹿的妈妈报仇。"那少女这时对他已全心全意的信任,虽想一个人要抵敌对方五人只怕不易,但他既然说了,就没丝毫怀疑,抱着小鹿,靠在他身边。陈家洛伸手轻抚小鹿。

五名清兵追到,四面围拢。那把总打着半生不熟的回语喊道:"干么的?过来。"那少女抬头望着陈家洛,陈家洛向她微微一笑,那少女也报之一笑,登时宽怀,心想他是在微笑,那么这些清兵也决不会伤害他们了。

那把总叫道:"拿下来!"四名清兵抛下兵刃,扑了上来。说也奇怪,这些兵士平素最喜凌辱妇女,但见了那少女的容光,竟然不敢亵渎,都是扑向陈家洛。那少女惊叫起来,叫声未毕,忽然呼蓬、呼蓬数响,四名清兵先后飞出,跌倒在地,哼哼唧唧的爬不起来,原来都给点了穴道。那把总见势头不对,转身飞奔。陈家洛叫道:"回来!"珠索飞出,套住他的脖子,向后一扯,那把总接连两个筋斗,翻了过来。

那少女拍手嘻笑,眼露敬慕之色,望着陈家洛。他牵了她手,在身旁大石上坐下,用回语问那把总道:"你们到这里来干么?"

那把总楞楞的爬起身来,见四名下属都躺在当地,动弹不得,知道今日遇上了克星,不敢倔强,说道:"我们,兆惠将军,部下小兵。

上司差去,哪里;我们,哪里。"陈家洛心想这话倒也不错,问道:"你们五个人要到哪里?你不说实话,我就不放人,不给救治,让你们在这大沙漠中饿死渴死。"把总听了这话,身子发抖,忙道:"我不骗,上司差去,星星峡,接人。"他说回语结结巴巴的说不清楚,陈家洛改用汉语问他:"去接谁?"把总也用汉语说道:"接骁骑营一位佐领。"陈家洛道:"他叫什么名字?你把公文拿给我看。"那把总迟疑半晌,从怀里掏出一件公文来。陈家洛一瞥之下,吃了一惊,原来公文封皮上写着:"呈张佐领召重大人勋启"几个大字。

陈家洛心想:"那日杭州狮子峰一战,张召重已由他师兄马真带去管教,怎地又到回疆来?"随手撕开公文封套。那把总忙要拦阻,陈家洛理也不理,抽出公文看时,见文中写道:得知张大人奉旨前来回疆,甚是欣慰,现特派人前来迎接,下面署名的是兆惠。陈家洛心想:"张召重奉旨而来,或是下达收兵的敕命,倒是不应阻拦。"把公文还给了把总,解开四名兵士身上穴道,更不多说,与那少女上马而去。

那少女笑道:"你真能干。像你这样的人,在咱们族里一定很出名,怎么我以前没听说过呀?"

陈家洛微微一笑,说道:"小鹿一定饿啦,你给它什么吃的?"那少女道:"不错,不错!"从皮袋里倒了些马奶在掌,让小鹿舐吃。她手掌白中透红,就像一只小小的羊脂白玉碗中盛了马奶。小鹿吃了几口,咩咩的叫几声。少女道:"它是在叫妈妈呀!"

第十三回

吐气扬眉雷掌疾
惊才绝艳雪莲馨

陈家洛等向东边佯攻。心砚乘了骆冰的白马，冒险出去求救。白马放开四蹄，冲风冒雪，向西疾驰而去。清兵疏疏落落的射了几箭，并不出力阻拦。

第十四回

密意柔情锦带舞
长枪大戟铁弓鸣

两人又行了六天,第七日黎明,行不多时,忽然望见远处一阵云雾腾空而起。陈家洛道:"怕要刮风吧?"那少女仔细一看,说道:"这不是乌云,是地下的尘沙。"陈家洛道:"怎么这样多?"那少女道:"我也不知道。咱们过去瞧瞧!"两人纵马疾驰,跑了一阵,前面尘沙扬得更高,更听得隐隐传来金鼓之声。陈家洛一怔,急忙勒马,说道:"是军队,你听这声音。"蓦地里号声大作,战鼓雷鸣。

陈家洛惊道:"双方大军开战,咱们快避开了。"两人勒马向东,走不多时,前面尘头大起,一彪军马直冲过来。只听得铁甲铿锵,尘雾中一面大旗飞出,写着斗大一个"兆"字。陈家洛在黄河渡口曾与兆惠的铁甲军交过手,知道厉害,一打手势,又折向南奔。幸好两人坐骑脚程奇快,奔了一会,和铁甲军离得远了。

那少女面现忧色,说道:"不知咱们的队伍敌不敌得住。"陈家洛正要出言安慰,忽然前面号角齐鸣,一排排步兵列成队伍踏步而前,又听得左侧战鼓急擂,大地震动,数万只马蹄敲打地面,漫山遍野的骑兵涌了过来。陈家洛左手一抄,把那少女抱到自己马上,拿出剑盾,护在她胸口,柔声道:"别害怕。"那少女回头一笑,点点头,说道:"你说不怕,我就不怕。"她说话时吹气如兰,陈家洛和她相隔既近,幽香更是中人欲醉,虽然身入重围,心头反生缠绵之意。

眼见东北南三面都有敌兵,于是纵马向西驰去。那少女抱了小鹿,红马跟在后面。跑了一阵,忽见前面也出现清兵,队伍来去,正自布阵,四处已无路可走。

陈家洛暗暗心惊,纵马驰上一个高坡,想看清战场形势,再找空隙冲出去。一瞧之下,登时呆了,只见西首密密层层的排着一队队满清步兵,两翼则是骑兵。对面远处是身穿条纹衣服的回族战士,长枪如林,弯刀似草,声势也极浩大。双方射住阵脚,转眼便要交锋。原来陈家洛和那少女已陷在清兵阵里。只见阵中将校往来奔驰指挥,千军肃静无声。这时清军已发见了两人,有数名兵丁奉命前来查问。

陈家洛心想:"今日鬼使神差,陷入清兵大军阵里,看来这条性命要送在这里了。"想到得与怀里的姑娘同死,心中一甜,脸露微笑,右手一挥珠索,左手提缰,喝一声:"快跑!"双腿一夹,那白马如箭离弦,一溜烟般直冲出去。清兵待要喝问,白马早已奔过身边。那马奔驰奇速,一晃眼奔过三队清兵。

陈家洛正自暗喜,白马突然收蹄停步,却是前面铁甲军排得紧密,难以逾越。陈家洛凝神屏气,兜转马头,绕过铁甲军队伍,只见弓箭手弯弓搭箭,长矛手斜挺铁矛,一个间着一个,一眼望去,不计其数。只消清兵将官一声令下,他和怀中少女身上立时千矛丛集,万矢齐至,纵有通天本领也逃不过去,索性勒紧马缰,缓缓而行,挺直了身子,目光向清兵望也不望,将生死置之度外。

其时朝阳初升,两人迎着日光,控辔徐行。那少女头发上、脸上、手上、衣上都是淡淡的阳光。清军官兵数万对眼光凝望着那少女出神,每个人的心忽然都剧烈跳动起来,不论军官兵士,都沉醉在这绝世丽容的光照之下。清军数万人马箭拔弩张,本来血战一触即发,突然之间,便似中邪一般,人人都呆住了。

只听得当啷一声,一名清兵手中长矛掉在地下,接着当啷连声,无数长矛都掉下地来,弓箭手的弓矢也收了回来。军官们忘了喝止,望着两人的背影渐渐远去。

兆惠在阵前亲自督师,呆呆的瞧着那白衣少女远去,眼前兀自萦绕着她的影子,但觉心中柔和宁静,不想厮杀,回头望去,见手下一众都统、副都统、参领、佐领和亲兵,人人神色和平,收刀入鞘,在等大帅下令收兵。

兆惠不由自主叫道:"收兵回营!"将令下达,数万步兵骑兵翻翻滚滚的退了下来,退出数十里地,在黑水河旁扎下大营。

陈家洛脱离险境,已是浑身冷汗淋漓,双手微微发抖,那少女却神色自若,竟是全然不知适才经历了九死一生的大险。她把怀中小鹿交给陈家洛,纵身跃到红马背上,笑道:"前面是咱们的队伍。"陈家洛收起剑盾,两人跃马向回人队伍奔去。

一小队回人骑兵迎了上来,大声欢呼,驰到跟前,都跳下马来向那少女致敬。那少女说了几句话。骑兵队长也上来对陈家洛行礼,说道:"兄弟,辛苦啦,愿真主安拉保佑你。"陈家洛回礼致谢。那少女举手与他作别,纵马直向队伍中驰去。她在回人中似乎颇有威势,红马到处,人人欢呼让道。

骑兵队长招待陈家洛到营房中休息吃饭。陈家洛要见木卓伦。队长道:"族长出去察看敌阵去啦,待他回来,马上给你通报。"陈家洛旅途劳顿,适才经历奇险,死里逃生,已是心力交疲,于是在营中睡了一觉。

过了晌午,那骑兵队长说木卓伦要到晚上方能回来。陈家洛问他白衣少女是谁。队长笑道:"除了她,还有谁能这样美丽?今儿晚上咱们有偎郎大会,兄弟你也来吧,在会上准能见到族长。"陈家洛心下纳闷,不便多问。到得傍晚,只见营中青年战士忙忙碌碌,加意修饰,个个容光焕发,衣履鲜洁。

大漠上暮色渐浓,一钩眉毛月从天边升起。忽听得营外鼓乐之声大作,那骑兵队长走进帐来,拉了陈家洛的手,说道:"新月出来啦,兄弟,走吧。"

两人来到营外,只见平地上烧了一大堆火,回人青年战士正从四面八方走来,围在火旁。四周有的人烤牛羊、做抓饭,有的弹琴奏乐,一片喜乐景象。

只听号角吹起,一队人从中间大帐走了出来,当先一人正是木卓伦,他儿子霍阿伊跟随在后。陈家洛心想:"等他们办完正事之后,我再上去相认。"于是把夹祆衣襟翻起,遮住了半边脸。

木卓伦向众人一挥手,大家跪了下来,向真神安拉祷告。陈家洛也随众俯伏。祷告完毕,木卓伦叫道:"已有妻室的弟兄们,今日你们辛苦一点,在外面守御,让你们的年轻兄弟高兴一晚。"号角响起,三队战士列队而出,各人左手牵马,右手执着长刀。霍阿伊跨上战马,向坐在地下的年轻战士叫道:"真神保佑,让你们今晚和心爱的姑娘欢叙。"年轻的战士们欢呼叫喊:"真神保佑,多谢你们辛苦抵挡敌人。"霍阿伊长刀虚劈,率领三队战士出外守御去了。陈家洛见众回人调度有方,军容甚盛,暗暗欣慰。他久在回疆,知道回人婚配虽也由父母之命,须受财产地位等诸样羁绊,但究比汉人的礼法要宽松得多。僾郎大会是回人自古相传的习俗,青年未婚男女在大会中定情订婚,所谓"僾郎",是少女去僾情郎,锦带绕颈,一舞而定终身,自来发端于女方,却是凰求凤,而不是凤求凰了。

不久乐声忽变,曲调转柔,帐门开处,涌出大群回人少女,衣衫鲜艳,头上小帽金丝银丝闪闪发亮,载歌载舞的向火堆走来。陈家洛倏地一震,只见两个少女并肩走到木卓伦身旁,一个穿黄,一个穿白,手拉着手,神态亲密。穿白的就是与他同来的美丽少女,穿黄的帽上插了一根翠羽,正是霍青桐。月光下看来,窈窕婀娜,一如当日。两人一左一右,在木卓伦身旁坐下。

陈家洛忽然想起:"这白衣姑娘难道就是霍青桐的妹子?"他脸上发红,手心出汗,一颗心突突乱跳。自那日与霍青桐一见,虽然情苗暗茁,但见她与陆菲青的徒弟神态亲热,以为她已有爱侣,而这少年又比自己俊美得多,自己远远不及,明知无可比并,就此置之度外,尽量不再思念。这几日与一位绝代佳人朝夕相聚,满腔情思,早转到了白衣少女身上。此刻并见双姝,不由得一阵迷惘,一阵恍惚。

乐声一停,木卓伦朗声说道:"穆圣在可兰经上教导咱们,第二章第一百九十节说:'你们当为主道,抵抗进攻你们的人。'第廿二章第三十九节说:'被攻击的人,已得抗战的许可,因为他们已受亏枉了。安拉援助他们,确是全能的。'咱们受人欺侮,安拉一定眷顾佑护。"众回人轰然欢呼。木卓伦叫道:"各位兄弟姊妹们,尽量高兴吧!"

马头琴声中,歌声四起,欢笑处处。司炊事的回人把抓饭、烤肉、蜜瓜、葡萄干、马奶酒等分给众人。每人手中拿着一个盐岩雕成的小碗,将烤肉在盐碗中一擦,便吃了起来。过了一会,新月在天,欢乐更炽。许多少女在火旁跳起舞来,跳到意中人身旁,就解下腰间锦带,套在他项颈之中,于是男男女女,成双成对的载歌载舞。

陈家洛出身于严守礼法的世家,从来没遇到过这般幕天席地、欢乐不禁的场面,歌声在耳,情醉于心,几杯马奶酒一下肚,脸上微红,甚是欢畅。

突然之间,乐声一停,随即奏得更紧,正在歌舞的男女纷纷手携手散开,脸上均露诧异之色,向木卓伦等一群人凝望。陈家洛随着他们眼光看去,只见那白衣少女已站起身来,正轻飘飘的走向火堆。众回人都大为兴奋,窃窃私议。陈家洛听得身旁的骑兵队长道:"咱们香香公主也有意中人啦,谁能配得上她呢?"

木卓伦见爱女忽然也去偎郎,大出意外,很是高兴,眼中含着泪光,全神注视。霍青桐一直不知妹子已有情郎,也是又惊又喜。她妹子喀丝丽虽只十八岁,但美名播于天山南北,她身有天然幽香,大家叫她香香公主。回族青年男子见到她的绝世容光,一眼也不敢多看,从来没人想到敢去做她的情郎,此时忽见她下座歌舞,那真是天大的大事。

香香公主轻轻的转了几个身,慢慢沿着圈子走去,双手拿着一条灿烂华美的锦带,轻轻唱道:"谁给我采了雪中莲,你快出来啊!谁救了我的小鹿,我在找你啊!"

陈家洛一听,耳中嗡的一声,登时迷迷糊糊的出了神,忽然一只纤纤素手轻轻搭上了他肩头,那条锦带套到了他头颈之中,轻轻向上拉扯。陈家洛怔怔的跟她站了起来。众回人一阵欢呼,高声唱起歌来。男男女女拥了上去,向两人道喜。

朦胧月光之下,木卓伦和霍青桐都没看清楚陈家洛的面貌,以为只是个寻常回人,正要挤进人丛去相会,突然远处号角嘟嘟嘟的吹了三声。那是有紧急军情的讯号,众人一听,立时散开。木卓伦与霍青桐也即归座。

香香公主牵了陈家洛的手,坐在众人身后。陈家洛觉得她娇软的身躯偎倚着自己,淡淡幽香传入鼻端,神魂飘荡,真不知是身在梦境,还是到了天上。陈家洛知道香香公主将锦带在自己颈中一套,便是明白示爱,心中喜乐,犹似便欲炸开,但突然间头脑一阵清醒:"妹妹爱上了我,我好欢喜!但姊姊呢?她送我短剑,不是已向我示意钟情了吗?我收了她短剑,便是受了她的情意。男子汉大丈夫,岂能出尔反尔,无信无义?我能跟喀丝丽明言吗?我能做个负义的小人吗?"

第十四回

密意柔情锦带舞
长枪大戟铁弓鸣

众人齐向号角声处凝望，男子抄起兵刃，预备迎战。两骑马驰近，两名回人翻身下马，报道："清军兆惠将军派使者求见。"木卓伦道："好，领他来吧。"两人乘马奔出。不一会，两骑在前，后面跟着五骑，向人群驰来。离人群约十余丈时，各人下马走来。那满清使者身材魁梧，步履矫健，后面跟着四名随从，却是吓人一跳。那四人都是七尺以上身材，比常人足足要高两个头，身子粗壮结实，实是罕见的巨人。

那使者走到木卓伦跟前，点了点头，说道："你是族长么？"神态十分倨傲。清兵无故入侵回部，杀人放火，回人早已恨之刺骨，这时见那使者如此无礼，几个回人少年更是忍耐不住，唰唰数声，白光闪动，长刀出鞘。

那使者毫不在意，朗声说道："我奉兆惠大将军之命，来下战书。要是你们识得时务，及早投降，大将军说可以饶你们性命，否则两军后天清晨决战，那时全体诛灭，你们可不要后悔。"他说的是回语，众回人一听，都跳了起来。

木卓伦见群情汹涌，双手连挥，命大家坐下，凛然对使者道："你们无缘无故来杀害我们百姓，抢掠我们财物，真神在上，定会惩罚你们的不义行为。要战就战，我们只剩一人，也决不投降。"众回人举刀大呼："要战就战，我们只剩一人，也决不投降。"月色下刀光如雪，人人神态悲壮。众人均知清兵势大，决战胜多败少，但他们世代虔诚信奉伊斯兰教，宝爱自由，决不做外族奴隶。

那使者见此情形，嘴唇一扁，说道："好，到后天教你们个个都死！"一口唾沫，狠狠的吐在地上，这是严重侮辱对方之意。早有三个回人少年跳出人群，喝道："今日你是使者，我们敬重宾客，让你好好回去，后天在战场上相见，那时再不客气。"那使者嘴一努，四名随从巨人抢将上来，推开三名回人少年，团团站在使者四周。使者叫道："呸，今日让你们瞧瞧我们满洲人的手段。"手掌一拍，说道："来吧！"

一名巨人四下一望，见有几匹骆驼系在一株白杨树上，便大步走到树旁，双手抱住白杨树，用力摇撼几下，猛喝一声："倒下！"竟把那株白杨树扳倒横卧。众人见此神力，尽皆骇然。那人轻轻一拉，已把一头大骆驼的缰绳扯断，在骆驼后臀踢了一脚。骆驼受痛，直奔出去。骆驼平日走路慢条斯理，可是发起性来，比奔马还快得多，等它跑出十多丈，第二个巨人突然发脚追去。那巨人身躯虽大，行动竟然迅捷异常，一下子已赶及骆驼，捉住四脚，提了起来，把一头几百斤的大骆驼负在肩上，大踏步奔回，奔到火堆之旁放下，傲然站立。第三个巨人哼了一声，伸出大掌，砰的一声，对准骆驼头上就是一拳。骆驼如此庞大的身躯竟尔站立不稳，摇晃几下，扑地倒了。四个巨人分别抓住骆驼四条腿，高举过顶，在空中打了两个圈，齐声叫喊，掷出六七丈之外。

这四个巨人是同胞兄弟，名叫忽伦大虎、忽伦二虎、忽伦三虎、忽伦四虎，是辽东宁古塔人氏。四兄弟一胎所生。他们母亲生育这四个巨婴时过于辛苦，勉强挨到生下忽伦四虎，就此失血而死。他们父亲是个穷猎户，死了妻子，没母乳如何养育这四个孩子，正在彷徨烦恼之际，忽听得林中吼声连连，却是一只母虎失足陷在捕兽阱内。他和同伴把母虎捆住，见它身边还有三头刚生下的小虎，灵机一动，把小虎杀了，却把母虎养在家里，每日猎些野兽喂它，挤虎乳把四个孩子养大。四兄弟自幼便力大无比，长大后更是身材魁伟，神力惊人，只是有些傻里傻气。出猎时不用器械，见到野兽，奔过去抓住头颈，往山石上一掷，野兽登时毙命。四兄弟食量奇大，靠打猎为生总是不能吃饱。有一日兆惠到长白山中围猎，遇见四人，见他们生具异相，便收为亲兵，让他们日日饱餐，这次要他们随同使者前来，乘机一显威风，好叫回人见之畏服。

众回人见四个巨人露了这么一手，都是暗暗吃惊，但在敌人面前哪肯示弱，纷纷呼喝："好好一头骆驼，为什么弄死了？你们有人性么？"那使者反唇相稽。众回人更是忿怒，七张八嘴，吵了起来，眼见便要群殴。那使者叫道："你们想倚多为胜，欺辱使者么？"他知道可兰经教导回人善待宾客，是以有恃无恐。

木卓伦喝止众人，说道："你是使者，却命随从弄死我们牲口，实是无礼已极，你若不是宾客，决计容你不得。你快走吧。"那使者傲然道："我们堂堂满洲人，难道会怕你们这种没用的东西？你有回信，就交我带去，谅你们也没人敢去见兆惠将军。"此言一出，众回人又都叫嚷呼叱。

霍青桐突然站起，说道："你说我们不敢去见兆惠将军，哼，我们

第十四回　密意柔情锦带舞　长枪大戟铁弓鸣

这里个个人都敢去,别说男人,女人也敢去。"那使者仰天大笑,叫道:"女人?女人见到我们大军不吓死才怪呢!"霍青桐怒道:"你别小觑了人,我们马上派人和你同去。由你来挑吧,挑着谁,谁就去。让你瞧瞧我们穆圣信徒的气概。"众回人男男女女都叫了起来:"你来挑吧,挑着谁,谁就去。"

那使者冷冷的道:"好。"他要找一个最娇弱无用的女子,吓得她当场号哭,好教众回人脸上无光,大大出丑。他眼珠乱转,在人丛中东张西望,突然眼睛一亮,走到香香公主面前,指着她道:"那么让她去吧!"

香香公主向他望了一眼,缓缓站起,朗声说道:"为了全族父老兄弟姊妹,我到哪里都不怕,真神必定佑我。"

那使者见她气概轩昂,神态凛然,已全不是刚才那副娇弱羞涩的模样,更见到她的丽色容光,不由得低下头去,心感后悔,觉得这个少女实在也殊不可侮。木卓伦、霍青桐和众回人见他指中香香公主,而她竟绝不示弱,虽然佩服她的勇气,但都不免暗暗担忧。霍青桐更是懊悔,她们姊妹之情素笃,妹子不会武艺,以娇弱之躯而投虎狼之域,危险不可言喻,说道:"她是我妹子,我代她去好了。"

那使者笑道:"我早知女子之言,全不可靠。你们不敢,何必派人?是战是降,由我带信去好了。"霍青桐怒道:"你如此无礼,后日在战场上相会,可别逃走,叫你见见我们女子有没有用。"那使者笑道:"似你这样的美人,我自会手下留情。"众回人听他口舌轻薄,个个咬牙切齿。

香香公主对霍青桐道:"姊姊,我去好啦,我不怕。"俯身牵了陈家洛的手站起,说道:"他会陪我去的。"

火光照映之下,霍青桐斗然见到陈家洛的脸,一震之下,登时呆了,说不出话来。

陈家洛向她微微摇了摇手,示意暂不相认,转身对那使者道:"我们男子女子,说话一样作数,我孤身一人,随她到你们军中去见兆惠将军便是,何必像你这样,要四条大汉保护?其实,你这四个大汉又抵得什么用?"香香公主道:"骆驼负千斤,人只负百斤。然而是人骑骆驼呢,还是骆驼骑人?"众人听了这比喻,都大笑起来。

忽伦大虎问使者道:"他们笑什么?"使者道:"他们笑你们身材

虽巨，力气虽大，可是并不中用。"忽伦大虎大怒，双拳捶胸，厉声喝道："谁敢来和我比武？"使者对陈家洛道："你又有什么用？像你这样的瘦小子，十个加起来，也不及他的力气大。"

陈家洛心想今日如不挫折这使者的气焰，可让满洲人把众回人瞧得小了，当下走上三步，说道："我是回人中最没用的人，可是比你们满洲人还中用一点。你叫这四个大家伙上来吧！"

这时木卓伦也已看清楚陈家洛的面貌，又惊又喜，叫道："青儿，你瞧他是谁。"霍青桐不答。木卓伦侧过头来，只见女儿眼中含泪，嘴唇颤动，登时会意，心中一阵难过：两个女儿都是自己心肝宝贝，怎么忽然同时都爱上了他？又不知他怎么会和小女儿相识？一时无数不解之事涌上心头，见他要和四个巨人比武，又是惊心担忧。

众回人见陈家洛生得文弱，面目如画，站在那使者身旁，还比他矮了半个头，和那四个巨人相较，那是小孩与大人一般的了。他是香香公主的意中人，为了香香公主被对方使者选中，不得不挺身应战，以免失了本族威风，这番志气刚勇，自是可敬可佩，但强弱悬殊，如何是巨人的敌手？众回人敌忾同仇，早有几个族中知名的大力士站出身来，要代他决斗。陈家洛举手道谢，说道："各位哥哥，这几个满洲人不中用得很，何劳你们动手？先让最不济的小弟弟来试试吧。"语气之中，对四个巨人十分轻蔑。

那使者把他的话传译了。四个巨人大怒，一齐奔上，伸手要抓。陈家洛站着不动，微微而笑。那使者忙伸手拦住四人，对木卓伦道："这位既要和我随从比武，如有损伤，可怪不得谁，而且只能一个对一个，旁人不可相助。"他想忽伦四虎虽然神力惊人，但好汉敌不过人多，如打死了陈家洛，对方群起而攻，终究抵挡不住。

木卓伦哼了一声。陈家洛道："一对一有何趣味？你叫四个大家伙同时上来。"那使者道："那么你们出几个人？"陈家洛道："几个人？当然就是我一人。"众人一听，尽皆耸动，都觉他未免过分。

那使者冷笑道："哼，你们回人这么厉害？大虎，你先上。"忽伦大虎应声上前。使者对陈家洛道："你是要文比还是武比？"陈家洛道："文比怎样？武比怎样？"使者道："文比是你打他一拳，他打你一拳，大家不许招架退让，谁先跌倒算输。武比就是任意出拳。"陈家洛道："一个不够我打，要打就四条大汉一起来。"那使者心想："瞧这人似乎不是疯子,多半别有诡计。"说道:"你只要能打败这人,他们四人自然会一拥而上,有得你够受的,何必性急?"陈家洛淡淡一笑,道:"好吧,文比武比都是一样。"使者道:"咱们只在比力气、斗功夫,武比伤了和气,还是文比吧。"看陈家洛身材,料想灵活便捷,如一味躲闪,忽伦大虎或许打他不着,是以要文比,心想:"这么你可躲不过了。"

忽伦大虎听使者说了,虎吼一声,脱去上身衣服。众人见他身上肌肉盘根错节,就如老树树根一般,两个拳头都有大碗的碗口大小,一拳打出,大骆驼都经受不起,何况这么一个文秀青年?

木卓伦和霍青桐离座走近。霍青桐向妹妹偷望一眼,见她容光焕发,凝望着陈家洛,眼光中流露着千般仰慕,万种柔情,竟无丝毫担心害怕,不由得暗暗叹了口气,转头望陈家洛时,见他神定气闲,泰然自若。两人目光相接,陈家洛微微点头,温然微笑。霍青桐脸上一阵晕红,转开了头。

那使者道:"谁先打,咱们来拈阄。"陈家洛道:"你们是客,让他先打吧!"霍青桐抢着说:"不必跟他客气,还是拈阄的好。"她知陈家洛武功甚精,若比拳术兵刃,即或不胜,也决不会输给这巨人,但如此你一拳我一拳的蛮打,又不许躲闪避让,他究是血肉之躯,本领再好,也受不起这大铁槌似的巨拳之一击,如能让他先打,或能出奇制胜。

陈家洛又向霍青桐一笑,意示感激,向忽伦大虎走上两步,挺胸说道:"你打吧!"那使者对霍青桐说:"请你过来,咱们两人一齐瞧着,要是谁脚步移动,用手招架,或是弯腰侧身,闪避躲让,都算输了。"

霍青桐走到陈家洛身边,低声道:"别比吧,咱们另想法子胜他。"陈家洛低声道:"你放心。"霍青桐无奈,只得和那使者站在两侧作证。

陈家洛与忽伦大虎相向而立,相距不到一臂。众人凝神注视,数千人悄无声息。

那使者高声叫道:"满洲好汉打第一拳,回族好汉打第二拳,如果大家没事,那么满洲好汉打第三拳,回族好汉再打第四拳。"霍青桐抗声说道:"第一回合你方先打,第二回合就得由我方先打,第三回合再让你方先打。依次轮流,方得公平。"那使者还未回答,陈家洛道:"他们是客,咱们就一路让到底吧。"那使者微微一笑,说道:"你倒慷慨大方。"提高声音,叫道:"好啦,满洲好汉打第一拳!"

一片寂静之中,只听得忽伦大虎呼呼喘气,全身骨节格格作响,运气提劲,突然右胸凸起,右臂粗涨了几乎一倍。陈家洛双脚不丁不八,身子微微前倾,笑道:"发拳吧!"

几名回族青年见了忽伦大虎的威势,生怕陈家洛被他一拳打得直飞出去,跌下来撞破头骨,站在陈家洛身后,摆好马步,以便他飞跌出来时接住。木卓伦和霍青桐默祷真神护佑。香香公主却是一派天真,心想既然我的郎君说过不怕,那就一定不怕。

忽伦大虎双腿微蹲,劲贯右臂,呼的一声,铁拳夹着一股疾风,向陈家洛胸上猛击过去,突觉对方上身向后稍仰,胸部顺着拳势向后一缩。陈家洛胸部内吸之势,和他这当胸一击配合得若合符节,丝丝入扣,快慢尺寸,实无厘毫之差。旁人只见这一拳把他胸部打得凹了进去,可是说也奇怪,竟无半点声息发出。

忽伦大虎一拳打到了底,明知再向前伸出半寸,便可结结实实的打在他胸上,然而就是差了这半寸,拳面不过在他衣襟上轻轻一擦。他一呆之下,拳头一时没缩回去。陈家洛笑道:"够了么?"忽伦大虎脸上一红,这才缩回右拳。

众人见这一拳明明是打中了,可是便如全然打在空处,无不惊奇。只有木卓伦和霍青桐看了出来,原来陈家洛内功精深,仰身卸劲,胸肌借势消势,登时又是佩服,又是欣慰。霍青桐笑靥如花,长长吁了口气。那使者精通武功,也看出了这点,甚是惊疑。

陈家洛微微一笑,说道:"我要打了!"忽伦大虎大叫道:"打!"凝气挺胸,胸口黑毛根根竖了起来。陈家洛手臂也不向后作势,随手一伸,轻飘飘一拳打出,波的一声,在忽伦大虎胸前一推,使的是重手法中"大力金钢杵"之劲。忽伦大虎觉得胸口虽不疼痛,然而有一股极大力量把他向后推去,知道脚步稍一移动,就是输了,忙运全力,和身向前猛撞,抗拒对方这一推。这只是一刹那之事,哪知陈家洛这一拳发得快,收得更快,劲未使足,倏然收回。忽伦大虎千斤之力都在向前猛挺,前面忽然失了凭依,要想收势,哪里还来得及?只见陈家洛身子微偏,砰蓬一声,尘土飞扬,忽伦大虎一个巨大的身躯已扑翻在地。

众人都是一呆,这才拍手大笑起来。陈家洛一拳把这巨人打倒已经大奇,更奇的他不是仰面向天跌倒,而是俯伏在地。那使者忙伸手把他拉起,只见他满口鲜血,哇哇大叫,原来已撞下了两颗门牙。

忽伦三兄弟见大哥受伤,连声怪叫,同时向陈家洛扑来。忽伦大虎一定神,嘶声狂吼,也扑上厮拼。众回人见状,纷纷抢前救援,混乱中两个人影从众人头顶上跃过,人群中不见了陈家洛与霍青桐两人。忽伦四兄弟突然找不到敌人,楞在当地。霍青桐叫道:"大家退下。"众回人向来听她号令,一齐退开。

陈家洛缓步上前,笑道:"我早说要你们四人齐上。这就来吧。"大虎怒极,挥拳当头猛击。陈家洛晃身绕到三虎背后,双手"闭窗推月",在他背上一推。三虎一个踉跄,险些撞在二虎身上。四虎左肘向陈家洛头上撞到。陈家洛矮身从他胁下钻过,随手在他臂窝里掏了两把。四虎大痒,身子缩成一团,乱颤乱动,呵呵大笑起来。

众人见这么一个粗蛮大汉居然和少女般妩媚怕痒,憨态可掬,俱都哄笑。香香公主叫道:"喂,你再呵他。"陈家洛依言纵近,又在他腰里搔了几下。四虎笑得蹲在地下,双拳乱舞,却哪里打得着人?

霍青桐惊叫:"小心后面!"陈家洛已觉到背后有拳风来袭,倏地纵身,跃起丈余,二虎一拳便打了个空。四虎笑声未歇,扭腰回身,右拳猛击而出,正好打在二虎拳上。两人一震,各自退出三步,连连怒吼,转身来捉。

陈家洛在四人中间如穿花蝴蝶般往来游走,存心戏弄,也不出手还击,八个巨拳此起彼落,往他身上猛敲猛打,始终连衣衫也没能碰到。众人初见陈家洛趋避之际,往往间不容发,俱都为他担心,但时候一长,都看出四个巨人定然奈何他不得。四巨人连连大吼声中,突然嗤的一声,二虎的褂子被撕下了一大片,众回人又是一阵哄笑。那使者早看出陈家洛是武术高手,非四虎所能敌,连声叫道:"住手,不必打啦!"忽伦四兄弟打发了性,却哪里止得住?大虎唿哨一声,倏然跃起,如一头猛鹰般向陈家洛扑了下来,同时二虎、三虎、四虎一齐站到他身后,张开六条手臂,截他退路。这是他四兄弟猎兽时常用之法,纵然猛如虎豹,捷如猿猴,也是难以逃脱。众回人一见大惊，许多少女齐声尖叫。

陈家洛见大虎扑来，正想后退，火光下见三个巨大的影子映在地下，张开手臂，犹如鬼魅要搏人而噬。他身子微蹲，不再退避，待大虎扑到，左臂快如闪电，突然长起，在大虎左胁下一拦，用力向外推出，大虎登时在空中被他转了小半个圈子，这时他右掌也已搭上大虎左腿，黏着一送，一半借劲，一半使力，大虎一个巨大的身躯向前直飞出去，蓬的一声，头下脚上，倒插在一个坑里。这沙坑正是他适才扳倒白杨树所留下。树大坑深，沙土直没到腰间，双脚在空中乱踢，哪里挣扎得出？

四虎猛吼追来。陈家洛跟他兜了半个圈子，看准方位，突然站住。四虎飞起右脚，当胸踢到。陈家洛抢到右侧，右手抓住他裤子，左手抓住他背心，顺着他一踢之势向外力甩，四虎就如腾云驾雾般飞了出去，在空中手足乱舞，嘴里怪叫，心里害怕，只怕这一下要摔个半死，哪知波的一声跌下来，身子软软的一弹，忙翻身坐起，原来恰好压在那头死骆驼身上。陈家洛刚才见四兄弟手掷大骆驼，即以其人之道，还治其人之身。陈家洛臂力其实远不及忽伦四虎，但四虎这一脚踢出使劲极大，借势推掷，大半还是使了他自身的力道。

四虎还在半空，二虎三虎已从两侧同时抢到。二虎弯腰挺头，向前猛冲，要一头把敌人撞倒，三虎举起双臂，朝陈家洛头顶狠狠砸下。

陈家洛立定不动，等两人势若疯虎般攻到、相距不到四尺之际，右脚突然使劲，身子如箭离弦，呼的一声，斜飞而出。他挨到最后一刻方才避开，要使这两个巨人收势不及。果然二虎一头撞中三虎肚子，三虎双拳也击中了二虎背心。只听得蓬蓬连声，两条大汉如宝塔般倒了下来。陈家洛不等他们爬起，纵身过去，乘着两人头晕眼花，抄起两人辫子，牢牢的打了两个死结，这才长笑一声，走到香香公主身旁。香香公主乐得眉开眼笑，拍手叫好，众回人更是呐喊欢呼。

四虎爬起身来，忙把大哥从沙坑中拔出。二虎三虎不知辫子打结，拼命挣扎，滚作一团。那使者忙去给他们拆解。只因两人用力拉扯，辫结扯得极紧，使者解了半天方才解开。

忽伦四兄弟呆呆的望着陈家洛，非但不恨，反而齐生敬仰之心。

第十四回　密意柔情锦带舞　长枪大戟铁弓鸣

大虎先走上来,大拇指一竖,说道:"你好本事,我大虎服了。"说着拜了下去。二虎等三兄弟也过来拜倒。陈家洛忙跪下还礼,见这四人质朴天真,对刚才如此戏弄倒着实有点后悔。五人站起身来,陈家洛不住道歉,又赞四人力大了得,四兄弟很是高兴。

忽伦四虎突然奔出去,把那头死骆驼捐了回来。三虎把他们的四匹坐骑牵到木卓伦面前,说道:"我打死了你们的骆驼,很是不该,这四匹马赔给你们吧。"木卓伦执意不要。

那使者见此情形,十分尴尬,对忽伦四兄弟喝道:"走吧!"跳上了马背,心中仍不服气,对香香公主道:"你真的敢去?"

香香公主答道:"有什么不敢?"走到木卓伦面前,说道:"爹,你写回信,我给你送去吧。"木卓伦心下踌躇,这满洲使者一再相激,非要他这小女儿去不可,不去是失了全族面子,让她去吧,可实在放心不下,便向陈家洛招招手。陈家洛走了过来,木卓伦离座相迎,携了他的手走到帐中。霍青桐与香香公主姊妹随后跟了进去。

木卓伦一进营帐,立即抱住陈家洛,说道:"陈总舵主,哪一阵好风把你吹到这里来?"陈家洛道:"我有事到天山北路来,途中得到消息,因此赶着来见你,想不到竟会遇见你的二小姐。"香香公主听父亲叫他"陈总舵主",呆了一呆。

陈家洛虽与木卓伦讲话,一直留神着她两姊妹,见香香公主脸露惶惑之色,忙转头道:"有一件事很对你不起,我没跟你说我是汉人。"木卓伦接着道:"这位陈总舵主是我族大恩人,咱们的圣经就是他给夺回来的。他救过你姊姊性命,最近又散了兆惠的军粮,清兵不敢迅速深入,咱们才能调集人马抵挡。他对咱们的好处,真是说也说不尽。"陈家洛连声逊谢。香香公主嫣然一笑,说道:"你不说自己是汉人,原来是不肯提到你对我们的恩惠,我自然不会怪你。"

木卓伦道:"那满洲使者如此狂傲无礼,幸得总舵主挫折了他的骄气。他激喀丝丽去做使者,总舵主你瞧去得么?"陈家洛心想:"他们族中大事,旁人不便代出主意,我只能从旁尽力相助。"说道:"我从内地远来,这里的情形完全不知,木老英雄如说可去,在下自当尽力护送。要是觉得不去的好,那么咱们另想法子回绝他。"

香香公主凛然说道:"爹,你与姊姊天天都为了族里的事操心,还在战场上跟他们性命相拼。我只恨自己没用,不能出一点儿力。

我去做一趟使者，又不是什么大事，要是不去，可让满洲人把咱们瞧得小了。"霍青桐道："妹妹，我只怕满洲人要难为你。"香香公主道："你每次出战，也总是冒着性命危险，我冒一次险也是应该的。他本事这样好，我跟他去一点也不怕，姊姊，我真的不怕。"

霍青桐见妹子对陈家洛一往情深，心中一股说不出的滋味，对木卓伦道："爹，那就让妹子去吧。"木卓伦道："好，陈总舵主，那么我这小女托给你啦。"陈家洛脸上一红。香香公主一双明如秋水的眼睛在他脸上缓缓晃过，颊边现出微笑。霍青桐却把头转向一边。

木卓伦写了回书，只有几个大字："抗暴应战，神必佑我。"陈家洛见这几个字辞气悲壮，连连点头说好。木卓伦把信交给香香公主，吻吻她的面颊，给她祝福。霍青桐道："妹妹，真神佑你，愿你平安。"香香公主抱住姊姊，笑着称谢。

四人走到帐外，木卓伦下令设宴，款待使者和他的随从。席上那使者方通姓名，叫作和尔大。食毕，鼓乐手奏乐欢送宾客。和尔大一举手，纵马当先，绝尘而去。香香公主等骑了马跟随在后。

霍青桐望着七人背影在黑暗中隐没，胸中只觉空荡荡地，似乎一颗心也随着七匹马的蹄声，消失在无边无际的大漠之中。

木卓伦道："青儿，你妹子真勇敢。"霍青桐点点头，掩面奔进营帐。一时之间，似乎有个大铁椎在不住敲打自己胸口，腹酸心痛，恨不得立时死了才好。

香香公主和陈家洛跟着使者奔驰半夜，黎明时到了清军营中。和尔大请他们在一座营帐中休息，自行去见兆惠。向兆惠行礼毕，见他身旁坐着一名军官，身穿皇帝亲军骁骑营汉军佐领服色，向他微一点头，对兆惠道："禀告大将军，小将已将战书送去。回子很是横蛮，不肯投降，还派人送了战书来。"兆惠哼了一声，道："真是至死不悟。"对身旁的清兵道："传令升帐。"

命令下去，号角齐鸣，鼓声蓬蓬，各营正副都统、参领、佐领，齐在大帐伺候。兆惠步到帐中，众军官躬身施礼。兆惠命在将位左侧设一座位，请奉旨到来的骁骑营军官坐下，再命三百名铁甲军亲兵手执兵刃，排成两列，兵卫森严，然后传回人使者入见。

香香公主在前，陈家洛跟在身后。香香公主脸露微笑，毫无畏惧之色。众人见回人使者便是昨日阵上所见的青年男女,都感惊异。兆惠本想临之以威,哪知从刀枪丛中进来的竟是这美貌少女,一时倒呆住了。香香公主向兆惠行了礼,取出父亲的覆书呈上。

兆惠的亲兵过来接信,走到她跟前,忽然闻到一阵甜甜的幽香,忙低下了头,不敢直视,正要伸手接信,突然眼前一亮,只见一双洁白无瑕的纤纤玉手,指如柔葱,肌若凝脂,灿然莹光,心头一阵迷糊,顿时茫然失措。兆惠喝道:"把信拿上来!"那亲兵吃了一惊,一个踉跄,险些跌倒。香香公主把信放在他手里,温颜微笑。那亲兵漠然相视。香香公主向兆惠一指,轻轻推他一下。那亲兵这才把信放到兆惠案上。

兆惠见他如此神魂颠倒,立时大怒,喝道:"拉出去砍了!"几名军士拥上来,把那亲兵拉到帐外,接着一颗血肉模糊的首级托在盘中,献了上来。

兆惠喝道:"首级示众!"士兵正要拿下,香香公主见他如此残暴,想到那亲兵为自己而死,很是伤心,从军士手上接过盘子,望着亲兵的头,眼泪一滴一滴的落下。

帐下诸将见到她的容光,本已心神俱醉,这时都愿为她粉身碎骨,心想:"只要我的首级能给她一哭,虽死何憾?"兆惠见诸将神情浮动,便即大声斥骂。众兵将俯首不语,大帐中只听到香香公主轻轻啜泣之声。

陈家洛见香香公主瞧着那亲兵的首级,目光中全是柔和之色,似乎是瞧着一个亲人模样,心想:"这孩子哭个不了,怎是使者的样子?"伸手轻轻扶住,低声慰抚。

兆惠素性残忍鸷刻,但被她一哭,心肠竟也软了,对左右道:"把这人好好葬了。"打开回信,叫懂回文的人译出,哼了一声,道:"好,后天决战,你们回去吧!"坐在他身旁的军官忽道:"大将军,皇上要的多半就是这个女子。"

陈家洛本来全心都在香香公主身上,对帐中诸将视若无睹,听得这话,抬起头来,只见坐在兆惠身旁的竟然便是大对头张召重。这时张召重也认出了陈家洛,见他穿着回人服装,更是讶异。两人四目相视,均各大诧,谁都想不到对方竟会在此处现身。

陈家洛牵了香香公主的手,转身而出。张召重忽地从座上跃起,不等落地,掌风已及陈家洛身后。陈家洛左手揽住香香公主的腰,右手反击一掌,借着张召重掌力,抢出帐去。张召重身法奇快,直追出来。众将对香香公主都有好感,心想大将军已让他们回去,何以这骁骑营军官要多管闲事,心下不满,均不相助拦阻。

陈家洛揽着香香公主奔向自己坐骑,只窜出两步,张召重已绕到前面,冷笑道:"陈总舵主,幸会,幸会!"陈家洛暗暗心惊,怀中掏出六枚围棋子,一把向他上中下三路打去,对香香公主道:"我缠住这人,你快上马逃走!"香香公主道:"不,等你打倒他,咱们一起走。"陈家洛哪有余裕对她说明这人武功比自己高强,明知棋子打他不中,乘他躲避闪让,抱起香香公主放上红马鞍子。

张召重双手各接住两枚棋子,低头纵跃,向陈家洛扑来,避开了余下的两枚棋子,这一跃既避暗器,又追敌人,守中带攻,不让对方有丝毫缓手之机。陈家洛不敢恋战,身子挫低,钻入了白马腹下。张召重一掌堪堪击到马臀,倏地收劲,改击为按,单掌按住马身,人未落地,飞脚向陈家洛踢去。

陈家洛处身马底,转身不便,敌人这一脚又来如闪电,人急智生,忽地伸手在马腹上一举,白马受惊,双腿向后倒踢。张召重单掌使劲,倏地跃出丈余。陈家洛翻身上马,叫道:"快走!"香香公主提缰纵马,张召重又已跃上,飞身向她扑去。陈家洛大惊,双脚力蹬马蹬,和身纵起,向张召重扑去。陈家洛知道功力不如对方,正面碰撞必定吃亏,堪堪碰到,右手已拔短剑刺出。张召重左手急翻,勾住他握剑的手腕,两人一齐落地。张召重右手随手发掌,陈家洛施展师门绝艺"反腕勾锁",左手晃处,已拿住他的右掌。两人在地下纠缠拼斗,贴身而搏。

众将拥出帐来观看。忽伦四兄弟心想:"我们到回人那里送信,他们客气相待。怎地人家过来送信,我们便这般不讲道理?"他们对陈家洛俱都敬服,见他身遭危难,四人一样心思,也不商量,同时奔上。

陈家洛和张召重各运内力相拼,初时尚势均力敌,时候稍长,渐感不支,又见四名巨人奔到,心道:"罢了,罢了,这次糟啦。"哪知忽伦四兄弟伸出八只巨掌齐把张召重按住,叫道:"你快走。"香香公主骑着红马,手牵白马在旁等候。张召重武功虽高,但正与陈家洛僵

第十四回

密意柔情锦带舞
长枪大戟铁弓鸣

持,四人按来,当下既无招架之力,又无回避之地,给四虎数千斤之力压住,运不出内力,登时动弹不得,手一松,陈家洛跳了起来,说道:"这时杀你,不是大丈夫行径,再饶你一次!"说罢收剑上马。张召重空有一身武艺,背上却如压着四座小山一般,眼睁睁望着两人并辔而去。

两人马匹脚程奇快,倏忽已冲过大军哨岗,待兆惠集兵来追,早去得远了。陈家洛适才一阵剧斗,为时虽暂,但死拼硬搏,实已心力交瘁,奔驰一阵,渐渐支撑不住。香香公主见他困乏,又见他右腕被捏得青一块紫一块,心生怜惜,说道:"他们追不上啦,下马休息一会吧。"陈家洛摇摇晃晃的跨下马来,仰卧在地,喘息一阵。香香公主从皮囊中倒出些羊乳,给他在手腕上涂抹。陈家洛缓过气来,正要上马,忽听身后蹄声急促,喊声大振,数十骑急驰追来。两人不及收拾皮囊,跃上马背,向前急奔。忽见前面尘土飞扬,又有一彪军马冲来。

陈家洛暗暗叫苦,双腿一夹,那白马如箭离弦,飞驰出去,抢过香香公主身边。陈家洛叫道:"跟着我冲!"白马向前飞奔,跑了一段路,见前面只七八乘马,心中一喜,勒定马等候,待香香公主驰到,对面各骑也已驰近。陈家洛取出点穴珠索,上马迎敌,却觉手臂酸软,眼前金星乱舞,一凝神间,忽见对面当先一人翻鞍下马,大叫:"总舵主,是你吗?"滚滚沙尘中狼牙棒上尖刺闪耀,那人身矮背驼,陈家洛这一下喜出望外,叫道:"十哥,快来!"语声未毕,后面清兵羽箭已飕飕射到。

章进跃上马背。陈家洛忙叫道:"有敌兵追来,给我抵挡一阵。"章进叫道:"好极了!"拍马而前,刚驰到陈家洛身边,对面一人纵马如飞,倏忽抢在章进之前,转瞬杀入清兵队里。那人生龙活虎般勇不可当,不是九命锦豹子卫春华是谁?陈家洛更觉诧异,只见文泰来、骆冰、徐天宏、周绮四人飞骑而来,经过身旁时都大呼一声:"总舵主你好!"便冲向清兵。随后心砚奔到,下马向陈家洛叩头,站起来喜孜孜的道:"少爷,我们来啦。"陈家洛问:"怎么九哥也来了?"心砚未及回答,又有一人掠过身旁,冲入敌人队伍。陈家洛见那人灰衣蒙面,光头僧袍,手持金笛,心下诧异,叫道:"十四弟么?"余鱼同遥遥答应："总舵主,你好!"

待余鱼同冲到,文泰来等已把追骑的先头部队杀散,但见后面尘头大起,又有大军赶来。众人驰回,奔到陈家洛身边。文泰来问道："咱们向哪里退?"陈家洛见追兵声势极盛,心想："回人大军在西,我们如向西退,追兵跟到,他们猝不及防,只怕要受损折。"叫道："向南!"手一指,十骑马向南奔去。众人不意相遇,都欣喜异常。各人所乘都是好马,和追兵越离越远,只是大漠上一望无际,毫没隐蔽,距离虽远,仍是举目可见。陈家洛见兆惠点了大军追赶他们两人,未免小题大做,正暗笑他这般没见识,如何能做大将,猛然想起张召重对兆惠轻声所说的那句话："皇上要的多半就是这女子。"一怔之下,心中琢磨这句话的意思,忽见又有一队追兵从南包抄上来。

众人一惊,当刻勒马。徐天宏道："咱们快做掩蔽,守到夜里再走。"陈家洛道："不错,在大漠上白天走不了。"众人下马,有的用兵刃,有的便用双手,在沙上挖了个大坑。骆冰对香香公主道："妹妹,你先躲进去。"香香公主不懂汉语,微微一笑,却没有动。

清兵渐近,骆冰抱住香香公主,首先跳进坑里,众人跟着跳入。文泰来、章进、徐天宏、余鱼同四人这次来到回部,身上都带备弓箭,弯弓搭箭,登时射倒了十几名官兵。文、徐、余三人箭无虚发。章进弓箭却不擅长,连射七八箭没一箭射中,怒火冲天,抛下弓箭,提了狼牙棒要上去厮杀。周绮一把抓住他手臂,骂道："去送死吗?"骆冰见她居然能审察敌我情势,不再一味蛮打,自是徐天宏陶冶之功,不由得噗的一笑。周绮横了她一眼道："我说得不对吗?"骆冰笑道："很是,很是。"

卫春华捡起章进抛下的弓箭,连珠箭射倒六名清兵。心砚连连拍手大赞："好箭法!"呐喊声中,一队清兵冲到坑口。文泰来一箭射出,在一名领队的把总胸口对穿而过,箭枝带血,又飞出数丈,这才落地。众兵见这一箭如此手劲,吓得魂飞魄散,转头就跑。

头一仗杀退了追兵,但一眼望出去,四面八方密密层层的围满了人马,幸喜清兵并不射箭,否则纵有沙坑,也决计难避万箭蝗集。徐天宏道："沙坑已够深啦,快向旁边挖。"沙漠上面是浮沙,挖下七八尺后出现坚土,陈家洛、骆冰、周绮、心砚与香香公主一齐动手,向旁挖掘,将沙土掏出来堆在坑边,筑成挡箭的短墙,众人才喘了一口气。章进对心砚道:"我护着你,上去捡弓箭。"舞动狼牙棒,跃上坑边。心砚跟着跳出,在射死的清兵身旁捡了七八张弓,捧了一大捆箭回来。

这时陈家洛才给香香公主与众人引见。众人听说她是霍青桐的妹妹,见她容颜绝丽,温雅和蔼,都生亲近之意,只是言语不通,无法交谈。骆冰道:"她有点像玉瓶上画的那个姑娘,不过她更加美得多。"周绮点头称是。

陈家洛休息良久,力气渐复,心想:"张召重当真了得,我只和他相持片刻,现下仍是双臂酸软,开不得弓。"问道:"九哥你怎么也来了?十二哥呢?"卫春华从坑边跃下,说道:"总舵主精神好些了吧?我来禀告好么?"陈家洛道:"好,你说吧。"又朗声道:"四哥、十弟、十四弟、心砚,你们在上面看着敌兵动静,咱们等到半夜里再突围。"文泰来等在上面答应。

卫春华道:"我和十二弟奉总舵主之命到北京打探朝廷动静,一时也没查到什么。有一天在街头忽然见到张召重那奸贼和他师兄马真道长。"陈家洛道:"咱们把张召重交给他师兄,马真道长说要带他去武当山好好管教。我正奇怪他怎么又出来了,原来他到过北京。"徐天宏道:"总舵主最近见过他?"陈家洛道:"刚才就是和他交了手,真是好险。"于是说了和他相遇之事。众人都是又惊又怒。

卫春华道:"他们师兄弟一路说得很起劲,没瞧见我们。我想:莫不是马真道人和师弟联了手骗人?我们悄悄跟着,见他们走进一条胡同的一所屋里,到天黑都不出来,看来便是住在那儿了。我和十二弟商量,得去探个明白。到了二更天,我们跳进墙去,这两人非同小可,单是张召重,我和十二弟加起来也不是对手,何况还有他师兄?因此我们连大气儿也不敢喘一口,在院子里伏着不动。等了半天,听得一间屋里有人声,我们悄悄过去,在窗缝中一张,见马道长躺在炕上,那奸贼却走动不停,两人大声争论,我们不敢多看,矮了身子静听。原来张召重说要到北京料理些银钱私事后才能去湖北。他师兄便和他同来。过了几天,皇帝也回京了。"陈家洛听得乾隆已回北京,嗯了一声。

卫春华又道:"张召重说,皇帝给了他一道旨意,要他到回部来办一件大事。"陈家洛忙问:"什么大事?"卫春华道:"他没说清楚,好像要来找一个什么人。"陈家洛眉头微皱,隐隐觉得有什么事不对。

卫春华道:"马道长的话很严厉,要他马上辞官。张召重却抬出皇帝来压他,说圣旨怎可违抗?若是违旨,只怕武当山也要给皇帝派兵踏平了。马道长说,咱们江山都教鞑子占了,就算再毁武当山也不足惜。两人越说越僵,马道长大怒,从炕上跳起来,喝道:'我在红花会朋友们面前怎么说的?'张召重说:'这些造反逆贼,师兄何必跟他们当真?'只听得豁的一声,似乎马道长拔了剑。我忙凑到窗缝上去看,见马道长手中持剑,脸色铁青,骂道:'你还记不记得师父的遗训?你这忘恩负义之徒,一意要替满清朝廷做走狗,真是无耻之极。我今日先跟你拼了。'十二弟向我伸伸大拇指,暗赞马道长是非分明,大义凛然。张召重软了下来,叹了口气道:'师兄既这么说,明儿我跟你去湖北就是。'马道长这才收了剑,安慰了他两句,在炕上睡。张召重坐在椅上,脸上一忽儿满是杀气,一忽儿似乎踌躇不决,身子不住轻轻颤动。我和十二弟只怕给他发觉,想等他睡了再走,等了快半个时辰,张召重始终不睡,好几次站了起来,重又坐下,突然双眉竖起,牙齿一咬,轻轻叫道:'大师哥!'马道长这时已睡得很熟,微微发出鼾声。张召重悄悄走到炕前……"

说到这里,香香公主忽然惊叫了一声,她虽不懂卫春华的话,却也感到了他语气中那股森森阴气,不自禁有栗栗之感。她拉住陈家洛的手,轻轻偎在他身上。周绮狠狠瞪了她一眼,嘴唇一动,要待说话,终于忍住。

卫春华续道:"只见张召重走到炕边,蓦地向前一扑,随即向后纵出。只听得马道长惨叫一声,跳了起来,双眼鲜血淋漓,两颗眼珠已被那狼心狗肺的奸贼挖了出来!"

陈家洛义愤填膺,忽地跳起,右掌在坑边一拍,打得泥沙纷飞,切齿说道:"不杀这奸贼,誓不为人!我刚才不该饶他性命!"香香公主从未见过他如此大怒,心中害怕,紧紧拉住他衣袖。徐天宏等已听卫春华说过,这时却仍是愤怒难当。

卫春华手中双钩抖动,格格直响,语言发颤,续道:"马道长不作一声,一步一步向张召重走近,脸上神色十分怕人,突然飞脚踢出。张召重闪跃退开。马道长瞧不见,这一脚踢在炕上,砰的一声,土炕给他踢去了一大块,屋中灰土飞扬。张召重似乎也有点怕了,想夺门而出,马道长已抢到门口,拦住去路,侧耳静听。张召重走不出去,忽然哈哈笑了两声。马道长听准来路,和身扑上,左腿横扫过去。哪知张召重是故意诱他来踢,先已把长剑插在自己身前。马道长这腿扫去,刚好踢到剑上,一只左脚登时切了下来。"周绮咬牙切齿,提刀不住的狠砍身旁沙土。

卫春华道:"这时我和十二弟实在忍不住了,顾不得身在险地,非他敌手,两人不约而同的破窗而入,齐向那奸贼杀去。想是他作了恶事心虚,又怕我们还有帮手,只斗了几回合就逃了。我们追出去,十二弟被奸贼的金针打中。我扶了十二弟回到屋里,想先给马道长止血。他只说了一句话,就在墙上撞死了。"陈家洛道:"他说了句什么话?"

忽然一阵寒风吹来,人人都是一凛。

卫春华道:"马道长说:'要陆师弟跟鱼同给我报仇!'这时外面听到我们争斗的声音,有人起来喝问。我忙把十二弟扶回寓所。第二天我再去探看,见他们已把马道长收殓了。十二弟给打中五枚金针,我给他取出之后,现今在北京双柳子胡同调养。张召重说皇帝要他来回部找一个人,我想莫非是来找总舵主的师父?曾听总舵主说,皇帝有两件干系重大的东西寄存在袁老前辈那里。虽然袁老前辈武功精湛,决不惧他,只是这奸贼如此恶毒,倘若大伙儿以为他已改过,说不定会中了他奸计,因此我日夜不停的赶来报信。在河南遇到了龙门帮的人,得知总舵主见过他们帮主上官大哥,我就去见他,刚好遇到四哥、七哥他们。我们一起去找十四弟。他得知师父遇害,伤心得不得了,大家赶到这里,想不到会和总舵主相遇。"陈家洛道:"十二哥伤势怎样?"卫春华道:"伤势可不轻,幸好没打中要害。"

这时寒风越来越大,天上铅云密密层层,似欲直压上头来。香香公主道:"就要下雪了……"但觉寒意难当,向陈家洛身上更靠紧了些。

周绮胸头一直憋着一股气,这时再也忍不住,冲口而出:"她说什么?"陈家洛见她声势汹汹,有点奇怪,说道:"她说就要下雪了。"周绮怒道:"哼!她怎知道?"过了一会,板起脸说道:"总舵主,你到底心中爱的是霍青桐姊姊呢,还是爱她?"

陈家洛脸红不答。徐天宏扯扯她衣角，叫她别胡闹。周绮急道："你扯我干什么？霍姊姊人很好，不能让她给人欺侮。"陈家洛心想："我几时欺侮过她了？"知道周绮是直性人，不说清楚下不了台，便道："霍青桐姑娘为人很好，咱们大家都是很敬佩的……"周绮抢着道："那么为什么你见她妹妹好看，就撇开了她？"

陈家洛被她问得满脸通红。骆冰出来打圆场："总舵主和咱们大家一样，和她见过一次面，只说过几句话，也不过是寻常朋友罢了，说不上什么爱不爱的。"周绮更急了，道："冰姊姊，你怎么也帮他？霍青桐姊姊送了一柄古剑给他，总舵主瞧着她的神气，也都是那么含情脉脉的，我虽然蠢，可也知道这是一见钟情……"骆冰笑道："谁说你蠢了？又是含情脉脉，又是一见钟情的？"周绮怒道："你别打岔，成不成？冰姊姊，咱们背地里都说他两个是天生一对，怎么忽然又不算数了？他虽是总舵主，我可要问个清楚。"

香香公主听她们语气紧张，睁着一双圆圆的眼睛，很是诧异。

陈家洛无奈，只得道："霍青桐姑娘在见到我之前，就早有意中人了，就算我心中对她好，那又何必自讨没趣？"他自知言不由衷，只是无可奈何的遁词，不禁内心有愧，脸现惭色。周绮一呆，道："真的么？"陈家洛道："我怎会骗你？"周绮登时释然，说道："那就是了。你很好，我错怪你啦。害得我白生了半天气。对不起，你别见怪。"大家见她天真烂漫，当场认错，都笑了起来。

周绮本来对香香公主满怀敌意，这时过来拉住她手，很是亲热，忽然面上一凉，一抬头，只见鹅毛般的雪花飘飘而下，喜道："你说得真准，果然下雪了。"陈家洛一跃而起，叫道："咱们冲！"

众人跳了起来，把马匹从坑中牵上。清兵见到，呐喊冲来。众人跃上马背，卫春华当先冲出，奔不数丈，忽然"哎哟"一声，连人带马摔倒在地。文泰来大惊，拍马上前，尚未走近，坐马中箭滚倒。文泰来跃起纵到卫春华身旁，卫春华已经站起，说道："马给射死啦，我没事……"话声未毕，章进与骆冰两骑驰到。

两人弯腰伸手，一人一个，把卫春华和文泰来拉上马背，霎时之间，心砚与章进的马又中箭倒下。陈家洛叫道："回去，回去！"各人掉头奔回坑中。清兵乘势追来，被文泰来、余鱼同、卫春华一轮箭射了回去。

这一下没冲出围困,反而被射死四匹马。清兵似乎守定"射人先射马"的宗旨,羽箭尽是射马。大漠之中,如无马匹,如何突出重围?众人凝思无计,愁眉不展。

骆冰道:"如没救兵,咱们死路一条。"徐天宏道:"木卓伦老英雄见总舵主和女儿久出不归,定会派兵接应。"陈家洛道:"他们一定早已派兵,只是我们向南奔出这么远,只怕他们一时难以找到。"徐天宏道:"那只有派人去求救。"心砚道:"我去!我会说回语。"陈家洛沉吟一下,道:"好!"心砚从包裹中取出文房四宝。陈家洛请香香公主写了封信求救。陈家洛对心砚道:"你骑四奶奶的白马去。我们向东佯攻,你在西面冲出去。"说了去回人大营的方向路径。于是众人齐声呐喊,徒步向东冲去。周绮和香香公主留在坑中。

心砚悄悄把白马牵上,伏身马腹之下,双手抱住马颈,两腿勾住马腹,右脚轻轻在马肋上一踢。那白马放开四蹄,向西疾奔而去。清兵疏疏落落的射了几箭,箭力既弱,更是毫无准头,都落在马旁数丈之外。

众人见心砚驰出已远,便退回坑内,凝神遥望,见白马冲风冒雪,突出重围,奔驰快极,都欢呼起来。陈家洛这些年来待心砚就如兄弟一般,见他小小年纪,干冒万险去求救兵,不知性命如何,心中一阵难受,当下命徐天宏、卫春华两人上去守卫,把文泰来等人接替下来休息。

文泰来浑不以身处险地为忧,下来后纵声高歌,唱的是江南农家田歌,骆冰应声相和:"上山砍柴唱山歌,不怕豹子不怕虎,穷人生来骨头硬,钱财虽少仁义多。"

香香公主对陈家洛道:"你们汉人唱歌也这么好听。他们唱的是什么呀?"陈家洛把歌曲大意译给她听。香香公主轻轻跟着文泰来唱,学他曲调,唱了一会,便睡着了。

这时雪愈下愈大,一眼望出去,但见白茫茫的一片。天将黎明时,香香公主仍是沉睡未醒,头发上肩上都是积雪,脸上的雪花却已溶成水珠,随着她呼吸微微颤动。骆冰轻声笑道:"这孩子真是一点也不耽心。"

又过良久,徐天宏双眉紧锁,缓缓的道:"怎么隔了这么久还没救兵消息?"文泰来道:"不知心砚路上会不会出事?"徐天宏道:"我耽心的是另一件事。"周绮道："什么事？怎么吞吞吐吐，要说不说的？"

徐天宏在甘凉道上见到回人夺经之时，霍青桐发号施令，众回人奉命唯谨，问陈家洛道："回人营中事务，是木卓伦老英雄管呢，还是霍青桐姑娘管？"陈家洛道："看来两人都管。木老英雄凡事都和女儿商量。"徐天宏叹道："要是霍青桐不肯发兵，那就……难了。"众人明白他的意思，默然不语。周绮却跳了起来，急道："你……你怎把霍姊姊看成这样的人？她不是另有意中人吗？再说，就算她跟妹子吃醋，难道会不救自己心中喜欢的他？"徐天宏道："女人妒忌起来，什么事都做得出。"周绮大怒，哗啦哗啦乱叫。香香公主醒了，睁开眼睛，微笑着望她。

众人和霍青桐都只见过一面，虽然觉得她好，但她究竟为人如何，并不深知，听徐天宏一说，觉得也不无道理，只是周绮绝不肯信。众人见香香公主这般美丽可爱，陈家洛移情别恋，虽然负心不该，但难以抗拒，也属人情之常，何况见他讪讪的言语支吾，似见内愧，都不禁有忧。

心砚急驰突围，依着陈家洛所说道路，驰入回人军中，把信递了上去。

木卓伦正派人四出寻访，但茫茫大漠之中，找寻两个人谈何容易，清兵集结之处又不能前去打探，正自焦急万状，一见女儿的信，大喜跃起，对亲兵道："快调集队伍。"

霍青桐问心砚道："围着你们的清兵有多少人？"心砚道："总有四五千人。"霍青桐咬着嘴唇，在帐里走来走去，沉吟不语。不一刻，篷帐外号角吹起，人奔马嘶，刀枪铿锵，队伍已集。木卓伦正要出帐领队前去救人，霍青桐牙齿一咬，说道："爹，不能去救。"

木卓伦吃了一惊，回过头来，惊疑交集，还道听错了话，隔了片刻，才道："你……你说什么？"霍青桐道："我说不能去救。"木卓伦紫涨了脸，怒气上冲，但随即想到她平素精细多智，或许另有道理，问道："为什么？"霍青桐道："兆惠很会用兵，决不能只为要捉咱们两个使者，派四五千人去追赶围困，其中必有诡计。"木卓伦道："就算有诡计，难道你妹子与红花会这些朋友，咱们就忍心让清兵杀害？"霍青桐低头不语,隔了半晌,说道:"我就怕领了兵去,不但救不出人,反而再饶上几千条性命。"

木卓伦双手在大腿一拍,叫道:"且别说你妹子是亲骨肉,陈总舵主与红花会这些朋友,对咱们如此仁至义尽,就算为他们死了,又有什么打紧?你……你……"见女儿突然不明义理,心中又是愤怒,又是痛惜。

霍青桐道:"爹,你听我的话,咱们不但要救他们出来,说不定还能打个大胜仗。"木卓伦喜道:"好孩子,你怎不早说?怎样干?我,我听你的话。"霍青桐道:"爹,你真肯听我话?"木卓伦笑道:"刚才我急胡涂啦,你别放在心上。怎样办?快说。"霍青桐道:"那么你把令箭交给我,这一仗由我来指挥。"木卓伦微一迟疑,信得过她智谋远胜于己,便道:"好,就交给你。"把号令全军的令旗令箭双手捧着交过去。

霍青桐跪下接过,再向真神安拉祷告,然后站起身来,道:"爹,那么你和哥哥也得听我号令。"木卓伦道:"只要你把人救出,打垮清兵,要我干什么都成。"霍青桐道:"好,一言为定。"和父亲走出帐外,各队队长已排成两列等候。

木卓伦向众战士叫道:"咱们今日要和满洲兵决一死战,这一仗由霍青桐姑娘发施号令。"众战士举起马刀,高声叫道:"愿真神护佑翠羽黄衫,求安拉领着咱们得到胜利。"霍青桐把令旗一展,说道:"好,现下散队,大家回营好好休息。"各队长率领众人散了。木卓伦错愕异常,说不出话来。

回入帐内,心砚扑地跪下,不住向霍青桐磕头,哭道:"姑娘,你如不发兵去救,我家公子可活不成啦。"霍青桐道:"你起来,我又没说不去救。"心砚哭道:"公子他们只有九人,当中姑娘的妹子是不会武的。敌兵却有几千。救兵迟到一步,公子他们就……就……"霍青桐道:"清兵的铁甲军有没有冲锋?"心砚道:"还没有。只怕这时候也已冲了。他们穿了铁甲,箭射不进,那怎挡得住……"越想越怕,放声大哭。霍青桐皱眉不语。

木卓伦见心砚哭得悲痛,心想:"他年纪虽小,对主人却如此忠义。我们若不去救,如何对得起人?"在帐中踱来踱去,彷徨无策。

霍青桐道:"爹,你不见捉黄狼用的机关?铁钩上钩块羊肉,黄狼咬住肉一拖,引动机关,登时把狼拿住。兆惠想让咱们做狼,妹子就是那块羊肉了。沙漠之中,无险可守,红花会的人再英雄,单凭八人,决计挡不住四五千人马。那定是兆惠故意不叫猛攻。"木卓伦点头说是。霍青桐又道:"这小管家说,清兵铁甲军没出动,可到哪里去啦?"蹲下地来,用令旗旗杆在地下画个小圈,道:"这是羊肉。"在圈旁画了两道粗线,说道:"这是铁甲军,那便是机关了。咱们从这里去救,他铁甲军两面夹击,咱们还有命么?"木卓伦回头望着心砚,无话可说。

霍青桐道:"清兵是故意放这小管家出来求救,否则他孤身一人,又怎能够从四五千军马中冲杀出来?"木卓伦道:"你说兆惠要咱们上当,那么咱们从他队伍侧面进攻,打他个措手不及。"霍青桐道:"他们有四万多兵,咱们却只一万五千,正面开仗一定吃亏。"

木卓伦大叫:"依你说,你妹子和那些朋友是死定了?我舍不下你妹子,也决不能让红花会的朋友们遇难。我只带五百人去,救得出是真神保佑,救不出就跟他们一块儿死。"霍青桐沉吟不语。

心砚见霍青桐执意不肯发兵,急得又跪下磕头,哭道:"我们公子有什么地方对不起姑娘,请你宽宏包容,等救他出来之后,小人一定求公子给姑娘赔礼。姑娘救他性命,我们不会不感激姑娘的恩德。"霍青桐听了这几句话,知心砚已有疑她之意,秀眉一竖,怒道:"你别不清不楚的瞎说。"心砚一楞,跳起身来,说道:"姑娘这么狠心。我去跟公子死在一块。"哭着骑上白马,奔驰而去。

木卓伦大声道:"如不发兵,连这小孩子都不如了。便是刀山油锅,今日也要去走一遭。穆圣教导:为义而死,魂归天国!"越说越是激昂。

霍青桐道:"爹,汉人有一部故事书,叫做《三国演义》。我师父曾给我讲过不少书中用计谋打胜仗的故事,那些计策可真妙极了。那部书中说道,将在谋而不在勇。咱们兵少,也只有出奇,方能制胜。兆惠既有毒计,咱们便将计就计,狠狠的打上一仗。"

木卓伦将信将疑,道:"当真?"霍青桐颤声道:"爹,难道你也疑心我?"木卓伦见她双目含泪,脸色苍白,心中不忍,说道:"好吧,由得你。那你就立刻发兵救人。"

霍青桐又想了一会,对亲兵道:"击鼓升帐。"鼓声响起,各队队长走进帐来。霍青桐居中坐下，木卓伦和霍阿伊坐在一边。这时帐外雪下得更大了，地下已积雪数寸。木卓伦想到小女儿被困沙漠，再加上这般大雪，不饿死也要冻死，心下甚是惶急。

霍青桐手执令箭，说道："青旗第一队队长，你率领本队人马，在戈壁大泥淖西首如此如此，青旗第二、三、四、五、六各队队长，你们率领人马，召集牧民、农民，在大泥淖旁如此如此。"六队青旗兵队长接奉号令，各率一千人去了。

木卓伦见女儿把本部精锐之师派出去构筑工事，却不去救人，颇感不满。霍青桐又道："白旗第一、二、三队三位队长，你们在叶尔羌城中和黑水河两岸如此如此。黑旗第一队队长，哈萨克队队长，你们两队在黑水河旁的山上如此如此。蒙古队队长，你们这队驻扎在英奇盘山顶，如此如此。"各队队长接令去了。此役清兵西侵，不但回人遭害，天山北路的哈萨克部、蒙古部也大受池鱼之殃，因此不少部落和回人联手抗敌。

霍青桐道："爹爹，你任东路青旗军总指挥。哥哥，你任西路白旗、黑旗、哈萨克、蒙古各队人马总指挥。我率领黑旗第二队居中策应。这一仗的方略是这样……"正要详加解释，木卓伦跳起身来，叫道："谁去救人？"

霍青桐道："黑旗第三队队长，你率队从东首冲入救人。黑旗第四队队长，你率队从西首冲入救人。遇到清兵时如此如此。你们两队和青旗军调换马匹，要骑最好的良马，不许有一匹马是次等的。"黑旗军两名队长接令去了。

木卓伦叫道："你把一万三千名精兵全都调去干不急之务，却派两千老弱小孩去救人，况且不是打仗，却是逃跑。这是什么用心？"原来回人中青旗白旗两军最精，黑旗军远为不及，黑旗第三、第四两队由老年及未成丁少年组成，尤为疲弱，平时只做哨岗、运输之事，极少上阵。霍阿伊对妹子素来敬服，这时心中也充满怀疑。

霍青桐道："我的计策是……"木卓伦怒火冲天，叫道："我再不信你的话啦！你，你喜欢陈公子，他却喜欢了你妹子，因此你要让他们两人都死。你……你好狠心！"

霍青桐气得手足冰冷，险些晕厥。木卓伦气头上不加思索，话一出口，便觉说得太重，呆了一呆，翻身上马，叫道："我去和喀丝丽死在一起!"长刀一挥,叫道:"黑旗第三、第四队,跟我来!"两队老少战士刚掉换了良马,跟随族长,在风雪中向大漠驰去。

霍阿伊见妹子形容委顿,说道:"妹妹,爹爹心中乱啦,自己都不知道说什么,你别放在心上。"霍青桐右手按住心口,额头渗出冷汗,隔了一会,道:"我去接应爹爹。"霍阿伊道:"瞧你累得这样子,你息着。我去接应爹爹。"霍青桐道:"不,你指挥东路青旗各队,我去。"跨上战马,带领黑旗第二队奔了出去。

这时回人大营只余下两三百名伤兵病号,一万五千名战士空营而出。

心砚心中气苦,骑了白马,哭哭啼啼的向陈家洛等被围处奔去。驰近敌军时,清兵居然并不出力阻拦,敷衍了事般的放了十几枝箭,羽箭飞来,都离得心砚远远的,少说也有丈余。他冲近土坑,章进欢呼大叫:"心砚回来了!"

心砚一声不响,翻身下马,把白马牵入坑内,坐倒在地,放声大哭。周绮道:"别哭,别哭,怎么啦?"徐天宏叹道:"还有什么可问的?霍青桐不肯发兵。"心砚哭道:"我跪下跟她磕头……苦苦哀求……她反而骂我……"说罢又哭。众人默然不语。

香香公主问陈家洛这孩子为什么哭。陈家洛不愿让她难受,说道:"他出去求救,走了半天,冲不出去。"香香公主掏出手帕,递了过去。心砚接过,正要去擦眼泪,忽觉手帕上一阵清香,便不敢用,伸衣袖擦去眼泪鼻涕,把手帕还了给她。

徐天宏道:"咱们冲是冲不出去了。四哥,你说该怎么办?"文泰来听徐天宏忽然问他而不问陈家洛,微一沉吟,已知他用意,说道:"总舵主,你快和这位姑娘骑白马出去。"陈家洛讶道:"我们两人?"文泰来道:"正是,咱们一起出去是决计不能的了。你肩头担负着天大担子。不但红花会数万弟兄要你率领,汉家光复大业也落在你身上。"卫春华、余鱼同、周绮等都道:"只要你能出去,我们死也瞑目。"陈家洛道:"你们死了,我岂能一人偷生?"徐天宏道:"总舵主,时机紧迫。你若不走,我们可要用强了。"

陈家洛顿了一顿,说道:"好。"把白马牵出坑外,向众人一拱手,把香香公主扶了出去。文泰来等均知这番是生离死别,都十分难过,骆冰已流下泪来。陈家洛却若无其事的和香香公主上马而去。

众人心头沉郁,又耽心陈家洛不能冲出重围。文泰来豪迈如昔,大声道:"咱们这里连总舵主和那位回人姑娘,不过十个人,现今已杀了七八十名敌兵。各位兄弟,咱们要杀满多少人才肯死?"骆冰道:"至少再杀一百名。"周绮道:"这些满清兵坏死啦,咱们杀足三百名。"文泰来道:"好,大家数着。"章进道:"凑足五百名!"

卫春华在上守望,回过头来叫道:"咱们这里还有八人。红花会的英雄好汉要以一当百,瞧着!"这时正有三名清兵在雪地中慢慢爬过来,卫春华扯起长弓,连珠箭箭无虚发。只听心砚数道:"一、二、三!好!九爷,好极啦。"余鱼同兴致也提了起来,叫道:"就是这样,要咱们死,可不大容易,总得杀满八百人。"徐天宏笑道:"这越来越不容易啦。要是杀不足数,咱们岂不是死不瞑目?"骆冰笑道:"那只好请五哥、六哥慢一点驾到。"众人都大笑起来。常赫志、常伯志绰号黑无常、白无常,相传人死时由无常鬼拘魂。

群雄死意既决,反而兴高采烈。心砚本来甚是害怕,见大家如此,也强自壮胆,心想:"公子是英雄豪杰,我可不能辱没了他。"章进哈哈傻笑,颠来倒去的大叫:"老爷今日要归天,先杀鞑子八百人!"

忽听得卫春华喝问:"谁?"只听陈家洛笑道:"干么不杀足一千人?"卫春华叫道:"啊,总舵主,怎么你回来啦?"陈家洛纵身入坑,笑道:"我把她送走,自然回来啦。当年刘关张说要同年同月同日死。他们义垂千古,到头来却还是做不到。咱们兄弟姊妹九人,今日却做到啦。"众人见他如此,知道再也劝他不回,齐声大叫:"好,咱们同年同月同日死。"陈家洛道:"心砚,好兄弟,你别再叫我少爷了。你做咱们的十五弟吧!"众人都说:"不错,不错。"心砚大是感动,哭了起来。

这时坑中雪又积起数寸,众人一面把雪抄出去,一面闲谈。徐天宏笑道:"这时如有一坛老酒,可有多好。"周绮瞪了他一眼道:"又来逗我啦!"众人笑了起来。

余鱼同呆了一阵,忽道:"四哥,我有一件事很对你不起。我可不能藏在心里死去。"文泰来一怔,道:"什么?"余鱼同于是把自己如何对骆冰痴心、如何在铁胆庄外调戏她的事,原原本本的说了,最后说道:"我丧心病狂,早就该死了,却又不死,心中老大不安,只得做了和尚。四哥,你能原谅我吗?"

文泰来哈哈大笑,说道:"十四弟,你道我以往不知么? 可是我待你曾有什么丝毫异样? 你四嫂从来没提过一字,但我自然看得出来。我知你年轻人一时胡涂,向来不当它一回事,早就原谅了你,又何必要你今日再来求我?"余鱼同又是惭愧,又是感激。

骆冰笑道:"十四弟,这事早过去啦,何必再提? 可是有一件事我却很不乐意。"余鱼同一怔,道:"怎……怎样?"骆冰道:"你是大和尚,归天之后,我佛如来接引你去西方极乐世界。我们八人却给五哥、六哥拘去阴曹地府,免不了上刀山、下油锅。这一来,岂不是违了当年咱们有福共享、有难同当的誓言?"众人越听越是好笑。余鱼同把身上僧袍一扯,笑道:"反正我今天已杀人破戒,我佛慈悲,弟子今日决意还俗。与众位哥哥姊姊同赴地狱,胜于一人独登极乐!"众人拍手叫好。

轰笑声中,上面卫春华与心砚叫了起来。众人齐上坑边,预备迎敌。月光冷冷,雪花飞舞之中,只见一个白衣人手牵白马,缓缓走来。这时遍地琼瑶,这白衣人踏雪而来,真如仙子下凡一般,正是香香公主。陈家洛吃了一惊,纵出沙坑,迎了上去。

香香公主道:"你怎么撇下我一人?"陈家洛顿足道:"我叫你逃回去啊,在这里有死无生。"香香公主流下泪来,道:"你死了,我还活得成么? 难道你……你不知道我的心?"陈家洛呆了半响,道:"好,咱们回去。"拉了她手,回入坑中。

周绮叹道:"总舵主,本来我还有些怪你心志不坚,其实当真是我错了。"陈家洛道:"怎么?"周绮道:"想不到这小姑娘对你竟如此情义深重。别说她似仙女一般,就算丑得像母夜叉,只要有这样的心,我也爱她。"

陈家洛一笑,心想今日良友爱侣同在一起,虽死无憾,又想:"霍青桐如真为了恨自己无情负心,不肯发兵来救,我便因薄幸变心而遭惩处。"反觉释然,自责之情似乎稍减,但转念又想:"翠羽黄衫英姿凛然,岂能如寻常女子一般小气生怨。唉,终究是我对她不起。她这时心中一定比我苦得多。"

骆冰对周绮道:"怪不得你这般爱七哥,原来他心好。"周绮道:"不是么? 他人虽鬼灵精,心肠却是极好的。"徐天宏得爱妻当众称赞,心中乐意之极。

香香公主对陈家洛道:"我唱个故事给大家听。"陈家洛拍手叫好。香香公主柔声唱了起来:"孔雀河畔铁门关,两岸垂柳拂水面,高山岭上一个坟哟,葬着塔依尔跟柔和娜。"她唱一段,陈家洛低声翻译一段。

她唱的是回族的一个传说。古焉耆王国公主柔和娜,和首相之子塔依尔从小相恋。后来首相因直谏而被国王处死,国王不许女儿再和塔依尔相好,要把她嫁给奸臣的儿子黑英雄,把塔依尔关入箱中,顺着孔雀河水放逐出境。恰好库车国公主正在游河,救起了他。

库车国老国王见他英俊能干,想招他做驸马,并让他继承王位。塔依尔却说:"陛下的财富和王位,再加上美丽的公主,也不能令我负了柔和娜的深情。"坚不接纳老国王的美意,后来便偷偷回国。这时柔和娜因怀念情人而生了病,国王假造了塔依尔的书信来安慰她。等她病好,国王又强迫她嫁给黑英雄。她含着眼泪,打开百姓送来给她道贺的一只礼物箱子时,塔依尔从箱中跳了出来。

便在这时,黑英雄闯了进来,跟塔依尔搏斗,被塔依尔杀死。国王下令将塔依尔处死。公主向父王苦苦求情,也被愤怒的父王扼死。众百姓抬了这对恋人的尸身,唱着挽歌,走上高山给他们举行葬礼。

当她唱到曼长凄切的挽歌时,骆冰和周绮虽不懂词义,也不禁泪水盈眶。众人沉默良久,想着这对古代恋人不幸的命运。

忽然卫春华在上面哈哈大笑,叫道:"快来瞧!"大家爬到坑边,只见六七名清兵呜呜乱叫,动弹不得。原来他们爬过来偷袭,卫春华早看到了,想等他们爬近些再发箭,哪知他们听到香香公主的歌声,心神俱醉,伏在雪地里静听。酷寒之中,只过得片刻,身上积雪便都结成了冰,等到歌声停止,想再爬动时,冰块已将他们全身牢牢胶住,再也挣不脱了。大雪不断落下,随落随冻,不多时,将这几名清兵埋葬在冰雪之中。群雄这时也冷得抵受不住,心砚捡了一大批箭枝来,在坑中点火取暖。

第三日天明,大雪仍下个不停。徐天宏道:"大家上去,只怕清兵马上就要进攻。"除香香公主外,众人都弯弓搭箭守在坑边。这时天色大亮,清兵却只是疏疏落落的射些冷箭,并不集队来攻。

徐天宏大感不解，忽地想起一事，忙问心砚："霍青桐姑娘问你些什么话？"心砚道："她问我围困咱们的清兵有多少人，又问铁甲军有没冲锋。"徐天宏大喜，叫道："咱们有救了，有救了！"众人瞪眼望着他。

徐天宏道："我真胡涂，疑心霍青桐姑娘，真是以小人之心度人了。她可比我精明得多。"周绮道："怎么？"徐天宏道："清兵的铁甲军一冲过来，咱们还有命么？"周绮道："咦，也真奇怪。"徐天宏道："他们就算没铁甲军，周围这几千人一起冲锋，咱们八九个人怎挡得住？数千人马也不用动手，只须排了队挤将过来，也把咱们踏成了肉泥。再说，他们一直没当真向咱们射箭，只是装个样子。"众人都说确是如此，这次清兵可客气得很，手下留情。

陈家洛登时恍然，叫道："是了，是了。他们故意不冲，要引回人救兵过来，可是霍青桐姑娘料到了，不肯上当。"章进道："她不上当，咱们可糟啦。"陈家洛道："不会糟，她一定另有法子。"周绮笑道："是么？我本来不信她会这么坏。"

众人登时精神大振。留下余鱼同与心砚守望，余人回入坑中休息。

霍青桐隔着沙丘,听得那三人大骂翠羽黄衫,却原来是关东六魔的一伙人,寻思:『大漠之中,无可逃避。只有明日我自行迎上去,设法带他们去见我师父师公。』

第十五回

奇谋破敌将军苦
儿戏降魔玉女瞋

忽伦四兄弟按住张召重，放脱了陈家洛，直至兆惠出来喝开，忽伦四兄弟这才放手。张召重愤怒异常，倏地跳起，反手一掌，又快又重，啪的一声，把忽伦二虎打落了半边牙齿。二虎痛得险些晕去。四兄弟大怒，同时扑上厮打。兆惠连声喝骂，四兄弟才悻悻退下。

张召重恨恨的道："大将军，皇上差卑职到回疆来，有两件钦命，第一件就是拿刚才这女子进京。"兆惠道："张兄从未来过这里，怎识得这女子？"张召重道："回人送了一对玉瓶向皇上求和。玉瓶上画了一个回人古代女子，皇上大赞美艳，说当今之世决无如此人物。回人使者说道：今日他们回族之中的美女，只有比瓶上美人更加美得多。皇上不信，很想一见其人，命卑职赶来办这件事。这女子如此美貌，卑职生平从所未见，想必就是她了。"兆惠嗯了一声。张召重道："刚才那男子不是回人，是红花会的大头脑陈家洛。"兆惠奇道："是么？他怎么到了这里？"张召重道："皇上要他来取几件东西，命卑职等他取到后便截他下来。只怕皇上要的东西就在他身边。这两人自行投到，正是皇上洪福，咱们却白白放过了，实在可惜。"说着不住拍腿叹气。

兆惠笑道："张兄不必连声可惜。他们使者来时，我早已调兵遣将，布置定当。要叫这使者做饵，钓一条大鱼上来。既然皇上要这两人，那更是一举两得了。"转头对身旁亲兵道："去对德都统说，不可伤那两人性命。"亲兵应令去了。兆惠笑道："这两人既是非同寻常,回人定会派重兵相救。等他们过来,我的铁甲军从两旁这么一夹。"张开两臂,往中间一合,笑道:"就是这样!"张召重道:"大将军神机妙算,人不可及,皇上圣明,信任有加,征回大事,便差大将军统兵。"兆惠甚是得意,呵呵大笑。

张召重道:"大将军这场胜仗是打定的了。只是乱军之中,若把皇上要的那两人杀了,或是弄得不知下落,皇上必定怪罪。"兆惠道:"你说怎样?"张召重道:"卑职想请令先去把这两个人擒了。我军则继续围困不撤,好把回人主力引来。"兆惠沉吟道:"此刻便去,只怕给回子识破了我的计谋。张兄稍待。"直等到第三日清晨,兆惠这才发下令箭,张召重带领了一百名铁甲军疾驰而去。

奔到土坑边上,坑内十余箭射出,三名铁甲军脸上中箭,撞下马来。铁甲军攻势稍挫,张召重领头呐喊,又冲了上去。

徐天宏惊道:"铁甲军到了,难道我猜的不对?"卫春华大叫:"是张召重那奸贼!"

余鱼同想起恩师惨死,目眦欲裂,手持金笛,纵身出坑,没头没脑向张召重打去。张召重忽见一个丑脸和尚以本门武术猛打急攻而来,大为诧异,呆得一呆,卫春华挺双钩也已扑上。张召重挥剑挡住。他武功比这两人高得多,但卫春华上阵向来舍命恶拼,余鱼同更是甩出了性命,不惜与仇人同归于尽。常言道:"一人拼命,万夫莫当。"更何况两人拼命?一时之间,三人在坑边堪堪打了个平手。

这时数十名铁甲军已冲到坑边。陈家洛、文泰来、徐天宏、章进、骆冰、心砚都跳了上去。章进挥狼牙棒当当乱打,铁甲军盔甲坚厚,伤他们不得,反而险被长矛刺中。骆冰、心砚、徐天宏也只落得奋力抵挡,伤不了敌人。文泰来单刀砍出,给铁甲反震回来,大喝一声,抛去单刀,空手向一名铁甲军扑去。那兵挺矛疾刺,文泰来抓住矛头一拉,那兵哎哟一声,长矛脱手。文泰来不及抢转矛头,就将矛柄向他脸上倒搠进去,直插入脑心,未及拔出,听得骆冰急叫:"留神后面!"只觉背后风劲,当即左手勾转,已把一柄刺来的长矛夹在胁下,在背心偷袭的清兵双手使劲拉夺。文泰来右手一提,从清兵脑袋中拔出了长矛,回身对准那清兵脸孔,一矛飞出,直插入他鼻梁,从脑后穿出,将他钉在地下。

铁甲军奉命擒拿陈家洛和香香公主,不同四周其余清兵那般只是佯攻,却是奋勇争先,狠刺真杀,虽见文泰来神勇,兀自不退。文泰来手挺双矛,冲入人丛,双矛此起彼落,猛不可当,霎时之间,九名铁甲军被他长矛搠入脸中而死。

陈家洛没带兵刃,叫道:"心砚、十哥,跟我来。"见一名铁甲军挺长矛当胸搠来,陈家洛身子微侧,长矛搠空,左手马鞭挥出,缠住他双足一扯,那兵扑地倒了。陈家洛叫道:"心砚,扯下他头盔。"铁甲军穿了铁甲,身子笨重,跌倒之后,半天爬不起来。心砚早把他头盔扯落,章进随手一棒,打得脑浆迸裂。三人随扯随打,顷刻间也打死了八九名敌兵。余兵见文泰来挺矛冲到,心寒胆落,发一声喊,都退走了。

这时卫余两人渐渐抵敌不住张召重的柔云剑法,徐天宏已上去助战。张召重见落了单,唰唰数剑,把三人逼退两步,转身退了下去。文泰来挺矛欲追,清兵羽箭纷射。

骆冰忽然惊叫:"你们快来!"跳进坑中。众人纷纷跳入,只见周绮披散了头发,满脸血污,一柄单刀左挡右抵,在坑中与四名铁甲军苦斗。坑中长矛施展不开,四兵都使钢刀进攻。群雄大怒,一齐扑上。四兵一个被骆冰单刀搠死,一个被卫春华钢钩刺入口中,其余两个被文泰来左手抓住后心,右手拧住头盔,交叉一扭,扭断了颈骨。徐天宏忙去扶住周绮,见她肩上臂上受了两处刀伤,甚是疼惜。香香公主撕下衣服给她裹伤。

徐天宏道:"兆惠本想把我们围在这里,引得回兵大队来,才出动伏兵夹击,定是张召重那奸贼见了总舵主,等不及抢着要建功。"陈家洛道:"他退去之后必不甘心,还会带兵再来。"徐天宏道:"咱们快挖个陷阱,先拿住这奸贼再说。"

众人大为振奋,照着徐天宏的指点,在北首冰雪下挖进去。上面冰雪厚厚的冻了将近一尺,下面沙土掏空,丝毫看不出来。

陷阱挖好不久,张召重果然又率铁甲军冲到。他在兆惠面前夸过口,要逞豪强,竟不增兵,仍只带领余下的那数十名铁甲军。这一次每个军士手中都拿了盾牌,挡住群雄的羽箭,霎时间冲到坑前。陈家洛跳出坑外,向张召重喝道:"再来见过输赢!"张召重见他手中没兵器,将长剑往地下一抛,说道:"好,今日不分胜败不能算完。"两人一个展开百花错拳,一个使起无极玄功拳,登时在雪地上斗在

第十五回
奇谋破敌将军苦
戏谋降魔玉女嗔

一起。

　　文泰来、徐天宏、章进、卫春华、余鱼同、心砚六人也纵出坑来接战。陈家洛一面打，一面移动脚步，慢慢退近陷阱，眼见张召重再抢上两步就要入伏，哪知斜刺里一名铁甲军冲到，一脚踏上陷阱，大声惊叫，跌了下去，接着长声惨呼，被守在下面的骆冰挺刀戳死。

　　张召重吃了一惊，暗叫："侥幸！"手脚稍缓。陈家洛见机关败露，蓦地和身扑上，抱住他身子，用力要推他下去。张召重双足牢牢钉在雪地，运力反推。两人僵持在坑边，一个挣不脱，另一个也推他不下，谁也不能松手。

　　两名铁甲军挺矛来刺陈家洛。徐天宏从旁跃过，举单拐挡开长矛，俯身双手一抬，将陈张两人抬入陷阱之中，随即打滚让开，铁甲军两柄长矛刺入雪地。

　　陈张两人跌入沙坑，同时松手跃起。骆冰右手刀向张召重砍去，却被他施展空手入白刃功夫反拿手腕，一扯之下，已将短刀抢在手中。陈家洛背后飞脚踢到，张召重不及向骆冰进攻，回身挥刀。陈家洛侧身避过，举两指向他腿上"阴市穴"点去。张召重右腿缩开，骆冰飕飕飕掷出三柄飞刀。沙坑之中无回旋余地，张召重在间不容发之际，居然仍将三把飞刀一一避过。骆冰叫道："总舵主接刀！"长刀丢出。

　　陈家洛接住刀柄，使开金刚伏虎刀法，和张召重的短刀狠斗起来。他武功本杂，各家兵刃全都会使，不似张召重独精剑术，登时在兵器上占了便宜。拆了十余合，张召重迭遇险招，左手连以拳术助守，才得化解。骆冰对自己的这对鸳鸯刀的长刀短刀本来无所偏爱，这时却只盼长刀得胜，短刀落败。

　　周绮持刀护在香香公主身前。只听得长刀短刀铮铮交撞数下，张召重忽然把短刀掷出坑外，说道："我空手接你兵刃。"左拳右掌，往陈家洛闪闪刀光中猛攻直进。陈家洛对骆冰叫道："接刀！"将长刀掷还给她，左手食指往敌人"曲泽穴"点到。沙坑中寻丈之地，转身都是不便，更别说趋避退让，两人竭尽生平所学，性命相搏。数十招后，渐渐分出高下，陈家洛百花错拳虽然精妙，终不及张召重功力深厚，内力又没他大，时刻稍长，已是攻少守多。骆冰空自着急，见两人打得紧凑异常，要想相助，却哪里插得下手去？

眼见陈家洛越打越落下风,张召重飞脚踢出,陈家洛向左避让,张召重左掌反击,其势如风。突然坑上一人大喝:"铁胆来了!"张召重左掌倏然收回,护住顶心。果然黑黝黝一枚铁胆猛掷下来。张召重吃过周仲英铁胆的苦头,心中一寒,暗想:"这老儿怎么也来了?他居高临下,投掷之势更为凶狠。"既不敢接也不敢让,猛然拔身向后,退开三尺,身子在沙坑边上一撞,只听啪的一声,铁胆打落坑心,徐天宏随势纵下。原来周仲英那日收他为义子,当天即把称雄武林的绝技子母铁胆教了给他。这些日子中徐天宏奔波无定,每日仍是挤出功夫习练,今日临敌初试,仗着岳父声威,虽然一击不中,但也把张召重吓得倒退。

张召重双足在地上力点,身子纵起,往坑外跃去,突然当头一掌劈到,势劲力疾,生平未遇。他右手回带,化解了掌力,但这样一来,终究跃不出去,随着落下,暗暗心惊:"这是谁?此人功夫实不在我之下。"脚刚点地,一人跟落,声若巨雷,喝道:"奸贼,认得我么?"那人身高膀阔,气度威猛,正是奔雷手文泰来。

卫春华等已把铁甲军杀退,跟着跳下。文泰来与张召重面面相对,想起铁胆庄被擒之辱,一路上又受了他无数折磨,剑眉倒竖,虎目生光,大喝一声,出手便是生平绝技"霹雳掌",呼呼数掌,疾如闪电,声逾轰雷。

这一番恶战,比陈张两人刚才决斗更为激烈。香香公主见文泰来大声吃喝,风雷般向张召重攻去,不禁害怕。陈家洛见到她脸上惊惧之色,靠着坑壁走到她身旁,牵住她手,向她微微一笑。香香公主凝望他的脸,露出询问之意。陈家洛知是问他刚才打斗是否很累,缓缓摇了摇头。香香公主伸起衣袖,替他揩拭脸上的汗水泥污。

陈家洛摸出三粒围棋子,以防文泰来万一遇险,立可施救。他手中拿到棋子,心念忽动:"这真像一局搏杀凶猛、形势繁复的棋局。中间是文四哥与张召重全力厮拼,我们在外面围住。在我们外面是一重清兵包围住了。霍青桐姑娘又在外面设法施救,更在外面又有清兵大军列阵包围。这局势只要棋错一着,满盘皆输。"

群雄知道文泰来满腔怨气,这次非亲手报仇不可,都在一旁观战,只防张召重逃走,并不出手相助。大家素知文泰来武功卓绝,纵然不胜,也决不致落败。但见一个猛攻,一个固守,就似大海中惊涛骇浪,浪头一个接着一个向礁石扑去,但礁石始终屹立不动,浪头过去,礁石又稳稳的露在海面。

陈家洛寻思:"别人出手,四哥或许会不快,但四嫂相助,他决不致见怪。"便向骆冰使个眼色。骆冰会意,想放飞刀相助,但两人斗得正紧,惟恐误伤了丈夫,急道:"总舵主,你快出手,我不成。"陈家洛正要她这句话,嗤嗤嗤,三粒棋子向张召重要穴上打去。张召重不断闪避,文泰来乘势直上。

正要得手,忽听得上面喊声大振,马匹奔驰,刀枪相交。一人冲到坑边,大叫:"陈公子,喀丝丽,你们在哪里?"香香公主叫道:"爹爹,爹爹,我们在这里!"陈家洛叫道:"救兵来啦,大家上,先杀了这奸贼!"众人兵刃并举,齐向张召重攻去。张召重双掌如风,忽向香香公主后心击去。众人大惊,不约而同的抢过救援。哪知他这一下是声东击西,身子急缩,在坑边抓起一把沙土掷出,坑中尘沙弥漫。众人眼前模糊,已被他跃上坑去。只听他哼的一声,臀部中了徐天宏一枚铁胆,但终于逃了出去。

群雄纷纷跃出追击,只见木卓伦手舞长刀,一马当先冲到,回人战士跟在其后,众清兵大呼阻拦,张召重在人丛中闪得数闪,便不见了影踪。文泰来夺得一枝长矛,跨上白马,要杀入敌阵追赶,被骆冰伸手拖住。

木卓伦率领的黑旗队虽是老弱,但人人奋勇,挺起盾牌,拥卫主帅。

香香公主见父亲赶到,脸上、胡子上、刀上溅满了鲜血,纵身入怀,连叫:"爹爹!"木卓伦揽住她,轻轻拍她背脊,说道:"乖乖别怕,爹爹来救你啦。"

徐天宏站上马背观看形势,见东首尘头大起,雪地之中,尚且踏得尘土飞扬,知有铁甲军冲来,叫道:"木老英雄,咱们快向西面高地退却。"木卓伦知他机智,上次可兰经就是他使计夺回,当即发令向西。清兵随后赶来。众人奔了一阵,西面斜刺里又有一彪清兵杀到,将回人夹在中间。木卓伦和文泰来双马并驰,大呼冲出,被清兵一阵箭雨射了回来。

木卓伦心想:"青儿的话果然不错。刚才我是错怪她了。她现下定然十分伤心。唉,我这一下可是凶多吉少。"只得率领众人奔上一座大沙丘,凭势固守,俟机脱困。回人居高临下,清兵一时倒也无法冲上。

霍青桐率队到离敌阵十里处驻扎。这天中午,各队队长和传令骑兵先后来报,均已依令办理。霍青桐道:"很好,各位辛苦了。"拿出令箭,说道:"青旗第二队队长,你率领五百名弟兄,在黑水河南岸固守,不许清兵过河。对方大军来攻,切不可与他们硬拼,只求拖延时间,有一名清兵渡河,别来见我。"那队长接令去了。

霍青桐又道:"白旗第一队队长,你带领本部人马,引清兵向西追赶,一路上接战只许败不许胜,逃入大漠,越远越好。"那队长素来凶悍好胜,昂然说道:"咱们回人只会打胜仗,打败仗我可不会。"霍青桐道:"这是我的命令。你把携带着的四千头牛羊一路丢弃,引得他们抢掠。"那队长道:"干么把自己的牲口送人?我可不干!"

霍青桐一张小嘴绷得紧紧的,沉声问道:"你不听号令?"那队长扬刀大呼:"你领我们打胜仗,我听你号令。你叫我打败仗,我拼死不服。"霍青桐道:"我是领你们打胜仗。你先败退,再反攻。"那队长红了眼,叫道:"连你爹爹也不信这套鬼话,怎骗得过我?你当我不知你是什么心思?你叫我们四散逃走,丢弃牲口,就偏不去救香香公主!"霍青桐喝道:"抓起来。"四名亲兵抢上前去,抓住了他双臂。那队长并不抵抗,只是冷笑。

霍青桐大声道:"满洲兵来欺侮咱们,咱们要全军一心,方能打胜仗。你到底听不听奉号令?"那队长大叫:"不听!你能把我怎样?"霍青桐道:"把他砍了!"那队长自负勇猛,以为霍青桐不敢罚他,听了这话,登时脸如土色。亲兵将他推出帐外,一刀将他的头割下。霍青桐下令首级示众。众军无不凛然。

霍青桐令白旗第一队副队长升任队长,引清兵向大漠追赶,待见东首狼烟升起,绕道赶回。新任队长接令去了。霍青桐再令余下各队,尽数开往东边大泥淖旁集中。

她发令已毕,独自骑马向西,下马跪下,泪流满面,低声祷祝:"万能的真主,愿你圣道得胜,打败入侵的敌人。现今我爹爹不相信我,哥哥不相信我,连我部下也不相信我,为了要使他们听令,我只得杀人。安拉,求你佑护,让我们得胜,让爹爹和妹妹平安归来。如

第十五回

奇谋破敌将军苦
戏谋降魔玉女瞋

果他们要死，求你千万放过，让我来代替他们。求你让陈公子和妹妹永远相爱，永远幸福。你把妹妹造得这样美丽，一定对她特别眷爱，望你对她眷爱到底。"

祝祷已毕，上马拔剑，回马叫道："黑旗第一、第二两队随我来，其余各队分赴防地。"

木卓伦、陈家洛等困守沙丘。清兵冲锋两次，都被众回人奋勇挡住，沙丘四周尸首堆积，双方损折均重。

过了午间，忽然清兵阵动，一彪军马冲了进来。新月大纛旁只见当先一人身披黄衫，手挥长剑，头上一根碧绿的羽毛微微颤动，正是霍青桐。木卓伦叫道："大伙儿冲！"率领回兵往下冲杀，两面夹击，清兵阻拦不住。四队黑旗军合兵一处。香香公主纵马上前，与姊姊拥抱。

霍青桐拉着妹妹的手，叫道："黑旗三队队长，你率队快向西退，与白旗第一队会合，听白旗第一队队长号令。"那队长接令带队驰出。这一队骑的都是特选快马，远远只见红旗晃动，清兵正红旗精兵追了下去。

霍青桐喜道："好极了。黑旗一队队长，你退向叶尔羌城中，听我哥哥号令。黑旗二队队长，你向黑水河南岸退去，那边有青旗二队队长接应。你听他号令。"两队黑旗兵又突围而出，只见清兵正白、镶黄两旗分两路追赶而去。

霍青桐叫道："大家向东冲！"三百名近卫亲兵长刀飞舞，拥卫主帅当先开路。木卓伦、香香公主、陈家洛等众人与黑旗第四队人马向东疾驰。

兆惠亲率铁甲军两翼包抄过来。两翼左军右军是满洲正蓝旗精兵，正副都统手执长枪大戟奋勇急追。回人战士数百人断后，边战边逃，霎时间数百人都被清兵裹住，尽数杀死。兆惠大喜，指着霍青桐身旁的新月大纛，叫道："谁夺到这面大纛，赏银一百两。"铁甲军争先恐后，在大漠上狂奔追赶。

黑旗第四队乘坐的都是精选良马，铁甲军身重马慢，追赶不上。奔出了三四十里地，回人战士有的马力不继，掉队堕后，奋力死战，都为清兵所杀。兆惠见所杀回人不是老人，就是少年，喜道："他们主帅身边没有精兵,大家努力追赶!"再追七八里地,回兵队伍更见散乱,只见新月大纛在一座大沙丘上迎风飞舞。

兆惠胯下是匹大宛良马,手挥大刀,领队冲去。众亲兵前后卫护。

霍青桐等见清军大兵冲到,纵马下丘。

兆惠登上沙丘,向前望去,这一下只吓得魂飞魄散,全身犹似堕入了冰窖,但见南边一队队回人战士整整齐齐的列成方阵,毫无声息。一眼望去,青旗似林,圆盾如云。

兆惠双手发软,抛下大刀,身上一阵阵发寒,心道:"这些回人好狡狯,原来大队人马集中在此。"向北望去,只见一片白旗招展,又是数队回兵缓缓推来,当下已无细思余裕,急叫:"后队作前队,快退!"亲兵传令下去,清兵登时大乱。回人箭如飞蝗,直逼过来。清兵本比回人多过数倍,但分兵追赶,追到这里只有一万名铁甲军,回兵全部主力却尽集于此,登时强弱易势。西边又有两队回兵冲将过来。兆惠见西、南、北三面都有敌兵,只东面留出空隙,叫道:"大队向东冲。"自率亲兵断后,三面回兵逐渐逼近。

清兵大队向东边缺口中涌去。混乱中前面铁甲军忽然齐声惊呼。一名骑兵奔到兆惠面前,大叫:"大将军,不好啦,前面是大泥淖。"只见一千名铁甲军人马已在泥淖中打滚,陷入软泥。原来大漠之上河流不能入海,在沙漠中汇成湖泊,逐渐干涸,便成泥淖。这大泥淖方圆十数里,软泥深达数十丈,多的是泥鳅爬虫之属,却是人兽所不至,大雪一盖,上面毫无痕迹,若非当地土著,决难得知。霍青桐伏兵于此,兆惠贪胜猛追,竟自入了绝地。

陈家洛等站在沙丘上观战,只见清兵陷入泥淖的越来越多,后队人马想向外奔逃,回人早已掘下深沟,马匹难以跨越。铁甲军三面受迫,自相践踏,不由自主的一个个挤入泥淖之中,铁甲沉重,下陷更快。沙泥从脚上升到膝上,再升到腰间。无数清兵在大泥淖中狂喊乱叫。等到沙泥升到口中,喊声停息,但见双手挥舞,过了一会,全身沉入泥中。

回人一万多名战士左手持盾,右手衣袖高举,刀光与白雪交相辉映,一声不作,聚集在深沟外监视。两队精兵不住向铁甲军猛扑。清兵越战越少,不到半个时辰,一万多名正蓝旗铁甲军全数被逼入

第十五回 奇谋破敌将军苦 儿戏降魔玉女嗔

大泥淖中。兆惠在百余名清兵舍死保护下冲开一条血路,逃了出去。

香香公主见数不清的兵士马匹在大泥淖中滚动厮打、拥抱哭叫、拼命挣扎,心中不忍,转过了头不忍观看。木卓伦狂喜之下大笑大叫,忽然住口不叫,对霍青桐道:"青儿,我刚才说错了话,你别见怪。实在是我性子太急,是爹爹不对。"霍青桐咬住嘴唇不语。

心砚跪倒在地,向她磕了两个头,道:"小的该死,不知姑娘另有神机妙算,冲撞了姑娘。你大人不记小人过……"话未说完,霍青桐一提缰绳,纵马下了沙丘,把他僵在当地。

章进笑道:"算啦,待会请总舵主给你说情吧。"他手舞足蹈,哈哈大笑,又道:"我就是不明白,干么她不把全部清兵都引进大泥坑中去。"徐天宏道:"眼前回兵比清兵多,方能把他们赶入大泥坑,要是清兵全军都到了,一齐向外冲逃,又怎拦阻得住?"章进道:"不错,刚才大家都错怪了她。"

这时大部清军已陷没泥中,无影无踪,余下来的小部人马也皆陷没半身,动弹不得,只有挥手叫号的份儿,四野充塞着惨厉的呼喊。又过一会,叫声逐渐沉寂,大泥淖把万余名铁甲军吞得干干净净。人马、刀枪、铁甲,竟无半点痕迹,只有几百面旗帜散在泥淖之上。

霍青桐高声传令:"大队向西,到黑水河南岸聚集。"回部各队奉令,向西疾驰。

路上陈家洛与木卓伦互道别来情况。木卓伦心下不安,两个女儿同是自己至宝至爱,偏偏两人都爱上了这汉人。依回教规矩,男人可娶四个妻子,但陈家洛并非清真教徒,听说汉人只娶一妻,第二个女人就不算正式妻子了,这事不知如何了结,心想:"把清兵杀败了再说。青儿聪明伶俐,喀丝丽心地纯良,姊妹两人又要好,总有法子。"

大队傍晚赶到了黑水河南岸。一名骑兵气急败坏的赶来报告:"清兵向我军猛扑,青旗二队队长阵亡,黑旗二队队长重伤,两队兄弟伤亡很重。"霍青桐道:"叫青旗二队副队长督战,不许退却一步。"那骑兵下去传令。

木卓伦道:"咱们上去增援吧?"霍青桐道:"不!"转头对亲兵道:

"全军就地休息,不许举火,不许出声,大家吃干粮。"命令下传,一万多人在黑暗中默默休息。远远传来黑水河水声溅溅,清兵与回兵杀声震天。

一名骑兵急速奔来,报道:"青旗二队副队长又阵亡,弟兄们抵挡不住啦!"霍青桐道:"青旗三队队长,你这队上去增援,那边队伍归你指挥。"那队长长刀一举,大声答应,领队去了。

章进叫道:"霍青桐姑娘,我也上去厮杀,好吗?"霍青桐道:"各位刚才辛苦啦,再休息一会吧。"章进见她指挥大军,威风凛凛,不敢再说。

青旗三队上去不久,喊声大作,自是双方战斗惨烈。又过好一会,霍青桐见战士精力已复,叫道:"青旗各队在东边沙丘后面埋伏,白旗队、哈萨克、蒙古各队在西边埋伏。"长剑一挥,说道:"大伙儿上去!"

众人在亲兵拥护下向前驰去,越向前奔,杀声越响。驰到近处,金铁交鸣之声铿然大作。只见回人战士奋力守住黑水河支流上的几座木桥,镶黄旗清兵前仆后继,拼死冲前夺桥。霍青桐叫道:"退后!"守桥的战士向两旁一撤,数千名铁甲军蜂拥过桥。霍青桐见清兵过来了一半,叫道:"拉去木条!"数百名回人早已牵了马匹藏在河岸之下,桥上的木梁事先都已拆松,用粗索缚在马上,一声令下,纵缰鞭马,百余匹马奋蹄向前。只听得喀喇喇数声大响,木梁拉去,木桥立即折断,桥上数百名铁甲军堕入河中。清兵登时分为两截,隔河相望,相救不得。

霍青桐令旗一挥,埋伏着的队伍掩杀上来。清兵训练有素,虽在混乱之中,仍听参领、佐领指挥,集合在一起,排成阵势。回人冲到清兵阵前数百步处,突然停步。霍青桐又是令旗一招。只听得轰隆、轰隆,巨响连珠不绝,震耳欲聋,黑烟弥漫,清兵脚下到处炸药爆发,只炸得血肉横飞,队伍登时大乱,对面乱箭射来,无处可逃,纷纷堕河。清兵身上铁甲厚重,一落河水,立时沉底,余下来的溃不成军,不多时尽数被回人大军歼灭。白雪皑皑的河岸上到处是尸体兵戈、旌旗衣甲。对岸清兵吓得心胆俱裂,向叶尔羌城中退去。

霍青桐叫道:"渡河追击!"战士架起木桥,大军向叶尔羌城冲去。

第十五回 奇谋破敌将军苦 儿戏降魔玉女瞋

叶尔羌城中居民早已撤离一空。霍阿伊见正白旗清兵攻到,依着妹子事先嘱咐,稍加抵抗,便率队退出。不久镶黄旗清兵从黑水河溃退下来,与城中大军会合。喘息甫定,主帅兆惠也率领百余残兵赶到。兆惠见镶黄旗精兵又遭大败,惊怒交集,忽然部下禀报,数百名官兵喝了水井的水中毒而死。兆惠派兵到城外取水,刚想休息,只见满天通红,城中到处火光烛天。亲兵连珠价急报,四城起火。原来回疆盛产石油,不少地方掘地见油,霍青桐早就下令各处民房中贮藏石油,平民离家出城,这时伏兵放火,把全城烧得犹如一座大火炉相似。

兆惠在亲兵拥卫下冒火突烟,夺路逃命。城内清兵自相践踏。亲兵在兵卒丛中挥刀乱砍,杀开一条血路。奔到西门,对面大队铁甲军涌来,报说城门已被回人堵住,冲不出去。兆惠转而向东。这时火势更烈,铁甲一经火炙,热不可当,众清兵纷纷卸去铁甲,乱奔乱窜。叶尔羌城内人马杂沓,喊声震天。

混乱中一小队人马奔来,大叫:"大将军在哪里?"兆惠的亲兵叫道:"在这里。"当先一人如风赶到,正是和尔大,对兆惠道:"东门敌兵少,咱们向东冲。"兆惠虽在危急之中,仍然镇静,率领将士向东门突围。回人万箭射来,清兵没了铁甲,死伤累累,数次冲不出去。城中火势更烈,清兵已被烧死了数千名,焦臭中人欲呕,满城尽是哭喊之声。

正危急间,张召重手持长剑,率领一队清兵驰到,内外夹击,把兆惠救了出去。

霍青桐等在高地望见。木卓伦连叫:"可惜!可惜!"霍青桐道:"青旗四队队长,你率本队去增援,堵死东门。"那队长领队去了。兆惠既已逃出,城中清兵群龙无首,四门都被回人重兵堵住,东逃西窜,最后尽皆烧死在这座大熔炉中。

霍青桐道:"烧狼烟!"亲兵点燃了早就准备好的大堆狼粪,黑烟巨柱冲天而起。原来狼粪之烟最浓,大漠上数十里外均可望见。周绮问徐天宏道:"烧这个干吗呀?"徐天宏道:"那是与远处的人通消息。"果然过不多时,西面二十多里外也是一道黑烟升起。徐天宏道:"在那边更西的人见了这道烟,也会点燃狼粪。这样一处传一处,片刻之间就可把信号传到数百里外。"周绮点头道:"这法子真好。"

回人连打三个大胜仗,歼灭清兵精兵三万余人。成千成万战士互相拥抱,在叶尔羌城外高歌舞蹈。

霍青桐传集各队队长,说道:"各队人马到预定地点驻扎,晚上每个人要烧十堆火,各堆火头距离越远越好。"

清兵正红旗精兵一万余人在都统德鄂率领之下,向西猛追回人黑旗第三队。黑旗队坐骑都是特选的骏马,直驰入大漠之中。德鄂奉了兆惠之命,务必追到回兵,一鼓歼灭,是以衔尾疾追。两军人马烟尘滚滚,蹄声如雷,奔出数十里地,忽然斜刺里冲出数千头牛羊来。清兵大喜,纷纷捕杀饱餐,追势稍缓。

黑旗三队不久就与白旗一队会合,继续奔逃,始终不与清兵接仗。到了傍晚,遥见东边狼烟升起,白旗一队队长叫道:"翠羽黄衫已打了胜仗,咱们转向东方!"众战士精神大振,勒缰回马。清兵见回人忽然回头,很是奇怪,上前冲杀,哪知回人远远兜了过去。德鄂叫道:"你们逃到天边,我们追到天边。"

两队回兵连夜奔逃,清兵正红旗铁甲军紧追不舍。都统德鄂一心要立大功,沿途马匹不断倒毙,他下令死了坐骑的军士步行随后,其余骑兵继续急追。驰到半夜,几骑军士奔来报称:"大将军在右前方。"德鄂忙向右迎上,见兆惠率领着三千多名残兵败卒,狼狈不堪。

兆惠见正红旗精兵开到,精神一振,心想:"敌兵大胜之后,今晚必定不备,我军出其不意偷袭,当可转败为胜。"于是下令向黑水河旁挺进。行了二三十里,前哨报知回人大军在前扎营。兆惠与德鄂、张召重、和尔大等登高瞭望,不由得一股凉气从心底直冒上来。

但见漫山遍野布满了火堆,放眼望去,无穷无尽,隐隐只听得人喧马嘶,不知有多少回兵。兆惠默然不语。和尔大道:"原来回人有十多万兵隐藏在这里,咱们以寡敌众,怪不得……怪不得受了……一些小小挫折。"他们怎知这是霍青桐虚张声势,她命每名回兵烧十堆火,远远望来,自是声势惊人。

兆惠下令:"各队赶速上马,向南撤退,不许发出一点声息。"命令传了下去,众兵将不及吃饭,立即上马。和尔大禀道:"据向导说,这里向南要经过英奇盘山脚下,大雪之后,山路甚是难行。"兆惠道:

第十五回

奇谋破敌将军苦
戏降魔玉女嗔

"敌兵声势如此浩大,你瞧到处都是他们的队伍。富德将军有一支兵东越戈壁而来,咱们只有向东南去和他会师。"和尔大道:"大将军用兵确然神妙。"兆惠哼了一声,大败之后再听这些谄谀之言,脸皮再厚,可也不易安然领受了。

大军南行,道路愈来愈险,左面是黑水河,右面是英奇盘山,黑夜中星月无光,只有山上白雪映出一些淡淡光芒。兆惠下令:"谁发出一点声息,马上砍了。"旗兵大都来自辽东苦寒之地,知道山上积雪甚厚,稍有声音震动积雪,立即酿成雪崩巨灾。众人小心翼翼,下马轻步而行。走了十多里,道路愈陡,幸而天色渐明,清兵一日一夜战斗奔驰,个个脸无人色。

忽然前面发喊,报称有回人来攻,德鄂亲率精兵上前迎敌。只见数百名回人从山坡上俯冲而下,将到临近,突然下马,每人拔出一柄匕首,插入马臀。马匹负痛,向清兵阵里狂冲过来。道路本狭,敌我挤成一团,人马纷纷落河。山坡上的回人投下无数巨石,登时把道路封住。德鄂急令大军后退,却听后队喊声大作,原来后路也被截断了。

德鄂亲冒矢石,向前猛冲,只见英奇盘山顶上新月大纛迎风飘扬,大纛下站着十多人在指挥督战。兆惠下令:"向前猛冲,不顾死伤。"一队铁甲军开了上去,一半人持盾挡箭,一半人抬起路上的大石、马匹、尸首、伤兵,尽数投入河中,清除了道路,一鼓作气猛的冲去。前面数十名回人挡住。道路狭窄,清兵虽多,难以一涌而上,后面部队却继续推上来,一时间路口挤满了人马。

号角声起,挡路的回人突然散开,身后露出数十门土炮,清兵吓得魂飞天外,发一声喊,转身便逃。土炮放处,铁片铁钉直往阵中轰来。总算那土炮每次只能放得一响,再放又要填塞炸药铁片,搞上半天,清兵都已退开。这数十炮轰死了二百多名清兵,又把他们去路截断。

兆惠又急又怒,忽听得悉悉之声,颈中一凉,一小团雪块掉入衣领,抬头望时,只见山峰上雪块缓缓滚落。和尔大叫道:"大将军,不好啦,快向后退!"兆惠掉转马头,向后疾奔。众亲兵乱砍乱打,把兵卒向河中乱推,抢夺道路。只听雪崩声愈来愈响,积雪挟着沙石,从天而降,犹如天崩地裂一般,轰轰之声,震耳欲聋。

和尔大与张召重左右卫护兆惠,奔出了三里多远。回头只见路上积雪十多丈,数千精兵全被埋在雪下,连都统德鄂也未逃出。向前眺望,一般的是积雪满途,行走不得。兆惠身处绝境,四万多精兵在一日两夜之间全军覆没,不由得悲从中来,放声大哭。

张召重道:"大将军,咱们从山上走。"他左手拉住兆惠,提气往山上窜去。和尔大施展轻功,手执单刀在后保护。

霍青桐在远处山头望见,叫道:"有人要逃,快去截拦。"数十名蒙古兵在小队长率领下飞奔而来,跑到临近,见爬上来的三人都穿大官服色,十分欣喜,摩拳擦掌,只待活捉。兆惠暗暗叫苦,心想今日兵败之余,还不免被擒受辱。

张召重一言不发,提劲疾上。他一手挽了兆惠,在这冰雪冻得滑溜异常的山上仍是步履如飞。和尔大虽然空手,拼了命还是追赶不上。张召重爬上山顶,一提之下,将兆惠甩起。数十名蒙古兵同时扑到。张召重把兆惠挟在腋下,"一鹤冲天",从人圈中纵出。蒙古兵扑了个空,互相撞得头肿鼻歪,回身来追,两人早冲下山去了。和尔大被一名蒙古兵扑到扭住,两人滚倒在地。其余蒙古兵抢上前来,将他横拖倒曳的擒住。

回军各队队长纷纷上来向霍青桐报捷。这一役正红旗清兵全军覆没,逃脱性命的除兆惠与张召重外,不过身手特别矫捷而运气又好的数十人而已。

霍青桐等回到营帐,回人战士将俘虏陆续解来。这时回人已攻破清兵大营,官兵、粮草、军器,缴获无数。俘虏中忽伦四兄弟也在其内。回人战士报称,攻进大营时发现他们被缚着放在篷帐之中。陈家洛询问原委,忽伦大虎说:"兆大将军怪我们帮你,要杀我们四人的头,说等打了胜仗再杀。"陈家洛向霍青桐求情,放了四人。四兄弟自回辽东,仍做猎户去了。

其时哨探又有急报,戈壁中有清兵四五千人向东而来。霍青桐一跃而起,带了十队回兵上前迎敌。行了数十里,果见前面尘头大起,霍青桐令旗一招,两队青旗回兵乘着战胜余威,向前猛冲。原来这是兆惠副手富德带来的援兵,途中与兆惠及张召重相遇,得知清兵大军覆没,忙收集残兵,向东撤退,哪知终于被霍青桐拦住。清兵兼程赴援,人困马乏,人数又少,怎挡得住回人大军乘锐冲击。

兆惠不敢再战，下令车辆马匹围成圆圈，弓箭手在圈内固守。回兵几次冲锋，冲不进去。霍青桐道："他们负隅死守，强攻损失必重。现今我众彼寡，不如围困。"木卓伦道："正该如此。"霍青桐下令掘壕。回兵万余人一齐动手，在清兵弩箭不及处四周掘起长壕深沟，要将清兵在大漠之中活活饿死渴死。到得傍晚，霍阿伊又带领了回人援兵数千到达，在长壕之前再堆土堤。

回人在黑水河英奇盘山脚大破清兵，再加围困，达四月之久，史称"黑水营之围"。

文泰来站在高处，远远望见兆惠身旁一人指指点点，正是张召重，心中大怒，从回人手中接过弓箭。徐天宏道："这奸贼原来在此，只怕太远，射他不到。"文泰来施展神力，啪的一声，一张铁胎弓登时拉断，当下拿过两张弓来，并在一起，一箭扣双弦，将两张铁胎弓都拉满了，手一放，羽箭如流星般直向张召重面门飞去。箭到临近，风声劲急，张召重侧身避过，那箭噗的一声，插入了他身边一名亲兵胸膛。

卫春华道："四哥，咱们冲进去捉这奸贼。"徐天宏道："不行！不可犯了霍青桐姑娘的将令。"文泰来、卫春华等点头称是。众人望着张召重，恨声不绝，说道："终有一日要拿住这奸贼碎尸万段。"

只听得军中奏起哀乐，回人在地下挖掘深坑，将阵亡的将士放入坑内，面向西方，然后埋葬。陈家洛等很是奇怪，询问身旁的战士。那人道："我们是伊斯兰教徒，死了魂归天国，肉体直立，面向西方圣地麦加。"群雄听了嗟叹不已。

埋葬已毕，木卓伦率领回人全军大祷，感谢真神佑护，打了这样一场大胜仗。祈祷完毕，全军欢声雷动，各队队长纷到木卓伦和霍青桐面前举刀致敬。

卫春华道："这一仗把清兵杀得心碎胆裂，也给咱们出了一口恶气。"徐天宏沉吟道："皇帝明明跟咱们结了盟，怎么却不撤军？难道他这是故意的，要把满清精兵在大漠中灭掉？"文泰来道："我才不相信那皇帝呢。他怎能料到霍青桐姑娘会打这大胜仗？他派张召重来，用意显然不善。"文泰来等一直怀疑乾隆结盟之心不诚，另有奸谋，只是碍着陈家洛的面子，不便明言，只和章进等几人相对摇头。

文泰来悄悄和徐天宏议论，都说要好好提醒总舵主。然这是兴汉驱满的唯一良机，除此之外，亦无别策。大家都说务必小心，即使得罪了总舵主，但众兄弟一片丹忱，亦盼他能谅鉴。

大家又都赞霍青桐用兵神妙。余鱼同道："孙子曰：'我专为一，敌分为十，是以十攻其一也，则我众而敌寡。'想不到回部一位年轻姑娘用兵，竟是暗合孙子兵法。"周绮睁大了一双圆眼，道："你胡说八道！她打仗打得这样好，你还说她是孙子兵法？我说是爷爷兵法，老祖宗兵法！"众人都大笑不已。

说话之间，只见陈家洛眼望霍青桐，显得又是关切，又是耽心。众人循着他目光转头望去，见她脸色苍白，瞪着火光呆呆出神。骆冰走近前去，想逗她说话。霍青桐站起来相迎，突然身子一晃，吐出一口鲜血。骆冰吓了一跳，忙抢上扶住，问道："青妹妹，怎样？"霍青桐不语，努力调匀气息，突然张口，又吐出一口血来。香香公主、木卓伦、霍阿伊、陈家洛、周绮等都奔过来慰问。香香公主急得连叫："姊姊，别再吐啦。"把姊姊扶入帐中，展开毡毯让她躺下。

木卓伦心中痛惜，知道女儿指挥这一仗殚智竭力，亲身冲锋陷阵，加之自己和部将都对她怀疑，她自然要满怀气苦，而最令她难受的，只怕是陈家洛和她妹子要好了，一时也想不出话来安慰，叹了口气，走出帐来。

他各处巡视，只听得四营都在夸奖霍青桐神机妙算。走到一处，见数百名战士围着一位阿訇，听他讲话。那阿訇道："穆圣迁居到麦地那的第二年，墨克人来攻。敌人有战士九百五十人，战马一百匹，骆驼七百头，个个武装齐全。穆圣部下只有战士三百十三人，战马两队，骆驼七八十头，甲六副。敌人强过三倍，但穆圣终于击败了敌人。"一名少年叫道："咱们这次也是以少胜多。"阿訇道："不错，霍青桐姑娘依循穆圣遗教，领着咱们打胜仗，愿真主保佑她。可兰经第三章中说：'在交战的两军之中，这一军是为主道而战的，那一军是不信道的，眼见那一军有自己的两倍。安拉却用他的佑护，扶助他所喜爱的人。'"众战士欢声雷动，齐声大叫："真主保佑翠羽黄衫，她领着咱们打胜仗。"

木卓伦想着女儿，一夜没好睡。次日一早，天还没亮，便到霍青桐帐中探视，揭开帐门见帐中无人，吓了一跳，忙问帐外卫士。那卫士道:"霍青桐姑娘在一个时辰前出去了。"木卓伦道:"到哪里去?"卫士道:"不知道。这封信她要我交给族长。"木卓伦抢过信来,见信上寥寥写着数字:

"爹爹,大事已了,只要加紧包围,清兵指日就歼。女儿青上。"

木卓伦呆了半晌,问道:"她向哪里去的?"那卫士指向东北方。

木卓伦跃上马背,向东北方直追,赶了半个时辰,茫茫大漠上一望数十里没一个人影,沙中也无蹄印足迹,只得回来。走到半路,香香公主、陈家洛、徐天宏等已得讯迎来。众人十分忧急,都知霍青桐病势不轻,单身出走,甚是凶险。

回到大帐,木卓伦派出四小队人往东南西北追寻。傍晚时分,三小队都废然而返,派到东面的那小队却带来了一个身穿黑衫的汉人少年。

余鱼同一呆,原来那人正是穿男装的李沅芷,忙迎上去,道:"你怎么来了?"李沅芷又是高兴、又是难受,道:"我来找你啊,刚好遇上他们。"一指那小队回兵道:"他们就把我带来啦。咦,你怎么不穿袈裟啦?"余鱼同笑道:"我不做和尚了。"李沅芷心花怒放,眼圈一红,险些掉下泪来。

香香公主见找不到姊姊,十分焦急,对陈家洛道:"姊姊到底为什么啊?怎么办呢?"陈家洛道:"我这就去找她,无论如何要劝她回来。"香香公主道:"我同你一起去。"陈家洛道:"好,你跟你爹说去。"香香公主去跟木卓伦说,要与陈家洛同去找寻姊姊。木卓伦心乱如麻,知道霍青桐就是为了他们而走,这两人同去,只怕使她更增烦恼,却又不知如何是好,顿足道:"你们爱怎样就怎样吧,我也管不得许多了。"香香公主睁大了一双眼睛望着父亲,见他眼中全是红丝,知他忧急,轻轻拉着他手。

李沅芷对别人全不理会,不断询问余鱼同别来情形。陈家洛对香香公主道:"你姊姊的意中人来啦,他定能劝她转来。"香香公主喜道:"真的么!姊姊怎么从来不跟我说。啊,姊姊坏死啦。"走到李沅芷面前,细细打量。木卓伦听了一愕,也过来看。

李沅芷与木卓伦曾见过面,忙作揖见礼,见到香香公主如此惊世绝俗的美貌,怔住了说不出话来。香香公主微笑着对陈家洛道:"你对这位大哥说,我们很是高兴,请他和我们同去找姊姊。"陈家洛这才和李沅芷行礼厮见,说道:"李大哥怎么也来啦?别来可好?"李沅芷红了脸,只是格格的笑,望着余鱼同,下巴微扬,示意要他说明。余鱼同道:"总舵主,她是我陆师叔的徒弟。"陈家洛道:"我知道,我们见过几次。"余鱼同笑道:"她是我师妹。"陈家洛惊问:"怎么?"余鱼同道:"她出来爱穿男装。"

陈家洛细看李沅芷,见她眉淡口小,娇媚俊俏,哪里有丝毫男子模样?曾和她数次见面,只因有霍青桐的事耿耿于怀,又觉此人俊美胜于自己,暗起自愧不如之念,由此不愿对她多看。虽隐隐觉她不是男子,但内心故意对其贬低,只当她油头粉脸,是个纨袴美少年,全无英雄气概,殊不足道。这一下登时呆住,霎时之间千思万虑一齐涌到:"原来这人果是女子?我对霍青桐姑娘可全想岔了。她曾要我去问陆老前辈,我总觉尴尬,问不出口。她这次出走,岂不是为了我?她妹子对我又如此情深爱重,却教我何以自处?"众人见他突然失魂落魄的出神,都觉奇怪。

骆冰得知李沅芷是女子,过来拉住她手,很是亲热,见了她对余鱼同的神态,再回想在天目山、孟津等地的情形,今日又是风沙万里的跟到,她对余鱼同的心意自是不问可知,心想余鱼同对自己一片痴心,现有这样一位美貌姑娘真诚见爱,大可化解他过去一切无谓苦恼,只是见他神情落寞,并无欣慰之意,实在不妥,须得尽力设法撮合这段姻缘才是。李沅芷问道:"霍青桐姊姊呢?我有一件要紧事对她说。"骆冰道:"霍青桐妹妹不知去了哪里,我们正在找她。"李沅芷道:"她独个儿走的么?"骆冰道:"是啊,而且她身上还有病呢。"李沅芷急道:"她朝哪个方向走的?"骆冰道:"本来是向东北走的,后来有没转道,就不知道了。"李沅芷连连顿足,说道:"糟啦,糟啦!"

众人见她十分焦急,忙问原因。李沅芷道:"关东三魔要找翠羽黄衫报仇,你们是知道的了。这三人一路上给我作弄了个够。他们正跟在我后面。现下霍青桐姊姊向东北去,只怕刚好撞上。"

原来李沅芷在孟津宝相寺中见余鱼同出家做了和尚,悲从中来,掩面痛哭。余鱼同竟然硬起心肠,写了一封信留给陈家洛等人,对她不理不睬,飘然出寺。李沅芷哭了一场,收泪追出时,余鱼同已不知去向。她追到孟津城内,在各处寺院和客店探寻。哪知意中人没寻着,却又见到了滕一雷、顾金标、哈合台三人。

他们从宝相寺出来,在一家僻静客店休息。李沅芷偷听他们谈话,知道要去回部找翠羽黄衫报仇。她恼恨三人欺逼余鱼同,于是去买了一大包巴豆,回到客店,煎成浓浓一大碗汁水,盛在酒瓶里,混入滕一雷等住的客店,等到他们上街闲逛,进房去将巴豆汁倒入桌上的大茶壶里。

关东三魔回店,口渴了倒茶便喝,虽觉有点异味,也只道茶叶粗劣,不以为意。到了夜半,三人都腹痛起来,这个去了茅房回来,那个又去。三人川流不息,泻了一夜肚子。第二天早晨肚泻仍未止歇,三人精疲力尽,委顿不堪,本来要上路的,却也走不动了。滕一雷把酒店老板找来大骂,说店里东西不干净,吃坏了肚子。客店老板见三人凶得厉害,只得连连赔笑,请了医生来诊脉。那医生怎想得到他们遇上暗算,只道是受了风寒,开了一张驱寒暖腹的方子。客店老板掏钱出来抓药,叫店小二生了炭炉煎熬。

李沅芷从客店后门溜进去偷看,见三魔走马灯般的上茅房,心下大乐,又见店伙煎药,乘他走开时,揭开药罐,又放了一大把巴豆在内。滕一雷等吃了药,满拟转好,哪知腹泻更是厉害。李沅芷一不做二不休,半夜里跳进药材铺,在几十只抽屉里每味药抓了一撮,不管它是生地大黄、附子贝母,还是毛茛狼毒、红花黄芪,一古脑儿的都去放入了药罐。次日店伙生起了炭炉再煎,浓浓的三碗药端了上去。关东三魔一口喝下,数十味药在肚子里胡闹起来,那还了得,登时把生龙活虎般的三条大汉折腾得不成样子。总算他们武功精湛,身子强壮,三条性命才剩下了一条半,每人各送半条。陈家洛骑了白马向西急赶之时,怎想得到关东三魔还在孟津城中大泻肚子。

滕一雷知道必有蹊跷,只当是错住了黑店,客店老板谋财害命,于是嘱咐两人不再喝药,过了一日,果然好些。顾金标拿起钢叉,要出去杀尽掌柜店伙。滕一雷一把拉住,说道:"老二,且慢。再养一日,等力气长了再干,说不定店里有好手,眼下厮杀起来怕要吃亏。"顾金标这才忍住气。

到得傍晚,店伙送进一封信来,信封上写着:"关东三魔收启。"滕一雷一惊,忙问:"谁送来的?"店伙道:"一个泥腿小厮送来的,说是交给店里闹肚子的三位爷们。"滕一雷打开看时,只气得暴跳如雷。顾金标与哈合台接过来，见纸上写道："翠羽黄衫，女中英豪，岂能怕你，三个草包。略施小惩，巴豆吃饱。如不速返，决不轻饶。"字体娟秀，滕一雷看得出确是女子手笔。顾金标把字条扯得粉碎，说道："我们正要去找她，这贱人竟在这里，那再好不过。"三人不敢再在这客店居住，当即搬到另一处，将养了两日，这才复原。在孟津四处寻访，却哪里有翠羽黄衫的踪迹？

这时李沅芷已在黄河帮中查知卫春华赶到、红花会众人已邀了余鱼同齐赴回部。她心上人既走，也就不再去理会三魔，便即跟着西去。三魔找不到霍青桐，料想她必定返归回部，便向西追踪，在甘肃境内又撞见了李沅芷。滕一雷见她身形依稀有些相熟，一怔之下，待细看时，她早已躲过。

次晨关东三魔用过早饭，正要上道，忽然外面进来了十多人，有的肩挑，有的扛抬，都说滕爷要的东西送来了。滕一雷见送来的是大批鸡鸭蔬菜、鸡蛋鸭蛋，还有杀翻了的一头牛与一口猪，喝问："这些东西干什么？"抬猪捉鸡的人道："这里一位姓滕的客官叫我们送来的。"店伙道："就是这位客官姓滕。"送物之人纷纷放下物事，伸手要钱。顾金标怒道："谁要这许多东西来着？"

正吵嚷间，忽然外面一阵喧哗，抬进了三口棺材来，还有一名仵作，带了纸筋石灰等收殓尸体之物，问道："过世的人在哪里？"掌柜的出来，大骂："你见了鬼啦，抬棺材来干么？"仵作道："店里不是死了人吗？"掌柜劈面一记巴掌打去。仵作缩头一躲，说道："这里不是明明死了三个人？一个姓滕，一个姓顾，还有一个蒙古人姓哈。"顾金标怒火上冲，抢上去一掌。那仵作一交摔倒，吐出满口鲜血，还带出了三枚大牙。

忽然鼓乐吹打，奏起丧乐，一个小厮捧了一副挽联进来。滕一雷虽然满怀怒气，却已知是敌人捣鬼，展开挽联，见上联写道："草包三只归阴世"，下联是："关东六魔聚黄泉"，上联小字写道："一雷、金标、合台三兄请早驾临"，下联写道："盟弟焦文期、阎世魁、阎世章恭候"，一块横额题着四字："携手九泉"。字迹便是先前写信女子的手笔。

哈合台把挽联扯得粉碎，抓住那小厮胸口，喝问："谁叫你送来的？"那小厮颤声道："是……是一位公子爷，给了我一百文钱，说有三个朋友死……死在这里，要我送来。"哈合台知他是受人之愚，挥手摔出，那小厮仰天直掼出去，放声大哭。滕一雷再问送物、送棺材、奏乐的各人，都说是一位公子爷付了钱差他们来的。

滕一雷抄起铜人，说道："快追！"三人闯出店去，四下搜索，哪里有什么公子爷的踪影？滕一雷道："快向前追，抓住那丫头把她细细剐了。"他们仍道是霍青桐捣鬼，怒不可遏，拚命赶路。这天到了凉州，在客店歇下，到得半夜，后院忽然起火，三人跳起来察看。滕一雷见烧去的只是一堆柴草，一怔之下，猛然醒悟，说道："老二、老四，快回房。"赶回房内，果然三个包裹已经不见，炕上却放着三串烧给死人的纸钱。

滕一雷跃上屋顶，不见人影。顾金标拍案大骂："有种的就光明正大见个输赢，这般偷鸡摸狗，算他妈的什么好汉？"滕一雷道："这一来，明天房饭钱也付不出啦！"顾金标怒道："得快想法儿除了这贱货，否则给她缠个没了没完。"滕一雷道："不错，老二、老四，你们想怎么办？"

这三人武艺虽好，头脑却不灵便，想了半天，只想出一条计策，那就是晚上睡觉大家不脱衣服，轮流守夜，一见敌踪，立即跳出去厮杀。滕一雷明知这办法并不高明，可是三个臭皮匠无论如何变不成一个诸葛亮，也只索罢了。哈合台道："房饭钱怎么办？现下出去弄点呢，还是明儿一早撒腿就跑？"顾金标道："反正以后还得用，我出去拿些吧。"

他飞身上屋，四下一望，看准了一家最高大的楼房，跳了进去，心想不论偷抢，弄到几百两银子好走路。见一间房里有灯光透出，伏身察看，忽然身后啪喇喇一声响亮，一叠瓦片抛在地下跌得粉碎，有人大叫："捉飞贼啊，捉飞贼啊！"叫声娇嫩，乃是女音。顾金标吓了一跳，但自恃武艺高强，并不理会，跳进房去，只见几个佣仆正在赌钱，桌上放了几百文铜钱，见他进来，吓得齐声大叫。

顾金标暗叫："晦气！"正想退出，外面梆子急敲，火把明亮，十多人持刀拿棍赶来，忙抓了桌上铜钱，揣入怀内，破窗而出，跃上屋顶，只听得飕的一声，脑后生风，他回手一叉，把掷来的一块石子砸飞，一纵身间，已抢到投掷石子之处，人刚扑到，迎面一剑刺来。微光下见那人身穿黑衣，身手矫健。顾金标连日受气，始终找不到敌人，这时哪里再肯放过，唰唰唰三叉，尽往敌人要害刺去。那人正是李沅芷，见顾金标出叉迅捷，拆了数招，虚晃一剑，回身就走。顾金标持叉赶去，见那人回手一扬，一阵细小暗器嗤嗤之声，破空而至，他在孟津郊外吃过苦头，知道金针厉害，当即一个筋斗翻下屋顶。下面众人吆喝拥上，顾金标钢叉挥动，众人刀棍纷纷脱手。他再上屋顶追寻时，敌人早已不知去向。

顾金标回归客店，气愤愤的说了经过。哈合台连声叹气，道："早知道我就和你同去，两个人总截得住他。"滕一雷道："还说什么？这就走吧，别等天明付不出房饭钱，面子上太也过不去。"刚结束定当，忽然有人拍门，三人相望了一眼，各持兵刃在手。哈合台去开门，进来的却是店中掌柜。他手中拿了烛台，说道："小店本钱微薄，请客官们结了房饭钱再走。"原来他在梦中给人推醒，告诉他这三人没钱付帐，就要溜之大吉。他披衣坐起，推醒他的人已不知去向，忙来拍门，果见滕一雷等要走。

顾金标发了横，说道："老子没钱使啦。柜上先借一百两银子再说！"钢叉当啷啷一抖，逼着掌柜的去拿银子。掌柜苦着脸转身出去，忽然外面喊声大作，一群人大叫："别让飞贼跑了！"三魔从大门中望出去，只见店外灯笼火把齐明，人声喧哗，总有百十来人，一叠声的大叫："捉飞贼啊！捉飞贼。"滕一雷铜人一摆，叫道："上屋！"顾金标扭断了柜台上的锁，抓了一把碎银子放在袋里，三人上屋而去。

关东三魔心想掌柜半夜里来要帐，这许多人来捕拿，定然也是霍青桐捣的鬼。顾金标和李沅芷当面交过手，见他是个汉人少年，不是回族女子，只道敌人另有帮手，不敢托大，三人每晚真的轮流守夜。口中污言秽语，自不知骂了多少脏话。

这天快到嘉峪关，滕一雷道："此去是敌人的地界了，可得加意小心。"后半夜哈合台轮值，正有些迷迷糊糊，忽听屋子后面两块小石投在地上，知道夜行人"投石问路"试探动静，忙悄悄推开窗子，掩到后面去想生擒敌人。等了良久，不见有人跳下，前面顾金标却大叫起来。哈合台一惊："糟啦，中了调虎离山之计。"忙奔回去，只见滕顾两人手中拿了烛台逃出房外，甚是狼狈。哈合台拿烛台往窗口一照，吃了一惊，只见屋里地上、炕上、桌上都是青蛇与癞虾蟆，到处乱蹦乱跳，窗口有两个竹篓，显是敌人用来装青蛇、虾蟆的。滕一雷骂道："也真难为这臭丫头，捉了这许多丑家伙来。"

他们又怎知道，李沅芷只因余鱼同对她无情，万分气苦，这事用强不行，软求也无用，满腔怨怒，无处出气，一路上尽想出诸般刁钻古怪的门道来跟他们为难。这些青蛇与虾蟆是她花了钱叫顽童捉的。虽是儿戏胡闹，却也令三魔头痛万分。他们做梦也想不到，所以受到这种种困扰，竟是因那丑脸秀才不肯爱这位提督小姐而致。

几次三番的一闹，关东三魔晚上不敢再住客店，尽往古庙农家借宿。李沅芷知道自己武功跟他们相差太远，也不敢明目张胆的招惹，希奇古怪的恶作剧却仍是层出不穷。她一个娇滴滴的姑娘万里独行，黄沙侵体，相思磨心，若不拿三魔来出气泄愤，又何以解忧？只怕途中早就病倒了。就这样，四人前前后后的来到回疆。

众人听李沅芷咭咭咯咯的说来，又是好笑，又是吃惊，都为霍青桐担心。陈家洛道："事不宜迟，我马上寻她去。"徐天宏道："关东三魔不可轻敌，得多去几人。总舵主两位先去。李姑娘和他们最熟，第二拨接应，唔，一个人去太危险，请十四弟同去。我们夫妻第三拨接应。四哥四嫂和其余各位在这里守着张召重。"陈家洛道："好！"骆冰把白马牵过来让他乘坐。香香公主骑了红马奔来，道："走吧！"两人并辔而去。

不久余鱼同与李沅芷、徐天宏和周绮两拨，先后离了大营，向东北方追去。

当日午后，文泰来等正和木卓伦在帐中闲话，回兵来报，和尔大给人救了去，看守他的四名战士都让人杀了。

木卓伦吃了一惊，和文泰来等同去察看，见三名回兵中剑而死，另一名胸口插着一柄匕首，柄上缚着一张白纸，上写："张召重拜上红花会众位英雄"十二字。文泰来一股怒气从心中直冒上来，将字条揉成一团，力透掌心。卫春华要讨来看，文泰来摊开手掌，字条已成片片碎纸，随风如蝴蝶般飘出帐外。木卓伦心下惊佩："上次与他们无尘道长交了手，只道天下英雄尽于此矣，哪知这位文四爷却也如此了得。"文泰来对木卓伦道："木老英雄，你在这里围困清兵，我们去追张召重那奸贼。"木卓伦点头称是。文泰来率领卫春华、章进、骆冰、心砚四人，在大漠中辨认马蹄足迹，连夜追踪。

霍青桐大胜之后，心中反觉说不出的寂寞凄凉。那天晚上在帐中思潮起伏，听帐外族人弹着东不拉，唱着缠绵的情歌，更增惆怅，想起父亲对自己怀疑，意中人又爱上自己妹子，妹子是己所深爱，决不愿出计谋和她争夺情郎，柔肠百转之下，悄悄起身，留了一信给父亲，带了兵刃和师父所赐的两头巨鹰，上马向东北而行，心想："还是去跟着师父，随二老在大漠中四处飘泊。这个身子，就在茫茫黄沙中埋葬了吧。"

她病势不轻，仗着从小练武，根基坚实，勉强支撑。在大漠中行了十多日，离天山双鹰所居的玉旺昆还有四五日路程，已然疲累不堪，当晚见一个沙丘旁生着些干枯了的铁草，便让坐骑咬嚼，张开了小帐篷过夜。

睡到半夜，忽听远处有马蹄之声，三乘马从东而来，来到沙丘之旁，坐骑去吃干草，不肯走了，三人便下马休息。他们隔着沙丘没瞧见霍青桐的帐篷，三人说起话来。霍青桐听他们说的是汉语，当时迷迷糊糊的也不在意，忽听一人骂道："这翠羽黄衫害得咱们好苦！"霍青桐吃了一惊，忙用心倾听，又听另一人怒骂："这贼婆娘，老子抓到她不抽她的筋、剥她的皮，老子十八代祖宗都不姓顾。"原来这三人便是关东三魔，他们追入大漠，听说回人在西边与清军交兵，便向西赶来。三人不敢向回人问路，在沙漠中兜了个大圈子，比李沅芷落后了十多日，这晚说也凑巧，只因双方坐骑都要吃草，就地歇宿，竟和霍青桐只隔一个小小沙丘。

当日陈家洛赶来报信，连日军务倥偬，霍青桐又故意避开，未得谈到关东三魔寻仇之事。陈家洛眼见她在大军环卫之中，区区三魔，又何足惧？也不急于述说。霍青桐听这三人竟是冲着自己而来，只道是兆惠手下的残兵败将，再听下去，却又不对。

只听一人道："阎六弟这么好的功夫，我就不信一个娘们能害死他，这婆娘定是使用诡计。"另一人道："那还用说？所以我说老二老四，这次可千万别莽撞。这里回人成千成万，咱们只能暗算，决不能跟她明斗。"霍青桐这才恍然，原来是关东六魔一派的人到了。大漠上一望数十里，自己又在病中，无论如何躲不开，只有见机行事，用计脱身。又听一人道："皮囊里的水越来越少啦，此去也不知还要再走几日才找得到水，打明儿起大家再要少喝。"说着便在沙丘旁睡

第十五回 奇谋破敌将军苦 戏降魔玉女嗔

倒。霍青桐心想："我不如自己迎上去，想法儿领他们去见师父。"

次日清晨，关东三魔睁开眼，见了霍青桐的小帐篷，略感讶异。霍青桐这时已换去黄衫，帽上的翠羽也拔了下来，把长剑衣服等包在包中，空手走出帐来。滕一雷见她一个单身女子，说道："姑娘，你有水吗？分一点给我们。"说着拿出一锭银子。霍青桐摇摇头，示意不懂他的汉语。哈合台用蒙古话说了一遍。霍青桐部下有蒙古兵，天山北路蒙回杂处，她也会蒙古话，当下用蒙语答道："我的水不能分，翠羽黄衫派我送一封要紧的信，现今赶去回报，坐骑喝少了水跑不快。"一面说，一面收拾帐篷上马。

哈合台抢上前去，拉住她坐骑辔头，问道："翠羽黄衫在哪里？"霍青桐道："你们问她干么？"哈合台道："我们是她朋友，有要紧事找她。"霍青桐嘴一扁道："当面扯谎！翠羽黄衫在玉旺昆，你们却向西南去，别骗人啦！"一抖缰绳要走。哈合台拉住辔头不放，说道："我们不识路，你带我们走吧！"对滕顾二人道："她是到那贼婆娘那里去的。"

关东三魔见她一脸病容，委顿不堪，说话时不住喘气，眼看随时就会倒毙，没半分像是身有武功，自是毫不怀疑，欺她不懂汉语，一路大声商量，决定将到玉旺昆时先把她杀了，然后去找翠羽黄衫。顾金标见她虽然容色憔悴，但风致楚楚，秀丽无伦，竟尔起了色心。

霍青桐见他双眼不住瞟来，色迷迷的不怀好意，心想他们虽然不认得自己，但到玉旺昆尚有四五天路程，这数日中跟这三个魔头同行同宿，太过危险，于是撕下身上一块花布，缚在一头巨鹰脚上，拿出一块羊肉来喂鹰吃了，把鹰往空中丢去，那鹰振翼飞入空际。滕一雷起了疑心，问道："你干什么？"霍青桐摇摇头。哈合台用蒙古话询问。

霍青桐道："从这里去，今后七八天的路程都没水泉。你们水带得这么少，怎么够喝？把鹰放了，让它们自己去找水喝。"说着又把另一头鹰放了。哈合台道："两头鹰又喝得了多少水？"霍青桐道："渴起上来，一滴水也能救命。再过几天你们便知道啦。"她怕他们下手加害，故意把道路说得长些。哈合台喃喃咒骂："在我们蒙古，就算在沙漠中，哪有接连七八天的路程上找不到水的。真是鬼地方！"

晚间在沙漠上过夜，霍青桐在火堆旁见顾金标的眼光不住溜来，暗暗吃惊，走进小帐篷后，拔剑在手，斜倚在帐门口，不敢就睡，等到二更时分，果然听到有脚步声轻轻走近。她心中剧跳，额头冷汗直冒，心想："数万清兵都灭了，可别在这三人手中遭到报应。"忽觉身上一寒，一阵冷风从帐外吹进，原来帐门的布带已被顾金标扭断，走进帐来。

他怕霍青桐叫喊起来，给老大、老四听到不雅，上来就想按住她嘴，哪知却按了个空，毯子中竟没有人，再伸手到一旁去摸，脖子上一凉，一件锋利的兵刃抵住了后颈。霍青桐用汉语低声道："你动一动，我就刺！"顾金标空有一身武艺，要害给人制住，哪敢动弹？霍青桐道："伏在地下！"顾金标依言伏下。霍青桐剑尖抵住他的背心，坐在地上。两人僵持不动。霍青桐心想："如杀了这坏蛋，又或伤了他手脚，那两人决不干休，只好挨到师父来救再说。"

等了一个更次，滕一雷半夜醒来，发觉顾金标不见了，跳了起来，叫道："老二，老二！"霍青桐低喝："快答应，说在这里。"顾金标无奈，只得叫道："老大，我在这里啊！"滕一雷笑骂："这风流的贼脾气总是不改，你倒会享福。"

第二天清晨，霍青桐直挨到滕一雷和哈合台在帐外不住催促，才放顾金标出去。哈合台怨道："老二，咱们是来报仇，可不是来胡闹。"顾金标恨得牙痒痒地，有苦不敢说，如把这件倒霉事说出来，那可是终身之羞，决意今晚定要遂了心愿，到得地头再把她一叉戳死。

到得半夜，顾金标右手握虎叉，左手拿火折，闯进帐篷，心想就算这女子会武，三招两式，还不手到擒来，火光下见她缩在帐篷角里，心中大喜，扑了上去，突觉脚上一紧，暗叫不好，待要反跃出帐，双脚已被地下绳圈套住。他弯腰想去夺绳，被霍青桐用力一拉，站立不稳，仰天跌倒，只听她低声喝道："别动！"长剑剑尖已点在小腹之上。

霍青桐心想："像昨晚那样再僵持一夜，我可支持不住了。但又不能只毙他一人，必须三贼一齐废了！"低声道："叫你那老大进来！"顾金标惯走江湖，知她用意，默不作声。霍青桐手上加劲，剑尖透进衣里，划破了一层皮。顾金标知道小腹中剑最为受罪，好是好不了，可是一时又不得便死，不敢再强，低声道："他不肯来的。"霍青桐低喝："好，那就戳死了你再说！"手上又略加劲。顾金标只得叫道："老大，你来，快来啊！"霍青桐道："你笑！"顾金标皱着眉头，哈哈的干笑几声。霍青桐道："笑得快活些！"顾金标肚里咒骂："你奶奶雄，还快活得出？"可是剑尖已经嵌在肉里，只得放大声音勉强一阵傻笑，中夜听来，直如枭鸣。

滕一雷和哈合台早给吵醒。滕一雷骂道："老二别快活啦，养点气力吧。"霍青桐见他不来，低声道："叫老四来！"顾金标又叫了几声。哈合台虽做盗贼生涯，却不欺辱妇孺，对顾金标的行径本已十分不满，只因他是盟兄，不好怎么说他，这时只装没听见。霍青桐暗暗切齿："我如脱此难，不将这三个奸贼杀了，难解今日之羞。"右手持剑，左手把绳子在顾金标身上绕来绕去，缚了个结实，这才放心，但倚在帐边，不敢睡着。

挨到天明，见顾金标居然横了心呼呼大睡，霍青桐挥马鞭将他没头没脑的抽了一顿，剑尖对准他心口，喝道："哼一声就宰了你！"顾金标满脸是血，只得苦撑。霍青桐心想："这事虽已闹穿，但如杀了他，大祸马上临头，不如让他多活一时，预计师父今日下午就可来迎。"在他左肩后砍了一剑，解去他身上绳索，推他出帐。

滕一雷见他半身血污，大起疑心，说道："老二，这婆娘是什么路数？可别着了人家道儿。"顾金标心想，这女子虽在病中，仍有劲力将自己拉倒，她身上带剑，会说汉语，决非寻常回人姑娘，对滕一雷一霎眼睛，道："咱们擒住她。"两人慢慢向她走近。

霍青桐见两人举止有异，突然奔向马旁，长剑疾伸，刺穿了顾金标与哈合台马背上盛水的革囊，接着一剑，把滕一雷马背上最大的水囊割下，抢在手中，跃上马背。滕一雷等三人一呆，见两皮袋水流了一地，登时给黄沙吸干。在大漠之中，这两袋水可比两袋珠宝更加珍贵。三人又气又急，各挺兵刃上来厮拼。

霍青桐伏在马背上不住咳嗽，叫道："你们过来我又是一剑！"剑尖指住最后一只水囊。关东三魔果然停步不动。霍青桐咳了一阵，说道："我好意领你们去见翠羽黄衫，你们却来欺侮我。这里到有水的地方还有六天路程，你们不放过我，我就刺破了水囊，大家在沙漠中干死。"关东三魔面面相觑，做声不得，暗骂她这一招果然毒辣。

滕一雷心想："暂且答允，等挨过了大沙漠再摆布她。"便道："咱们不难为你,大家走吧。"霍青桐道:"你们在前面走!"于是三男在前,一女在后,四人乘马在大漠上行进。

走到中午,烈日当空,四个人都唇焦舌干。霍青桐只觉眼前金星直冒,脑中一阵阵发晕,心想:"难道今日我毕命于此?"只听哈合台道:"喂,给点水喝!"他转过身来,手中拿着一只瓦碗。霍青桐打起精神,说道:"把碗放在地下。"哈合台依言把碗放在沙上。霍青桐又道:"你们退开一百步。"顾金标有些迟疑。霍青桐道:"不退开就不给水。"顾金标喃喃咒骂。三人终于退开。霍青桐跃马上前,拔去革囊上塞子,在瓦碗里注了大半碗水,催马走开。三人奔上来,你一口我一口,把水喝得涓滴不剩。

四个人上马又行,过了两个多时辰,道旁忽然出现一丛青草。滕一雷眼睛一亮,大叫:"前面必定有水!"霍青桐暗暗心惊,苦思对策,但头痛欲裂,难以思索,正焦急间,突然长空一声鹰唳,黑影闪动,一头巨鹰直扑下来。霍青桐大喜,伸出左臂,那鹰敛翼停在她肩头,见鹰腿上缚着一块黑布,知道师父马上就到,狂喜之下,眼前又是一阵发黑。

滕一雷心知必有古怪,手一扬,一枝袖箭向她右腕打来,满拟打落她手中长剑,再来抢夺水囊。霍青桐挥剑击去袖箭,左手提缰,纵马飞驰。关东三魔大声吆喝,随后追来。驰出七八里,霍青桐全身酸软,再也支持不住,被马一颠,跌下鞍来。

三魔大喜,催马过来。霍青桐挣扎着想爬起上马,只是手脚酸软,使不出力,人急智生,把水囊的皮带子往巨鹰头颈中一缠,将鹰向上丢出,口中一声唿哨。原来天山双鹰性喜养鹰,把巨鹰从小捉来训练,以为行猎传讯之用,他们夫妇所以得了这个名号,也与爱鹰有关。霍青桐这头鹰是她师父训练好了的,一听唿哨,就带着水囊,振翅向天山双鹰飞去。

滕一雷见水囊被鹰带起,一急非同小可,兜转马头,向鹰疾追。顾金标和哈合台均想:"这丫头反正逃不了,追回水囊要紧!"也纵马狂追。顾金标手一翻,拿了一柄小叉便向巨鹰射去,只听皮鞭噼啪一声响,手腕上一疼,小叉射出去的准头偏了,打在旁边,却是哈合台用马鞭打了他一下。顾金标怒道:"干么?"哈合台道:"这一叉要是打中了水囊,还有命吗?"顾金标一想不错,俯身马鞍,向前急奔。

他是辽东马贼,骑术最精,转眼间已追在滕一雷之前。水囊中装着大半袋水,份量不轻,那鹰带了后飞行不快,与三人始终是不即不离的相差那么一程子路。

三人追出十多里,急驰下马力渐疲,眼见再也追不上了,突然间那鹰如长空堕石,俯冲下去,前面尘头起处,两骑马疾驰而来。那鹰打了两个旋子,落在其中一人肩头。

关东三魔催马上前,见两人一个是秃头的红脸老头,另一个是满头白发的老妇。那老头厉声喝道:"霍青桐呢?"三人一楞不答。那老头解下巨鹰颈上水囊,将鹰往空中抛去,大声唿哨,那鹰一声唳鸣,往来路飞去。两个老人不再理睬三魔,跟在巨鹰之后追去。滕一雷知道他们随着巨鹰去救那回女,自恃武艺高强,也不把两个老人放在心上,而且水囊已被他们拿去,非夺回不可,手一摆,三人随后赶来。

那两个老人正是天山双鹰,十多里路晃眼即到,见那鹰直扑下去,霍青桐躺卧在地。关明梅飞身下马抢近,霍青桐投身入怀,哭了出来。关明梅见爱徒落得这副样子,十分骇异,忙问:"谁欺侮你啦?"这时关东三魔也已赶到,霍青桐向三人一指,晕了过去。关明梅厉声喝道:"老头子还不动手?"左手抱着霍青桐,右手拔去水囊塞子,慢慢倒水到她口里。

陈正德听得妻子呼喝,知道三人是敌,兜转马头,向三魔冲去,奔到临近,长臂探出,向哈合台胸口抓去。哈合台手腕翻转,摔打挡开。陈正德手腕上麻辣辣的一阵疼痛,心中一楞:"这点子手下好快,劲道倒也不小。"不等兜转马头,凌空跃起,又向他抓去。哈合台左手挡开,右手反抓对方胸口。陈正德猛喝一声,挥掌劈去,击在他手臂之上。哈合台全身大震,坐鞍不稳,跌下马来。滕一雷与顾金标大惊,双双来救。哈合台下马时翻了个筋斗,站在地下,一柄匕首已抽在手中,扑上前来。

陈正德左掌在顾金标面前虚晃,右手已抓住他手中钢叉往外拧夺。顾金标只觉虎口发麻,左手两柄小叉忙即飞出,只是左肩后受了伤,出叉无力。陈正德一低头,猎叉已被他夺了回去,心想:"哪里跑出来这三个野种,武功如此了得,怪不得徒儿要吃他们的亏。"

斗觉脑后风生,独足铜人横扫而来。陈正德转身抢攻,一矮身,双掌直取滕一雷下盘。关东大魔铜人回转,向他"玉枕穴"点到。陈正德一惊,咦了一声,跳开两步,说道:"你这家伙会打穴。"滕一雷道:"不错!"铜人晃动,又点向他肩头"云门穴"。这铜人只有独足,手却有一对,双手过顶合拢,正是一把厉害的闭穴橛。这铜人极为沉重,除点穴外又能横扫直砸,比钢鞭铁锤尤为威猛。陈正德想武林中的打穴器械,不论判官笔、闭穴橛,还是点穴钢环,总是轻巧灵便,取其使用迅捷,认穴准确,他居然能以这笨重武器打穴,自是劲敌,当下提起全副精神,点打劈击,空手与三人拼斗。

关明梅见霍青桐悠悠醒转,这才放心,回头望去,却见丈夫已处于劣势。陈正德长剑放在马背上不及取出,他跃起时那马受惊,奔出十余丈之外。他心傲好胜,不肯过去取剑,以空手斗这三名江湖好手,渐渐不敌。

关明梅长剑出手,加入战团,一招"朔风狂啸",向滕一雷后心刺去,滕一雷回过铜人格挡,关明梅不等剑招使老,早已变招,唰唰唰三剑,快如电闪。滕一雷没到过西北,不知"三分剑术"的招数,心中惊疑,暗想这瘦瘦小小的老太婆怎地剑法如此凌厉,只得守紧门户,静以待变。关明梅连刺八剑,一剑快似一剑,那是"三分剑术"中的绝招,称为"穆王八骏饮瑶池",但见滕一雷虽然手忙脚乱,还是奋力挡住,也暗赞他了得。

陈正德这边劲敌一去,立占上风,双掌飞舞,招招不离敌人要害,倏地矮身,抓起顾金标射落在地的两柄小叉,兵器在手,更是如虎添翼,使开蛾眉刺招术,欺身直进,和哈合台快如闪电般拆了七八招,嗤的一声,哈合台左臂中叉,划破了一条口子。

顾金标见情势不利,突向霍青桐奔去。陈正德大惊,撇下哈合台,抢来拦阻。人未赶到,小叉已经脱手,笔直向他后心飞来。顾金标左手一伸,想接住小叉,哪知自己这件兵刃一经敌人掷出,飞来的劲道大极,虽然拿到了叉尾,臂上无力,却没能抓住,忙屈膝蹲倒,小叉飕的一声,从头顶飞过,站起身来时,陈正德已经赶到。哈合台忙奔过来相助,以二敌一,兀自抵挡不住,那边滕一雷自顾不暇,难以相救。

霍青桐坐在地下,见师父师公逐渐得手,甚是喜慰。五人兵刃撞击,愈打愈烈。忽然远处传来群兽长声号叫,声音惨厉,叫声中充满着恐惧、饥饿和凶恶残忍之意,似是百兽齐吼,久久不息。霍青桐急跃而起,惊呼:"师父,你听!"双鹰剧斗正酣,听到这号叫之声,不约而同的跳开数步,侧耳静听。关东三魔正被逼得手忙脚乱,迭遇凶险,敌人忽然松手,只顾喘气,不敢上前追杀。

只听叫声渐响,遥见远处一片黑云着地涌来,中间夹着隐隐郁雷之声。天山双鹰脸色大变,陈正德飞纵而出,牵过马匹。关明梅把霍青桐抱起,跃上马背。陈正德拔起身子,站在马背之上,叫道:"你上来瞧瞧,哪里可以躲避。"关明梅把霍青桐在马上放好,跳到了陈正德的马上。陈正德双手高举过顶,关明梅在丈夫肩上一搭,纵身站在他手掌之中。

关东三魔见敌人已然胜定,突然住手不战,在马背上叠起罗汉来,不禁面面相觑,愕然不解。顾金标骂道:"两个老家伙使妖法?"滕一雷见二老惊慌焦急,并非假装,知道必有古怪,但猜测不出,只得凝神戒备。

关明梅极目四下瞭望,叫道:"北面好像有两株大树!"陈正德急道:"不管是不是,快去!"关明梅跃到霍青桐马上。二老一提马缰,也不再理会三魔,向北疾驰。

哈合台见他们匆忙中没带走水囊,俯身拾起。这时呼号之声愈响,听来惊心动魄。顾金标突然叫道:"是狼群……"说这话时已脸如死灰。三人急跃上马,追随双鹰而去。

跑了一阵,只听得身后虎啸狼嗥,奔腾之声大作,回头望时,烟尘中只见无数虎豹、野骆驼、黄羊、野马疾奔逃命,后面灰扑扑的一片,不知有几千几万头饿狼追赶而来。

万兽之前却有一人乘马疾驰,那马神骏之极,奔在虎豹之前数十丈处,似乎带路一般。晃眼之间,那乘马已从身旁掠过。三魔见骑者一身灰衣,尘沙飞溅,灰衣几已成为黄衣,那人似是个老者,面目却看不清楚。那人回头叫道:"寻死吗?快跑呀!"

滕一雷的坐骑见到这许多野兽追来,声势凶猛已极,吓得脚都软了,失足耸腰,把他抛在地下。滕一雷急跃站起,十几头虎豹已从身旁奔过。群兽逃命要紧,哪里还顾得伤人。滕一雷眼见命在顷刻,张口狂呼。顾哈两人听得叫声,忙回马来救,只见迎面饿狼如潮水般涌到。滕一雷手挥铜人护身,明知无用,但临死还要挣扎,霎时间一头巨狼露出雪白利齿,奔到跟前。突然身旁马蹄声响,那灰衣老者纵马过来,左手一伸,已拉住他后领,把他肥大的身躯提了起来,向哈合台马上掷去。滕一雷使出轻功,一个筋斗,坐在哈合台身后。三人兜转马头,疾驰逃命。

天山双鹰带着霍青桐狂奔,他们久处大漠,知道这狼群最是凶恶不过,不论多厉害的猛兽,遇上了无一幸免。再跑一阵,前面果然是两株大树,双鹰暗叫:"惭愧!这次总算不致填于饿狼之腹了。"驰到临近,陈正德一跃上树,关明梅把霍青桐递上,陈正德接住,扶她坐上高处的树枝。就这么一耽搁,狼嗥声又近了些。关明梅提起马鞭,在两匹马身上猛抽几下,叫道:"自己逃命去吧,可顾不得你们了!"两马急奔而去。

三人刚在树上坐稳,狼群已然迫近,当先一人却是那灰衣老者。关明梅大惊失色,叫道:"是他!"陈正德喝道:"哼,果然是他。"侧目斜视,见妻子满脸惶急,不禁心头有气,说道:"要是我遇险,只怕你还没这么着急。"关明梅怒道:"这当口还吃醋?快救人!"右手攀住树枝,身子挂下。陈正德哼了一声,右手拉住她的左手,两人荡了起来。待那灰衣老者坐骑驰到,陈正德直扑而下,左手拦腰把他抱住,提了起来。

那老者出其不意,身子临空,坐骑却笔直向前窜了出去,脚底下全是虎豹、黄羊之属。他一个筋斗翻到树上站住,见是天山双鹰,不由得满脸怒色。陈正德道:"怎么?袁兄也怕狼么?"那老者怒道:"谁要你多事?"关明梅道:"喂,你也别太古怪,咱当家的救你,总没救错。"陈正德听妻子帮他,洋洋得意。那老者冷笑道:"救我?你们坏了我的大事啦!"陈正德笑道:"你给饿狼吓胡涂了,快息一息吧!"那老者怒道:"我袁某岂怕这群畜生?"

这灰衣老者就是陈家洛的师父天池怪侠袁士霄。他幼时与关明梅青梅竹马,一起长大,互生情愫,只是他性子古怪,两人因小事争执,一言不合,袁士霄竟远走漠北,十多年没回来,音讯全无。关明梅只道他永远不归,后来就嫁给了陈正德。不料婚后不久,袁士霄忽然回乡。两人黯然神伤,不在话下。陈正德甚是不快,几次去寻袁士霄晦气,但武功不及,若不是袁士霄看在关明梅面上相让,他已吃大亏,一怒之下,便携妻远走回部。哪知袁士霄旧情难忘,也移居天山，虽然素不造访，但觉得与意中人相隔不远，心中较安，也是一番痴情之意。陈正德见他跟来，自然恚怒异常。关明梅为避嫌疑，尽量不与旧日情侣见面，陈正德却总是不免多心，加之关明梅心中郁闷，脾气更加急躁，夫妻数十年来不断龃龉。三人现今都已白发苍苍，然而于这段纠缠不清的情缘，仍是无日不耿耿于怀。

陈正德这次救了袁士霄，很是得意，心想你一向占我上风，今后对我感不感恩？关明梅却听袁士霄说坏了他的大事，不解其意，问道："怎地坏了你的大事？"袁士霄道："这群畜生近来越生越多，实是沙漠中一个大害。好几个回人聚居的部落，给狼群连人带畜，吃了个精光。我布置了一个机关，引狼群去自投死路，哪知却要他来多事？"

陈正德知他所说是实，讪讪的很不好意思。袁士霄见关明梅神色歉然，安慰她道："陈大哥和你也是好意，我谢谢你们就是。"陈正德道："你怎生布置的？"袁士霄忽然叫道："救人要紧！"一跃下树，堕入狼群。

这时关东三魔已被狼群赶上，三人背靠背的奋战，两匹坐骑早已给狼群撕成碎片。三人虽用兵刃打死了十多头狼，但群狼不断猛扑。三人身上都已受了七八处伤，眼见难支，袁士霄突然飞堕，双掌起处，两头饿狼天灵盖已被击碎。他抓起哈合台往树上抛去，叫道："接着！"陈正德一把抓住。袁士霄如法炮制，把滕一雷和顾金标掷了上去，跟着两掌打死两头饿狼，抓住死狼项颈，猛挥开路，冲到树下跃上。关东三魔死里逃生，见他杀狼易于搏兔，手法之快，劲力之重，生平从所未见，等他上树，不住称谢。

数百头饿狼绕着大树打转爬搔，仰头叫嗥。远处数十头虎豹已被狼群追上围住，搏斗吼叫之声，充塞空际。群兽腾挪奔跃，撕打咬啃，惨烈异常。转瞬之间，虎豹都被狼群嚼碎，吃得干干净净。树颠各人都是江湖豪客，但这般可怖的场面也是首次得见，无不心惊。

陈正德接到关东三魔时，随手在树上一放，这时圆睁怪眼，瞪着三人。霍青桐道："师公，这三个不是好人！"陈正德道："好，拿他们喂狼！"双掌一错，就要上前，但见树下群狼嚼食虎豹驼羊的惨状，又有点不忍，就这么一迟疑，滕一雷叫道："这边来！"向旁边一株树上跃了过去，顾、哈两人也跟着纵去。

关明梅向霍青桐道:"青儿,怎样?"她要看霍青桐的主意,是不是要赶尽杀绝。霍青桐心肠一软,说道:"算了吧!"想起自己的烦恼,长叹一声,流下泪来。她随即定神,朗声向三魔道:"我便是翠羽黄衫霍青桐,你们要找我报仇,怎不过来?"滕一雷等三人听说她便是霍青桐,又惊又悔,又是愤怒,却又怎敢过来?

　　狼群来得快,去得也快,在树下盘旋叫嗥了一阵,又追逐其余野兽去了。

　　关明梅命霍青桐参见天池怪侠。袁士霄见她一脸病容,从衣囊中拿出两粒朱红色的药丸,说道:"给你吧,这是雪参丸。"天山双鹰素知雪参丸之名,乃是用珍奇药材配制而成,真有起死回生之功。关明梅道:"快谢!"

　　霍青桐待要施礼,袁士霄已跃下高树,疾奔而去,有如一条灰线,不一刻在滚滚黄尘中在远处成了一个黑点。

陈家洛搂住香香公主,双腿一夹,白马腾空窜出。张召重一把抓住白马马尾,出力后拉。但白马向前猛窜,反将他身子拖得扬了起来,带出火圈。

第十六回

我见犹怜二老意
谁能遣此双姝情

关明梅抱着霍青桐下树,叫她先吞服一颗雪参丸。霍青桐吞了下去,只觉一股热气从丹田中直冒上来,登时全身舒泰。关明梅道:"你真造化,得了这灵丹妙药,就好得快了。"陈正德冷冷的道:"就是不吃这药,也死不了。"关明梅道:"难道说你宁愿青儿多受苦楚?"陈正德道:"要是我啊,宁可死了,也不吃他的药丸。你呢?就算身上没病,也想吃他给的药。"关明梅怒火上冲,正要反唇相稽,见霍青桐珠泪莹然,楚楚可怜,就忍住不说了,把她负在背上,向北而去。陈正德跟在后面,一路唠唠叨叨的说个不休。

三人回到玉旺昆双鹰的居所。霍青桐服药后再睡了一觉,精神便好得多了。关明梅坐在她床边询问,干么一个人带病出来。霍青桐把计歼清兵、途遇三魔等事详细说了,可是始终没说出走的原因。关明梅性子急躁,不住追问。

霍青桐对师父最为敬爱,不再隐瞒,哭道:"他……他和我妹子好,我调兵的时候……爹爹和大伙儿都疑我有私心。"关明梅跳了起来,叫道:"就是你送短剑给他的那个什么陈总舵主?"霍青桐点点头。关明梅怒道:"这人喜新弃旧,你妹子又如此没姊妹之情。两人都该杀了。"霍青桐急道:"不,不……"关明梅道:"我去给你算这笔帐!"说着冲出房去。陈正德听得妻子大叫大嚷,忙过来看,两人在门边险些一撞。关明梅道:"跟我来!去杀两个负心无义之人!"陈正德道:"好!"夫妻俩奔了出去。

霍青桐跳起身来,要追出去说明原委,身上却只穿着内衣,心头一急,晕了过去。待得醒转,师父和师公早去得远了。她知这两人性子急躁异常,武功又高,陈家洛一人决计敌不过,如真把他和妹子杀了,那如何是好?当下顾不得病中虚弱,上马赶去。

一路上关明梅说天下负心男子最是该杀,气愤愤的道:"青儿这把古剑是罕有的珍物,好心送了给他,对他何等看重?他却将青儿置于脑后,又看上了她的妹子,真该千刀万剐。"双鹰对霍青桐均极宠爱,陈正德也道:"青儿的妹子怎地也如此无耻,抢夺亲姊姊的人,把她气成这副样子。"

双鹰走到第三天上,见前面沙尘扬起,两骑马从南疾驰而来。关明梅"啊"的一声叫了出来。陈正德问道:"什么?"这时也看清,迎面驰来的正是陈家洛,便即伸手拔剑。关明梅道:"慢着,你瞧他们坐骑多快,纵马一逃,可追不上了。咱们假装不知,慢慢下手不迟。"陈正德点点头,两人迎了上去。

陈家洛也见到了他们,忙催马过来,下马施礼,道:"有幸又见到两位前辈。两位可见到霍青桐姑娘么?"关明梅心中痛骂:"你还假惺惺的装作惦记她。"说道:"不见呀!有什么事情?"忽然眼前一亮,只见一个极美的少女纵马来到跟前。陈家洛道:"那是你姊姊的师父,快下来见礼。"香香公主下马施礼,笑道:"我常听姊姊说起两位。你们见到我姊姊吗?"陈正德心想:"怪不得这小子要变心,她果然比青儿美得多。"关明梅心想:"小小姑娘,居然也如此奸滑。"她不露声色,假问原委。陈家洛说了。关明梅道:"好,咱们一起找去。"四人并辔同行,向北进发。

关明梅见两人都是面有忧色,心想:"做了坏事,内心自然不安,但不知他们找寻青儿为了什么。两人一起来,多半是存心要把她气死。"越想越恨,落在后面,悄声对丈夫说道:"待会你杀那男的,我杀那女的。"陈正德点头答应。

到得傍晚,四人在一个沙丘旁宿营,吃过饭后围坐闲谈。香香公主从囊中取出枝牛油蜡烛点起。双鹰在火光下见两人,男的如玉树临风,女的如玫瑰笼烟,真是一对璧人,暗暗叹息:"这般的人才,心术却如此之坏。"

香香公主问陈家洛道:"你说姊姊当真没危险?"陈家洛实在也

十分担忧,但为了安慰她,说道:"你姊姊武功很好,人又聪明,几万清兵都给她杀了,一定没事。"香香公主对他是全心全意的信任,听他说姊姊没事,就不再有丝毫怀疑,说道:"不过她有病,找到她后,还是劝她回去休息的好。"陈家洛点头道:"是。"

关明梅认定他们是一搭一档的演戏,气得脸都白了。此刻天时尚早,香香公主忽向陈正德道:"老爷子,咱们来玩个玩儿好吗?"陈正德向妻子瞧去。关明梅缓缓点头,示意别让对方起疑。陈正德说:"好!什么玩儿?"香香公主向关明梅和陈家洛一笑,道:"你们也来,好不好?"两人点头同意。

香香公主把马鞍子拿过来放在四人之间,在鞍上放了一堆沙,按得结实,再在沙堆上放一枝点燃的小蜡烛,说道:"咱们用这把小刀,将沙堆上的沙一块块的切下来,切到最后,谁把蜡烛弄掉下来,就罚他唱歌、讲故事或者跳舞。老爷子先来。"把小刀递给了陈正德。

陈正德几十年没玩孩子们的玩意了,这时拿着小刀,脸上神情甚是尴尬。关明梅一推他手肘,道:"切吧!"陈正德嘻嘻一笑,把沙堆切下了一块,将小刀交给妻子。关明梅也切了一块。轮不到三个圈,沙堆变成了一条沙柱,比蜡烛已粗不了多少,只要稍微一碰,蜡烛随时可以掉下。陈家洛拿小刀轻轻在沙柱上挖了一个凹洞。香香公主笑道:"你坏死啦!"接过小刀在另一边挖了个小孔。这时沙柱已有点摇晃,陈正德接过小刀时右手微微颤抖。关明梅笑骂:"没出息。"香香公主笑着代他出主意,道:"你轻轻挑去一粒沙子也算。"

陈正德依言去挑,手上劲力稍大,沙柱一晃坍了,蜡烛登时跌下熄了,陈正德大叫一声:"啊哟!"香香公主拍手大笑。关明梅与陈家洛也觉有趣。香香公主笑道:"老爷子,你唱歌呢还是跳舞?"陈正德老脸羞得通红,拼命推搪。关明梅与丈夫成亲以来,不是吵嘴就是一本正经的练武,又或是共同对付敌人,从未这般开开心心的玩耍过,眼见丈夫憨态可掬,心中直乐,笑道:"你老人家欺侮孩子,那可不成!"陈正德推辞不掉,只得说道:"好,我来唱一段昆腔,贩马记!"用小生喉咙唱了起来,唱到:"我和你,少年夫妻如儿戏,还在那里哭……"不住用眼瞟着妻子。

关明梅心情欢畅,记起与丈夫初婚时的甜蜜,如不是袁士霄突然归来,他们原可终身快乐。这些年来自己从来没好好待他,常对他无理发怒,可是他对自己一往情深,有时吃醋拌嘴,那也是因爱而起,这时忽觉委屈了丈夫数十年,心里很感歉疚,伸出手去轻轻握住了他手。陈正德受宠若惊,只觉眼前蒙眬一片,原来泪水涌入了眼眶。关明梅见自己只露了这一点儿柔情,他便感激万分,可见以往实在对他过份冷淡,向他又是微微一笑。

这对老夫妻亲热的情形,陈家洛与香香公主都看在眼里,相视一笑。四人又玩起削沙游戏来。这次陈家洛输了,他讲梁山伯与祝英台的故事。

天山双鹰对这故事当然熟悉,但这时两人不约而同的想到,梁祝是有情人而不能成为眷属,自己夫妇却能白首偕老,虽然过去几十年中颇有隔阂龃龉,这时却开始融洽,临到老来两情转笃,确是感到十分甜美。香香公主第一次听到这故事,她起初不断好笑,说梁山伯不知祝英台是女扮男装,实在笨死啦。

陈家洛心想:"我不知李沅芷是女扮男装,何尝不笨?""难道自己真的瞧不出李沅芷是女扮男装吗?"她虽装得甚像,但面目娇媚秀美,一望而知是个绝色美人。但一来其时初接总舵主大任,深惧不胜负荷,又逢文泰来被捕,不知如何搭救,戒慎恐惧之际,不敢再惹儿女之情,二来陈家洛一生之中,相处熟稔的女孩子只是晴画、雨诗那样的小丫头,温柔婉顺,他说什么就听什么,霍青桐这般英风飒飒,虽美而不可亲,一见就只想远观而不愿接近,似乎自己故意想找个借口来退缩在一边。其实他见李沅芷面目美秀,脂粉气甚重,只当她是个善于调情骗女人的浮浪子弟,但确比自己俊美得多。他一生事事皆占上风,忽然间给人比了下去,既感气恼,又生了醋意成见,不免故意对其贬低,不肯正视真相。其后天目山徐天宏洞房之夕李沅芷前来混闹,陈家洛也料到是陆菲青的女弟子,内心深处,却不愿由此消去对霍青桐的芥蒂,此后也正因此而得与香香公主相爱,却又未免辜负了霍青桐的一番心意,对她不免有愧于心。喜愧参半,不由得叹了口长气。

接着陈正德又输了一次,他却没什么好唱的了。关明梅道:"我来代你,我也讲一个故事。"香香公主拍手叫好。关明梅讲的是王魁负桂英的故事。

夜已渐深,香香公主感到身上寒冷,慢慢靠到关明梅身边。关明梅见她娇怯畏寒,轻轻把她搂住,又把她被风吹乱了的秀发理了一理。关明梅讲这故事,本想在杀死二人之前教训一顿,让他们自知罪孽,死而无怨,讲到一半,只觉香气浓郁,似乎身处奇花丛中,住口低头看时,见香香公主已在自己怀中睡着了。天山双鹰并无子女,老夫妇在大漠之中有时实在寂寞异常。霍青桐平日对双鹰虽也依恋,但她性子刚强直率,与双鹰谈论的多是武功战阵之事。关明梅忽想:"要是我们有这样一个玉雪可爱的女儿,可有多好!"这时烛火已被风吹熄,淡淡星光下见她脸露微笑,右臂抱住自己身体,就如小儿抱着母亲一般。

陈正德道:"大家休息吧!"关明梅低声道:"别吵醒她!"轻轻站起,把她抱入帐篷,取毡毯给她盖上,只听她在梦中迷迷糊糊的道:"姊姊,拿点羊奶给我小鹿儿,别饿坏了它。"关明梅一怔,道:"好,你睡吧!"轻轻退出,心想:"她明明是个天真无邪、心地善良的孩子,怎会做出这等事来?"见陈家洛另支帐篷,与香香公主的帐篷隔得远远地,微微点头。

陈正德走过来低声道:"他们不住一个帐篷。"关明梅点点头。陈正德又道:"他还不睡,反来覆去的尽瞧着那柄剑。等他睡了再下手呢,还是过去指明他的罪,给他来个明白的?"关明梅很是踌躇,道:"你说呢?"陈正德心中充满了柔情密意,浑无杀人的心思,说道:"咱们且坐一会,等他睡着了再杀,让他不知不觉的死了吧。"

陈正德携了妻子的手,两人偎倚着坐在沙漠之中,默默无言。不久陈家洛进帐睡了。又过了半个时辰,陈正德道:"我去瞧瞧他睡着了没有。"关明梅点点头,可是陈正德并不站起,口里低低哼着不知什么曲调。关明梅道:"好动手了吧?"陈正德道:"应该干了。"但两人谁也没先动,显是都下不了决心。

天山双鹰生平杀人不眨眼,江湖上丧生于他们手下的不计其数,这时要杀两个睡熟的年轻人,竟然下不了手。渐渐斗转星移,寒气加甚,老夫妻俩互相搂抱。关明梅把脸藏在丈夫怀里,陈正德轻轻抚摸她的背脊。过不多时,两人都睡着了。

第二天早晨陈家洛与香香公主醒来,见二老已经离去,都感奇怪。香香公主忽道："你瞧，那是什么？"陈家洛转头一看，见平沙上写着八个大字："怙恶不悛，必取尔命"。每个字都有五尺见方，想是用剑尖划的。陈家洛皱起眉头，细思这八个字的含意。香香公主不识汉字，问道："画的什么？"陈家洛不愿令她耽心，道："他们说有事要先走一步。"香香公主道："姊姊这两位师父真好……"话未说完，突然跳起，惊道："你听！"

陈家洛也已听得远处隐隐一阵阵惨厉的呼叫，忙道："狼群来啦，快走！"两人匆忙收拾帐篷食水，上马狂奔。就这样一耽搁，狼群已然奔近，幸而两人所乘的坐骑都神骏异常，片刻之间即把狼群抛在后面。群狼饥饿已久，见了人畜，舍命赶来，虽然距离已远，早已望不见踪影，还是循着沙上足迹，一路追踪。

陈家洛和香香公主跑了半日，以为已经脱险，下马喝水，刚生了火要煮食，狼嗥声又近。两人疾忙上马，到天黑时估计已把狼群抛后将近百里，才支起帐篷宿歇。睡到半夜，那白马纵声长嘶，乱跳乱嘶，把陈家洛吵醒，只听得狼群又已逼近。两人不及收拾帐篷，提了水囊干粮，立即上马。这般逃逃停停，在大漠中兜了一个大弧形，始终摆脱不了狼群的追逐，却已累得人困马乏。那红马终于支持不住，倒毙于地，两人只得合骑白马逃生。白马载负一重，奔跑愈慢，到第三日上已不能把狼群远远抛离。

陈家洛心想："若非这马如此神骏，早已累死，全亏得它接连支持了两日两夜，但只要再跑半日，也非倒毙不可。"又行了一个多时辰，见左首有些小树丛，纵马过去，下马说道："且在这里守着，让马休息。"和香香公主合力堆起一堵矮矮的沙墙，采了些枯枝放在墙头，生起火来，霎时间成为一个火圈，将二人一马围在中间。

布置好不久，狼群便已奔到。群狼怕火，在火圈旁盘旋号叫，却不敢逼近。陈家洛道："等马气力养足了，再向外冲。"香香公主道："你说能冲出去么？"陈家洛心中实在毫无把握，但为了安慰她，说道："当然行。"

香香公主见那些饿狼都瘦得皮包骨头，不知有多少天没吃东西了，道："这些狼也很可怜。"陈家洛笑了一笑，心道："这孩子的慈悲心简直莫名其妙，我们快成为饿狼肚里的食物了，她却在可怜它们，还不如可怜自己吧。"望着她双颊红晕，肌肤白得真像透明一般，再见火圈外群狼张开大口,露出又尖又长的白牙,馋涎一滴滴的流在沙上,呜呜怒嗥,只待火圈稍有空隙,就会扑将上来,不觉一阵心酸。

香香公主见到他这等爱怜横溢的目光,知道两人活命的希望已极微小,走近身去,拉着他手,说道:"和你在一起,我什么也不怕。我俩死了之后,在天国里仍是快快活活的永不分离。"陈家洛伸手把她搂在怀里,心想:"我可不信有什么天国。那时她在天上,我却在地狱里。"又想:"她穿了白衣,倚在天堂里白玉的栏干上。她想着我的时候,眼泪一滴滴的掉下来。她眼泪一定也是香的,滴在花上,那花开得更加娇艳芬芳了……"

香香公主转过头来,见他嘴角边带着微笑,脸上却神色哀伤,叹了一口气,正要合眼,忽见火圈中有一处枯枝渐渐烧尽,火光慢慢低了下去。她叫了一声,跳起身去加柴,三头饿狼已窜了进来。陈家洛一把将她拉在身后。白马左腿起处,已将一头狼踢了出去。陈家洛身子一偏,抓住一头巨狼的头颈,向另一头灰狼猛挥过去。那狼跳开避过,又再扑上。另外两头狼又从缺口中冲进。陈家洛用力一掷,将手中那狼抛将过去,三头狼滚作一团,互相乱咬狂叫,出了火圈。他拾起地下烧着的一条树枝,向大灰狼打去。那狼张开大口,人立起来咬他咽喉。他手一送,将一条烧红的树枝塞入狼口,两尺来长的树枝全部没入,那狼痛彻心肺,直向狼群中窜去,滚倒在地。

陈家洛在缺口中加了柴,眼见枯枝愈烧愈少,心想只得冒险去捡。好在树木就在身后,相距不过十余丈,于是左手拿起钩剑盾,右手提了珠索,对香香公主道:"我去捡柴,你把火烧得旺些。"香香公主点头道:"你小心。"可是并不在火中加柴。她知道这一点儿枯枝培养着两人生命之火,火圈一熄,两人的生命之火也就熄了。

陈家洛剑盾护身,珠索开路,展开轻功向树丛跃去。群狼见火圈中有人跃出,猛扑上来,当先两头早被珠索打倒。他三个起落,已奔近树旁,这些灌木甚为矮小,不能攀上避狼,当下左手挥动钩剑盾,右手不住攀折树枝。数十头饿狼围在他身边,作势欲扑,每次冲近,都被盾上明晃晃的九枝钩剑吓退。他采了一大批柴,用脚踢拢,俯身拿珠索一缚。就在这时,一头恶狼乘隙扑上,他剑盾一挥,那狼登时毙命,但剑上有钩,钩住了狼身落不下来,余狼连声咆哮。他急忙用力一扯,把狼尸扯下来掷出。群狼扑上去抢夺咬嚼。他乘机提

第十六回 我见犹怜二老意 谁能遣此双妹情

起那捆树枝,回进火圈。

香香公主见他无恙归来,高兴得扑了上来,纵身入怀。陈家洛笑着揽住了她,把树枝往地下一掷,抬起头来,不由得大吃一惊。原来火圈中竟然另有一人。那人身材魁梧,身上衣服已被饿狼撕得七零八落,手中提剑,全身是血,脸色却颇为镇静,冷冷的望着他,正是死对头火手判官张召重。

两人相互瞪视,都不说话。香香公主道:"他从狼群中逃出来,想是瞧见这里的火光,奔了过来。你瞧他累成这样子。"从水囊中倒了一碗水递过。张召重接住,咕嘟咕嘟一口气喝下,伸袖子在脸上一抹,揩去汗血。香香公主"呀"的一声叫了出来,认出他是在兆惠大营中曾与陈家洛打斗的那个武官,后来在沙坑中又曾与文泰来等恶战过的。陈家洛剑盾挡胸,珠索一挥,叫道:"上吧!"

张召重目光呆滞,突然仰后便倒,原来他救了和尔大后,出来追踪陈家洛和香香公主,中途也遇上了狼群。和尔大为群狼咬死,他仗着武功精绝,连杀数十头恶狼,夺路逃命,在大漠中奔驰了一日一夜,坐骑倒毙,只得步行奔跑,无饮无食,又熬了一日,远远望见火光,拼命抢了进来。他全仗提着一口内息苦撑,一松劲后再也支持不住,晕了过去。香香公主要过去救护,陈家洛一把拉住,道:"这人阴险万分,别上他当。"过了半晌,见他毫无动静,这才走近察看。

香香公主拿些冷水浇在他额头上,又在他口中灌了些羊乳。张召重悠悠醒来,喝了半碗羊乳,重又睡去。陈家洛心想鬼使神差,教这大奸贼送入我手,这时要杀他不费吹灰之力,但乘人之危,非大丈夫行径,而且喀丝丽心地仁善,见我杀这无力抗拒之人,必定不喜。但要是饶了他,等他养足力气,自己可不是他敌手。一时拿不定主意,转过头来,见香香公主望着张召重,眼中露出怜悯之意。陈家洛一见到她这副眼神,当即决定再饶这奸贼一次,这一生中不论如何艰险危难,决不能做什么事教喀丝丽心中不喜,眼下三人共处绝境,这厮武功卓绝,待他力气复原,两人合力,或能把香香公主救出,单靠自己却万万不能,于是也喝了几口羊乳,闭目养神。

过了一会,张召重醒了过来。香香公主递了一块干羊肉给他,替他用布条缚好腿上几处狼牙所咬的伤痕。张召重见他两人以德报怨,不觉惭愧,垂头不语。陈家洛道:"张大哥,咱们现今同在危难之中，过去种种怨仇，只好暂且抛在一边，总要同舟共济才好。"张召重道："不错，咱俩现在一斗，三人都成为饿狼腹内之物。"他休息了一个多时辰，精神力气稍复，暗暗盘算脱困之法，心想："天幸这两人又撞在我手里。三人都给恶狼吃了，那没话说。如能脱却危难，须当先发制人，杀了这陈公子，再把这美娃娃掳去。今后数十年的功名富贵是十拿九稳的了。"

陈家洛心想如此僵持下去，如何了局，见到火圈外有许多狼粪，想起霍青桐烧狼烟传讯之法，于是用珠索把狼粪拨近，聚成一堆，点燃起来，一道浓烟笔直升向天际。张召重摇头道："就算有人瞧见，也不敢来救。除非有数千大军，才能把这成千成万恶狼赶开。"陈家洛也知这法子无济于事，但想聊胜于无，不妨寄指望于万一。

天色渐晚，三人在火圈中加了树枝，轮流睡觉。陈家洛对香香公主低声道："这人很坏，我睡着时，你得加意留心着他。"香香公主点头答应。陈家洛把树枝堆在他与张召重之间，防他在自己睡着时突施暗算，香香公主可无力抵御。

睡到中夜，突然狼嗥之声大作，震耳欲聋，三人惊跳起来。只见数千头饿狼都坐在地下，仰头望着天上月亮，齐声狂嗥，声调凄厉，实是令人毛骨悚然。叫了一阵，数千头饿狼的声音又倏然而止。这是豺狼数万年世代相传的习性，直至后来驯伏为狗，也常在深夜哭叫一阵。

次日黎明，三人见狼群仍在火圈旁打转，毫无走开之意。陈家洛道："只盼有一队野骆驼经过，才能把这些恶鬼引开。"突然远处又有狼嗥，向这边奔来。张召重皱眉道："恶鬼越来越多了。"

尘沙飞扬之中，忽见三骑马向这边急奔而来，马后跟着数百头狼。等到马上乘者瞧见这边饿狼更多，想从斜刺里避开，这边的饿狼已迎了上去，登时把三骑围在垓心。马上三人使开兵器，奋力抵挡。

香香公主叫道："快去接他们进来呀！"陈家洛对张召重道："咱们救人去。"两人手执兵器，向三骑马冲去，两下一夹攻，杀开一条血路，把三骑接引到火圈中来。只见一匹马上另有一人，双手反绑，伏在马鞍之上，身子软软的不知是死是活，看打扮是个回人姑娘。那三人跳下马来，一人把那回人姑娘抱下。

香香公主忽然惊叫："姊姊，姊姊！"奔过去扑在那女子身上。陈家洛吃了一惊，香香公主已把那女子扶起，只见她玉容惨淡，双目紧闭，正是翠羽黄衫霍青桐。

原来霍青桐扶病追赶师父师公，不久就遇到关东三魔，她无力抵抗，拔剑要想自尽，被顾金标扑上夺去长剑，登时擒住。关东三魔擒得仇人，欢天喜地。依哈合台说，当场把她杀了，给三位盟兄弟报仇。顾金标却心存歹念，说要擒回辽东，在三位盟兄弟灵前活祭。顾金标是把兄，执意如此，哈合台拗他不过。当下一同回马启程东归。走了一天，被霍青桐故意误指途径，竟在大漠中迷失方向。这天远远看见一道黑烟，只道必有人家，径自奔来，哪知却是陈家洛烧来求救的狼烟。

顾金标见陈家洛纵上来要抢人，虎叉呛啷啷一抖，喝道："别走近来，你要干么？"

霍青桐病中虚弱，在狼群围攻中已晕了过去，这时悠悠醒转，斗然间见到陈家洛与妹子，心中一股说不出的滋味，不知是伤心还是欢喜。

香香公主对陈家洛哭道："你快叫他放开姊姊。"陈家洛道："你放心！"转头对顾金标道："你们是什么人？为什么擒住我的朋友？"滕一雷抢上两步，挡在顾金标身前，冷冷打量对面三人，说道："两位出手相救，在下这里先行谢过。请教两位高姓大名。"陈家洛未及回答，张召重抢着道："他是红花会陈总舵主。"三魔吃了一惊，滕一雷又问："请教阁下的万儿。"张召重道："在下姓张，草字召重。"滕一雷咦了一声，道："原来是火手判官，怪不得两位如此了得。"当下说了自己三人姓名。

陈家洛暗暗发愁，心想群狼之围尚不知如何得脱，接连又遇上这四个硬对头，现下只有设法要他们先行放开霍青桐再说，说道："咱们的恩仇暂且不谈，眼前饿狼环伺，各位有何脱险良方？"这句话把三魔问得面面相觑，答不出来。哈合台道："要请陈当家的指教。"陈家洛道："咱们合力御狼，或许尚有一线生机。要是自相残杀，转眼人人都填于饿狼之腹。"滕哈两人微微点头，顾金标怒目不语。陈家洛又道："因此请顾老兄立即放了我这朋友。大伙共筹退狼之策。"顾金标道："我不放，你待怎样？"陈家洛道："那么咱们七人之中,轮到你第一个去喂狼。"顾金标虎叉一抖,喝道:"我却要先拿你去喂狼!"陈家洛道:"我这朋友你是非放不可!咱俩不动手,大家也未见得能活,只要一动手,不论谁胜谁败,总是闹个两败俱伤,那就死定了。请顾朋友三思吧。"

滕一雷低声道:"老二,先放了再说。"顾金标好容易把一个如花似玉的霍青桐擒到在手,这时宁可不要性命也不肯放,不住摇头。滕一雷心下盘算:"我们三人对他三人,人数是一样。但听说火手判官剑术拳法,是武林中数一数二人物。瞧他二人适才杀狼身手,都着实了得。这美貌少女既与他们在一起,手下想必不弱。当真打起来,只怕不是对手。"他这一思量,不觉气馁,低声道:"老二,你放不放?闹起来我可无法帮你。"

顾金标自见霍青桐后,全神贯注,执迷不悟,他也知道张召重的名气,决定单独向形貌文弱的陈家洛挑战,恶狠狠的道:"你如赢得我手中虎叉,把这女子拿去便了。是英雄好汉,咱二人就单打独斗,一决胜败。"陈家洛实不愿这时在狼群之中自相残杀,微微沉吟,尚未答话,张召重已抢着道:"你放心,我谁也不帮就是。"这句话似是对陈家洛说,其实却是说给顾金标听,要他不必疑虑,尽管挑战。

顾金标大喜,叫道:"你要是不敢,那就别管旁人闲事。否则的话,拳脚兵刃,兄弟都可奉陪。我三个盟弟都死在红花会手里,此仇岂可不报?"最后这句话却是说给滕哈二人听的,意思说我是为了公愤,并非出于私欲,你们可不能袖手不理。

陈家洛向霍青桐姊妹望去,见霍青桐脸露怨愤,香香公主焦虑万状,把心一横,想道:"这姊妹两人都对我有情,我今日为她们死了,报答了她们的恩义,也免得我左右为难,伤了她们手足之情。"慨然道:"这位姑娘是我好朋友,我拼得性命不在,也要你放。"霍青桐眼圈一红,心想他对我倒也不是全无情义。顾金标道:"我也拼得性命不在,决不肯放。"张召重笑道:"好吧,那么你们拼个你死我活吧。"三魔听他语气,已辨出他对陈家洛颇有幸灾乐祸之心。

陈家洛道:"咱二人拼斗,不论是你杀了我,还是我杀了你,对别人都无好处。这样吧,咱二人一起出去杀狼。谁杀得多,就算谁胜。"他想这法子至少可稍减群狼的威胁,不致把御狼的力量互相抵消。哈合台首先赞成,鼓掌叫好。张召重道:"要是陈当家的得胜,顾二哥就把这位姑娘交给他。要是顾二哥杀的狼多,陈当家的不得再有异言。"

陈家洛和顾金标怒目相视,俱不答应,只因杀狼之事,谁都没必胜把握,可是又决不能让霍青桐落入对方手里。陈家洛心想:他使猎虎叉,一定擅于打猎,或许杀狼有高强手段。顾金标却想:他要比赛杀狼,料来有相当把握,我偏不上他的当,说道:"你要和我斗,那就是拼赌性命。轻描淡写的玩意,可没兴致陪你玩。"

张召重忽道:"在下与三位今日虽是初会,但一向是很仰慕的。至于陈当家的呢,我们过去颇有点过节,但此刻也不谈了。我双方谁也不帮。现今我有个主意,既可一决胜败,双方也不伤和气。各位瞧着成不成?"滕一雷听他说与陈家洛有梁子,心中一喜,忙道:"张大哥请说。火手判官威震武林,主意必定是极高明的。"张召重微微一笑,道:"不敢。咱们身处狼群包围之中,自相拼斗,总是不妙。陈当家的你说是不是?"陈家洛点点头。张召重又道:"比赛杀狼吧,这位顾二哥又觉得太过随便,不是好汉行径。我献一条计策:你们两位赤手空拳的一起走入狼群,谁胆小,先逃了回来,谁就输了。"

众人听了,都是心中一寒,暗想此人好生阴毒,赤手空拳的走入狼群,谁还能活着性命回来?张召重又道:"要是哪一位不幸给狼害了,另一位再回进火圈,也算胜了。"陈家洛双眉一扬,说道:"要是咱两人都死了,那怎样?"哈合台道:"我敬重你是条好汉子,着落在我身上,放了这位姑娘就是。"陈家洛道:"哈兄的话我信了,这位姑娘你们可也不能欺侮她。"伸手向香香公主一指。哈合台道:"皇天在上,我答应了陈当家的。如有异心,教恶狼第一个吃我。"陈家洛抱拳道:"好,多谢了。"心中盘算已定,别说狼群围伺,就算一条狼也没有,自己孤身遇上这四个强敌,也必有死无生,现下决意舍了自己性命,无论如何要比顾金标迟回火圈,由此救出霍青桐姊妹,那也心愿已足,汉家光复的大业,只好偏劳红花会众兄弟了,把剑盾珠索往地下一掷,向顾金标一摆手道:"顾朋友,走吧!"

顾金标拿着虎叉,踌躇不决。他虽是亡命之徒,素来剽悍,但要他空手走入狼群,可实在不敢。张召重只怕赌赛不成,激他道:"怎么?顾朋友有点害怕了吧?这本来是挺危险的。"顾金标仍是沉吟。

香香公主不懂他们说些什么，只是见到各人神色紧张。霍青桐却每句话都听在耳里，见陈家洛甘愿为她舍命，心中感动异常，叫道："你别去！宁可我死了，也不能让你有丝毫损伤。"她平素真情深藏不露，这时临到生死关头，情不自禁的叫了出来。只听得当啷一声，一柄猎虎叉掷在地下。

顾金标见她对陈家洛如此多情，登时妒火中烧。他性子狂暴，脾气一发作，那就是天不怕地不怕了，叫道："我就是给豺狼咬掉半个脑袋，也不会比你这小子先回来。走吧！"

陈家洛向霍青桐和香香公主一笑，并肩和顾金标向火圈外走去。霍青桐吓得又要晕去，叫道："别……别去……"香香公主却睁着一双黑如点漆的眼珠，茫然不解。

两人正要走出火圈，滕一雷忽然叫道："慢着。"两人停步转身。滕一雷道："陈当家的，你身上还有把短剑。"陈家洛笑道："对不起，我忘了。"解下短剑，走到霍青桐面前，道："别伤心！你见了这剑，就如见到我一样。"将剑放在她身上。

霍青桐流下泪来，喉中哽住了说不出话，就在这时，一个念头在脑中忽如电光般一闪，低声道："你低下头来。"陈家洛低头俯耳过去。霍青桐低声说道："用火折子！"陈家洛一怔，随即恍然，转头对张召重道："张大哥，刚才我忘了解下短剑，请你公证人再瞧一瞧。"张召重在陈顾两人衣外摸了一遍，说道："顾二哥，请你把暗器也留下吧。"

顾金标气愤愤的把十多柄小叉从怀中摸出，用力掷在地下，把辫子在头顶一盘，神情大变，眼中如要喷出血来，突然奔到霍青桐跟前，一把抱住，正要低头去吻，忽然后心被人抓住，提起来往地下一掼。顾金标平日和盟兄弟练武，大家交手惯了的，知道这一下除了哈合台再无别人，果然听得哈合台喝道："老二，你要不要脸？"顾金标一摔之后，头脑稍觉清醒，大吼一声，发足向狼群中冲去。

陈家洛双足一点，使开轻功，已抢在他之前。

群狼本来在火圈外咆哮盘旋，忽见有人奔出，纷纷扑上。顾金标心知这次遇上了生平从所未有的凶险，只好多挨一刻是一刻，见两头恶狼从左右同时扑到，身子一偏，左手疾探，已抓住左边那狼的项颈，右手抢住它的尾巴，提了起来。武学之中有一套功夫叫做"凳拐",据说有一位武林前辈夏夜在瓜棚里袒腹乘凉,忽然敌人大举来袭,一时之间,四面八方都是手执兵刃的强敌。他身无武器,随手提起一条板凳,拦架击打,把敌人打得大败而逃。这套功夫流传下来,武林中学练的人着实不少,以备赤手遇敌时防身之用。因长凳所在都有,会了这套武术,便如处处备有兵器。顾金标抓住这狼,灵机一动,便将之当作板凳,展开"凳拐"中的招式,横扫直劈,舞了开来。狼身长短与板凳相近,也有四条腿,他舞得呼呼生风,群狼一时倒扑不近身。

陈家洛使的却是"八卦游身掌"身法,在狼群中东一晃,西一转,四下乱跑。这本是威震河朔王维扬的拿手功夫,在杭州狮子峰上,曾打得张召重一时难以招架。陈家洛当日在铁胆庄与周仲英比武,也曾使过。他的造诣比之王维扬自是远远不及,却也是脚步轻捷,身法变幻。初时群狼倒也追他不上,但饿狼纷纷涌来,四下挤得水泄不通,教他再无发足奔跑的余地。他知这套武功已管不了事,当下从怀中取出火折,迎风一晃,火折点亮,挥了个圈子。火折上的火光十分微弱,群狼却立时大骇,纷纷倒退,虽然张牙舞爪,作势欲扑,终究不敢扑上,只在喉头发出呜咽咆哮之声。

香香公主猛见陈家洛冲入狼群,大感不解,奔到霍青桐跟前,说道:"姊姊,他干什么呀?"霍青桐垂泪道:"他为了救咱们姊妹,宁可送掉自己性命。"香香公主先一惊,随即淡淡一笑,说道:"他死了,我也不活。"霍青桐见她处之泰然,心想她说这句话出乎自然,便似是天经地义之事,既无心情激荡,也不用思索,可见对他的痴爱,已自然而然成为她心灵中的一部份了。

张召重见陈顾两人霎时都被群狼围住,心中暗喜,突见陈家洛取出火折,恶狼吓得后退,不觉一呆,但想火折不久就会烧完,也只不过稍延时刻而已。

滕、哈二人却只瞧着顾金标,先见他大展刚勇,提着一头巨狼舞得风雨不透,各自心喜,忽见他使一招"懒汉闩门",举起巨狼向外猛碰,跟迎面扑上来的一头狼当头一撞。两头狼都急了,不顾三七二十一张口就咬,一头脸上咬得见骨,另一头颈中鲜血淋漓。群狼见血,更加蜂拥而来,扑上来你一口我一口,将顾金标手中的巨狼撕得稀烂,最后只剩他左手一个狼头,右手连着尾巴的一个狼臀。这么一来，情势登时危急，他想再去抓狼，一头恶狼扭头便咬，若非缩手得快，左手已被咬断，同时右边又有两头饿狼扑了上来。

哈合台解下腰中所缠钢丝软鞭，叫道："老大，我去救他。"滕一雷还未回答，霍青桐冷冷的道："关东豪杰要不要脸？"哈合台登时楞住，再看狼群中两人情势，又已不同。

陈家洛见火折子快要点完，忙撕下长衣前襟点燃了，脚下不住移动，奔向灌木。就这么慢得一慢，两头恶狼迎面扑到。他从两狼之间穿过，折了一条树枝在手，运劲反击，将抢在前面的饿狼打得脑浆迸裂。群狼扑上去分尸而食，追逐他的势头登时缓了。他忙踢拢一堆枯叶生了火，又拾起一段枯枝点燃了，挥动驱狼，一有空隙，便攀折枯枝，增大火头，片刻之间，已在身周布置了一个小小火圈，将饿狼相隔在外。

霍青桐和香香公主见他脱险，大喜若狂。那边顾金标却已难于支持，他想仿效陈家洛的法子，身边却没带着火折，只得挥拳与饿狼的利爪锐齿相斗，手上脚上接连被咬。

哈合台大惊，对霍青桐道："算陈当家的赢了就是！"拔出她身上短剑，割断她手脚上的绳索，又道："现下我可去救他了！"软鞭挥动，疾冲出去，但奔不到几步，群狼密密层层的涌来，腿上登时被咬了两口，虽然打死了两头狼，却已无法前进。滕一雷大叫："老四，回来。"哈合台倒跃回来，取了一条点燃的树枝，想再冲出，但相距太远，眼见顾金标就要被群狼扑倒。他提高声音，向陈家洛叫道："陈当家的，你赢啦，我们已放了你朋友。请你大仁大义，救救顾老二。"

陈家洛远远望去，果见霍青桐已经脱缚，站在当地，心想："为了对付恶狼，多一个帮手好一个。"拾起一根点燃的树枝，向顾金标掷去，叫道："接着！"顾金标双臂双腿全是鲜血，眼见树枝投来，纵身跃起，在空中接住，挥了个圈子。豺狼怕火，那是数万年来相传的习性，见他手上有火，立即退开。顾金标挥动树枝，慢慢向陈家洛走来。陈家洛又掷过去一条着火的树枝。顾金标双手有火，走近树丛。

陈家洛道："快捡柴。"当下两人各用枝条缚了一捆树枝，负在背上，手中拿了点燃的树枝，挥动着向火圈走去。群狼不住怒哮，让出一条路来。

两人越走越近，陈家洛走在前面，香香公主靠近火圈，张开了双臂，迎他回来。陈家洛脸露微笑，正要纵入，霍青桐叫道："慢着，让他先进来。"陈家洛登时醒悟，放下柴束，住足回头，让顾金标先进火圈。他想双方曾有约言，谁先进火圈谁输，虽然自己救了他性命，但只怕这等无义小人临时又有反覆。

顾金标满眼红丝，抛下背上枯柴，举起火枝往陈家洛面上一晃，乘他斜身闪避，左掌向他背后猛推，想将他推进火圈。陈家洛侧身闪避，这一掌从衣服上擦过。顾金标右手挥出，一根火枝对准了他脸上掷去。

陈家洛头一低，那火枝直飞进火圈之中。顾金标冲面一拳，他八十一路长拳讲究的是势劲锋锐，出手快捷，一拳方发，次拳跟上。陈家洛见他只一转眼间便以怨报德，心中大怒，右手伸出拿他脉门，左手一招"金针渡劫"，直刺他面门，那是"百花错拳"中一招以指当剑之法。顾金标从未见过这古怪拳法，一楞之下，疾忙倒退，左脚踏在一头饿狼身上。那狼痛得大叫，张口便咬。陈家洛一招得势，不容他再有缓手之机，掌劈指戳，全是"百花错拳"中最厉害招数。滕一雷、哈合台站在火圈边观战，见了他这路拳法，都感心惊。

陈家洛左手双指疾向对方太阳穴点去，顾金标伸臂挡格，回敬一拳，料想他定然后退，哪知他竟然不理会，飞起左脚，顾金标胯上早着一个踉跄，右拳已被抓住。陈家洛运劲回拖，乘着敌人向后挣脱之势，突然间改拖为送，顾金标又是一个出其不意，己力再加上敌劲，哪里还站立得定，登时仰跌。这一交只要摔倒，四周环伺的群狼立时涌上，哪里还有完整尸骨？火圈中各人都惊叫起来。

顾金标危急中一个"鲤鱼打挺"，突然身子拔起，左掌挥落，把一头向上扑来的饿狼打落，借势在空中一个筋斗，头上脚下的顺落下来。陈家洛左足一点，从他身侧斜飞而过，右手连挥，已分别点中他左腿膝弯和右腿股上穴道。顾金标双脚着地时哪里还站立得住，暗叫："完蛋！"双手在地下急撑，又想翻起，群狼已从四面八方扑到。

陈家洛抢得更快，伸出右手抓住他后心，挥了一圈。顾金标凶悍已极，下半身虽然动弹不得，大喝一声，双拳齐发，猛力向陈家洛胸口打到，要和他拼个同归于尽。陈家洛骂了一声："恶强盗！"左指甚快如风，又在他"中府"、"璇玑"两穴上分点。顾金标双拳打到半途,手臂突然瘫痪,软软垂下。陈家洛把他身子又挥了一圈,逼开扑上来的饿狼,便欲向远处狼群中投去。

霍青桐叫道:"别杀他!"陈家洛登时醒悟:"即使杀了此人,还是彼众我寡,且与滕哈二人结了死仇,不如暂时饶他,卖一个好,那么自己与张召重争斗之时,他们或许可以两不相助。"手臂回缩,转了个方向,将他抛入火圈,这才纵身跃回。

哈合台接住顾金标,陈家洛再行着地。这次性命的赌赛,终于是陈家洛赢了。

他正要上前和霍青桐、香香公主叙话,霍青桐忽叫:"留神后面!"只觉脑后风生,疾忙低头矮身,两头饿狼从头顶窜过。原来两狼眼见到口的美食又进火圈,饥饿难当之下,鼓起勇气,跳了进来。一头饿狼径向香香公主扑去,陈家洛抢上抓住狼尾,出力疾扯。那狼负痛,回头狂嗥,同时另一头狼也扑了过来。陈家洛反掌斩去,那狼偏头避让,一掌斩在颈里,在地下打了个滚,扑上来又咬。霍青桐掉转短剑剑头,柄前尖后,向陈家洛掷去,叫道:"接着!"陈家洛伸手抄出,揽住剑柄,挺剑向左边巨狼刺去。这狼身躯巨大,竟然十分的灵便狡猾,闪避腾挪,陈家洛连刺两剑都给它躲了开去。

这时火圈外又有三头狼跟踪跃入,一头被哈合台用摔跤手法抓住头颈掼出圈外,另一头被张召重一剑斩为两段,第三头却在与滕一雷缠斗。哈合台把顾金标带回来的树枝加旺了火头,群狼才不继续进来。

这边陈家洛挺剑向左虚刺,恶狼哪知他是虚招,向右闪避,短剑早已收回,自右方猛刺而下。恶狼这时万万躲避不开,也是情急智生,突张巨口,咬住了剑锋。陈家洛用力向前疾送,那狼舌头虽被划破,但知这是生死关头,仍是忍痛咬紧。陈家洛向后回拔,那狼死不放松,身子被提了起来,两行利齿却在剑锋上犹如生了根一般。陈家洛心中焦躁,身子略侧,飞腿踢中了另一条扑上来的恶狼后臀,那狼汪汪大叫,飞出火圈。他奋力挣夺,随着左手出掌,打在巨狼双目之间。那狼向后仰头,他手中顿觉一松,短剑终于拔出。众人只觉寒光闪耀,短剑剑锋上紫光四射。

陈家洛这一掌已把巨狼打得头骨破碎而死,可是它口中还是咬着一段剑刃。众人都感奇怪,短剑明明在陈家洛手里,又未断折,狼口中的剑刃又从何而来?

陈家洛走上前去,左手三指平捏半段剑刃向后拉扯,岂知那狼虽死,牙齿仍如铁钳般牢牢咬住剑刃。他右手用短剑在狼颚上一划,狼脸筋骨应手而断,直如切豆腐一般。他心感诧异,举起短剑看时,脸上突觉寒气侵肤,不觉毛骨悚然,剑锋发出莹莹紫光,已非霍青桐所赠之剑,但剑柄仍然一模一样。他更是不解,俯身拿出狼口中那段剑刃,这才发觉剑刃中空,宛如剑鞘,把短剑插入剑鞘,全然密合。原来这短剑共有两个剑鞘,第二层剑鞘开有刃口,鞘尖又十分锋锐,见者自然以为便是剑刃,岂知剑内另有一柄砍金断玉、锋锐无匹的宝剑。霍青桐赠送短剑之时,曾说故老相传,剑中蕴藏着一个极大秘密,一向无人参透得出。今日只因机缘巧合,巨狼死命咬住,两下用力拉扯,才拔出了第二层剑鞘,否则有谁想得到这柄锋利的短剑之中,竟是剑内有剑?

这时滕一雷已将火圈中最后一头狼打死,先解开顾金标被点的穴道,拔出匕首,割下四条狼腿,在火上烧烤。霍青桐叫道:"快拿开,你们不要性命吗?"滕一雷愕然道:"什么?"霍青桐道:"这些饿狼闻到烤肉香气,哪里还忍耐得住?"滕一雷心想不错,忙把狼腿从火上拿开。顾金标坐着喘息了一会,裹缚了身上六七处给恶狼咬伤的大创口,至于较小的创口,一时也无暇理会,只觉饥饿难当,拿起狼腿,鲜血淋漓的吃了起来。

香香公主将短剑拿在手里把玩,赞叹第二层剑鞘固然设想聪明,而且手工精巧已极,丝毫不露破绽。她向剑鞘里张望,见里面有一粒白色的东西,摇了几摇,却倒不出来。她取过一根细树枝,在鞘里轻轻拨动,一颗白色的小丸滚了出来。陈家洛和霍青桐见了都感奇怪,聚首细看,见是一颗蜡丸。陈家洛问霍青桐道:"打开来瞧瞧,好不好?"霍青桐点点头。他手指微一用劲,蜡丸破裂,里面是个小纸团,摊开纸团,却是一张薄如蝉翼的纱纸,纸上写着许多字,都是古文回字。

张召重望见他们发现了这张纸,假装取柴添火,走来走去偷看了几眼,见纸上写的都是回文,一字不识,不禁大失所望。

陈家洛回文虽识得一些,苦不甚精,纸上写的又是古时文字,全然不明其义，于是把纸摊在霍青桐前面。霍青桐一面看一面想，看了半天，把纸一折，放在怀里。陈家洛道："那些字说的什么？"霍青桐不答，低头凝思。香香公主知道姊姊的脾气，笑道："姊姊在想一个难题，别打扰她。"

霍青桐用手指在沙上东画西画，画了一个图形，抹去了又画一个，后来坐下来抱膝苦苦思索。陈家洛道："你身子还弱，别多用心思。纸上的事一时想不通，慢慢再想，倒是筹划脱身之策要紧。"霍青桐道："我想的就是既要避开恶狼，又要避开这些人狼。"说着小嘴向张召重等一努。香香公主听姊姊叫他们作"人狼"，名称新鲜，拍手笑了起来。

霍青桐又想了一会，对陈家洛道："请你站上马背，向西瞭望，看是否有座白色山峰。"陈家洛依言牵过白马，跃上马背，极目西望，远处虽有丛山壁立，却不见白色山峰，凝目再望一会，仍是不见，向霍青桐摇摇头。

霍青桐道："照纸上所说，那古城离此不远，理应看到山峰。"陈家洛跳下马背，问道："什么古城？"霍青桐道："小时就听人说，这大沙漠里埋着一个古城。这城本来十分富庶繁荣，可是有一天突然刮大风沙，像小山一样的沙丘一座座给风卷起，压在古城之上。城里好几万人没一个能逃出来。"转头对香香公主道："妹妹，这些故事你知道得最清楚，你说给他听。"

香香公主道："关于那地方有许多故事，可是那古城谁也没亲眼看见过。不，有好多人去过的，但很少有人能活着回来。据说那里有无数金银珠宝。有人在沙漠中迷了路，无意中闯进城去，见到这许多金银珠宝，眼都花了，自然开心得不得了，将金银珠宝装在骆驼上想带走，但在古城四周转来转去，说什么也离不开那地方。"

陈家洛问道："为什么？"香香公主道："他们说，古城的人一天之中都变成了鬼，他们喜欢这个城市，死了之后仍都不肯离开。这些鬼不舍得财宝给人拿走，因此迷住了人，不让走。只要放下财宝，一件也不带，就很容易出来。"陈家洛道："就只怕没一个肯放下。"霍青桐道："是啊，见到这许多金银珠宝，谁肯不拿？他们说，要是不拿一点财宝，反而在古城的屋里放几两银子，那么水井中还会涌出清水来给他喝。银子放得多，清水也就越多。"陈家洛笑道："这古城的鬼也未免太贪心了。"

香香公主道:"我们族里有些人欠了债没法子,就去寻那地方,但总是一去就永不回来。有一次,一个商队在沙漠里救了一个半死的人。他说曾进过古城,可是出来时走来走去尽在一个地方兜圈子,他见到沙漠上有一道足迹,以为有人走过,于是拼命的跟着足迹追赶,哪知这足迹其实就是他自己的,这么兜来兜去,终于精疲力尽,倒地不起。那商队要他领着大伙儿再去古城,他死不答应,说道:就是把古城里所有的财宝都给了他,也不愿再踏进这鬼城一步。"

陈家洛道:"在沙漠上追赶自己的足迹兜圈子,这件事想想也真可怕。"香香公主道:"还有更可怕的事呢。他独个儿在沙漠中走,忽然听到有人叫他名字。他随着声音赶去,声音却没有了,什么也没瞧见,就这样迷了路。"陈家洛道:"有人忽然发见这许多财宝,欢喜过度,神智一定有点失常,沙漠中路又难认,很容易走不回来。要是他下了决心不要财宝,头脑一清醒,就容易认清楚道路了。倒不一定真有鬼迷人。"

霍青桐静静的道:"剑鞘里藏着的字纸,就是说明去那座古城的路径方位。"陈家洛"啊"的一声。

香香公主笑道:"我们不想要金银财宝。就算拿到了,那些鬼也不放人走。知道了路径也没什么用,倒是这口剑好,这般锋利,遇到敌人的兵器时,只怕一碰就能削断。"拔下三根头发,放在短剑的刃锋之上,道:"听爹爹说,真正的宝剑吹毛能断,不知这剑成不成?"对着短剑刃锋吹一口气,三根头发立时折为六段。她喜得连连拍手。霍青桐拿出一块丝帕,往上丢去,丝帕缓缓飘下,举起短剑一撩,丝帕登时分为两截。

张召重和关东三魔齐声喝采,学武之人眼见如此利器,都不禁眼红身热。

陈家洛叹道:"宝剑虽利,杀不尽这许多饿狼,也是枉然。"霍青桐道:"纸上说明,古城环绕着一座参天玉峰而建。照说,那山峰离此不远,应该可以望见,怎么会影踪全无,可教人猜想不透。"香香公主道:"姊姊你别用这些闲心思啦,就是找到了山峰,又有什么用处?"霍青桐道:"那么咱们就可逃进古城。城里有房屋,有堡垒,躲避狼群总比这里好得多。"陈家洛叫道："不错！"跃身而起，又站上马背，向西凝望，但见天空白茫茫的一片，哪里有什么山峰的影子？

张召重等见他们说个不休，偏是一句话也不懂，陈家洛又两次站上马背瞭望，不知捣什么鬼。四人商量逃离狼群之法，说了半天，毫无结果。香香公主取出干粮，分给众人。

香香公主这时想起了她养着的那头小鹿，不知有没有吃饱，抬起了头，望着天边痴想，突然叫道："姊姊，你看。"霍青桐顺着她手指望去，只见半空中有一个黑点，一动不动的停在那里，问道："那是什么？"香香公主道："是一头鹰，我瞧着它从这里飞过去，怎么忽然在半空中停住不动了。"霍青桐道："你别眼花了吧？"香香公主道："不会，我清清楚楚瞧着这鹰飞过去的。"陈家洛道："倘若不是鹰，那么这黑点是什么？但如是鹰，怎么能在空中停着不动？这倒奇了。"三人望了一会，那黑点突然移动，渐近渐大，转眼间果然是一头黑鹰从头顶掠过。

香香公主缓缓举起手来，理一下被风吹乱了的头发。陈家洛望着她晶莹如玉的白手，在雪白的衣襟前横过，忽然省悟，对霍青桐道："你看她的手！"霍青桐瞧了瞧妹子的手，道："喀丝丽，你的手真是好看。"香香公主微微一笑。陈家洛笑道："她的手当然好看，可是你留意到了吗？她的手因为很白，在白衣前面简直分不出什么是手，什么是衣服。"霍青桐道："嗯？"香香公主听他们谈论自己的手，不禁有点害羞，眼睛低垂的静听。

陈家洛道："那只鹰是停在一座白色山峰的顶上啊！"霍青桐叫了起来："啊！不错，不错。那边的天白得像羊乳，这高峰一定也是这颜色，远远望去就见不到了。"陈家洛喜道："正是。那鹰是黑色的，因此就看得清清楚楚。"香香公主这才明白，他们谈的原来是那古城，问道："咱们怎么去呢？"霍青桐道："得好好想一想。"取出字纸来又看了好一会，道："等太阳再偏西，倘若那真是一座山峰，必有影子投在地下，就能算得出去古城的路程远近。"陈家洛道："可别露出形迹，要教这些坏蛋猜测不透。"霍青桐道："不错，咱们假装是谈这条狼。"

陈家洛提过一条死狼，三人围坐着商量，手中不停，指一下死狼鼻子，又拔一根狼毛细细观察，拉开狼嘴来瞧它牙齿。日头渐渐偏西，大漠西端果然出现了一条黑影，这影子越来越长，像一个巨人躺在沙漠之上。三人见了，都是喜动颜色。霍青桐在地下画了图形计算，说道："这里离那山峰，大约是二十里到二十二里。"一面说，一面将死狼翻了个身。陈家洛把一条狼腿拿在手里，拨弄利爪，道："咱们如再有一匹马，加上那白马，三人当能一口气急冲二十几里。"霍青桐道："你想法儿让他们心甘情愿的放咱们出去。"

陈家洛道："好，我来试试。"随手用短剑剖开死狼肚子。

张召重和关东三魔见他们翻来翻去的细看死狼，不住用回语交谈，很是纳闷。张召重道："这死狼有什么古怪？陈当家的，你们商量怎生给它安葬吗？"陈家洛登时灵机一动，道："我们是在商量如何脱险。你瞧，这狼肚子里什么东西也没有。"张召重道："这狼肚子饿了，所以要吃咱们。"关东三魔听着都笑了起来。哈合台道："我们上次遇到狼群，躲在树上，群狼在树下打了几个转，便即走了。这一次却耐心真好，围住了老是不走。"滕一雷道："上次幸得有黄羊骆驼引开狼群。这当儿只怕周围数百里之内，什么野兽都给这些饿狼吃了个干净，只剩下我们这一伙。"陈家洛道："这些狼肚子空成这个样子，只要有一点东西是可以吃的，哪里还肯放过？"张召重道："你瞧这死狼瞧了半天，原来见到的是这么一片大道理。"陈家洛道："要逃出险境，只怕就得靠这道理。"

关东三魔同时跳起身来，走近来听。张召重忙问："陈当家的有什么好法子？"陈家洛道："大家在这里困守，等到树枝烧完，又去采集，可是总有烧完的时候，那时七个人一齐送命，是不是？"张召重与关东三魔都点了点头。陈家洛道："咱们武林中人，讲究行侠仗义，舍身救人。此刻大伙同遭危难，只要有一个人肯为朋友卖命，骑马冲出，狼群见这里有火，不敢进来，见有人马奔出，自然一窝蜂的追去。那人把狼群引得越远越好，其余六人就得救了。"张召重道："这个人却又怎么办？"陈家洛道："他要是侥幸能遇上清兵回兵大队人马，就逃得了性命。否则为救人而死，也胜于在这里大家同归于尽。"

滕一雷道："法子是不错，不过谁肯去引开狼群？那可是有死无生之事。"陈家洛道："滕大哥有何高见？"滕一雷默然。哈合台道："那只好拈阄，拈到谁，谁就去。"张召重正在想除此之外，确无别法，听到哈合台说拈阄,心念一动,忙道:"好,大家就拈阄。"

陈家洛本想自告奋勇,与霍青桐姊妹三人冲出,却听他们说要拈阄,如再自行请缨,只怕引起疑心,说道:"那么咱五人拈吧,两位姑娘可以免了。"顾金标道:"大家都是人,干么免了?"哈合台道:"男子汉大丈夫,不能保护两个姑娘,已是万分羞愧,怎么还能让姑娘们救咱们出险?我宁可死在饿狼口里,否则就是留下了性命,终身也教江湖上朋友们瞧不起。"滕一雷却道:"虽然男女有别,但男的是一条命,女的也是一条命。除非不拈阄,要拈大家都拈。"他想多两个人来拈,自己拈到的机会就大为减少。顾金标对霍青桐又爱又恨,心想你这美人儿大爷不能到手,那么让狼吃了也好。

四人望着张召重,听他是何主意。张召重已想好计谋,知道决计不会轮到自己,心想:"这两个美人儿该当保全,一个是皇上要的,另一个我自己为什么不要?"当下昂然说道:"大丈夫宁教名在身不在。张某是响当当的男子汉,岂能让娘儿们救我性命?"滕顾二人见他说得慷慨,不便再驳。顾金标道:"好,就便宜了这两个娘儿。"滕一雷道:"我来做阄!"俯身去摘树枝。

张召重道:"树枝易于作弊。用铜钱作阄为是。"从袋里摸出十几枚制钱,挑了五枚同样大小的,其余的放回袋里,说道:"这里是四枚雍正通宝,一枚顺治通宝,各位请看,全是一样大小。"滕一雷逐一检视,见无异状,说道:"谁摸中顺治通宝,谁就出去引狼。"张召重道:"正是如此。滕大哥,放在你袋里吧。"滕一雷把五枚铜钱放入袋内。

张召重道:"哪一位先摸?"他眼望顾金标,见他右手微抖,笑道:"顾二哥莫怕。生死有命,富贵在天,我先摸!"伸手到滕一雷袋里,手指一摸,已知厚薄,拈了一枚雍正通宝出来,笑道:"可惜,我做不成英雄了。"张开右掌,给四人看了。原来四枚雍正通宝虽与顺治通宝一般大小,但那是雍正末年所铸,与顺治通宝所铸的时候相差了六七十年。顺治通宝在民间多用了六七十年,磨损较多,自然要薄一些。只是厚薄相差甚微,常人极难发觉。张召重在武当门中练芙蓉金针之前,先练钱镖。钱镖的准头手劲,与铜钱的轻重大小极有关系,他手上铜钱摸得熟了,手指一触,立能分辨。

其次是陈家洛摸,他只想摸到顺治通宝,便可带了二女脱身,但没想到制钱厚薄之分,却摸到一枚雍正通宝。张召重道:"顾二哥请摸吧。"顾金标拾起虎叉,呛啷啷一抖,大声道:"这枚顺治通宝,注定是要我们兄弟三人拿了,这中间有弊!"张召重道:"各凭天命,有什么弊端?"顾金标道:"钱是你的,又是你第一个拿,谁信你在钱上没做记号。"张召重铁青了脸道:"那么你拿钱出来,大家再摸过。"顾金标道:"各人拿一枚制钱出来,谁也别想冤谁。"张召重道:"好吧!死就死啦,男子汉大丈夫,如此胆小怕死。"

滕一雷把袋里所剩的三枚制钱拿出来还给张召重,另外又取出一枚雍正通宝,顾哈两人拿出来的也都是雍正通宝。其时上距雍正年间不远,民间制钱,雍正通宝远较顺治通宝为多。陈家洛道:"我身边没带铜钱,就用张大哥这枚吧。"张召重道:"毕竟是陈当家的气度不同。四枚雍正通宝已经有了,顺治通宝就用这一枚。顾老二,你说成不成?"顾金标怒道:"不要顺治通宝!铜钱上顺治、雍正,字就不同,谁都摸得出来。"其实要在顷刻之间,凭手指抚摸而分辨钱上所铸小字,殊非易事,顾金标虽然明知,却终不免怀疑,又道:"你手里有一枚雍正通宝是白铜的,其余四枚都是黄铜的,谁拿到白铜的就是谁去。"

张召重一楞,随即笑道:"一切依你!只怕还是轮到你去喂狼。"手指微一用力,已把白铜的铜钱捏得微有弯曲,和四枚黄铜的混在一起。顾金标怒道:"要是轮不到你我,咱俩还有一场架打!"张召重道:"当得奉陪。"随手把五枚制钱放在哈合台袋里,说道:"你们三位先拿,然后我拿,最后是陈当家的拿。这样总没弊了吧?"他自忖:"即使只留下两枚,我也能拿到黄铜的。这姓陈的小子很骄傲,不会跟我争先恐后。"

他这么说,关东三魔自无异言。滕一雷道:"老四,你先摸吧。"哈合台道:"老大还是你先来。"张召重笑道:"先摸迟摸都是一样,毫无分别。"关东三魔见他在生死关头居然仍是十分镇定,言笑自若,也不禁佩服他的勇气。

哈合台伸手入袋,霍青桐忽以蒙古话叫道:"别拿那枚弯的。"哈合台一怔,第一枚摸到的果然有点弯曲,忙另拿一枚,取出一看,正是黄铜的。

原来五人议阄之时,霍青桐在旁冷眼静观,察觉了张召重潜运内力捏弯铜钱。她见关东三魔中哈合台为人最为正派，先前顾金标擒住了她要横施侮辱，哈合台曾力加阻拦，这次又是他割断她手脚上的绳索，因此以蒙古话示警报德。

第二个是顾金标摸。哈合台用辽东黑道上的黑话叫道："扯抱（别拿）转圈子（弯的东西）。"顾滕两人侧目怒视张召重，心想："你这家伙居然还是做了手脚。"既知其中机关，自然都摸到了黄铜制钱。

陈家洛与张召重先听霍青桐说了句蒙古话，又听哈合台说了句古里古怪的话，什么"扯抱转圈子"，不知是什么意思，脸上都露出疑惑之色。陈家洛眼望霍青桐，香香公主抢着道："别拿那枚弯的。"霍青桐也用回语道："白铜的制钱已给这家伙捏弯了。"陈家洛心道："我们正要找寻借口离去。现下轮到这奸贼去摸，他定会拿了不弯的黄铜制钱，留下白铜的给我。我义不容辞的出去引狼，她们姊妹就跟我走。我们显得被迫离开，决不会引起疑心。"张召重心想："这次你被狼果腹，死了也别怨我。"便要伸手到哈合台袋中。

陈家洛忽见顾金标目光灼灼的望着霍青桐，心中一凛："只怕他们用强，不让两姊妹和我一起走，那可糟了。"这时张召重的手已伸入袋口，陈家洛再无思索余地，叫道："你拿那枚弯的吧，不弯的留给我。"

张召重一怔，将手缩了回来，道："什么弯不弯的？"陈家洛道："袋里还有两枚制钱，一枚已给你捏弯了，我要那枚不弯的。"一伸手，已从哈合台袋里把黄铜制钱摸了出来，笑道："你作法自毙，留下白铜的给你自己！"张召重脸色大变，长剑出鞘，喝道："说好是我先摸，怎么你抢着拿？"一剑"春风拂柳"，向陈家洛颈中削去。

陈家洛头一低，右手双指戳他颈侧"天鼎穴"。张召重竟不退避，回剑斜撩，一招"斜阳一抹"，反削他手指。陈家洛也不躲缩，手腕翻处，右手小指与拇指中暗夹着的短剑抖将上来，当的一声，已把敌剑拦腰削断，短剑乘势直送，张召重只觉寒气森森，青光闪闪，宝剑直逼面门。他面临凶险，仍欲危中取胜，左手五指突向陈家洛双目抓去，这一招势道凌厉无比。陈家洛举左臂一挡，短剑下刺敌人小腹。这么缓得一缓，张召重已化解了险招，反身一跃，退出三步。关东三魔与霍青桐见两人这几下快如闪电，招招间不容发，不禁骇然。

陈家洛乘势进逼,猱身直上。张召重手中没了兵器,半截长剑突向霍青桐掷去。陈家洛怕她病中无力,不能闪避,如箭般斜身射出,挡在她面前,伸手在剑柄上一击,半截长剑落在地下。哪知张召重这一下却是声东击西,一将他诱到霍青桐身边,立即纵到香香公主身旁,拿住她双手,转身喝道:"快出去!"陈家洛一呆,停了脚步。张召重叫道:"你不出去,我把她丢出去喂狼!"将香香公主提起来打了个圈子,只要一松手,她立即飞入狼群。

这一下变起仓卒,陈家洛只觉一股热血从胸腔中直冲上来,脑中一乱,登时没了主意。张召重又叫:"你快骑马出去,把狼引开!"陈家洛知道这奸贼心狠手辣,说得出做得到,处此情势之下,只得解开白马缰绳,慢慢跨上。

张召重又提着香香公主转了个圈子,叫道:"我数到三,你不出火圈,我就抛人。一——二——三!"他"三"字一出口,只见两骑马冲出火圈。

原来霍青桐乘三魔一齐注视陈张两人之际,已割断缰绳,跨上马背,手中挥动火把,纵马冲出,心想:"他先前为我拼命而入狼群,现下我为他舍身。我也不去什么古城,让饿狼在大漠中将我咬成碎片,一了百了。但愿他和喀丝丽得脱危难,终身快乐。"就在此时,陈家洛也纵马出了火圈。

关东三魔齐声惊叫,陈家洛已揪住两头扑上来的饿狼头颈,右腿在白马颈侧一推,左腿在马腹上一捺,那马灵敏异常,立即回头转身。陈家洛脚尖在马项下轻轻一点,那马一声长嘶,四足腾空,跃入火圈。陈家洛大喝声中,将两头恶狼向张召重掷去。张召重眼见两狼张牙舞爪的迎面扑到,只得放下香香公主,缩身闪避。陈家洛两把围棋子双手齐发,俯身伸臂,揽住香香公主的纤腰,双腿一夹,那白马又腾空窜出火圈。

张召重反手猛劈,将一头狼打得翻了个身,向前俯身急冲,陈家洛匆忙中所发的围棋子本没准头,都给他避了开去。张召重这一冲守中带攻,左手一把抓住白马马尾,出力后拉,要把白马硬生生拉回。但他身子凌空,无从借力,那白马又力大异常,向前猛窜之际,反将他身子拖得扬了起来,带出火圈。他双腿后挺,一个筋斗正待翻上马背,再行抢夺香香公主,忽觉背后风生,知道不妙,半空中疾忙换势反跃,又倒翻一个筋斗。陈家洛短剑向他后心刺出,只道必定得手,哪知此人武功实在高强,身在空中,于千钧一发之际仍能扭转身躯,只见他右足在一头饿狼头上一点,跃回了火圈。

霍青桐挥舞着火把,早已深入狼群。陈家洛纵马追去,但见有恶狼扑上,都被他短剑一挥,不是刺中咽喉,就是削去了尖嘴,真如砍瓜切菜,爽脆无比。两骑马不一刻已冲出狼群,向西疾驰,众狼不舍,随后赶来。

两匹马奔跑比群狼迅速得多,转瞬就把狼群抛在数里之外。要知冲出狼群不难,难的是在如何摆脱这些饿狼穷日累夜、永无休止的追逐。三人暂脱危难,狂喜之下,一齐下马,情不自禁的拥在一起。霍青桐随即脸上一红,轻轻推开陈家洛手臂,上马向西疾驰。

二骑三人奔行不久,山石渐多,道路曲折,空中望去山峰不远,地面行走路程却长。直跑到天黑,那白色山峰才巍然耸立在前。霍青桐道:"据纸上所说,古城环绕这山峰而建,看来此去不到十里路了!"三人下马休息,取水给马饮了。

陈家洛不住抚摸白马的鬣毛,心想若不是得此骏马之力,自己虽能冲出,香香公主仍在奸贼之手,那么自己也必不忍离去,势非重回火圈不可。霍青桐想起适才和陈家洛拥抱,脸上又是一阵发烧,此刻三人相聚,心中自也消了先前要以死相报的念头。

三人休息片刻,马力稍复,狼群之声又隐隐可闻。陈家洛道:"走吧!"跃上了另一匹马。霍青桐望了他一眼,明白他的用意,于是与妹子合乘白马,再向西行。

夜凉如水,明月在天,雪白的山峰皎洁如玉。香香公主望着峰顶,道:"姊姊,我想山顶上一定有仙人,你说有吗?"霍青桐右手提缰,左手搂着她,笑道:"咱们去瞧瞧吧,不知是男仙还是女仙。"谈笑之间,山峰的影子已投在他们身上。三人仰望峰巅,崇敬之心,油然而生。陈家洛心道:"古人说:高山仰止。咱三人大难不死,这时尤感山川之美。"

山峰虽似触手可及,但最后这几里路竟是十分的崎岖难行。此处地势与大漠的其余地方截然不同,遍地黄沙中混着粗大石砾,丘壑处处,乱岩嶙嶙,坐骑几无落蹄之处,行得数里,一眼望去,山道竟有十数条之多，不知哪一条才是正路。

陈家洛道："这么许多路，怪不得人们要迷路了。"霍青桐取出字纸，在月光下看了一会，说道："纸上说，入古城的道路是'左三右二'。"陈家洛问道："什么叫做'左三右二'？"霍青桐道："纸上也没说明白。"

猛听得万狼齐嗥，凄厉曼长，声调哀伤。三人都是毛骨悚然。香香公主道："它们哭得这样伤心，不知为了什么？"陈家洛笑道："想来是为了肚子饿。"霍青桐道："这时已当子夜，群狼停下来对月嗥叫，只待叫声一停，立即发性狂追。咱们快找路进去。"

陈家洛道："这里左边有五条路，纸上说'左三右二'，那么就走第三条路。"霍青桐道："倘若前面是绝路，再退回来就来不及了。"陈家洛道："那么咱三人死在一起！"香香公主道："好，姊姊，咱们走吧。"霍青桐听得"三人死在一起"这句话，胸口一阵温暖，眼眶中忽然湿了，一提马缰，从第三条路上走了进去。

路径愈走愈狭，两旁山石壁立，这条路显是人工凿出来的，走了一阵，右边出现三条岔路。霍青桐大喜，道："得救啦，得救啦。"三人精神大振，催马走上第二条路。只是道路不知已有多少年无人行走，有些地方长草比人还高，有些地方又全被沙堆阻塞，三人下马牵引，才将马匹拉过沙堆。陈家洛随手搬过几块岩石，放在沙堆之上，阻挡群狼的追势。

行不到里许，前面左边又是五条歧路。香香公主忽然惊叫一声，原来路口有一堆白骨。陈家洛下马察看，辨明是一个人和一头骆驼的骸骨，叹道："这人定是彷徨歧途，难以抉择，以致暴骨于斯。"三人从中间第三条路进去，这时道路骤陡，一线天光从石壁之间照射下来，只觉阴气森森，寒意逼人。

不多时路旁又现一堆白骨，骸骨中光亮闪耀，竟是许多宝石珠玉。霍青桐道："这人拿到了这么多珠宝，可是终究没能出去。"陈家洛道："我们走的是正路，尚且时时见到骸骨，错路上只怕更是白骨累累了。"香香公主道："咱们出来时谁也不许拿珠宝，好吗？"陈家洛笑道："你怕那些鬼不让咱们出来，是不是？"香香公主道："你答应我吧！"

陈家洛听她柔声相求，忙道："我一定不拿珠宝，你放心好啦。"

心想:"有你姊妹二人相伴,全世界的珍宝加在一起也比不上。"突然又暗自惭愧:"我为什么想的是姊妹二人?"

三人高低曲折的走了半夜,天色将明,人困马乏。霍青桐道:"歇一会吧。"陈家洛道:"索性找到房子之后,放心大睡。"霍青桐点点头。

行不多时,陡然间眼前一片空旷,此时朝阳初升,只见景色奇丽,莫可名状。一座白玉山峰参天而起,峰前一排排的都是房屋。千百所房屋断垣剩瓦,残破不堪,已没一座完整,但建筑规模恢宏,气象开廓,想见当年是一座十分繁盛的城市。一眼望去,高高矮矮的房子栉比鳞次,可是声息全无,甚至雀鸟啾鸣之声亦丝毫不闻。三人从没见过如此奇特可怖的景象,为这寂静的气势所慑,连大气也不敢喘上一口。隔了半响,陈家洛当先纵马进城。

这地方极是干燥,草木不生,三人走进最近的一所房屋。屋中物品虽然经历了不知多少年月,但大部仍然完好。香香公主见厅上有一双女人的花鞋,色泽仍是颇为鲜艳,轻轻喊了一声,想拿起来细看,哪知触手间登时化为灰尘,不由得吓了一跳。陈家洛道:"这地方是个盆地,四周高山拱卫,以致风雨不侵,千百年之物仍能如此完好,实是罕见罕闻。"

三人沿路只见遍地白骨,刀枪剑戟,到处乱丢。陈家洛道:"故事中说这古城是被天降黄沙所埋,看情形完全不像。"霍青桐道:"是啊!哪有沙埋的痕迹?倒像是经过了一场大战,全城居民都给敌人杀光一般。"香香公主道:"城外千百条岔道,如果不知秘诀,任谁都要迷路。敌人不知怎么进来的。"霍青桐道:"那定是有奸细了。"走进一所房子,取出字纸放在桌上,伏身细看。哪知桌已朽烂,外形虽仍完整,她双臂一压,立即垮倒。

霍青桐拾起字纸,看了一会,道:"这些屋子已如此朽坏,只怕禁不起狼群的扑击。"见纸上密麻的文字中间绘有一幅小图,指着图中一处道:"这是城子中心,又画着这许多记号,多半是个重要所在,如是宫殿堡垒,建筑一定牢固。咱们到那里去避狼吧。"陈家洛道:"好!"

三人循着图中所画道路,向前走去。城中道路也是曲折如迷宫,令人眼花撩乱,如不是有图指示,也真走不进去。

走了小半个时辰,来到图中所示中心,三人不禁大失所望,原来便是玉峰山脚,却哪里有什么宫殿堡垒。只是玉峰近看尤其美丽,通体雪白,莹光纯净,做玉匠的只要找到小小的一块白玉,已然终身吃着不尽,哪知这里竟有这样一座白玉山峰。三人抬头仰望,只觉心旷神怡,万虑俱消,暗暗赞叹造物之奇。

一片寂静之中,远处忽然传来隐隐的狼嗥,香香公主惊叫起来:"狼群来啦! 难道恶狼也有路径纸? 这真奇了。"陈家洛笑道:"恶狼的鼻子就是路径纸。咱们走过的地方留下了气息,群狼跟着追来,永远错不了。"霍青桐笑道:"你身上这么香,别说是狼,就是人,也能跟着来……"话说到一半,突然指着地图,对陈家洛道:"你瞧,这明明是山峰,怎么里面还画了许多路?"陈家洛看了,道:"难道山峰里面是空的,可以进去?"

霍青桐道:"除此之外,再无其他原因……怎样进去呢?"细看纸上文字解释,用汉语轻轻读了出来:"如欲进宫,可上大树之顶,向神峰连叫三声:'爱龙阿巴生'!"香香公主道:"爱龙阿巴生,那是什么?"霍青桐道:"是句暗号吧,可是哪里有什么大树了?"听狼嗥之声又近了些,说道:"进屋躲起来吧!"

三人转过身来,回头向就近的屋子奔去。陈家洛跨出两步,忽见地下凸起一物,形状有异,俯身看时,盘根错节,却是个极大的树根,叫道:"大树在这里!"两姊妹走过来看。香香公主道:"那株大树只剩下这个树根。"霍青桐道:"爬到树顶一叫,宫门就开,那宫殿必在山峰之内。难道这句话真是符咒,有什么仙法不成?"

香香公主一向相信神仙,忙道:"仙法当然是有的。"陈家洛笑道:"那时候山峰里有人,一听见暗号,推动里面机关,山峰上就现出洞口来。"提气大叫三声:"爱龙阿巴生!"自然全无动静,不禁失笑。香香公主叹道:"过了这许多年,里面的人一定都死啦。"仰望山峰,忽道:"只怕洞门就在那边。你们瞧,上面不是有凿出来的踏脚么?"陈家洛和霍青桐也都见到了山峰上有斧凿痕迹,都十分欢喜。

陈家洛道:"我上去瞧瞧。"右手握了短剑,凝神提气,往峭壁上奔去,上得丈余,举剑戳入玉峰,一借力,再奔上丈余,已到踏脚的所在。霍青桐和香香公主齐声欢呼。

陈家洛向下挥了挥手,察看峰壁,洞口的痕迹很是明显,只是年深月久,洞口大半已被沙子堵塞。他左手紧抓峰壁上一块凸出的玉岩,右手用短剑拨去沙子,将洞旁碎块玉石一块块抽出来,抛向下面,不多一刻,抽空的洞口已可容身。他爬进去坐下,从怀中拿出点穴珠索,解开了一条条接将起来,悬挂下去。

霍青桐将珠索缚在妹子腰上。陈家洛双手交互拉扯,把她慢慢提起。

快提到洞口,香香公主忽然惊呼。陈家洛左手向上一挥,将她提近身来,右手伸去,揽住了她纤腰,安慰道:"别怕,到啦!"香香公主脸色苍白,叫道:"狼!狼!"

陈家洛向下望时,只见七八头恶狼已冲到峰边,霍青桐挥舞长剑,竭力抵拒。那白马振鬣长嘶,向古城房屋之间飞驰而去。

陈家洛忙从洞口抽下几块玉石,居高临下,用重手法将霍青桐身边的几头狼打得四散奔逃,随即挂下珠索。霍青桐怕自己病后虚弱,无力握绳,于是剑交左手,继续挥动,右手把珠索缚在腰里,叫道:"好啦!"陈家洛用力一扯,霍青桐身子飞了起来。

两头饿狼向上猛扑,霍青桐长剑一挥,削下一个狼头,另一头狼却咬住了她靴子不放。香香公主吓得大叫。霍青桐在空中弯腿把狼拉近,又是一剑把狼拦腰斩为两截,上半截狼身仍是连着皮靴一起拉上。

陈家洛扶她坐下,去拉半截死狼,竟拉之不脱,忙问:"没咬伤么?"霍青桐皱眉道:"还好。"从他手中接过短剑,切断狼嘴,只见两排尖齿深陷靴中,破孔中微微渗出血来。香香公主道:"姊姊,你脚上伤了。"帮她脱去靴子,撕下衣襟裹伤。陈家洛掉转了头,不敢看她赤裸的白足。香香公主裹好伤后,指着下面数千头在各处房屋中乱窜的狼大骂:"你们这些坏东西,咬痛了姊姊的脚,我再不可怜你们啦。"

陈家洛和霍青桐都不禁微笑,转头向山洞内望去,黑沉沉的什么也瞧不见。霍青桐取出火折一晃,吓了一跳,原来下去到地总有十七八丈高,峰内地面远比外面的为低。陈家洛道:"这洞久不通风,现在还下去不得。"过了好一会,料想洞内秽气已大部流出,陈家洛道:"我先下去瞧瞧。"霍青桐道:"下去之后,再上来可不易了。"陈家洛微笑道:"不能上来,就不上来了。"霍青桐脸上一红,目光不敢和他相接。

陈家洛把珠索一端在山石上缚牢,沿着索子溜下,绳索尽处离地还有十丈左右,沿壁又溜数丈,轻飘飘的纵下地来,着地处甚为坚实。他伸手入怀去摸火折,才想起昨日与顾金标在狼群中赌命之时已把火折点完,仰首大叫:"有火折么?"霍青桐取出掷下。他接住晃亮,火光下只见四面石壁都是晶莹白玉,地下放着几张桌椅,伸手在桌上一按,桌子居然仍是坚牢完固。原来山洞密闭,不受风侵,是以洞中物事并不腐朽。他折下椅子一只脚点燃起来,就如一个火把。

霍青桐姊妹一直望着下面,见火光忽强,又听陈家洛叫道:"下来吧!"霍青桐道:"妹妹,你先下去!"香香公主拉着绳索慢慢溜下,见陈家洛张开双臂站在下面,眼睛一闭就跳了下去,随即感到两条坚实的臂膀抱住了自己,再把自己轻轻放在地下。接着霍青桐也跳了下来,陈家洛抱着她时,只把她羞得满脸飞红。

这时峰外群狼的嗥叫隐隐约约,已不易听到。陈家洛见白玉壁上映出三人影子,自己身旁是两位绝世美女,经玉光一照,尤其明艳不可方物,但三人深入峰腹,吉凶祸福,殊难逆料,生平遭遇之奇,实以此时为最了。

香香公主见峰内奇丽,欣喜异常,拿起燃点的椅脚,径向前行。陈家洛又折了七条椅脚,三人分别捧在手里,走过了长长一条甬道,山石阻路,已到尽头。陈家洛心中一震,暗想:"难道过去没通道了么?进退不得,如何是好?"只见尽头处闪闪生光,似有一堆黄金,走近看时,却是一副黄金盔甲,甲胄中是一堆枯骨。

那副盔甲打造得十分精致。香香公主道:"这人生前定是个大官贵族。"霍青桐见胸甲上刻着一头背生翅膀的骆驼,道:"这人或许还是个国王或者是王子呢。听说那些古国中,只有国王才能以飞骆驼作徽记。"陈家洛道:"那就像中土的龙了。"从香香公主手中接过火把,在玉壁上察看有无门缝或机关的痕迹,火把刚举起,就见金甲之上六尺高处,有一把长柄金斧插在一个大门环里。

霍青桐喜道:"这里有门。"陈家洛将火把交给了她,去拔金斧,但门环上的铁锈已锈住斧柄,取不出来。他拔出短剑,刮去铁锈,双手拔出金斧,入手甚是沉重,笑道:"如果这柄金斧是他的兵器,这位国王陛下膂力倒也不小。"

石门右首还有四个门环,均有两尺多长的粗大铁钮扣住,他削去铁锈,将铁钮一一掀起,抓住门环向里拉扯,纹丝不动,于是双手撑门,用力向外推去,玉石巨门吱吱发声,缓缓开了。这门厚达丈许,哪里像门,直是一块巨大的岩石。

三人对望了一眼,脸上均露欣喜之色。陈家洛右手高举火把,左手拿剑,首先入门,一步跨进,脚下喀喇一声,踏碎了一堆枯骨。他举火把四周照看,见是一条仅可容身的狭长甬道,刀剑四散,到处都是骸骨。

霍青桐指着巨门之后,道:"你瞧!"火光下只见门后刀痕累累,斑驳凹凸。

陈家洛骇然道:"这里的人都给门外那国王关住了。他们拼命想打出来。可是门太厚,玉石又这么坚硬。"霍青桐道:"就算他们有数十柄这般锋利的短剑,也攻不破这座小山般的玉门。"陈家洛道:"他们在这里一定想尽了法子,最后终于一个个绝望而死……"香香公主道:"别说啦!别说啦!"只觉这情景实在太惨,不忍再听。陈家洛一笑,住口不说了。

霍青桐道:"那国王怎么尽守在门外不走,和他们同归于尽?这可令人想不透了。"拿出地图一看,喜道:"走完甬道,前面有大厅大房。"

三人慢慢前行,跨过一堆堆白骨,转了两个弯,前面果然出现一座大殿。走到殿口,只见大殿中也到处都是骸骨,刀剑散满了一地,想来当日必曾有过一场激战。香香公主叹道:"不知道为什么要这样恶斗?大家太太平平、高高兴兴的过日子不好吗?"

三人走进大殿,陈家洛突觉一股极大力量拉动他手中短剑,当的一声,短剑竟尔脱手,插入地下。同时霍青桐身上所佩长剑也挣断佩带,落在殿上。三人吓了一大跳。霍青桐俯身拾剑,一弯腰间,忽然衣囊中数十颗铁莲子嗤嗤嗤飞出,铮铮连声,打在地下。

这一惊非同小可,陈家洛左手将香香公主一拖,右手拉了霍青桐同时向后跃开数步,陈家洛挡在二女身前,双掌一错,凝神待敌,但向前望去,全无动静。陈家洛用回语叫道:"晚辈三人避狼而来,并无他意,冒犯之处,还请多多担待。"隔了半晌,无人回答。

陈家洛心想："这里主人不知用什么功夫，竟将咱们兵刃凭空击落，更能将她囊中铁莲子吸出。如此高深的武功别说亲身遇到，连听也没听见过。"又高声叫道："请贵主人现身，好让晚辈参见。"只听大殿后面传来他说话的回声，此外更无声息。

霍青桐惊讶稍减，又上前拾剑，哪知这剑竟如钉在地上一般，费了好大的劲才拾了起来，一个没抓紧，又是当的一声被地下吸了回去。

陈家洛心念一动，叫道："地底是磁山。"霍青桐道："什么磁山？"陈家洛道："到过远洋航海的人说，极北之处有一座大磁山，能将普天下悬空之铁都吸得指向南北。他们飘洋过海，全靠罗盘指南针指示方向。铁针所以能够指南，就由于磁山之力。"

霍青桐道："这地底也有座磁山，因此把咱们兵刃暗器都吸落了？"陈家洛道："多半如此，再试一试吧。"

他拾起短剑，和一段椅脚都平放于左掌，用右手按住了，右手一松，短剑立即射向地下，斜插入石，木头的椅脚却丝毫不动。陈家洛道："你瞧，这磁山的吸力着实不小。"拾起短剑，紧紧握住，说道："黄帝当年造指南车，在迷雾中大破蚩尤，就在于明白了磁山吸铁的道理。古人的聪明才智，令人景慕无已。"她姊妹不知黄帝的故事，陈家洛简略说了。

霍青桐走得几步，又叫了起来："快来，快来！"陈家洛快步过去，见她指着一具直立的骸骨。骸骨身上还挂着七零八落的衣服，骨格形状仍然完整，骸骨右手抓着一柄白色长剑，刺在另一具骸骨身上，看来当年是用这白剑杀死了那人。霍青桐道："这是柄玉剑！"陈家洛将玉剑轻轻从骸骨手中取过，两具骸骨支撑一失，登时喀喇喇一阵响，垮作一堆。

那玉剑刃口磨得很是锋锐，和钢铁兵器不相上下，只是玉质虽坚，如与五金兵刃相碰，总不免断折，似不切实用。接着又见殿中地下到处是大大小小的玉制武器，刀枪剑戟都有，只是形状奇特，与中土习见的迥然不同。陈家洛正自纳罕，霍青桐忽道："我知道啦！"微微一顿，道："这山峰的主人如此处心积虑，布置周密。"陈家洛道："怎么？"霍青桐道："他仗着这座磁山，把敌人兵器吸去，然后命部下以玉制兵器加以屠戮。"

香香公主指着一具具铁甲包着的骸骨，叫道："瞧呀！这些攻来的人穿了铁甲,更加被磁山吸住,爬也爬不起来了。"见姊姊还在沉思,道:"这不是很清楚了吗?还在想什么呀?"霍青桐道:"我就是不懂,这些手拿玉刀之人既然杀了敌人,怎么又都一个个死在敌人身旁?"陈家洛也早就在推敲这个疑团,一时难以索解。

霍青桐道:"到后面去瞧瞧。"香香公主道:"姊姊,别去啦!"霍青桐一怔,见她脸现恻然之色,伸手挽住她臂膀,道:"别怕!那边或许没有死人了。"

走到大殿之后,见是一座较小的殿堂,殿中情景却尤为可怖,数十具骸骨一堆堆相互纠结,骸骨大都直立如生时,有的手中握有兵刃,有的却是空手。陈家洛道:"别碰动了!如此死法,定有古怪原因。"霍青桐道:"这些人大都是你砍我一刀,我打你一拳,同时而死。"陈家洛道:"武林中高手相搏,如果功力悉敌,确是常有同归于尽的。但这许多人个个如此,可就令人大惑不解了。"

三人继续向内,转了个弯,推开一扇小门,眼前突然大亮,只见一道阳光从上面数十丈高处的壁缝里照射进来。阳光照正之处,是一间玉室,看来当年建造者依着这道天然光线,在峰中度准位置,开凿而成。

三人突见阳光,虽只一线,也大为振奋。石室中有玉床、玉桌、玉椅,都雕刻得甚是精致,床上斜倚着一具骸骨。石室一角,又有一大一小的两具骸骨。

陈家洛熄去火把,道:"就在这里歇歇吧。"取出干粮清水,各自吃了一些。霍青桐道:"那些饿狼不知在山峰外要等到几时,咱们跟它们对耗,粮食和水得尽量节省。"

三人数日来从未松懈过一刻,此时到了这静室之中,不禁困倦万分,片刻之间,都在玉椅上沉沉睡去。

陈家洛和霍青桐、香香公主姊妹二人共入玉峰,想到两姊妹一个是可敬可感,一个是可亲可爱,实在是难分轻重。

第十七回

为民除害方称侠
抗暴蒙污不愧贞

　　张召重与关东三魔见狼群一窝蜂般疾追陈家洛等三人而去,虽觉两个如花美女膏于狼吻未免可惜,但自身得脱大难,却也不胜庆幸。四人坐下休息,烤食火圈中的死狼。顾金标见树枝又将烧尽,懒得去采,把狼粪拨在火里,添火烧烤狼肉。过不多时,一柱黑烟冲天而起,虽经风吹,仍是袅袅不散。

　　正在饱餐狼肉之际,忽然东边又是尘头大起。四人见狼群又来,忙去牵马。这时只剩下了两匹马,都是关东三魔带来的。张召重伸手挽住一匹马的缰绳,哈合台纵身扑到,抢住缰绳,喝问:"你想干么?"张召重挥掌正待打出,见滕一雷和顾金标都挺兵刃逼上前来。他长剑已被陈家洛削断,手中没了兵刃,急中使诈,叫道:"忙什么? 那又不是狼!"关东三魔回头一望,张召重已翻身上了马背。他一瞥之下,见烟尘滚滚中竟是大群驼羊,并无饿狼踪迹,随口撒谎,不料说个正着。他本拟上马向西奔逃,这时下不了台,兜转马头,反向烟尘之处迎去,叫道:"我上去瞧瞧。"

　　奔出不及一里,只见迎面一骑马急驰而来,冲到跟前,乘者缰绳一勒,那马斗然停住,再也不动。张召重心中暗赞:"好骑术!"乘者是个灰衣老者,见他是清军军官装束,用汉语问道:"狼群呢?"张召重向西一指。这时大群驼羊已蜂拥而至,后面一个秃头红脸老者、一个白发矮小老妇骑着马押队,只听羊咩马嘶之声,乱成一片。

　　张召重正要询问,关东三魔已牵了马过来,见了那灰衣老者立即恭敬施礼,说道:"又见着你老人家啦。你老人家好?"那老者哼了一声,道:"也没什么不好。"原来就是天池怪侠袁士霄。

天山双鹰那天清晨舍下陈家洛与香香公主后,想起霍青桐病体未痊,急着赶回看望,走了两天,只见袁士霄赶着大群驼羊而来。陈正德为了讨好爱妻,过去实实亲热。袁士霄见他忽然改性,关明梅则在一旁微笑,很感奇怪。

陈正德道:"袁大哥,赶这一大群驼羊去哪里啊?"袁士霄白眼一翻,道:"我给你弄得倾家荡产了呀。"陈正德奇道:"怎么啊?"袁士霄道:"上次我买了许多骆驼牛羊,满想把狼群引入陷阱,哪知……"陈正德笑道:"哪知给我这糟老头子瞎捣乱,坏了大事。"袁士霄道:"可不是么?我有什么法子?只好再弄钱去买驼羊啊!"陈正德笑道:"袁大哥花了多少钱?小弟赔还你的。"自那晚起妻子对他温柔体贴,他往常暴躁妒忌的性格竟尔大变,一心要讨妻子欢喜,居然对袁士霄低声下气,加意迁就,实是前所未有。袁士霄道:"谁要你赔?"陈正德笑道:"那么我们给你效一点小劳!听你差遣,同去找狼如何?"袁士霄向关明梅望去,见她微笑点头,便道:"好吧!"于是三人赶了驼羊,循着狼粪踪迹,一路寻来。这天望见远处狼烟,地下狼粪又越来越多,只怕狼群就在左近,有人被困求救,忙朝着烟柱奔来,遇见了张召重与关东三魔。

张召重不知这老者是何等样人,但见三魔执礼甚恭,心知必非寻常人物。袁士霄四下察看了一回,对四人道:"咱们去捉狼,你们都跟我来。"四人吃了一惊,怔住了说不出话来,心想这老儿莫非疯了,见了狼群逃避犹恐不及,居然说去捉狼。关东三魔曾蒙他救命,又知他有一身惊人武功,不敢怎样。张召重却鼻子中哼了一声,说道:"我还想再吃几年饭,恕不奉陪。"说了转身要走。

陈正德大怒,一把向他腰里抓去,喝道:"你不听袁大侠吩咐,莫非想死?"张召重运力右掌,一招"烘云托月",手腕翻过,下肘转了个小圈,向陈正德手上打去,刚要打到,日光下见他五指犹如鹰爪,心里一惊,立即收转手掌,变招握拳,向他手腕猛击。陈正德一抓不中,也是变拳打落。两人双臂相格,功力悉敌,不分上下,各自震开三步,心中都暗暗称奇:怎么在大漠之中竟会遇上如此高手?

张召重喝道:"朋友,请留下万儿来。"陈正德骂道:"凭你也配做我朋友？你到底听不听袁大侠吩咐？"张召重交手一招，已知这老儿武功与自己相若，可是他口口声声称那灰衣老者为"袁大侠"，十分尊敬，看来那人武功更高。到底袁大侠是谁？一时却想不起来，心想武林中尽有浪得虚名之辈，莫让他讹了，但若倔强不从，他们六人联上了手，自己孤身决不能敌，当下不亢不卑的说道："在下想请教袁大侠的高姓大名，倘若确是前辈高人，自当遵命。"

袁士霄道："哈哈，你考较起老儿来啦！老儿生平只考较别人，从不受人考较。我问你，刚才你使'烘云托月'，后变'雪拥蓝关'，要是我左面给你一招'下山斩虎'，右面点你'神庭穴'，右脚同时踢你膝弯之下三寸，你怎生应付？"张召重一呆，答道："我下盘'盘弓射雕'，双手以擒拿法反扣你脉门。"袁士霄道："守中带攻，那也是武当门下的高手了。"

张召重一惊，暗想："我只跟那秃头老儿拆了一招，再答了他一句话，他竟然便知我武功门派。"只听袁士霄道："当年我在湖北，曾和马真道长印证过武功。"

张召重胸头一震，脸如死灰。袁士霄又道："我右手以绵掌'阴手'化解你的擒拿，左肘直进，撞你前胸……"张召重抢着道："那是大洪拳的'肘锤'。"袁士霄道："不错，但是这'肘锤'只是虚招，待你含胸拔背，我左掌突发，反击你面门。当年马真道长就躲不开这一招，后来是我说了给他听。且看你会不会拆。"

张召重潜心思索，过了一会，道："要是你变招快，我自然来不及躲，我发'鸳鸯腿'攻你左胁，教你不得不闪避收招。"袁士霄哈哈一笑，道："这招不错，当今武当门中，多半武功以你为第一。"张召重道："我随即点你胸口'玄机穴'！"袁士霄喝道："好！攻势绵若江湖，的是高手。我踏西北'归妹'，攻你下盘。"张召重道："我退'讼'位，进'无妄'，点'天泉'。"

顾金标和哈合台听他二人满口古怪词句，大感不解。哈合台一扯滕一雷的衣襟，悄声问道："他们说的是什么黑话？"滕一雷说道："不是黑话，是伏羲六十四卦方位和人身穴道。"顾哈二人这才明白，原来这两人是在嘴头比武，从来只听说有"纸上谈兵"，如此口上搏斗却是闻所未闻。

只听袁士霄道："右进'明夷'，拿'期门'。"张召重道："退'中

第十七回

为民除害不愧侠
抗暴蒙污称贞

乎',以凤眼手化开。"袁士霄道:"进'既济',点'环跳',又以左掌印'曲垣'。"张召重神色紧迫,顿了片刻,道:"退'震'位,又退'复'位,再退'未济'。"

哈合台低声道:"怎么他老是退?"滕一雷向他摇摇手。只听两人越说越快,袁士霄笑吟吟的神色自若,张召重额头不断渗汗,有时一招想了好一阵才勉强化开。关东三魔均想:"倘若真是对敌,哪容你有思索余地,只要慢得一慢,早就给人打倒了。"

两人口上又拆了数招,张召重道:"旁进'小畜',虚守中盘。"袁士霄摇手道:"这招不好,你输啦!"张召重道:"请教。"袁士霄道:"我窜进'贲'位,足踢'阴市',又点'神封',你解救不了。"张召重道:"话是不错,但你既在'贲'位,只怕手肘撞不到我的'神封穴'。"袁士霄道:"不用手肘!你不信,就试试!小心了。"右腿飞起,向他膝上三寸处"阴市穴"踢到,张召重反身跃开,叫道:"你如何伤我……"语声未毕,袁士霄右手一伸,手指已点中他胸口"神封穴"。张召重胸口剧痛,立时咳嗽不止,忙伸手在左胸推宫过血,咳嗽方停。袁士霄笑道:"怎样?"

众人见他身子微动,手指一颤之间便已点中对方穴道,武功当真深不可测,尽皆骇然。

张召重神色沮丧,不敢再行倔强,道:"在下听袁大侠吩咐就是。"陈正德道:"你这武功,在武林中也算顶儿尖儿的了。请教阁下万儿。"张召重道:"在下姓张名召重。不敢请教三位。"陈正德道:"啊,原来是火手判官。袁大哥,他是马真道长的师弟。"袁士霄点头道:"嗯,他师兄不及他。咱们走吧。"一马当先,向前驰去。

驼羊群中杂着不少马匹,张召重和哈合台挑两匹骑了,六人押着畜队跟着袁士霄而去。驰了一会,张召重问陈正德道:"老爷子,狼很多呀,怎么个捉法?"关东三魔也在惴惴不安,很是关切。陈正德道:"你们瞧袁大侠的手势行事便是,几头小狼,有什么可怕的,真没出息。"张召重就不再问,心想他既如此十拿九稳,难道我就示弱于他?其实陈正德也不知袁士霄如何捉狼,只是老气横秋的信口胡吹,想起狼群的凶恶,心中实在也是大为栗栗。关明梅知他虚张声势,暗暗好笑。

跑了一阵,袁士霄兜转马头,对众人道:"这里的狼粪很新鲜,狼群过去不久,看来向西二十多里,就可和这群恶鬼遇上。再走十里,大家换一匹坐骑。"众人点头答应。袁士霄又道:"等追到狼群,我当先领路。你们六位三人在左,三人在右,将驼马赶在中间,别让逃乱了,以免狼群分散。"滕一雷待要询问详情,袁士霄已转头向前。

各人驰了十八九里,狼粪越来越湿。关明梅道:"狼群就在前面了。怎么听到了这许多驼马叫声,竟不追来?"陈正德道:"这也真奇了。"再走数里,地势陡变,见群山围绕,中间一座白玉高峰参天而起。天山双鹰久在大漠,早听说过这玉峰的诸般神奇传说,不意今日得能亲见,只见阳光斜照玉峰,隐隐泛彩,奇丽无伦。

袁士霄叫道:"狼群走进迷宫里去了,大家鞭打驼马!"各人举起马鞭,往驼马身上抽去,一时驼鸣马嘶之声大作。过不多时,一头大灰狼从丛山中奔了出来。

袁士霄长鞭挥起,在空中噼啪抽击,高声大叫,纵马向南疾奔。天山双鹰、张召重、关东三魔六人押着大队驼马跟随其后。奔出数里,后面狼嗥之声大作。陈正德回头望去,只见灰扑扑的一片,不知有几千几万头饿狼张牙舞爪的追来。他纵马追上张召重与关东三魔,见四人虽然强自镇定,但都脸如土色。哈合台眼中如要滴血,狂叫吆喝,催赶驼马,他是牧人出身,熟悉驼马性子,好几匹驼马要离队奔逃,都被他或用口叫,或以鞭打,尽数驱赶归队,竟没走散一头。关明梅赞道:"哈大哥,好本事!"

狼群虽然凶狠顽强,但奔跑的长力不够,十多里后,已给抛得不见踪影。再驰出十多里,袁士霄叫道:"休息一会吧!"众人下马喝水吃肉。哈合台把驼马赶在一块。袁士霄见他约束牲口的本领极精,笑道:"多亏了你。"待得狼群追近,驼马队已休息了好一会。

这般追追停停,向南直奔了七八十余里。前面尘头起处,两名回人乘马驰到,叫道:"袁老爷子,成功了么?"袁士霄道:"来啦,来啦!你叫大伙儿预备。"两名回人掉头先行。众人见前面有了接应,放下了一大半心。

奔不多时,只见大漠上出现了一座极大的圆形沙城。奔近时,见城墙高逾四丈,墙上有一狭小门口,袁士霄一马当先,进了城门,天山双鹰和哈合台驱赶大队驼马都跟了进去。驼马队将尽,群狼也已奄至。张召重驰到门口,稍一迟疑,一拉马缰,从墙边绕了开去。

滕一雷和顾金标见状,也勒马绕开。

成千成万头饿狼蜂拥冲进沙城,向驼马扑咬。等到狼群尽数入城,突然胡笛大鸣,两旁沙沟里猛然抢出数百名回人来。每人背上都负了沙袋,涌向城门,纷纷抛下沙袋,片刻之间,已将门口堵死。

张召重见他们拍手欢呼,心想不知那老头儿怎样了,见数十名回人站在沙城墙顶,于是跃下马来,沿踏级奔上墙顶,只见众回人手持长索,正在把袁士霄等四人吊上来。他向下望去,吓了一跳,那沙城径长百余丈,内面城墙陡削,系以沙砖砌成,墙壁用细泥垩光,光溜溜的绝无落脚之处,数百匹驼马和千万头饿狼挤在城中,撕咬嗥叫,血流遍地。

袁士霄和天山双鹰站在墙顶,哈哈大笑,得意已极。陈正德道:"狼群为害天山南北,杀人无算,数百年来始终难以驱除。袁大哥一举将之灭绝,这番大功德造福百世。为民除害,才是真正的大侠。"袁士霄道:"咱们在这里吃了回族老哥们几十年饭,今日总算小小有一点报答。"又道:"若非众人齐心合力,我一人又怎办得到?单这座沙城,三千多人就整整造了半年时光。今日你们几位也帮了大忙。"关明梅道:"要饿死这些恶狼,只怕还得很长一段时候呢。"袁士霄道:"可不是么?还有这许多驼马,先让这群畜生饱餐了一顿。"

众回人欢声大作,高歌相庆。几名首领更向袁士霄等极口称谢,拿出羊肉和马乳酒来招待。为首的回人道:"翠羽黄衫在黑水围困清兵,我们在这里围困狼群。狼已入伏,大伙儿这就帮她去了……"话未说完,突然望见张召重站在远处,身上却是清官装束,很是疑惑,但想他既与袁士霄同来灭狼,也就不多问。

陈正德道:"袁大哥,我有一件事非说不可,你可别见怪。"袁士霄笑道:"哈,你临到老了,居然学会了客气。"陈正德道:"你的徒弟人品太坏,可得好好管教管教。"袁士霄一楞,道:"什么?家洛?"陈正德道:"不错!"把他拉在一旁,将陈家洛先骗了霍青桐的心、后来又移爱他妹子的事说了。袁士霄怒道:"家洛很讲信义,决无此事。"关明梅道:"那是我们亲眼见到的。"说了如何遇到陈家洛与香香公主。

袁士霄呆了半响,不由得不信,怒火大炽,叫道:"我受他义父重托,把他从小抚养长大,哪知他人品如此卑劣,我日后有何面目见于大哥于地下？"关明梅见他愤激气苦，眼中泪珠莹然，自是内心难受失望已极，正想出言相劝，袁士霄叫道："咱们去找这三人来当面对质，我决不容他欺心负义。"

关明梅低声道："大家当面把话说个明白，那最好不过，别把话憋在心里，一憋就是几十年，害了人家，也害了自己。"袁士霄闻弦歌而知雅意，这数十年来，他日夜深悔少年时意气用事，以致好好一对爱侣不能成为眷属，眼前的关明梅虽然白发满头，在他心中所见，却仍是她十八九岁时那个明眸皓齿、任性爱娇的大姑娘。他眼望远处，叹道："咱们今日还能见面，我也已心满意足，这一辈子总算是不枉的了。"

关明梅望着渐渐在大漠边缘沉下去的太阳，缓缓说道："什么都讲个缘法。从前，我常常很是难受，但近来我忽然高兴了。"伸手把陈正德大褂上一个松了的扣子扣上了，又道："一个人天天在享福，却不知道这就是福气，总是想着天边拿不着的东西，哪知道最珍贵的宝贝就在自己身边。现今我是懂了。"陈正德红光满面，神采焕发，望着妻子。

关明梅走到袁士霄身边，柔声道："一个人折磨自己，折磨了几十年，什么罪过也该赎清了，何况本来也没什么罪过。我很快活，你也别再折磨自己了吧！"袁士霄不敢回头，突然飞身上马，说道："去找他们吧！"天山双鹰乘马随后跟去。

张召重见强敌离去，登时精神大振。皇帝派他来寻访陈家洛和香香公主，这两人不知有否膏于狼吻，必须去访查确实，以便回奏。他想："姓陈的小子和这两个女人倘若都给狼吃了，那没话说。要是还活着，那小子武功只比我稍逊一筹，霍青桐一出手相助，我马上要败，还是撺掇这三魔同去为妙。"于是一扯顾金标的袖子，两人走开几步。张召重低声道："顾二哥，你想不想你那美人儿？"顾金标只道他存心讥嘲，怒道："你待怎样？"张召重道："我和那姓陈的小子有仇，要去杀他，你如同去，那美人就是你的了。"顾金标迟疑道："只怕这三人都已给狼吃了……老大又不知肯不肯去？"张召重道："要是给狼吃了，那是你没福消受。你老大吗，我去跟他说。"顾金标点点头，心想："老大不好女色，不见得肯同去。"

张召重走到滕一雷跟前,说道:"滕大哥,我要去找那姓陈的小子算帐。要是你肯相助一臂之力,他那柄短剑就是你的。"如此宝物,学武的人哪个不爱?滕一雷想:就算陈家洛已葬身狼腹,那短剑也决吃不下去,当下就答应了。张召重大喜,只听滕一雷叫道:"老四,咱们走吧。"哈合台正在沙城墙顶,与众回人兴高采烈的谈论狼群,听老大相呼,转头叫道:"哪里去?"滕一雷道:"去找红花会陈当家他们。要是他们尸骨没给吃完,就给他们葬了,也算是大家相识一场。"哈合台自与余鱼同及陈家洛相识之后,对红花会人物很是钦佩,听滕一雷说要去给陈家洛安葬,自表赞同。当下四人向回人讨了干粮食水,上马向北,循原路回去。

走到半夜,滕一雷想就地宿歇,张召重与顾金标却极力主张连夜赶路,又行了一阵,皓月在天,照得如同白昼一般,忽见路旁一个人影一闪,钻进了一座石砌的大坟之中。四人起了疑心,纵马来到坟前。张召重喝问:"什么人?"

过了半响,一个头戴花帽的回人脑袋从坟墓的洞孔中探了出来,嘻嘻一笑,说道:"我是这坟里的死人!"他说的是汉语,四人都不禁吓了一跳。顾金标喝道:"是死人,这夜晚干么出来?"那人道:"出来散散心。"顾金标怒道:"死人还散心?"那人连连点头,说道:"是,是,诸位说得对。算我错啦,对不住,对不住!"说着把头缩了进去。哈合台哈哈大笑。顾金标大怒,下马伸手入坟,想揪他出来,哪知摸来摸去掏他不着。

张召重道:"顾二哥,别理他,咱们走吧!"四人兜转马头,正要再走,忽见一头瘦瘦小小的毛驴在坟边嚼草。顾金标喜道:"干粮吃得腻死啦,烤驴肉倒还真不坏!常言道:天上龙肉,地下驴肉。"纵马上去,伸手牵住了缰绳,见驴子屁股光秃秃的没有尾巴,笑道:"不知谁把驴尾巴先割去吃了……"

话声未毕,只听得飕的一声,驴背上多了一人,月光下看得明白,正是刚才钻进坟里去的那人。他身手好快,一晃之间,已从坟里出来,飞身上了驴背。四人不敢轻忽,忙勒马退开。这人哈哈大笑,从怀里拿出一条驴子尾巴,晃了两晃,说道:"驴子尾巴上今天沾了许多污泥,不大好看,因此我把它割下来了。"

张召重见这人满腮胡子,疯疯癫癫,不知是什么路道,但适才上驴的身手好快,于是一提马缰,坐骑倏地从毛驴旁掠过,右手挥掌向他肩头打去。那人一避,张召重左手已把驴尾夺过,见驴尾上果然沾有污泥,忽然间头上一凉,伸手一摸,帽子却不见了,只见那人捧着那顶帽子,笑道:"你是清兵军官,来打我们回人。这顶帽儿倒好看,又有鸟毛,又有玻璃球儿。"

张召重又惊又怒,随手把驴尾掷了过去,那人伸手接住。张召重双掌一错,跳下马来,叫道:"你是什么人?来来来,咱们比划比划!"

那人把张召重的官帽往驴头上一戴,拍手大笑,叫道:"笨驴戴官帽,笨驴戴官帽!"双腿一夹,毛驴向前奔出。张召重拔步赶去,突听呼的一声响,风声劲急,有暗器掷来,当即伸手接住,冷冰冰,光溜溜,竟是自己官帽上那枚蓝宝石顶子,更是怒不可遏,便这么一阻,驴子已然远去,当即拾起一块石子,对准他后心掷去。

那人却不闪避,张召重大喜,心想这下子可有得你受的,只听当的一声,石子打在一件铁器之上,嗡嗡之声不绝,便似是打中了铁钹铜锣之类的乐器一般。那人大叫大嚷:"啊哟,打死我的铁锅啦,不得了,铁锅一定没命啦。"四人愕然相对,那人却去得远了。

张召重悻悻骂道:"这家伙不知是人是鬼?"三魔摇头不语。张召重道:"走吧,这鬼地方真邪门,什么怪物都有。"

四人驱马急驰,中途睡了两个时辰,翌日一早赶到了迷城之外,虽见歧路岔道多得出奇,但狼粪一路撒布,正是绝好的指引,循着狼粪兽迹,到了白玉峰前,抬头便见到陈家洛挖的洞穴。

陈家洛睡到半夜,精力已复,一线月光从山缝中照射进来,只见霍青桐和香香公主斜倚在白玉椅上沉沉入睡,静夜之中,微闻两人鼻息之声,石室中弥漫着淡淡清香,花香无此馥郁,麝香无此清幽,自是香香公主身上的奇香了。

他思潮起伏:不知峰外群狼现下是何模样,自己三人能否脱险?脱险之后,那皇帝哥哥又不知能否确守盟言,将满洲胡虏逐出关外?

忽听得香香公主轻轻叹了口气,叹声中满是欣愉喜悦之情,陈家洛寻思:"她身处险地,却如此安心,那是什么原因?自然因她信我必能带她脱离险境,终生对她呵护爱惜了。"

"我心中真正爱的到底是谁?"这念头这些天来没一刻不在心头萦绕,忽想:"那么到底谁是真正的爱我呢?倘若我死了,喀丝丽一定不会活,霍青桐却能活下去。不过,这并不是说喀丝丽爱我更加多些……我与忽伦四兄弟比武之时,霍青桐忧急耽心,极力劝阻,对我十分爱惜。她妹妹却并不在乎,只因她深信我一定能胜。那天遇上张召重,她笑吟吟的说等我打倒了这人一起走,她以为我是天下本事最大的人……要是我和霍青桐好了,喀丝丽会伤心死的。她这么心地纯良,难道我能不爱惜她?"

想到这里,不禁心酸,又想:"我们相互已说得清清楚楚,她爱我,我也爱她。对霍青桐呢,我可从来没说过。霍青桐是这般能干,我敬重她,甚至有点怕她……她不论要我做什么事,我都会去做的。喀丝丽呢?喀丝丽呢?……她就是要我死,我也肯高高兴兴的为她死……那么我不爱霍青桐么?唉,实在我自己也不明白,她是这样的能干聪明,对我又如此情深爱重。她吐血生病,险些失身丧命,不都是为我么?"

一个是可敬可感,一个是可亲可爱,实在难分轻重。

这时月光渐渐照射到了霍青桐脸上,陈家洛见她玉容憔悴,在月光下更显得苍白,心想:"虽然我们相互从未倾吐过情愫,虽然我刚对她倾心,立即因那女扮男装的李沅芷一番打扰,使我心情有变,但我万里奔波,赶来报讯,不是为了爱她么?她赠短剑给我,难道只为了报答我还经之德?尽管我们没说过一个字,可是这与倾诉了千言万语又有什么分别?"又想:"日后光复汉业,不知有多少剧繁艰巨之事,她谋略尤胜七哥,如能得她臂助,获益良多。不过……唉,难道我心底深处,是不喜欢她太能干么?是的,我敬她多于爱她,我内心有点儿怕她。"想到这里,矍然心惊,轻轻说道:"陈家洛,陈家洛,你胸襟竟是这般小么?"又过半个多时辰,月光缓缓移到香香公主的身上,他心中在说:"和喀丝丽在一起,我只有欢喜,欢喜,欢喜……"又想:"当在西湖三潭映月和李沅芷动手之后,我已明明白白的知道她是女子。此后我对喀丝丽情根深种,只有情不自禁的狂喜,从未想到这是有负于霍青桐。陈家洛,你负心薄幸,见异思迁,那就是了,岂能为自己的薄德开脱?"

他睁大眼睛望着头顶的一线天光,良久,良久,眼见月光隐去,眼见日光斜射,室中慢慢的亮了。香香公主打了个呵欠醒来,睁开一半眼睛向着他望了望,微微一笑,脸色就像一朵初放的小花。

她缓缓坐起身来,忽然惊道:"你听!"只听得外面甬道上隐隐传来几个人的脚步之声。在这千百年的古宫之中,怎会有人行走?难道真的有鬼?只听脚步声愈来愈近,虽然相距甚远,但在寂静之中,一步一步的听得清清楚楚。两人寒毛直竖,都惊呆了。陈家洛一拉霍青桐的手臂,她从梦中惊醒过来。三人疾奔出去。

奔到大殿,陈家洛捡起三柄玉剑,每人手中拿了一把,低声道:"玉器可以辟邪。"这时脚步声已到殿外。三人躲在暗处,不敢稍动。只见火光闪晃,走进四个人来。当先两人手执火把,却是张召重与顾金标。

忽然当啷、当啷数声响处,张召重等四人兵刃脱手飞出,落在地下。滕一雷的独足铜人内蕴钢铁,在手中抖动不已,镖囊中的十二只钢镖却激射出去。

陈家洛知道机不可失,乘他们目瞪口呆、惊惶失措之际,大喝一声,手持玉剑,从暗处跳将出来,啪啪两剑,已把张顾两人手中火把打落,殿中登时漆黑一团。张召重双掌护身,返身奔出。关东三魔随后跟出,只听砰的一声,又是一声"啊唷",不知谁在石壁上重重撞了一头。

四人脚步声渐渐远去,霍青桐忽然惊呼:"啊唷,糟糕,快追,快追!"陈家洛立时醒悟,摸索着疾追出去,甬道还未走完,只听得叽叽之声,接着蓬的一声大响,石门已给关上。陈家洛飞身扑到,终于迟了一步,石门后光溜溜的无着手之处,哪里还拉得开来?

霍青桐和香香公主先后奔到。陈家洛回过身来,捡了一块木材点燃,但见石门上刀劈斧砍之痕累累,尽是地下那些骸骨生前拼命挣扎的遗迹。霍青桐惨然道:"完啦!"香香公主拉着她手道:"姊姊,别怕!"陈家洛强自笑道:"我们三人毕命于此,也真奇怪得紧。"不知何故,心中忽然感到一阵轻松,竟似难题顿解,如释重负,拾起地下的一个骷髅头骨,说道:"老兄,老兄,你多了三个新朋友啦。"香香公主嗤的一声,笑了出来。霍青桐向两人白了一眼,隔了半响,说道:"咱们回去玉室,静下心来好好想一下。"

三人回归玉室。霍青桐伏身祈祷,然后拿出字纸和地图来反覆审视,苦苦思索。陈家洛知道处此绝境,若能脱身,不是来了外援,就是张召重等改变心思,进来捉拿自己。但这地方如此隐秘,外援如何能到?而张召重等适才受了这般大惊吓,十九不敢再进来冒险。

香香公主忽感困倦,斜坐在白玉椅上,柔声唱歌。霍青桐似乎全没听到她的歌声,双手捧住了头,皱着眉头出神。香香公主唱了一会,住口不唱了,道:"姊姊,你息一忽儿吧!"站起身来,走到白玉床边,对躺在床上的那具骸骨道:"对不住啦,请你挪一挪,让点地方出来,给我姊姊休息!"轻轻把骸骨拢在一堆,推向床角,忽然"咦"了一声,捡起一卷东西,道:"这是什么?"

陈家洛和霍青桐凑近去看,见是一本羊皮册子,年深日久,几已变成了黑色,边缘已然霉烂,在阳光下一照,见册中写满了字迹,都是古回文。羊皮虽黑,但文字更黑,仍历历可辨。霍青桐翻几页看了,一指床上的骸骨,说道:"是这女子临死前用血写的,她叫玛米儿。"陈家洛道:"玛米儿?"香香公主道:"那是'很美'的意思。我们玉瓶上画的美女,就是她了。我们的壁画、地毯上,也有她的肖像。"霍青桐道:"大家都说,玉瓶上的画像,有点像喀丝丽。这个玛米儿,是我们族里伟大的女英雄。"

霍青桐放下羊皮卷,又去细看地图。陈家洛道:"难道地图上画着另有出路?"霍青桐道:"似乎什么地方有个秘密通道,不过我就是想不通。"陈家洛叹了一口气,对香香公主道:"你把这玛米儿姑娘的绝命书译给我听,好么?"香香公主点点头,轻轻念了起来:

"城里成千成万的人都死了,神峰里暴君的众卫士和伊斯兰的勇士们都死了。我的阿里已到了真主那里,他的玛米儿也要去了。我把我们的事写在这里,让真主的儿子们将来知道,不管是胜是败,我们伊斯兰的勇士们战斗到底,永不屈服!"

陈家洛道:"原来这位姑娘不但美丽,而且勇敢。"香香公主继续念道:

"暴君隆阿欺压了我们四十年。这四十年中,他征了千万百姓来给他造了这座迷城,在神峰中开凿了宫殿。这些百姓都给他杀了。他死了之后,他的儿子桑拉巴比他更凶狠。伊斯兰教徒养十头羊,每年要给他四头,养五头骆驼,每年要给他两头。我们一年比一年穷了。哪一家有美丽的姑娘,就给他拉进迷城中去。进了迷城之后,没一个能活着出来。

"我们是穆圣教导的英雄儿女,能受这些异教徒的欺压吗?当然不能!二十年之中,我们的战士曾五次攻打迷城,总是因为不识路径,走不出来。有两次曾攻进了神峰,暴君桑拉巴却不知使什么妖法,把我们战士的刀剑都收去了,终于给他的卫士杀得一个不剩。"

陈家洛道:"那就是大殿下这座磁山作怪了。"香香公主点点头,接着念下去:

"这一年,我刚十八岁,我爸爸妈妈都给桑拉巴手下的人杀了,我哥哥做了伊斯兰教徒的族长。春天,我遇见了阿里。他是我族里的英雄。他杀死过三头老虎,群狼见了他就四散奔逃,天山顶上的兀鹰吓得不敢下来。他抵得过十个好汉,不,抵得过一百个。他的眼睛像麋鹿那样温柔,他的身体像鲜花那样美丽,可是他的威武却像沙漠中刮的大风……"

陈家洛笑道:"这位姑娘喜欢夸大,把她意中人说得这么了不起。"香香公主神色端严,向他瞧了一眼,道:"为什么说她夸大?难道没这样的人么?"又念下去:

"阿里来到我们帐里,和我哥哥商量攻打迷城。他得到了一部汉人写的竹片书,他想了一年,想出了武功的道理,就算空手没有刀剑,也能把桑拉巴的武士们打死。于是他招了五百个勇士,把他想到的道理教给他们,他们又练了一年。这时我已经是阿里的人了。我第一眼见到他,就是他的了。他是我的心,是我的鲜血,是我的容貌。他对我说,他一见了我,就知道这次一定能够打胜。他们练好了武功,可是不知道迷城的路径,更加不知道神峰里的秘密。阿里和我哥哥商量了十天十夜,没有法子。因为外面的人一走进迷城,就给他们杀了。没一个人能活着出来。大伙儿一起又商量了十天十夜,仍然没有法子。本事再大,再勇敢,进不了迷城,总是一场空。

"我说:'哥哥啊,让我去吧!'他们知道我说的是什么意思。阿里是大勇士,但他忽然流下泪来。于是我带了一百头山羊,在迷城外面放牧。第四天上,桑拉巴手下的人就把我捉去献给了他。我哭了三天三夜才顺从他。他很喜欢我,我要什么就给我什么。"

第十七回

为民除害方称侠　抗暴蒙污不愧贞

陈家洛听到这里,对这位古代姑娘不禁肃然起敬。心想她以一个十八岁的姑娘,竟能牺牲自己,真是了不起,而能牺牲宝贵的爱情,那是更加的了不起。只听香香公主又念道:

"起初,桑拉巴不许我走出房门一步,但是他越来越喜欢我了。我每天想念我们的人,想念在大草原中放羊唱歌,那真是快活。我最想念的,是我的阿里。桑拉巴见我一天一天的憔悴瘦弱,问我要什么。我说要到各处去逛逛。他忽然大怒,打了我一掌,于是我有七个白天不跟他说话,有七个黑夜不向他笑。第八天上,他带我出去了,以后每隔三天,他带我出去一次,先在迷城各处玩,后来甚至到了迷城的口子上。我把每一条道路都记得清清楚楚,我知道了迷城道路'左三右二'的道理。最后,就算我瞎了眼睛,也能在迷城各处来去,不会迷路了。这花了大半年时光,我想哥哥和阿里一定已等得很不耐烦,可是我还没知道神峰的秘密,后来,我肚子里有了孩子,那是桑拉巴的孽种。他很喜欢,我却恨得每天哭泣。他问我要什么,我说:'我给你怀了孩子,但是你一点也不爱我。'他说:'我不爱你?你要什么东西,难道我不肯给你么?你要大海底下的红珊瑚呢,还是南方的蓝宝石?'我说:'人家说,你有一座翡翠池,美丽的人在池里洗了澡更加美,丑的人洗了就更加丑。'

"他的脸苍白了,声音颤抖了,问我是谁说的。我骗他说我做了个梦,是神仙说的。其实,我也不知道是不是真的有翡翠池,不过宫里的女人都这样偷偷的说,桑拉巴从来不准谁看到,连说也不许说。他说:'去洗澡是可以的,不过谁见到这池子之后,就得把舌头割掉,以免把秘密说了出去,这是祖宗定下的规矩。'他求我别去,我一定要去。我说:'你心里一定以为我很丑,我在翡翠池洗了澡,你怕我更加丑了。'从此我不跟他说话,又不对他笑,终于他带我去了。

"到这翡翠池,要从神峰的宫殿里经过。我身上带了一把小刀,想在翡翠池中刺死他,因为宫里到处都有凶恶的卫士守卫,翡翠池四周却一个人也没有,可是小刀给大殿底下的磁山收去了。我洗了澡后,不知道是不是真的更加美丽些,不过他是更爱我了。但他还是割去了我的一段舌头,怕我把秘密说出去。我没有死,后来伤好了,知道了一切,但没法去告诉哥哥和阿里。

"我日日夜夜向真主祈祷,真主终于听见了他可怜女儿的心声。

真主赐给了我聪明智慧。桑拉巴有一把短剑,佩在身上从不离开。这柄短剑有两层鞘子,里面一层鞘子就像是一把剑一般。我向他讨了来。我详细写明了走进迷城的路径,又画了迷城的地图,把进出的通道仔仔细细的画在上面,我把地图封在一颗蜡丸里,藏在第二层剑鞘里面。在我生了孩子的第三个月,他带我出去打猎。我乘没人见到,就把短剑丢在迷城外面的腾博湖里。我回来之后,放了许多鹰出去,在鹰脚上都写上了'腾博湖'的名字。"

霍青桐撇下地图,凝神听妹子译读古册:

"有几头鹰被桑拉巴手下人射了下来,他们见到'腾博湖'的名字,心想腾博湖很出名,大漠上几岁的孩儿也都知道,因此谁也没起疑心。我知道这许多鹰中,一定会有一两头给我们族里的人捉到,哥哥和阿里就会到腾博湖中去仔细找寻,就会知道迷城的路径。

"唉,哪知道他们虽然找到了短剑,却查不出剑中的秘密,不知道剑鞘中另有剑鞘。哥哥和阿里说,我送这把剑出来,定是叫他们进攻,去杀暴君桑拉巴。他们就攻了进来。大部分勇士都迷了路,转来转去永远没能出来。我的哥哥,我那力气比两头骆驼还要大的哥哥,就这样迷失了。阿里和其余勇士捉到了一个桑拉巴的手下,迫着他带路,攻进了神峰。在大殿上,他们的刀剑都被磁山收了去,桑拉巴的武士拿玉刀玉剑来杀他们。然而阿里和他的勇士学会了本事,虽然空手,仍是一个个的和他们一起战死。桑拉巴见他手下的武士都死了,阿里又紧紧迫着他,就逃进玉室来,想带我从翡翠池旁逃出去……"

霍青桐跳了起来,叫道:"啊,他们能从翡翠池旁逃出去。"香香公主念道:

"阿里追了上来,我一见到他,忍不住就扑上去。我们抱在一起,他用许多好听的名字来叫我,我的舌头少了一截,不能还叫他,可是他懂得我心里的声音。那卑鄙的桑拉巴,可恶的桑拉巴,比一千个魔鬼还要坏一万倍的桑拉巴,突然从后面一斧……"

香香公主念到这里,情不自禁的尖叫一声,把羊皮古册丢在床上,满脸惊惧之色。

霍青桐轻轻拍她肩头,捡起古册,继续译念下去:

"……从后面一斧,将我的阿里的头砍成了两半,他的血溅在我身上。桑拉巴从床上抱起孩子,放在我手里,叫道:'咱们快走!'我举起那个孽种,用力往地下一摔,他就死在阿里的鲜血堆里。桑拉巴见我摔死了自己的儿子,惊得呆了,举起了黄金的斧头,我伸长了头颈让他砍,他忽然叹了口气,从来路冲了出去。

"阿里到了真主身旁,我也要跟他去。我们的勇士很多,桑拉巴的武士都被我们杀光了,他一定也活不成。他永远不能再来欺压我们伊斯兰教徒。他儿子给我摔死了,他的后代也不能来欺压我们,因为他没后代了。以后我们的人就能在沙漠上草原上平安过活,年轻姑娘可以躺在她心爱的人怀里唱歌。我哥哥、阿里和我都死了,可是我们已打败了暴君。暴君的堡垒造得再坚固,我们还是能够攻破。愿真神安拉佑护我们的族人。"

霍青桐念到最后一个字,缓缓把古册掩上,三人深为玛米儿的勇敢和贞烈所感动,很久说不出话来。香香公主眼中都是泪水,叹道:"为了使大家不受暴君的欺侮,她竟肯离开自己像心肝一样的人,她愿意舌头给割掉,还亲手摔死自己的儿子……"

陈家洛陡然一惊,身上冷汗直冒,心想:"比起这位古代的姑娘来,我实是可耻极矣。我身系汉家光复大业的成败,心中所想的却只是一己的情欲爱恋。我不去筹划如何驱逐胡虏,还我河山,却在为爱姊姊还是爱妹妹而纠缠不清……我曾逞血气之勇,亲送喀丝丽到清兵营中,全不想万一失手,岂非误了光复大事?现今又陷身这山腹之中。我死不足惜,可是怎对得起红花会数万弟兄,怎对得起天下在鞑子铁蹄下受苦受难的父老兄弟姊妹?"越想越是难受,额头汗水涔涔而下。

香香公主见他神色有异,掏出手帕来给他抹去汗水。陈家洛手一格,推了了手帕。香香公主见他忽现厌恶之色,不禁错愕。陈家洛一定神,登时心软,接过她手帕抹汗,打定了主意:"光复大业成功之前,我决不再理会自己的情爱尘缘,她两姊妹从今而后都是我的好朋友,都是我的妹子。"拔出短剑,一剑插入圆桌的桌面,立觉神清气爽,连日来烦恼一扫而空。香香公主见他脸有喜色,这才放心。

这一切霍青桐却如不闻不见,她又再细看字纸和地图,揣摸古册中所写的语句,沉吟道:"这遗书中说,桑拉巴来到这玉室,要和她一起逃到翡翠池边去,然而这玉室已是尽头,再无通路……后来桑拉巴并没逃出去,仍然从原路杀回。想来他有异常勇力,伊斯兰勇士们挡他不住,被他冲出大门,把伊斯兰战士都关在里面,一直到死……不过地图上明明画着,另有通道通到池边……"

陈家洛心中不再受爱欲羁绊,头脑立时清明,叫道:"如有通道,必在这玉室之中。"想起在杭州提督府地道中救文泰来时,张召重曾从墙上密门逸脱,于是点起火把,在玉室壁上细看有无缝隙,上下四周都照遍了,并无发现。霍青桐查察玉床,也不见何异状。陈家洛又想起文泰来所述在铁胆庄中被捕之事,叫道:"难道桌子底下另有地道?"运起内力在圆桌桌面下一抬,石桌纹丝不动,喜道:"定是桌子有古怪。"依他内力,就算石桌有千斤之重,这一抬之下也必稍动,但看那石桌又无特异之处,不论横推直拉,桌脚始终便如钉牢在地下一般。霍青桐拿火把到桌脚下一照,心中登时凉了,原来圆桌是整块从玉石中雕刻出来的,连在地上,自然抬不动了。

三人劳顿半天,毫无结果,肚子却饿了。香香公主拿出腌羊肉和干粮,大家吃一些,靠在椅上养神。

过了大半个时辰,日光渐正,射到了圆桌桌面。香香公主忽道:"啊,桌上还刻着花纹。"走近细看,见刻的是一群背上生翅的飞骆驼,花纹极细,日光不正射时全然瞧不出来,刻工甚是精致,然而骆驼的头和身子却并不连在一起,各自离开了一尺多位置。她忍不住拿住圆桌边缘,自右至左一扳,圆桌的边缘与桌心原来分为两截,可以移动,但扳得寸许便不动了。陈家洛和霍青桐一齐使力,慢慢把边缘扳将过去,使得刻在桌缘一圈的骆驼头与刻在桌心的骆驼身子连成一体,刚刚凑合,只听轧轧连声,玉床上出现了一个大洞,下面是一道梯级。三人又惊又喜,齐声大叫。

陈家洛举起火把,当先进入,两人跟在后面。转了四五个弯,再走十多丈路,前面豁然开朗,竟是一大片平地。四周群山围绕,就如一只大盆一般,盆子中心碧水莹然,绿若翡翠,是个圆形的池子,隔了这千百年,竟然并不干涸,想来池底另有活水源头。

三人见了这奇丽的景色,惊喜无已。霍青桐笑道:"喀丝丽,遗书上说,美丽的人下池洗澡,可以更加美丽,你去洗一下吧。"香香公主红了脸,笑道:"姊姊年纪大先洗。"霍青桐笑道:"啊哟,我可越洗越丑啦。"香香公主转头对陈家洛道:"你评评这个理。姊姊欺侮人,说她自己不美。"陈家洛微笑不语。霍青桐道："喀丝丽，你到底洗不洗？"香香公主摇摇头。霍青桐走近池边，伸下手去，只觉清凉入骨，双手捧起水来，但见澄净清澈，更无纤毫苔泥，原来圆池四周都是翡翠，池水才映成绿色。就口而饮，甘美沁人心脾。三人喝了个饱，只见洁白的玉峰映在碧绿的池中，白中泛绿，绿中泛白，明艳洁净，幽绝清绝。香香公主伸手玩水，不肯离开。

霍青桐道："现下要想法子怎生避开外面那四个恶鬼。"陈家洛道："咱们先把玛米儿的遗骨拿出来葬在池边，好吗？"香香公主拍手叫好，又道："最好把她的阿里和她葬在一起。"陈家洛道："好，想来玉室角落里的就是阿里的遗骨。"

三人重回到玉室，捡起骸骨，只见阿里的骸骨旁有一捆竹简。陈家洛提了起来，穿竹简的皮带已经烂断，竹简一提就散成片片，见简上涂了黑漆，简身仍属完整，简上用朱漆写着密密的汉字。

陈家洛心头一喜，却见头一句是"北冥有鱼，其名为鲲"，翻简看下去，见一篇篇都是《庄子》。他初时还道是什么奇书，这《庄子》却是从小就背熟了的，不禁颇感失望。

香香公主问道："那是什么呀？"陈家洛道："是我们汉人的古书，这些竹简虽是古董，可是没什么用，只有考古家才喜欢。"随手掷在地上，竹简落下散开，只见中间有一片有些不同，每个字旁加了密密圈点，还写着几个古回文。陈家洛捡了起来，见是《庄子》第三篇《养生主》中"庖丁解牛"那一段，指着回文问香香公主道："这是些什么字？"香香公主道："破敌秘诀，都在这里。"陈家洛一怔，问道："那是什么意思？"霍青桐道："玛米儿的遗书中说，阿里得到一部汉人的书，想出了空手杀敌之法，难道就是这些竹简？"陈家洛道："庄子教人达观顺天，跟武功全不相干。"丢下竹简，捧起遗骨走了出来。三人把两副遗骨同穴葬在翡翠池畔的山石地里，祝告施礼。

陈家洛道："咱们出去吧。那匹白马不知有没逃脱狼口。"香香公主道："全靠它救了我们性命。它很聪明，又跑得快……"陈家洛想起狼群之凶狠，白马之神骏，不禁恻然。

霍青桐忽问："那篇《庄子》说些什么？"陈家洛道："说一个屠夫杀牛的本事很好，他肩和手的伸缩，脚与膝的进退，刀割的声音，无不因便施巧，合于音乐节拍，举动就像跳舞一般。"香香公主拍手笑道："那一定很好看。"霍青桐道："搏击杀敌能这样就好啦。"

陈家洛一听，顿时呆了。《庄子》这部书他烂熟于胸，想到时已丝毫不觉新鲜，这时忽被一个从未读过此书的人一提，真所谓茅塞顿开。"庖丁解牛"那一段中的章句，一字字在心中流过："三年之后，未尝见全牛也。方今之时，臣以神遇而不以目视，官知止而神欲行。依乎天理，批大却，导大窾，因其固然……"再想到："彼节者有间，而刀刃者无厚，以无厚入有间，恢恢乎其于游刃必有余地矣。……行为迟，动刀甚微，謋然已解，如土委地，提刀而立，为之四顾，为之踌躇满志。"心想："那庖丁看到的，只是牛身上关节与筋骨之间的空处，那便是有间。牛刀不能斩在筋骨和肌肉上，只要向空处轻轻划过，一条大牛便毫不费力的散成了散块。"又想："张召重这厮武功中必有破绽，我只消看出他的破绽，那便是有间，手掌微微一动，以无厚入有间，就把那奸贼杀了……"霍青桐姊妹见他突然出神，互相对望了几眼，不知他在想什么。

陈家洛忽道："你们等我一下！"飞奔入内，隔了良久，仍不出来。两人不放心了，一同进去，只见他喜容满脸，在大殿上的骸骨旁插掌踢足。香香公主大急，以为他神智胡涂了，叫道："你干么呀？"陈家洛全然不觉，舞动了一会，又呆呆瞪视另一堆骸骨。香香公主叫道："你别吓人呀，来吧！"只见他依照着一具骸骨的姿势，手足又动了起来，叫道："有间！"顺着那骸骨的臂骨，斩向敌身。

霍青桐听他在举手投足之中势挟劲风，恍然大悟，原来他是在钻研武功，拉着妹子的手道："别怕，他没事，咱们在外面等他吧！"

两人回到翡翠池畔，香香公主问道："姊姊，他在里面干么呀？"霍青桐道："想是他看了那些竹简之后，悟到了武功上的奇妙招数，在照着骸骨的姿势研探，咱们别去打扰他。"香香公主点点头，隔了一会，又问："姊姊，你怎么不也去练？"霍青桐道："竹简上的汉字很古怪，我不明白，再说，他练的武功很高深，我还不能练。"香香公主叹了一口气，道："现下我知道了。"霍青桐道："什么？"香香公主道："大殿上那许多骸骨，原来生前都会高深武功，他们兵器给磁山吸去之后，就空手和桑拉巴手下的武士对打。"霍青桐道："对啦。不过这些人也未必武功极好，料来他们学会了几招最厉害的杀手，在紧急关头就打中敌人的要害，和敌人同归于尽。"香香公主："唉，这许多人都很勇敢……啊哟,他学来干什么呢?难道也要和敌人同归于尽吗?"霍青桐道:"不,武功好的人,不会和敌人同归于尽的。他定是在钻研这些招数的奇妙之处。"

香香公主微微一笑,道:"那我就放心啦!"望着碧绿的湖水,忽道:"姊姊,咱们一起下去洗澡好么?"霍青桐笑道:"真胡闹。他出来了怎么办?"香香公主笑道:"我真想下去洗澡。"望着清凉的湖水呆呆出神,轻轻的道:"要是我们三个能永远住在这里,那可有多好!"霍青桐怦然心动,满脸晕红,忙仰头瞧着白玉山峰。

等了良久,陈家洛仍不出来。香香公主脱下皮靴,把脚放在水里,将头枕在姊姊腿上,望着天上悠悠白云,慢慢睡着了。

余鱼同将削断了的金笛拿了出来,说道:『师叔,这段笛子倒是纯金的。』李沅芷不肯接,骆冰硬把半截金笛塞在她手里。

第十八回

驱驴有术居奇货
除恶无方从佳人

余鱼同和李沅芷一起出来寻访霍青桐,自然明白七哥派他们二人同行的用意。李沅芷一片深情,数次相救,他自衷心感激,然她越是情痴,自己越是不由自主的想避开她,什么原因可也说不上来。一路上李沅芷有说有笑,他却总是冷冷的。李沅芷恼了,一天早晨,偷偷躲在一个沙丘后面,瞧他是否着急。哪知他见她不在,叫了几声没听得答应,就径自向前走了。李沅芷气苦之极,在沙丘后面哭了一场,打起精神再追上去。余鱼同淡淡的道:"啊,你在后面,我还道你先走了呢!"饶是李沅芷机变百出,对这心如木石之人却是束手无策。她打定了主意:"他真逼得我没路可走之时,我就一剑抹了脖子。"

行到中午,忽见迎面沙漠中一跛一拐的行来一头瘦小驴子,驴上骑着一人,一颠一颠的似在瞌睡。走到近处,见那人穿的是回人装束,背上负了一只大铁锅,右手拿了一条驴子尾巴,小驴臀上却没尾巴,驴头上竟戴了一顶清兵骁骑营军官的官帽,蓝宝石顶子换成了一粒小石子。那人四十多岁年纪,颔下一丛大胡子,见了二人眉开眼笑,和蔼可亲。

余鱼同心想霍青桐在大漠上英名四播,回人无人不知,便勒马问道:"请问大叔,可见到翠羽黄衫么?"却耽心他不懂汉语。哪知那人嘻嘻一笑,以汉语问道:"你们找她干么呀?"余鱼同道:"有几个坏人来害她,我们要通知她提防。要是你见着她,给带个讯成不成呀?"那人道:"好呀！怎么样的坏人？"李沅芷道:"一个大汉手里拿个独脚铜人,另一个拿柄虎叉,第三个蒙古人打扮。"那人点头道:"这三个人确是坏蛋,他们想吃我的毛驴,反给我抢来了这顶帽子。"余李两人对望了一眼。余鱼同道:"他们还有同伴吗？"那人道:"就是这个戴官帽的了,你们是谁呀？"余鱼同道:"我们是木卓伦老英雄的朋友。这几个坏蛋在哪里？可别让他们撞着翠羽黄衫。"那人道:"听说霍青桐这小妮子很不错哪。要是四个坏蛋吃不到我毛驴,肚子饿了,把这大姑娘烤来吃了,可不妙啦！"

李沅芷心想关东三魔有勇无谋,多加一个清军军官,浑不必放在心上,不如找上前去,想法结果了他们,教这瞧不起人的余师哥佩服我的手段,于是问道:"他们在哪里？你带我们去,给你一锭银子。"那人道:"银子倒不用,不过得问问毛驴肯不肯去。"把嘴凑在驴子耳边,叽哩咕噜的说了一阵子话,然后把耳朵凑在驴子口上,似乎用心倾听,连连点头。

二人见他装模作样,疯疯癫癫,不由得好笑。那人听了一会,皱起眉头说道:"这驴子戴了官帽之后,自以为了不起啦。它瞧不起你们的坐骑,不愿意一起走,生怕没面子,失了自己身分。"余鱼同一惊:"这人行为奇特,说话皮里阳秋,骂尽了世上趋炎附势的暴发小人,难道竟是一位风尘异人？"

李沅芷瞧他的驴子又跛又瘦,一身污泥,居然还摆架子,不由得噗哧一笑。那人眼睛一横道:"你不信么？那么我的毛驴就跟你们的马匹比比。"余李二人胯下都是木卓伦所赠骏马,和这头跛腿小驴自有云泥之别。李沅芷道:"好呀,我们赢了之后,你可得带我们去找那三个坏蛋。"那人道:"是四个坏蛋。要是你们输了呢？"李沅芷道:"随你说吧。"那人道:"那你就得把这头毛驴洗得干干净净,让它出出风头。"李沅芷笑道:"好吧,就是这样。咱们怎样个比法？"

那人道:"你爱怎样比,由你说便是。"李沅芷见他说话十拿九稳,似乎必胜无疑,倒生了一点疑虑,心想:"难道这头跛脚驴子当真跑得很快？"灵机一动,道:"你手里拿着的是什么呀？"那人把驴子尾巴一晃,道:"毛驴的尾巴。它戴了官帽,嫌自己尾巴上有泥不美,就此不要了。"余鱼同听他语带机锋,含意深远,更加不敢轻忽,向李沅芷使个眼色,要她留神。

李沅芷道："你给我瞧瞧。"那人把驴尾掷了过来,李沅芷伸手接住,随手玩弄,一指远处一个小沙丘,道："咱们从这里跑到那沙丘去。你的驴子先到是你胜,我的马先到是我胜。"那人道："不错,我的驴子先到是我胜,你的马先到是你胜。"李沅芷对余鱼同道："你先去那边,给我们作公证!"余鱼同道："好!"拍马去了。

李沅芷道："走吧!"语声方毕,猛抽一鞭,纵马直驰,奔了数十丈,回头望去,见那毛驴一跛一拐,远远落在后面。她哈哈大笑,加紧驰骤,突然之间,一团黑影从身旁掠过,定睛看时,竟是那人把驴子负在肩头,放开大步,向前飞奔。她这一惊非同小可,险些坐鞍不稳,跌下马来,疾忙催马急追。但那人奔跑如风驰电掣一般,始终抢在马头之前。不到片刻,两人奔到沙丘,终于是骑人的驴比人骑的马抢先了丈余,先上沙丘。李沅芷把手中驴尾用力向后掷出,纵马奔上沙丘,叫道："我的马先到啦!"

那人和余鱼同愕然相顾,明明是驴子先到,怎么她反说马先到?那人道："喂,大姑娘,咱们说好的:驴子先到我胜,你的马先到你胜,是不是?"李沅芷伸手掠着在风中飞扬的秀发,说道："不错。"那人道："咱们并没说一定得人骑驴子,是不是?"李沅芷道："不错。"那人道："不管是人骑驴,还是驴骑人,总之是驴子先到。你得知道,它是戴官帽的,笨驴做了官,可就爬在人的头上啦。"

李沅芷道："咱们说好的,驴子先到你胜,马先到我胜,是不是?"那人道："对啦!"李沅芷道："咱们并没说,到了一点儿驴子也算到,是不是?"那人一拉胡子,神色迷惘,说道："这我可胡涂啦,什么叫做'到了一点儿驴子'?"李沅芷指着那条被她远远掷在后面的驴尾巴,道："我的马整个儿到了,你的驴子可只到了一点儿,它的尾巴还没有到!"

那人一呆,哈哈大笑,说道："对啦,对啦!是你赢了,我领你们去找那四个坏蛋去吧。"过去拾起驴尾,对驴子道："笨驴啊,你别以为戴了官帽,就不要你那泥尾巴啦!人家可没忘记啊。你想不要,人家可不依哪。"纵身骑上驴背,道："笨驴啊,你骑在人头上骑不了多久,人又来骑你啦!"

余鱼同见那驴子虽只几十斤重,就如一头大狗一般,但能负在肩头而跑得疾逾奔马,却非具深湛武功不可,忙上前行了一礼,说

第十八回　驱驴有术居奇货　除恶无方从佳人

道:"我这个师妹很是顽皮,老前辈别跟她一般见识。请你指点路径,待晚辈们去找便是,可不敢劳动你老大驾。"那人笑道:"我输了,怎么能赖?"转过驴头,叫道:"跟我来吧!"余鱼同见他肯一同前去,心中大喜。他知关东三魔武功惊人,和自己又结了深仇,若在大漠之中撞到,可实是一桩祸事,有这武功高强的大胡子回人相助,就不怕了。

三人并辔缓缓而行。余鱼同请教他姓名,那人微笑不答,不住疯疯癫癫的说笑话,可是妙语如珠,庄谐并作,或讽或嘲,李沅芷听了也不禁暗自钦佩。

跛脚驴子走得极慢,行了半日,不过走了三十里路,只听后面鸾铃响处,徐天宏和周绮赶了上来。余鱼同给他们引见道:"这位是骑驴大侠,他老人家带我们去找关东三魔。"徐天宏听他说得恭敬,忙下马行礼。那人也不回礼,笑道:"你老婆该多歇歇了,干么还这般辛苦赶道啊?"徐天宏愕然不解。周绮却面上一红,扬鞭催马,向前疾奔。

那人熟识大漠中道路,傍晚时分领他们到了一个小镇。将走近时,只见鸡飞狗走,尘扬土起,原来一小队清兵刚刚开到,众回人拖儿携女,四下逃窜。徐天宏奇道:"清兵大部就歼,少数的残余也都已被围,怎么这里又有清兵?"说话之间,迎面奔来二十余个回民,后面有十余名清兵大声吆喝,执刀追来。那些回民突然见到骑驴的大胡子,大喜过望,连叫:"纳斯尔丁·阿凡提,快救我们!"徐天宏等不懂他们说些什么,只听见他们不住叫"纳斯尔丁·阿凡提",想来就是他的名字了。阿凡提叫道:"大家逃啊!"一提驴缰,向大漠中奔去,众回人和清兵随后跟来。

奔了一段路,距小镇渐远,几名回人妇女落了后,被清兵拿住。周绮忍耐不住,拔刀勒马,转身砍去,呼呼两刀,将一名清兵的脑袋削去了一半。其余清兵大怒,围了上来。徐天宏、余鱼同、李沅芷一齐回身杀到。周绮突然胸口作恶,眼前金星乱舞。一名清兵见她忽尔收刀抚胸,扑上来想擒拿,周绮"哇"的一声,呕吐起来,没头没脑都吐在那清兵脸上。只见他伸手在脸上乱抹,周绮随手一刀将他砍死,不觉手足酸软,身子晃了几晃。徐天宏忙抢过扶住,惊问:"怎么?"

这时余鱼同和李沅芷已各杀了两三名清兵。其余的发一声喊，转头奔逃。阿凡提把背上铁锅提在手中，伸手一挥，罩在一名清兵头上，叫道："锅底一个臭冬瓜！"李沅芷挺剑刺去，那清兵眼被蒙住，如何躲避得开，登时了帐。阿凡提提起铁锅，又罩住了第二名清兵，李沅芷跟着一剑。也不知他用什么手法，铁锅罩下，清兵必定躲避不开。他锅子一罩，李沅芷跟上一剑，片刻之间，两人把十多名清兵杀得干干净净。李沅芷高兴异常，叫道："胡子叔叔，你的锅子真好。"阿凡提笑道："你的切菜刀也很快。"

余鱼同见李沅芷杀了许多清兵，心想："她爹爹是满清提督，她却毫无顾忌的大杀清兵。那么她的的确确是决意跟着我了。"心中又喜又愁，不禁长叹一声。

这时徐天宏擒住了一名清兵，逼问他这队官兵从何而来。那清兵跪地求饶，结结巴巴的半天才说清楚。原来他们是从东部开到的援军，听说兆惠大军兵败，正分批兼程赴援。徐天宏从回民中挑了两名精壮汉子，请他们立即到叶尔羌城外去向木卓伦报信，以便布置应敌，两名回人答应着去了。徐天宏在那清兵臀上踢了一脚，喝道："滚你的吧！"那清兵没命的狂奔而去。

徐天宏回顾爱妻，见她已神色如常，不知刚才何以忽然发晕，问道："什么地方不舒服？"周绮脸上一阵晕红，转过了头不答。阿凡提笑道："母牛要生小牛了，吃草的公牛会欢喜得打转，可是吃饭的公牛哪，却还在那儿东问西问。"徐天宏大喜，满脸堆欢，笑问："老前辈你怎知道？"阿凡提笑道："这也真奇怪。母牛要生小牛，公牛不知道，驴子却知道了。"众人哈哈大笑，余鱼同便向两人道喜，大伙上马绕过小镇而行。

到得傍晚，众人扎了帐篷休息。徐天宏悄问妻子："有几个月啦？我怎不知道？"周绮笑道："你这笨牛怎会知道。"过了一会，道："咱们要是生个男孩，那就姓周。爹爹妈妈一定乐坏啦。可别像你这般刁钻古怪才好。"徐天宏道："以后可得小心，别再动刀动枪啦。"周绮点头道："嗯，刚才杀了个官兵，血腥气一冲，就忍不住要呕，真受罪。"

第二天早晨，阿凡提对徐天宏道："过去三十里路，就到我家。我有一个很美的老婆在那里……"李沅芷插嘴道："真的么？那我一定要去见见。她怎么会喜欢你这大胡子？"阿凡提笑道："哈哈，那是天大秘密。"对徐天宏道："你老婆骑了马跑来跑去,拳打脚踢,对肚里那头小牛只怕不好,还是在我家里休息,等咱们找到那几个坏蛋,干掉之后,再回来接她。"徐天宏连声道谢。周绮本来不愿,但想到自己两个哥哥、一个弟弟都已死了,自己怀的孩子将来要继承周家的香烟,也就答应了。

到了镇上,阿凡提把众人引到家里,他提起锅子,当当当一阵敲。内堂里出来了一个三十多岁的女人,果然相貌甚美,皮肤又白又嫩,见了阿凡提,欢喜得什么似的,口中却不断咒骂："你这大胡子,滚到哪里去啦?到这时候才回家,你还记得我么?"阿凡提笑道："快别吵,我这可不是回来了么?拿点东西出来吃啊,你的大胡子饿坏啦。"阿凡提的妻子笑道："你瞧着这样好看的脸,还不饱么?"阿凡提道："你说得很对,你的美貌脸蛋儿是小菜,要是有点面饼什么的,就着这小菜来吃,那就更美啦。"她伸手在他耳上狠狠扭了一把,说道："我可不许你再出去了。"转身入内,搬出来许多面饼、西瓜、蜜糖、羊肉飨客。李沅芷虽不懂他夫妇说些什么,但见他们打情骂俏,亲爱异常,心中一阵凄苦。

正吃之间,外面声音喧哗,进来一群回人,七张八嘴的对阿凡提申诉各种纠纷争执,又把他拉到了市集去评理。徐天宏等都跟着去看热闹。阿凡提又说又笑的给他们排解,不断的引述可兰经,众人都感满意。余鱼同听他满腹经文,随口而出,不禁十分佩服。

阿凡提大声道："只要照着安拉和先知的指导做事,终究是不错的。"忽然后面一个声音叫道："大胡子,又做什么傻事啦?"阿凡提回头看去,见是天池怪侠袁士霄,心中大喜。他二人一回一汉,分居天山南北,所作所为尽是扶危济困、行侠仗义之事,两人素来交好。阿凡提一把拉住袁士霄手臂,笑道："哈哈,你这老家伙来啦,快到我家里又看我老婆又吃抓饭去。"袁士霄笑道："你老婆有什么了不起的好看,成日猴子献宝似的……"

话未说完,徐天宏与余鱼同已抢上来拜见。袁士霄道："罢了,罢了,我又不是你们师父,磕什么头?家洛呢?"徐天宏道："总舵主比我们先走一步……呀,陈老爷子和老太太也来啦!"转身向站在袁士霄身后的天山双鹰施礼,见关明梅牵着陈家洛乘坐的白马,心中一惊,问道:"这马吗,老前辈从哪里见到的?"

关明梅道:"我见过你们总舵主骑这马,因此认得,刚才见它在沙漠里乱奔乱闯,我们三人费了好大的劲才拉住了。"徐天宏大惊,说道:"难道总舵主遇险?咱们快去相救。"

众人齐到阿凡提家里,饱餐之后,与周绮作别。徐天宏、周绮夫妇成亲以来首次分别,自是依依不舍。阿凡提的妻子见丈夫回家才半天,便又要出门,拉住他胡子大哭大闹。阿凡提笑嘻嘻的安慰,说道:"我找了一位太太来陪你。她跟你一样年轻美貌,肚里又怀了孩子,那是一共有两个人陪你啦,他们两个人都不生胡子,胜于我一个大胡子。"她只是哭闹不休,叫道:"我爱你的大胡子!不许你大胡子走!"阿凡提笑道:"你要留下我的大胡子!好!"突然伸手拔下自己十几根胡子,塞在老婆的手里,夺门而出。

阿凡提骑了这头大狗似的驴子,双脚几乎可以碰到地面,远远望去,驴子就如生了六条腿一般。袁士霄道:"大胡子,你骑的是什么呀?是老鼠呢还是猫?"阿凡提道:"老鼠哪有这么大呀?"袁士霄道:"那多半是头大老鼠。"

李沅芷骑了骆冰的白马,放松缰绳,由它在前领路。阿凡提的驴子实在走得太慢,众人行一程,等一程,行到傍晚,不过走了三十多里路,大家都急了。徐天宏对阿凡提道:"老前辈,我们总舵主恐怕遭到了危难,我们想先走一步。"阿凡提道:"好吧,好吧。到前面镇上,我另买一头中用些的驴子就是。这头笨驴不中用,它偏偏还自以为了不起。"催驴赶上,与李沅芷并辔而行。

白马比毛驴高出一半,阿凡提仰头问李沅芷道:"大姑娘,你干么整天不开心呀?"李沅芷心想,这位怪侠虽然假作痴呆,其实聪明绝伦,回人有什么为难之事,向他请教,立即应手而解,便道:"胡子叔叔,对付不识好歹的人,你有什么法子?"阿凡提道:"我拿铁锅往他头上一罩,你就一剑。"李沅芷摇头道:"不成,比如说他……他是你很……很亲近的人。你待他越是好,他越是发驴子脾气。"阿凡提一扯胡子,已了然于胸,笑道:"我天天骑驴子,对付笨驴的倔脾气,倒很有几下子。不过这法子可不能随便教你。"

李沅芷柔声道:"胡子叔叔,要怎样才能教呀?"阿凡提道:"咱们还得打个赌,你赢了我才教。"李沅芷笑道:"好呀,咱们再来赛跑。"

第十八回 驱驴有术居奇货 除恶无方从佳人

阿凡提道："赌别的吧，赛跑你准输。"取出驴尾来一晃，道："我不会再上你当啦。"李沅芷道："你不信就试试。"阿凡提道："好，瞧你又有什么鬼门道。"指着前面的一个小市镇道："谁先到第一间屋子谁赢！"李沅芷道："好呀，胡子叔叔，你又输了！"双腿微微一夹，一提缰，那白马如箭离弦，腾空窜出。

阿凡提负起驴子，发足追来。这白马是数世一见的神驹，这一发力奔驰，直如雷轰电掣一般，他如何追赶得上？还没追得一半路，白马已奔到市镇。阿凡提放下驴子，呵呵大笑道："又上了这小妮子的当。我虽知这是匹好马，哪想得到竟有这般快。"

徐天宏等见他如此武功，尽皆惊佩，一头几十斤的小驴负在背上并不为奇，奇的是他脚下竟如此神速，若非这匹宝马，寻常坐骑非给他追上不可。

穿过市镇，行不多时，蓦地里白马一阵长嘶，腾跃狂奔。李沅芷大惊勒缰，竟然约束不住。众人见白马发狂，都吃了一惊，散开了追赶拦截。只见白马直向大漠中急冲，奔到几个人面前，斗然停住，李沅芷下马与他们说话。远远望去，那些是什么人却瞧不清楚。

突然那白马又回头驰来，奔到半途，徐天宏与余鱼同认出马上之人已换了骆冰，心中大喜，忙迎上去。双方走近，见后面是文泰来、卫春华、章进、心砚四人，最后一人白发苍苍，背负长剑，拉住了李沅芷的手在不住询问，竟是武当派前辈绵里针陆菲青。原来那白马恋主，又有灵性，远远望见骆冰，就没命的奔去。

余鱼同抢到陆菲青跟前，双膝跪下，叫了声："师叔！"伏地大哭。陆菲青伸手扶起，泪水也不禁扑簌簌的流了下来，呜咽道："我得知你师父的噩耗之后，连日连夜赶来，途中与文四爷他们遇上，他们也正在追捕这奸贼……你放心，咱爷儿俩定要给你师父报仇！"当下双方厮见了。文泰来等都挂虑陈家洛的安危。

众人到市镇打尖，阿凡提去买驴子，李沅芷悄悄跟在后面。阿凡提也不理她，自行选了一头高头健驴，身高几有原来那头没尾驴的两倍。阿凡提把没尾驴折价让给了驴贩，笑道："官帽害死了这笨驴，可不能让这畜生再戴了。"把官帽摔在地下，踏得稀烂。李沅芷等他付了银两，替他牵过驴子，笑吟吟的和他并肩而行。

阿凡提道："我从前养了一头毛驴，那脾气真是倔得吓人。我要它走,它偏偏站住,要它站着呢,这家伙又给你打圈儿。有一天呀,我要它拉了车儿上磨坊去,就只这几十步了,哪知忽然说什么也不肯走啦。越是赶,越是后退,哄也不行,打也不行,管它叫亲爷爷亲奶奶呢,也不成,你猜我怎么办?"李沅芷知他在妙语点化,当下用心倾听,不敢嬉笑,道:"你老人家总有法子。"阿凡提笑道:"好呀,大姑娘想女婿,什么也肯,本来叫我胡子叔叔,现今可叫'你老人家'啦!"李沅芷脸一红,道:"我是说你的驴子呀!"

阿凡提道:"不错,不错。后来我一想,成啦!我拉这笨驴转了个身,磨坊在东,我让驴子朝着西边,然后使劲的赶,它仍是一步一步的倒退,退呀退的,这可到了磨坊啦。"李沅芷喃喃自语:"你要它往东,它偏偏往西……那么你就要它往西。"阿凡提一竖拇指,道:"不错,就是这么办。后来哪,我又想出了一个法儿。我在鞭子上挂了一个胡萝卜,伸在笨驴前面。笨驴想吃胡萝卜,不住向前走,一直走了几十里路,到了我要它去的地方,这才把胡萝卜给它吃。"李沅芷立时领悟,笑道:"多谢你老人家指点。"阿凡提笑道:"现下你去找你的胡萝卜吧!"

李沅芷寻思:"余师哥最想得到的,是什么东西?刚才他见到我师父,哭成这个样子,那么对他最要紧的,莫过于杀张召重给马师伯报仇了。这么说来,得想法子去杀张召重。"转念一想:"张召重武艺高强,我又怎杀得了他?就算杀了,他也只是感激我而已,不会像驴子追胡萝卜,一路追个不停。"又想:"我小时候见到佣人的儿子玩泥娃娃,哭着要,他不肯给,我偏偏要,他死也不给。胡子叔叔说得对,我越是对他好,他越是避开我。以后倒不如冷冷淡淡的,等他觉得我好时,再让他来尝尝苦苦求人的滋味。驱赶倔脾气的笨驴,就得用大胡子叔叔的法子。"打算已定,真的对余鱼同不理不睬起来。骆冰与徐天宏冷眼旁观,都觉奇怪。阿凡提只是拉着大胡子微笑。

阿凡提换了脚力,行得快了数倍,一行人蹄踏黄沙,途随白马,来到白玉峰前。那白马对狼群犹有余怖,到了进入古城的歧道处,就停步不前了。骆冰一再驱赶,白马说什么也不肯前行一步。袁士霄道:"狼群大队曾聚在这里,咱们循着狼粪一路寻进去吧。"众人见到狼粪甚多,想到陈家洛的安危,都是心焦如焚。骆冰下了白马,与文泰来共乘一骑。

曲曲折折的走了半天,忽听得脚步声响,歧路上转出四个人来,当先一人正是张召重。徐天宏一声唿哨,连同卫春华、章进、心砚一齐散开,往四人后路抄去。张召重斗见群雄,吃惊非小,尤其看到师兄陆菲青,登时脸色苍白,额上冷汗直冒。余鱼同手挥金笛,便要扑上去拼命。袁士霄左手抓住他臂膀轻轻一拉,余鱼同身不由主的退回。

袁士霄指着张召重骂道:"前几日跟你相遇,还道你是武当派的一位高手,哪知竟是个无恶不作的匪类,连自己师兄也忍心害了。爽爽快快,给我自己了断吧。"

张召重见对方至少有五人和自己功力相若,有的甚至在自己之上,以力相拼,必无幸理,当下硬起头皮,说道:"我这边只有四人,你们倚多为胜,张某死在此地,不足为耻!"袁士霄大怒,心想:"那三人能力敌群狼,倒也都是硬手,他们四人齐上,我一人可对付不了,但有大胡子相帮,那也成了。"哼了一声,说道:"要杀你这恶徒,也用得着倚多取胜?你们四人一齐上来,我只和这大胡子兄弟两人接着。你们四个家伙只要能和我们两人打个平手,就放你走路。"

张召重向阿凡提注目打量,见他面容黝黑,一丛大胡子遮住了半边脸,笑得双眼眯成了两条缝,不似身怀绝技的高人,心想:"这姓袁的确是武功惊人,远胜于我,难道这大胡子回人也厉害之极?关东三魔中有一人相助,我或可和这姓袁的打成平手,余下两人对付这个回子,想来也行了。"身处此境,也已不容他有何异言,便道:"那么我们就试一试,要请袁……袁大侠手下容情。"袁士霄厉声道:"我手下是毫不容情的。"对阿凡提道:"大胡子,在这许多新朋友面前,咱哥儿俩可别出丑了。"阿凡提道:"我乡下佬见官,有点儿胆怯,只怕不成。"身子一晃,也没见他抬腿动足,已下了驴子。张召重见他身法,蓦地想起,原来就是那晚在墓地中抢他帽子的怪人,不觉心惊。

袁士霄叫道:"都上来吧。用心打,别打主意想逃,在我老儿手下可跑不了。"

哈合台走上一步,对袁士霄道:"袁大侠于我三兄弟有救命大恩,我们万万不敢接你老人家的高招。再说,我们跟这姓张的也是初会,并没交情,犯不上为他助拳。"他见张召重行为卑鄙,早就老大瞧他不起,只是他此刻猝遇众敌,再要出言相损,未免有讨好对方、自图免祸之嫌,是以只说到此处为止。三魔并排旁站,摆明了置身事外。

袁士霄眉头一皱,说道:"他们不肯动手,只剩下了你一个,那怎么办?我三十岁那一年,曾向祖师爷立过重誓,从此而后,决不跟人单打独斗。"说着向天山双鹰瞥了一眼。原来他当年生怕自己妒火焦焚、狂性大发之下,竟尔将陈正德打死,是以立此重誓,约束自己,当下又道:"大胡子,只好麻烦你了。"

阿凡提解下背上锅子,笑道:"好吧,好吧,好吧。"呼的一声,锅子当头向张召重罩到。张召重向左跃开,凝神瞧他使的是什么兵刃,只见黑黝黝,圆兜兜,一面凹进,一面凸出,凸的一面还有许多煤烟,竟像是只铁锅。阿凡提笑道:"你心里一定在想:这是什么呀?倒像是只锅子。跟你说,这正是一只锅子。你们清兵无缘无故的到回部来,打烂了许多锅子,害得我们回人吃不了饭。好哇,现今锅子来打清兵啦!"语声未毕,又即挥锅向张召重当头罩下。

张召重一招"仙鹤亮翅",倏地斜穿闪过,回手出掌,向对方肩头打到。阿凡提身子微挫,左手在锅底一擦,一手煤烟往他脸上抹去。

张召重自出道以来,身经百战,从未遇到过这样的怪人,只见他右手提锅,左手抹烟,脚步歪歪斜斜,不成章法,然而自己攻出的凶狠招数,却每次都给他轻易避开,哪里敢有丝毫怠忽,当下展开无极玄功拳,抱元归一,全身要害守得毫无漏洞。道路本极狭窄,地下又是山石嶙峋,两人挤在这凶险之地,攻守拒击,登时斗得激烈异常。袁士霄叹道:"奸贼呀奸贼,凭你这身功夫,本来也是难得之极的了,若不是心地如此歹毒,我老头子忍不住要起爱才之心。"余鱼同忙道:"不行,老爷子,不行!"

心砚问卫春华道:"九哥,这位胡子大爷使的是什么招术?"卫春华摇摇头。这边天山双鹰、陆菲青、文泰来等也不明阿凡提的武功家数,都暗暗称奇。突然间阿凡提左腿飞踢,锅子横击,张召重无处躲避,急从锅底钻出。不料阿凡提左掌张开,正候在锅子底下。张召重待得惊觉,已不及闪避,当下左拳一个"冲天炮",猛向锅底击去。阿凡提叫道:"吃饭家伙,打破不得!"锅子向上一提,随手抹去,张召重脸上已被抹上五条煤烟。

两人均各跃开。阿凡提叫道:"来来来,胜负未决,再比一场。"张召重望着他手中铁锅,瞋目不语。阿凡提道:"呀,是了,你没带兵刃,输了也不服气。"转头对李沅芷道:"大姑娘,你的切菜刀借给胡萝卜用一下。"

两人相斗之时，李沅芷挨得最近，只待张召重一被锅子罩住，立即抢上一剑，岂知自己心事竟被这怪侠说了出来，不觉满脸绯红。阿凡提说话素来疯疯癫癫，旁人听他管张召重叫"胡萝卜"，也都不以为意，哪知中间另藏着一段风光旖旎的女儿情怀。阿凡提见她不动，把嘴俯在她耳边，低声说道："你把切菜刀给他，我仍然能抓住他。"李沅芷点点头，掷出长剑，叫道："剑来了，接着！"

张召重右手一抄接住剑柄，突然转身，左手急扬，一把芙蓉金针向阻住退路的徐天宏、卫春华诸人迎面掷去。徐天宏等知道厉害，疾忙俯身，只觉头顶风声飒然，张召重已窜了过去。他奔到哈合台身边，伸左手扣住了他右手脉门，叫道："快走！"

哈合台登时身不由主，被他拉着往迷城中急奔。滕一雷与顾金标不及细思，随后跟去。这一来变起仓卒，等徐天宏等站起身来，四人已转了弯。袁士霄和阿凡提均各大怒，倏地拔起身子，如两只大鹤般从徐天宏等头顶跃过。天池怪侠身法好快，人未落地，已一把抓住滕一雷的后领，把他一个肥肥的身躯甩了起来。滕一雷也不知道抓着他的是谁，只觉身子悬空，使不出力，忙挥独足铜人向后疾点，忽觉自己身子被一股极大力量掷了出去，只惨叫得一声，已撞在半山腰里，脑浆迸裂而死。

袁士霄掷死滕一雷，脚下毫不停留，转了个弯，见前面是三条歧路，不知张召重从哪一条路逃走，向右一指，叫道："大胡子，你追这边。"又向左一指，对天山双鹰道："你们两位追这边。"自己从中间那条路上追了下去。片刻之间，四人废然折回，都说只转了一个弯，前面又各出现岔路，无从追寻。

徐天宏在路上仔细察看，说道："这堆狼粪刚给人踏了两脚，他们定是循着狼粪向内逃窜。"袁士霄道："不错，快追。"众人随着狼粪追进，直赶到白玉峰前，仍不见张召重等三人的踪影。

众人在各处房屋中分头搜寻，不久卫春华就发见了峰腰中的洞穴。袁士霄和陈正德首先跃上，接着陆菲青、文泰来、关明梅等也都纵了上去。其他轻功较差的，由陆菲青和文泰来一一用绳子吊上，最后剩下心砚。阿凡提笑道："小兄弟，我试试你的胆子！"一把抓住他后心，喝道："接着！"把他身子向洞口抛去，文泰来一把抱住，阿凡提随即跳上。

这时袁士霄刚推开了石门。那门向内而开,要是外面被人扣住,里面千军万马也冲突不出,但自外入内却十分容易。原来当年那暴君开凿山腹玉宫,自恃迷城道路千岔万回,外敌决难侵入,耽心的反是变生肘腋,内叛在山腹负隅顽抗,因此把宫门造成如此模样。

袁士霄当先急行,众人在甬道中鱼贯而入。徐天宏折下了桌脚椅脚,点成火炬,各人分着拿了。追到大殿上时,各人兵刃都被磁山吸去,不免大吃一惊。阿凡提身手敏捷,抢上将飞出的铁锅一把抓住,才没打破。众人追敌要紧,也不及细究原因,拾回兵刃,紧紧抓住,直入玉室,见床边又有一条地道。众人愈走愈奇,在这山腹之内谁都不敢作声,只是跟着袁士霄疾走。突然眼前大亮,只见碧绿的池边六人夹水而立。远远望去,池子那边是陈家洛、霍青桐和香香公主,这边就是张召重、顾金标和哈合台了。

众人大喜,心砚高声大叫:"少爷,少爷,我们都来啦!"

文泰来等快步迎上。关明梅大叫:"孩子,你怎样?"霍青桐叫道:"师父师公,我很好!请你们快将这奸贼杀了。"说着向顾金标一指。陈正德上次空手出战三魔,险些吃亏,这时再不托大,拔出长剑,向顾金标左肩刺去。顾金标二次进来时已在大殿上拾回兵刃,当下抖动虎叉,和陈正德斗了起来。这边关明梅和哈合台也动上了手。

群雄各执兵刃,慢慢围拢,监视着张召重。李沅芷的剑借了给张召重,陆菲青把在杭州狮子峰上夺自张召重的凝碧剑给了她。

顾哈两人情急拼命,勉强支持了十余招,双鹰的三分剑术愈逼愈紧,两人只有招架的份儿。剑光飞舞中只听陈正德一声猛喝,顾金标胸口见血。陈正德接着又是一剑,指向对方下盘。顾金标向左急避,陈正德飞起一腿,扑通一声,水花四溅,顾金标跌入翡翠池中,一缕鲜血从池水中泛了上来。

那边哈合台也已被关明梅剑光罩住。余鱼同想起哈合台数次相救之德,知道师叔与双鹰交情甚好,忙对陆菲青道:"师叔,这个不是坏人,你救他一救。"陆菲青道:"好。"见关明梅上刺一剑,下刺一剑,左刺一剑,右刺一剑,哈合台满头大汗,脸无人色,不住倒退。陆菲青突然跃出,铮的一声,白龙剑架开了关明梅长剑,叫道:"陈大嫂,这人还不算坏,饶了他吧。"关明梅见陆菲青说情,总得给他面子,当即收剑。陆菲青转过头来,见哈合台不住喘息,因使劲过度,身子抖动,喝道:"快谢了关大侠不杀之恩。"

哈合台心想大丈夫要人饶了自己,活着又有何意味,叫道:"我何必要她饶命!"又要扑上厮杀,忽听水声一响,顾金标从水面下钻了出来,慢慢游近池边,哈合台抛去弯刀,抢过去拉起。顾金标受伤甚重,又喝了不少水,委顿不堪。哈合台不住给他胸口揉搓,毫不理会身边众人。霍青桐奔到临近,骂了声:"奸贼!"挺剑向顾金标胸口刺去。

哈合台情急之下,举臂挡格。霍青桐一剑直下,眼见就要将他手臂削断。袁士霄想起他引狼入阱时之功,捡起一块小石子掷出,当的一声,霍青桐手臂发麻,长剑震落在地,不禁一呆。袁士霄道:"料理了那姓张的恶贼再说,这两人逃不了。"

张召重被群雄围住,见顾哈两人恶战之后,束手待缚,文泰来、阿凡提、陈家洛、陆菲青等四下牢牢监视,哪里更有脱身之机,摇头长叹,正要抛剑就戮,忽然陆菲青身后一人闪出,正是李沅芷。她手执长剑,直冲过来,骂道:"你这奸贼!"众人一楞之间,李沅芷已扑到张召重身前,低声道:"我来救你。"唰唰唰数剑,疾刺而至。张召重不明她是何用意,连避数剑。李沅芷忽然脚下假意一滑,向前一扑,低声道:"快拿住我。"张召重大悟,乘她一剑削来,举剑挡格,左手已抓住她手腕,当的一声,自己长剑已被削断,一瞥之下,见她手中所持竟是自己的凝碧剑,真是喜上加喜。

这时文泰来、余鱼同、卫春华、陈正德同时抢上救人。张召重抢过凝碧剑挥了个圈子,金笛双钩一起断折。文泰来和陈正德疾忙收招,兵刃才没受损。张召重将宝剑点在李沅芷后心,喝道:"让道!"这一下变出不意,众人眼见巨奸就缚,哪知李沅芷少不更事,勇猛贪功,反而变成他的护身符。

李沅芷假意软软的靠在张召重肩头,似乎被他点中穴道,动弹不得。张召重见众人面面相觑,不敢来攻,正要寻路出走,李沅芷在他耳边低声道:"回到山腹中去。"他一想不错,大踏步走向地道。

袁士霄和陈正德恼怒异常,一个捡起一粒石子,一个摸出三枚铁菩提,齐向张召重后心打去。张召重弓背俯身,让过暗器,脚下丝毫不停,奔入地道。只听得李沅芷大叫一声:"啊哟!"陆菲青一惊,叫道："大家别蛮干，咱们另想别法。"他也真怕张召重不顾一切，伤害了他徒儿。

众人紧跟张召重身后，追入地道，只霍青桐手执长剑，怒目望着顾金标。哈合台忙着给盟兄包扎胸前伤口，对身旁一切犹如不闻不见。陈家洛怕霍青桐孤身有失，走到地道口前停了步，对香香公主道："咱们在这里陪你姊姊。"

张召重拉着李沅芷向前急奔，众人不敢过分逼近，甬道中转弯又多，无法施放暗器。奔完甬道，眼见张召重就要越过石门，袁士霄一挫身，正要窜上去攻他后心，黑暗中只听得一阵嗤嗤嗤之声，忙贴身石壁，叫道："大胡子，铁锅！"阿凡提抢上两步，铁锅倒转，一阵轻轻的铮铮之声过去，铁锅中接住了数十枚芙蓉金针。

阿凡提叫道："炒针儿吃啊，炒针儿吃呀！"就这样缓得一缓，张召重和李沅芷已奔出石门，两人合力将门拉上。袁士霄和陈正德抢上来拉门，但石门内面无可资施力之处。两人都是火气奇大，这时岂有不破口怒骂之理？

张召重又将金斧斧柄插入铁环，喘了一口长气，对李沅芷道："多谢李小姐相救！"李沅芷笑道："我爸爸和张师叔都是朝廷命官，我自然要救你。"张召重道："李军门近来安好，太夫人安好。"说着打千请安，竟是按着官场规矩行起礼来。

李沅芷道："你是我师叔，我可不敢当。咱们快想法逃走。师父一定瞧得出是我救你，要是给他追上了，可没命啦。"张召重道："他们人多，咱们快回内地，多约帮手，再来擒拿。"李沅芷道："他们一定回去池边，绕道追过来。张师叔，得快想法子。在这大漠之上，可不容易逃脱啊！"张召重武功甚高，人也奸猾，计谋却是平平，当下皱起了眉头，一时想不出法子。李沅芷似乎焦急异常，伏在石上哭泣起来。

张召重忙加劝慰："李小姐，别怕，咱们一定逃得了。"李沅芷哭道："就算逃出了迷城，不用一两天，又得给他们赶上。妈呀，呜呜……妈呀！"张召重给她哭得心烦意乱，不住搓手。李沅芷忽然破涕为笑，问道："你小时候捉过迷藏吗？"

张召重自幼父母双亡，五岁时就由师父收养学艺，马真和陆菲青都比他年长得多，因此这些孩子的玩意都没玩过，当下脸现迷惘之色，摇了摇头。李沅芷道："咱们在迷城中躲了起来。他们一定找不到,以为咱们逃出去啦,在外面拼命追赶。咱们过得三四天再慢慢出来。"张召重大拇指一翘,道:"李小姐真聪明!"随即道:"可是咱们没带粮食,三四天……"李沅芷道:"外面马背上又有干粮又有水。"张召重喜道:"好,咱们快躲起来。"两人缘着长索攀上峰腰洞口。这长索是张召重和三魔上次进出山腹时所留,哈合台是牧人,身上爱带长索。两人转身出洞,再沿山壁溜下,各自牵了一匹马,向外奔出。

走到分歧路口,李沅芷道:"你瞧地下这狼粪,本来出外是往左,咱们偏偏往右……"说到这里,见牵着的那匹马尾巴扬起,就要拉粪,忙取下马背上的粮袋水囊,把两匹马的马头牵过向左,猛力一鞭,两马负痛,放蹄疾奔而去。张召重愕然不解,问道:"什么?"李沅芷笑道:"他们寻到这里,见马蹄印和新鲜马粪都在左边正路上,自然向左边追出去。"张召重大喜,连赞:"妙计,妙计!"

两人从歧路向右。每走上一条岔路,李沅芷都用三块小石子在隐蔽处叠个记号。张召重道:"这里道路千叉万支,要是没了这记号,咱俩也真的没法子找路出去。"行了半日,两旁山壁愈逼愈紧,也不知已转了多少弯,走了多少岔路。李沅芷见天色渐暗,说道:"就在这里歇吧。"两人吃了干粮,喝了水,坐着休息。张召重道:"另一匹马上的粮袋水囊没来得及取下,真是可惜。"李沅芷道:"只好省着点儿用。"张召重道:"是。"李沅芷把粮袋和水囊放在张召重身边,说:"你好好看着,这是咱们的命根子。"张召重点头答应。李沅芷走开十多丈,找了个干净地方睡倒。

睡到半夜,张召重忽听李沅芷一声惊叫,疾忙跳起身来,只见她指着来路,叫道:"一只大灰狼,快快!"张召重拔出凝碧剑,飞步追了出去,转了两个弯,不见狼踪,生怕迷路,不敢再追,退回来时,却不见了李沅芷的踪影,叫得一声:"李小姐!"只见地下湿了一片,水囊已然倾翻,忙抢上拾起,见囊中只剩点点滴滴,正自懊丧,李沅芷已从那边山道中转了出来,道:"那边又有一只狼,冲过来抢水喝。"张召重一举水囊,道:"想不到恶狼还不死干净,你瞧!"李沅芷坐在地下,双肩耸动,又哭了起来。张召重道:"既没了水,这里没法多待。再熬一天,就冒险出去吧。"李沅芷站起身来,道:"我出去探探,你在这里等我。"张召重道:"咱们一起去。"李沅芷道:"不,再遇上他们,你还有命? 我总好些。"张召重一想不错,道:"李小姐可要千万小心。"李沅芷道："嗯,你的宝剑借给我吧。"张召重把凝碧剑递过。

李沅芷接剑回身,循着记号从原路出来,每到一处岔路,便照样摆上三块小石子,只是在真记号边上多撒一堆沙子。张召重如自行出来,见了这些记号,一定分不出真假,东转西转、无所适从之余,非仍回原地不可。她一路布置,心中暗暗好笑,自忖假造狼讯,倒翻水囊,那张召重居然丝毫不觉,这一来可逃不出自己的掌握了。

天色将明,已走上正路,只听得转弯角上有人在破口大骂:"瞧我抽不抽这恶贼的筋,剥不剥他的皮?"又有一人笑道:"要抽筋剥皮,也得先找到这恶贼才行。"李沅芷大叫一声:"啊哟!"倒在地下,假装昏了过去。

说话的正是袁士霄和阿凡提,他们拉不开石门,只得回到池边。霍青桐从地图中找到了秘道,从后山绕了出来,张召重和李沅芷早已不知去向。袁士霄正在大发脾气,忽然听得叫声,寻声过来,见李沅芷倒在地下,又惊又喜,一探尚有鼻息,身上又没伤痕,这才放心,急忙施救,李沅芷却只是不醒。袁士霄焦急起来,阿凡提笑骂:"这顽皮女孩,倘若是我女儿呀,不结结实实揍一顿才怪。"见她还在装腔作势,不肯醒转,说道:"要是真的晕了过去,那么我打十几鞭都不会动。"一抖驴鞭,唰的一鞭打在她肩上。

袁士霄正要出言怪他鲁莽,李沅芷却怕他再打,睁开了眼睛,"啊"的一声叫了出来。阿凡提得意非凡,笑道:"我的鞭子比你什么推宫过血高明多啦,一鞭她就醒了。"袁士霄心想:"大胡子倒真有两下子。"忙俯身问道:"没受伤么?那奸贼呢?"李沅芷道:"我给他拿住了,怕得要命,昨晚半夜里他睡得迷迷糊糊了,我才偷偷逃了出来。"袁士霄道:"他在哪里?快带我去找。"李沅芷道:"好。"站起身来,身子一晃一晃的,袁士霄伸手扶住。阿凡提道:"你们两人去吧,我在这里等着。"袁士霄怪目一翻,道:"大胡子想偷懒?好吧,就没有你,我也对付得了。"

两人离去不久,陆菲青、陈正德、陈家洛、文泰来等分头在各处搜索之后都陆续汇齐。阿凡提也不跟他们说起,听他们纷纷议论,只是微笑。章进与心砚押着顾金标与哈合台,远远坐在地下。又过一阵,袁士霄和李沅芷回来了。众人大喜,陆菲青和骆冰忙抢上去慰问。袁士霄向阿凡提道:"大胡子,你又占了便宜,省得白走一趟。

她认不出道啦。我们两人转来转去,险些回不出来。"

众人一商量,都说如捉不到张召重决不回去,可是这迷城道路如此变幻,如何寻他得着?徐天宏和霍青桐虽都极富智计,却也想不出善法。徐天宏道:"要是有两头狼犬就好啦……"陈正德道:"我们家里倒有大狼犬,就可惜远水救不得近火。"说话之间,徐天宏见阿凡提嘴角边露着微笑,知他必有高见,走近身去,道:"我们实在不知怎么办,请老前辈指示一条明路。"阿凡提向余鱼同一指,笑道:"明路就在他身上,怎么不要他找去?"余鱼同愕然道:"我?"阿凡提点点头,仰天长笑,跨上驴子,飘然而去。

徐天宏起初还以为他开玩笑,细加琢磨,觉得李沅芷的言语行动之中破绽甚多,心想这事只怕得着落在她身上,于是悄悄去和骆冰说了。骆冰一想有理,倒了一碗水,拿了一块烧羊肉给李沅芷,说道:"李家妹妹,你真有本事,怎么能逃得脱那坏蛋的毒手?"李沅芷道:"那时我都吓胡涂啦,拼命奔跑,只怕给这恶贼追上了,乱闯乱冲,什么路也认不出,真是天保佑,居然瞎摸了出来。"料知骆冰定要查问途径,把她问话先给堵住了。

骆冰本来将信将疑,也不知她是否真的不知道张召重藏身之所,待听她推得一干二净,心里反倒雪亮了,暗笑:"小妮子好狡猾!"说道:"妹妹你仔细想一想,定能认得出来去的途径。"李沅芷叹道:"要是我心境好一点,不这么失魂落魄似的,本来也不会这么胡涂,竟然忘记得没一点儿影子。"骆冰心道:"来啦,来啦。"低声悄语:"你的心事我都明白,只要你帮我们这个大忙,大伙儿一定也帮你完成心愿。"李沅芷脸上一阵飞红,随即眼圈儿也红了,低声道:"我是个没人疼的,逃出来干么呀?还不如给那姓张的杀了干净。"骆冰听她语气一转,竟又撒起赖来,知道自己是劝她不转的了,说道:"妹妹你累啦,喝点水歇歇吧。"李沅芷点点头。

骆冰把余鱼同拉在一旁,跟他低声说了好一阵子。余鱼同神色先是颇见为难,后来又是咬牙切齿,终于下了决心,一拍大腿,道:"好,为了给恩师报仇,我什么都肯。"

李沅芷自管闭目养神,对他们毫不理会,过了一会,听得余鱼同走到身旁,说道:"师妹,你数次救我性命,我并非不知好歹,眼下要请你再帮我一个大忙。"说着施下礼去。

李沅芷道："啊哟，余师哥，怎么行起礼来啦？咱们是同门，要我做什么，你吩咐着不就行了吗？"余鱼同听她语气显得极为生分，这时有求于她，只得说道："张召重那奸贼害死我恩师，只要有谁能助我报仇，我就是一辈子给他做牛做马，也仍是感他大德。"

李沅芷一听大怒，心想："要是你娶了我，竟是一辈子做牛做马这般苦恼？"转过头来，脸上登时便如罩了一层严霜，发作道："眼前放着这许多大英雄大侠客，还有你的什么钟舵主、鼓舵主，你干么不求他们帮去？你一路上避开人家，倒像一见了我，就害了你一生、累了你一世似的。我有这份本事帮么？你再不给我走开些，瞧我用不用好听的话骂你。"

众人正商议如何追寻张召重，也没留心骆冰、余鱼同、李沅芷三人，忽听李沅芷提高了嗓子，面红耳赤的发作，又见余鱼同低下了头讪讪的走开，都感愕然。

徐天宏和骆冰见余鱼同碰了一鼻子灰，只有相对苦笑，把陈家洛拉在一边，低语商量。陈家洛道："咱们请陆老前辈去跟她说，她对师父的话总不能不听……"话未说完，猛听得心砚与章进一个惊叫，一个怒吼，急忙回头，只见顾金标正发狂般向霍青桐奔去。

陈家洛大惊，斜窜出去，却相距远了，难以阻拦。卫春华抢上挡住，被顾金标用力一摔，退出两步。只见他和身向霍青桐扑去，叫道："你杀了我吧！"霍青桐又惊又怒，举剑向他当胸刺去。他竟不闪避招架，反而胸膛向前一挺，波的一声，长剑入胸。

霍青桐回抽长剑，一股鲜血从他胸前直喷出来，溅满了她黄衫。众人围拢来时，顾金标已倒在地下。哈合台伏在他身边，手忙脚乱的想止血，但血如泉涌，哪里止得住？顾金标叹道："冤孽，冤孽！"哈合台道："老二，你有什么未了之事？"顾金标道："我只要亲一亲她的手，死也瞑目。"憋住一口气，望着霍青桐。

哈合台道："姑娘，他快死啦，你就可怜可……"霍青桐一言不发，转身走开，脸已气得惨白。顾金标长叹一声，垂首而死。

哈合台忍住眼泪，跳起身来，指着霍青桐的背影大骂："你这女人也太狠心，你杀他，我不怪你，那是他自己不好。可是你的手给他亲一亲，让他安心死去，又害了你什么？"章进喝道："别胡说八道，给我闭住了鸟嘴。"哈合台毫不理会，仍是怒骂。章进上前要打，给余鱼同拦住了。

陆菲青朗声说道:"你们那焦文期焦三爷是我杀的,跟别人毫不相干。此后许多纠纷,都因此而起。关东六兄弟现下只剩了你一人。我们都知你为人正派,不忍加害,你就去吧。日后如要报仇,只找我一人就是。"哈合台也不答腔,抱着顾金标的尸身大踏步走出。

余鱼同捡了一只水囊,一袋干粮,缚在马上,牵马追上去,说道:"哈大哥,我仰慕你是条好汉子,这匹马请你带了去。"哈合台点点头,把顾金标的尸身放上马背。余鱼同从水囊中倒了一碗水出来,自己喝了半碗,递给哈合台道:"以水代酒,从此相别。"哈合台仰脖子喝干。余鱼同抽出金笛,那笛子被张召重削去了一截,笛中短箭都已脱落,但仍可吹奏,当下按宫引商,吹了起来。

哈合台一听,曲调竟是蒙古草原之音,等他吹了一会,从怀中摸出号角,呜呜相和。原来当日哈合台在孟津黄河中吹奏号角,余鱼同暗记曲调,这时相别,便吹此曲以送。众人听二人吹得慷慨激昂,都不禁神往。一曲既终,余鱼同伸臂抱了抱他肩膀,哈合台收起号角,头也不回的上马而去。

骆冰向哈合台与余鱼同的背影一指,对李沅芷道:"这两人都是好男儿。"李沅芷道:"是么?"骆冰道:"你干么不帮他个大忙?"李沅芷叹道:"要是我能帮就好了。"骆冰笑道:"妹妹,咱们真人面前不说假话。你不肯说,等到陆伯父来逼你,就不好啦!"李沅芷道:"别说我认不出路,就算认得出,我不爱带领又怎么样?自古道女子要三从四德,这三从之中可没'从师'那一条。"

骆冰笑道:"我爹只教我怎生使刀,怎么偷东西,孔夫子的话可一句也没教过。好妹子,你给我说说,什么叫做三从四德?"李沅芷道:"四德是德容言工,就是说做女子的,第一要紧是品德,然后是相貌、言语和治家之事了。"骆冰笑道:"别的倒也还罢了,容貌是天生的,爷娘生得我丑,我又有什么法儿?那么三从呢?"李沅芷愠道:"你装傻,我不爱说啦。"掉过了头不理她。骆冰一笑走开,去对陆菲青说了。

陆菲青沉吟道:"三从之说,出于仪礼,乃是未嫁从父,既嫁从夫,夫死从子。这是他们做官人家、读书人的礼教,咱们江湖上的男女可从来不讲究这一套。"骆冰笑道:"本来嘛,未嫁从父是应该的。从不从夫,却也得瞧丈夫说得在不在理。夫死从子更是笑话啦。要是丈夫死时孩子只有三岁,他不听话还不是照揍?"陆菲青摇头叹道:"我这徒儿也真刁钻古怪,你想她干么不肯带路?"骆冰道:"我想她意思是说,除非她爹叫她说,她才未嫁从父。可是李军门远在杭州,就算在这里,他也不会帮咱们。眼下只有从第二条上打主意啦。"陆菲青迟疑道:"第二条?她又没丈夫。"骆冰笑道:"那么咱们马上就给她找个丈夫。只消丈夫叫她领路,她便得既嫁从夫了。"

陆菲青给她一语点醒,徒儿的心事他早就了然于胸,师侄余鱼同也尽相配得上,他本想在大事了结之后设法给他们撮合,看来这事非赶着办不可了,笑道:"讲了这么一大套三从四德,原来是为了这个。那真是城头上跑马,远兜转了。"于是两人和陈家洛商量,再把余鱼同叫过来一谈,当下决定,请袁士霄任男方大媒,请天山双鹰任女方大媒。

袁士霄和双鹰这时都在山壁高处瞭望,想找寻张召重藏身所在的踪迹,但千丘万壑,哪有丝毫端倪?陆菲青把他们请了下来,将此中关键所在简略说了。袁士霄呵呵大笑,说道:"陆老哥,难为你教了这样一个好徒儿出来,咱们大伙儿全栽在这女娃子手上了。"

众人笑吟吟的走到李沅芷跟前。陆菲青道:"沅儿,我跟你师生多年,情同父女。你一个少年女子孤身在外,我很是放心不下,令尊又不在此间,我只好从权,师行父责,要给你找个归宿。"李沅芷低下了头不作声。陆菲青又道:"你余师哥自从你马师伯遇害之后,自然也归我照料了。我把你许配给他。你们两人结为夫妇之后,互相扶持,也好让我放下了这副担子。"这一切本来全在她意料之中,但这时在众人面前说了出来,还是羞得她满脸通红,低声道:"这些事要凭爹爹作主,我怎知道?"

章进嘴快,冲口而出:"你还有不愿意的吗?在天目山时大伙儿到处找你不着,原来躲在他……"卫春华左手翻过,按住了他嘴。

陆菲青道:"令尊曾留余师侄在府上住了这么久,青眼有加,早存东床坦腹之选。咱们在这里先下了文定,将来禀明令尊,他必定十分欢喜。"李沅芷垂头不语。

骆冰叫道:"好,好,李家妹妹答应了。十四弟,你拿什么东西下定?"余鱼同身上一摸,除了银两之外,什么也没带,正感为难,忽然触手一凉,却是他金笛被张召重所削断的那一段,捡起来想日后再要金匠焊上去的,当下摸了出来。说道:"师叔,小侄身边没什么贵重物事。这段笛子倒是纯金的。"陆菲青笑道:"这再好也没有,等将来你们大喜之日,再把两段金笛镶在一起。"群雄纷纷向两人道贺。李沅芷不肯接,骆冰硬把半截金笛塞在她手里,笑问:"你拿什么回给他呀?"

李沅芷这时满心欢畅,容光焕发,笑道:"我什么也没有。"陆菲青笑道:"沅儿,你使的暗器不也是纯金的?"骆冰拍手笑道:"不错。"将她暗器囊抢了过来,捡了十枚芙蓉金针,交给余鱼同收起。陈家洛笑道:"这可称之为'针笛奇缘'了!"

香香公主见大家兴高采烈,问陈家洛做什么。陈家洛说了,香香公主大喜,一手挽了他手臂,一手挽了姊姊,走上前去,除下手上的白玉戒指,套在李沅芷手指上,说道:"我们三个,给你,恭喜你!"霍青桐忽然暗自神伤:"如不是你女扮男装,搅出这番事来……"陈家洛笑道:"咱们若在玉宫里带了几柄玉刀玉剑出来,倒可送给他们作贺礼。"霍青桐微微一笑,点了点头。

袁士霄和天山双鹰已向霍青桐问明了三人自狼群脱险、同入玉宫的经过,又见三人相互间神情亲密,看来陈家洛并非喜新弃旧,忘义负心,姊妹俩十分和睦,霍青桐对他和妹子亦无怨恨之意,三老都感欣慰。天山双鹰均想:"幸亏当日没鲁莽杀了这二人,否则袁大哥固然不依,连我们徒儿也要……"也要如何,却是难以设想了。

文定道贺已毕,众人分别借故走开。余鱼同见四周已无旁人,说道:"师妹,张召重那奸贼在哪里呀?"李沅芷见他全无温存之态、缠绵之意,第一句话就问张召重,心中老大不快,愠道:"我怎知道呀?"

余鱼同脸色惨白,忽地跪下,咚咚咚的向她磕了三个响头,哭道:"我当年家破人亡,不能自立,幸蒙恩师见怜收留,授我武艺。我未能报答恩师一点半滴恩情,他就惨遭张召重害死。师妹,求求你指点一条明路。"这一下大出李沅芷意料之外,见他又磕下头去,不觉狼狈失措,忙伸手拉起,摸出手帕丢给他,柔声道:"快擦干眼泪,我带你去就是。"

突然间忽喇一声,骆冰从山后拍手跳了出来,唱道:"小秀才,不怕丑,怕老婆,忙磕头!"李沅芷羞得满脸通红,跳起身来向内急奔,余鱼同一呆。骆冰挥手叫道："快追上去呀！"余鱼同立时醒悟，拔足跟去。骆冰高声大叫，众人随后一齐追去。

张召重苦等李沅芷不回，吃了些干粮，心头思潮起伏，盘算脱险之后如何邀集帮手，大破红花会。又想李沅芷是提督之女，人又美貌，自己壮年未婚，如能娶她为妻，于功名前途大有好处，此女看来娇生惯养，颇为骄纵，对她倘若用强，只怕反而坏了大事，从回疆回到杭州路途遥远，一路上使点计谋，把她骗上手再说。如意算盘打得正响，前面人影一晃，正是李沅芷笑吟吟的回来。

张召重大喜，迎了上去，忽然李沅芷身后一人倏地扑将上来。张召重一惊，退开两步，左掌"拨云见日"，向旁掠出。那人从他掌下穿过，右手断笛疾戳，左手两指前伸，直扑到他怀里。张召重看清楚那人是马真的徒弟余鱼同，心中一寒，右掌"白露横江"格开，左手迎击，待他闪避，右手已抓住他后心，猛喝一声，将他向山岩上掼了过去。

李沅芷大惊，扑上抱住，但张召重这一掼劲力奇大，带得她也向山石上撞去，突觉背心有人双掌轻挡，推得她和余鱼同一齐摔在地下，虽然跌得狼狈，却未受伤，两人双双跃起，才知是陆菲青出掌相救。余鱼同道："师妹，多谢你又救了我一次。"李沅芷白了他一眼，低声道："你还向我说这个'谢'字？"

张召重眼见强敌齐至，转身要逃，只听身旁呼呼两响，两人已掠过身边，挡在前面，正是袁士霄和陈正德，背后陆菲青喝道："姓张的，你还待怎的？跟我们走吧！"张召重霎时间万念俱灰，哼了一声，转身垂手走出。当下陆菲青、陈家洛、文泰来、霍青桐等在前，袁士霄、陈正德、关明梅等在后，将他夹在中间，走了出来。

张召重本以为李沅芷不慎为敌人发见，众人暗暗跟了进来，只有自认晦气，走了一程路，见前面李沅芷侧身和骆冰说话，笑逐颜开，显见一股子喜气从心中直透出来，这一下子气炸心肺，咬牙切齿的暗骂："好，原来是你这丫头卖了我！"

各人捕到元凶巨恶，无不欢喜异常，到太阳快下山时，已走出迷城。陈家洛拿出点穴珠索，对章进和心砚道："把他反背捆了。"章进接过珠索。张召重忽地大吼一声，猛窜出去，左手伸出，已勾住李沅芷手腕,夹手把凝碧剑夺过,右掌一招"白虹贯日",使足全力向她后心击去。李沅芷身子急偏,却哪里避得开,这掌正中左臂,喀喇一响,手臂已断,张召重第二掌随着打到。陆菲青在他夺剑时已知不妙,第一掌打出时不及相救,这时猱身疾上,也是挥掌打出,直击他太阳穴。张召重右掌翻转,啪的一声,双掌相抵,各自震退数步。两人自在师门同窗习艺以来,二十余年中从未交过手,各自砥砺功夫,这时双掌相震,都觉对方功力深厚,跟在师门时已大不相同。

李沅芷身受重伤,倒在地下。骆冰把她扶起,见她已痛得晕了过去。袁士霄摸出一颗丸药,塞在她口里。群雄见张召重到此地步还要肆恶,无不大怒,团团围住。

张召重心想:"人人都有一死,我火手判官可要死得英雄!"横剑当胸,傲然说道:"你们是一起来呢?还是一个个依次来?我瞧还是一齐上好些!"

陈正德怒道:"你有什么本事,敢说这样的大话?我先来斗斗。"文泰来道:"陈老爷子,这奸贼辱我太甚,让在下先上。"余鱼同叫道:"他害死我恩师,我本领虽不及他,但要第一个打。四哥,等我不成时你来接着。"众人都恨透了他,纷要争先。陈家洛道:"咱们不如来拈阄。"袁士霄道:"他不是我对手,我不打了吧。"徐天宏道:"我们不是他对手,我和四嫂、九弟、十弟、十四弟、十五弟一起拈。我们六个人合力斗他。"

张召重道:"陈当家的,咱们在杭州时曾有约比武,这约会还作不作数呀?"陈家洛知他要挑自己动手,说道:"不错,那次在狮子峰上你伤了手,咱们说定比武之约延期三个月,现下正好完了这个心愿。"张召重道:"那么我先陪陈当家的玩玩,另外众位缓一步如何?"他和陈家洛多次交手,知他武功还逊自己一筹,如能将他擒住,用以挟制,或可设法脱身,倘若擒他不住,也要打死这个红花会大头脑,自己再死,也算够了本。

徐天宏猜到他心思,叫道:"擒拿你这奸贼,若要总舵主亲自出手,要我们红花会众兄弟何用?九弟、十弟、十四弟,咱们上啊!"卫春华、章进、余鱼同、心砚都欺上两步。

张召重哈哈大笑,说道:"我只道红花会虽然犯上作乱,总还讲江湖上道义。哪知竟是没信没义的匪类!"

陈家洛手一摆,道:"七哥,他不和我见个输赢,死不甘心。姓张的,不论你使什么奸计,今日要想逃命,那叫做痴心妄想。你上来!"张召重凝碧剑一抖,说道:"究竟还是你爽快,露兵刃吧!"陈家洛道:"用兵刃胜你,算得什么英雄? 我就是空手接着。"他自在玉宫中悟到上乘武功之后,自忖已有胜得张召重的把握。

张召重大喜,有了这可乘之机,哪肯放过,忙道:"要是我用剑胜不得你空手,我当场自刎,用不到旁人再动手。要是我胜了你呢?"陈家洛道:"那自有别位前辈和兄弟们接上。你是盼我说:胜了我就放你走路。嘿嘿,到了今天,你还不知早已恶贯满盈么?"张召重长剑挺伸,喝道:"人生在世,有谁不死? 死活之事,张某也不放在心上。"陈家洛道:"在杭州提督府地牢之中,文四爷和我擒住你后饶你不死;狮子峰上、兆惠大营之外,又曾两次饶你;日前在狼群,再救你一次性命。红花会对你可算得仁至义尽。哪知你至死不悟,今日不论如何,决不能再饶了。"张召重道:"你上吧,我也让你四招不还手就是。"陈家洛道:"好!"纵身而上,劈面两拳。张召重矮身躲了开去,果然没有还手。

陈家洛右脚横踩,乘张召重纵起身来,突然左腿鸳鸯连环,跟着右腿横扫。照一般拳术,对手既然跃起,自然继续攻他身子,使他身在空中,难以躲避,但陈家洛这一腿却踢在他脚下空处,只是时刻拿捏极准,敌人落下时刚好凑上。这正是"百花错拳"中的精微之着,令人难以逆料。袁士霄见爱徒将自己所创拳术运用得十分巧妙,甚是得意,转头向关明梅道:"怎样?"陈正德接口道:"果然不凡!"

张召重见陈家洛突使怪招,不及闪避,只得一剑"斗柄南指",向他胸口刺去。陈家洛收腿侧身,两下让过。章进骂道:"无耻奸贼,你说让四招,怎么又还手了?"张召重脸一沉,更不打话,凝碧剑寒光起处,嗤嗤嗤一阵破空之声,向陈家洛左右连刺。

陆菲青暗暗心惊:"这恶贼剑法竟如此精进,当年师父壮盛之时,似也没如此快捷。"提剑在手,凝神望着陈家洛,只要他稍有失利,立即上前相救。只见两人愈打愈快,陈家洛的人影在剑光中穿来插去,张召重柔云剑法虽精,一时也奈何他不得。

旁边余鱼同和骆冰扶着李沅芷,这时她已悠悠醒转,只觉臂上胸口,阵阵剧痛,睁眼见到余鱼同扶着自己,心中大慰。余鱼同道:

"痛得还好么？待会请陆师叔给你接骨，你忍一忽儿。"李沅芷微微一笑，又闭上了眼。

香香公主拉着姊姊的手，道："他怎么不用兵器？胜得了么？"霍青桐道："咱们有这许多人，不用怕。"心砚焦急万分，恨不得冲过去插手相助，问霍青桐道："姑娘，你说公子没危险么？"霍青桐记起前事，白了他一眼，转头不理。心砚大急，想要分辩谢罪，一双眼却不敢离开陈家洛身上。

文泰来虎目圆睁，眼光不离凝碧剑的剑尖。卫春华双钩钩头已被削断，但仍紧紧握在手中，全身便如是一张拉满了的弓一般。骆冰腕底扣着三柄飞刀，眼光跟着张召重的后心滴溜溜地打转。

李沅芷又再睁开眼来，忽然轻轻惊呼，向东指去。余鱼同转头望去，只见面前出现了一片奇景：远处一座碧绿的大湖，水波清漪，湖旁白塔高耸，屋宇栉比，竟是一座大城。余鱼同一惊跳起，但随即想到这是沙漠中的海市蜃楼，景色虽奇，却尽是虚幻。其余各人凝神观战，都没见到。

李沅芷道："那是什么啊？咱们回到了杭州吗？"余鱼同低声道："那是太阳光反射出来的幻象。你闭上眼养一会儿神吧。"李沅芷道："不，这宝塔是杭州雷峰塔。我跟爹爹去玩过的。爹爹呢？我要爹爹。"余鱼同允她婚事，本极勉强，只是为了要给恩师报仇，一切全顾不到了，这时见她身受重伤，神智模糊，怜惜之念不禁油然而生，轻轻拍着她手背道："咱们这就动身回去，我跟你去见你爹爹。"李沅芷嘴角边露出一丝微笑，忽问："你是谁？"余鱼同见她双目直视，脸上没一点血色，害怕起来，答道："我是你余师哥，咱俩今儿定了亲啊。以后我一定好好待你。"李沅芷垂下泪来，叫道："你心里是不喜欢我的，我知道。你快带我见爹爹去，我要死啦。"眼望远处幻象，道："那是西湖，我爹爹在西湖边上做提督，他……他……你认识他么？"

余鱼同心里一阵酸楚，想起她数次救援之德，一片痴情，自己却对她不加理睬，要是她伤重而死，如何是好？一时忘情，伸手把她搂在怀里，低声道："我心里是真正爱你的，你不会死。"李沅芷叹了口气。余鱼同道："快说：'我不会死！'"李沅芷胸口一阵剧痛，又晕了过去。张召重恨怒之下，这一掌劲力凌厉，她断臂之余，胸口更受震伤。

余鱼同把张召重提到沙城墙头,暗暗祷祝:「恩师在天之灵,你的朋友们与弟子今日给你报仇雪恨。」割断缚住张召重手足的绳索,右腿横扫,猛力把他踢落。

第十九回

心伤殿隅星初落
魂断城头日已昏

这时张召重和陈家洛翻翻滚滚,已拆了一百余招。初时陈家洛的"百花错拳"变招迭出,张召重又在强敌环伺之下,不免气馁,手中虽有兵刃,却也不敢莽进,既要解拆对方古怪繁复、不成章法的拳术,又要找寻空隙,想一举将他擒住,再见陆菲青、骆冰、霍青桐等人手中似都扣着暗器,于是更加严守门户,不敢露出丝毫空隙,以防旁人暗袭,这样一分神,双方打成了平手。再拆数招,张召重心想:"再耗下去,是何了局? 就算胜了对手,他们和我车轮大战,打不死我,也把我拖得累死。"这时对"百花错拳"的格局已大致摸熟,即使对方突使怪招,也可应付得了,胆子既壮,剑法忽变。

他柔云快剑施展开来,记记都是进手招数,倏地一招"耿耿银河",凝碧剑疾挥横削,千头万绪般乱点下来,真若天上繁星一般。陈家洛忽地跳出圈子,要避开他这番招招相连的攻势,再行回击。卫春华和章进齐向张召重扑去。

凝碧剑"耿耿银河"招术尚未使完,张召重更不停手,飕飕两剑,卫章两人均已带伤。文泰来猛喝一声,挺刀正要纵前,陈家洛已掠过他身边,只见张召重身手之中,处处皆是破绽瑕疵,轻轻两掌,打向张召重脸上空门。这两掌看来全不使力,但部位恰到好处,他不论低头躲避还是回剑招架,都已不及,只听声音清脆,啪啪两下耳光。张召重又惊又怒,提剑退出三步,瞋目怒视。卫章两人乘机退下,好在受伤均不甚重,骆冰和心砚分别给他们包扎。

众人四面合围，不让敌人脱身。陈家洛双掌一错，说道："上来吧！"身子半转，右足虚踢。张召重见他后心露出空隙，遇上了这良机，手下毫不容情，长剑直刺。

众人惊呼声中，陈家洛忽地转身，左手已牵住张召重的辫尾，把辫子在凝碧剑上一拉，一条油光漆黑的大辫登时割断。陈家洛右手啪的一掌，张召重肩头又中。他连挨三掌，虽然掌力不重，并未受伤，然而凭自己武功，非但没能让过，而且竟没看出对方使的是何手法，辫子被截，更是奇耻，但他究是内家高手，虽败不乱，又再倒退数步，凝神待敌。

陈家洛缓步前攻，趋退转合，潇洒异常。霍青桐大喜，对香香公主道："你瞧，这就是他在山洞里学的武功。"香香公主拍手笑道："这模样真好看。"陈家洛伸手拍出，张召重举剑挡开，陈家洛反手一撩，两人又斗在一起。张召重凝剑严守，只要对方稍近，立即快如闪电般还击数下，击刺之后，随即收剑防御。

陈正德对袁士霄道："袁大哥，我今日才当真对你佩服得五体投地。你徒儿已是如此，做兄弟的跟你可实在相差太远了。"袁士霄沉吟不语，心中大感不解，陈家洛这套功夫非但不是他所授，而且武林中从所未见。他见多识广，可算得举国一人，却浑不知陈家洛所使拳法是何家数，看来与任何流派门户均不相近。他隔了一会，才道："不是我教的，我也教不出来。"天山双鹰知他生平不打诳语，这并非自谦之辞，心下暗暗称奇。

陈家洛拳法初时还感生疏滞涩，久斗之下，所悟渐增，玉宫中伊斯兰古战士尸骸出招的部位在心中清晰流过，如何"以无厚入有间"，在眼前现得清清楚楚，张召重招数中的破绽，无不了如指掌，寻瑕抵隙，莫不中节。打到一百余招之后，张召重全身大汗淋漓，衣服湿透。忽然间张召重大声急叫，右腕已被敌指点中，宝剑脱手。陈家洛左右两掌，打在他背心之上，纵声长笑，垂手退开。这两掌可是含劲蓄力，厉害异常。张召重低下了头，脚步踉跄，就如喝醉酒一般。

章进口中咒骂，想奔上去给他一棒，被骆冰拉住。只见张召重又走了几步，终于站立不稳，扑地倒了。群雄大喜，徐天宏和心砚上去按住缚了。张召重脸色惨白，毫不抵抗。

余鱼同转头看李沅芷时,见她昏迷未醒,甚是着急。陈家洛道:"师父,陆老前辈,咱们拿这恶贼怎么办?"余鱼同咬牙切齿的说道:"拿去喂狼,他下毒手害死我师父,现今又……又……"袁士霄道:"好,拿去喂狼!咱们正要去瞧瞧那批饿狼怎样了。"众人觉得这奸贼作恶多端,如此处决,正是罪有应得。

陆菲青将李沅芷断臂上的骨骼对正了,用布条紧紧缚住。袁士霄又拿一颗雪参丸给她服下,搭了她脉搏,对余鱼同道:"放心,你老婆死不了。"骆冰低声笑道:"你抱着她,她就好得快些。"

众人向围住狼群的沙城进发,无不兴高采烈。途中袁士霄问起陈家洛的拳法来历,陈家洛详细禀告了。袁士霄喜道:"这真是可遇而不可求的奇缘。"

数日后,众人来到沙城,上了城墙向内望去,只见群狼已将驼马吃完,正在争夺已死同类的尸体,猛扑狂咬,惨厉异常,饶是群雄心豪胆壮,也不觉吃惊。香香公主不忍多看,走下城墙去自和看守的回人说话。

余鱼同把张召重提到沙城墙头,暗暗祷祝:"恩师在天之灵,你的朋友们与弟子今日给你报仇雪恨。"从徐天宏手里接过单刀,割断缚住张召重手足的绳索,右腿横扫,猛力把他踢落。张召重双腿酸软,无力抗拒。群狼不等他身子着地,已跃向半空抢夺。

张召重被陈家洛打中两掌,受伤不轻,仗着内功深湛,经过数日来的休养,已好了不少,只是陈家洛如何忽然武功大进,却是想破了脑袋也没半点头绪。他被踢入狼城,原已不存生还之想,但临死也得竭力挣扎一番,双腿将要着地,四周七八头饿狼扑了上来,他红着双眼,两手伸出,分别抓住一头饿狼的项颈,横扫了一个圈子,登时把群狼逼退数步。他慢慢退到墙边,后心贴墙,负隅拼斗,抓住两头恶狼,依着武当双锤的路子使了开来,呼呼风响,群狼一时倒也难以逼近。

群雄知他必死,虽恨他奸恶,但陈家洛、骆冰等心肠较软,不忍卒睹,走下城墙。

陆菲青双目含泪,又是怜悯,又是痛恨,见张召重使到二十四招"破金锤"时,一头饿狼扑将上来,向他腿上咬去,张召重一缩腿,狼

第十九回 心殿隅星初昏落 魂断城头日已昏

牙撕下了他裤子上长长一条布片。陆菲青脑海中突然涌现了四十余年前旧事：那一日他和张召重两人瞒了师父，偷偷到山下买糖吃，师弟摔了一交，裤子在山石上勾破了。张召重爱惜裤子，又怕师父责骂，大哭起来。他一路安慰，回山之后，立即取针线给师弟缝补破裤。又想到这套"破金锤"锤法也是自己亲自点拨的。当年张召重聪明颖悟，学艺勤奋，师兄弟间情如手足，不料他后来贪图富贵，竟然愈陷愈深。眼见到师弟如此惨状，不禁泪如雨下，心想："他虽罪孽深重，我还是要再给他一条自新之路，重做好人。"叫道："师弟，我来救你！"踊身跃出，跳入了狼城。

众人大惊呼叫，只见他脚未着地，白龙剑已舞成一团剑花，群狼纷纷倒退，他站到张召重身旁，说道："师弟，别怕。"张召重命在顷刻，神智大乱，满心全是怨毒，人性尽失，已如凶狼一般，忽地将手中两狼猛力掷开，和身扑上，双手抱住了他，叫道："大家一起死了，谁也别活！"陆菲青出其不意，白龙剑落地，双臂被他紧紧抱住，犹如一个钢圈箍住了一般，忙运力挣扎，但张召重兽性大发，决意和他同归于尽，拼死抱住，哪里挣扎得开？群狼见这两人在地下翻滚，猛扑上来撕咬。两人各运内力，要把对方翻在上面，好让他先膏狼吻。

陈家洛等在城墙脚下忽听城墙顶上连声惊呼，忙飞步上墙。这时陆菲青想起自己好心反得惨报，气往上冲，手足忽软，被张召重用擒拿手法拿住脉门，动弹不得。

张召重左手拉扯，右手回举，已将陆菲青遮在自己身上，突然间认出了他，叫道："师哥，是你啊！你一直待我很好，像我亲哥哥一般……"急速翻身，遮在陆菲青身上，挡住凶狼爪牙，两只狼猛咬他背心。众人惊呼声中，文泰来与余鱼同双双跃下。文泰来单刀连挥，劈死数狼。群狼退开数丈。余鱼同握着从徐天宏手里接来的钢刀，跳落时因城墙过高，立足不稳，翻了个筋斗方才站起，刀尖看准张召重肩头戳将下去。张召重长声惨叫，抱着陆菲青的双臂登时松了。这时群雄已将长绳挂下，先将陆菲青与余鱼同缒上，随即又缒上文泰来。看下面时，群狼已扑在张召重身上乱嚼乱咬。

众人心头怦怦乱跳，一时都说不出话来，想到刚才的凶险，无不心有余悸。

隔了良久，骆冰道："陆伯伯，你的白龙剑没能拿上来，真可惜。"

袁士霄道："再过一两个月，恶狼都死光了，就可拿回来。"陆菲青垂泪不语。

傍晚扎营后，陈家洛对师父说了与乾隆数次见面的经过。袁士霄听了原委曲折，甚感惊异，从怀里摸出一个黄布包来，递给他道："今年春间，你义父差常氏兄弟前来，交这布包给我收着，说是两件要紧物事。他们没说是什么东西，我也没打开来看过，只怕就是皇帝所要的什么证物了。"

陈家洛道："一定是的。义父既有遗命，徒儿就打开来瞧了。"解开布包，见里面用油纸密密裹了三层，油纸里面有两个信封，因年深日久，纸色都已变黄，信封上并无字迹。

陈家洛抽出第一个信封中的纸笺，见笺上写了两行字："世伯先生足下：请将你刚生的儿子交来人抱来，给我一看可也。"下面签的是"雍邸"两字，笔致圆润，字迹潦草，另盖着一颗朱红的阳文小章："四时优游"。

袁士霄看了不解，问道："这信是什么意思？那有什么用，你义父看得这么要紧？"陈家洛道："这是雍正皇帝写的。"袁士霄道："你怎知道？"陈家洛道："徒儿家里清廷皇帝的赐书很多，康熙、雍正、乾隆的都有，因此认得他们的笔迹。"袁士霄笑道："雍正的字还不错，怎地文句如此粗俗？"陈家洛道："徒儿曾见他在先父奏章上写的批文，有的写：'知道了，钦此'。提到他不喜欢的人时，常写：'此人乃大花脸也，要小心防他，钦此'。"袁士霄呵呵大笑，道："他自己就是大花脸，果然要小心防他。"又道："这信是雍正所写，那又有什么了不起？"陈家洛道："他写这信时还没做皇帝。"袁士霄道："你怎知道？"陈家洛道："他署了'雍邸'两字，那是他做贝勒时的府第。而且要是他做了皇帝，就不会称先父为'先生'了。图章上这四个字，表明无心帝位，但求优游岁月。'四'是表示是四阿哥。"袁士霄点了点头。

陈家洛扳手指计算年月，沉吟道："雍正还没做皇帝，那时候我当然还没生，二哥也没生。姊姊是这时候生的，可是信上写着'你刚生的儿子'，嗯……"想到文泰来在地道中所说言语，以及乾隆的种种神情，叫道："这正是绝好的证据。"袁士霄道："怎么？"陈家洛道：

"雍正将我大哥抱了去,抱回来的却是个女孩。这女孩就是我大姊,后来嫁给常熟蒋阁老的,其实是雍正所生的公主。我真正的大哥,现今做着皇帝。"袁士霄道:"乾隆?"

陈家洛点了点头,又抽出第二封来。他一见字迹,不由得一阵心酸,流下泪来。袁士霄问道:"怎么?"陈家洛哽咽道:"这是先母的亲笔。"拭去眼泪,展纸读道:

"亭哥惠鉴:你我缘尽今生,命薄运乖,夫复何言。余所日夜耿耿者,吾哥以顶天立地之英雄,乃深受我累,不容于师门。我生三子,一居深宫,一驰大漠,日夕所伴之二儿,庸愚顽劣,令人神伤。三官聪颖,得托明师,余虽爱之念之,然不虑也。大官不知一己身世,俨然而为胡帝。亭哥,亭哥,汝能为我点化之乎?彼左臀有殷红朱记一块,以此为证,自当入信。余精力日衰,朝思夕梦,皆为少年时与哥共处之情景。上天垂怜,来生而后,当生生世世为眷属也。妹潮生手启。"

陈家洛看了这信,惊骇无已,颤声问道:"师父,这信……信上的'亭哥',难道就是我义父吗?"袁士霄黯然道:"可不是吗?他幼时与你母互有情意,后来天不从人愿,拆散鸳鸯,因此他终生没有娶妻。"陈家洛道:"我妈妈当年为什么要义父带我出来?为什么要我当义父是我亲生爸爸一般?"

袁士霄道:"我虽是你义父知交,却也只知他因坏了少林派门规,被逐出师门。这等耻辱之事,他自己不说,别人也不便相问。不过我信得过他是响当当的好汉子,光明磊落,决不做亏心之事。"一拍大腿,说道:"当年他被逐出少林,我料他定是遭了不白之冤,曾邀集武林同道,要上少林寺找他掌门人评理,险些酿成武林中的一件大风波。后来你义父尽力分说,说全是自己不好,罪有应得,这才作罢。但我直到现今,还是不信他会做什么对不起人的事,除非少林寺和尚们另有古怪规矩,那我就不知道了。"说到这里,犹有余忿。

陈家洛道:"师父,我义父的事你就只知道这些么?"袁士霄道:"他被逐出师门之后,隐居了数年,后来手创红花会,终于轰轰烈烈的做出一番大事来。"陈家洛问的是自己身世,袁士霄却反来覆去,尽说当年如何为他义父于万亭抱不平之事。

陈家洛又问:"义父和我妈妈为什么要弟子离开家里,师父可知道么?"袁士霄气愤愤的道:"我邀集了人手要给你义父出头评理,到头来他忽然把过错全揽在自己身上。这般给大家当头浇一盆冷水,我的脸又往哪里搁去?因此他的事往后我全不管啦。他把你送来,我就尽心教养,教你武艺,总算对得起他啦。"

陈家洛知道再也问不出结果了,心想:"图谋汉家光复,关键在于大哥的身世,中间只要稍有错失,那就前功尽废。此事势须必成,迟早却是不妨。我须得先到福建少林寺走一遭,探问明白。雍正当时怎样换掉孩子?他本来早有儿子,我大哥明明是汉人,雍正为何让他继任皇位?在那儿总可问到一些端倪。"当下对师父说了。袁士霄道:"不错,去问个仔细也好,就怕老和尚古怪,不肯说。"陈家洛道:"那只有相机行事了。"

师徒俩谈论了一会,陈家洛详述在玉峰中学到的武功,主要在于好似庖丁解牛一般,看到对方武功中的空隙破绽,牛刀均割在无筋无骨之处,自然虽宰千牛而刀不损。两人印证比划,陈家洛更悟到不少精微之处。两人谈得兴起,走出帐来,边说边练,不觉天色已白,这才尽兴。

袁士霄道:"那两个回人姑娘人品都好,你到底要哪一个?"陈家洛道:"汉时霍去病言道:'匈奴未灭,何以家为?'弟子也是这个意思。"袁士霄点点头道:"很有志气,很有志气。我去对双鹰说,免得他们再怪我教坏了徒弟。"言下十分得意。陈家洛道:"陈老前辈夫妇说弟子什么不好?"袁士霄笑道:"他们怪你喜新弃旧,见了妹子,忘了姊姊,哈哈!其实一双三好,也无不可。"陈家洛回思双鹰那晚不告而别,在沙中所留的八个大字,原来含有这层意思,不觉暗暗心惊。

次日,陈家洛告知群雄,要去福建少林寺走一遭,当下与袁士霄、天山双鹰、霍青桐姊妹作别。香香公主依依不舍。陈家洛心中难受,这一别不知何日再能相见?如得上天佑护,大功告成,将来自有重逢之日,否则众兄弟埋骨中土,再也不能到回部来了。霍青桐远送出一程,自也柔肠百结,黯然神伤,但反催妹子回去,香香公主只是不肯。

陈家洛硬起心肠,道:"你跟姊姊去吧!"香香公主垂泪道:"你一定要回来!"陈家洛点点头。香香公主道:"你十年不来,我等你十

第十九回 心伤殿隅星初落 魂断城头日已昏

年;一辈子不来,我等你一辈子。"陈家洛想送件东西给她,以为去日之思,伸手在袋里一摸,触手生温,摸到了乾隆在海塘上所赠的那块温玉,取出来放在香香公主手中,低声道:"你见这玉,就如见我一般。"香香公主含泪接了,说道:"我一定还要见你。就算要死,也是见了你再死。"陈家洛微笑道:"干么这般伤心?等大事成功之后,咱们一起到北京城外的万里长城去玩。"香香公主出了一会神,脸上微露笑意,道:"你说过的话,可不许不算。"陈家洛道:"我几时骗过你来?"香香公主这才勒马不跟。

陈家洛时时回头,但见两姊妹人影渐渐模糊,终于在大漠边缘消失。

群雄控马缓缓而行。这一役杀了张召重,余鱼同大仇得报,甚是欢慰,对李沅芷又是感激,又是怜惜,一路上不避嫌疑,细心呵护她伤势。

众人行了数日,又到了阿凡提家中,那位骑驴负锅的怪侠却又出外去了。周绮听说张召重已死,胞弟之仇已报,很是高兴。依陈家洛意思,要徐天宏陪她留在回部,等生下孩子,身子康复之后,再回中原。但周绮一来嫌气闷,二来听得大伙要去福建少林寺,此行可与她爹爹相会,吵着定要同去。众人拗不过,只得由她。徐天宏雇了一辆大车,让妻子及李沅芷在车里休息。

回入嘉峪关后,天时渐暖,已有春意。众人一路南下,渐行渐热,周绮愈来愈慵困,李沅芷的伤势却已大好了。她弃车乘马,一路与骆冰咭咭呱呱的说话。旁人都奇怪这两人谈个没完没了,不知怎地有这许多事儿来说。

众人这日来到福建境内,只见满山红花,蝴蝶飞舞。陈家洛心想:"要是喀丝丽在此,见了这许多鲜花,可不知有多欢喜。"

又行数天,进了德化城,一行人要找酒楼去喝酒吃饭,行经大街县衙门外,只见三十来名男子头戴木枷,双手也都扣在枷里,脚上有镣,一排站在墙边,个个垂头丧气,神色憔悴,太阳正烈,晒得人苦恼不堪,有的更似奄奄一息,行将倒毙。十来名差役手执皮鞭,在旁吆喝斥骂:"快些缴了皇粮,这就放人!"周绮忍不住问道:"喂!他们犯了什么王法啦?这么多人枷在这里,大日头里晒着,可没阴功啊!"

一名差役头儿模样的人说道："你们外路人，快快走罢！别多管闲事！"周绮怒道："天下事天下人管得，什么多管闲事了？"那差役头儿用皮鞭指着墙上贴着的一张榜文道："你识字不识？省里的方藩台亲来德化催粮，皇上在回疆用兵，大军粮饷的事，岂是闹着玩的？外路人啰里啰唆，一起抓起来枷了示众。"

福建话不易听懂，周绮也不理会。陈家洛等向榜文瞧去，果是福建省里藩台衙门催缴钱粮的告示，说道大军西征，粮饷急如星火，刁民抗拒不缴，严惩不贷。一名戴枷的男子叫道："行行好啊！我们又不是不缴粮，一时三刻要缴几十两银子，杀了我头也拿不出啊！"一名差役一鞭向他打去，喝道："你再叫，当真便杀了你头！"他举鞭欲待再打，周绮抢过去抓住鞭子。

徐天宏叫道："绮妹，且慢！"周绮放开皮鞭，问道："怎么？"徐天宏指着榜文道："这方藩台名叫方有德。"低声道："不知是不是那个得他妈的屁。"

一行人上了一家饭店，酒保斟上酒来，徐天宏向陈家洛道："总舵主，求你准许我报仇雪恨。"陈家洛道："七哥请说。"徐天宏道："这方有德或许就是我的大仇人，他先前在我们浙江绍兴府做知府，害死了我全家，我一直找他不到，报不了大仇，原来却在这里，不过是不是真的是他……先要查个清楚……"周绮气愤愤的道："不用查了，这种狗官，杀了也不会杀错！"陈家洛缓缓摇头，说道："如果真是此人，七哥的全家大仇，当然是要报的。这方有德有多大年纪了？"徐天宏道："算来该有六十多了。"陈家洛道："今日要是放过了他，别让他生一场病，一命呜呼……"周绮大声道："那他的大仇永远报不了啦！"

陈家洛沉吟道："咱们正有大事在身，七哥，咱们得定个计较，既要杀了这姓方的报仇，又别牵缠红花会在内。"徐天宏道："正是！咱们还得劫了福建的钱粮，好让去打回部的大军开拔不了。"陆菲青道："正该如此，不过天下同名同姓之人也是有的。徐贤侄，咱二人去县衙门查访明白，瞧这方有德是否正是你的仇人。"徐天宏道："多承指点，小侄就跟陆师伯去查。"

各人匆匆用过酒饭，陈家洛率领众人去住了客店，徐天宏跟随陆菲青出外探查。周绮挂念徐天宏报仇之事，坐立不安，不断踱到客店门口等候。傍晚时分,徐天宏先行快步回来,向周绮做个杀头的手势,说道:"就是这奸贼!"周绮跳起身来,叫道:"好极了!"徐天宏忙道:"别跳!小心你的肚子。"

他走进陈家洛的上房,低声道:"总舵主,我跟陆老前辈瞧得明白,这方藩台左脸上有老大一块黑记,正是害死我全家的奸贼,决计错不了。陆老前辈做事把细,还叫了十四弟去,他会说福州乡谈,到县衙门找了个头儿,送了二十两银子求他办件小事,还请他喝酒,打听明白,这方藩台本来在浙江做知府,有功升了盐道、粮道,几年前调到福建来做了藩台。"陈家洛道:"那就错不了,咱们今晚动手!七哥,请你去请陆老前辈来,大家合计合计。"

徐天宏大喜,出去请陆菲青。余鱼同跟着进房,说道:"总舵主,我还打听到一个希奇消息,京里有五名武官、侍卫什么的,说有紧急特旨,从北京赶到福州来寻方藩台,得知他出差到了德化,又赶来德化。至于是什么特旨,县衙里当差的职司低微,就不知道了。"陆菲青也说看来北京来人似乎来头不小。陈家洛听说是北京来的特旨,登时就想:"说不定跟咱们图谋的大事有关。"一时沉吟不语。

余鱼同拍手笑道:"还有一件大运气!我到县衙门去偷偷张了一下,这五名武官中倒有两个是老相好,一个是叫做瑞大林的,还有一个总兵官成璜,是到过铁胆庄去捉拿四哥的,我去跟四哥一说,他定要高兴得跳起来。咱们两件大仇一齐报,真正妙极,妙之极矣!"

陈家洛道:"十四弟,你和九哥一起去县衙外望望风,别让这几名奸贼走了。倘若这几名武官传的特旨是调动兵马什么的,暂且别打草惊蛇。"徐天宏点头道:"私仇事小,咱们先当顾全大局。皇帝如真能信守盟约,多半须得在各省调兵遣将。"陈家洛点头道:"但愿如此,七哥深明大义。咱们要抓到这五名武官,问明真相,当于大局有利。"

当下陈家洛发令,众人来到德化县衙之外。余鱼同正要进去探问讯息,忽听得马蹄声响,十余骑从衙门中疾驰而出,领先数人顶戴中有红蓝领子,乃是高位武官,文泰来认得其中一人正是成璜,不由得目眦欲裂。眼见一行人往东而去,群雄纷纷上马,出德化城东门疾追。

奔了三四十里,在一家饭铺中打尖,询问饭铺伙计,知道成璜等过去不久。文泰来道:"我这马脚力快,冲上去拦住五个狗贼。"骆冰道:"他们有五个,别落了单。谅他们也逃不了。"文泰来知道妻子自从他身遭危难,对他照顾特别周到,也不忍让她耽心,于是与众人一齐追赶。

当晚群雄在仙游歇夜,次日赶到郊尾,听乡人说五个武官已转而向北。陈家洛笑道:"他们逃的路程真好,这里向北正往莆田少林寺,咱们虽然赶人,可没走冤枉路。"驰了数十里,天色将黑,离少林寺已近,群雄在望海镇上找一家客店歇了。陆菲青、文泰来、卫春华、徐天宏、心砚等五人出去分头打听众侍卫的下落。

文泰来查不到成璜等踪迹,心中焦躁。这时天已入夜,蝉声甫歇,暑气未消,他袒开胸口,拿着一柄大葵扇不住扇风,走了一阵,迎风一阵酒香,前面是家小酒店,望见店门兀自开着,寻思正好喝几碗冷酒解渴,走进店内,不觉一怔,正是踏破铁鞋无觅处,得来全不费功夫,成璜、瑞大林及三名侍卫正在饮酒谈笑。

五人斗然见他闯进店来,大惊变色,登时停杯住口。文泰来有如不见,叫道:"店家,拿酒来。"店小二答应了,拿了酒壶、酒杯、筷子放在他面前。文泰来喝道:"杯子有什么用? 拿大碗来。"当的一声,把一块银子掷在桌上。店小二见他势猛,不敢多说,拿了一只大碗出来,斟满了酒。文泰来举碗喝了一口,赞道:"好酒!"店小二道:"这是本地出名的三白酒。"文泰来道:"宰一口猪,该喝几碗?"店小二不懂他意思,但又不敢不答,随口道:"三碗吧!"文泰来道:"好,拿十五只大碗,筛满了酒!"抽出单刀,砍在桌旁凳上。店小二吓了一跳,依言拿出十五只大碗,摆满了一桌,都倒上了酒。成璜等面面相觑,惊疑不定,见文泰来拦在门口,都不敢出来。

成璜和瑞大林见不是路,站起来想从后门溜走。文泰来大喝一声,宛似半空打了个霹雳,叫道:"老子酒还没喝,性急什么?"成瑞两人站着便不敢动。文泰来左足踏在长凳之上,两口就把一碗酒喝干,叫道:"好酒!"又喝第二碗。店小二识趣,切了两斤牛肉牛筋,放在盘里托上来。文泰来喝酒吃肉,不一刻,十五碗酒和两斤牛肉吃得干干净净。成璜和瑞大林相顾骇然。其余三名侍卫互相使个眼色,各提兵刃,猛扑上来。

第十九回

心伤殿隅星初落
魂断城头日已昏

文泰来酒意涌上，全身淌汗，待三人扑到，右足猛一抬腿，把桌子踢得飞了起来，桌上酒碗盘子，乒乒乓乓的跌了一地。他也不拔刀，提起长凳便向三名侍卫横扫过去。那三名侍卫身手也甚了得，一个展动花枪，避开长凳，分心刺到，另两人一个使刀，一个双手握着蛾眉钢刺，直欺近身。文泰来举凳直上，力敌三人，混战中那使刀的一刀砍在凳上，急切间拔不出来，文泰来左掌翻处，劈面打在他鼻梁正中，登时五官血肉模糊、头骨震碎。这时蛾眉双刺正刺到文泰来右胁，他顺手拔下凳上单刀，劈将下来。

　　那人双刺堪堪刺到，忽觉头顶风劲，左脚急挫，打滚避开。那使枪的抖起个碗大枪花，"毒龙出洞"，向文泰来小腹刺去。文泰来左手撒去单刀，一把抓住枪杆。那人出力回夺，却怎敌得住文泰来的神力，这一拉之下，反跟跟跄跄的跌将过来。文泰来右手提起长凳，撞在他胸口，发力推出，那人直靠上土墙，再运劲一推，土墙登时倒了，将那人压在砖石泥土之中。

　　酒店中尘土飞扬，屋顶上泥块不住下堕，文泰来转身再打，见那使蛾眉刺的胖侍卫蜷成一团，一动也不动了，提将起来，见他脸如金纸，早已气绝，却是吓死了的。文泰来准拟留下一名活口，以便问讯，找成璜和瑞大林时，却已不见，想是乘乱逃走了。

　　出得店来，一阵凉风拂体，抬头晓星初现，已是初更时分。他回入酒店，提了单刀，四下找寻，飞身跃上一家高房屋顶，四下瞭望，只见两条黑影向北狂奔，心中一喜，跃下屋来，提刀急追。追出数里，眼前是一大片甘蔗田，蔗杆长得正高，两个黑影钻入蔗田，就此隐没。他提刀也钻了进去，一路吆喝追逐。蔗田走完，见是黑压压的一片树林。

　　在林中寻了一阵不见，心念一动，跃起身来，抓住一条横枝，攀到树颠，四下观看，见远处似有个小村落，但房屋都甚高大。见两个黑影已奔近房屋，若非身子晃动，黑夜中还真看不出来。文泰来暗叫惭愧，在树林中瞎摸了半天，险些儿给他们逃走了，当即跃下地来，径向那村落奔去。他足下使劲，耳畔风生，片刻即到，正见那两人越过墙去。

　　文泰来叫道："往哪里逃？"冲到墙边，星光稀微下见这些房屋都是碧瓦黄墙，却是一座大丛林，绕到庙前抬头望时，见山门正中金字写着"少林古刹"四个大字。他心中一震:"原来到了少林寺。福建少林寺虽是嵩山下院,素闻寺中僧人武功之强,不下嵩山本寺。这是故总舵主出身之所,我可不能鲁莽了。"但成璜、瑞大林二人昔日实在欺辱太甚,决不能就此罢休,见庙门紧闭,提刀跳上墙头。

墙下是空荡荡一个大院子,侧耳听去,声息全无,不知成璜和瑞大林逃向何处,于是伏下身子,游目察看。忽然大殿殿门呀的一声开了,一个胖大和尚走了出来,倒拖着一柄七尺多长的方便铲,喝道:"好大胆,乱闯佛门圣地!"文泰来拱手道:"弟子追赶两名官府鹰犬,惊动了大师,还请恕罪。"那和尚道:"你既会武,应知少林寺是什么地方,怎地带刀入庙,如此无礼?"文泰来心头火起,转念又想,黑夜之中,持刀乱闯山门,确有不该之处,又一拱手,说道:"在下这里谢过!"当即反跃跳出墙外,袒胸坐在树下,心想:"那两个臭贼总要出来,我在这里等着便了。"

刚坐定不久,那胖和尚跃上墙来,喝道:"你这汉子怎么还不走,赖在这里想偷东西么?"文泰来怒道:"我自坐在树下,干你甚事?"胖和尚道:"你吃了老虎心、豹子胆,到少林寺来撒野!快走,快走!"文泰来再也按捺不住,喝道:"我偏不走,你待怎地?"那胖和尚一言不发,举起方便铲,呼的一声,从墙头纵下,只听铲上钢环铮铮乱响,铲随身落,方便铲长达一尺的月牙钢弯已推到胸前。

文泰来正待挺刀放对,转念一想,总舵主千里迢迢前来,正有求于此,莫因我一时之忿而坏了大事,于是晃身避开铲头,倒提单刀,转身便走。奔不数步,眼前白光闪动,一个和尚使两把戒刀,直砍过来。文泰来不欲交锋,斜向窜出。两个和尚叫道:"掷下兵器,就放你走路。"文泰来只待奔入林中,忽听头顶风声响动,忙往左闪让,蓬的一声,一条禅杖直打入土中,泥尘四溅,势道猛恶,一个矮瘦和尚横杖挡路。

文泰来道:"在下此来并无恶意,请三位大师放行。明早再来赔罪。"那矮瘦和尚道:"你既敢夜闯少林,必有惊人艺业,露一手再走。"不等他回答,禅杖横扫而至。文泰来低头从杖下钻过。那使戒刀的叫道:"好身手!"双刀直劈过来,使方便铲的也过来夹攻。

文泰来连让三招,对方兵刃都是间不容发的从身旁擦过,知道这三人都是少林寺中的高手,如再相让,黑夜中稍不留神,非死即

第十九回 心伤殿隅星初落 魂断城头日已昏

伤,三僧纵无杀己之意,一世英名不免付于流水,当下呼呼呼连劈三刀,从四件兵器的夹缝中反攻出去,身法迅捷之极。

三个和尚突然同时念了声"阿弥陀佛",跳出圈子。使禅杖的和尚道:"我们是本寺达摩院上座三僧。"向使戒刀的和尚一指道:"他法名元悲。"指着使方便铲的道:"他法名元痛。我叫元伤。居士高姓大名?"文泰来道:"在下姓文名泰来。"元痛道:"啊,原来是奔雷手文四爷,怪不得这等好本事。文四爷夜入敝寺,可是奉了贵会于万亭老当家的遗命么?"文泰来道:"于老当家并无什么言语,在下追逐鹰爪,误入贵寺,还请原恕则个。"

三个和尚低声商议了几句。元痛道:"文四爷威名天下知闻,今日有幸相会,小僧想请教高招。"文泰来道:"少林寺是武学圣地,在下怎敢放肆?就此告辞。"还刀入鞘,抱拳拱手,转身便走。

三僧见他只是谦退,只道他心虚胆怯,必有隐情,心想红花会故总舵主于万亭是少林寺革逐的弟子,莫非他是来为首领报怨泄愤?互相一使眼色,元痛抖动方便铲,钢环乱响,直戳过来。文泰来是当世英雄,哪能在敌人兵刃下逃走,只得挥刀抵敌。

元痛一柄方便铲施展开来,铲头月牙灿然生光,寒气迫人。文泰来这时酒意已过,精力愈长,刀法招招精奇。元痛渐渐抵敌不住,元伤挺起禅杖,上前双战。斗到酣处,元悲的戒刀也砍将入来。文泰来以一敌三,兀自攻多守少,猛见月光下数十条人影照在地下,对方僧众大集,不由得心惊。

就这么微一分神,元伤禅杖横扫,打中文泰来刀背,火花迸发,那刀飞将起来,直落入林中去了。文泰来身子稍挫,奔雷手当真疾如迅雷,右手已抓住元痛斜砸而下的方便铲铲柄,用力扭拧,元痛方便铲脱手。文泰来飞出右腿,踢在他膝盖之上,元痛一个肥大的身躯直跌出去。这时元伤的禅杖与元悲的戒刀已同时攻到,文泰来倒抡方便铲,当的一声大响,钢铲正打在禅杖之上。两件精钢的长大兵刃相交,只震得山谷鸣响,回声不绝。元伤虎口震裂,满手鲜血,呛啷啷,禅杖落地。文泰来侧身避过戒刀,举铲直进,挺向元悲。元悲吓得忘了抵挡,门户大开,眼见铲头月牙已推到面门。文泰来不欲伤人,正想收铲,突觉头顶嗤嗤有暗器之声,正待闪避,当的一响,手中一震,方便铲被重物撞得荡开尺许,又听叮叮两声轻响,跟着树上掉下两个人来。

文泰来收铲跃开,回过头来,见陈家洛等都到了,心中一喜,转过身来,却见对面人丛中一个白须飘拂的老者踏步上前,说道:"文四爷,真对不起,我出手劝了架,向你谢过!"抱拳行礼。周绮大叫:"爹!"奔了上去。那人正是铁胆周仲英。

文泰来一低头,见铲头已被打陷了一块,月牙都打折了,心下佩服铁胆周名不虚传。再看地下两人,不觉大奇,一是成璜,另一个就是瑞大林。原来两人逃入寺中,被监寺大苦禅师逐出,偷偷躲在树上,见文泰来力战三僧得胜,瑞大林在树上暗放袖箭,却被藏经阁主座大痴禅师以铁菩提打落,接着又将两人打了下来。

周仲英当下给红花会群雄与少林寺僧众引见。原来当日周仲英和孟健雄、安健刚、周大奶奶离天目山后,南下福建,来到少林寺谒见方丈天虹禅师。南北少林本是一家,武功家数也无多大分别。周仲英在武林中声名极响,南少林僧众素来仰慕。双方印证切磋武功,极是投机。天虹禅师恳切相留,周仲英一住不觉就是数月,这晚听得警报连传,说有一个高手夜闯山门,已与达摩院上座三僧交上了手,于是跟着出来,不料竟是文泰来,危急中出手劝架,怕文泰来见怪,忙即赔礼。

文泰来自不介意,向监寺大苦大师告了骚扰之罪,要把成璜与瑞大林带走。大苦道:"这两位施主既来本寺避难,佛门广大,慈悲为本,文施主瞧在小僧脸上,放了他们走吧!"文泰来无奈,只得依了。

陆菲青将成瑞二人带在一旁,点了二人穴道,询问从北京赶来福建,传何密旨。二人只说皇上特派金爪铁钩白振率领十余名侍卫来到福建,命福建总兵调集三千旗兵及汉军旗官兵,在德化城候命,到时皇上有加急密旨下给方藩台,会同白振及总兵,依旨用兵。至于这些兵马如何用途,只有到时开拆密旨,方能知晓。陆菲青心想用兵之道,原当如是,不该早泄机密,看来二人之话不假,皇帝既派到白振,所办的当非小事,二人也未必知晓。此时也不便当着少林僧众之面,向二人加刑逼供,当下解开二人穴道,遣其自去,悄悄将情由告知了陈家洛。

于是大苦邀群雄入寺。天虹禅师已率领达摩院首座天镜禅师、戒持院首座大颠等在山门口迎接。互通姓名后,天虹向陆菲青道:

第十九回

心伤殿隅星初落
魂断城头日已昏

"久仰武当绵里针陆师傅的大名,今日有幸得见,真是山刹之光。"陆菲青逊谢。天虹邀群雄进寺到静室献茶,问起来意。

陈家洛见室中尽是少林寺有职司的高僧,并无闲杂人等,忽地在天虹面前跪倒,天虹忙伸手扶起,道:"陈总舵主有话请说,如何行此大礼?"陈家洛道:"在下有个不情之请,按照武林规矩,原是不该出口。但为了亿万生灵,斗胆向老禅师求告。"天虹道:"请说不妨。"陈家洛道:"于万亭于老爷子是我义父……"一听到于万亭之名,天虹倏然变色,白眉掀动。

陈家洛当下把自己与乾隆的关连简略说了,最后说到兴汉驱满的大计,求天虹告知他义父被革出派的原由,要知道此事是否与乾隆的真正身世有关,说道:"望老禅师念着天下百姓……"

天虹默然不语,长眉下垂,双目合拢,凝神思索,众人不敢打扰。过了一盏茶时分,天虹眼睁一线,说道:"陈总舵主远道来寺,求问被逐弟子于万亭的俗世情缘。此事按照寺规,本不可行……但此事有关普天下苍生气运,须当破例,请陈总舵主派人往戒持院自取案卷。"陈家洛躬身道谢。知客僧引群雄到客舍休息。

陈家洛正自欣喜,却见周仲英皱起眉头,面露忧色,说道:"方丈师兄请陈总舵主派人去取案卷,前赴戒持院须得经过五座殿堂,每一殿有一位武功甚高的大师驻守,要冲过五殿,唉,甚难,甚难!"

众人一听,才知还得经过一场剧斗,文泰来道:"周老爷子是两不相助的了。咱们几个勉强试试吧!"周仲英摇头道:"难在须得一个人连闯五殿,若是有人相助,寺中也遣人相助,势成混战,那可大大不妥。这五殿的护法大师一位强似一位。就算过得前面数殿,力斗之余,最后一两殿实难闯过。"

陈家洛沉吟道:"要连过五殿,只恐难能。只盼我佛慈悲,能放晚辈过去。"当下脱去长衣,带了一袋围棋子,腰上插了短剑,由周仲英领到妙法殿来。

周仲英来到殿口,低声道:"陈当家的,如闯不过去,就请回转。咱们另想别法。千万不可勉强,免受损伤。"陈家洛答应。周仲英叫道:"诸事如意!"站在一旁。

陈家洛推门进内,只见殿上烛火明亮,一僧坐在蒲团之上,正是监寺大苦大师。他站起身来,笑道:"是陈总舵主亲自赐教,再好也没有了,我请教几路拳法。"陈家洛站在下首,拱手道:"请!"

大苦左手握拳,翻转挽一大圈,右掌上托。陈家洛识得此招是"只手擎天",知他是以"醉拳"来和自己过招。他虽曾学过此拳,但想起当日和周仲英在铁胆庄比武,自己用少林拳来对他少林拳,险遭大败,此时再也不敢轻忽,当下双手一拍,倏地分开,一出手便是"百花错拳"的绝招。大苦出其不意,险些中掌,顺势一招"怪鸟搜云",仰跌在地,手足齐发,随即跳起,只见他脚步欹斜,双手乱舞,声东击西,指前打后,跌跌撞撞,真如醉汉一般。陈家洛识得此拳,当下凝神拆解。大苦的"醉拳"虽只一十六路,但下盘若虚而稳,拳招似懈实精,翻滚跌扑,顾盼生姿。

两人斗到酣处,大苦一个飞腾步,全身凌空,落下来足成绞花,一招"铁牛耕地",右拳冲击对方下盘。陈家洛斜身后缩,知他一击不中,又将上跃成为"鹞子翻身",看准部位,等他左足落地,突然右脚勾出,伸手在他背上轻轻按落。大苦翻不过来,俯伏跌了下去。陈家洛双手在他肩头轻托,大苦借势跃起,才没跌倒,脸上涨得通红,向里一指,道:"请进吧!"陈家洛拱手道:"承让!"

进去又是一殿,戒持院首座大颠大师坐在正中,见他进来,便即站起,提起身旁一条粗大禅杖在地下一顿,只震得墙壁摇动,屋顶簌簌的落下许多灰尘。陈家洛暗惊:"此人力气好大。"只见他左手扶杖,右手向左右各发侧掌,左手提杖打横,右手以阳手接住,踏上两步,正是"疯魔杖"的起手式。陈家洛见他发掌时风声飒然,脚步沉凝,不敢轻敌,拔出短剑,脱去外鞘,一阵寒光激射而出。大颠见了剑光,不觉一震,左手斜击,拗杖横击,这"虎尾鞭势"又快又沉。陈家洛矮身从杖下穿过,还了一剑。两人兵器一个极长,一个极短,在殿上回旋激斗。

陈家洛见过蒋四根的桨法,知道这疯魔杖法猛如疯虎,骤若天魔,杖法脱胎于天竺武宗紧那罗王所传的一百单八路棍法,又摘取大小"夜叉棍"、"取经棍法"等精华,端的厉害。自来杖法多用长手,使者必具极大勇力,大颠尤其天生神武,只见他"翻身劈山"、"夜叉探海"、"雷针轰木",招招狠极猛极,犹如发疯着魔,将一根数十斤镔铁禅杖狂舞乱打。

陈家洛心下暗赞,要如此使杖,才当得起"疯魔"两字,当下不敢抢入力攻,一味腾挪闪避,料想他如此勇悍,定然难以持久,只待他锐气稍挫,再行攻入。哪知大颠内功深湛,根基极固,恶斗良久,杖法中丝毫不见破绽,反而越舞越急,毫无衰象,竟把陈家洛直逼向墙角里去。大颠见他无处退避,双手抡杖,一招"回龙杖"向下猛击。

陈家洛心想以后还有三位高手,不可恋战耗力,见这狠招下来,决意险中求胜,竟不闪避。大颠知陈家洛是友非敌,禅杖砸到离他头顶二尺之处,斗然提起,改砸为扫,满拟将他扫倒,叫他知难而退,也就罢了。陈家洛本待禅杖将到头顶时突然扑入对方怀中,以短攻近,忽见他半路改势,劲力微滞,当即随机应变,左手抓住杖头,右手短剑划出,禅杖登时断为两截,两人各执了一段。

大颠大怒,扑上又斗,陈家洛跃开丈余,一躬到地,说道:"大师手下容情,在下感激不尽。"大颠不理,挺着半截禅杖直逼过来,但不数合又被短剑削断。

陈家洛心中歉然,只怕他要空手索战,径自奔入后殿。大颠只因一念之仁反遭挫败,甚是气忿,数步追不上,纵声大叫,将半截禅杖猛力掷在地下,火花四溅。

陈家洛来到第三殿,眼前一片光亮,只见殿中两侧点满了香烛,何止百数十枝。藏经阁主座大痴大师笑容可掬,说道:"陈当家的,你我来比划一下暗器。"陈家洛躬身道:"请大师指教。"大痴笑道:"你我各守一边,每边均有九枝蜡烛,九九八十一炷香,谁先把对方的香烛全部打灭,谁就胜了。这比法不伤和气。"向殿心拱桌一指道:"袖箭、铁莲子、菩提子、飞镖,各种暗器桌上都有,用完了可以再拿。"

陈家洛在衣囊中摸了一把棋子,心想:"这位大师在暗器上必有独到的功夫。我若平时向赵三哥多讨教几下,这时也可多一点把握。"说道:"请吧!"大痴笑道:"客人先请。"陈家洛寻思:"我先显一手师父教的满天花雨,来个先声夺人。"拿起五颗棋子,一把掷了出去,对面墙脚下五炷香应声而灭。大痴赞道:"好俊功夫。"颈中除下一串念珠,扯断珠索,拿了五颗念珠在手,也是一掷打灭五炷香。

风声起处,陈家洛又打灭五炷线香。大痴连挥两下,九烛齐熄。烛火一灭,黑暗中香头火光看得越加清楚,那就易取准头。陈家洛心想:"正该如此,我怎么没想到?"九颗棋子分三次掷出,直奔烛头,只听叮叮叮一阵响,烛火毫无动静,九颗棋子都在半途被大痴打了下来,不觉一呆,大痴却乘机打灭了四炷线香。待他再发,陈家洛也掷棋子去迎击念珠,但因自己这边烛火已灭,香头微光,怎照得清楚细小的念珠?对方五颗念珠只击中了两颗,其余三颗却又打灭了三炷香。

对比之下,大痴已胜了九烛二香,他以念珠极力守住九枝烛火,一面乘隙灭香,再交锋数合,又多胜了十四炷香。陈家洛出尽全力,也只打灭了两枝蜡烛。他心里一急,大痴乘势直攻,一口气打灭了十九炷香。

陈家洛见对面烛火辉煌,自己这边只剩下寥寥二十多炷香,心想:"难道第三殿便闯不过去?"危急中忽然想起赵半山的飞燕银梭,当下看准方位,把三颗棋子猛力往墙边掷去。大痴见他乱掷,暗笑毕竟是年轻人沉不住气,一输就大发脾气。哪知三颗棋子在墙上一碰,反弹转来,一颗落空,余下两颗把两枝烛火打灭。大痴吃了一惊,不由得喝采。

陈家洛如此接连发出棋子,撞墙反弹,大痴无法再守住烛火,好在他已占先了数十枝香,这时再不去理会对方灭烛,双手连挥,加紧灭香。突然间殿中一片黑暗,陈家洛已将蜡烛尽行打熄,但他这一边点燃的线香也只剩下七枝,对面却点点星火,何逾三数十枝,正自气沮,忽听大痴叫道:"陈当家的,我暗器打完啦,大家暂停,到拱桌上拿了再打。"

陈家洛一摸衣囊,也只剩下五六粒棋子,只听大痴道:"你先拿吧。"陈家洛走到拱桌之前,灵机一动,心想:"这是大事所系,只好耍一下无赖了。"左手兜起长衫下襟,右手在拱桌桌面上一抹,把桌上全部暗器都攞入衣襟,跃回己方,笑道:"一、二、三,我要发暗器啦。"大痴扑到桌边伸手摸去,桌上空空如也。陈家洛铁莲子、菩提子一连串射将出去,片刻之间,把对面地下的香火灭得一星不留。

大痴手中没有暗器,眼怔怔的无法可施,哈哈大笑,道:"陈当家的,真有你的,这叫做斗智不斗力!你胜了,请吧!"陈家洛道:"惭愧,惭愧。在下本已输了,只因事关重大,出于无奈,务请原谅。"大痴大师脾气甚好,不以为忤,笑道:"后面两殿是我两位师叔把守,我两位师叔武功深湛,还请小心。"陈家洛道:"多谢大师指点。"心下感激,再入内殿。

里面一殿也是烛火明亮,殿堂却较前面三殿小得多。殿中放了两个蒲团,达摩院首座天镜禅师盘膝坐在左侧蒲团上,见陈家洛进来,起立相迎,道:"请坐吧!"陈家洛不知他要如何比试,依言坐上右侧蒲团,心想大颠、大痴已如此功力,天镜是他师叔,又是达摩院首座,武功之精,不言可喻,自己多半不是敌手,只好随机应变了。

天镜禅师身材极高,坐在蒲团上比常人站立也矮不了多少,两颊深陷,全身似乎无肉,瞧上去不怒自威。天镜道:"你连过三殿,足见高明。虽然你义父已不属少林门下,但说来你总是晚辈,我也不能跟你平手过招。这样吧,你能和我拆十招不败,就让你过去。"陈家洛站起施礼,道:"请老禅师慈悲。"天镜哼了一声,道:"请坐,接着!"

陈家洛刚坐上蒲团,只觉一股劲风当胸扑到,忙运双掌相抵,只和他手掌一碰,立觉猛不可当,如是硬接,势非跌下蒲团不可,忙使招"分手",想把劲力引向一旁消解。哪知天镜的掌力刚猛无俦,"分手"竟然黏他不动,只得拼着全身之力,强接了这招。

陈家洛这一招虽然接住了,但已震得左膀隐隐作痛。天镜禅师叫道:"第二招来了。"陈家洛不敢再行硬架,待得掌到,身子微偏,反拳拦打他臂弯,这是"百花错拳"中的妙着,敌人势须收掌相避。不料天镜右臂"横扫千军",肘弯倏地对准他拳面横推过来。这一下来势快极,陈家洛拳力未发,已被对方肘部抵住,忙脚上使劲,身子直拔起来,避开了这一推,落下来仍坐在蒲团之上。天镜见他变招快捷,能坐着急跃,点了点头,反掌回抓。

陈家洛见他一招招越来越是厉害,心想这十招只怕接不完,忽听钟声镗镗,原来天已微明,寺中撞动巨钟,心念一动,左掌轻飘飘的随着钟声拍了过去,劲力方位,全顺自然,没半点勉强。天镜"咦"了一声,回掌拨开。陈家洛使出在玉峰中学到的掌法,回旋如意,随着钟声一掌一掌的拍去。天镜全神贯注,出掌相敌,拆到钟声止歇,陈家洛收掌道:"再拆下去,晚辈接不住了。"

天镜道:"好好,已拆了四十余招,果然掌法精妙,请吧。"陈家洛站起身来,正要走动,突然一晃,立足不稳,忙扶壁站住,只觉眼前金星乱闪。天镜扶他坐下,说道:"你最初硬接我第一招时伤了气,静静的调匀一下呼吸，不碍事。"陈家洛闭目坐在蒲团上，依言运气，过了一会，这才内息顺畅，但双掌双臂都已微肿，隐隐胀痛，心想这位老禅师真个厉害。天镜道："你这路掌法是哪里学来的？"陈家洛说了。天镜道："西域有此精妙掌法，一本天然，令我大开眼界。你如一上来就用这掌法，手臂也不会受伤了。"

陈家洛道："弟子受了伤，最后一殿是一定闯不过去了，求老禅师指点明路。"天镜道："过不去，就回头。"陈家洛心想："释家叫人回头，我们豪侠之辈却讲究一往无前，死而无悔。"于是行了个礼，鼓勇踏入后殿。

一进门，吃了一惊，原来里面是小小一间静室，少林寺方丈天虹禅师端坐禅床，心想天镜已如此厉害，天虹在少林寺位居第一，自己如何能敌？这静室甚是窄隘，比试的一定不是拳脚暗器之类，多半是较量内功，那更无取巧余地了，正自惊疑不定，天虹禅师合十躬身，说道："请坐。"陈家洛在禅床一边坐了。见两人之间有张小几，几上小香炉中檀香青烟袅袅上升，对面壁上挂着一幅白描的寒山拾得图，寥寥不多几笔，却画得两位高僧神采栩栩。

天虹禅师沉吟了一会，道："从前有一人善于牧羊，以至豪富，可是这人生性悭吝，不肯使钱……"陈家洛听他忽然讲起故事来，不觉大为诧异，当下凝神倾听，听他继续讲道："有一人很是狡诈，知他愚鲁，而且极想娶妻，就骗他道：'我知道有一女子十分美貌，替你娶做妻子吧。'牧羊人很是欢喜，给了他许多财物。过了一年，那人又道：'你妻子已给你生了一个儿子。'牧羊人从未见过妻子，但听说已生儿子，更加高兴，又给了他许多财物。后来那人又道：'你儿子已经死啦！'牧羊人大哭不已，万分悲伤。"陈家洛颇务杂学，听他说到这里，已知是引述佛家宣讲大乘法的《百喻经》，听他又道："其实世上的事无不如此，皇位、富贵，便如那牧羊人的妻子儿子一般，都是虚幻。又何必苦费心力以求，得了为之欢喜，失了为之悲伤呢？"

陈家洛道："从前有一对夫妇，有三个饼。每人各吃了一个，剩下一个。两人约定，谁先说话，谁就没饼吃。"天虹听他也在引述《百喻经》，点了点头。陈家洛接着道："两人僵住了不说话。不久有一个贼进来，把他们家里的财物都拿了。夫妇俩因有约在先，眼睁睁的瞧着不说话。那贼见他们如此，大了胆子，就在丈夫面前侵犯他

第十九回

心伤殿隅星初落
魂断城头日已昏

的妻子。丈夫仍然不理。妻子忍不住叫了起来。贼人拿了财物逃走了。那丈夫拍手笑道：'好啊，你输啦，饼归我吃。'"天虹禅师本来就知这故事，但听到此处，也不禁微笑。陈家洛道："为了一点小小的安闲享乐，反而忘却了大苦。为了口腹之欲，却不理会贼子抢己财物，侵犯自己亲人。佛家当普渡众生，不能忍心专顾一己。"

天虹叹道："诸行无常，诸法无我。人之所滞，在以无为有。若托心本无，异想便息。"陈家洛道："众生方大苦难。高僧支道林曾有言道：桀纣以残害为性，岂能由其适性逍遥？"天虹知他热心世务，决意为生民解除疾苦，也甚敬重，说道："陈当家的满腔热血，可敬可佩。老衲再问一事，就请自便。"陈家洛道："请老禅师指点迷津。"

天虹道："从前有个老婆婆，卧在树下，忽有大熊要来吃她。老婆婆绕树奔逃，大熊伸掌至树后抓拿，老婆婆把大熊两只前掌捺在树干之上，熊就不能动了，但老婆婆也不敢放手。后来有一人经过，老婆婆请他帮忙，一同杀熊分肉。那人信了，按住熊掌。老婆婆脱身远逃，那人反而无法脱身。"说的是《本生经》中故事。陈家洛知他寓意，说道："救人危难，奋不顾身，吾佛前生曾经舍身，喂鹰饲虎。"他义父于万亭是少林寺的俗家弟子，随身携带几本浅显佛经，陈家洛随他前赴回疆之时，当作故事书，曾经看过。

天虹拂尘一举，道："请进吧。"陈家洛跨下禅床，躬身行礼，说道："弟子擅闯重地，方丈恕罪。"天虹点了点头。陈家洛转身入内，只听身后数声微微叹息。

转过长廊，来到一座殿堂，殿中点着两支巨烛，微微摇晃，四壁都是一座座的木柜，柜上贴着黄纸标签。他拿了烛台，一路找去，找到了"天"字辈的木柜，打开柜门，见有三个黄布包袱，左首一个包袱上朱笔写着"于万亭"三字，不觉手一晃动，数滴烛油溅了出来，当下镇慑心神，轻轻将包袱提出，心中默祝，解了开来。

包中是一件绣花的男人背心，还有一件撕烂了的白布女衣，上面点点斑斑，似乎都是血迹，年深日久，早已变黑，此外便是一个黄纸大折。陈家洛打开折子，登时心中酸痛，上面写的正是他义父的笔迹。

陈家洛从头读起："福建莆田少林寺下院门下第二十一代天字辈俗家弟子于万亭带罪敬白。弟子出身农家，自幼贫苦，从小与左邻徐家女儿潮生相识，两人年长后甚相亲爱……"陈家洛读到这里，心中突突乱跳，想道："难道义父犯规之事和我姆妈有关？"再看下去："……我二人后来私订终身，约定弟子非徐女不娶，徐女非弟子不嫁。先父过世后，连年天旱，田中并无收成，弟子出外谋生，蒙恩师慈悲，收在座下。缴上绣花背心，乃弟子离乡时徐女所赠。"

陈家洛越看越是惊疑，再看下去："弟子未入本派武学堂奥，即便下山，只因挂念徐女恩情，尘缘不能割舍，待归故乡，惊悉徐女之父竟已将女嫁于当地豪族陈门。弟子伤痛之际，夜入陈府探视。仗师门所授武艺，为一己私情而擅闯民居，此所犯戒律一也。及后徐女随夫移居都门，弟子恋念不舍，三年后复去探望，是夜适逢徐女生育，得一男儿，纷纭之中，弟子仅在窗外张望数眼。四日后弟子重去，徐女神色仓皇，告以所生之子已为四皇子胤禛掉去，归还者竟为一女，又云胤禛正谋夺嫡，其长子弘晖早死，另有一子弘时不为祖父所喜，是以急图有子。未及竟谈，楼外突来雍邸血滴子四人，皆为高手，显为胤禛派来视察者，想是陈府如有人泄露机密，即杀之灭口。弟子惊而逃逸，为其追及，激战中弟子额间中刀受伤，拼死尽杀血滴子，回楼晕倒。徐女以内衣为弟子裹伤。所呈血衣，即为该物。弟子预闻皇室机密，显露少林武功，为师门惹祸，此所犯戒律二也。"

陈家洛读到这里，拿着母亲的旧衣，不禁泪如泉涌，过了一会，再读下去："……此后十余年间，弟子虽在北京，但严守师门规条，不敢再与徐女会面。及至雍正暴毙，乾隆接位。弟子推算年月，知乾隆即为徐女之子，心恐雍正阴险狠毒，预遣刺客加害徐女灭口，故当夜又入陈府，藏于徐女室内。是夜果来刺客两人，皆为弟子所杀，并在其身上搜出雍正遗旨，现一并呈上。"

陈家洛翻到最后，果见黄折末端黏着一张字条，上面写着："如朕崩驾之时，陈世倌及其妻徐氏未死，将其全家老少尽数处决不贷。"正是雍正亲笔，字后盖着小小朱印，是篆文"武威"两字。陈家洛曾听义父说起，雍正手下养着一批密探刺客，号称"血滴子"，专为皇帝干暗杀的勾当。雍正密令血滴子杀人，便以"武威"朱印为记。心想："那时义父武功已经极高，两名血滴子自然不是他敌手，他为了救我姆妈，连我爸爸以及我全家也都救了，想必雍正知他在世之时，我父母决计不敢吐露此事，是以一直忍到死后。"

再读折子:"乾隆大抵不知此事,是以再无刺客遣来。但弟子难以放心,乃化装为佣,在陈府操作贱役,劈柴挑水,共达五年,确知已无后患,方始离去。弟子以名门弟子,大胆妄为,若为人知,不免贻羞师门,败坏少林清誉,此弟子所犯戒律三也。"

　　陈家洛看到这里,眼前一片模糊,过去种种不解之事:母亲为什么要自己随义父出走,母亲为什么写了给自己的遗书又复烧毁,为什么母亲去世之后义父即伤心而死,对母亲遗书上"威逼嫁之陈门","半生伤痛"等零碎字句,登时全都了然,只觉一股说不出的滋味,心想义父为了保护姆妈,居然在我家甘操贱役五年之久,实是情深义重。其时我年稚幼,不知家中数十佣仆之中,竟然有此一位一代大侠。

　　出了一会神,拭泪再看:"弟子犯此三大戒律,深自惶恐,谨将经过始末,陈于恩师座前,跪求开恩发落。"于万亭的供词至此而止,下面是两行朱笔的批文,想是他师父所写的了,文曰:"于万亭犯三戒律,幸无重大过恶。如幡然悔改,皈依三宝,则我佛十恶尚恕,岂不恕此乎?若恋尘缘,不能具大智慧力斩断情丝,则立即逐出我派。愿好自为之,谨持诸恶莫作,众善奉行之要旨!"折子到这里,以后就没有文字了。

　　陈家洛心想:"总是我义父心头放不下我姆妈,不能出家为僧,终于被革出少林派。他自知过失在己,因此我师父邀集江湖好汉来给他出头评理,他要一力推辞。"

　　这时心里疑团尽解,抬起头来,只见天边晓星初沉,东方已现曙色,于是吹灭烛火,将各物仍然包入黄布,提了布包,关上柜门,慢慢出院,只见迎面一尊弥勒佛笑容可掬,俯视着出院之人。心想:"当年我义父被逐出山门,从戒持院出来之时见到这尊佛像,不知心里存何念头?"一路经过五殿,各殿阒无一人。

　　出得最后一殿时,周仲英、陆菲青及红花会群雄一齐迎上。众人心神不定,等候了半夜,见他安然无恙,手中提着布包,俱各大喜,等走近时,见他神态疲惫,双目红肿,又都感惊异。陈家洛约略说了经过,只义父和母亲一段情谊,有关名节,却不明言,又说了陆菲青所问到的皇帝派白振集兵及将有密旨之事,只恐此事与起义大举有关,劝文泰来及徐天宏将私仇暂且搁置,文徐二人应了。众人都赞二人能以大局为重。周仲英陪陈家洛入内向天虹、天镜两位禅师辞行，收拾起行。

刚出寺门，周绮忽然脸色苍白，险些晕倒。周仲英忙扶她入内休息，想是怀孕之身，旅途劳顿，动了胎气，少林寺精通医理的僧人给她一搭脉，说不能再行长途跋涉，须得就地静养，等待生产。周绮到此地步也只有点头了。众人一商量，决定周仲英夫妇师徒及徐天宏五人留着相陪照料，待她产后将息康复，再来京师会齐。周仲英在当地租了几间民房居住。陆菲青、陈家洛等一行取道北行。

一路向北，这天到了山东泰安，在分舵中得报刑堂香主石双英从北京赶到。群雄一听大喜，忙迎出去。石双英向陈家洛等众人行过了礼，进入内堂。陈家洛道："十二哥，你伤势可全好了？"石双英道："多谢总舵主挂怀，已全好了。陆老前辈、总舵主、各位哥哥一路辛苦。"陈家洛问道："京里可有什么消息？"

石双英神色黯然，道："京里倒没事。我是赶来禀报：木卓伦老英雄全军覆没。"陈家洛大惊失色，站起身来，定了定神，问道："什么？"群雄无不震惊。骆冰道："咱们离开回部之时，兆惠的残兵败将在黑水营被围得水泄不通，清兵又怎会得胜？"

石双英叹了一口气，道："清军突然增兵，从南疆开来大批援军，与被围的兆惠残部内外夹击。据逃出来的回人说，那时霍青桐姑娘正在病中，不能指挥。木卓伦老英雄和他儿子力战而死，霍青桐姑娘下落不明。"陈家洛心中伤痛，跌坐在椅。陆菲青道："霍青桐姑娘一身武艺，清军兵将怎能伤害于她？"

陈家洛等都知这是他故意宽慰，乱军之中，一个患病的女子如何得能自保？骆冰问道："霍青桐姑娘有个妹子，回人叫她为香香公主，你可听到她的消息么？"说着使眼色。石双英会意，但又不能凭空捏造，只得道："这倒没听见。她既是著名人物，如有损伤，京都必有传闻。我在京里没听到什么，想必没事。"

陈家洛岂不知众人是在设词相慰，说道："兄弟入内休息一会。"众人都道："总舵主请便。"陈家洛入内之后，骆冰对心砚道："你快进去照料。"心砚急奔进去。众人想到木卓伦和霍阿伊竟尔战死，虽然保乡卫土，捐躯疆场，也自不枉了一世豪杰，但总不免为之伤感。霍

第十九回 心伤殿隅星初落 魂断城头日已昏

青桐姊妹生死未卜，想来也是凶多吉少了。大家心情沮丧，默默无言。

过不多时，陈家洛掀帘而出，说道："咱们快吃饭，早日赶到北京去吧。"群雄见他忽然开朗，都感诧异。陆菲青低声对文泰来道："以前我见你们总舵主总有点儿女情长，英雄气短。这番如此看得开，放得下，真乃是领袖群伦的豪杰，这个我确然服了。"文泰来大拇指一翘，加紧吃饭。

一路上群雄见陈家洛强作笑语，但神色日见憔悴，都感忧急，却也难以劝慰。不一日到了北京。石双英已在双柳子胡同买下一所大宅第。无尘、常氏双侠、赵半山、杨成协五人已先在宅中相候。众人约略谈过别来情由。

陈家洛道："赵三哥，请你带同心砚去见侍卫总管。你把皇帝给我的'来凤'琴和四嫂盗来的玉瓶送了去，要总管转呈，皇帝就知咱们来了。"赵半山与心砚遵嘱而去，过了半日，回来覆命。

心砚道："我和赵三爷……"赵半山笑道："怎么还是爷不爷的？"心砚道："是了。我和赵三……赵三哥去见皇帝的侍卫总管，这总管名叫王青，说他本是副总管，总管白振奉旨出京办事去了。他得白总管嘱咐，要对总舵主及红花会众兄弟善加结纳，拉着我们到前门外喝了好一阵子酒，才放我们回来，着实亲热。"陈家洛点点头，心知白振是感念自己在钱塘江边救他一命，是以嘱咐副手善待红花会众人。

次日一早，王青过来回拜，与赵半山寒暄了一阵，然后求见陈家洛，陈家洛见王青五十来岁年纪，显得精明能干，武功当亦不弱。王青神态甚是恭谨，悄声道："皇上命我领陈公子进宫。"陈家洛道："好，请王总管稍待片刻。"入内与陆菲青等商议。众人都说该当严加戒备，以防不测。当下陆菲青、无尘、赵半山、常氏双侠、卫春华等六人随陈家洛进宫。文泰来率领余人在宫外接应。

七人有王青在前导引，各处宫门的侍卫都恭谨行礼。各人见皇宫气象宏伟，宫墙厚实，重重防卫，均感肃然。走了好一刻，两名太监急行而来，向王青道："王总管，皇上在宝月楼，命你带陈公子朝见。"王青道："是。"转头对陈家洛道："此去已是禁宫，请公子命各位将兵刃留下。"众人虽觉此事甚险，也只得依言解下刀剑，放在桌上。

王青带领众人穿殿过院,来到一座楼前。那楼画梁雕栋,金碧辉煌,楼高五层,甚是精雅华美。两名太监从楼上下来,叫道:"传陈家洛。"陈家洛一整衣冠,跟着进楼,无尘等六人却被阻在楼外。

陈家洛随太监拾级而上,走到第五层,进入房去,只见乾隆笑吟吟的坐着。陈家洛跪下行君臣之礼,甚是恭敬。乾隆笑道:"你来啦,很好。坐吧。"一挥手,太监都走了出去。陈家洛仍是垂手站立。乾隆道:"坐下好说话。"陈家洛才谢了坐下。

乾隆笑道:"你瞧我这层楼起得好不好?"陈家洛道:"若不是皇宫内院,别处哪有这般精致的高楼华厦。"乾隆笑道:"我是叫他们赶工鸠造的,前后还不到两个月呢。要是时候充裕,还可再造得考究些。不过就这样,也将就可以了。"陈家洛应道:"是。"心想起这座宝月楼,又不知花了多少民脂民膏,为了赶造,只怕还杀了不少不得力的工匠与监工呢。乾隆站起身来,道:"你刚去过回部,来瞧瞧,这像不像大漠风光。"陈家洛跟着他走到窗边,向外望去,不觉吃了一惊。

料想这该是个万紫千红的御花园,先前从东面来时,但见一片豪华景色,富贵气象,但登高西望,情景却全然不同,里许的地面上全铺了黄沙,还有些小小沙丘,仔细看来,尚看得出拆去亭阁、填平池塘、挖走花木的种种痕迹。这当然没有大漠上一望无际的雄伟气势,但具体而微,也有一点儿沙漠的模样。

陈家洛道:"皇上喜欢沙漠上的景色?"乾隆笑而不答,反问:"怎样?"陈家洛道:"那也是极尽人力的了。"只见黄沙之上,还搭了十几座回人用的帐篷,帐篷边系着三头骆驼,想起霍青桐姊妹,不由得一阵心酸,再向前望,只见数百名工人还在拆屋,想是皇帝嫌这沙地不够大,还要再加扩充。陈家洛心中奇怪:"这一片干澄澄、黄巴巴的沙地有什么好看?在繁花似锦的御花园中搭了回人帐篷,像什么样子?他的心思真是令人难以捉摸。"

乾隆从窗边走回,向几上的"来凤"古琴一指,道:"为我再抚一曲如何?"陈家洛见他始终不提正事,也不便先说,于是端坐调弦,奏了一曲《朝天子》。乾隆听得大悦。陈家洛弹奏之间,微一侧头,忽然见到一张几上放着那对回部送来求和的玉瓶,瓶上所绘古代回族美女玛米儿,似在对自己含睇浅笑,长辫小帽,双眉含颦,宛有香香公主当日分别时的韵味,铮的一声,琴弦登时断了。

第十九回 心伤殿隅星初落 魂断城头日已昏

乾隆笑道："怎么？来到宫中，有些害怕么？"陈家洛站起身来，恭恭敬敬的说道："天威在迩，微臣失仪。"乾隆哈哈大笑，甚是得意，心想："你终于怕了我了。"陈家洛低下头来，忽见乾隆左手裹着一块白布，似乎手上受伤。乾隆脸上微红，将手缩到背后，说道："我要的东西，都拿来了么？"陈家洛道："是我的朋友拿着，就在楼下。"乾隆大喜，拿起桌上小槌在云板上轻敲两下，一名小太监走了进来。乾隆道："叫跟随陈公子的人上来。"小太监答应了下楼。

陆菲青等在楼下等着，不知陈家洛和皇帝谈得如何，过了一会，听得楼头隐隐传下琴声，稍觉放心。小太监下楼传见，六人跟着他上楼。走到第二层楼梯，忽然身后脚步声急，两人快步走上楼来。无尘与卫春华走在最后，往两旁一让路，那两人从中间抢上，见常氏双侠并不让路，低叱一声："让开！"各伸手臂，插向常氏双侠腰部，向外猛推。

常氏双侠均想："哪一个龟儿子如此无礼？"当下运劲反撞。那两人一推，见常氏双侠纹丝不动，却有一股极大劲力反撞出来，都吃了一惊。这时常氏双侠也已向两旁侧身，让出路来，见这两人太监打扮，一人空手，一人捧着一只盒子，刚才这一出手，显然武功精湛。内侍中居然有此好手，倒也出人意外。一瞥之间，两名太监已走到陆菲青与赵半山身后。两人互望了一眼，各伸右掌向陆赵两人肩头抓去，喝道："让开吧！"陆赵两人忽觉有人来袭，陆菲青使招"沾衣十八跌"，赵半山使了半招"单鞭"，当即把来势化解了。

两名太监所抓不中，却受到内劲反击，当下抢上楼头，回头向陆赵二人怒目横视。一人对王青道："王老三，皇上又选侍卫么？"王青笑道："这几位是武学高人，哪能像咱们这般俗气。"两名太监哼了一声，上楼去了。

陆菲青等见这两名太监身怀绝艺，却是操此贱役，而对王青又是毫不客气，都是心中怀疑，不知两人是什么来头。

转眼间上了第五层楼。王青在帘外禀道："陈公子的六名从人在这里侍候。"一名小太监掀帘出来，道："在这里等一下。"过了一会，那两名会武功的太监空着手出来，向六人打量了一会，下楼去了。那小太监道："进去吧。"

六人随着王青进去，见乾隆居中而坐，陈家洛坐在一旁。陈家洛一使眼色,站了起来。陆菲青等无奈,只得向乾隆跪倒磕头。无尘肚里暗暗咒骂:"臭皇帝!那日在六和塔上,吓得你魂不附体,今日却摆这臭架子。老道若不是瞧着总舵主的面子,一剑在你身上刺三个透明窟窿。"

陈家洛从赵半山手里接过一个密封的小木箱来,放在桌上,说道:"都在这里了。"乾隆道:"好,你先去吧!我看了之后再来传你。"陈家洛磕头辞出。乾隆道:"这琴你拿回去。"陈家洛应道:"是。"抱起了琴,交给卫春华,说道:"皇上既已破了回部,臣求圣恩,下旨不要杀戮无辜。"乾隆点点头,挥手命众人走出。

陈家洛无奈,只得率众随王青出房。到了楼下,那两名会武的太监迎了上来,叫道:"王老三,是什么好朋友呀?给咱哥俩引见引见。"

王青对这两名太监似乎颇为忌惮,对陈家洛等道:"我给各位引见两位宫里的高手。这位是迟玄迟公公,这位是武铭夫武公公。"陈家洛欲图大事,对宫里每个人都不愿得罪,拱手微笑道:"幸会,幸会。"王青向迟武两人道:"这位陈公子,是皇上巡幸江南时相遇的。皇上着实宠幸,这回特地召见,不久准要大用了。"迟玄笑道:"这般漂亮的后生哥儿,做大学士怕还早着点儿吧?"陈家洛听他语气轻薄,隐忍不言。常氏兄弟怒目而视,就差"龟儿子"没骂出口。王青又替陆菲青、无尘等逐一引见。

迟武二人都是雍正手下血滴子的儿子。雍正差遣姓迟姓武两名血滴子暗杀了王公大臣后,怕泄露秘密,又将二人暗害,把他们儿子净了身收为太监。迟武两人自幼进宫,得父亲身前僚友指点,学了一身武艺,但于江湖上的著名人物却全无所知,听了无尘等响当当的名头,毫不在意。

武铭夫笑道:"咱们亲近亲近。"两人各自伸手,来握陆菲青与赵半山的手。他们上楼时抓陆赵二人肩头不中,很不服气,这时要再试一试。迟玄学的是六合拳,武铭夫专精通臂拳。两人一握上手,使劲力捏,存心要陆赵叫痛。哪知迟玄用力一捏,赵半山手滑溜异常,就如一条鱼那样从掌中滑了出去。陆菲青绰号"绵里针",武功外柔内狠。武铭夫一使劲,登时如握到一团棉花,心知不妙,疾忙撤手,掌心已受到反力,总算撤手得早,未曾受伤,强笑道:"陆老儿好精的内功。"

迟玄向常氏兄弟道:"这两位生有异相,武功必更惊人,咱亲近亲近。"

常氏兄弟让迟武两人握住了手,均想:"这两个没卵子的龟儿,手下倒还挺硬,给点颜色他们瞧瞧。"当下使出黑沙掌功夫,迟武二人脸上失色,额头登时一粒粒黄豆大的汗珠渗了出来。

迟武两人是皇太后的心腹近侍,仗着皇太后的宠幸,颇为骄横,平时和侍卫们颇有点面和心不和。这时王青见他们吃亏,故作不见,心中暗暗高兴。

常氏兄弟微微一笑,放开了手。迟武二人痛彻心肺,低头见到手上深深的黑色指印,向双侠恨恨的瞪了一眼,转头就走。卫春华心想:"以张召重如此武功,当日在乌鞘岭上被常五哥一握,尚且受创甚重,何况你这两个家伙?"

王青直送到宫门外。文泰来和杨成协、章进等人在外相迎。

乾隆等陈家洛走后,屏退太监,打开小木箱,见了雍正谕旨和生母亲笔所写的书信,心想自己左臀上确有殷红斑记,若非亲生之母,焉能得知?此事千真万确,更无丝毫怀疑,追怀父母生养之恩,不禁叹息良久,命小太监取进火盆,把信件证物一一投入火里,眼见烈焰上腾,满心顿觉轻松愉快,一转念间,把小木箱也投入火盆,只烧得满室生温。

乾隆望着几上玉瓶出了一会神,对小太监道:"传那人上来。"小太监下楼半晌,回上来跪禀:"奴才该死,娘娘不肯上来。"乾隆一笑,接着又微微叹了口气,向几上的玉瓶一指,起身下楼。两名小太监抱了玉瓶跟来。

走到下面一层,站在门外的宫女挑起门帘,乾隆走进房去,满楼全是鲜花,进了内室,两名宫女从太监手里接过玉瓶,轻轻放在桌上。

室内一名白衣少女本来向外而坐,听得脚步声,倏地转身面壁。乾隆一挥手,众宫女退了出去,正要开口说话,门帘掀开,迟玄与武铭夫两名太监走了进来,垂手站在门边。乾隆怒道:"你们来干什么?快出去。"迟玄道:"奴才奉太后懿旨,保护皇上。"乾隆道:"我好好的,保护什么?"迟玄道:"皇太后知道她……娘娘性子不……性子刚强,怕再伤了皇上万金之体。"乾隆望了望自己受伤的左手,喝道:"不用!快出去!"迟武二人只是磕头,却不退出。乾隆知道他们既奉太后之命,无论如何是不肯出去的了,便不再理会,转头对那白衣少女道:"你回过头来,我有话说。"说的却是回语。

那少女不理不睬,右手紧紧握着一柄短剑的剑柄。乾隆叹了口气道:"你瞧桌上是什么。"那少女本待不理,但终究好奇,过了一会,侧头斜眼一望,见到了那对羊脂白玉瓶。她这一回头,乾隆和迟武两人只觉光艳耀目,原来这少女就是香香公主。

木卓伦兵败之后,香香公主为兆惠部下所俘。兆惠记得张召重的话,知道皇帝要这女子,于是特遣亲兵,香车宝马,隆而重之的送到北京皇宫来。

当日乾隆见了玉瓶上回族美女的画像,以为仅为古代画工意像,其后听回人使者说起,才知当世确有更胜于此的美人,不禁神魂颠倒,于是派张召重去回部传令,务必要找些回人绝色美女送京。他一遣出张召重,就日日盼望,忽想美人到来,言谈不通,岂非减了情趣,亏他倒也一片诚心,竟传了教师学起回语来。他人本聪明,学得又甚专心,数月间便已粗通,曾赋诗一首云:"万里驰来卓尔齐,恰逢嘉夜宴楼西。面询牧盛人安否,那更传言藉译鞮。"在诗下自注道:"蒙古回语皆熟习,弗藉通事译语也。"于学会了说回语,颇为沾沾自喜。

但香香公主一缕情丝,早已牢牢缚在陈家洛身上,乾隆又是她杀父大仇,怎肯相从?她几次受逼不过,便图自尽,但每次总想到陈家洛曾答允过,要带她上长城城头玩耍。她自与陈家洛相识,见他采雪莲、逐清兵、救小鹿、出狼群、赴敌营、进玉峰,在危难中干过无数惊险之事,对他的说话已无丝毫怀疑,他既说过带她到长城上去,定然会去,是以不论乾隆如何软诱威逼,她始终充满信心,坚定抗拒,心想:"我就像当时给狼群困住一样,这头恶狼想要害我,我那郎君总会来救我出去。"

乾隆眼见她一天天的憔悴,怕她郁闷而死,倒也不敢过份逼迫,又招集京师巧匠,建造了这座宝月楼给她居住。楼宇落成后他大为得意,自撰《宝月楼记》,写道:"名之宝月者,抑亦有肖乎广寒之庭也",并有"叶屿花台云锦错,广寒乍拟是瑶池"的《宝月楼诗》,把香香公主大捧而特捧,比之为嫦娥,比之为仙子。

但香香公主毫不理会,宝月楼中一切珍饰宝物,她视而不见,只是望着四壁郎世宁所绘的工笔回部风光,呆呆出神,追忆与陈家洛相聚那段时日中的醉心乐事。

乾隆有时偷偷在旁形相,见她凝望想念,嘴角露着微笑,不觉神为之荡,这天实在忍不住了,伸手过去拉她手臂,突然寒光一闪,一剑直刺下来。总算香香公主不会武艺,而乾隆身手又颇敏捷,急跃避开,但左手已被短剑刺得鲜血淋漓。他吓得脸青唇白,全身冷汗,从此再也不敢对她有丝毫冒渎。这事给皇太后知道后,命太监去缴她短剑。香香公主拔剑当胸,只要有人走近,立即自杀。乾隆只得令众人退开,不得干扰。

香香公主又怕他们在饮食中下药迷醉,除了新鲜自剖的瓜果之外,一概不饮不食。乾隆在武英殿旁造了一座回人型式的浴池供她沐浴,她却把自己衣衫用线缝了起来。她生有异征,多日不沐,身上香气却愈加浓郁。一个本来不懂世事、天真烂漫的少女,只因身处忧患,独抗邪恶,数十日之内,竟变得精明坚强,洞悉世人的奸险了。

她这时乍见玉瓶,心头一震,怕乾隆又施诡计,回头面壁,紧紧握住剑柄。乾隆叹道:"我以前见了玉瓶上你的画像,只道出于古代画工的想像,世上决无真正如此美人,不料见了你,才知天下任何画工所不能图绘于万一。"香香公主不理。乾隆又道:"你整日烦恼,莫要闷出病来。你可想念家乡吗?到窗边来瞧瞧。"吩咐太监,取铁锤来起下钉住窗户的钉子,打开了窗。原来乾隆怕她伤心愤慨,跳楼自尽,是以她所住的这一层的窗户全部牢牢钉住。

香香公主见乾隆和两名太监站在窗边,哼了一声,嘴唇扁了一扁。乾隆会意,站起来走到东首,又挥手命迟武两人走开。香香公主见他们远离窗边,才慢慢走近,向外望去,只见一片平沙,搭了许多回人的帐幕,远处是一座伊斯兰教的礼拜堂,心里酸痛,两颗泪珠从面颊上缓缓滚下,想起父亲哥哥及无数族人都惨被乾隆派去的兵将害死,一股怨愤,从心底直冲上来,猛回头,抓起桌上一只玉瓶,猛向乾隆头上摔去。

武铭夫一个箭步抢在前面,伸出左手相接,岂知玉瓶光滑异常,虽然接住了,还是滑在地下,跌成了碎片。一瓶刚碎,第二瓶跟着掷到,迟玄双手合抱,玉瓶仍从他手底溜下,一声清脆之声过去,稀世之珍就此毁灭。

武铭夫怕她再出手伤害皇帝,纵上去伸手要抓。香香公主回过短剑,指在自己咽喉。乾隆急叫:"住手!"武铭夫顿足缩手。香香公主急退数步,叮咚一声,身上跌下了一块东西。武铭夫怕是暗器之属,忙俯身拾起,见是一块佩玉,转过身来交给皇帝。

乾隆一拿上手,不觉变色,只见正是自己在海宁海塘上送给陈家洛的那块温玉,上面用金丝嵌着"情深不寿,强极则辱,谦谦君子,温润如玉"四句铭文。他给陈家洛时曾说要他将来赠给意中人作为定情之物,难道这两人之间竟有情缘?忙问:"你识得他?"顿了一顿,又道:"这玉从哪里来的?"

香香公主伸出左手,道:"还我。"乾隆妒意顿起,问道:"你说是谁给你的,我就还你。"香香公主道:"是我丈夫给我的。"这一句回答又大出他意料之外,忙问:"你嫁过人了?"香香公主傲然道:"我的身子虽然还没嫁他,我的心早嫁给他了。他是世上最仁慈最勇敢的人。你捉住我,他定会将我救出去。你虽是皇帝,他不怕你,我也不怕你。"乾隆越听越不好受,恨恨的道:"我知道那人是谁!他是红花会总舵主陈家洛,只是个江湖匪帮的头子,有什么稀奇了?"香香公主听他提到陈家洛的名字,心中喜悦,登时容光焕发,道:"是么?你也知道他。你还是放了我的好。"

乾隆一抬头,猛见对面梳妆台上大镜中自己的容貌,想起陈家洛丰神俊朗,文武全才,年纪又轻,自己哪一点能及得上他?不由得又妒又恨,猛力一挥,温玉掷出,将镜中自己的人影打得粉碎,玻璃片撒满了一地。香香公主抢上去拾起佩玉,用衣襟拂拭抚摸,甚是怜惜。乾隆更是恼怒,一顿足,下楼去了。

他回到平时读书作诗的静室,看到案头一首做了一半的《宝月楼诗》,那两句"楼名宝月有嫦娥,天子昔时梦见之",平仄未叶,才调稍欠,本想慢慢推敲,但愿得圣天子洪福齐天,百神呵护,忽然笔底下自行钻出几句妙句来,也未可知,这时气恼之下,随手将诗笺扯得粉碎,坐了半天,满腔愤怒才渐渐平息,寻思:"我贵为天子,奄有四方,这个异族女子却如此倔强,不肯顺从,原来是这陈家洛在中间作

第十九回 心伤殿隅星初落 魂断城头日已昏

怪……他劝我驱逐满洲人出关,回复汉家天下,哼,哼,想得倒挺美!"

想到此事,心底一个已盘算了千百遍的念头又冒将上来:"现今我要怎样便怎样,何等快乐逍遥,这件大事就算能成,亦不免处处受此人挟制,自己岂非成了傀儡?又何必舍实利而图虚名?"又想:"图此大事得成,固然是青史标名,功烈远迈秦皇汉武、唐宗宋祖,从此不受太后挟制,做一个真正的自在天子。但危难重重,稍一失算,不免身败名裂,到底此事有几成把握?"寻思:"倘若我将红花会从根铲除,不免杀了我的亲弟弟,哼,哼!当年李世民为图大事,还不是杀了建成、元吉?"再想:"这回族女子一心一意都放在他身上,好,咱们两件事一并算帐。"妒念一起,什么兄弟手足之情,全都抛向了九霄云外。当下心意已决,命太监召王青进来。

不一刻王青进来听旨,奏报大内总管白振已从福建回京缴旨,说道皇上吩咐的事已办妥了。乾隆大喜,吩咐道:"在宝月楼每层楼上各派四名一等侍卫,楼外再派二十名侍卫,不许露出半点痕迹。"王青答应了。乾隆又道:"宣陈家洛来此,我有要紧说话,命他别带从人。"王青接旨,先行分派侍卫,然后去召陈家洛。

陈家洛又闻宣召,入内与众人商议。陆菲青、文泰来等都很担忧,均说为什么不许随带从人,何况天时已晚,只怕内有阴谋。陈家洛道:"从回部与少林寺拿来的证物,我都已呈给皇上。他刚见过我,立即又叫我去,定为商议此事。这是我汉家山河兴复大业,就是刀山油锅,也要去走一遭。"对无尘道:"道长,要是我不能回来,红花会就请道长统领,给兄弟报仇。"无尘慨然道:"总舵主放心。报仇是必定的,红花会不论谁来统领都成。"陈家洛又道:"你们这次别去接应,他如存心害我,在宫外接应也来不及,反而多有损折。"群雄见情势如此,只得答应。

陈家洛与王青再进禁城,已是初更时分,两名太监提了灯笼前导。只见月上树梢,照得地下一片花影,陈家洛随着太监又上宝月楼来。这次是到第四层,太监一通报,乾隆立命入内。那是楼侧的一间小室,乾隆坐在榻上呆呆出神。陈家洛跪拜了。乾隆命坐,半晌不语。

陈家洛见对面壁上挂着一幅仇十洲绘的汉宫春晓图,工笔庭院,人物意态如生,旁边是乾隆所写的一副对联:"企圣效王虽励志,日孜月矻祇惭神",隐然有自比汉皇之意。乾隆见他在看自己所写的字,笑问:"怎样?"陈家洛道:"皇上胸襟开阔,自是神武天子气象。将来大业告成,则汉驱暴秦,明逐元虏,都不及皇上德配天地、功垂万代。"

乾隆听他歌功颂德,不禁怡然自得,捻须微笑,陶醉了一阵,笑道:"你我分虽君臣,情为兄弟,以后要你好好辅佐我才是。"陈家洛听了这话,知他看了各件证物与书信之后,已承认二人的兄弟关系,同时话中显然并非背盟,正是要共图大事之意,不禁大喜,疑虑顿消,跪下磕头道:"皇上英明圣断,真是万民之福。"

乾隆待他站起,叹道:"我虽贵为天子,却不及你的福气。"陈家洛愕然不解。乾隆道:"去年八月间,我在海宁塘边曾给你一块佩玉,这玉你可带在身边?"陈家洛一楞,道:"皇上命臣转送他人,臣已经转赠了。"乾隆道:"你眼界极高,既然能当你之意,那必是绝代佳人了。"陈家洛眼眶一红,低声道:"可惜她现今生死未卜,不知流落何方。待皇上大事告成,臣走遍天涯海角,也要找到她。"乾隆道:"这个姑娘是你十分心爱之人了?"陈家洛点头道:"是。"

乾隆道:"皇后是满洲人,你是知道的?"陈家洛又道:"是。"乾隆道:"皇后侍我甚久,为人也很贤德。要是我和你共图大事,她必以死力争,你想怎么办?"这句话陈家洛如何能答,只得道:"皇上圣见,微臣愚鲁,不敢妄测。"乾隆道:"家国不能两全,欲成大事,皇后决计不可保全。眼下我有一件心事,可惜无人能替我分忧。"陈家洛道:"皇上但有所命,臣万死不辞。"乾隆叹道:"本来君子不夺人之所好,但这是命中注定的冤孽。唉,情之所钟,奈何、奈何?你到那边去瞧瞧吧!"说着向西侧室门一指,站起身来,上楼去了。

陈家洛听了这番古里古怪的言语,大惑不解,掀开厚厚的门帷,慢慢走了进去,见是一间华贵的卧室,重帷遮窗,室角红烛融融,一个白衣少女正望着烛火出神。

他在深宫之中斗然见到香香公主,登时呆住,身子一晃,说不出话来。香香公主听得脚步声,先把手中的短剑紧紧一握,抬起头来,

第十九回

心伤殿隅星初落
魂断城头日已昏

只见对面站着的竟是自己日思夜想的情郎,满脸怒色立时变为喜容,欢叫一声,急奔过去,投身入怀,喊道:"我知道你一定会来救我的。我耐心等着,你终于来了。"陈家洛紧紧抱着她温软的身体,问道:"喀丝丽,咱们是在做梦么?"香香公主仰脸摇了摇头,两滴珠泪流了下来。

陈家洛满怀感激,心想这皇帝哥哥真好,知道她是我的意中人,万里迢迢的把她从回部接来,让我和她在这里相会,使我出其不意,惊喜交集。他揽着香香公主的腰,低下头去,情不自禁的在她唇上亲吻。两人陶醉在这长吻的甜味之中,登时忘却了身外天地。

过了良久良久,陈家洛才慢慢放开了她,望着她晕红的脸颊,忽见她身后一面破碎的镜子,两人互相搂抱着的人影在每片碎片中映照出来,幻作无数化身,低声道:"你瞧,世界上就是有一千个我,这一千个我总还是抱着你。"

香香公主斜视碎镜,从袋里摸出那块佩玉,说道:"他把我这玉抢去打碎了的。幸好没砸坏了玉。"陈家洛惊问道:"谁?"香香公主道:"那坏蛋皇帝。"陈家洛一惊更甚,忙问:"为什么?"香香公主道:"他逼迫我,我说我不怕,因为你一定会救我出去。他就很生气,想拉我,但我有这把剑。"

陈家洛脑中一阵晕眩,呆呆的重复了一句:"剑?"香香公主道:"嗯,我爹爹被他们害死时,我在他身边。他拿这柄剑给我,叫我被敌人侵犯时就举剑抵抗,让敌人杀死。《可兰经》教导我们,谁如自杀,真主安拉必会责罚,自杀之后,会堕入火窟。"

陈家洛低下头来,见到她衣衫用线密密缝住,心想这个柔弱天真的女孩子为了抵抗暴力,不知已有多少次临到生死交界的关头,心中又是爱怜,又是伤痛,把她揽在怀里,过了半晌,宁定心神,细想眼前的局面。

首先想到:"皇帝把喀丝丽接到宫来,原来是自己要她。他在御花园中建造沙漠,搭回人篷帐,起回教礼拜堂,当然都是为了讨好她。可是喀丝丽誓死不从。他威逼诱骗,不知已使了多少手段,结果始终无效。他刚才叹说不及我有福气,就指这件事了。"抱着香香公主的身子,见她迷迷糊糊的合上了眼,自是这些日子来孤身抗暴,心力交瘁,此时乍见亲人,放宽了心怀,再也支持不住,不禁沉沉睡去。又想："他让我见她，是什么用意？他提到皇后的情分，说欲图大事只得不顾皇后，家国之间，必须有所取舍。是了，他的意思是……"想到这里，不禁冷汗直冒，身子一阵发颤，只觉怀里的香香公主也微微动了一下，听她安心的叹了口气，脸露微笑，如花盛放。

"我该为了喀丝丽而和皇帝决裂，还是为了图谋大事而劝她顺从？"这念头如闪电般在脑子里晃了两晃，这是个痛苦之极的决定，实在不愿去想，可是终于不得不想："她对我如此深情，拼死为我保持清白之躯，深信我定能救她，难道我竟忍心离弃她、背叛她？但要是顾全了喀丝丽和我两人，一定得和哥哥决裂。这百世难遇的复国良机就此放过，我二人岂非成了千古罪人？"脑中一片混乱，直不知如何是好。

香香公主忽然睁开眼来，说道："咱们走吧，我怕再见那坏蛋皇帝。"陈家洛道："好，咱们就走。"接过她手中短剑，牙齿一咬，心想："千古罪人就千古罪人！我们冲不出去，两人就一齐死在这里。要是侥幸冲出，我和她在深山里隐居一世，也总比让她受这伧夫欺辱的好。"走到窗边，游目四望，要察看有无侍卫太监阻挡，只见近处寂静无声，远方却是一片灯火。凝神眺望，看清楚灯火都是工匠所点，他们为了要造一块假沙漠，正在拆平许多民房，定是乾隆旨意峻急，是以成千成万的人要连夜动工。

一见之下，怒火直冒上来，心道："这一来，不知有多少百姓要无家可归？"

随即想到："这皇帝好大喜功，不恤民困，如任由他为胡虏之长，如此欺压汉人，天下千千万万百姓不知要吃多少苦头。要是上天当真注定非如此不可，这些苦楚就让我和喀丝丽两人来担当吧。我该担当，那是不错。却为什么要喀丝丽也来担当？"

想到此处，真是肠断百转，心伤千回，定了定神，对香香公主道："你等一下，我出去一下就回来。"香香公主点点头，从他手里接过短剑，微笑着目送他出室上楼。

走到楼上，只见乾隆铁青着脸坐在榻上。陈家洛道："国事为重，私情为轻，我可劝她从你。"乾隆大喜，跳下榻来，叫道："当真？"陈家洛道："嗯，不过你得立个誓。"说话时两眼盯住了他。乾隆避开他眼光，问道："立什么誓？"陈家洛道："倘若你不是诚心竭力把满洲鞑子赶出关外,那怎么样?"乾隆想了一想,道:"要是这样,就算我生前荣华无比,我死后陵墓给人发掘,尸骨为后人碎裂。"帝王图的是万世不拔之基,陵寝不保,便是皇朝倾覆,那自是极重的誓言了。

陈家洛道:"好,我就去劝她,不过我得和她出宫去。"乾隆一惊,道:"出宫?"陈家洛道:"正是,她现下恨你入骨,在宫里她不能安心听我说话,我要带她到长城上去好好开导。"乾隆疑心大起,问道:"深夜出宫,干么走得这么远?"陈家洛道:"我曾答应带她到长城去玩耍,完了这心愿之后,我以后永远不再见她。"乾隆道:"你一定带她回来?"陈家洛道:"我们江湖中人,信义两字看得比性命还重。君子一言,快马一鞭!何况驱满兴汉乃头等大事,我岂能为一小小女子而作千古罪人。"

乾隆心想他若是带了这美人高飞远走,却去哪里找他?沉吟半晌,又想:"除了他设法开导,决无别法令她相从。他决心要图大事,定不致为一女子而负我。"一拍桌子,叫道:"好,你们去吧!我要布置一下,你们等天亮了再走。"陈家洛点头下楼。

乾隆自陈家洛出楼,心念起伏不定,只恐陈家洛神通广大,带了这女子高飞远走,再也追捕不着,副总管王青的本事远不及白振,于是命传白振进见。

白振进来磕头,说道:"皇上吩咐的事,臣与福建藩台方有德合力,已办得妥妥当当。"乾隆点头,道:"传方有德。"白振去传了方有德进来。

方有德磕头禀告:"臣奉了圣旨,与白总管去少林寺办事。当时得知有红花会首脑来寺,臣怕打草惊蛇,第三天上待红花会首脑远去后再于半夜中动手。寺后埋伏的官兵先行放火,将后面戒持院和藏经阁烧成白地,此后前殿各处也均起火,寺里任何物事,均已毁得干干净净。寺里恶僧抗拒皇命,白总管指挥大内高手以及数千官兵,杀伤不少,方丈也予格杀,余僧逃散。寺旁有红花会余党潜伏,强悍抗命,相助少林僧,白总管将其杀散,还夺得红花会大头目徐某的一个初生婴儿,现带来京城。白总管言道,日后皇上剿灭红花会,这婴儿大有用处,可用来挟制匪党。"乾隆不住点头,最后说道:"这事办得很好,朕另有升赏。那婴儿交由白振看管,你们二人暂在宫里候命。"方有德与白振磕头谢恩。

乾隆道："那陈家洛奉旨带了那回族女子，说要去长城上头开导。白振，你多带得力人手，跟随监视，护送他二人回宫，尤其那回族女子，千万不能让她走了。"白振接旨下楼。乾隆心想少林寺烧成白地，便再有什么证据也都灭了，白振精明能干，京中兵马众多，陈家洛当逃不出手掌心去。

陈家洛回到第四层楼，携着香香公主的手，道："咱们等天亮了便走吧。"香香公主大喜。等到天色微明，两人并肩下楼，一路出宫。宫中侍卫早已接到旨意，也不阻拦。香香公主心中欢畅无比，她素来深信情郎无所不能，见事情如此顺利，轻轻易易的就出了宫门，却也不以为奇。

两人出得宫来，天已渐明。心砚牵了白马，正在那里探头探脑的张望，一见陈家洛，疾忙奔来，见香香公主站在他身旁，更是惊喜。陈家洛接过马缰，道："我要出城一天，到天晚才能回来，叫大家放心好啦。"心砚望着两人同乘向北，正要回去，忽然身后马蹄声疾，数十名侍卫纵马追了下去，当先一人身形枯瘦，正是白振，心中一惊，忙奔回报信。

白马出得城来，越跑越快。香香公主靠在陈家洛怀里，但见路旁树木晃眼即过，数月来的悲愁一时尽去。那马脚力非凡，不到半天，已过清河、沙河、昌平等地，来到南口。

陈家洛道："咱们去瞧瞧明朝皇帝的陵墓。"纵马直向天寿山驰去。过了牌坊和玉石桥后，只见一座大碑，写着"大明长陵神功圣德碑"九个大字，碑右刻着乾隆所书的几行题字："明之亡非亡于流寇，而亡于神宗之荒唐，及天启时阉宦之专横，大臣志在禄位金钱，百官专务钻营阿谀。及思宗即位，逆阉虽诛，而天下之势，已如河决不可复塞，鱼烂不可复收矣。而又苛察太甚，人怀自免之心，小民疾苦而无告，故相聚为盗，闯贼乘之，而明社遂屋。呜呼！有天下者，可不知所戒惧哉？"

陈家洛瞧着这几行字，默默思索："他知道小民疾苦而无告，故相聚为盗。倒也不是没有见识。"香香公主道："你瞧的是什么啊？"陈家洛道："那是皇帝写的字。"香香公主恨道："这人坏死啦，别瞧他。"拉着他手向内走去，只见两旁排着狮、象、骆驼、麒麟以及文武百官的石像。香香公主望着石骆驼,想起家乡,泪水涌到了眼里。

陈家洛心想:"和她相聚只剩下今朝一日,要好好让她欢喜才是。过了今天,我两人终生再没快乐的日子了。"于是打起精神,笑道:"你想骑骆驼是不是?"将她抱起,轻轻一跃,两人都骑上了驼背,口里吆喝,催石骆驼前进。香香公主笑弯了腰,过了一会,叹道:"要是这骆驼真能跑,把咱俩带到天山脚下,可有多好。"陈家洛道:"那你要做什么?"香香公主眼望远处,悠然神往,道:"那时候我可忙啦。要摘花朵儿给你吃,要给羊儿剪毛,要给小鹿喂羊奶,要到爹爹、妈妈、哥哥的坟上去陪他们,要想法子找寻姊姊……"

陈家洛心头一震,忙问:"你姊姊怎么了?"香香公主凄然道:"那天夜里,清兵突然从四面八方杀到,姊姊正在生病。乱军中都冲散了,后来我始终没再听到她的消息。我们去找寻姊姊,就是走遍千里万里,也一定要找到姊姊,好不好?"陈家洛黯然点头。

他心中伤痛,半响不语,两人上马又行。一路上山,不多时到了居庸关,只见两崖峻绝,层峦叠嶂,城墙绵亘无尽,如长蛇般蜿蜒于丛山之间。香香公主道:"花这许多功夫造这条大东西干什么?"陈家洛道:"那是为了防北边的敌人打进来。在这长城南北,不知有多少人送了性命。"香香公主道:"男人真是奇怪,大家不是高高兴兴的一起跳舞唱歌,偏要打仗,害得多少人送命受苦,真不知道有什么好处。"陈家洛道:"要是皇帝肯听你话,你叫他别去打边疆上那些可怜人,好么?"

香香公主见他说得郑重,道:"我永远不再见这坏皇帝。"陈家洛道:"倘若你能让他听你的话,那么你一定要劝他别做坏事,给百姓多做点好事。你答应我这句话。"香香公主笑道:"你说得真古怪。你要我做什么事,难道我有不依从的么?"陈家洛道:"喀丝丽,多谢你。"香香公主嫣然一笑。

两人携手在长城外走了一程。香香公主道:"我忽然想到一件事。"陈家洛道:"什么?"香香公主道:"今天我玩得真开心,是因为这里风景好么?不是的。我知道是因为和你在一起。只要你在我身旁,就是在最难看的地方,我也会欢喜的。"陈家洛越是见她欢愉,心里越是难受,问道:"你有什么事想叫我做的么?"香香公主一怔,道:"你待我真好,什么都给我做好了。我要的东西,我不必说,你就去给我拿了来。"说着从怀里摸出那朵雪中莲来,莲花虽已枯萎,但仍是芳香馥郁,笑道:"只有一件事你不肯做,我要你唱歌,你却推说不会。"

陈家洛笑道:"我真的从来没唱过歌。"香香公主假装板起了脸,道:"好,以后我也不唱歌给你听。"陈家洛心想:"我俩今生今世,就只有今日一天相聚了。我唱个歌给她听,让她笑一下,也是好的。"说道:"小时候曾听我妈妈的使女唱过几首曲子,我还记得。我唱给你听,你可不许笑。"香香公主拍手笑道:"好好,快唱!"

陈家洛想了一下,唱道:

"细细的雨儿蒙蒙淞淞的下,悠悠的风儿阵阵的刮。楼儿下有个人儿说些风风流流的话,我只当是情人,不由得口儿里低低声声的骂。细看他,却原来不是标标致致的他,吓得我不禁心中慌慌张张的怕。"

陈家洛唱毕,用回语解释了一遍,香香公主听得直笑,说道:"原来这个大姑娘眼睛不大好。"正自欢笑,忽见陈家洛眼眶红了,泪水从脸上流了下来,惊道:"干么你伤心啊?啊,你定是想起了你妈妈,想起了从前唱这歌的人。咱们别唱了。"

两人在长城内外看了一遍,见城墙外建雉堞,内筑石栏,中有甬道,每三十余丈有一墩台。陈家洛见了这放烽火的墩台,想起霍青桐在回部烧狼烟大破清兵,这时不知生死如何,更是愁上加愁,虽然强颜欢笑,但总不免流露伤痛之色。

香香公主道:"我知你在想什么。"陈家洛道:"是么?"香香公主道:"嗯,你在想我姊姊。"陈家洛道:"你怎知道?"香香公主道:"以前我们三个人一起在那古城里,虽然危险,可是我见你是多么快乐。唉,你放心好啦!"陈家洛拉住她手,问道:"喀丝丽,你说什么?"

香香公主叹道:"以前我是个小孩子,什么也不懂。可是我在皇宫里住了这些日子,我天天在回想跟你在一起的情景,从前许多不懂的事,现今都懂了。我姊姊一直在喜欢你,你也喜欢她。是么?"陈家洛道:"是的,我本来不该瞒你。"香香公主道:"不过我知道,你也是真心喜欢我的。我没有你,我就活不成。咱们快去找姊姊,就是走到天边,也要找着她。找到之后,咱三人永远快快乐乐的在一起,你说那可有多好。"说到这里,眼中一阵明亮,脸上闪耀着光采,

第十九回

心殿隔星初落
伤魂断城头日已昏

心中欢愉已极。陈家洛紧紧握着她手,柔声道:"喀丝丽,你想得真好,你和你姊姊,都是世界上最好最好的人。"

香香公主站着向远眺望,忽见西首太阳照耀下有水光闪烁,侧耳细听,水声有如琴鸣,喜道:"你听,这声音多美。"陈家洛道:"那是弹琴峡。"香香公主道:"去瞧瞧。"两人从乱山丛中穿了过去,走到临近,只见一道清泉从山石间激射而出,水声淙淙,时高时低,真如音乐一般。

香香公主走到水边,笑道:"我在这里洗洗脚,可以么?"陈家洛笑道:"你洗吧。"她除下鞋袜,踏入水里,只觉一阵清凉,碧绿的清水从她白如凝脂的脚背上流过。陈家洛猛见自己身影倒映在水里,原来日已偏西,从衣囊里拿出些干粮来两人吃了。香香公主靠在他的身上,一面吃饼,一面用手帕揩脚。

陈家洛一咬牙,说道:"喀丝丽,我要对你说一件事。"她转过身来,双手搂着他,把头藏在他的怀里,低声道:"我知道你爱我。你不说我也明白。不用说啦。"他心里一酸,一句冲到口边的话又缩了回去,过了一阵,道:"咱们在玉峰里看到那玛米儿的遗书,你还记得么?"香香公主道:"她现在跟她的阿里一起住在天上,那很好。"陈家洛道:"你们伊斯兰教相信好人死了之后,会永远在乐园里享福,是不是?"香香公主道:"那当然是这样。"陈家洛道:"这些日子来,我天天在读《可兰经》,不过有许多地方不明白。我回到北京之后,就去找你们伊斯兰教的阿訇,请他教导我,让我好好做一个伊斯兰教的教徒。"

香香公主大喜过望,想不到他竟会自愿皈依伊斯兰教,仰起头来,叫道:"大哥,大哥,你真的这样好么?"陈家洛道:"我一定这样做。"香香公主道:"你为了爱我,连这件事也肯了。我本来是不敢想的。"陈家洛缓缓的道:"因为今生我们不能在一起。我要在死了之后,天天陪着你。"

香香公主听了这话,犹如身受雷轰,呆了半晌,颤声道:"你……你说什么?今生我们不能在一起?"陈家洛道:"是的,过了今天,咱们不能再相见了。"香香公主惊道:"为什么?"身子颤动,两颗泪珠滴到了他衣上。

陈家洛温柔款款的搂着她,轻声道:"喀丝丽,只要我能陪着你,就是没饭吃,没衣穿,天天受人打骂侮辱,我也甘心情愿。可你记得玛米儿吗?那个好玛米儿,为了使她族人不受暴君欺侮压迫,宁愿离开她心爱的阿里,宁愿去受那暴君欺侮……"香香公主软软垂了下来,伏在他腿上,低声道:"你要我跟从皇帝?要我去刺死他么?"

陈家洛道:"不是的,他是我的亲哥哥。"于是将自己和乾隆的关系、红花会的图谋、六和塔上的盟誓,以及今日乾隆所求,原原本本的说了。她听到最后,知道自己日夜所盼、已经到了手的幸福,一下子又从手里溜了出去,心头大震,不禁晕了过去。

等到醒来,只觉陈家洛紧紧的抱着她,自己衣上湿了一块,自是他眼泪浸湿了的。她站起身来,柔声道:"你等我一下。"慢慢走到远处一块大石上,向西伏下,虔诚祷告,祈求真神安拉指点她应当怎样做,淡淡的日光照射在她白衣之上,一个美丽无伦的背影中流露着无限的凄苦,无限的温柔。她慢慢转过身来,说道:"你要我做什么,我总是依你。"

陈家洛纵身奔去,两人紧紧抱住,再也说不出话来。她低声道:"早知道只有今天一天,我也不到这里来了。我要你整天抱着我不放。"陈家洛不答,只是亲她。过了好一阵,她忽然说道:"离开家乡之后,我从来没洗过澡,现下我要洗一洗。"取出短剑,割断了衣服上缝的线,脱了外衣。

陈家洛站起身来,道:"我在那边等你。"香香公主道:"不,不!我要你瞧着我。你第一次见我,我正在洗澡。今日是最后一次……我要你看了我之后,永远不忘记我。"陈家洛道:"喀丝丽,难道你以为我会忘记你吗?"她求道:"我说错啦,大哥,你别见怪。你别走啊。"陈家洛只得又坐下来。

但见她将全身衣服一件件的脱去,在水声淙淙的山峡中,金黄色的阳光照耀着一个绝世无伦的美丽身体。陈家洛只觉得一阵晕眩,不敢正视,但随即见到她天真无邪的容颜,忽然觉得她只不过是一个三四岁的光身婴儿,是这么美丽,可是又这么纯洁,忽想:"造出这样美丽的身体来,上天真是有一位全知全能的大神吧?"心中突然弥漫着崇敬感谢的情绪,不自禁的跪下地来,面向西方,以手加额,磕下头去。他自少年时便在回部,见惯了回人向真神崇拜的仪节。

香香公主瞧着他拜完后坐倒,慢慢抹去自己身上水珠,缓缓穿

第十九回

心伤殿隅星初落

魂断城头日已昏

上衣服，自怜自惜，又复自伤，心想："这个身体，永远不能再给亲爱的人瞧见了。"抹干了头发，又去偎倚在陈家洛的怀里。

陈家洛道："我跟你说过牛郎织女的故事，你还记得么？"香香公主道："记得，你还教我一个歌，说是：一年虽只相逢一次，却胜过了人间无数次的聚会。"陈家洛道："是啊，咱俩不能永远在一起，但真神总是教咱俩会见了。在沙漠上，在这里，咱俩过得这么快活，虽然时刻很短，但比许多一起过了几十年的夫妻，咱俩的快活还是多些吧。"

香香公主听着他柔声安慰，望着太阳慢慢向群山丛中落下去，她的心就如跟着太阳落下去一般，忽然跳了起来，高声哭道："大哥，大哥，太阳下山了。"

陈家洛听了这话，真的心都碎了，拉着她的手道："喀丝丽，我要你受这么多的苦！"

香香公主望着太阳落下去的地方，低声道："太阳要是能再升起来，就是很短很短的一下子也好……"陈家洛道："我是为了自己的同胞，受苦是应该的，可是那些人你从来没见过，你从来没爱过他们……"香香公主道："我爱了你，他们不就是我自己的人吗？我所有的回人兄弟，你不是也都爱他们么？"眼见天色越来越黑，太阳终于不再升上来，她心里一阵冰冷，说道："咱们回去吧，我很快乐，这一生我已经够了！"

陈家洛黯然无语，两人上马往来路回去。香香公主不再说话，也不回头再望一眼刚才两人共享过的美景。

走不到半个时辰，忽听马蹄声大作，数十人从暮色苍茫中迎面而来，领头的正是金爪铁钩白振，他一见陈家洛与香香公主，登时脸现喜色，左手向后一挥，跳下马来，站在道旁，后面跟着的四十名侍卫也纷纷下马。白振奉旨监视两人，哪知他们骑的白马奔驰如飞，寻常马匹如何追得上，一路打听，调换坐骑，也不敢吃饭休息，直追到傍晚，正自忧急，忽与两人狭路相逢，真如天上掉下了活宝来那么欢喜。

陈家洛浑不理会，径自催马向前。忽然南方马蹄声又起，卫春华一马当先奔来，大叫："总舵主，我们都来啦。"跟着陆菲青、无尘、赵半山、文泰来、常氏双侠等先后赶到。

陈家洛一把抓住乾隆,啪啪啪几下,重重打了他三巴掌,喝道:『你还记得当日的誓言吗?』乾隆哪敢作声,疾趋而出。

第二十回

忍见红颜堕火窟
空余碧血葬香魂

乾隆自陈家洛带了香香公主去后,心中怔忡不宁,渐渐天色大明,又眼见太阳从东方升到头顶,太监开上御膳来,虽是山珍海味,却食不下咽。这天他也不朝见百官,整日坐起又睡倒,睡倒又坐起,派了好几批侍卫出去打探消息,直到天色全黑,月亮从宫墙上升起,还是没一个侍卫回报。

他在宝月楼上十分焦急,只得尽往好处去想,向着壁上的《汉宫春晓图》呆呆的凝望,突然想到:"这妮子既然喜欢他,定也喜欢汉装。待会他们回宫,他定已劝服她从我。我何不穿上汉装,叫她惊喜一番?"于是命太监取明人的衣冠。可是深宫之中,哪里来的明人衣冠?还是一名小太监聪明,奔到戏班子里去拿了一套戏服来,服侍他穿了。乾隆大喜,对镜一照,自觉十分风流潇洒,忽见鬓旁有几茎白发,急令小太监拿小镊子来镊去。

正低了头让小太监镊发,忽听背后轻轻的脚步之声,一名太监低声喝道:"皇太后慈驾到!"乾隆吃了一惊,抬起头来,镜中果然现出太后,只见她铁青了脸,满是怒容。乾隆疾忙转身道:"太后还不安息么?"扶着她在炕上坐下。太后挥挥手,众太监退了出去。

隔了好一阵,太后沉声说道:"奴才们说你今天不舒服,没上朝,也没吃饭。我瞧你来啦!"乾隆道:"儿子现下好了。只是吃了油腻有点儿不爽快,没什么,不敢惊动太后。"太后哼了一声,道:"是吃了回子的油腻呢,还是汉人的油腻呀?"乾隆一惊,答道:"想是昨天吃了烤羊肉。"太后道："那是咱们的满洲菜呀，嗯，你做满洲人做厌了。"

乾隆不敢回答。太后又问："那个回子女人在哪里？"乾隆道："她性子不好，儿子叫人带出去训导去了。"太后道："她随身带剑，死也不肯从你。叫人训导，有什么用？是要谁去开导她？"乾隆见她愈问愈紧，只得道："是个老年的侍卫头儿，姓白的。"

太后抬起了头，好半天不作声，冷笑了几下，阴森森的道："你现今四十多岁啦，还要娘做什么？"乾隆大惊，忙道："太后请勿动怒，儿子有过，请太后教导。"太后道："你是皇帝，是天下之主，爱怎么做就怎么做，爱撒什么谎就撒什么谎。"乾隆知道太后耳目众多，这事多半已瞒她不过，低声说道："开导那女子的，还有一个是儿子在江南遇到的士子，这人才学很好……"太后厉声道："是海宁陈家的是不是？"

乾隆低下了头，哪里还敢作声。太后道："怪不得你穿起汉人衣衫来啦！干么你还不杀我？"说这句话时，已然声色俱厉。乾隆大吃一惊，双膝跪下，连连磕头，说道："儿子若有不孝之心，天诛地灭！"

太后一拂衣袖，走下楼去。乾隆忙随后跟去，走得几步，想起自己身上穿着明人衣冠，给人见了可不成体统，匆匆忙忙的换过了，一问太监，知道太后在武英殿的偏殿，于是加快脚步进殿，说道："太后息怒，儿子有不是的地方，请太后教诲。"

太后冷冷的问道："你连日召那姓陈的进宫干什么？在海宁又干了些什么事？"乾隆垂头不语。太后厉声喝道："你真要恢复汉家衣冠么？要把我们满洲人赶尽杀绝么？"乾隆颤声道："太后别听小人胡言，儿子哪有此意？"太后道："那姓陈的你待怎样处置？"乾隆道："他党羽众多，手下有不少武功高强的亡命之徒，儿子所以一直跟他敷衍，乃是要找个良机，将他们一网打尽，以免斩草不除根，终成后患。"太后听了容色稍霁，问道："这话当真？"

乾隆听得太后此言，知已泄机，更无抉择余地，心一狠，决意一鼓诛灭红花会群雄，答道："三日之内，就要叫那姓陈的身首异处。"太后阴森的脸上露出了一丝笑容，道："好，这才不坏了祖宗的遗训。"顿了一顿，道："嘿，你跟我来。"站起身来，走向武英殿正殿。乾隆只得跟了过去。

太后走近殿门,太监一声吆喝,殿门大开。只见殿中灯烛辉煌,执事太监排成两列,八名王公跪下接驾,太后与乾隆走到殿上两张椅中坐下。乾隆向下看时,见那八名王公都是皇室贵族,为首的是庄亲王允禄,此外是履亲王、怡亲王、果亲王、诚亲王、和亲王、愉郡王,以及慎郡王,都是皇室的近支亲贵。乾隆心神不定,不知太后打什么主意。太后缓缓说道:"本来嘛,咱们八旗上三旗由主子亲领,但主子接位时年纪还小,因此先帝归天之时,遗命八旗由宗室八人分统,只是这些时候来边疆连年用兵,先帝的遗命一直没能遵办。眼下赖祖宗福荫,今上圣明,回疆已然削平,从今日起,八旗归你们八人分带,务须用心办事,以报皇上的恩典。"八人忙磕头谢恩。

乾隆心想:"原来她还是不放心,要分散我的兵权。"太后道:"请皇上分派吧。"乾隆心想:"这次大大落了下风,反正已不想举事,暂时分散兵权也是无妨。眼看她部署周密,我若不允,她定然另有对付之策。"于是把正黄、镶黄、正白、镶白、正红、镶红、正蓝、镶蓝八旗分派给了八王统领。

八名王公暗暗纳罕,均想:按照本朝开国遗规,正黄、镶黄、正白三旗,由皇帝自将,称为上三旗。余下五旗称为下五旗,每一旗由满洲都统统率。此时太后分给八王统领,却是大大的不符祖宗规矩了,摆明是削弱皇帝权力之意。眼见太后懿旨严峻,不敢推辞,当下磕头谢恩,有的心想:"明日还是上折归还兵权为是,免惹杀身之祸。"

太后手一挥,迟玄托着一个盘子上前跪下,盘中铺着一块黄绫,上放铁盒。太后拿起铁盒,揭开盒盖,拿出一个小小的卷轴来。乾隆侧头看去,见卷轴外是雍正亲笔所书"遗诏"两字,旁边注着一行字道:"国家有变,着八旗亲王会同开拆。"乾隆登时脸色大变,心想原来父皇早就防到日后机密泄漏,如自己胆敢变更祖宗遗规,甚至反满兴汉,遗诏中必定命八旗亲王废他而另立新君。他随即镇定,说道:"先帝深远谋虑,明见百世。儿子只要及得上先帝万一,太后就不必再为儿子操心了。"

太后把铁盒交给庄亲王,亲自上了锁,说道:"你把先皇遗诏恭送到雍和宫绥成殿,安在正匾之后,派一百名亲兵日夜看守。"顿了一顿,又道:"就是有今上御旨,也不能离开一步。"庄亲王领了慈旨,把遗诏送到雍和宫去了。雍和宫在北京西北安定门内,本是雍正未登位时的贝勒府。雍正死后,乾隆追念父皇,将之扩建成为一座喇嘛庙。

太后布置已毕,这才安心,打了个呵欠,叹道:"这万世的基业,可得要好好看着啊!"

乾隆送太后出殿,忙召侍卫询问。白振禀道:"陈公子已送娘娘回宫,娘娘在宝月楼候驾。"乾隆大喜,急速出殿,走到门口,回头问道:"路上有什么事吗?"白振道:"奴才等曾遇见红花会的许多头脑,幸亏陈公子拦阻,没出什么事。"

乾隆到了宝月楼上,果见香香公主面壁而坐,喜道:"长城好玩么?"香香公主不理。乾隆心想:"待我安排大事之后再来问你。"走到邻室,命召福康安进宫。

不多时,福康安匆匆赶到。乾隆命他率领骁骑营军士到雍和宫各殿埋伏,密嘱了好一阵子,福康安领旨去了。乾隆又命白振率领众侍卫在雍和宫内外埋伏,安排已定,说道:"明儿晚我在雍和宫大殿赐宴,你召陈公子、红花会所有的头脑和党羽齐来领宴。"白振听了这话,才知是要把红花会一网打尽,心想那定是有一场大厮杀了,磕了头正要走出,乾隆忽道:"慢着!"白振回过头来,乾隆道:"召雍和宫大喇嘛呼音克!"

待呼音克进来磕见,乾隆问道:"你来京里有几年了?"呼音克道:"臣服侍皇上已二十一年了。"乾隆道:"你想不想回西藏去啊?"呼音克磕头不答。乾隆又道:"西藏只达赖和班禅两个活佛,青海的不算,干么没第三个?"呼音克道:"回皇上,这是向来的规矩,自从国师……"乾隆拦住了他的话头,说道:"要是我封你做第三个活佛,去管一块地方,没人敢违旨吧?"呼音克喜从天降,连连磕头,说道:"万岁圣恩,臣粉身难报。"乾隆道:"现下我叫你做一件事。你回去召集亲信喇嘛,预备了硝磺油柴引火之物,等他传讯给你时,"说着向白振一指,又道:"你就放火烧宫,从雍和宫大殿和绥成殿烧起。"

呼音克大吃一惊,磕头道:"这是先皇的府邸,先皇遗物很多,臣不敢……"乾隆厉声道:"你敢违旨么?"呼音克吓得遍体冷汗,颤声道:"臣……臣……臣遵旨办理。"乾隆道:"这事只要泄漏半点风声,我把你雍和宫八百名喇嘛杀得一个不剩。"隔了一会,温言道:"绥成殿有旗兵看守,可要小心了,到时可把这些兵将一起烧在里面。事成之后,你就是第三名活佛了。去吧!"手一挥,呼音克又惊又喜,谢了恩和白振一同退出。

乾隆布置已毕,暗想这一下一箭双雕,把红花会和太后的势力一鼓而灭,就可安安稳稳做太平皇帝了,心头甚是舒畅,见案头放着一张琴,走过去弹了起来,弹的是一曲《史明五弄》,弹不数句,铿铿锵锵,琴音中竟充满了杀伐之声,弹到一半,铮的一声,第七根弦忽然断了。乾隆一怔,哈哈大笑,推琴而起,走到内室来。

香香公主倚在窗边望月,听得脚步声,寒光一闪,又拔出了短剑。

乾隆眉头一皱,远离坐下,道:"陈公子和你到长城去,是叫你来刺杀我吗?"香香公主道:"他是劝我从你。"乾隆道:"你不听他的话?"香香公主道:"他的话我总是听的。"乾隆又喜又妒,道:"那么你为什么带着剑?把剑给我吧!"香香公主道:"不,要等你做了好皇帝之后。"乾隆心想:"原来你要如此挟制于我。"一时之间,愤怒、妒忌、色欲、恼恨,百感交集,强笑道:"我现今就是好皇帝了。"

香香公主道:"哼,刚才我听你弹琴,你要杀人,要杀很多人,你……你是恶极了。"乾隆一惊,心想原来自己的心事竟在琴韵中泄漏了出来,灵机一动,说道:"不错,我是要杀人。你那陈公子刚才已给我抓住了。你从了我,我瞧在你面上,可以放他。要是不从,嘿嘿,你知道我要杀很多人。"香香公主大惊,颤声道:"你要杀死自己亲弟弟?"乾隆铁青了脸道:"他什么都对你说了?"香香公主道:"我不信你抓得住他。他比你能干得多。"乾隆道:"能干?哼,就算今天还没抓住,明天呢?"香香公主不语,暗自沉吟。

乾隆又道:"我劝你死了这条心吧,我是好皇帝也罢,恶皇帝也罢,你总是永远见不着他了。"香香公主急道:"你答应他做好皇帝的,怎么又反悔?"乾隆厉声道:"我爱怎样就怎样,谁管得了我?"他刚才受太后挟制,满腔愤怒,不由得流露了出来。

霎时之间,香香公主便似胸口给人重重打了一拳,想道:"原来皇帝是骗他的,早知这样,我何必回来?"一时悔恨达于极点,险些晕倒。

第二十回 忍见红颜堕火窟 空余碧血葬香魂

乾隆见她脸上突然间全无血色，自悔适才神态太过粗暴，说道："只要你好好服侍我，我自然也不难为他，还会给他大官做，教他一世荣华富贵。"

香香公主一生之中，从没给人如此厉害的欺骗过，她本来还只见到皇帝的凶狠，这时才知道恶人还能这么奸险，心想："皇帝这么坏，定要想法子害他。他虽然本事比皇帝大，可是不知道亲哥哥会存心害他的啊。我一定须得让他明白，好教他不会上了皇帝的当。可是怎么去通知他呢？"乾隆见她皱眉沉思，稚气的脸上多了一层凝重的风姿，绝世美艳之中，重增华瞻，不觉瞧得呆了。

香香公主想道："宫里全是皇帝的手下人，谁能给我送信？事情紧急，只有这么办。"说道："那么你应允不害他？"乾隆大喜，随口道："不害他，不害他！"香香公主见他说得没半分诚意，心中恨极，一个纯朴的少女在皇宫中住得多日，也已学会了怎样对付敌人，于是不动声色的道："我明天一早要到清真礼拜堂去，向真神祈祷之后，才能从你。"乾隆大喜，笑道："好，明天可不能再赖了。"又道："宫里也有清真礼拜堂，我特地给你起的。再过得几天，等一切布置就绪，以后你就不用再出宫去做礼拜了。"

香香公主见他笑嘻嘻的下楼，找到纸笔，以回文写了封信给陈家洛，警告他皇帝有加害之心，反满兴汉之想全成虚幻，请他即速设法相救，一同逃出宫去。写毕，用一张白纸将信包住，白纸上用回文写道："请速送交红花会大首领陈家洛。"她想回人个个对她爹爹和姊姊十分尊敬，对自己也极崇仰，在礼拜堂中只要俟机交给任何一个回人，谁都会设法送到。

她写了信后，心神一宽，想到皇帝背盟为恶，反使自己与情郎有重聚的机会，陈家洛无所不能，要救自己出宫，自非难事，想到此处，心头登觉甜蜜无比，整日劳顿之后，靠在床上便睡着了。

蒙眬间听得宫中钟声响动，睁开眼来，天已微明，忙起身梳洗。服侍她的宫女知她不许别人近身，只是在旁边瞧着，见她神采焕发，都代她欢喜。香香公主把书信暗藏在袖，走下楼来。抬轿的太监已在楼下侍候，众侍卫前后拥卫，将她送到了西长安街清真寺门口。

香香公主下了轿，望到伊斯兰教礼拜堂的圆顶，心中又是欢喜又是难受,俯首走进教堂,只见左右各有一人和她并排而行。她抬起头来,见是两个回人,心中一喜,正要把捏在手里的书信递过去,和右面那人目光甫接,不禁迟疑,缓缓缩回了手。那人虽是回人装束,可是面目神情,全不是她族人模样,又向左边那人望去,也似有异。她低声问道:"你们是皇帝派来看守我的吗?"她说的是回语,那两人果然不懂,都随意点了点头。

她一阵失望,转过身来,只见身后又跟着八名回人装束的皇宫侍卫,真正回人都被隔得远远地。她快步向寺中教长走近,说道:"这信无论如何请你送去。"那教长一愕,香香公主将信塞入他手中。突然间一名侍卫抢上前来,从教长手中将信夺了去,在他胸口重重一推。教长一个踉跄,险些跌倒。众人愕然相顾,都不知发生了何事。

教长怒道:"你们干什么?"那侍卫在他耳边低声喝道:"别多管闲事!我们是宫里当差的。"那教长一惊,不敢多言,便领着众人俯伏礼拜。

香香公主也跪了下来,泪如泉涌,心中悲苦已极,这时只剩下一个念头:"怎地向他示警,教他提防?就是要我死,也得让他知道提防。"

"就是要我死!"这念头如同闪电般掠过脑中:"我在这里死了,消息就会传出去,他就会知道。不错,再没旁的法子!"但立即想到了《可兰经》第四章中的话:"你们不可自杀。安拉确是怜悯你们的。谁为了过份和不义而犯了这严禁,我要把谁投入火窟。"穆罕默德的话在她耳中如雷震般响着:"自杀的人,永堕火窟,不得脱离。"她并不怕死,相信死了之后可以升上乐园,将来会永远和心爱的人在一起,《可兰经》上这样说:"他们在乐园里将享有纯洁的配偶,他们得永居其中。"可是如果自杀,那就是无穷无尽的受苦!

想到这里,不禁打了一个寒颤,只觉全身冷得厉害,但听众人喃喃诵经,教长正在大声讲着乐园中的永恒和喜悦,讲着堕入火窟的灵魂是多么悲惨。对于一个虔信宗教的人,再没比灵魂永远沉沦更可怕的了,可是她没有其他法子。爱情胜过了最大的恐惧。她低声道:"至神至圣的安拉,我不是不信你会怜悯我,但是除了用我身上的鲜血之外,没有别的法子可以教他逃避危难。"于是从衣袖中摸出短剑,在身子下面的砖块上划了"不可相信皇帝"几个字,轻轻叫了两声:"大哥!"将短剑刺进了那世上最纯洁最美丽的胸膛。

红花会群雄这日在厅上议事,蒋四根刚从广东回来,正与众人谈论南方各地英豪近况,忽报白振来拜,陈家洛单独接见。白振传达皇上旨意,说当晚在雍和宫赐宴,命红花会众位香主一齐赴宴,皇上亲自与会,因怕太后和满洲亲贵疑虑,是以特地在宫外相会。陈家洛领旨谢恩,心想喀丝丽定是勉为其难,从了皇帝,是以他对兴汉大业加倍热心起来,心中说不出的又喜又悲,送别白振后与群雄说了。众人听得皇帝信守盟约,行将建立不世奇功,都是兴奋无比。无尘、陆菲青、赵半山、文泰来、常氏双侠等人吃过满清官员不少苦头,对乾隆的话本来疑多信少,这时见大事顺利,都说究竟皇帝是汉人,又是总舵主的亲兄弟,果然大不相同。只是陈家洛为了兴复大业,割舍对香香公主的深情,都为他难过。

陈家洛怕自己一人心中伤痛,冷了大家的豪兴,当下强打精神,和群雄纵论世事,后来谈到了武艺。无尘说道:"总舵主,你这次在回部学到了精妙武功,露几手给大家瞧瞧怎样?"陈家洛道:"好,我正要向各位印证请教,只怕有许多精微之处没悟出来。我想,如能加上音乐节拍,可能更加飘逸些。"向余鱼同道:"十四弟,请你吹笛。"余鱼同道:"好!"

李沅芷笑吟吟的奔进内室,把金笛取了出来。骆冰笑道:"好啊,把人家的宝贝儿也收起来啦。"李沅芷脸一红不作声。

自那日李沅芷被张召重击断左臂,一路上余鱼同对她细加呵护,由怜生爱,由感生情,这才是一片真心相待。李沅芷一往情深的痴念,终于有美满收场,自是芳心大慰。

两人这一日谈到那天在甘凉道上客店中初会的情景,李沅芷说羡慕他用金笛点倒公差,抱怨师父不肯传她点穴功夫。余鱼同笑道:"陆师叔虽然年老,总不便在你身上指点,也不能让你摸他。穴道认不准,怎么教?等将来咱俩成了夫妻,我再教你吧。"李沅芷笑道:"那么我倒错怪师父了。"余鱼同笑道:"要我现下传你点穴功夫,倒也可以,但你得磕头拜师。"李沅芷笑道:"呸,你想么?"从那日起,余鱼同就把使笛打穴的入门功夫先教会了她。李沅芷命人将两截断笛送去金铺镶好,把笛子借来练习。

　　陈家洛随着笛声舞动掌法,群雄围观参详。无尘笑道:"总舵主,你用这掌法竟打倒了张召重,我使剑给你过过招怎样?"说着仗剑下场。陈家洛道:"好,来吧!"挥掌向他肩头拍去。无尘挺剑斜刺,不理陈家洛的手掌攻到,径攻对方腰眼。陈家洛侧身绕过,笛声中攻他后心。无尘更不回头,倒转剑尖,向后便刺,部位时机,无不恰到好处,正是追魂夺命剑中的绝招"望乡回顾"。陈家洛身子稍侧,翻掌拿他手腕。无尘明知这一剑定然不中,但没想到他反攻如此迅捷,脚下一点,向前窜出三步,手腕抖动,长剑又已递出。旁观群雄,齐声叫好。两人虽是印证武功,却也丝毫不让,单剑斜走,双掌齐飞,打得紧凑异常。

　　正斗到酣处,忽然胡同外传来一阵漫长凄凉的歌声。群雄也不在意,却听那歌声越来越近,似是成千人齐声唱和,悲切异常,令人闻之堕泪。

　　心砚久在大漠,知是回人所唱悼歌,好奇心起,奔出去打听,过了一会从外面回来,脸色灰白,脚步踉跄,走近陈家洛身边,颤声叫道:"少爷!"

　　无尘收剑跃开。陈家洛回头问道:"什么?"心砚哭道:"香……香……香香公主死了!"群雄齐都变色。陈家洛只觉眼前一黑,俯伏摔了下去。无尘忙掷剑在地,伸手拉住他臂膀。

　　骆冰忙问:"怎么死的?"心砚道:"我问一个回人大哥,他说是在清真礼拜堂里祈祷之时,香香公主用剑自杀。"骆冰又问:"那些回人唱些什么?"心砚道:"他们说:皇太后不许她遗体入宫,交给了清真寺。他们刚才将她安葬了,回来时大家唱歌哀悼。"

　　众人大骂皇帝残忍无道,逼死了这样一位善良纯洁的少女。骆冰一阵心酸,流下泪来。陈家洛却一语不发。众人防他心伤过甚,正想劝慰,陈家洛忽道:"道长,我学的掌法还没使完,咱们再来。"缓步走到场子中心,众人不禁愕然。

　　无尘心想:"让他分心一下以免过悲,也是好的。"于是拾起剑来,两人又斗。群雄见陈家洛步武飘逸,掌法精奇,似乎对刚才这讯息并不动心,互相悄悄议论。李沅芷低声在余鱼同耳边道:"男人家多没良心,为了国家大事,心爱的人死了一点也不在乎。"余鱼同吹着笛子,心想:"总舵主好忍得下,倘若是我,只怕当场就要疯了。"

无尘顾念陈家洛遭此巨变,心神不能镇摄,不敢再使险招。两人本来棋逢敌手,功力悉匹,无尘既有顾忌,两招稍缓,立处下风。只见剑光掌影中,无尘不住后退,他一招不敢疾刺,收剑微迟,陈家洛左手三根手指已搭上了他手腕,两人手肌一碰,同时跳开。无尘叫道:"好,好,妙极!"

陈家洛笑道:"道长有意相让。"忽然一张口,喷出两口鲜血。群雄尽皆失色,忙上前相扶。陈家洛凄然一笑,道:"不要紧!"靠在心砚肩上,进内堂去了。

陈家洛回房睡了一个多时辰,想起今晚还要会见皇帝,正有许多大事要干,如何这般不自保重,但想到香香公主惨死,却不由得伤痛欲绝。又想:"喀丝丽明明已答允从他,怎么忽又自杀,难道是思前想后,终究割舍不下对我的恩情?她知道此事非同小可,如无变故,决不至于今日自杀,内中必定别有隐情。"思索了一回,疑虑莫决,于是取出从回部带来的回人衣服,穿着起来,那正是他在冰湖之畔初见香香公主时所穿,再用淡墨将脸颊涂得黝黑,对心砚道:"我出去一会儿就回来。"心砚待要阻拦,知道无用,但总是不放心,悄悄跟随在后。陈家洛知他一片忠心,也就由他。

大街上人声喧阗,车马杂沓,陈家洛眼中看出来却是一片萧索。他来到西长安街清真礼拜寺,径行入内,走到大堂,俯伏在地,默默祷祝:"喀丝丽,你在天上等着我。我答允你皈依伊斯兰教,决不让你等一场空。"抬起头来,忽见前面半丈外地下青砖上隐隐约约的刻得有字,仔细一看,是用刀尖在砖块上划的回文:"不可相信皇帝",字痕中有殷红之色。陈家洛一惊,低头细看,见砖块上有一片地方的颜色较深,突然想到:"难道这是喀丝丽的血?"俯身闻时,果有鲜血气息,不禁大恸,泪如泉涌,伏在地下号哭起来。

哭了一阵,忽然有人在他肩头轻拍两下,他吃了一惊,立即纵身跃起,左掌微扬待敌,一看之下又惊又喜,跟着却又流下泪来。那人穿着回人的男子装束,但秀眉微蹙,星目流波,正是翠羽黄衫霍青桐。原来她今日刚随天山双鹰赶来北京,要设法相救妹子,哪知遇到同族回人,惊闻妹子已死,匆匆到礼拜寺来为妹子祷告,见一个回人伏地大哭,叫着喀丝丽的名字,因此拍他肩膀相询,却遇见了陈家洛。

正要互谈别来情由,陈家洛突见两名清宫侍卫走了进来,忙一拉霍青桐的袖子,并肩伏地。两名侍卫走到陈家洛身边,喝道:"起来!"两人只得站起,眼望窗外,只听得叮当声响,两名侍卫将划着字迹的砖块用铁锹撬起,拿出礼拜寺,上马而去。

霍青桐问道:"那是什么?"陈家洛垂泪道:"要是我迟来一步,喀丝丽牺牲了性命,用鲜血写成的警示也瞧不到了。"霍青桐问道:"什么警示?"陈家洛道:"这里耳目众多,我们还是伏在地下,再对你说。"于是重行伏下,陈家洛轻声把情由择要说了。

霍青桐又是伤心,又是愤恨,怒道:"你怎地如此胡涂,竟会去相信皇帝?"陈家洛惭愧无地,道:"我只道他是汉人,又是我的亲哥哥。"霍青桐道:"汉人又怎样?难道汉人就不做坏事么?做了皇帝,还有什么手足之情?"陈家洛哽咽道:"是我害了喀丝丽!我……我恨不得即刻随她而去。"

霍青桐觉得责他太重,心想他本已伤心无比,于是柔声安慰道:"你是为了要救天下苍生,却也难怪。"过了一会,问道:"今晚雍和宫之宴,还去不去?"陈家洛切齿道:"皇帝也要赴宴,我去刺杀他,为喀丝丽报仇。"霍青桐道:"对,也为我爹爹、哥哥,和我无数同胞报仇。"

陈家洛问道:"你在清兵夜袭时怎能逃出来?"霍青桐道:"那时我正病得厉害,清兵突然攻到,幸好我的一队卫士舍命恶斗,把我救到了师父那里。"陈家洛叹道:"喀丝丽曾对我说,我们就是走到天边,也要找着你。"霍青桐禁不住泪如雨下。

两人走出礼拜堂,心砚迎了上来,他见了霍青桐,十分欢喜,道:"姑娘,我一直惦记着你,你好呀!"霍青桐这半年来惨遭巨变,父母兄妹四人全丧,从前对心砚的一些小小嫌隙,哪里还放在心上,柔声说道:"你也好,你长高啦!"心砚见她不再见怪,甚为欣慰。

三人回到双柳子胡同,天山双鹰和群雄正在大声谈论。陈家洛含着眼泪,把在清真寺中所见的血字说了。陈正德一拍桌子,大声道:"我说的还有错么?那皇帝当然要加害咱们。这女孩儿定是在宫中得了确息,才舍了性命来告知你。"众人都说不错。关明梅垂泪道:"我们二老没儿没女,本想把她们姊妹都收作干女儿,哪知……"

第二十回 忍见红颜堕火窟 空余碧血葬香魂

陈正德叹道："这女孩儿虽然不会武功，却大有侠气，难得，难得！"众人无不伤感。

陈家洛道："待会雍和宫赴宴，长兵器带不进去，各人预备短兵刃和暗器。酒肉饭菜之中，只怕下有毒物迷药，决不可有丝毫沾唇。"群雄应了。陈家洛道："今晚不杀皇帝，解不了心头之恨，但要先筹划退路。"陈正德道："中原是不能再住的了，大伙儿去回部。"群雄久在江南，离开故乡实在有点难舍，但皇帝奸恶凶险，人人恨之切齿，都决意扑杀此獠，远走异域，却也顾不得了。

陈家洛命文泰来率领杨成协、卫春华、石双英、蒋四根在德胜门、阜成门一带埋伏，到时杀了城门守军，接应大伙出城西去，命心砚率领红花会头目，预备马匹，带同弓箭等物在雍和宫外接应；又命余鱼同立即通知红花会在北京的头目，遍告各省红花会会众，总舵迁往回部，各地会众立即隐伏避匿，以防官兵收捕。

他分派已毕，向天山双鹰与陆菲青道："如何诛杀元凶首恶，请三位老前辈出个主意。"陈正德道："那还不容易？我上去抓住他脖子一扭，瞧他完不完蛋？"陆菲青笑道："他既存心害咱们，身边侍卫一定带得很多，防卫必然周密。正德兄扭到他脖子，他当然完蛋，就只怕扭不到他脖子。"无尘道："还是三弟用暗器伤他。"天山双鹰在六和塔上见过赵半山的神技，对他暗器功夫十分心折，当下首先赞同。

赵半山从暗器囊里摸出当日龙骏所发的三枚毒蒺藜来，笑道："只要打中一枚，就教他够受了！"心砚见到毒蒺藜是惊弓之鸟，不觉打了个寒噤。陈家洛道："我怕那姓龙的还在宫里，有解药可治。"赵半山道："不妨，我再用鹤顶红和孔雀胆浸过。他解得了一种，解不了第二种。"陆菲青对骆冰道："你的飞刀和我的金针也都浸上毒药吧。"骆冰点头道："咱们几十枚暗器齐发，不管他多少侍卫，总能打中他几枚。"

陈家洛见众人在炭火炉上的毒药罐里浸熬暗器，想起皇帝与自己是同母所生，总觉不忍，但随即想到他的阴狠毒辣，怒火中烧，拔出短剑，也在毒药罐中熬了一会。

到申时三刻，众人收拾定当，饱餐酒肉面饭，齐等赴宴。关明梅、骆冰、霍青桐、李沅芷等四人化装成男子。过不多时,白振率领了四名侍卫来请。群雄各穿锦袍,骑马前赴雍和宫。白振见众人都是空手不带兵刃,暗暗叹息,想要对陈家洛暗提几句警告,思前想后,总是不敢。

到宫门外下马,白振引着众人入宫。绥成殿下首已摆开了三席素筵,白振肃请群雄分别坐下。中间一席陈家洛坐了首席,左边一席陈正德坐了首席,右边一席陆菲青坐了首席。佛像之下居中独设一席,向外一张大椅上铺了锦缎黄绫,显然是皇帝的御座了。陆菲青、赵半山等人心中暗暗估量,待会动手时如何向御座施放暗器。

菜肴陆续上席,众人静候皇帝到来。过了一会,脚步声响,殿外走进两名太监,陈家洛等认得是迟玄和武铭夫。后面跟着一名戴红顶子拖花翎的大官,却是前任浙江水陆提督李可秀,不知何时已调到京里来了。李沅芷握住身旁余鱼同的手,险些叫出声来。迟玄叫道:"圣旨到!"李可秀、白振等当即跪倒。陈家洛等也只得跪下。

迟玄展开敕书,宣读道:"奉天承运皇帝诏曰:国家推恩而求才,臣民奋励以图功。尔陈家洛等公忠体国,宜锡荣命,爰赐陈家洛进士及第,余人着礼部兵部另议,优加录用。赐宴雍和宫。直隶古北口提督李可秀陪宴。钦此。"跟着喝道:"谢恩!"

群雄听了心中一凉,原来皇帝奸滑,竟是不来的了。

李可秀走近陈家洛身边,作了一揖,道:"恭喜,恭喜,陈兄得皇上如此恩宠,真是异数。"陈家洛谦逊了几句。李沅芷和余鱼同一起过来,李沅芷叫了一声:"爹!"李可秀一惊,回头见是失踪近年、自己日思夜想的独生女儿,这时仍穿男装,真是喜从天降,拉住了她手,眼中湿润,颤声道:"沅儿,沅儿,你好么?"李沅芷道:"爹……"可是话却说不下去了。李可秀道:"来,你跟我同席!"拉她到偏席上去。李沅芷和余鱼同知他是爱护女儿,防她受到损伤。两人互相使了个眼色,分别就坐。

迟玄和武铭夫两人走到中间席上,对陈家洛道:"哥儿,将来你做了大官,可别忘了咱俩啊!"陈家洛道:"还要请两位公公多加照应。"迟玄手一招,叫道:"来呀!"两名小太监托了一只盘子过来,盘中盛着一把酒壶和几只酒杯。迟玄提起酒壶,在两只杯中斟满了酒,自己先喝一杯,说道:"我敬你一杯!"放下空杯,双手捧着另一杯酒递给陈家洛。

群雄注目凝视，均想："皇帝没来，咱们如先动手，打草惊蛇，再要杀他就不容易。这杯酒虽是从同一把酒壶里斟出，但安知他们不从中使了手脚，瞧总舵主喝是不喝？"

陈家洛早在留神细看，存心寻隙，破绽就易发觉，果见酒壶柄上左右各有一个小孔。迟玄斟第一杯酒时大拇指捺住左边小孔，斟第二杯酒时，拇指似乎漫不经意的一滑，捺住了右边小孔。陈家洛心中了然，知道酒壶从中分为两隔，捺住左边小孔时，左边一隔中的酒流不出来，斟出来的是盛在右边一隔中的酒，捺住右边小孔则刚刚相反。迟玄捧过来的这杯从右隔中斟出，自是毒酒，心想："哥哥你好狠毒，你存心害我，怕我防备，先赐我一个进士，叫我全心信你共举大事。若非喀丝丽以鲜血向我示警，这杯毒酒是喝定的了。"

他拱手道谢，举杯作势要饮。迟玄和武铭夫见大功告成，喜上眉梢。陈家洛忽将酒杯放下，提起酒壶另斟一杯，斟酒时捺住右边小孔，杯底一翻，一口干了，把原先那杯酒送到武铭夫前面，说道："武公公也喝一杯！"武铭夫和迟玄两人见他识破机关，不觉变色。陈家洛又捺住左边小孔，斟了一杯毒酒，说道："我回敬迟公公一杯！"

迟玄飞起右足，将陈家洛手中酒杯踢去，大声喝道："拿下了！"大殿前后左右，登时涌出数百名手执兵刃的御前侍卫和御林军来。

陈家洛笑道："两位公公酒量不高，不喝就是，何必动怒？"武铭夫喝道："奉圣旨：红花会叛逆作乱，图谋不轨，立即拿问，拒捕者格杀不论。"

陈家洛手一挥，常氏双侠已纵到迟武二人背后，各伸右掌，拿住了两人的项颈。这一下出其不意，两人武功虽高，待要抵敌，已然周身麻木，动弹不得。陈家洛又斟一杯毒酒，笑道："这真是敬酒不吃吃罚酒了。"骆冰和章进各拿一杯，给迟武两人灌了下去。众侍卫与御林军见迟武被擒，只是呐喊，不敢逼近。

红花会群雄早从衣底取出兵刃，无尘身上只藏一柄短剑，使用不便，纵入侍卫人群之中，夹手夺了一柄剑来，连杀三人，当先直入后殿，群雄跟着冲入。

李可秀拉着女儿的手，叫道："在我身边！"他一面和白振两人分别传令,督率侍卫拦截,一面拉着女儿,防她混乱中受伤。余鱼同见状,长叹一声,心想:"我与她爹爹势成水火,她终究非我之偶!"一阵难受,挥笛冲入。

李沅芷右手使劲一挣,李可秀拉不住,当即被她挣脱。李沅芷叫道:"爹爹保重,女儿去了!"反身跃起,纵入人丛。李可秀大出意外,急叫:"沅儿,沅儿,回来!"她早已冲入后殿,只见余鱼同挥笛正与五六名侍卫恶战,形同拼命。李沅芷叫道:"师哥,我来了!"余鱼同一听,心中大喜,精神倍长,唰唰唰数笛一轮急攻,李沅芷仗剑上前助战,将众侍卫杀退。两人携手跟着骆冰,向前直冲。

这时火光烛天,人声嘈杂,陈家洛等已冲到绥成殿外,游目四顾,甚是惊异。只见数十名喇嘛正和一群清兵恶战,眼见众喇嘛抵敌不住,白振却督率了侍卫相助喇嘛,把众清兵赶入火势正旺的殿中。陈家洛怎知乾隆与太后之间的勾心斗角,心想这事古怪之极,但良机莫失,忙传令命群雄越墙出宫。

李可秀与白振已得乾隆密旨,要将红花会会众与绥成殿中的旗兵一网打尽,但二人一个念着女儿,一个想起陈家洛的救命之恩,都对红花会放宽了一步,只是协力对付守殿的旗兵。过不多时,旗兵全被杀光烧死。绥成殿中大火熊熊,将雍正的遗诏烧成灰烬。

群雄跃出宫墙,不禁倒抽一口凉气,只见雍和宫外无数官兵,都是弓上弦,刀出鞘,数千根火把高举,数百盏孔明灯晃来晃去,射出道道黄光。陈家洛心想:"他布置得也真周密,惟恐毒药毒不死我们!"转眼之间,无尘与陈正德已杀入御林军队伍。四下里箭如飞蝗,齐向群雄射来。霍青桐大叫:"大家冲啊!"群雄互相紧紧靠拢,随着无尘与陈正德冲杀。但清兵愈杀愈多,冲出了一层,外面又围上一层。

无尘剑光霍霍,当者披靡,力杀十余名御林军,突出了重围,等了一阵,见余人并未随出,心中忧急,又翻身杀入,只见七八名侍卫围着章进酣斗。章进全身血污,杀得如痴如狂。无尘叫道:"十弟莫慌,我来了!"唰唰唰三剑,三名侍卫咽喉中剑。余人发一声喊,退了开去,无尘道:"十弟,没事么?"忽然呼的一声,章进挥棒向他砸来。无尘吃了一惊,侧身让过。章进连声狂吼,叫道:"众位哥哥都给你们害了,我不要活了!"狼牙棒着地横扫。无尘叫道:"十弟,十弟,是

第二十回 忍见红颜堕火窟 空余碧血葬香魂

我呀!"章进双目瞪视,突然撇下狼牙棒,叫道:"二哥啊,我不成了!"无尘在火光下见他胸前、肩头、臂上都是伤口,处处流血,自己只有单臂,无法相扶,咬牙道:"你伏在我背上,搂住我!"蹲下身子,章进依言抱着他头颈。无尘只觉一股股热血从道袍里直流进去,当下奋起神威,提剑往人多处杀去。

剑锋到处,清兵纷纷让道,忽见前面官兵接二连三的跃在空中,显是被人提着抛掷出来的,无尘心想:"除四弟外,别人无此功力,莫非城门有变?"仗剑冲去,果见文泰来、骆冰、余鱼同、李沅芷四人正与众侍卫恶战。无尘叫道:"总舵主他们呢?"余鱼同道:"不见啊,咱们到那边去找!"无尘心中一宽,心想章进受伤甚重,是以胡言呓语,未必大伙都已死伤。文泰来刀砍掌劈,杀开了一条血弄堂,四人随后赶去。

无尘奔到文泰来身旁,叫道:"城门口怎样?"文泰来道:"那边没事。我不放心,过来瞧瞧!"无尘道:"来得正好!"他虽然负了章进,仍是一剑便杀一人,长剑起处,清军兵将无人能避。

突然李沅芷高声叫道:"总舵主!"只见陈家洛从火光中掠过,东窜西晃,似乎在寻人。陆菲青从西首杀出,叫道:"大伙退向宫墙!"遥见远处火光中一根翠羽不住晃动。陆菲青道:"总舵主,你领大伙退到墙边,我去接她出来!"说着手挥长剑,往霍青桐那边杀去。陈家洛与文泰来当先开路,又退回到墙边。

无尘叫道:"十弟,下来吧!"章进只是不动,骆冰去扶他时,只觉他身子僵硬,原来已经气绝。骆冰伏尸大哭。文泰来正在抵敌众侍卫,接应赵半山、常氏双侠等过来,听得骆冰哭声,不由得洒了几点英雄之泪,怒气上冲,挥刀连毙三敌。

群雄逐渐聚拢,这时陆菲青和霍青桐已会合在一起,人丛中只见那根翠羽慢慢移来,但到相隔数十步时,再也无法走近。常氏双侠夺了两杆长枪,冲去接了过来。霍青桐脸色苍白,一身黄衫上点点斑斑尽是鲜血,她虽穿男装,却在帽上插了一根翠色羽毛。陈家洛叫道:"咱们再冲,这次可千万别失散了。"话声方毕,雍和宫内飕飕飕数声,连射了几枝箭出来。原来李可秀和白振手下人众杀尽了绥成殿中守殿的旗兵后,蜂拥而至。红花会这一来前后受敌,处境更是险恶。

正危急间，正面御林军忽然纷纷退避，火光中数十名黄衣僧人冲了进来，当先一人白须飘动，金刀横砍直斩，威不可当，正是铁胆周仲英。群雄大喜，只听周仲英叫道："各位快跟我来！"文泰来抱起章进尸身，随着众人冲出。只见天镜禅师率着大苦、大颠、大痴、元痛、元悲、元伤等少林僧人，正与御林军接战。

霍青桐见众人杀敌甚多，但不论冲向何处，敌兵必定跟着围上，抬头四望，果见鼓楼屋顶上站着十多人，内中四人手提红灯分站四方，群雄杀奔西方，西方那人高举红灯，杀奔东方，东方便有红灯举起。霍青桐对陈家洛道："打灭那几盏红灯便好办了！"赵半山听了，从地下捡起一张弓，拾了几枝箭，弓弦响处，四灯熄灭。

群雄喝一声采。清兵不见了灯号，登时乱将起来。霍青桐又道："屋顶上诸人之中，必有主将在内，咱们擒贼先擒王！"众人知她在回部运筹帷幄，曾歼灭兆惠四万多名精兵，真是女中孙吴，说话必有见地。无尘叫道："四弟、五弟、六弟，咱们四个去！"文泰来和常氏双侠齐齐答应。四人有如四头猛虎，直扑出去，御林军哪里拦阻得住？

陈家洛与天镜禅师等跟着杀出，眼见就要冲出重围，突然喊声大振，李可秀和白振率领亲兵侍卫围了上来。一阵混战，又将群雄裹在垓心。李沅芷、骆冰以及七八名少林僧人都受了伤。

无尘等冲到墙边，跃上鼓楼，早有七个人过来阻拦。这些人竟是武功极好的高手，常氏双侠合敌三人，一时未分胜败。无尘与文泰来都是以一对二，在屋顶攻拒进退，打得十分激烈。无尘心中焦躁，想道："怎么这里竟有这许多硬爪子？"

只见屋角上众人拥卫之中，一名头戴红顶子的官员手执佩刀令旗，正在指挥督战。无尘叫道："这些鹰爪都交给我！"左一剑"心伤血污池"直刺敌人胸膛，右一剑"胆裂奈何桥"径斩对手双足。这两人或缩身，或纵跃，无尘长剑已指向缠着文泰来的两名侍卫，"千刃刀山"斜戳左股，"万斛油锅"横削右腰，招招快极狠极。

文泰来缓出手来，向那红顶子大官直冲过去。左右卫士见他来势凶猛，早有四人挺刀阻截。文泰来在火光中猛见那官员回过头来，吃了一惊，险些失声叫出："总舵主！"这官员面貌几乎与陈家洛一模一样，若不是服色完全不同，真难相信竟是两人。他斗然想起，妻子曾说到徐天宏设计取玉瓶、捉拿王维扬之事，总舵主乔扮官员，竟被众人误认为骁骑营统领兼九门提督福康安，那么这人必是福康安无疑。眼下群雄身处危境，如不抓到此人，只怕无法脱难，当下身形一缩，从两柄大刀的刃锋下钻过，径向福康安扑去。

统率御林军兜捕红花会的，正是乾隆第一亲信的福康安。乾隆因火烧雍和宫之事万分机密，是以命他总领其事。但怕他遇到凶险，特选了十六名一等侍卫，专门负责护他一人。众侍卫中又有两人上前阻挡，余人拥着福康安避到另一间屋子顶上。无尘数招之下，已伤了两名侍卫，突然斜奔横走，在众侍卫中穿来插去，这里一剑，那里一脚，片刻间已连施七八下毒招。文泰来再度缓出手来，双足使劲，跃在半空，向福康安头顶猛扑而下。

这时地下骁骑营官兵与众侍卫已见到主帅处境凶险，他身旁虽有十多名高手侍卫保护，兀自拦阻不住这两个怪杰所向无敌的狠扑，又有七八人跃上屋来相助。余人也暂不向红花会余人进迫，都举头凝视屋顶的激斗，突见文泰来飞扑而下，不由得齐声惊呼。

福康安只略识武功，危急之际，也只得举起佩刀仰砍，同时两枝长枪、两柄大刀齐向文泰来身上刺砍。文泰来心想：这一下抓不到，他后援即到，再无机会了。双臂力振，两杆长枪腾在空中，一足踹在左边一名侍卫胸前，右手一拳击中右边一名侍卫面门，大喝一声，两名刚跃上屋顶的侍卫吓得跌了下去。福康安惊得手足都软了，被文泰来一把当胸揪住，举在半空。四下里的清兵不约而同的又是大声惊叫。

这时常氏双侠已打倒三名侍卫，双双跃到，往文泰来身旁一站，取出飞抓，亮光闪闪，舞成径达两丈的一个大圈子，清兵哪敢过来？只见福康安举起令旗，颤声高叫："大家住手！各营官兵与众侍卫各归本队！"

骁骑营官兵与众侍卫见本帅被擒，都是大惊失色。奉旨卫护福康安的侍卫中有三人不理会常氏双侠飞抓厉害，奋勇冲上。无尘叫道："五弟、六弟，放这三个鹰爪过来！"双侠一收飞抓跃开，只道无尘要亲自取他们性命，哪知无尘长剑直指福康安咽喉，笑道："来吧，来吧！"三名侍卫停步迟疑，互相使个眼色，又都跃开。文泰来双手微一用力，福康安臂上痛入骨髓，只得高声叫道："快收兵，退开！"清兵侍卫不敢再战，纷纷归队。

陈家洛叫道："咱们都上高处！"群雄奔到墙边，一一跃上。赵半山点查人数，除章进伤重毙命外，其余尚有八九人负伤，幸喜都不甚重。

火光中又见孟健雄与徐天宏扶着周绮跃上屋顶。只见她头发散乱，脸如白纸。周仲英骂道："你怎么也来了？不保重自己身子！"周绮叫道："我要孩子，孩子，还我孩子来！"

陈家洛见她神智不清，忙乱中不及细问，悲愤之下，用红花会切口传令："咱们攻进宫去，杀了皇帝给十哥报仇！"群雄轰然叫好，骆冰把这话译给陆菲青、天镜禅师、天山双鹰、霍青桐等人听了，众人举刀响应。天镜禅师道："少林寺都教他毁了，老衲今日要大开杀戒！"陈家洛惊问："怎么，少林寺毁了？"天镜禅师道："不错，已然烧成白地。天虹师兄护法圆寂了。"陈家洛一阵难受，愈增愤慨。众人拥着福康安，从御林军的刀枪剑戟中走出去，只见走了一层又是一层，围着雍和宫的兵将何止万人。群雄饶是大胆，也不觉心惊，暗想要不是擒住了他们头子，无论如何不能突出重围。

待走出最后一层清兵，见心砚领着红花会的头目，牵了数十匹马远远站着等候。各人纷纷上马，有的一人一骑，有的一骑双乘，纵声高呼，一阵风般向皇宫冲去。

徐天宏跑在陈家洛身旁，叫道："总舵主，退路预备好了么？"陈家洛道："九哥他们在城门口接应。你们怎么也刚巧赶到？"徐天宏恨道："方有德那奸贼，那奸贼！"陈家洛道："怎么？"徐天宏道："他和白振奉了皇帝密旨，指挥众侍卫，调兵夜袭少林寺。天虹老禅师不肯出寺，在寺中给烧死了。"原来乾隆查知于万亭出身于南少林，生怕寺中留有自己的身世证据，密嘱办事能干的福建藩台方有德，调兵烧灭南少林寺。徐天宏愤愤的道："他们还抢了我的儿子去！"陈家洛听见他生了个儿子，想说句"恭喜"，却又缩住。徐天宏道："天镜师伯率领僧众找这几个奸贼报仇，直追到北京来。咱们去双柳子胡同找你，才知你们在雍和宫。"

这时众人已奔近禁城，御林军人众紧紧跟随。徐天宏转头对天山双鹰道："要是皇帝得讯躲了起来，深宫中哪里去找，请两位前辈先赶去探明如何？"他想二老最是好胜，适才无尘与文泰来擒拿福康安大显威风,他们夫妇却未显技立功。天山双鹰齐声应道:"好,我们就去!"关明梅随手扯去身上男装衣帽。徐天宏从衣袋里摸出四枚流星火炮,交给陈正德道:"见到皇帝,能杀马上杀,如他护卫众多,请老前辈放流星为号。"关明梅道:"好!"双鹰跃过宫墙,直往内院而去,身手快捷,直和鹰隼相似。

天山双鹰在屋顶上飞奔,只见宫门重重,庭院处处,怎知皇帝躲在何处?关明梅道:"抓个太监来问。"陈正德道:"正是!"两人一跃下地,隐身暗处,侧耳静听,想查到声息,过去抓人,忽听脚步声急,两人直奔而来。陈正德低声道:"这两人有武功。"关明梅道:"不错,跟去瞧瞧。"语声方毕,两个人影已从身边急奔过去。

双鹰悄没声的跟在两人身后,见前面那人身裁瘦削,武功甚高,后面那人是个胖子,脚步却沉重得多。前面那人时时停步等他,不住催促:"快,快,咱们要抢在头里给皇上报讯。"双鹰一听大喜,他们去见皇帝,正好带路,暗暗感激后面那胖家伙,要不是他脚步笨重,夫妇俩在后跟蹑势必给前面那人发觉。四人穿庭过户,来到宝月楼前。前面那人道:"你在这里等着。"那胖子应了站住,那瘦子径自上楼去了。

双鹰一打手势,从楼旁攀援而上,直上楼顶,双足钩住楼檐,倒挂下来,见一排长窗,外面是一条画廊,栏干上新漆的气味混着花香散发出来,窗纸中透出淡淡的烛光。两人纵身落入画廊,只见一个人影从窗纸上映了出来。关明梅用食指沾了唾液,轻轻湿了窗纸,附眼往里一张,果见乾隆坐在椅上,手里摇着折扇,跪在地上禀报的瘦子原来便是白振。

只听白振奏道:"绥成殿已经烧光了,看守的亲兵没一个逃出来。"乾隆喜道:"很好!"白振又叩头道:"奴才该死,红花会的叛徒却擒拿不到。"乾隆惊道:"怎么?"白振道:"太后身边的迟玄与武铭夫两人要敬什么毒酒,泄漏了机关,动起手来。奴才正在管绥成殿的事,给迟武两人放了他们出去。"乾隆嗯了一声,低头沉吟。

陈正德指指白振,又指指乾隆,向妻子打手势示意:"我斗那白振,你去刺杀皇帝。"关明梅点了点头,两人正要破窗而入,白振忽然拍了两下手掌。关明梅一把拉住丈夫手臂,左手摇了摇,示意只怕其中有什么古怪，瞧一下再说，果然床后、柜后、屏风后面悄没声的走出十二名侍卫来，手中各执兵刃。天山双鹰均想："保护皇帝的必是一等高手，我两人贸然下去，如刺不到皇帝，反令他躲藏得无法寻找，不如等大伙到来。"只见白振低声向一名侍卫说了几句，那侍卫下楼，把那胖子带了上来。

那胖子一身黄衣，叩见皇帝，等抬起头来，双鹰大出意外，原来是一名喇嘛。乾隆道："呼音克，你办得很好，没露出什么痕迹么？"呼音克道："一切全遵皇上旨意办理，绥成殿连人带物，没留下一丁点儿。"乾隆道："好，好，好！白振，我答应他做活佛的。你去办吧。"白振道："是！"呼音克大喜，叩头谢恩。

两人走下楼来，白振道："呼音克，你谢恩吧！"呼音克一楞，心想我早已谢过恩了，但皇帝的侍卫总管既如此说，便又向宝月楼跪下叩头，忽觉得项颈中一阵冰凉，两名侍卫的佩刀架在颈中。呼音克大惊，颤声道："怎……怎么？"白振冷笑道："皇上说让你做活佛，现在就送你上西天做活佛。"手一挥，两名侍卫双刀齐下，跟着两名太监拿了一条毡毯过来，裹了呼音克的尸身去了。

忽然远处人声喧哗，数十人手执灯笼火把蜂拥而来。白振疾奔上楼，禀道："有叛徒作乱，请皇上退回内宫。"乾隆在杭州见过红花会群雄的身手，知道众侍卫实在不是敌手，也不多问，立即站起。

陈正德放出一个流星，嗖的一声，一道白光从楼顶升起，划过黑夜长空，大声喊道："我们等候多时，想逃到哪里去？"两人知道群雄赶到还有一段时候，这时先把皇帝绊住要紧，当下破窗扑入楼中。

众侍卫不知敌人到了多少，齐吃一惊，只见楼梯口站着一个红脸老汉、一个白发老妇。两名侍卫当先冲下迎敌。白振把乾隆负在背上，四名侍卫执刀前后保护，从栏干旁跳下，径行奔向第三层楼。关明梅扬手打出了三枚铁莲子，白振一避，她已纵身站在三四两层之间的栏干上，挺剑直刺乾隆左肩。

白振大骇，倒纵两步，早有两名侍卫挺刀上前挡住。陈正德与三名侍卫交手数合，立知均是高手劲敌，当即施展轻身功夫，在楼房中四下游走，不与众侍卫缠斗。白振一声唿哨，四名侍卫从四角兜抄过来，后面又是三人，七人登时将陈正德困在中间。斗了十余回合，陈正德回剑挡开左边一杆短枪、一个链子锤，右面一鞭扫到，啪的一声,打中了他右臂,陈正德数十年来对敌,连油皮也未擦伤过一块,这一下又痛又怒,当即剑交左手,一招"旋风卷黄沙"把众人逼退数步,低头一剑直刺,戳死了那名挥鞭伤他的侍卫。

关明梅见丈夫受伤,猛冲上前接应,两人退到第二层楼。陈正德见群雄尚未到达,只怕自己夫妇缠不住这十多名高手侍卫,被他们冲下楼去,忙乘隙抢到楼外又放了个流星,回进楼中,见妻子守在楼梯上,斗数合,退一级,扼险拒敌,当真是寸土必争。幸而楼梯狭窄,最多容得下三四名敌人同时进攻,但仰面拒战,甚为吃力。陈正德心想何不以攻为守?当下仗剑扑向乾隆。众侍卫抢上抵御,他早已退开,向攻击关明梅的侍卫背后连刺数剑,待得有人上来相助,他又向乾隆攻去,众侍卫忙不迭的过来护驾。这般反客为主,立时争到了机先。众侍卫心慌意乱,被他刺伤了两名。关明梅也抢上了四级楼梯。

白振见情势不利,对一名侍卫道:"马兄弟,你背皇上。"这人便是在杭州曾被红花会抓去过的马敬侠。他蹲下身子,把皇帝负在背上。白振一声长啸,双手向陈正德抓去。两人一交上手,陈正德就无法脱身,心中暗暗叫苦,加之右臂受伤,越战越痛,单敌白振已是勉强,何况还有四五名侍卫围攻。白振双掌翻飞,招招不离敌人要害。陈正德全神贯注的招架,不提防背后一名侍卫突然冷剑偷袭,刺入他后心。

那侍卫正喜得手,被陈正德奋力回肘猛撞,登时头骨撞破而死。陈正德所受这一剑正中要害,料知今日要毕命于斯,纵声大喝,神威凛凛。白振吃了一惊,倒退一步。陈正德提剑向乾隆猛力掷去。马敬侠见长剑疾飞而至,要待退让,却已不及,他只怕伤了皇帝,拼着手掌重伤,举手去格,但这剑正是陈正德临终一掷,那是何等功力?何等义愤?马敬侠的肉掌怎能挡格得开?波的一声,手掌被削去半只,长剑直刺入胸膛之中,对穿而过。

陈正德大喜,心想这一剑也得在乾隆胸前穿个透明窟窿,自己一条命换了一个皇帝,虽死也值得了!

白振及众侍卫见长剑没入马敬侠胸膛,关明梅见丈夫受伤掷剑,个个大惊失色,顾不得互斗,各自过来抢救。

白振忙把乾隆抱起,问道:"皇上,怎样?"乾隆已吓得脸色苍白,强自镇定,微笑道:"总算我先有防备。"白振见那剑从马敬侠身后穿出半尺,乾隆胸口衣服数层全被刺破,不觉骇然,但皇帝竟未受伤,又惊又喜,道:"皇上洪福齐天,真是圣天子有百神呵护。"他哪知乾隆变盟之后,深恐红花会前来报复,想起二十多年前雍正皇帝半夜里被刺客伤害性命的惨状,甚是寒心,因此这几日来外衣之内总是衬了金丝软甲,果然救了一命。

白振把乾隆负在背上,见楼梯上已无人阻拦,嗯哨一声,众侍卫前后拥卫,直奔下楼。将出宝月楼门,乾隆忽然惊呼,挣下地来,只见楼下门口当先一人正是陈家洛。他身后火光剑影,数十名英雄豪杰站在当地。乾隆反身急奔上楼。众侍卫蜂拥而上。两名侍卫走得稍慢,被常氏双侠截住,斗不数合,三个少林僧上前夹攻,立时击毙。

陈家洛等见了流星讯号,急向宝月楼奔来,但一路有侍卫相拒拦阻,边打边进,阻延了时刻,杀到宝月楼时,皇帝被天山双鹰绊住,竟未逃出。群雄大喜,急抢上楼。文泰来虎吼一声,叫道:"啊哈,原来在此!"却是成璜和瑞大林手执兵刃,站在床前。陈家洛一上楼,立即分派各人守住通道。无尘仗剑站在第三层通下来的梯口,常氏双侠守住上来的梯口,赵半山、大苦、大颠、大痴分守东南西北四面窗口。

霍青桐见师父抱住师公不住垂泪,忙走过去,只见陈正德背上伤口中的血如泉涌,汩汩流出。陆菲青也抢了过来,拿出金创药给他敷治。陈正德苦笑摇了摇头,对关明梅道:"我对不住你……累得你几十年心中不快活,你回到回部之后,和袁……袁大哥去成为夫妻……我在九泉,也心安了。陆兄弟,你帮我成全了这桩美事……"

关明梅双眉竖起,喝道:"这几个月来,难道你还不知道我对你的一片心吗?"陆菲青心想:"他人都快死了,你们这对冤家还吵什么?就算口头上顺他几句又有何妨?"正要开言相劝,关明梅叫道:"这样你可放了心吧!"横剑往喉中一勒,登时气绝。霍青桐和陆菲青虽近在身旁,但哪里料想得到她如此刚烈,都是不及相救。陈正德放声大哭,突然回手一剑,也勒了自己脖子。陆菲青俯身下去,只见他抱着妻子身体,两人都死在血泊里了。霍青桐伏在双鹰身上,痛哭不已。

陈家洛手执短剑,指着乾隆道:"且不说六和塔中盟言如何,我们在海宁塘上曾击掌为誓,决不互相加害,你却用毒酒暗算于我,今日还有什么话说?"说着走上两步,短剑剑尖寒光闪闪,对准他的心口,凛然说道:"你认贼作父,残害百姓,乃是天下仁人义士的公敌!你我兄弟之义,手足之情,再也休提。今日我要饮你之血,给所有死在你手里的人报仇。"乾隆吓得脸无人色,全身发抖。

天镜禅师踏步上前,喝道:"我们在少林寺清修,与世无争,你何以派了赃官,将佛门胜地烧得片瓦不存?今日老衲要开杀戒了。"成璜忽地窜出,举起齐眉棍当头猛砸下来。天镜不闪不避,右手撩住棍梢一拖。成璜收脚不住,向前跌来。天镜反手一掌,啪的一声,把他半个头打进脖子里去,登时毙命。天镜右手一抖,齐眉木棍断成三截。众侍卫见这个老和尚如此神威,哪个再敢上前。

白振到此地步,只得挺身而出,叫道:"待我来接老禅师几招。"天镜哼了一声,待要进招,陈家洛道:"师叔,待弟子来。"天镜道:"好!"陈家洛道:"白老前辈请!"呼的一掌横劈过来。白振举臂欲格,不料陈家洛手掌忽然转弯,啪的一声,打在他肩头。白振大吃一惊:"我与他在杭州交手时势均力敌,怎么不到一年,他武功陡然大进?"转念未毕,陈家洛又是两掌打到。白振避开一掌,接了一掌,知道不是敌手,跳开一步,叫道:"陈总舵主,我不是你对手。"陈家洛道:"我敬重你是条汉子,只要你不再给皇帝卖命,那就去吧!"赵半山守在东面窗口,往旁侧一让。白振凄然一笑,道:"多谢两位美意。在下到此地步,还有什么面目再混迹于江湖?"纵身从窗口跳出,远远去了。

陈家洛扶起霍青桐来,把短剑递在她手里,说道:"你爹爹妈妈、哥哥妹妹、两位师父,以及无数同族父老兄弟姊妹,都死在此人手里。你亲手杀了他吧!"霍青桐接过短剑,向乾隆走去。

瑞大林挺着锯齿刀来拦,文泰来斜刺里跃到,左手抓住他背心提起,右拳如擂鼓般在他胸口连击八九拳,手一松,瑞大林胸骨脊骨齐断,软软的一团掉在地下。当日他与七名侍卫捉拿文泰来,先施偷袭,令他身受重伤,此仇这时方始得报。文泰来见霍青桐持剑上来,乾隆身旁只剩下寥寥五六名侍卫,哈哈一笑,让在一旁监视。

霍青桐走上数步,忽听得楼下人声鼎沸。赵半山回头外望,只见得宝月楼外火把齐明,御林军、侍卫、太监等等何止三四千人,齐来救驾。文泰来走到窗口,高声喝道:"皇帝在这里。谁敢上来,老子先把皇帝宰了。"他威风凛凛,声若雷震,这一声大喝,楼下众人登时肃静无声。徐天宏和心砚将瑞大林、马敬侠、成璜等人的尸体掷将下来。众侍卫见这些高手都死于非命,更加不敢乱动,只怕伤了皇帝。

宝月楼上群雄也是默不作声,凝视霍青桐手持寒光闪闪的短剑,一步步走向乾隆。

突然间床帐后人影一晃,一个人奔出来挡在乾隆身前,霍青桐一愣停步,见这人是个白须老者,左脸上一大块黑记,手中却抱着一个婴儿。那老者右手将婴儿举在面前,微微冷笑,左手伸出五指,虚捏在婴儿喉头。那婴儿又白又胖,吮着小指头儿,十分可爱。周绮扑了出来,大叫:"还我孩子!"纵身上去就要夺那婴儿。那老头叫道:"你上来吧,你要死孩子,你上来。"周绮失神落魄般呆在当地。

这老人便是原任福建藩台的方有德。他奉了皇帝交由白振等人传来的密旨,和白振等大内高手率领军马夜袭少林寺,烧死了天虹老方丈,还把周绮的儿子抢了来。乾隆命他宫中暂候,这晚召见,想细问少林寺中是否还留下什么和他身世有关的痕迹。询问未毕,天山双鹰等杀到。方有德躲在帐后不敢露面,这时见事势紧急,他虽不会武艺,但阴鸷果决,立即抱了婴儿出来。

僵持片刻,方有德道:"你们都退出宫去,我就还你们孩子!"霍青桐骂道:"你这魔鬼,你骗人!"她激动中说的是回语,方有德不懂。群雄眼见乾隆已处在掌握之中,就是天下所有的精兵锐甲一齐来救,也要先把皇帝杀了再说,哪知忽然出来一个手无寸铁、不会武艺的老人,怀抱一个婴儿,就把众人制得束手无策。群雄望着陈家洛,等他示下。

陈家洛瞧着霍青桐,想起香香公主为乾隆逼死,霍青桐全家的血海深仇,岂可不报?再见到天山双鹰与章进的尸身,不觉悲愤冲心。但一转眼见徐天宏满脸又是惊惶又是耽心的神色,不禁又望了一眼抱在方有德手里的那个孩子。这婴儿还只有一个月大,憨憨的笑着,伸出小手,去摸按在他颈里方有德那只干枯凸筋的大手。陈家洛心中一凛,回过头来,只见天镜眼中闪烁着慈和的光芒,陆菲青

第二十回 忍见红颜堕火窟 空余碧血葬香魂

轻轻叹息,周仲英白须飘动,身子微颤。周绮张大了口,一副神不守舍的模样。

陈家洛心想:"周老爷子为了红花会,斩了周家血脉,这孩子是他传种接代的命根……但今日不杀皇帝,以后他加意防备,只怕再无机缘报此大仇,那便如何是好?"正自沉吟,忽听周绮一声呼叫,又要扑上前去,却被骆冰和李沅芷拉住,只是拼命挣扎,连无尘、文泰来、常氏双侠等素来杀人不眨眼的豪杰,脸上也均有不忍之色。赵半山手扣暗器,随便一枚发出,必可制方有德死命,只是这孩子实在太过脆弱,万一方有德临死之时手指使劲捏死了他,那便如何是好?他扣着暗器的手微微发颤,饶是周身数十种暗器,竟是一枚不敢妄发。

霍青桐回过身来,将短剑还给陈家洛,低声道:"死了的人已归天国!要教这孩子长大之后,记得咱们的大仇!"陈家洛点点头,朗声对方有德道:"好吧,我们不伤皇帝性命,把这孩子给我。"说着还剑入鞘,伸出双手去接孩子。

方有德阴森森的道:"哼,谁信你?你们出宫之后,才能把孩子还你。"陈家洛大怒,喝道:"我们红花会言出必践,难道会骗你这老畜生?"方有德道:"我就是信不过。"陈家洛道:"好,那么你跟我们出宫。"方有德迟疑不答。

乾隆听陈家洛饶他性命,心中大喜,哪里还顾方有德的死活,说道:"你跟他们出宫好了。你今日立此大功,我自然知道。"方有德心头一寒,听皇帝口气,是要在他死后给他来个追赠封荫之类,只得说道:"谢皇上恩典。"

方有德转头向陈家洛道:"我跟你们出去,这条老命还想要么?"他是想陈家洛再答允饶他不死。陈家洛知他心意,怒道:"你作恶多端,早就该进地狱啦。"乾隆怕夜长梦多,对方心意又变,催道:"快跟他们出去。"方有德道:"我一出去,只怕你们留下几人又害皇上。"陈家洛怒道:"依你说怎样?"方有德道:"请皇上圣驾先下楼去,我再随你们出宫。"陈家洛心想到此地步,只得放人,向乾隆道:"好,去吧!"

乾隆再也顾不得皇帝尊严,拔足向楼门飞奔。陈家洛突然伸右手一把拉住,左掌啪啪啪啪,正手反手,连打他四记耳光,甚是清脆响亮。乾隆两边面颊登时肿了起来。群雄出其不意,隔了一阵才轰然喝采。陈家洛骂道:"你记不记得自己发过的毒誓?"乾隆哪里还敢答话?陈家洛手一挥,乾隆打个踉跄,急奔下楼去了。陈家洛喝道:"拿孩子来!"

赵半山扣住毒蒺藜,望着窗外,只等陈家洛接到孩子,乾隆在楼下出现,就要大显身手,数十枚喂毒暗器齐往皇帝身上射去。

方有德环顾周遭,筹思脱身之计,说道:"我要亲眼见到皇上太平无事,才能交出孩子。"说着慢慢走向窗口。常伯志骂道:"你这龟儿是死定了的。"紧跟在他身后,只待他一交出孩子,要抢先一掌将他打死。只见乾隆走出楼门,众侍卫一拥而上,团团围住。赵半山喃喃骂道:"奸贼,奸贼!"

方有德见数十名侍卫集在楼下,心想与其在楼上等死,不如冒险跳下,必有侍卫接住,突然抱着孩子,踊身跳出。

群雄出其不意,惊叫起来。常伯志飞抓抖出,已绕方有德左腿,用力上甩。方有德身子飞起,孩子脱手,两人分别落下。赵半山双足力蹬,如箭离弦,跃在半空,头朝下,脚向上,左手前伸,已抓住孩子的一只小腿,同时右手三枚毒蒺藜飞出,打在方有德头顶胸前。

这时楼上群雄、楼下侍卫,无不大叫。赵半山凝神提气,左手里弯,已把孩子抱在怀里,双足稳稳落地,一招太极拳"云手",把扑上来的两名侍卫推了出去。余人纷纷攻来。常氏双侠、徐天宏、周仲英、文泰来齐从楼上跃下,四下护住。赵半山俯首瞧那孩子,只见他手舞足蹈,咯咯大笑,显然对刚才死里逃生那空中飞跃大感有趣,还想再来一下。

陈家洛把福康安推到窗口,高声叫道:"你们要不要他的性命?"乾隆在众侍卫重重拥卫之下,再无惧怕,火光中突见到福康安被擒,大惊失色,连叫:"住手,住手!"众侍卫退了下来。周仲英等也不追击。

原来乾隆的皇后是大臣傅恒的姊姊。傅恒之妻十分美貌,进宫来向皇后请安之时,给乾隆见到了,就和她私通而生了福康安。傅恒共有四子,三个儿子都娶公主为妻。傅恒懵懵懂懂,数次请求让福康安也尚主而为额驸,乾隆只是微笑不许。他儿子不少,对这私生子偏生特别钟爱。福康安与陈家洛面貌相似,只因两人原是亲叔侄,血缘甚近。

第二十回　忍见红颜堕火窟　空余碧血葬香魂

陈家洛不知内中尚有这段怪事，但见皇帝着急，已想好了计谋，当下押着福康安，与众人一齐下楼。周绮抢到赵半山身边把孩子抱在手里，喜得如痴如狂。

一边是红花会群雄与少林寺众僧，另一边是清宫侍卫与御林军。宝月楼前本已拆成一片白地，这时犹如两军在战场上列阵对圆一般，只是众寡悬殊。李可秀明白皇帝心思，叫道："陈总舵主，你放下福统领，就让你们平安出城。"陈家洛道："皇帝怎么说？"

乾隆刚才吃了四记耳光，面颊肿得犹如熟烂了的桃子，疼痛难当，但见爱子落在对方手里，只得摆手道："放你们走，放你们走！"陈家洛道："福统领送我们出城。"高声对乾隆道："天下百姓恨不得食你之肉，寝你之皮，你就是再活一百年，也叫你一百年中日日提心吊胆，夜夜魂梦难安！"转过身来，说道："走吧！"

众人拥着福康安，抱了天山双鹰和章进的尸身，径向宫外而去。众侍卫与御林军眼睁睁的不敢追赶。

出宫不远，两骑马飞驰追来，李可秀在马上高声叫道："陈总舵主，李可秀有话相商。"群雄勒马等候，李可秀和曾图南纵马走近。李可秀道："皇上有旨，如放福统领平安归去，你有什么意思，都可答允。"陈家洛双眉一扬，道："哼，还有谁会相信皇帝的鬼话？"李可秀道："务求陈总舵主示下，小将好去回禀。"

陈家洛道："好！第一，要皇帝拨库银重建福建少林寺，佛像金身，比以前更加宏大。朝廷官府，永远不得向少林寺滋扰。"李可秀道："这事易办。"陈家洛道："第二，皇帝不可再加重回部各族百姓征赋，放归全部俘虏的回部男女。"李可秀道："这也不难。"陈家洛道："第三，红花会人众散处天下，皇帝不得报复捕拿。"李可秀沉吟不语，陈家洛道："哼，真要捕拿，难道我们就怕了？这位奔雷手文四爷，不在李军门衙门里住过一时么？"李可秀道："好，我也斗胆答允了。"

陈家洛道："明年此日，我们见这三件事照办无误，就放福统领回来。"李可秀道："好，就是这样。"向福康安道："福统领，陈总舵主千金一诺，请你宽心。皇上一定下旨办理这三件事。小将尽心竭力，刻刻以福统领平安为念，自当监督尽快办成。陈总舵主或能提前让福统领回来。"福康安默然不语。

陈家洛想起白振与李可秀攻打绥成殿旗兵之事，虽然不明原因，但想内中必有重大隐情，大可吓他一跳，说道："你对皇帝说，绥成殿中之事，我们都知道了。要是他再使奸，可没好处。"李可秀一惊，只得答应。陈家洛一拱手道："李军门，咱们别过了。你升官发财，可别多害百姓呀。"李可秀拱手道："不敢！"

李沅芷和余鱼同双双下马，走到李可秀跟前，跪了下去。李可秀一阵心酸，知道此后永无再见之日，低声道："孩子，自己保重！"伸手抚摸她头发，兜转马头，回宫去了。李沅芷伏地哭泣，余鱼同扶她上马。

群雄驰到城门，与杨成协、卫春华等会合。福康安叫开城门。

钟楼上巨钟镗镗，响彻全城，正交四更。

众人出得城来，只见水边一片芦苇，残月下飞絮乱舞，再走一程，眼前尽是乱坟。

忽听一群人在边唱边哭，唱的却是回人悼歌。陈家洛和霍青桐都是一惊，纵马上前，问道："你们悲悼谁啊？"一个老年回人抬起头来，脸上泪水纵横，说道："香香公主！"

陈家洛惊问："香香公主葬在这里么？"那回人指着一座黄土未干的新坟，道："就在这里。"霍青桐流下泪来，道："咱们不能让妹子葬在这里。"陈家洛道："不错，她最爱那神峰里面的翡翠池，常说：'我能永远住在那里就高兴了！'咱们把她遗体运去葬在池边。"霍青桐含泪道："正是。"

那老年回人问道："两位是谁？"霍青桐道："我是香香公主的姊姊！"另一个回人叫了起来："啊，你是翠羽黄衫。"

霍青桐道："咱们把坟起开来吧。"当下与陈家洛、几名回人、心砚、蒋四根等一齐动手。少林僧中以方便铲作兵器的甚多，各人铲土，片刻之间已把坟刨开，撬起石块，先闻到一阵幽香，众人都吃了一惊，坟中竟然空无所有。

陈家洛接过火把，向圹中照去，只见一滩碧血，血旁却是自己送给她的那块温玉。

众人惊诧不已。众回人道："我们明明亲送香香公主的遗体葬在这里，整天没离开过，怎么她遗体忽然不见了？"骆冰道："这位妹妹如此美丽神异，自是仙子下凡。现今又回到了天上。总舵主和霍青桐妹妹不必伤心。"

陈家洛拾起温玉,不由得一阵心酸,泪如雨下,心想喀丝丽美极清极,只怕真是仙子。

突然一阵微风过去,香气更浓。众人感叹了一会,又搬土把坟堆好,只见一只玉色大蝴蝶在坟上翩跹飞舞,久久不去。

陈家洛对那老回人道:"我写几个字,请你雇高手石匠刻一块碑,立在这里。"那回人答应了。心砚取出一百两银子给他,作为立碑之资,从包袱中拿出文房四宝,把一张大纸铺在坟头。

陈家洛提笔蘸墨,先写了"香冢"两个大字,略沉吟,又写了一首铭文:

"浩浩愁,茫茫劫,短歌终,明月缺。郁郁佳城,中有碧血。碧亦有时尽,血亦有时灭,一缕香魂无断绝!是耶非耶?化为蝴蝶。"

群雄伫立良久,直至东方大白,才连骑向西而去。

(作者注:"浩浩愁,茫茫劫"铭文系民间传诵之词,非作者金庸所撰,自更非陈家洛所作。)

魂归何处

在回疆的大漠之中,天上一弯新月,冷冷的月光洒在一望无际的黄沙上,在帐篷中,一张骆驼鞍子当作了小几,上铺羊毛薄毡,毡上横放一柄极锋利的长剑,剑刃闪着青光,映出半刃干了的血迹。

阿凡提一抹胡子,森然说道:"陈兄弟,这柄长剑,是秃鹫陈正德老爷子用来自杀的。还有一柄,雪雕陈夫人用来抹了自己脖子。翠羽黄衫托我将这柄剑带来给你。她说你再要自杀,不要悬梁,就用陈老爷子这把剑。翠羽黄衫一得知你的死讯,她就用她师父陈夫人的短剑自杀。我们穆斯林说一是一,说二是二,从来没有说了不算数的。"

陈家洛惊道:"请问老爷子,翠羽黄衫在哪里?请你带我去见一见她!"阿凡提冷笑一声,说道:"有什么好见?你只要不死,将来有几十年时光好见。你再要自杀,大家在地狱的火窟里相会好了。"陈家洛黯然道:"喀丝丽自杀了来给我们报信,救了红花会的几十条性命。她要堕入火窟,这孩子孤苦伶仃的,我也要入火窟去陪她。"阿凡提哈哈大笑,直笑得弯下了腰,直不起身子。

陈家洛躬身行礼,说道:"请问老爷子,我说错了什么?请你指教。"阿凡提道:"你曾跟喀丝丽说,要皈依穆斯林,不过你说了不做。我们可兰经上说,安拉要罚自杀的人,要判他们堕入火窟,永远受苦。可兰经第三十九章五十五节说:'安拉的仆人啊,你犯了罪,亵渎了你的灵魂,但对安拉的大慈大悲不要失望,安拉会宽恕罪行。

他对他所喜欢的人会大发恩慈,安拉会原谅真正的信徒。'可兰经第四章第六十七节说:'凡是遵奉安拉与使徒的人,将和先知及圣人们住在一起,为了安拉而战死、殉难的人,安拉会大大奖赏他们。'又说:'为了安拉而死的义人,放弃了今世的生命,不论是死亡了还是胜利了,安拉一定赐给他们最丰厚的奖赏。'奖赏什么?'他们死后一定进入天堂,在清流不绝的花园里侍奉安拉……'你没有受过我们阿訇的教导,只知其一,不知其二。喀丝丽为了穆斯林的朋友而死,就是为了安拉而战死,安拉早派了天使接她上了天堂……"

陈家洛将信将疑,喃喃的道:"难怪她的坟墓中没有尸体,她是上了天吗?"阿凡提道:"这个我就不知道了。你做了穆斯林,为了安拉而死,得到安拉的慈悲,说不定在天堂中就能见到她了。"

陈家洛精神大振,求道:"老爷子,请你带我去见一位你们的阿訇,求他教导我。我一辈子读孔夫子的圣贤书,原来都是不对的。唉,百无一用是书生,我读错了书,说什么忠孝仁义,害死了不少好兄弟。"

一直坐在帐篷角落里的一位白发老者站起身来,走上几步,说道:"陈总舵主,话不是这样说,孔孟圣贤之道,也并没有错。"陈家洛躬身道:"陆前辈,晚辈脸皮再厚,也不能当这红花会的首领了。晚辈愚蠢无比,信了皇帝的话,以为他真有兄弟之情、夷夏之见,会得信守盟约,驱满复汉,还我河山。岂知书呆子无知之极,害死了天山双鹰两位前辈,害死章十哥和不少兄弟,以及少林寺的许多位高僧。晚辈所以不得不自尽,一来是无颜生于天地之间,要向死难者谢罪,二来是想到地狱去陪伴那位为我而死的红颜知己;更重要的是,可以让出位来,卸此重任,另请贤能统领天下红花会的数万兄弟。"

那老者乃武当派名宿陆菲青,他文武全才,退隐时武功固然没有荒废,更多读诗书,以致去做了李可秀总兵府中的教书先生,说道:"子曰:'暴虎冯河,死而无悔者,吾不与也。必也临事而惧,好谋而成者也。'孔夫子并不许可一勇之夫。"陈家洛点头道:"晚辈最近在北京的举动,真是卤莽灭裂之至,既不临事而惧,事先也未跟各位前辈商量请教,谋定而后动。"陆菲青道:"陈总舵主,你悬梁自尽,却又犯了急躁的毛病。你遗书要无尘道长、赵半山兄弟共任红花会之主。众兄弟呼天抢地,人人悲伤。无尘道长说道:如果你自尽不治,大家都要相从于地下,到阴世再干红花会去。这次北京失利,是大伙儿一起干的，又不单是你一个儿的主意。推想起来，最初的主意还是你义父起的。你不过是遵奉义父之命而已。"

陈家洛默然不语。陆菲青缓缓摇头，叹道："'一朝之忿，忘其身，以及其亲，非惑与？'红花会的众位兄弟，今日都是你的'亲'了，你自暴自弃的自尽，只不过出于一朝之忿，把他们全都忘了。"陈家洛道："晚辈也不是出于一朝之忿，而是前后思量，实在无德无能、无智无勇，愚而信人，可说是罪不容诛，非自尽不足以谢天下……"说着不禁流下泪来，言语中已带呜咽。陆菲青轻拍他肩头，说道："'君子之过也，如日月之食也：过也，人皆见之；更也，人皆仰之。'这是《论语》中的话。"陈家洛道："前辈教训得是。不过我们一败涂地，已经无可更改的了。"

陆菲青凛然道："孟子说：'居天下之广居，立天下之正位，行天下之大道。得志，与民由之，不得志，独行其道。富贵不能淫，贫贱不能移，威武不能屈，此之谓大丈夫。'何况红花会众兄弟跟我们这些人，个个都是舍生忘死，为国为民，行的是天下之大道，并非单只你'独行其道'。虽然前途艰难，未必有成，但大丈夫知其不可而为之，自反而缩，虽万千人，吾往矣！"伸掌大力在胸口拍了几下，说道："总舵主，咱们英雄好汉，又怕了什么？"

陈家洛饱读诗书，知他所引述的话都出自《论语》、《孟子》、《公羊春秋》，是中华古圣贤的教诲，含义至大至刚，不由得胸中浩气登生，纵声长啸，一揖到地，说道："老前辈当头棒喝，令我登悟前非。"说着展开轻功，向前直奔。

他这一发力狂奔，月光下在沙漠中掀起长长一条沙龙，滚滚而前，直奔出数十里之遥，不知不觉间奔到了一座湖边，只觉得腿脚酸软，口干舌燥，扑在湖边，狂饮湖水，饮了半晌，双臂浸在湖水之中，就此伏着喘气休息。

迷迷糊糊中半醒半睡，忽觉有人拿了一块浸了水的布帕在他额头轻轻抹了几下，陈家洛一惊坐起，下身坐入湖水之中，只见一个女郎俏生生的站在身边，头上翠羽，身上黄衫，正是霍青桐，右手中拿着一块湿淋淋的手帕，微笑说道："阿凡提老爷子不放心，叫我来瞧瞧你，心中明白了些没有？"陈家洛道："喀丝丽哪里去了？喀丝丽，喀丝丽！"突然放声大哭，扑在地下。

霍青桐和他一起从北京西来，沿路只见他默默无言，有时暗暗流泪，从未放声一哭，知他把悲情憋在心里，这天自尽获救，再这般纵声大哭，当稍能发泄强压下的伤痛之情，当下也不劝慰，拉着他走到湖边干地坐下，自己坐在他身畔，想起妹子逝去，从此不能见面，忍不住也哭出声来。

两人并肩而坐，恸哭良久，陈家洛突然提起右掌，在自己右颊猛击一掌，叫道："是我不好，罪大恶极，害死了喀丝丽！"跟着反手又在左颊猛击一掌，如此接连拍击，两颊登时肿了起来，溅出点点鲜血。霍青桐也不阻止，心想："你多虐待一下自己，就不会自尽了。"陈家洛突然问道："喀丝丽现今在哪里？她这样娇滴滴的一个小姑娘，孤身一人，有谁照顾她、保护她啊？"

霍青桐站起身来，悠悠的道："安拉会照顾她、保护她，你倒不用耽心。"陈家洛道："阿凡提说她是在天堂的花园里，那是真的吗？"霍青桐道："你成了穆斯林，自然就知道了。"陈家洛问道："天上真有安拉吗？我们人世的一切，是好是坏，都是安拉赐给我们的，都是安拉安排的，决定的，是不是真的？"霍青桐道："每一个好的穆斯林，都知道是真的。"

陈家洛抬起头来，望着天边远处，忽然似乎瞧见了什么，大声叫道："喀丝丽！喀丝丽！我在这里，你姊姊也在这里！"一面大叫："喀丝丽！"一面发足向前奔跑。霍青桐摇了摇头，生怕他悲伤过度，神智不清之余又生意外，跟在后面奔去。

只见陈家洛奔了一阵，停住脚步，双臂举起向天，喃喃的道："喀丝丽，你下来啊！我在这里！"霍青桐顺着他眼光向天望去，但见新月在天，星光灿烂，一朵白云在新月之前缓缓飘过，此外什么也没有，柔声道："家洛，喀丝丽不在这里。"

陈家洛大声道："她在那里，坐在白云上，你没瞧见吗？喀丝丽，你跳下来好了，我接着你，不要怕！"张开双臂，向前奔跑。但那块白云相距甚远，说什么也跑不到白云之下。

陈家洛叫道："喀丝丽，安拉眷顾你，你没有堕入火窟，那真正……真正好极了！喀丝丽，你不要哭。我很好，你姊姊也很好。"

霍青桐奔到他身后，只见他身子虚虚晃晃，怕他摔倒，伸手在他背后虚扶，只听陈家洛轻轻说道："喀丝丽，请你请问安拉：我们反对皇帝,去打满洲人,那是错了么?"

他侧过了头,似乎倾听天上传下来的声音,好像听得香香公主清脆的声音清清楚楚的说道:"安拉盼咐:普天下的男人女子,都是安拉造出来的,都是我们的兄弟姊妹,大家应当和睦相处,亲亲爱爱,不可以打来杀去,不可以互相欺侮伤害。"

陈家洛问道:"那么满洲人来打我们,我们应当抵抗么?"

只听得香香公主在云上说道:"我们平平安安住在这里,遵守安拉的规律,不去冒犯他们。满洲人来打我们、杀我们、抢我们的东西和姑娘,安拉盼咐,我们应当抵抗,安拉保佑勇敢抗敌的义人。"

陈家洛问道:"满洲人来侵犯我们,他们是坏人,不听安拉的盼咐。他们不也是安拉造的吗?"

只听得香香公主道:"满洲人也是安拉造的。安拉所造的男人女子,有许多不信奉安拉,不遵从安拉的规律,安拉最后会惩罚他们,叫他们失败。安拉盼咐,世上有好人坏人,汉人中有好人,也有坏人,满洲人中有好人,也有坏人;回吾尔人中也有好人、坏人。凡是帮助兄弟姐妹的人,是好人,凡是杀害欺压抢夺兄弟姐妹的,都是坏人。"

陈家洛道:"我们只知道信奉上天,不知道信奉安拉,上天保佑善人,惩罚恶人,那跟安拉是一样的,是不是?"

只听得香香公主道:"你们的上天是什么,我就不知道了。我只知道安拉要人信奉安拉,信奉公义,只做善事,不做恶事!"

陈家洛大声叫道:"上天赏善罚恶,我从小就相信,这跟信奉安拉是一样的。"

陈家洛抬起头来,只见香香公主一身白衣,有如云绡雾縠,站在云端,似飞非飞,陈家洛心里一惊,生怕见到的只是幻影,出于自己心中幻觉,问道:"喀丝丽,真是你吗?"只见香香公主温然一笑,轻轻的道:"当然是我啊。安拉教导了穆圣,写进了《可兰经》中,第三章第三十节教导我们:'凡是杀了一个人的,若不是惩罚杀人犯或者执行死刑,那就是杀害了所有的人;凡是救了一个人的性命,那就是救了所有的人。凡是挑起战争,杀害同胞,在地方上制造骚乱与动乱的,应当处死,或驱逐出境。他们会在世上蒙受耻辱,死后更受重罚。'"

陈家洛道:"你用你的性命,来救了我以及红花会众兄弟几十人的性命。安拉说那是好事,所以他派天使来接了你上天,是不是?"

香香公主道:"那算不了什么好事。不过安拉慈悲为怀,宽恕了我的过失。"

陈家洛胸中突然充满了感激之情,跪倒在地,伸手向天,说道:"感谢安拉的大慈大悲。"只听得香香公主道:"大哥,你知道对安拉感恩,那就很好。安拉吩咐:大家要善待邻人,帮助孤儿寡妇,给他们吃的、穿的,要款待旅人,要公正对待别人,遵照可兰经中的规条行事。不可以听了坏人的挑拨,起来攻打旁人,安拉说那是不好的。所有的人都是兄弟姊妹,要爱护别人,帮助别人。决不可以去侵犯别人,杀伤别人。"

陈家洛见她身形隐隐约约,越来越淡,似乎便要消失,心中大急,气急败坏的叫道:"喀丝丽,你不要走……"

香香公主俯下身子,脸上满是爱怜之情,温言道:"大哥,我时时会见到你的。我们回吾尔人、你们汉人、他们满洲人,大家都是一样的,不过说的话不同而已。大家要永远和睦共处、平等相待,大家不可敌对仇视,所有邻人都是好兄弟。你帮助我们,安拉很喜欢,说你是义人,将来你、姊姊,都可以永远跟我在一起。大哥,现在我要离开你了,很对不起,你别伤心难过。我在天上,你跟姊姊在地上,我的心跟你们同在。我不哭,你也不要哭,真的,大哥,你不要哭……"

陈家洛张开双臂,快步追去,只见白云飘飘,渐飞渐远,再也追赶不上,空中忽然洒下一阵小雨,雨点落在他脸上,陈家洛叫道:"你说你不哭,怎么又哭了,我不哭,我不哭……"急奔几步,双膝一软,摔倒在地。

霍青桐见他高举双手,向着白云,自言自语,似乎是在和云上的妹子说话,但云端淡淡雾气,并无人影,当是他思念妹子,幻觉陡生,但所说的话合情合理,并不违背教义,此后顺着这条思路去,也是好事,当即抢上扶起,只听他喃喃的道:"我不哭,喀丝丽,你不要哭,青桐,你也不要哭……"雨点渐大,洒在两人身上……

(全书完)

（作者注：本书中所引《可兰经》之经义、经文，均系根据中文译本或阿拉伯文原文及英国企鹅版英文译文对照本——The Koran, Translated by N. J. Dawood。皆有可靠根据。）

注：

一、据记载：陈世倌之妻姓徐名灿，字湘苹，世家之女，能诗词，才华敏赡，并非如本书中所云为贫家出身。笔记中云："京城元夜，妇女连袂而出，踏月天街，必至正阳门下摸钉乃回。旧俗传为'走百病'。海宁陈相国夫人有词以纪其事。词云：'华灯看罢移香靥。正御陌，游尘绝。素裳粉袂玉为容，人月都无分别。丹楼云淡，金门霜冷，纤手摩挲怯。三桥婉转凌波躞。敛翠黛，低回说。年年长向凤城游，曾望蕊珠宫阙。星桥云烂，火城日近，踏遍天街月。'"

二、乾隆向陈家洛立誓，若生异心，死后陵墓给人发掘。乾隆死后，所葬陵墓称为"裕陵"。民国十七年（一九二八）五月，军阀孙殿英部以火药爆开乾隆及慈禧太后陵墓，搜获大批宝物而去，乾隆遗体全遭损毁。后溥仪派"内务府总管大臣"宝熙、"侍郎"陈毅等去办理善后。宝熙有《于役东陵日记》，七月十六日记云："幸将高宗元首及后妃颅骨，全行觅得，其四体百骸，则十不存五。"陈毅所作《东陵纪事诗》有句云："帝共后妃六，躯惟完其一，伤哉十全主，遗骸不免析"，其注云："……确为男体，即高宗也……下颌已碎为二，检验吏审而合之。上下齿本共三十六，体干高伟，骨皆紫黑色，股及脊犹黏有皮肉……腰肋不甚全，又缺左胫，其余手指足趾诸零骸，竟无以觅。高宗……自称'十全老人'，乃宾天百三十年，竟婴此奇惨……"香港高伯雨先生辑有《乾隆慈禧坟墓被盗纪实》一书。

三、《清宫词》中，有两首与本书故事有关，摘录于下：

巨族盐官高渤海，异闻百载每传疑。冕旒汉制终难复，曾向安澜驻翠蕤。（原注：海宁陈氏有安澜园，高宗南巡时，驻跸园中，流连最久。乾隆中尝议复古衣冠制，不果行。）（按：海宁旧名盐官，海宁陈氏原姓高，郡望为渤海。）

家人燕见重椒房，龙种无端降下方。丹阐几曾封贝子，千秋疑案福文襄。（原注：福康安，孝贤皇后之胞侄，傅恒之子也，以功封忠锐嘉勇贝子，赠郡王衔，二百余年所仅见。满洲语谓后族为"丹阐"。)(按:福康安死后谥文襄。)

四、赵翼记乾隆喜作诗及用僻典云:"……诗尤为常课,日必数首,皆用朱笔作草,令内监持出,付军机大臣之有文学者,用折纸楷书之,谓之'诗片'。遇有引用故事,而御笔令注之者,则诸大臣归,遍翻书籍,或数日始得,有终不得者,上亦弗怪也。余扈从木兰时,读御制《雨猎》诗,有'着制'二字,不知所出,后始悟《左传·齐陈成子帅师救郑》篇:'衣制杖戈',注云:制,雨衣也。又用兵时谕旨,有朱笔增出'埋根首进'四字,亦不解所谓,后偶阅《后汉书·马融传》中始得之,谓'决计进兵'也。圣学渊博如此,岂文学诸臣所能仰副万一哉……御制诗每岁成一本,高寸许。"乾隆从古书中随手翻到一个生僻典故,用在诗中,文学侍从之臣自然难解所谓;而纵明出处,也必佯作不知,或假装回家查书数日,斯知圣学渊博如此。大概乾隆一意要得香香公主,因此下旨:"埋根首进"。(金庸按:"埋根首进"之原意似非如赵翼之解为"决计进兵"。《后汉书·马融传》:"臣愿请……关东兵五千,……尽力率厉,埋根行首,以先吏士,三旬之中,必克破之。"《后汉书注》:"埋根,首不退。""埋根"为"深植其根于地",意为决不退后一步,"首进"为树枝树干则向前推进,意为"有进无退"。这段文字的意思是说:"臣请皇上派关东兵五千名,由臣率领,竭尽全力,奋勇进攻,有进无退,身先将士,三十天之内,必可破敌。")

五、关于陈家洛、无尘道人、赵半山、福康安等人事迹,拙作《飞狐外传》中续有叙述。

后　记

《书剑恩仇录》是我所写的第一部小说。从一九五五年到现在，整整二十多年了。

我是浙江海宁人。乾隆皇帝的传说，从小就在故乡听到了的。小时候做童子军，曾在海宁乾隆皇帝所造的石塘边露营，半夜里瞧着滚滚怒潮汹涌而来。因此第一部小说写了我印象最深刻的故事，那是很自然的。但陈家洛这人物是我的杜撰。香香公主也不是传说中或历史上的香妃。香香公主比香妃美得多了。本书中所附的香妃插图，只是让读者们看到，乾隆有这样的一个嫔妃。

海宁在清朝时属杭州府，是个海滨小县，只以海潮出名。宋代有女词人朱淑真。近代的著名人物有王国维、蒋百里、徐志摩等，他们的性格中都有一些忧郁色调和悲剧意味，也都带着几分不合时宜的执拗。陈家洛身上，或许也有一点这几个人的影子。但海宁不大出武人，即使是军事学家蒋百里，也只会讲武，不大会动武。历史上海宁出名的武人，是唐时与张巡共守睢阳的许远。

历史学家孟森作过考据，认为乾隆是海宁陈家后人的传说靠不住，香妃为皇太后害死的传说也是假的。他主要的理由是"与正史不合"。历史学家当然不喜欢传说，但写小说的人喜欢。再者，对皇室不利的任何传说，决计不会写入"正史"。

乾隆修建海宁海塘，全力以赴，直到大功告成，这件事有厚惠于民。我在书中将他写得过份不堪，有时觉得有些抱歉。他的诗作得不好,本来也没多大相干,只是我小时候在海宁、杭州,到处见到他御制诗的石刻,实在很有反感,现在在博物院中参阅名画,仍然到处见到他的题字,不讽刺他一番,闷气难伸。

除了小学时写过描红格子之外,我从来没练过字,封面上所写的书名和签名,不值书法家一哂。对诗词也是一窍不通,直到最近修改本书,才翻阅王力先生的《汉语诗律学》一书而初学平平仄仄。拟乾隆的诗也就罢了,拟陈家洛与余鱼同的诗就幼稚得很。陈家洛在初作中本是解元,但想解元的诗不可能如此拙劣,因此修订时削足适履,革去了他的解元头衔。余鱼同虽只秀才,他的诗也不该是这样的初学程度。不过他外号"金笛秀才",他的功名,就略加通融,不予革除了。本书的回目也做得不好。本书初版中的回目,平仄完全不叶,现在也不过略有改善而已。

本书最初在报上连载,后来出版单行本,现在修改校订后重印,几乎每一句句子都曾改过。第三版又再作修改。内地、港台、海外读者大量给作者来信,或撰文著书评论,指正错字或提意见,热诚可感。

《书剑恩仇录》是我平生所写的第一部长篇小说,既欠经验,又乏修养,行文与情节中模仿前人之作颇多,现在将这些模仿性的段落都删除或改写了,但初作与幼稚的痕迹仍不可免,至少,那是独立的创作。

本书第三版修改时,曾觅得伊斯兰教《可兰经》全文,努力虔诚拜读,希望本书所述,不违伊斯兰教教义,盖作者对普世宗教,均怀尊崇虔诚之意。唯各宗教教义深奥,浅学者不易入门也。

《金庸作品集》每一册中都附印彩色插图,希望让读者们(尤其是身在外国的读者)多接触一些中国的文物和艺术作品。如果觉得小说本身太无聊,那就看看图片吧。书后那枚"金庸作品集"的印章是香港金石家易越石先生所作。本书之出版,好友沈宝新兄、王荣文兄、同事陈华生先生、许孝栋先生、吴玉芬女士、徐岱先生、李佳颖小姐、郑祥琳小姐、蒋放年先生等各位赐助甚多,谨志感谢之意。严家炎、冯其庸、陈墨三位先生多赐教言,大都已嘉纳而收入改正版中,极感。

一九七五年五月初版
二〇〇二年七月三版

飛雪連天射白鹿
笑書神俠倚碧鴛

金庸